KB083730

한국전쟁은
어떻게 기억되는가

경험, 기억, 포스트기억 사이에서

PNU 냉전문화연구팀

부산대학교 인문학연구소의 PNU 냉전문화연구팀은 냉전의 교훈으로부터 미래세대를 위한 평화를 모색하자는 취지로 2020년 결성된 연구모임이다. 냉전문화 연구를 진작하고 연구자 교류를 위한 냉전문화 포럼과 일반인을 대상으로 냉전문화 콜로키움을 주기적으로 개최하고 있다.

한국전쟁은 어떻게 기억되는가 경험, 기억, 포스트기억 사이에서

초판인쇄 2023년 7월 10일 **초판발행** 2023년 7월 20일

지은이 김려실 · 김성화 · 김주옥 · 김지영 · 남상욱 · 대니얼 김 · 쑨하이룽 · 이시성 · 이희원 · 장세진 · 장수희

펴낸이 박성모 **펴낸곳** 소명출판 **출판등록** 제1998-000017호

주소 서울시 서초구 사임당로14길 15 서광빌딩 2층

전화 02-585-7840 **팩스** 02-585-7848

전자우편 somyungbooks@daum.net **홈페이지** www.somyong.co.kr

값 33,000원 ⓒ 김려실 외, 2023

ISBN 979-11-5905-813-4 93800

이 저서는 2020년 대한민국 교육부와 한국연구재단의 일반공동연구지원사업의 지원을 받아 수행된 연구임.
(NRF-2020S1A5A2A03044266)

한국전쟁은
어떻게 기억되는가
경험, 기억, 포스트기억 사이에서

How Is the Korean War Remembered? : In between Experience, Memory, and Postmemory

김려실 | 김성화 | 김주옥 | 김지영 | 남상욱 | 대니얼 김 |
쑨하이룽 | 이시성 | 이희원 | 장세진 | 장수희

지음

2020년은 한국전쟁 발발 70주년이 되는 해였다. "무찌르자 공산당"에 맞춰 전쟁놀이나 고무줄놀이를 하며 80년대를 보낸 세대인 이 책의 필자들 몇몇은 70주년도 되었으니 우리 사회의 한국전쟁 기념문화를 한 번 점검해보고 미래세대를 위한 기념문화를 모색해보자는 인식을 공유하고 PNU 냉전문화연구팀을 결성했다.

우리의 계획은 매우 창대했다. 2019년부터 준비작업으로 '냉전의 수사학과 한국전쟁의 표상'이라는 연구주제를 도출하고 두 단계로 나누어 연구를 설계했다. 먼저 국내의 한국전쟁 기념문화의 양상을 두루 살펴보고 다음 단계로 베트남, 일본, 호주의 한국전쟁 표상을 비교 연구한다는 계획이었다. 특히 2단계에서는 북미와 유럽 중심의 냉전사에 치중된 현재의 지적 편향을 극복하기 위해 지리적으로 한국과 더 가깝고 냉전 속의 열전, 미국에 의한 점령, 미국과의 관계에 의한 전쟁 또는 파병을 경험한, 한국과 비교 연구가 필요한 지역을 고심해서 선별했다.

그러나 2020년은 한국전쟁 70주년일 뿐만이 아니라 "6·25 때 난리는 난리도 아니다"라는 말이 인구에 회자된 코로나19 팬데믹의 원년이기도 했다. 죽음의 공포 앞에서 모든 것이 일제히 멈추었다. 국경 봉쇄로 해외 조사는 전부 포기해야 했고 국내 조사와 학술행사도 사회적 거리 두기 때문에 번번이 취소되거나 미뤄지기 일쑤였다. 우리 연구도 방향전환이 불가피해져서 문헌 조사와 국내 답사에 충실하기로 했다. 그리하여 2년 반 동안 이 책의 필자들은 지역마다 다른 양상을 보인 코로나 전선을 피해가며 온라인과 오프라인을 적절히 뒤섞어 게릴라 답사와 게릴라 학술행사를 해나갔다.

창대한 밑그림과 꽤 동떨어진 작품이 되었지만 그럼에도『한국전쟁은 어떻게 기억되는가—경험, 기억, 포스트기억 사이에서』에는 우리의 최선이 담겨 있다. 2년 반 동안 코로나와의 전쟁 속에서도 4회에 걸쳐 개최된 PNU 냉전문화 포럼은 이 책의 모태가 되었다. PNU 냉전문화연구팀 유튜브 채널에 올려진 포럼 동영상에서 그동안 필자들의 사고와 연구의 궤적이 어떻게 변모해갔는지 살펴볼 수 있다.

냉전문화 포럼의 참가자들 대부분은 문학에서 문화연구로의 방향전환을 겪은 세대에 속한다. 문화연구의 열띤 논쟁 속에서 성장한 만큼 우리는 한국전쟁을 더 넓은 지형 안에서 다루기 위해서 학제 간 비평, 초국적 비평을 시도했다. 문학뿐만 아니라 미술, 영화, 기념비, 박물관, 아카이빙, 디자인 등 다양한 분야의 냉전연구를 다루었다. 그중에서도 가장 논의가 활발했던 문학 분과의 글을 모으고 UC 샌디에이고 김주옥 교수의 논문을 더해『한국전쟁은 어떻게 기억되는가—경험, 기억, 포스트기억 사이에서』를 펴내게 되었다.

제1부 '한국전쟁의 경험과 경계인의 삶'은 국적, 젠더, 계급적 경계에 놓인 이들의 한국전쟁 체험을 이야기한 북한, 재일조선인, 일본, 한국 작가들의 1950년대 작품을 분석한 글을 실었다.

제1장 「'사라진' 김사량과 남겨진 종군기」는 인민군 장교로 한국전쟁에 참전했다가 전선에서 사망한 김사량이 남긴『종군기』에 대한 연구를 분석한다. 남북한 양쪽 모두에서 오랫동안 삭제된 작가였던 김사량의 작품은 그의 정치적 지위가 복원된 2000년대 이후 남북한만이 아니라 일본과 중국에서도 다수의 연구가 발표되고 있다. 김성화는 북한의 김사량

연구를 반추하며, 식민, 해방, 내전 사이에서 번민하던 이 작가가 조국과 지도자에 대한 충성심으로 장렬히 전사한 영웅으로 어떻게 복원되었는지를 비판적으로 읽는다.

제2장 「한국전쟁에 대한 또 하나의 기억―김달수의 「손영감」을 중심으로」는 '재일조선인 작가'라는 위치를 만든 작가로 평가되는 김달수가 한국전쟁 중인 1951년에 쓴 소설을 분석한다. 이시성은 해방 이후 재일조선인 작가의 일본어 글쓰기라는 양가적 상황에서 한국전쟁, 나아가 재일의 문제를 번역하려 한 김달수의 노력이 어떤 맥락에서 일본의 담론으로 전유되거나 이야기의 파국을 맞이할 수밖에 없었는가를 논한다.

제3장 「제국의 신민에서 난민으로, 일본인 아내들의 한국전쟁―1950년대 장혁주의 일본어 소설을 중심으로」는 재일조선인 작가 장혁주가 일본으로 귀화한 뒤 한국전쟁을 취재하고 남긴 텍스트 중 일본인 아내들을 다룬 세 편을 분석한 것이다. 장세진은 일본의 패전 이후 호적 문제로 일본 입국을 거부당하고 한국 사회의 구성원으로서도 인정받지 못한 재일조선인의 일본인 처들의 '잊힌' 위치에 대한 사유를 통해 환대의 가능성을 묻는다.

제4장 「한국전쟁기 한·일 민간인의 신체 혹은 시체―다나카 고미마사의 「상륙」과 곽학송의 『자유의 궤도』를 중심으로」는 한국전쟁 당시 요코하마 미군 기지에서 일했던 다나카 고미마사의 단편소설과 월남 작가 곽학송의 장편소설을 비교한다. 반공문학이 횡행하던 1950년대 후반에 민간인들이 어떻게 속수무책으로 전쟁에 휩쓸려 국가 폭력에 노출되었는가를 그린 두 소설에서 이희원은 '통치될 수 없는 것'으로부터 통치를 전복할 수는 없으나 통치의 폭력성을 공회전시킬 '탈선'의 가능성을 읽어낸다.

제2부 '한국전쟁의 기억과 망각'은 한국전쟁에 이어 베트남전쟁으로 동아시아의 냉전 속 열전이 반복된 시기에 나타난, 한국전쟁에 대한 선택적 기억과 망각의 정치에 문제를 제기한 글들을 모았다.

제5장 「'조선전쟁'의 기억과 망각—사키 류조의 「기적의 시」¹⁹⁶⁷를 중심으로」는 식민지 조선에서 출생한 일본인 작가의 소설에서 제2차 세계대전과 냉전, 한국전쟁과 베트남전쟁의 관전적貫戰的 연속성을 읽어낸다. 더불어 김려실은 식민지 침략전쟁과 한국전쟁 특수를 망각한 일본을 풍자하면서도 원폭에 대한 미국의 책임과 한-미-일의 위계적 협력 관계를 언급하지 못한 1960년대 일본 지식인의 냉전적 사고와 선택적 기억을 고찰한다.

제6장 「한국전쟁을 둘러싼 일본의 평화와 망각의 구조—노로 구니노부의 「벽화」를 중심으로」는 한국전쟁의 역사에서 오랫동안 은폐되어왔던 일본의 비군인 참전을 소설이라는 허구를 통해 이야기하고자 했던 노로 구니노부의 「벽화」를 분석했다. 장수희는 미국의 핵우산 아래서 냉전적 평화를 누린 일본이 한국전쟁 참전을 부인하며 왜 착각과 망상이라는 장치로밖에 한국전쟁을 이야기할 수 없었는지 살펴본다.

제7장 「일본 SF장르에 나타난 냉전 (무)의식과 분단의 상상력—고마쓰 사쿄의 『일본 아파치족』을 중심으로」는 근 미래 일본을 배경으로 한 SF 소설 『일본 아파치족』에 다층적으로 투영된 냉전의 수사를 통해 일본의 냉전 (무)의식에 접근한다. 더 나아가 김지영은 아파치족의 알레고리에서 일본의 "냉전의 타자"로서 재일조선인의 표상과 냉전의 종식과 더불어 실효될 '전후 일본'의 징후를 읽는다.

제8장 「'독특한 사랑의 형태'—기독교, 민족주의 그리고 김은국의 『순교자』」는 한국인의 한국전쟁 기억이 이민을 통해 어떻게 미국의 한국전

쟁 서사의 한 부분을 형성하게 되었는가를 보여주는 김은국의 『순교자』를 분석했다. 대니얼 김은 철학적, 신학적 사색에 가려진 반공주의에 대한 비판과 포스트냉전 서사로서의 측면에 주목하여 『순교자』의 유토피아적 민족주의를 다시 읽자고 제안한다.

포스트냉전시대의 냉전연구는 체험 세대의 소멸로 인한 기억의 풍화에 맞서 기념물, 아카이브, 대중매체, 예술과 같은 문화기억에 의한 보충과 조정을 특징으로 한다. 제3부 '한국전쟁의 포스트기억'은 제도화된 문화기억을 비판적으로 검토함으로써 한국전쟁 문학의 계보학을 시도한 글들을 모았다.

제9장 「전후 일본문학 속의 주일 미군기지 표상과 한국전쟁」은 한국전쟁을 배경으로 한 일본문학 속의 미군기지 표상을 되짚어본다. 남상욱은 한국전쟁이 일본 내 미군기지의 성격을 어떻게 바꾸었는가를 보여준 텍스트들을 비교 연구함으로써 한국전쟁을 거치며 형성된 기지국가의 포스트냉전적 연속성에 문제를 제기한다.

제10장 「한·중 학계의 항미원조抗美援朝 문학 연구 현황 및 제언」은 중국의 항미원조문학의 개념을 살펴보고 한국과 중국 학계의 연구사를 톺아본다. 이와 같은 쑨하이룽의 연대기적 연구는 포스트냉전 세계문학의 맥락 속에서 항미원조문학을 다시 읽어보고자 하는 시도이다.

제11장 「한국 속의 남부연합—수잔 최의 『외국인 학생』에서 '남부연합의 딸들'을 아카이빙하기」는 한인 2세 작가 수잔 최의 『외국인 학생』 속에 묘사된 한국전쟁의 아카이빙 자체를 연구 대상으로 삼았다. 김주옥은 그리피스의 『은자의 나라, 한국』으로 거슬러 올라가 백인 우월주의와 한반도에 관한 오리엔탈리즘적 지식이 미국의 한국전쟁 서사를 어떻게 구성

하였는가, 『외국인 학생』이 코리아의 내전과 미국의 내전을 교차시키며 미국의 정의를 정당화하는 통합과 평등에 대한 환상을 어떻게 전복하는가를 분석했다.

PNU 냉전문화팀의 '냉전의 수사학과 한국전쟁의 표상' 연구는 2년 동안 한국연구재단NRF의 일반공동연구사업으로부터 연구비를 지원받았다. 이 연구비 덕분에 다양한 분야를 아우르는 공동연구가 가능했고, 냉전문화 포럼과 전문가를 초빙한 대중 강연을 정기적으로 개최하고, 해외 학회에서 성과를 발표할 기회를 누릴 수 있었던 것에 감사하게 생각한다. 일반공동연구원으로 함께 일한 부산대학교 인문학연구소의 이희원, 정승언, 인천대학교의 남상욱, 숙명여자대학교의 김지영 선생님과 연구보조원으로서 애써준 부산대학교 국문과 이시성, 양정은 학생에게 우선 감사의 마음을 전하지 않을 수 없다.

4회에 걸친 냉전문화 포럼은 공동연구원 선생님들뿐만 아니라 한, 중, 미, 일 연구자 및 학예사의 참여로 더욱 풍성한 내용으로 꾸릴 수 있었다. 포럼에서 발표해주신 동아대학교의 장수희, 부산대학교의 임명선, 한정선, 서울대학교의 노유니아, 성공회대학교의 전갑생, 용산 전쟁기념관의 김정엽, 한림대학교의 장세진, 한신대학교의 김민환, 고베대학의 가지오 후미타케, 브라운대학교의 대니얼 Y. 김, 항주사범대학교의 쑨하이룽 선생님께 감사드린다. 토론을 맡아 날카로운 질문으로 지적 자극과 더불어 초국적인 상호이해를 보여준 국민대학교의 김소연, 난통대학교의 김성화, 동아대학교의 전성현, 부경대학교의 허윤, 부산대학교의 이선진, 차철욱, 서울대학교의 서동주, 한국외국어대학교의 김태우 선생님께 감사드린다. 사회자로서 적절한 피드백과 매끄러운 진행 솜씨로 한층 풍요로운 토론을 가능하게 해준 경남대학교의 이선미, 부산교육대학교의 전진성, 세종대학교의 손석의, 숙명여자대학교의 신하경, 연세대학교의 백문임, 인제대학교의 김주현, 인하대학교의 정종현 선생님께 감사드린다. 특히 발표나 토론 내용을 이 책의 원고로 발전시켜 주신 분들에게 거듭 감사를 표하고 싶다.

PNU 냉전문화연구팀은 2021년부터 냉전문화 연구를 확산하고 연구성과를 대중화하기 위해 대학의 학기 중에 매달 전문가를 초빙해 '포스트 냉전과 작은 냉전들', 'SF와 초Super냉전' 등의 주제로 냉전문화 콜로키움을 온오프라인으로 동시 개최해왔다. 코로나가 일파만파 번져가는 와중에도 먼 길을 마다하지 않고 부산대학교까지 오셔서 마스크를 쓰고 힘겹게 대면으로 강연해주신 고려대학교의 허은, 서울과학기술대학교의 최진석, 평화통일교육문화센터의 임재근, 호남대학교의 김상민, 한국영상자료원의 조준형, 소설가 나여경 선생님에게 감사드린다. 그리고 기꺼이 콜로키움의 연사로 나서서 귀중한 연구성과를 학생과 시민에게 공유해준 부산대학교의 동료들, 박효엽, 이승희, 현재환 선생님께 감사드린다.

『한국전쟁은 어떻게 기억되는가―경험, 기억, 포스트기억 사이에서』를 기획, 집필, 편집한 2022년은 내가 부산대학교에 재직한 지 15년째 되는 해였다. 그동안 규모와 다양성을 자랑하는 이 학문 공동체에서 안정적으로 연구할 수 있었고 훌륭한 동료들과 성실한 학생들을 만날 수 있었기에 여러 공동연구를 무리 없이 수행할 수 있었다. 냉전문화 포럼에 관심을 갖고 참석해주신 부산대학교 국어국문학과의 이재봉, 김경연, 손남훈 선생님, 인문학연구소 이효석 소장님께 감사드린다. 냉전문화 포럼과 콜로키움의 행사 진행은 부산대학교 국어국문학과 대학원생, 학부생의 도움을 많이 받았다. 특히 박수정, 백혜린, 류영욱, 니오 후이잉, 이예슬, 이

유리, 김남영, 복경연 학생에게 감사와 애정의 마음을 보낸다. 2020년부터 2년 남짓 팔자에 없는 보직까지 맡아 늘 시간에 쫓기던 나에게 즐거운 추억을 선사해주신 부산대학교 홍보실 선생님들께도 감사를 표하고 싶다. 그분들의 전문지식과 홍보 능력은 PNU 냉전문화연구팀이 학술행사와 연구성과를 대내외에 알리는 데 도움이 되었다.

2022년 하반기부터 UC 샌디에이고에서 1년간 연구년을 보내며 이 책의 원고 작성과 편집에 오롯이 시간과 노력을 쏟아부을 수 있었던 것에 감사를 표하고 싶다. UC 샌디에이고 역사학부의 토드 A. 헨리, 문학부의 이진경 선생님의 환대와 한국학에 대한 그분들의 지치지 않는 열정에 감사드린다. 그리고 처음 만난 날 일면식도 없던 나에게 원고 청탁을 받고도 흔쾌히 허락해주신 김주옥 선생님에게 각별히 감사를 보낸다.

마지막으로 이 책이 세상에 나올 수 있게 해주신 분들에게도 마음을 전하고 싶다. 늘 믿고 원고를 맡길 수 있는 소명출판 박성모 사장님과 고건 부장님, 박건형 선생님의 노고에 감사드린다. 그분들 덕분에 2년 동안의 연구 활동을 정리하는 연구책임자로서의 가장 어려운 숙제를 무사히 마칠 수 있었다.

2023년 여름 샌디에이고에서

11명의 필자를 대표하여

김려실 씀

차례

제1장
'사라진' 김사량과 남겨진 종군기
김성화

김사량 金史良, 1914~1950

김사량에 대한 연구는 아직 진행 중에 있다. 80년대 말부터 남북을 막론하고 김사량과 그의 작품에 대한 연구가 시작되었지만 30여 년이 넘게 지난 현재 시점에서도 여전히 밝혀지지 못한 부분들이 많다. 세계적인 냉전 체제 속에서 한반도의 남과 북은 서로를 적대시하면서 각자의 이데올로기를 강화하는 작업에 매진해왔다. 작가 김사량은 바로 그 비극의 한복판에서 '여기도' 그렇다고 '저기도' 완전히 아닌 경계에서 후세들에 의해, 권력에 의해 거듭 기억과 망각의 대상이 되어온 작가라 할 수 있다.

식민지 시기 김사량의 작품 창작과 활동 연구에 주력해왔던 한국과 달리 북한은 해방 이후 특히 한국전쟁 당시 창작한 종군기에 주안점을 두고 김사량을 평가하고 해석해왔다. 반일-항일-애국-충성이 김사량이 북한에서 소환되는 핵심 키워드였으며 특히 수령에 대한 충성심과 애국심을 가장 잘 표현한 종군기는 그의 대표작이자 '조국해방전쟁시기' 문학을 대표하는 작품으로 고평 받았다. 한국전쟁 당시 김사량의 행방에 대한 북한 측의 '고고학'적 작업이 드디어 마무리되면서 '전승' 60주년인 2013년 김사량은 북한 최고의 영예를 받아 안고 '영생의 단상'에 오르게 되었다. 김사량과 북한 사회, 체제와의 과도한 '화합'을 강조하면 할수록 실제로 존재했던 불화의 흔적들을 깨끗이 지우고 단선적인 역사를 써내려가고자 하는 의도들이 드러나게 된다. 김사량을 '기억'하기 위한 대량의 작업들이 있었지만 결국 북한에서 김사량은 지도자의 배려와 온정이 없으면 존재할 수조차 없는 인간으로 수령에 대한 충성심과 애국의 정을 남김없이 표현한 종군기만이 그의 존재를 밝혀줄 뿐이었다.

1. 들어가며

1945년 말 중국의 태항산 항일근거지에서 선전 공작과 작가 수업을 마치고 평양으로 돌아온 김사량은 북한 체제 속에서 누구보다 바쁜 일상을 보내게 되었다. 그는 1946년 9월 북조선로동당에 가입했고 여러 문학/문화 단체의 직책[1]을 겸임하면서 소설, 희곡, 가극에 이르기까지 다양한 장르의 작품들을 지속적으로 창작 발표했다. 북한문학 자체가 그러하듯이 이 시기 김사량 역시 북한 정치와 문단이 요구하는 바에 충실했다. 따라서 그의 북한 시기 문학은 당의 지시와 결정, 수령의 연설과 호소 및 국가 건설사업의 추진에 민감하게 반응하고 그에 따라 이동하고 창작하는 특징을 보여주었다. 그러나 「마식령」, 「더벙이와 배뱅이」 그리고 「칠현금」과 같은 작품들은 지속적으로 비판의 대상이 되었고 이러한 상황에서 해방 이후 김사량의 문학적 도정은 사실상 비판과 자기비판의 반복으로 굴곡진 과정이었다. 다시 말해 해방 후 초기 북한 문단에서 김사량은 새로운 시대의 문학적 현실에 직면하여 지식인 작가로서의 소명과 역할, 그리고 북한문학이 요구하는 바의 간극 속에서 고민하고 갈등하는 모습을 보여주었다고 할 수 있을 것이다.

---

[1] 『중앙신문』의 기사에 의하면 1946년 3월 25일 평양에서 '북조선예술총연맹'이 결성되자 김사량은 집행위원 및 국제문화국장, 예술위원회위원으로 임명되었다.(『중앙신문』, 1946.4.7, 4면) 이어 평안남도 예술연맹이 재조직되면서 김사량은 또 위원장 겸 상무위원으로 임명되었으며(『문화전선』 창간호, 1946.7, 14면) '북조선예술총연맹' 조직이 개편되어 '북조선문학예술총동맹'으로 명칭을 바꾸고 문예총 산하에 각 분야별 동맹이 결성되자 김사량은 문예총의 중앙상임위원, 북조선 문학동맹의 서기장 겸 중앙상임위원, 북조선연극동맹의 중앙위원으로 선출되기도 했으며(『문화전선』 제2집, 1946.11, 50·102면 참조) '건국사상동원' 운동에 호응하여 지방으로, 공장으로 여러 차례 파견되기도 했다.

김사량과 북한 초기 문단과의 끊임없는 마찰과 불화는 1950년 한국전쟁 발발 직후 종군작가로 전장을 누비며 활약하는 애국적 작가의 모습으로 재빠르게 봉합되는 듯이 보였다. 비판과 자기비판을 거듭하며 작가로서 자신이 나아갈 길을 모색하고 고민하던 중 전쟁이 터졌고 김사량은 가장 먼저 전선으로 나갈 것을 지원했다. 그는 즉시로 인민군 부대를 따라 서울을 향해 떠났다.[2]

　　1950년 7월 초 어느 날이라고 기억되는데, 인민군 장교 복장을 한 김사량과 전재경이 나를 찾아왔었다. 그들의 어깨에서는 대위 견장이 빛났다.

　　"아, 참 종군기자들도 출전하는 모양이군!"

　　나의 즉감이었다.

　　"정률아, 우리는 종군기자로 전선으로 나가네! 이 기회에 우리는 옛 때를 좀 씻어야 하겠네!"

　　기분좋게 웃으면서 사량이 말하였다. 그것도 그럴 것이 서울이 함락되었으니 전쟁은 끝날 것이라고, 나라는 통일된다고 믿었기 때문에…….

　　"정률아, 서울서 만나기로 하자!"

　　전재경이 흥분된 어조로 말하였다.

　　"이 사람들아, 어디 가서 작별주나 한 잔 하면 어때?"

　　이렇게 말하며 나는 그들을 껴안았다.

2　이에 대해 현수는 『적치 6년의 북한문단』에서 1950년 6월 25일 아침 평양 방송은 내각수상 박일우의 성명을 발표했는데 그 뜻은 북한이 여러 가지 평화적 조국통일의 방책을 내걸었으나 남한은 이를 무시하고 무력으로 북한을 침공했다는 것이었다고 한다. 바로 그날 문예총은 전 맹원을 불렀고 6월 26일에는 종군작가단이 전선으로 출발하게 되는데 제1차로 종군 간 작가들은 김사량, 김조교, 한태천, 전재경 등 20여 명이었다. 박남수(현수), 우대식 편저, 『적치 6 년의 북한문단』, 보고사, 1999, 192면.

"그럴 사이가 없어. 너를 보려고 우정 찾아온 거야. 지금 자동차가 우리를 기다리고 있어. 자, 다시 만날 때까지……."

사량이 나의 손을 잡았다. 이렇게 나는 김사량을 마지막으로 보았다.

"좋은 글들을 많이 써 보내라!"

나의 격려의 말이었다.

정률, 『아무르만에서 부르는 백조의 노래』에서 인용[3]

'옛 때'를 씻어내야 하겠다며 전선으로 나가는 김사량의 마지막 모습은 그동안 감내해왔던 비판들, 북한문단과의 불화를 종군이라는 위험한 선택을 통해 일소시키고 '새로운 자아'로 재탄생하여 돌아오리라는 그 어떤 비장한 결심이 담겨 있는 듯하다. 종군작가로 전선에 나간 김사량은 후방이 아닌 가장 최전선에서 인민군 부대와 함께 움직이면서 전투현장을 직접 취재하고 인민군의 애국적, 영웅적 형상을 신속하게 그려냈으며 이 작품들은 인민군의 필승의 신념을 고취시키는 데 크게 이바지했다.

김사량의 종군기들은 줄곧 북한문학사에서 중요하게 다루어져왔으며 또 전쟁 당시 한반도 현실에 대한 생생한 기록이라는 점에서 상당한 문학사적, 사료적 가치를 지니는 작품으로 평가받아왔다. 그러나 한국의 경우 종군문학작품 자체가 가지고 있는 강렬한 선전·선동적 특징 및 북한문학의 도식성에 대한 '선입견'으로 인해 줄곧 주목을 받지 못했으며[4] 그

---

3 정상진, 『아무르만에서 부르는 백조의 노래－북한과 소련의 문학 예술인들 회상기』, 지식산업사, 2005, 138~139면.

4 한국문학사에서도 한국전쟁기 문학에 대한 논의는 빈약하며 그 평가도 대체로 부정적이다. 이 시기 많은 작품들이 창작 발표되었음에도 불구하고 문학사적으로 공백기로 규정되고 있다. 이는 북한문학사와 대조적이다. 북한은 이 시기를 '조국해방전쟁 시기'의 문학으로 규정하고 그것의 특수성을 긍정적으로 평가하고 있다. 신영덕, 『한국전쟁기 종군작가 연구』, 국학자료원, 1998, 13면.

에 대한 연구와 평가 역시 아주 미진하다고 할 수 있다. 무엇보다 세계적인 냉전적 구도 속에서 한반도 내의 남과 북은 오랜 세월에 걸쳐 서로 다른 이데올로기를 강화해나가는 작업을 지속해왔으며 그 과정에 한국에서 김사량의 종군기는 관심사 밖으로 물러날 수밖에 없었다.

김사량의 북한에서의 창작활동에 대한 연구는 2000년대 이후 북한문학에 대한 연구가 활성화[5]되면서 차츰 김사량 문학 연구의 중요한 한 갈래를 형성하게 되었다. 호테이 토시히로布袋敏博[6]의 연구가 대표적인데 그는 한국, 일본, 중국, 미국, 러시아 등으로부터 입수한 대량의 1차 자료들을 바탕으로 해방 직후 및 북한 체제하에서의 김사량의 행적들을 실증주의적으로 고찰했다. 이 논문 역시 김사량의 종군기에 대해 언급하긴 하지만 사료 수집과 북한 측에서 공식적으로 제시한 일부 자료들의 내용의 진위성과 타당성 여부를 고려하여 "인민군과 함께 움직였고 후퇴 시에는 병 때문에 대열에서 떨어져 소식이 끊겼다고 전해진다"[7]라고 간략하게 마무리하고 있다.

유임하의 연구는 해방 후부터 80년대에 이르기까지 북한에서 김사량이 겪었을 작가적 고민과 북한 문단과의 정치적 거리, 그의 문학이 수용되는 방식에 초점을 맞추어왔다.[8] 김사량의 전집 출간은 1955년도로 그

---

5   자료 접근의 어려움과 냉전 이데올로기의 영향으로 북한문학 연구가 오랜 시간 동안 제약을 받고 있었지만 2004년부터 NARA(National Archives and Records Administration, 미국 국립문서기록관리청)에서 수집 보존하고 있는 자료들이 국립중앙도서관을 통해 한국에 제공되면서 2000년대 이후부터 괄목할 만한 연구성과들이 나타나기 시작했다고 할 수 있다.

6   호테이 토시히로(布袋敏博), 「초기 북한문단 성립 과정에 대한 연구-김사량을 중심으로」, 서울대 박사논문, 2007.

7   위의 글, 81면.

8   유임하, 「사회주의적 근대 기획과 조국해방의 담론」, 『한국근대문학연구』 1(2), 한국근대문학회, 2000.12, 174~199면; 「해방 이후 김사량의 문학적 삶과 「칠현금」 읽기」, 『한

후 김사량은 북한의 문학사에서 거의 언급되지 않다가 80년대에 이르러서야 '정치적 복권'과 함께 그의 문학에 대한 재조명이 이루어지기 시작했는데 북한문학에서 호명된 '김사량의 기억'은 식민지 시기 그의 문학이 보여준 혼종적 측면을 우회하고 '민족적 량심과 지조'를 견지했고 '조국해방투쟁'에서 전사한 '애국주의자'라는 단일한 이미지로 주조되었다고 주장했다.

유하劉霞는 해방 후 김사량의 문학을 다루면서 종군기들도 함께 소개했다.[9] 그는 가장 일찍 중국에서 번역 출판된 김사량의 종군기를 발견했지만 이에 주목하지는 않았다.[10] 주춘홍은 50년대 중국에서 번역 출판되었지만 한국에는 아직 알려지지 않은 김사량의 「남조선인민유격대 수령 김달삼」, 「조선인민 유격대 성지-지리산」, 그리고 「투쟁하는 조선인민」을 새롭게 발굴하여 소개하고 한국전쟁기 김사량 문학의 전체적인 특징을 밝히고자[11] 했다.

1940년대를 관통하는 김사량의 창작 흐름 속에서 가령 일본어 소설

국문학연구』 32, 동국대 한국문학연구소, 2007.6, 487~514면; 「기억의 호명과 전유-김사량과 북한문학의 기억 정치」, 『동악어문학』 53, 동악어문학회, 2009.8, 365~388면; 「김사량의 『노마만리』 재론-서발턴의 탐색에서 제국주의와의 길항으로」, 『일본학』 제40집, 동국대 일본학연구소, 2015.5, 147~175면.

9   【中】劉霞, 「해방 후 김사량 문학에 관한 연구」, 산동대(山東大學) 석사논문, 2011. 유하는 중국유학기금위원회의 2010년도 북한정부교환장학금 프로그램에 참여하여 교환학생의 신분으로 김형직사범대학(북한)에 직접 가서 유학을 하면서 이 논문을 완성시켰음을 언급하고 있다.

10   이는 북한문학 연구에 중국인 학자의 개입이 꼭 필요함을 드러내는 중요한 대목이다. 해금조치가 이루어진 지 30여 년이 지난 오늘에도 남북 간의 안정적이지 못한 외교관계로 인하여 문학, 문화 연구와 교류 역시 큰 한계에 직면한 한국과 달리, 중국인 학자들의 북한 연구는 가교적 역할을 한다.

11   주춘홍, 「한국전쟁기 중국어로 번역된 김사량 작품 연구」, 『한국문학과 예술』 30, 숭실대 한국문학과예술연구소, 2019.6, 319~358면.

「빛 속으로」가 김사량의 작가로서의 '천재적 재능'을 인정받게 한 작품이라고 한다면, 『노마만리』는 식민지 작가로서의 '이중어 글쓰기'의 생애를 마무리하는 작품이자 해방 직후 조선 문단으로의 회귀 및 새 출발을 알리는 작품이라 할 수 있다. 북한은 『노마만리』를 '반일'에서 '항일'로 나아간 전환점으로 보고, "김일성장군의 위대한 풍모와 불멸의 업적, 조선인민혁명군의 혁혁한 승리와 그 세계사적 의의를 격동적으로 노래한 작품"[12]으로, "조선인민혁명군에 참군할 것을 결심하고 유격대를 찾아 만주지방을 헤맸으나 종시 부대를 찾지 못하고 연안에 가서 항일유격대를 '태양부대'라고 칭송한 장편기행문"[13]으로 평가했다. 이렇게 하여 김사량의 해방 전 문학은 북한에서 '반일', '항일', '민족'이라는 공적서사 속에 매끄럽게 기입되었다.

이 글은 『노마만리』에 이어 그의 종군기들은 북한에서 현재까지 어떤 평가를 받아왔고 김사량과 그의 '미스터리한 행방'과 관련하여 북한은 어떠한 작업들을 지속적으로 해왔는지, 그리하여 드디어 밝혀진 밝혀지게 된 '사실'은 무엇인지를 살펴보고자 했다. 미리 말해두자면 김사량의 정치적 문학사적 복권에는 시대를 막론하고 그의 종군기에 대한 반복적인 강조와 영웅적 희생에 대한 이야기들이 결정적 역할을 하고 있었다.

---

12   장형준, 「작가 김사량과 그의 문학」, 김사량·김재남 편, 『종군기』, 살림터, 1992.4,
     324~325면. 이 글은 원래 1987년 북한의 문예출판사에서 발간된 『김사량 작품집』에
     실린 것이다.
13   류희정, 『현대조선문학선집 53─1940년대 문학작품집(해방전 편)』, 문학예술출판사,
     2011.4, 19~20면. 『노마만리』에 대한 평가는 김일성의 회고록 『세기와 더불어』에서
     재인용한 것이다.

2. 김사량의 종군기와 북한의 문학사적 평가들

김사량의 종군기는 전쟁 당시 북한뿐만 아니라 중국에도 번역 소개될 정도로 상당히 평판이 좋았으며 전쟁 후 현재에 이르기까지 북한에서 김사량이 호명되는 순간마다 등장할 정도로 김사량의 문학사적 복권의 험난한 노정에서 결정적 역할을 했다.

종군기라는 장르 자체가 가지고 있는 효용성, 특수성으로 인해 김사량의 종군기 역시 선명한 선악의 구도와 '적'들에 대한 강렬한 적개심, 인민군의 영용한 투쟁을 리얼하게 재현하고 있으며 '적'에 대한 분노의 감정은 종종 욕설과 같은 비속어로 직접적으로 드러내고 있어 식민지 시기 작품에 익숙해 있는 우리에게 낯섦과 의구심마저 느끼게 한다. 그러나 조금 더 거슬러 올라가 찾아본다면 1948년 평양에서 열린 남북연석회의와 남한의 단독선거를 배경으로 그 무렵부터 김사량은 기타 북한의 작가들과 마찬가지로 '미제'와 '이승만 괴뢰도당' 치하에서 투쟁하고 신음하는 남반부의 현실, 나아가 조국 통일에 대한 열망을 다루는 작품들을 창작해냈다.

「남에서 온 편지」『8·15해방 3주년 기념 창작집』, 1948.9, 「대오는 태양을 향하여」『문학예술』제3권 제4호, 1950.4, 가극 〈노래는 끝나지 않았다〉『조선여성』, 1950.7~8와 같은 작품들은 따뜻하고 밝고 행복을 느끼게 하는 북한과 달리 남한은 피와 총칼이 멈추지 않는 어둡고 절망적인 공간으로 재현되었다. 북한은 곧 도래하게 될 한반도의 밝고 힘찬 미래를, 남한은 소멸되어야 할 죄악의 과거 시공간으로 남에 대한 북의 우위를 강조하고 있는데 이는 북한에서 한국전쟁을 '조국해방전쟁'이라 부르는 이유이기도 하다. 민족주의적 차원에서 보더라도 신음하는 남반부 인민들을 도탄 속에서 건져내는 것은

'정의로운' 선택이었다. 「남에서 온 편지」에서 투쟁하는 남한의 애국청년
들은 위험을 무릅쓰고 남과 북의 경계를 넘나든다. 이들은 남한에서 피를
흘리며 투쟁하다가 북한에 건너오면 '환대받는 월경자들'로 북의 '따뜻한
품' 속에서 육체적 정신적 상처를 치유하고 다시 건강하고 명랑한 모습
으로 남으로 건너가 투쟁에 뛰어든다. 「대오는 태양을 향하여」는 남한에
깊숙이 침투된 빨치산들이 선전과 선동을 통해 민중의 지지를 얻고 빨치
산의 행동 작전에 적극 호응해 적들과 용감히 싸우는 남한 민중들의 투
쟁상을 그려냈다. 아침 햇살을 맞이하며 대오를 정렬하여 새로운 투쟁의
길을 향해 출발하는 빨치산 부대의 행군 길은 이 작품의 제목[14]이 암시하
는 바였다. 그것은 광명의 길이었으며 보다 나은 미래를 위한 투쟁에서
발생하게 되는 죽음과 희생은 숭고하고 아름다운 것으로 미화된다.

　김사량의 종군기는 중국 태항산 항일근거지에서 창작한 『노마만리』
에 이어 북한이라는 현실 속에서 진행된 이러한 '작가적 수업'의 연장선
상에서 바라보아야 할 것이다. 김사량은 1950년 6월 한국전쟁이 발발하
자 누구보다 먼저 종군의 길에 올랐고 남진하는 인민군을 따라 전장을 누
비며 「서울서 수원으로」『로동신문』, 1950.7.25, 「우리는 이렇게 이겼다」『로동신문』,
1950.8.18~23, 「락동강반의 전호 속에서」『로동신문』, 1950.9.2~3, 「지리산 유격지대를
지나며」『로동신문』, 1950.9.29~30, 「바다가 보인다」1950.9.17 『문학예술』 제4권 제2기, 1951.5와
같은 종군기를 창작해냈다.

　한국전쟁 당시 북한에서 김사량의 종군기가 단행본으로 출간되었는지

14　1939년에 창작된 〈팔로군 행진곡〉은 연안(延安)에서 정률성이 작곡하고 공목(公木)이
　　작사한 노래로, 1988년에는 〈중국인민해방군군가〉로 확정되었다. 이 노래는 당시 중
　　국의 각 항일근거지에 널리 전파되었고 항일 대오의 사기를 돋우어주는 데 크게 공헌
　　했다. 이 노래의 가사 첫 구절이 바로 "向前! 向前! 向前! 我們的隊伍向太陽(앞으로 나
　　가자! 나가자! 나가자! 우리의 대오는 태양을 향하여)"이다.

여부에 대해서는 확인할 수 없지만 이상 작품들을 모아 중국에서 『동지들, 바다가 보인다同志們, 看見海了』라는 창작집이 1951년 11월, 1953년 4월, 8월에 걸쳐 세 번이나 번역 출판되었음을 확인할 수는 있다.[15] 이외에도 1951년 김사량 · 이기영 · 이정구 · 이태준 등의 작품들이 함께 실린 『영용전투적조선인민英勇戰鬪的朝鮮人民』[16]과 김사량의 『대오는 태양을 향하여隊伍向着太陽』[17]가 '항미원조' 중인 중국에서 출판 유통되었다.

그리고 『동지들, 바다가 보인다』의 1953년 8월 재판본에는 해방 후에 찍은 것으로 보이는 김사량의 소중한 사진 한 장과 역자 이열李烈이 1953년 4월에 쓴 것이라고 적은 작가소개도 들어가 있다. 짧은 글이지만 주목할 만한 내용은 김사량의 문학적 재능에 대한 긍정적인 평가와 김사량이 북한과 중국에서 모두 인정받는 훌륭한 작가로 성장하는 도정에서 공산당이 이끌어나가는 중국과 북한에 진주한 소련 홍군이 큰 역할을 했다고 강조한 부분[18]이다.

또 『同志們, 看見海了』는 「바다가 보인다」의 번역문 앞부분에 『문학예

---

15 金史良 著, 李烈 譯, 『同志們, 看見海了』, 문예번역출판사, 1951 초판, 1953.4 3판, 1953.8 수정 1판. 초판본에는 작가의 사진과 저자 소개 부분이 없이 작품만 번역되었다.

16 朝鮮 김사량(金史良) · 이기영(李箕永) 等, 朝鮮 金波 譯, 『英勇戰鬪的朝鮮人民』, 新華書店華東總分店, 1951.

17 金史良 著, 李烈 譯述, 『隊伍向着太陽』, 靑年出版社, 1952.

18 이열(李烈)의 소개에 의하면 작가 김사량은 북한에서 가장 사랑받는 작가 중 한 명으로 식민지 시기부터 문학적 재능을 발휘하여 「무궁일가」, 「고향」, 『태백산맥』과 같은 작품들을 창작했지만 그의 작가로서의 천재적 재능을 충분히 발휘하게 된 것은 "식민지 조국을 떠나 중국 공산당과 마오쩌둥의 깃발 아래로 달려온 뒤였다". 중국의 항일근거지에서 김사량은 새로운 세상을 보았고 일심전력으로 조국의 해방을 위한 사업에 매진하는 한편 장편 기행문 『노마만리』를 창작했다. 계속하여 이열은 해방을 맞이하여 조선으로 돌아간 김사량은 '위대한 소련 홍군'의 도움과 고무 격려하에 신생 조선의 문학예술을 위해 복무했으며 「뇌성」, 『풍상』, 「칠현금」 등 다양한 장르의 작품들을 창작해냈다고 했다.

술』잡지에 게재될 당시 편집진의 설명으로 보이는 글을 번역 게재했다.
『문학예술』편집진의 설명에 따르면 김사량은 전쟁발발 후 종군작가의
신분으로 "미국 침략자와 이승만 괴뢰군을 격파하기 위한 영용무쌍한 인
민군"[19]을 따라 마산 전선에까지 전진해갔고 인민군의 영용한 전투 사적
을 묘사한 많은 작품들을 보냈다.

> 이 글의 원고는 그가 작년 9월 17일 마산진중에서 보내왔으나 우리는 최근
> 에야 받아볼 수 있게 되었다. 그러나 김사량 동지의 소식은 아직까지 없다. 이
> 보도는 영웅 칭호를 받은 방호산 부대가 마산 전선에서 작전하는 생생한 기록
> 이다.編輯局原註, 1951.5[20]

짤막한 글이지만 한국전쟁 당시 김사량의 행방과 그의 종군기 작품들
에 대한 평가를 찾아볼 수 있다는 점에서 중요한 사료적 가치를 지닌다.
전쟁발발 직후 전선으로 파견된 종군작가들은 부대를 따라다니며 선전
문화공작을 하는 동시에 전선 르포르타주를 써서 후방으로 보내기도 했
는데 현수의 기억에 의하면 7월 중순부터 종군작가들이 쓴 작품들이 도
착하기 시작했고 그 중에서 가장 인기를 끈 것은 김사량의 글이었다고
한다.[21] 즉 김사량의 종군기 작품들은 당시 북한 내에서 좋은 평가를 받고
있었던 것이다. 따라서 이 작품들은 자연스럽게 '항미원조抗美援朝'전쟁 중
인 중국에서도 번역, 소개되었고 당시 이태준이나 한설야와 같은 작가의
작품보다도 김사량의 종군기가 중국에서 훨씬 빈번하게 수용되는 모습

19　金史良 著, 李烈 譯,『同志們, 看見海了』, 문예번역출판사, 1953년 수정 1판, 74면.
20　위의 책, 74면.
21　박남수(현수), 앞의 책, 194면.

위 사진들은 1953년 8월 중국에서 번역 출판된 김사량의 작품집 『同志們, 看見海了』(李烈 역, 文藝翻譯出版社)의 표지와 책의 첫 페이지에 실린 김사량의 사진 및 작가 소개이다.

을 보여주고 있다.

북한의 경우 전쟁 중인 1952년 『인민』 잡지에 실린 엄호석의 『조국해 방전쟁 시기의 우리 문학』에서도 김사량의 종군기에 대해 다루고 있었 다. 엄호석은 '조국해방전쟁'의 개시와 더불어 작가들에게 제기된 가장 근본적인 과업은 애국주의 사상을 강조함으로써 인민들을 조직 동원하 고 당과 국가를 돕는 데 있다고 하면서 이를 위해 작가들은 직접 종군하 여 싸우는 인민군과 인민들의 영웅적 면모와 사건들을 체험하게 되었고 이를 형상화하기 위한 작업에 전념했다고 평가했다. 시 분야에서 김조규 와 조기천을, 산문 문학에서 김사량의 종군기를 언급했다. 전쟁이라는 긴 박한 상황 속에서 전투적이고 기동적인 산문 형태인 종군기, 벽소설, 전 기, 오체르크 등이 발전하게 되었는데 김사량의 「바다가 보인다」를 비롯 한 여러 편의 종군기는 "조국해방전쟁시기의 우리 문학의 고귀한 문헌" 이자 작가의 애국주의적 정열을 보여주는 근거라는 점에서도 아주 중요 한 의의를 갖는다고 했다. 특별히 「바다가 보인다」를 언급하며 제목 자체부터가 "원수를 한시바삐 우리 강토로부터 뿌리처 버리려는"[22] 작가의 불타는 욕망을 보여주었다고 했다.

1953년, 전쟁이 끝나고 김사량은 행방불명인 채 서서히 잊혀가는 듯했으나 의외로 1955년 북한에서 『김사량 선집』이 출판되었다.[23] 1955년 국립출판사에서 출판한 『김사량 선집』은 해방 직전 중국의 태항산 항일근거지에서 창작한 『노마만리』와 희곡 「더벙이와 배뱅이」, 그리고 해방 이후 창작한 「남에서 온 편지」와 「우리는 이렇게 이겼다」, 종군기로 「바다가 보인다」 한 편이 수록되었다. 이 작품집은 '선집'이라고 하지만 편집 구성이 엉성하여 이상 언급한 작품 외에는 가장 기본적인 저자 약력을 포함하여 아무런 설명도 남기지 않고 있다. 책의 서문 역시 장편기행문 『노마만리』의 '서문'을 그대로 인용하고 있어 편집진의 면밀한 검토와 기획 하에 출판된 것이 아니라 아주 급하게 만들어졌다는 느낌을 전달해준다. 선집이 출간되었으나 작가 소개의 부재, 식민지 시기 작품의 누락 등 문제점들은 연안파의 숙청, 미스터리한 행방, 그리고 식민지 시기 일본어 창작이라는 여러 문제들이 복합적으로 작용한 결과라 할 수 있다.

유임하의 연구에 의하면 1959년 평양에서 간행된 『조선문학통사―현대문학 편』에는 종군기 「바다가 보인다」 한 편만 언급되었고 70년대에 쓰인 『조선문학사』[1945~1958]에는 김사량의 이름과 작품이 누락되어 있다.[24]

---

22 엄호석, 「조국해방전쟁시기의 우리 문학」, 『인민』, 1952; 이선영·김병민·김재용 편, 『현대문학 비평 자료집―이북 편』(1950~1953), 태학사, 1993, 195면.

23 이에 대해 정률은 훗날 전쟁이 끝나고 자신이 문화선전성 제1부장의 직책을 맡고 있을 때 김사량의 아내가 자신을 찾아온 적이 있다고 회고했다. 당시 보았던 김사량의 아내는 전란 속에서 몹시 늙었고 옷차림 역시 말이 아니었는데 조용히 울고 있었으며 그가 찾아온 이유를 잘 알고 있는 정률은 출판국장을 청하여 앞으로 김사량의 작품집을 출판하기로 하고 선금을 드릴 것을 지시했다고 한다.

24 유임하, 「기억의 호명과 전유―김사량과 북한문학의 기억 정치」, 『동악어문학』 53, 동

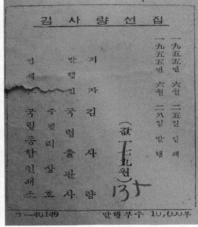

현재 필자가 소장하고 있는 『김사량선집』(국립출판사, 1955)의 표지와 발행사항이 적힌 마지막 페이지를 찍은 사진이다. 책 표지에는 불꽃이 튀는 전쟁터에서 전사들이 총을 겨누고 싸우고 있는 모습이 그려져 있다.

50년대로부터 80년대 초반까지 김사량은 북한문학사에서 거의 언급이 되지 않았지만 그의 종군기만은 간혹 언급이 되어 김사량이라는 작가의 이름이 완전히 잊히지는 않았다. 그의 정치적 문학사적 복권은 전쟁 당시에도 사상, 예술 면에서 평판이 좋았던 종군기와 줄곧 긴밀하게 연관되어 있었으며 80년대에 이르러 김사량이 다시 공적 서사에 오르게 될 당시에도 가장 먼저 언급되었던 것은 다름 아닌 종군기였다.

1985년, 은종섭은 해방 40주년을 맞이하여 쓴 「위대한 령도따라 우리 소설문학이 걸어온 영광의 40년」이란 평론에서 북한의 소설문학은 '위대한 수령님'과 '당의 현명한 령도'하에 40여 년의 세월에 거쳐 성장과 번영을 이룩했으며 이 과정에 문학은 강력한 무기의 역할을 발휘했다고 서술했다. 작가들은 '수령님'의 교시를 떠받들고 '조국해방전쟁'시기에는 전투적인 단편소설과 기동적인 실화문학들을 활발하게 창작하여 인민군

악어문학회, 2009.8, 371면.

과 후방 인민들의 사기를 돋우어 주고 전쟁 승리의 신심을 확고히 하는 데 크게 이바지했는데 대표적 작품으로 김사량의 「바다가 보인다」와 리동규의 「해방된 서울」, 남궁만의 「미군 격멸기」 등이 있다고 했다.[25] 해방 이후 북한 초기 문단에서 누구보다 활발하게 창작활동을 했던 김사량은 해방 후 40년간의 소설문학을 훑어보는 자리에서 누락되었고 '조국해방전쟁'시기의 종군기만이 김사량을 대표할 수 있는 기표로 떠돌고 있었다.

1987년, 북한은 김사량의 문학적 도정 전반을 다룬 『김사량 작품집』 문예출판사, 1987을 출판했다. 김사량의 생애 전반을 소개하는 책의 서문에서 장형준은 김사량의 부유한 가문은 사실 '자그마한 주물공장을 경영하는 가정' 정도로 계급 출신의 '특수성'을 약화시키고 논란이 될 만한 일본어 작품 대부분을 생략했다. 평양의 빈민층을 다룬 「토성랑」과 「빛속으로」, 「천마」, 「풀이 깊다」[26]만 간략하게 짚고 넘어간 반면 작품집 분량의 5분의 1밖에 차지하지 않는 김사량의 종군기에는 많은 지면을 할애하여 상세하게 소개했다. 「서울서 수원으로」, 「우리는 이렇게 이겼다」, 「지리산유격구를 지나며」, 「락동강반의 전호 속에서」, 「바다가 보인다」를 일일이 소개하면서 김사량이 당적작가로서 '당'과 '수령'에 대한 충성심, 조국에 대한 사랑은 '조국해방전쟁'시기에 가장 높이 발휘되었고 이 작품들은 김일성

---

25 은종섭, 「위대한 령도따라 우리 소설문학이 걸어온 영광의 40년」, 『조선문학』 6호, 1985, 5~6면.

26 김사량의 식민지 시기 창작활동에 있어 「토성랑」은 김사량의 첫출발을 자랑스럽게 보여주는 동시에 그의 문학창작의 미래와 애국적 성격을 특징 지어주는 의미 있는 작품으로 평가되었다. 「빛속에」는 작가적 재능을 세상에 널리 알린 작품으로 조선 인민의 비참한 모습이 잘 그려져 있지만 간과할 수 없는 제한성도 가지고 있다. 그것은 바로 '하루오'라는 혼혈아를 통해서는 절대로 억압받고 착취 받는 조선민족의 비통한 운명을 재현할 수는 없다는 점이다. 그리고 「천마」와 「풀이 깊다」는 일제의 식민 통치에 대한 작가의 반항정신을 잘 드러낸 작품으로 특히 「풀이 깊다」는 「토성랑」에 이어 가장 애국적이며 반일적인 작품이라고 평가했다.

장군에 대한 무한한 충성심과 인민군대와 애국적 인민들의 영웅적 전투를 그려낸 감동적인 실기로서 당시 인민군과 후방 인민들의 투쟁의 의지와 적개심을 고취시키는 데 크게 기여했다고 했다.[27]

장형준의 이 글은 북한에서 김사량의 문학사적 복권을 의미하는 글로 볼 수 있는데 서사 전략상 김사량의 창작 생애 전반일제시기와 해방 후 그리고 종군 이후에 '김일성'과 '항일', '애국'이라는 핵심적 요소가 도입되기 시작하며 이 핵심적 요소들이 김사량의 생애 전반을 끌고 나가는 원동력으로 작용한다. 김사량이 양심적 인텔리, 혁명적 작가로 성장하게 된 것은 식민지 시기 김일성의 항일무장투쟁의 영향을 크게 받았기 때문이며 중국으로 탈출한 뒤에는 "전설적 영웅이시며 백전백승의 강철의 령장이신 김일성 장군님"[28]을 '민족의 태양'으로 우러르며 항일의 최선에 뛰어들었다. 해방 후에는 '수령'님의 접견을 받는 등 '은혜로운 햇빛'을 받아 안고 끓어 넘치는 작가적 열정으로 새 조국 건설과 문학예술 건설에 이바지했다. 그의 종군기들은 바로 이러한 작가적 수업을 거쳐 사상적으로 비약적인 성장을 이룩한 김사량이 창작한 작품들로 창작 생애의 최고봉을 대표하게 된다. 그리고 이 글은 처음으로 김사량이 원주 근처에서 심장병이 도져 낙오하게 되었지만 살아서 인민유격대에 참가하여 36살 나이에 장렬한

27　장형준, 「작가 김사량과 그의 문학」, 김사량·리명호 편, 『김사량 작품집』, 문예출판사, 1987, 1~22면. 얼마 후 일본의 『朝鮮時報』에는 저널리스트 이호(李鎬)가 쓴 「革命的作家と高く評価」라는 글이 실리는데 이 글은 북한에서 『김사량 작품집』이 출간되었다는 소식을 전하면서 1986년 『조선문학』에 실린 실화문학과 『조선시보』(조선어 일간지)의 취재를 통해 김사량이 지리산에서 빨치산으로 활약하던 중 1956년에 자폭했다는 사실이 확인되었다고 전달하면서 취재를 통해 획득한 것으로 보이는 가족사진 한 장(김사량과 부인 최창옥, 그리고 장남)과 김사량이 전쟁 당시 적었던 종군 수첩의 부분 내용을 공개했다. 그러나 필자가 입수한 이 신문의 스캔본에서 종군수첩에 적힌 글들은 해상도가 낮아 확인이 불가능하다. 『조선시보』, 1987.10.1, 4면.

28　위의 글, 9면.

최후를 마쳤다고 서술했다. 즉 '행방불명'이었던 김사량의 최후가 공개되면서 김사량의 생애 전반이 온전하게 구사되었다.

김명희는 김사량의 종군기를 평가하는 글의 첫 서두에서 단도직입적으로 "조국해방전쟁시기 실화 문학 발전에서 중요한 자리를 차지하는 것은 작가 김사량의 종군활동과 그가 창작한 종군기들이다"[29]라고 자리매김했다. 김명희는 김사량의 종군기의 사상적 경향과 예술적 특징을 밝히는데 중심을 두고 호평을 했다. 김사량이 '조국해방전쟁'시기에 우수한 종군기들을 창작할 수 있었던 것은 그가 당적 작가로서의 높은 자각성, 당과 수령, 조국과 인민에 대한 무한한 충성심과 적극적인 종군활동과 직접적으로 관련된다고 보았다. 따라서 그의 작품들은 전쟁 당시 작가로서 느꼈던 감정과 흥분, 전투 현장에 대한 생생한 표상들이 그대로 살아 있는 듯이 독자들에게 전달될 수 있었다. 한편 김명희는 김사량의 종군기의 문체적 특징을 지적하면서 그의 종군기는 설화적인 이야기를 기본으로, 소설적인 묘사와 극적인 대화, 시적이며 정론적인 호소까지 유기적으로 결합되어 사건, 일화들을 재치있게 엮어 나갔다고 평가했다.

1994년에 이르러 북한에서 출판한 『조선문학사11 – 해방후 편조국해방전쟁시기』에서 김사량의 종군기는 더욱 주목을 받는다. 시, 산문, 극 문학의 순서로 장르를 나누어 한국전쟁 당시 창작 발표한 문인들의 작품들을 상세히 평가하고 있는데 산문문학의 제2절 「전투적이며 기동적인 다양한 산문형태들의 왕성한 창작, 작가 김사량의 종군기」에서 김사량의 종군기를 '전투적인 실화문학'에서 중요한 자리를 차지하는 작품으로 고평하며 기타 작품들과 구별하여 단독으로 다루고 있다. 김사량의 종군기들은 사

---

29   김명희, 「김사량과 그의 종군기」(『조선어문』, 1991.1), 김사량·김재남 편, 『종군기』, 살림터, 1992, 336~348면.

상적으로 '수령'에 대한 충성심과 숭고한 애국심을 격조 높이 찬양하고 전쟁 승리의 신심과 사기를 고양시켰으며, 예술적으로는 일반 보도문학과 달리 생동한 개성으로 인물들을 전형화하여 인상 깊게 보여주었다는 점, 그리고 언어 문체적으로도 소설적인 묘사와 극적인 대화, 희화적인 형상과 풍자적인 묘사가 잘 되어 있는 등 작가적 재능을 충분히 발휘한 작품들이라 고평했다. 따라서 김사량의 종군기는 "전시 영웅적 문학의 화원을 빛나게 장식하는 데 훌륭히 이바지하였다"[30]고 평가했다.

3. '종군'과 '희생'에 대한 반복적인 스토리텔링

50년대 김사량의 실종 소식에 대해 찾아볼 수 있었던 것은 중국의 『광명일보』에 실린 사설의 한 구절을 통해서였다. 「문화교류」 제4기 「전투조선의 문학」이란 글에서 저자 오매吳邁는 조선 현대문학의 발전 과정을 살펴보면서 식민지 시기 조선 인민은 결코 일제의 식민지 통치에 굴복하지 않았으며 조국의 자유와 독립을 위해 지속적인 투쟁을 벌여왔고 문학 역시 저항적 성격이 강했다고 했다. 그러나 해방 이후 북한의 문학은 일제의 침략에 반대하는 저항적 문학에서 민주 건설의 문학으로 재탄생하여 활발하고 건전한 발전을 이룩했던 반면에 남한의 문학은 '미제'와 '이승만 괴뢰정부'의 통치하에 진보적인 작가에 대한 탄압이 가혹했다고 보았다. 1950년 6월 25일 전쟁이 발발하자 북한의 문예공작자들은 바로 전장으로 나가 인민들과 함께 조국의 독립을 보위하기 위한 장엄한 투쟁에 뛰어들었다. 이

---

30   김선려·리근실·정명옥, 『조선문학사 11 – 해방후 편(조국해방전쟁시기)』, 사회과학출판사, 1994, 196~204면.

필자가 소장하고 있는 1952년 3월 22일 자 『光明日報』 4면에 실린 吳邁의 「戰鬪朝鮮的文學」이라는 글의 일부분을 찍은 사진이다.

들은 전쟁의 승리를 위해 소중한 생명마저 바쳤는데 시인 조기천은 미국의 비행기의 폭격에 의해 희생되었고 작가 함세덕 역시 장렬하게 전사했으며 소설가 김사량, 고일환, 이동규도 한차례의 후퇴 중에 실종되었다고 전했다. '항미원조'전쟁 기간에 조선의 종군작가들은 우수한 작품들을 많이 창작했는데 구체적으로 이기영의 「38선」, 한설야의 「승냥이」, 이태준의 「고귀한 사람들」 그리고 김사량의 「바다가 보인다」를 언급했다.[31]

'실종'되었다던 김사량의 최후와 그의 작가적 삶이 구체적으로 밝혀지기 시작한 것은 80년대에 이르러서였다. 1986년, 『조선문학』 잡지에 연재된 리일복의 「빛나는 삶」총 3회[32]은 흥미롭다. 실화문학이라는 장르로 김사량의 일생을 스토리텔링한 이 작품은 김사량의 지인들에 대한 인터뷰를 통해 그의 삶의 궤적들을 추적하고 밝혔다.

31   吳邁, 「戰鬪朝鮮的文學」 『光明日報』, 1952.3.22, 4면.
32   리일복, 「빛나는 삶 1~3」, 『조선문학』 1~3호, 1986.

우리가 여기서 이야기하려는 작가 김사량에 대한 이야기도 바로 그것을 말해준다. 우리들 중의 그 누구도 그와 전 인생 행로를 함께 걸어본 사람이 없다. 그러나 우리는 그의 삶의 구간 구간마다에서 함께 지내온 사람들, 단편적이나마 그의 생활을 목격할 수 있었던 사람들을 만나보면 결국 작가 김사량의 삶의 행로가 다 알려질 수 있다고 생각하였다.

들은 이야기를 그대로 쓴다 해서 거칠다고만 생각지 말아주기 바란다. 서툴게 꾸민 이야기는 오히려 들은 이야기를 그대로 전하는 것보다 못하기 때문이다.[33]

'실화문학'인 만큼 저자는 글의 서두에서 자신이 이야기하고 있는 김사량에 관한 이야기들은 허구가 아니라 자신이 들은 이야기를 그대로 전하는 것이라고 하면서 이 글의 '진정성'을 재차 강조했다. 저자가 맨 먼저 찾아간 인물은 희곡작가 '박동무'로 김사량은 그의 입당 보증인이었다. 인터뷰의 대상인 박동무는 단순한 이야기의 전달자와 서술자가 아니라 수시로 김사량이 되어 내적 감정을 직접적으로 드러내는 등 객관성이 결여된 서술로 김사량의 식민지 시기 창작으로부터 '빛'을 찾아 중국의 항일근거지로 탈출하는 과정에 대해 이야기한다.

제2호에서는 '조선 2·8 예술영화촬영소'에 도착하여 인민배우 '리동무'를 인터뷰한다. '리동무'는 해방 후 김사량이 평양으로 돌아와 가장 먼저 창작했던 희곡 「뢰성」이 무대에서 공연될 당시 주인공으로 출연한 인물로, 그 역시 감회 깊은 어투로 김사량에 대해 이야기한다. 김일성의 보천보 전투를 작품화한 희곡 「뢰성」의 창작 계기와 창작 과정, 무대의 공연과정을 두루 이야기하면서 김사량은 '어버이 수령님'의 은덕을 누구보

---

33   리일복, 「빛나는 삶 1」, 『조선문학』 1호, 1986, 40면.

다 많이 입고 그 온정을 받아 성장한 혁명적인 작가로, 해방 후 5년간 많은 작품들을 창작해냈다고 회상했다.

제3회에서는 '로시인'과의 대화를 통해 김사량의 종군 전후의 자세한 경위에 대해 이야기했다. '로시인'의 기억에 의하면 김사량은 전쟁이 일어나자 가장 먼저 전선에 나갈 것을 제기했다. 6월 26일 김일성의 방송연설에 크게 감화되어 자신의 손목을 이끌고 상급으로 달려가 종군을 제기했으며 그 이튿날 자신들은 벌써 남으로 향하는 기차에 올라있었다고 했다. '수령님'의 친필 서명이 적힌 종군 파견장과 당원증을 안고 싸움터로 향하는 김사량은 흥분과 격동된 심정을 억누를 수 없는 모습이었다. 1950년 7월 4일 남진하는 인민군의 포차에 올라 한강을 건넜고 전쟁 중자신이 직접 체험하고 목격한 사실들을 적은 종군기며 정론 수필들을 신문사와 출판사들에 보냈다. 그가 쓴 「우리는 이렇게 이겼다」, 「바다가 보인다」와 같은 종군기들은 신문 매체를 통해 널리 전파되었으며 인민군과 인민들의 필승의 신념을 궐기시키는 데 크게 이바지했다. 이때 '로시인'은 자신이 줄곧 소중하게 간직하고 있던 책 한 권을 꺼내 보여준다. 겉표지에 적을 향해 불을 뿜는 종기사수의 모습이 그려진 이 책은 전쟁 시기에 출판된 김사량의 종군 작품집 『바다가 보인다』였다. 저자는 「바다가 보인다」의 마지막 단락을 길게 인용하면서 김사량의 종군기야말로 '수령'에 대한 충성심과 생명의 마지막 순간까지 변함없었을 그의 투지와 신념을 증명할 수 있는 유력한 증거물임을 암시했다.

바로 이러한 김사량이었기에 1950년 9월 일시적 후퇴의 나날에도 침착하게 사고하고 행동할 수 있었으며 심장병이 발작하여 대오의 행진에 영향을 주게 되자 자신을 내버려 두고 어서 떠나라고 간절히 타이른다. 그러면서 연락군관을 조용히 만나 전하는 말이 "당중앙위원회에 가거든

내가 부득이 이런 정황에서 떨어졌는데 절대로 변함이 없이 싸우겠다는 이 결심을 꼭 전해주오. 이대로 죽느니 싸우다 죽고 싶습니다"[34]라고 하면서 아픈 몸을 끌고 일어나더니 종군 수첩을 뜯어 편지를 써서 자신의 당원증과 소지품들을 함께 넘겨주었다고 한다.

'로시인'이 전하기를 이렇게 두고 온 김사량이 희생된 줄로만 알았는데 당시 적후 인민유격대에서 김사량과 함께 싸운 동무의 말에 의하면 김사량은 유격대에서 출판사업과 선전선동 사업에 투신하여 더욱 헌신적으로 싸우다가 열악한 환경 속에서 발에 동상을 입고 병 치료를 위해 유격대의 병동 아지트에 입원하여 지내던 중 토벌대에 의해 발각되자 "김일성 장군 만세!"를 부르면서 자폭했다고 한다. 자폭 — 이것이야말로 김사량이 자기의 신념을 지키는 길이자 전사로서의 의리를 지키는 길로 김일성은 전쟁이 끝난 후 김사량을 언급하면서 그는 "정의감이 강하고 량심적이며 신념이 있는 사람"으로 "신념이 있는 사람은 변하지 않습니다"[35]라고 했다. 김일성에 이어 김정일 역시 김사량은 혁명적인 작가라고 평가하면서 그와 그의 가족에게 큰 배려를 해주었다고 전한다. 이러한 증언들은 모두 남한과 일본에서 돌고 있는 김사량의 실종설, 전향설에 대한 반박으로 김사량은 '빛'을 제대로 찾았고 그 빛발 아래 자신이 나아갈 길을 똑똑히 깨달았으며 그 길 위에서 보람찬 생을 산 작가라고 마무리를 맺는다. '빛'은 바로 김일성, 김정일을 가리키는 말로 바로 그 '빛'이 있었기에 생전, 사후를 막론하고 김사량에게는 그 어떠한 흔들림도 존재하지 않았으며 존재할 수도 없었다.

희곡작가인 '박동무'는 「토성랑」과 같은 김사량의 식민지 시기 작품을

---

34 리일복, 「빛나는 삶 1」, 『조선문학』 3호, 1986, 18면.
35 위의 글, 19면.

언급하며 이 작품들은 모두 일제에 대한 김사량의 저항 정신을 보여주었다고 했다. 비록 식민지 치하라는 상황에서 사상적 미학적 제약성으로 하여 본격적인 항거와 투쟁을 보여주지 못했지만 그것은 당시 상황으로서는 어쩔 수 없는 일이었고 40년대 초에는 창작활동에서 '우여곡절에 찬 동요와 굴절의 쓴맛'을 보기도 했으나 민족의 참된 빛을 그리는 강렬한 열망만큼은 절대로 지워버릴 수 없었다고 이야기한다. 식민지 시기 김사량의 빈번한 이동은 빛을 찾아 헤매는 과정이었다. 중국 땅으로 건너가지만 종시 빛을 찾지 못하다가 백두산에서 항일 투쟁을 벌이고 있는 김일성 장군 부대를 알게 되며 이것이야말로 자신이 찾고 찾던 '빛'임을 발견하고 감격에 젖었다고 한다. 위대한 '태양'의 빛을 뒤늦게나마 받아 안게 되었지만 빛을 받아 안은 그때부터 정신생활이나 창작활동에서 새로운 출발점에 놓이게 되었다. 그리고 이어 '리동무'의 기억을 통해 김사량은 '태양의 빛발 속에서' 누구보다도 '어버이 수령님'의 사랑과 은덕을 많이 입었고 그 속에서 김사량은 혁명적인 작가로 성장했다는 점을 피력했고 마지막으로 '로시인'은 김사량의 삶은 '태양'을 따라 돌면서 '태양'의 빛을 받아 반짝이는 별과도 같은 것이라고 했다. 즉 김사량은 '태양'을 따르고 또 '태양'이 있었기에 빛날 수 있었던 존재였다. 김사량의 생애를 이야기하는 글이지만 그의 생애 단계마다 '어버이 수령님'과 접합시켜 재해석하는 이러한 서사 속에서 정작 주인공인 김사량은 피동적이고 부차적인 인물로 밀려나고 그 중심에는 '수령님'이 자리 잡고 있다. 비록 장형준의 논조에서 크게 다를 바 없지만 일부 사건들은 구체적인 일화 혹은 증빙자료로 보이는 김사량의 글들을 직접 인용하고 있어 그의 복권을 위해 많은 사전공작을 진행했다는 느낌을 준다.

이와 비슷한 논조로 김사량의 북한 시기 활동을 소개한 글로는 방철림의 「작가 김사량과 그의 창작」[36]이라는 글이다. 방철림의 글은 이일복의 글을 그대로 반복 서술하고 있지만 마지막 부분에서 김일성과 김정일의 노력하에 김사량의 최후가 드디어 알려지게 되었으며 그의 생애 역시 북한문학사에 자랑스럽게 기록이 되어 영원한 삶의 빛을 뿌리게 되었다고 직설적으로 이야기했다. 김일성과 김정일의 신임과 온정을 한 몸에 받아 안은 혁명적 작가 김사량, 이들이 밝혀낸 사료의 진위성과 김사량의 최후에 대한 역사적 진실 여부를 더는 확인할 수는 없지만 최고 지도자의 신임을 받은 작가로서 그의 최후는 이들이 만들어낸 스토리 — 영웅적 최후 말고는 아마 다른 선택 자체가 불가능했을 것이라 할 수도 있다. 따라서 '행방불명' 이후의 김사량의 행적을 밝힌 것도 중요하지만 이상의 글들이 공통적으로 강조하고 있었던 것은 김사량은 살아생전 나아가 사후 수십 년 동안에도 '위대한 지도자'들의 은혜를 입은 행복한 인간으로, 김사량과 그의 가족들은 이에 반드시 감사해야 한다는 메시지를 담고 있다.

이렇게 김사량의 종군기와 종군 경력 그리고 그의 최후가 완전히 밝혀지고 김사량이 북한 사회와 문학사에 당당하게 편입된 것은 2013년에 이르러서였다. 전승 60돌을 기념하여 김정은 정권은 종군작가로서 여러 편의 우수한 종군기를 남겼던 김사량에게 '조선민주주의인민공화국 영웅' 칭호를 수여했고, 7월 말에 준공된 '조국해방전쟁참전 렬사묘'에는 '공화국 영웅 김사량 동지'라고 새긴 묘비가 세워졌으며 묘비에는 군복차림의 김사량이 새겨졌다.[37] 사후 60년 동안 북한체제에서 결코 잊힌 적이

---

36 방철림, 「작가 김사량과 그의 창작」, 『천리마』, 1994.1, 140~142면.
37 평양발 김지영 기자, 「전승 60돐의 해에 인민이 추억한 종군작가 / 김사량 영웅 칭호 수여에 깃든 비화」, 『조선신보』, 2013.12.6. 『조선신보』는 재일본조선인총연합회 중앙상임위원회 기관지로 주로 조선어로 발간되고 있다. 본사는 일본 도쿄에 있으며 조선민주주의인민공화국 평양직할시에 지국을 두고 있다.

'조선민주주의인민공화국 영웅' 증서와 훈장

왼쪽에서 김사량의 딸 김애경(맏딸, 2013년 당시 70세), 김애리(둘째 딸, 2013년 당시 67세), 아들 김광림(2013년 당시 63세)

'조국해방전쟁참전 렬사묘'에 있는 아버지 김사량의 묘비 앞에 선 아들 김광림

이미지 출처_『조선신보』, 촬영 문광선

없었던 김사량은 '전승'을 위한 '축제'에서 다시 한번 국가 권력에 의해 소환되었다.

이에 발맞춰 2013년 7월, 『노동신문』은 신문의 한 면을 내어 김사량에 대한 이야기를 인민들에게 대서특필했다. 이 글은 작가 김사량은 해방 후 6년간 참다운 창작활동을 하였지만 북한의 독자들에게 잘 알려지지 않았고 그의 최후 역시 1951년 6월 지리산 속에서 고립무원의 상황에 빠진 것으로 알려질 뿐이었다고 했다. 오랜 세월 동안 생사여부에 관한 확실한 소식이 전해지지 않았지만 사실 37살 나이로 생을 마친 그 시점으로부터 시작하여 줄곧 '백두산 위인들'의 지시와 배려가 있었으며 덕분에 그의

김일성장군 만세를 부르며 자폭한 종군작가

공화국영웅 김사량에 대한 이야기

2013년 7월 7일 자 『노동신문』 4면을 장식하고 있는 김사량 관련 기사의 제목 부분이다.

전 생애는 드디어 해명되었고 60여 년이 지난 이 시점에서 공화국의 최고의 영예를 받아 안고 '영생의 단상'에 내세워지게 되었음을 강조했다.

「민족재생의 빛을 찾아」, 「태양의 품에 안겨」, 「혁명적 신념과 영생」 세 부분으로 구성되는 이 글은 제목부터 김일성 장군에 대한 충성심을 그대로 드러냈다. 장형준, 리일복의 글과 비슷한 맥락을 가지지만 흥미로운 점은 김사량에 대해 제기될 만한 모든 의혹들을 깨끗이 제거함으로써 보다 완벽하고 양심적이며 혁명적이며 영웅적인 김사량이 재탄생되는 모습을 포착할 수 있다.

주목해야 할 점은 전에 언급이 되지 않았던 형 김시명과의 혈육의 인연 끊기 서사 전략이다. 이 글에 의하면 김사량은 중국으로 탈출하기 전에 만나야 할 사람들을 다 만났지만 서울에 사는 형 김시명만은 찾아가지 않았다고 한다. 그것은 총독부 전매국장이 된 형과 이미 이념적 대립이 명백했기 때문이었다. 또 김사량이 해방 직후 어머니를 서울에 모셔가겠다고 평양에 잠깐 들어온 형을 쫓아내고 형제간의 정을 끊었다는 일화를 소개했다.

일제강점시기 총독부 관리를 하던 형 김시명이 해방 직후 어머니를 모셔가겠다고 평양에 들어온 적이 있었다. 김사량은 즉시에 일축하였다.

"쪽발이 왜놈들의 앞잡이로 행세하다가 이제는 양코배기들한테 가붙은 신세에 어머니를 서울로 끌고 가? 말 같지도 않은 소리 하지도 마오!"

형제간의 열띤 언쟁은 나중에 주먹싸움으로 번져졌다. 그러자 신변호위로 데려온 형의 노복이 흉기로 김사량을 위협하였다.

김사량은 품에서 권총을 꺼내어 보란 듯이 천정에 대고 둬 방 갈겼다.

아랫방에서 듣고 있던 어머니가 사이 문을 거더차고 들어오며 소리쳤다.

"난 해방전에도 평양을 안 떠났다. 서울에는 못 간다."

김시명은 간다 온다 소리 없이 사라졌고 형제 관계는 이것으로 끝났다.[38]

형 김시명이 등장하는 이상의 일화들은 김사량의 영웅적 혁명적 이미지를 더욱 완벽하게 구축하는 데 일조하고 있다. 항일의 작가, 혁명적 작가, 애국적 작가로 돋보이기 위해서 그의 '명예'에 손상이 갈 만한 모든 인물 사건들과 철저한 거리두기를 하고 있다.

이 글은 또 김사량이 '김일성 장군 만세!', '조선민주주의인민공화국 만세!'를 부르며 자폭했다는 일화의 출처를 최초로 밝혔다. 그것은 '해방 전부터 김사량을 잘 알고 있던 남조선의 한 작가'가 지리산 빨치산 토벌에 참가했던 국군 해병대 장교와의 좌담회에서였다고 한다. 비록 이 작가가 누구인지, 이들의 좌담회는 어떤 상황에서 진행되었고 좌담회의 대화가 실린 자료는 어떤 것인지에 대해 언급하지는 않았지만 '전설적인 이야기'로만 들리던 김사량의 최후가 증빙자료의 제시와 함께 '허구'가 아닌 '사실'임이 재차 증명된 셈이다.

가장 최근에 북한에서 출판된 『빛과 생』한영수·윤강철, 평양출판사, 2021은 현재까지 김사량과 그의 가족에 관한 모든 수수께끼를 풀어주는 저서라 할 수 있을 것이다. 김사량의 종군기와 그의 전쟁 체험 그리고 최후의 영웅

---

38   기자 김원석·박진욱, 「김일성장군 만세를 부르며 자폭한 종군작가-공화국영웅 김사량에 대한 이야기」, 『노동신문』, 2013.7.7, 4면.

적 순간에 대한 모든 의문점들을 풀어주는 이 책에서 김사량의 전 생애
는 2013년 『노동신문』에 실린 글을 토대로 보다 풍부하고 생생하게 확
장, 재구성되었다. 2013년이 전승 60돌을 위한 축제의 해였다고 한다면
『빛과 생』이 출판되는 2021년은 김사량이 전사한 지 70주년이 되는 해
이다. 어느덧 70년의 세월이 흘렀고 이를 추모하기 위해 기획된 '김사량
평전'에 다름 아니다.

이 책의 서문에 의하면 평양의 '조국해방전쟁승리기념관' 영웅홀에 공
화국 영웅 김사량의 사진이 놓여 있고 석박산 기슭에 자리 잡은 '조국해
방전쟁 참전열사묘'에는 천연화강석으로 새긴 김사량의 모습을 찾아볼
수 있다. 저자는 김사량의 작품의 원천은 '빛과 어둠'으로 김사량은 운명
직전에 다음과 같이 이야기했다고 한다.

> 빛을 찾아 방황하고 빛을 그리던 나에게 그 빛이 없었다면 오늘의 나의 생
> 도 없었을 것이다. (…중략…)
> 김사량이 그토록 갈망하고 마침내는 받아안았던 그 빛, 그가 말한 나의 생이
> 란 과연 어떤 것이었는가. (…중략…)
> 인간을 인간으로 되게 하는 고귀한 생명은 정치적생명이다. 그 생명의 기원
> 으로, 그 생의 활력으로, 그 삶의 영원으로 되는 근원은 사랑과 정, 믿음과 의리
> 의 자애로운 빛발이다. 바로 이것이 그가 말한 빛이었다.
> 그렇다면 그 빛은 누가 비춰주는가.[39]

평전의 제목인 '빛'과 '생'은 80년대 이후 김사량에 대한 평가의 키워드

---

39   한영수·윤강철, 『빛과 생』, 평양출판사, 2021, 3면.

2021년 평양에서 출판된 『빛과 생』의 책 표지이다. 빛을 찾아 걸어가는 김사량의 모습을 담은 표지는 이 책이 말하고자 하는 김사량의 인생 전반을 압축 설명하고 있다.

로 이 저서 역시 이를 그대로 본받고 있지만 '빛'이 있었기에 김사량의 온전한 삶이 있을 수 있었음을 강조했다. 김사량은 항상 빛을 그리고 빛을 찾았으며 빛을 노래했다. 그리고 그 자신은 '절세위인'들의 사랑과 정, 믿음 속에서 인간으로서의 벅찬 삶을 누렸고 세월의 망각도 지울 수 없는 영생의 모습으로 빛나게 되었다. 현재 시점에서 김일성과 김정일에 이어 자연스럽게 김정은이 등장하며 공화국 인민들은 '희세의 위인이신 경애하는 김정은 동지'의 '빛'을 받아 대를 이어 행복한 삶을 누리고 있는 것이 오늘날의 북한이다.

이 책은 그동안 알려지지 않았던 많은 일화들을 가미하여 기존의 이야기들에 비해 새롭고도 흥미롭게 스토리텔링되었으며 드디어 김사량의 인생이 공백 하나 없이 완전하게 밝혀지게 되었다는 느낌을 준다. 우선 김사량의 가문에 대하여 기존의 '자그마한 주물공장을 경영'하던 집안에서 많은 땅을 소유하고 있는 부유한 집안이었으며 시내에는 철공소도 하나 갖고 있다고 했다. 특히 예전의 이야기들에서 거의 전해지지 않았던 김사량의 아버지와 어머니도 등장하는데 아버지 김태순과 어머니 리정근은 부자였지만 누구보다 부지런했고 잘사는 티를 내지 않고 동네 가난한 이웃들을 도와주기 좋아하는 사람으로 평판이 좋았다고 한다. 김사량은 이러한 가문에서 교육을 받고 성장했으며 어릴 적 길거리에서 동냥을 하는 아이에게 자신의 돈과 털신, 털모자를 벗어주었다는 일화를 삽입하여 유년시절의 김사량과 그의 출신, 가문에 대한 긍정적 태도를 보여주었다. 이는 해방 초기 김사량이 북한 문단에서 줄곧 자신의 '소시민' 성분으로 인해 고민하고 비판과 자기비판을 거듭해 나갔던 장면과는 대조적이라 할 수 있다.

식민지 현실 속에서 빛과 어둠 사이를 오가면서 방황하고 고민하는 김사량에게 한 줄기의 빛을 가져다준 것은 '문행'이라고 부르는 친구로부터 만주 길림 쪽에서 불고 있는 '길림바람'을 듣고 나서였다. '김성주'라고 하는 사람이 항일의 대오를 이끌고 만주 벌판에서 투쟁하고 있다는 사실을 두고 '길림바람'이라고 하는데 길림바람의 영향하에 광주학생사건이 일어났고 김사량 역시 반일의 실천적 행동에 나서게 되었던 것이다. 그리고 이 책에서 처음으로 김사량은 1948년에 수기 「빛을 찾아 걸은 34년의 길」에서 자신의 방황과 번뇌가 완전히 끝나게 된 것은 '보천보의 총성'으로, 이때로부터 생의 새로운 시대가 도래했다고 고백했다고 한다.

김사량의 평가에 있어 항상 논란이 되었던 일본어 글쓰기는 다음과 같이 해석하고 있다.

김사량은 자기의 발언뿐만 아니라 창작실천에서 부닥치는 모든 장애들을 요리조리 피하면서 피타게 쓴 작품들을 어김없이 출판케 하였는데 이는 그가 일제의 속내를 잘 알고 그 탄압과 마수에 정면 도전하지 않으면서 그를 능숙하게 업어 넘기는 데 능통했기 때문이었다.[40]

김사량은 일제에 대한 반항 정신이 투철한 사람으로 그가 보여주었던

---

40 위의 책, 84면.

자칫 '협력'이라 평가받을 수도 있는 행위들은 저항적 행위의 또 다른 방식으로 해석이 되었다. 한편 김사량의 항일의 불타는 의지와 저항적인 태도는 앞서 언급했던 형 김시명과의 일화를 통해 극명하게 드러냈다. 탈출하기 직전 형 김시명을 만나지 않았다는 일화와 해방 후 형과의 혈육의 정을 끊게 되었다는 일화가 재차 등장하는데 형 김시명에 대한 평가는 2013년 『로동신문』에 실린 글에 비해 '친일파'라는 점이 더욱 선명하게 부각되면서 김시명은 북한 체제, 나아가 혈육인 평양의 가족으로부터 철저히 배제된다.

이 책은 「풀이 깊다」의 군수는 바로 형 김시명의 이야기로 친일을 하는 맏아들이 미워서 어머니도 평양에서 김사량과 함께 살고 있었다고 한다. 「평양을 뜰 수 없다」에서 김시명은 해방 이후에는 미군정하의 남한에서 전매청장을 하게 되는데 그에 대한 비판적인 어조는 욕설에 가까울 정도로 차갑고 매정하다.

> 일제때는 왜인들의 비위를 맞추면서 온갖 벼슬을 따내고 치부에 미쳐 돌아치더니 미군정 하의 남조선에서는 그와 조금도 다를바없이 또 다른 상전애비의 턱밑에서 주구로 군림하고 있었다. (…중략…)
>
> 그의 행동거지가 정의롭지 못하고 모든 것을 권력과 금전을 기준으로 생각하며 자기 리익의 증대와 사리사욕을 채우는 것이 그의 가치관의 중심에 있는 것이었다. 말하자면 조국과 민족의 운명이라는 거대한 실체를 외면하고 대세에 따라 돛을 달면서 부유한 삶만을 추구하는 것이 바로 김시명이었다.[41]

---

41 위의 책, 122~123면.

친일파로 불리는 형 김시명은 해방 이후에도 변함없이 외세에 빌붙어 자신의 사리사욕을 채우는 파렴치한 인간으로 민족과 조국은 안중에도 없었다. 김사량의 '이력'에 손상이 갈 만한 친일파 형과의 관계는 총과 칼을 들이대는 적과의 대결과 유사한 방식으로 깔끔하게 청산되었고 그의 저항적 성격과 애국심, 충성심은 형 김시명과의 대결을 통해 더욱 부각되었다.

한편 이 책은 앞서 그 어느 글보다도 김사량의 종군기에 대해 상세하게 다루고 있다. 1950년 6월 11일 김사량은 이미 예민한 정치적 감각으로 한반도에 곧 닥쳐올 위기를 직감하고 로동신문에 "미국의 식민지정책과 그의 주구인 이승만 매국도당의 반역행위 때문에 우리 조국은 해방 5주년을 목전에 둔 오늘까지 통일되지 못하고 있다"고 하면서 "우리의 전진을 방해하는 자들을 용감히 소탕하며 평화적 조국통일방책의 실현을 위해 내가 지키는 창작의 초소에서 모든 힘을 다할 것을 맹약한다"[42]는 결심을 발표하기도 했다. '적'과 투쟁의 목표^{조국통일}가 분명해진 이 시점에서 6월 24일 김사량은 리극로를 통해 정세의 긴박함과 준엄성을 전해 듣고 자신에게 재생의 빛을 안겨준 은인 김일성 장군을 더 높이 따르는 것이야말로 인간으로서의 의리라고 생각하고 제일 먼저 전선 종군을 탄원했다고 한다.

이 책은 "김사량의 활동이 특별히 주목을 끌게 된 시기는 조국해방전쟁시기이며 그의 작가적 명성을 두드러지게 해준 것은 그 시기에 창작된 종군기들"[43]이라고 하면서 종군기가 김사량의 문학 전반에서 차지하는 드높은 위상을 강조했다. 이동하는 전선을 따라다니면서 매달 평균 3편

---

42 위의 책, 191면.
43 위의 책, 211면.

의 글을 발표할 수 있었던 것은 작가의 정열과 재능이 있었기 때문이며 그의 종군기들은 자료의 구체성과 진실성, 묘사의 선명성과 높은 선동성, 정론성으로 인해 70년이 지난 지금까지도 생명력을 갖고 있다고 보았다. 그의 많은 종군기 중에서 「바다가 보인다」를 대표작으로 꼽으며 이 작품은 북한의 초등학교 문학 교과서에도 실린 적이 있는 애국적이고 전투적인 작품이라고 지적했다.

그리고 김일성 장군의 지시가 있었기에 김사량의 행적에 대한 추적과 조사 사업이 지속될 수 있었던 것임을 거듭 강조한다. 김사량의 행방을 꼭 찾아내야 한다는 지시를 받은 정치공작대원들은 수많은 사람들을 만나보고 철수 경로를 추적하는 등 '고고학'적 작업 끝에 김사량의 최후에 대한 많은 증언과 사실들이 서서히 밝혀지게 되었다.

김사량의 행방불명 이후 그의 가족들은 김일성의 배려하에 강서군 고창리에 안착하여 살고 있었으며 전쟁이 끝나고 얼마 후 평양에서 온 일군으로부터 갓 출판된 『김사량 선집』과 1만 4천 원의 원고료를 받았다. 그리고 그의 가족 모두는 국가공로자공급대상이 되어 백미와 부식물 그리고 옷감과 의약품을 정기적으로 배급받을 수 있게 되었으며 새집을 분배받고 생활에 보탬이 될 만한 논과 밭도 받았다.

그러나 전쟁이 끝나고 오랜 세월이 흘렀지만 김사량의 행방을 찾는 공작은 줄곧 지지부진이었고 그 와중에 세간에는 '실종설', '매장설'과 같은 소문들이 떠돌게 되었다. 지리산 유격지대에서 선전공작을 벌이고 있었다는 사실은 확인되었으나 그 후 그가 어떻게 되었느냐가 자꾸 논란거리로 되면서 김사량의 자식들은 아버지의 최후가 똑똑히 밝혀져야 할 것을 직감했다. 김일성의 뜻을 받아 김정일 역시 '장군님'이 믿고 아끼던 한 지식인의 정치적 생명을 빛내주기 위한 중대한 정치적 문제라고 하면서 김사량의 최후를 밝히는 문제에 큰 배려와 온정을 베풀었다. 그리하여 또다시 김사량과 함께 종군활동을 한 작가와 기자들, 군인들 등 수많은 관계자들이 동원되었고 문예총 중앙위원회는 문서 자료들에 대한 집중적인 탐색 작업을 진행했고 해외에 있는 김사량의 옛친구들에게도 이를 의뢰했다고 한다. 해방 전부터 해방 후 1980년대에 이르기까지 70여 년간이나 누적된 방대한 양의 문서들 속에서 김사량에 관한 단서를 찾아내는 작업은 쉽지 않았지만 노력은 헛되지 않았다.

그 결정적 문헌이 바로 1951년 6월 지리산유격대에 대한 토벌작전에서 '공로'를 세운 국군장교와 작가 박계주와의 좌담회 내용이 실린 국군 발간 잡지에서였다. 1985년에 발견된 이 새로운 자료는 김사량의 장엄한 최후를 증명해주는 결정적 실마리로 국군 장교의 기억에 의하면 당시 공산 아지트를 발견하고 생포하려고 화염방사기 공격을 가했으나 투항은커녕 만세를 부르며 두 개의 수류탄으로 자폭을 했다. 유격대 포로의 말에 의하면 자폭한 두 명 중 한 명은 작가 김사량이었다.

자료의 발굴은 지속되었다. 북한의 '불굴의 비전향장기수'인 리인모 '영웅'이 북한으로 송환된 후 쓴 장편회상록 『신념과 나의 한생』[44]에서 더욱 명확하게 확인되었다고 한다. 리인모는 한국의 형무소에서 지리산 유격대 출신의 한 동지를 만난 적이 있는데 그의 말에 의하면 국군에 포위되자 "김일성 장군 만세!"를 외치며 자폭한 종군작가가 있었다고 한다. 송환된 이후 북에 와서 보니 그 작가가 바로 김사량이었음을 알게 되었다고 했다.

---

44 리인모, 『장편회상록—신념과 나의 한생』, 문학예술출판사, 2003. 건국대학교 통일인문학연구 사이트에 적힌 소개에 따르면 이 저서는 한국의 비전향장기수였다가 1993년 북한으로 송환된 이인모의 회상록으로 이인모는 한국전쟁 당시 북한 측의 종군기자로 참전했다가 종전 후 체포되어 약 34년간의 감옥생활을 했으며 북한으로 돌아간 뒤 한국에서 자신이 비전향장기수로 살아왔던 것을 글로 적어 출판했다.

이렇게 '적'의 입으로, 북한의 여러 관계자들로부터 확인된 김사량의 최후는 '김일성 장군'의 믿음에 어긋나지 않는 장엄한 순간이었다. 이즈음에서 끝날법한 이 저서는 이야기의 대상이었던 김사량이 1인칭화자로 돌변하여 그가 철수 부대를 보내고 혼자 산길에 남아서 했을 고뇌와 심리를 형상화하는 작업을 덧붙인다. 곧 다가올 죽음을 앞두고 김사량은 자신이 김일성 장군의 각별한 사랑을 받은 사람으로 둘도 없는 행복한 인간이라고 생각한다. 결국 김사량은 '수령'의 신임과 사랑에 어긋나지 않는 방식으로 영웅적으로 전사했으며 그날은 1951년 6월 23일이었다고 명확히 밝히고 있다.

　김사량은 오랫동안 행적을 찾을 길이 없었던 것으로 하여 세월의 흐름과 함께 많은 사람들의 기억에서 사라져버렸지만 '절세위인들'의 배려로 '세계종군사에 없는 자폭작가'로 거듭나게 되었다. 서사의 배면에는 김사량의 사후에도 인간으로서, 그의 정치적 생명을 지켜준 지도자들에 대한 찬사가 노골적으로 드러나 있다. 바로 '어버이 수령님'과 '김정일 장군님'의 변치 않는 믿음과 배려가 있었기에 김사량의 미스터리한 최후가 끝내 밝혀지고 『조선대백과사전』에 이름이 오르고 그의 가족과 혈육은 열사가족으로서의 대우를 받을 수 있었으며 1987년 3월에는 『김사량 작품집』이 출간되기도 했던 것이다. 이에 발맞춰 북한 내의 신문과 언론 매체는 김사량의 '빛나는 삶'을 대대적으로 소개하는 작업을 벌이게 되고 특히 그의 종군기는 '역사적인 전승사'의 한 부분이자 김사량의 영웅적 죽음을 상징하는 증거로 널리 알려지게 되었다.

　김사량에 대한 북한 지도자들의 온정은 장손녀인 김정향에게서 가장 잘 드러나는바 「3대를 이어 부르는 빛의 노래」라는 부분에서는 하반신 신경마비에 걸린 김정향이 북한에서 최고 의료진의 치료를 받고 다시 일어서게 된다는 내용을 다루고 있다. 김정향은 할아버지를 닮아 글짓기에 소질이 있었고 학교에서도 우수한 학생이었으나 얼음구멍에 빠진 어린 아이를 구하기 위해 물에 뛰어들었다가 부상을 입고 얼마 후 하반신 마비가 왔다고 한다. 그러던 중 1991년 12월 '위대한 장군님'이 일을 알고 김사량의 손녀를 완치시킬 조치를 취한 덕분에 정향은 1년 반이나 특별 치료를 받고 건강을 완전히 회복했다고 한다. 그러나 교사였던 김사량의 큰아들 김량림은 끝내 외동딸이 활보하는 모습을 보지 못하고 먼저 세상을 떠났다.

2021년이라는 시점에서 빠질 수 없는 '또 한분의 희세의 위인'으로서 김정은의 배려 역시 주목할 만한 부분이다. 김정은시대에 이르러 김사량은 끝내 공화국 영웅 훈장을 수여받게 되었고 '종군작가'로서의 영예를 빛낼 수 있게 되었다. 김정은은 "김사량은 조국해방전쟁시기 수령님의 뜨거운 사랑과 크나큰 믿음을 받아안고 종군작가로 적극 활동하였으며 자폭으로 최후를 마치는 마지막 순간까지 용감하게 싸웠습니다. 수령님께서는 생전에 그에 대하여 자주 회고하시였습니다. 당에서는 김사량이 전사한지 60여 년의 세월이 흘러갔지만 그의 위훈을 높이 평가하여 지난 6월 공화국영웅칭호를 수여하도록 하였습니다"[45]라고 발표했다.

---

45   위의 책, 338~339면.

4. 나가며

김일성, 김정일에 이어 김정은 시기에 이르러 김사량은 끝내 '공화국 영웅'이라는 북한 최고의 영예를 수여받음으로써 북한의 공적 서사에 매끄럽게 기입되었다. 특히 2021년에 출간된 『빛과 생』은 김사량 사후 70여 년간 김사량의 행방에 대한 추적의 끈을 놓지 않았던 북한 지도자들이 자신들에게 충성하는 인민에게 하사하는 의미 깊은 선물로, 김사량의 생애는 보람차고 행복한 인생이었으며 그의 죽음은 장렬한 영웅적 죽음이라는 결론과 더불어 김사량의 생애와 죽음에 대한 모든 논란은 막을 내리고 있는 듯이 보였다. 그러나 전승을 위한 축제에서 재차 국가 권력에 의해 소환된 김사량은 조국에 대한 사랑, 지도자에 대한 무한한 충성심을 안고 장렬하게 희생된 영웅적 전사의 모습이지 고뇌하고 번민하는 작가의 모습은 아니었다. 『빛과 생』을 통해 우리가 그동안 잘 알지 못했던 김사량의 생애는 이제 더 파고들 것이 없는, 매끄러운 스토리로 재탄생했지만 그것은 부차적인 것으로 지도자들의 은혜를 알고 그것에 감사할 줄 알아야 하며 그러는 한 인간으로서 행복한 삶을 누릴 수 있다는 것, 조국과 민족을 위해 목숨을 바친 전사자 — 김사량에 대한 숭배와 추모를 통해 공동체의 유대를 강화하는 것이야말로 이 책의 배면에 작동하는 정치가 아닐까 생각된다. 김사량과 북한 사회, 체제와의 과도한 '화합'을 강조하면 할수록 실제로 존재했던 불화의 흔적들을 깨끗이 지우고 단성적인 역사를 써내려가고자 하는 의도들이 드러나게 되며 '진정한 김사량'의 모습은 더욱 모호하게 다가오기만 한다. 결국 김사량은 지도자의 배려와 온정이 없으면 존재할 수조차 없는 인간으로 수령에 대한 충성심과 애국의 정을 남김없이 표현한 종군기만이 북한이 요구하는 김사량의 상을 지탱할 수 있는 결정적 증거였다. 따라서 그에 대한 모든 '진실'들은 취사선택을 거친 것으로 김사량의 생애는 밝혀진 것이 아니라 만들어진 것이라 할 수 있다. 밝혀진 '사실'들과 문학적 상상력이 뒤엉킨 회색지대에서 남겨진 것은 종군기이고 사라진 것은 김사량이었다.

제2장

한국전쟁에 대한 또 하나의 기억

김달수의 「손영감」을 중심으로

이시성

이 글은 「한국전쟁에 대한 또 하나의 기억 – 김달수의 「손영감」을 중심으로」, 『동악어문학』 제88집, 2022, 177~204면을 수정·보완한 것이다.

김달수 金達寿, 1920.1.17~1997.5.24

1920년 조선 경상남도 창원에서 태어났다. 1930년 도일(渡日)했으나 가계가 궁핍하여 학교를 중퇴하고 전구 염색 공장, 건전지 공장 등을 전전했다. 1939년 일본대학 예술과에 입학하여 동인지 활동을 시작했고 1940년 단편 「위치(位置)」를 대학 잡지인 『예술과(芸術科)』 8월호에 발표, 1941년 『문예수도(文芸首都)』 동인이 되었다. 1945년 전쟁이 끝나고 재일조선인연맹(조련)에 참여했다. 1946년 3월 조련의 원조로 창간된 잡지 『민주조선(民主朝鮮)』 편집인이되었고, 첫 장편 「후예의 거리(後裔の街)」를 여기에 연재했다. 같은 해 10월, 신일본문학회의회원이 되었다. 1949년 조련이 일본 정부에 의해 강제 해산되자 일본공산당에 입당했다. 일본공산당의 노선변경이 있었던 1955년부터는 재일본조선인총연합회(총련)에 가입해 활동하였으나 일본어 창작과 정치적 노선 문제 등으로 갈등을 빚다가 1972년 제명되었다. 1970년대 이후로는 소설 집필은 거의 하지 않고 고대문화유적 기행에 본격적으로 착수했다. 그 결과물인 「조선유적 여행(朝鮮遺跡の旅)」이 『사상의과학(思想の科學)』 1월호에 연재되어 큰 인기를 끌어 전12권의 『일본 속의 조선문화(日本の中の朝鮮文化)』로 출간되었다. 1981년 3월 37년만에 조선을 방문다. 대표작으로는 「현해탄(玄海灘)」(『신일본문학(新日本文学)』, 52.1~53.11), 「박달의 재판(朴達の裁判)」(『신일본문학(新日本文学)』 58.11), 「태백산맥(太白山脈)」(『문화평론(文化評論)』, 64.9~68.9) 등이 있다.

1. 재일조선인 작가라는 위치

한국전쟁을 남한과 북한의 내전, 또는 냉전 체제 가운데 벌어진 미국과 소련 양 진영의 대리전쟁으로 여길 때 잊히는 존재들이 있다. 바로 재일조선인이다. 이들은 전쟁의 피해를 직접 입진 않았지만 제국주의 몰락 이후 미군정의 지배하에 냉전 체제로 이행하던 일본에서 어떤 방식으로든 한국전쟁에 연관되고 있었고, 무엇보다 조국의 비극을 바다 건너에 두고 안전한 곳에 있다는 사실에 깊은 죄책감을 느꼈던 이들이다. 그럼에도 한국전쟁을 일국적 관점에서 보면 결코 발견할 수 없는 것이 바로 이 재일조선인의 한국전쟁에 대한 기억인데, 재일조선인 작가 김달수의 단편 소설 「손영감」『신일본문학』, 1951.9은 바로 이들의 목소리를 들려준다는 점에서 살펴볼 필요가 있는 작품이다.

김달수는 오늘날 '재일조선인 작가'라는 위치를 만든 인물로 평가된다. 김달수에 대한 연구사를 쓴 바 있는 최효선에 따르면 김달수의 작품 세계는 '재일동포생활사', '사회주의투쟁사', 그리고 '고대사'라는 세 키워드로 정리된다.[1] 그의 초기 작품들은 대개 재일조선인들이 일본에서의 차별과 억압 속에서도 어떻게 삶을 일구어 왔는지를 자신의 생생한 체험을 통해 그려내고 있어 '재일동포생활사'로 분류된다. 그런데 해방 이후, 민족학교 폐쇄와 조련의 해산 등 재일조선인의 삶의 조건을 위협하는 사건을 연이어 겪고, 1949년 일본공산당에 가입하게 되면서 민족주의적 색채가 강하던 그의 작품에 사회주의 사상의 영향이 짙게 묻어나기 시작한다. 이때부터 사회주의 사상을 통한 사회개혁을 꿈꾸는 참여적인 '사회주의

---

1   최효선, 『재일 동포 문학 연구-1세작가 김달수의 문학과 생애』, 문예림, 2002, 19면.

투쟁사'에 해당하는 작품들을 다수 써냈다. 그의 대표작으로 꼽히는 「현해탄玄海灘」과 「태백산맥太白山脈」 등이 여기에 속한다. 그리고 60년대 후반부터 창작의 공백기를 보내던 그는 '고대사' 연구로 영역을 옮긴다. 1972년 총련에서의 제명, 그리고 시간적·물리적 거리감으로 인해 한반도의 사회상을 작품 속에 담아내는 데 겪은 어려움 등이 이러한 행보에 영향을 미친 것으로 보인다. 이에 1970년대 이후로 그는 소설 창작보다는 고대사 연구에 골몰했다.

창작 시기와 작품의 경향성에 따라 그의 작품 세계를 분류하는 것은 유용한 방법이긴 하나 김달수라는 작가의 특이성과 위치성을 제대로 이해하기 위해서는 작품의 내용만이 아니라 그가 작품 창작의 수단으로 사용한 '언어'의 문제에 관심을 기울일 필요가 있다. 그는 해방 이후에도 일본어 창작을 고수한 대표적인 작가로, 해방 직후 재일조선인 사회 내에서 민족주의적 열기로 인해 조선어 창작의 의욕이 고취된 와중에도 그는 일본어 창작을 고집했다. 이로 인해 논쟁의 중심에 서기도 했고, 또 그 스스로도 여러 차례 일본어 창작론의 의의를 설명해야 했다. 해방 이후 처음으로 이 논의가 공론화된 것은 1947년 『조선신보』 지상에서였다. 일본어 창작은 조선문학이 될 수 없으며 민족정신의 회복을 위해서는 조선어로 써야 한다는 어당魚塘과 일본어 창작이 조선문학 창작의 한 방법이 될 수 있다는 김달수의 의견이 대립했고, 이후 1948년 4월 『조선문예』의 일본어 문제 특집 「용어문제에 대해서用語問題について」에서도 비슷한 입장의 대립이 이어진다.

김달수가 창간을 주도하고 이후 지속적으로 발행에 관여한 민족잡지 『민주조선』 창간호1946.6의 창간사에서는 "지난 36년이라는 긴 시간 동안 왜곡된 조선의 역사, 문화, 전통 등에 대한 일본인의 인식을 바로잡고, 앞으로 전개될 정치, 경제, 사회 건설에 대한 우리의 구상을 이 소책자를 통해 (…중략…) 자료로 제공하고자" 한다며 잡지를 일본어로 발간하는 이유, 나아가 김달수의 일본어 창작의 변을 밝히고 있다.[2] 그는 식민지 시기 일본어가 우리의 언어와 문화를 말살하는 수단이었음을 기억하고, 제국주의와 식민지배의 잔재로 궁극적으로는 청산되어야 하는 것임을 분명히 인지하고 있었으나,[3] 오히려 식민지배의 고통의 증거인 일본어를 통해 그 고통을 증언하겠다는 '수단으로서의 일본어'론을 주장하며 일본어 창작을 이어갔다.[4]

물론 여기에는 이미 일본어가 내면화되어 그에게는 "'국어=일본어'는 이제 '방편'이 아니라 '자기'를 형성"[5]하는 언어가 되었기에 조선어로 복잡한 담론을 형성하거나 창작을 하는 일이 불가능하다는 현실적인 문제도 개입해 있었다. 그에게 이미 조선어는 '회복'해야 할 언어가 아닌 새롭게 '획득'해야 할 언어가 되어있었던 것이다.[6]

해방 직후 민족을 언어와 동일시하는 구조 속에서 일본어 창작을 고수하는 것은 쉬운 일이 아니었을 테지만 그 덕분에 김달수 자신과 『민주조

---

2   『復刻『民主朝鮮』前編『民主朝鮮』本誌』別卷, 明日書店, 1993, 5~6면에서 재인용.
3   이재봉, 「해방 직후 재일한인 문단과 "일본어" 창작문제−『朝鮮文藝』를 중심으로」, 『한국문학논총』 제42집, 한국문학회, 2006, 381면.
4   민동엽, 「김달수의 '일본어 창작론'을 통해서 보는 재일조선인 사회의 '민족'과 '언어'」, 『한일민족문제연구』 제31호, 한일민족문제학회, 2016, 211면.
5   위의 글, 199면. 하지만 『조선문예』에서의 논의를 끝으로 김달수의 '일본어 창작론' 자체는 자취를 감추었다고 한다. 1948년 4월의 한신교육투쟁을 계기로 '국어=조선어'의 인식이 재일조선인 사회에 더 강렬히 각인되었고, 이로 인해 김달수가 적극적으로 일본어 창작론을 주장하기 힘든 상황이 만들어졌기 때문이다. 따라서 민동엽은 김달수가 일본어 창작을 '수단'으로 파악하고 있었다는 지금까지의 이해는 이러한 상황 이후를 반영한 것이라고 주장한다. 위의 글, 223면 참조.
6   위의 글, 209면.

선』이 얻은 이득도 있었다. 우선, 『민주조선』은 조선어 발행을 표방한 다른 민족잡지에 비해서 상대적으로 어렵지 않게 원고를 모을 수 있었다. 해방 이후 조선어 회복에 대한 열의로 대다수의 민족잡지들이 조선어 발간을 계획했지만 조선어로 고도의 언어표현이 필요한 글들을 쓸 수 있는 필자가 많지 않아 원고를 구하는 것이 힘든 상황이었다.[7] 혹은 본국 필자들의 글을 번역하여 소개하려고 해도 연결의 통로가 없어 쉽지 않았다.[8] 이런 상황이었기에 "조선어와 격투할 일 없이" 재일조선인 사회 내부의 일본어 사용 필자들을 그대로 활용할 수 있는 『민주조선』은 수명이 길지 않았던 다른 민족잡지에 비해 오래 존속할 수 있었다.[9] 또한, 일본인 필자의 글을 싣거나 좌담회에 초대하고, 민족잡지임에도 재일조선인에게 한정되지 않고 일본인까지 독자로 상정할 수 있는 것도 장점이었다.

당시 『민주조선』에 글을 실은 일본인 필자 대부분은 신일본문학회 소속의 문인들로, 마찬가지로 신일본문학회 소속이었던 김달수와의 인연으로 『민주조선』에 참여했었다. 김달수는 첫 장편 『후예의 거리』에 대한 호평을 계기로 신일본문학회의 요청을 받고 가입하여, 1946년 10월 열린 신일본문학회 제2회 대회에서는 중앙 상임위원으로까지 선출되었다. 이것은 1945년 창립될 때부터 일본에서의 민주주의적 역량 창조와 보급을 위해 세계의 진보적 작가, 특히 중국과 조선의 작가들과의 협동과 연대를 강조한 신일본문학회의 기본정신에 부합하는 처사였다. 김달수 역시 자신이 상임 중앙위원에 뽑힌 주요한 이유는 조선인이라는 점이며 조

---

7   위의 글, 205면.
8   이재봉, 「해방직후 재일조선인 문학의 자리 만들기」, 『한국문학논총』 제74집, 한국문학회, 2016, 452면.
9   송혜원, 『'재일조선인 문학사'를 위하여 – 소리 없는 목소리들의 폴라포니』, 소명출판, 2019, 177면.

선인으로서 이득을 본 몇 없는 사례라고 밝힘으로써 이 인선의 정치성을 분명히 인지하고 있었던 것으로 보인다.[10] 이러한 인연을 통해『민주조선』은 일본인 필자의 글을 받고, 반대로 김달수를 비롯한 몇몇 재일조선인 작가들은 일본문예지에 작품을 발표할 수 있는 통로를 얻었다.

김달수에게 재일조선인 문학의 '기원' 또는 '효시'라는 수식어와 평가가 따라붙게 된 데에는 그의 작품 세계만이 아니라 이러한 활동 이력까지 고려된 복합적인 상황이 영향을 미쳤다. 그가 여타의 재일조선인 작가들이 재일조선인의 일상적 생활사에 관심을 기울이기에 앞서 자신의 실제 삶의 체험을 문학작품으로 형상화함으로써 재일로서의 자신의 위치성을 만들었다는 의의는 인정할만하다.[11] 그러나 그가 "해방' / 패전 후 일본에서 일어난 재일조선인과 일본인에 의한 두 가지 문학운동에 거의 동시에 관여"[12]함으로써 전후 일본문학자들과 "공생관계"[13]를 형성했고, 재일조선인 문학이라는 독자적 카테고리 안에서가 아니라 전후 일본문학장과의 교섭 과정을 통해 작가로서의 자신의 위치를 만들어갔다는 사실[14]은 부정할 수 없다.

다만 이에 대해 박광현과 같이 그가 재일조선인을 대표하면서 동시에 동일화할 수 있다는 특권적 위치를 이용하여 재일조선인을 민족지民族誌적 기술 대상으로 삼아 그들의 삶을 일본문학장에 "이국취향exoticism을 자

---

10   위의 책, 49~50면.
11   박정이,「韓國倂合과 在日朝鮮人 移住 樣相」,『한일민족문제연구』제18호, 한일민족문제학회, 2010, 17면.
12   송혜원, 앞의 책, 47면.
13   위의 책, 49면.
14   곽형덕,「김달수 문학의 "해방" 전후-「족보」의 개작과정을 중심으로」,『한민족문화연구』제54집, 한민족문화연구, 2016, 104면.

아내는 희소한 상품"[15]으로 내세웠다는 비판적 평가가 있는 한편, 그가 재일조선인으로서 겪는 분열적인 언어 상황의 한계 속에서 일본어를 전유함으로써 식민지배의 실태를 밝혀낸 의의를 인정하는[16] 상반된 평가가 공존한다.

김달수가 해방 후에도 식민주의의 구조로부터 탈피하지 못한 작가였는지, 주어진 환경과 조건 속에서 재일조선인의 현실적인 삶을 그려내기 위해 분투한 작가였는지에 대한 평가는 그의 작품 세계와 활동에 대한 지속적인 연구를 통해 계속해서 갱신될 것이다. 다만 이 글에서는 어느 한쪽의 평가를 증명하기보다는 상반된 평가의 경계에 존재하는 그의 위치성, 그 자체로 어느 쪽으로도 완전히 귀속되지 못하고 경계에서 살아갈 수밖에 없는 디아스포라의 존재론을 떠올리게 하는 그의 태도에 주목하고자 한다. 그런 의미에서 「손영감」은 짧은 단편에 불과하지만 일본에 사는 재일조선인으로서 일본 문단의 벽을 넘어 일본 독자들에게도 읽히고 싶은 한편, 재일조선인의 문제도 놓칠 수 없었던 그의 내적 갈등이 서사의 배면을 흐르는 흥미로운 작품이다. 그러므로 이를 통해 한국전쟁이라는 사건을 마주한 그의 재일조선인 '작가'로서의 입장, 그리고 또 한편으로는 '재일조선인'으로서의 입장이 어떻게 중층적으로 얽히는지를 읽어내고자 한다.

---

15 박광현, 「김달수의 자전적 글쓰기의 정치 '귀국사업'과 '한일회담'을 사이에 두고」, 『역사문제연구』 제19권 2호, 역사문제연구소, 2015, 51면.
16 민동엽, 앞의 글, 226면.

2. 공동의 기억, 공동의 투쟁

「손영감」은 요코스카로 추정되는 Y시 동쪽 변두리에 있는 조선인 부락인 N부락을 배경으로 한다. 이곳은 일제강점기 당시 군항의 매립공사를 위해 징용되어 온 조선인 노동자들이 그대로 정착하여 형성된 마을로 군항으로 향하는 간선도로를 끼고 있으며, 마을 내부에는 낮은 함석지붕과 처마가 바짝 붙어 늘어선 낡고 허름한 집들이 밀집해 있다. 마을 사람들 대부분은 제대로 된 일 없이 일용직을 전전하거나 암시장에 밀주를 팔며 생계를 유지하고, 번지도 없이 Y시 매립 부락이라고 불리고 있다. 실제 당시 재일조선인의 생활상을 잘 재현해내고 있는 이 마을은 이처럼 열악한 생활 환경임에도 불구하고 해방 이후 기쁨으로 활기가 넘친다. 조국의 완전한 독립으로 무시와 차별의 역사를 해소하고, 해방된 민족으로 더 나은 삶을 살 수 있다는 희망과 기대가 생겨났기 때문이다.

이 마을의 중심에 주인공인 '손 영감'이 있다. 그는 아들을 따라 일본으로 건너온 이주 1세대로 원래는 도쿄 근처의 소도시 히라쓰카에 살았는데 아시아태평양전쟁 말기에 있었던 히라쓰카 대공습[17] 당시 아내와 손자를 폭격으로 잃은 후 Y시의 N부락으로 이사와 살고 있다. 한동안 실의에 빠져 있던 그도 조국 해방이 가져온 희망, 특히나 이북의 젊고 혁명적인 지도자의 등장과 사회주의 사상에 기대를 걸면서 삶의 의욕을 되찾기

17　이 글의 토대가 된 이시성, 「한국전쟁에 대한 또 하나의 기억 – 김달수의 「손영감」을 중심으로」(『동악어문학』 제88집, 동악어문학회, 2022)에서는 이를 '도쿄 대공습'이라고 썼었다. 그러나 도쿄 대공습은 1945년 3월 10일에, 손 영감이 살던 히라쓰카에서의 대공습은 1945년 7월 16일에 있었던 일로 각각 별개의 사건이다. 이후 이 오류에 대한 지적을 참고하여, 잘못을 바로잡고자 이 글에서는 앞선 글에서 도쿄 대공습으로 기술했던 부분들을 '히라쓰카 대공습' 또는 '아시아태평양전쟁 당시 일본 본토에 가해진 공습'으로 수정하였다.

시작한다. 때문에 그는 민족학교 폐쇄와 조련 해산이라는 GHQ와 일본 정부의 재일조선인 차별 정책을 겪으면서도 굴하지 않고 적극적으로 현실에 맞서 싸우고자 한다. 하지만 그런 그의 노력과 의지는 한국전쟁 발발이라는 사건과 맞닥뜨린 후 좌절된다.

그의 좌절을 부추긴 첫 번째 요인은 마을을 끼고 군항까지 이어져 있는 간선도로 위 트럭의 엔진음이다. 조선인 노동자들이 동원되어 일본 제국주의의 전쟁 수행을 위한 군용도로로 만들어진 이 간선도로는 "1945년 8월 15일까지는 일본 해군의 총을 짊어진 행렬과 트럭, 그리고 포차가 땅을 울리며 지나다녔"으나 패전 이후 한동안은 쥐 죽은 듯 잠잠해졌다. 그러던 중 1950년 6월 25일을 지나면서 변화가 생기기 시작한다.

1950년 6월 25일 이후로 H항으로, H항으로 향하는 그 질주는 한층 늘어났고, 때로는 크고 날카로운 사이렌을 동반한 소형차가 앞서고 그 뒤로는 몇 대나 나란히 줄지은 트럭 대열이 "부웅— " 하고 하나의 화음을 울리며 통과해 지나쳐 갔다. 트럭은 이제 덮개를 벗긴 상태였다. 붉은색의 작은 위험신호 깃발을 똑바로 세우고 '폭약물'이라고 쓰인 것을 앞 범퍼에 내건 것에서 알 수 있듯 거기에 실린 것은 버젓이 드러난 채 겹쳐져 쌓여 있는 폭탄이었다.

트럭이 혹시나 급하게 브레이크를 걸어서 정지하게 되면 그 충격으로 적재된 폭탄이 덜컹덜컹 움직여 떨어지는 것을 염려해서인지 트럭들은 제각기 멋대로 스피드를 내지 않고 각각 일정한 거리를 두고 달려왔기 때문에 엔진의 음이 뭉쳐져 "부—웅— " 하는 하나의 화음을 만들었다.[18]

---

18   金達壽, 「孫令監」, 金石範 他, 『朝鮮戰爭』, 集英社, 2012, 372면. 삽입된 인용문은 필자가 번역한 것이며 이후로 텍스트의 인용은 면수만 표기한다.

밤낮을 가리지 않고 울려대는 트럭들의 이 이상한 조화음調和音, 그리고 "거기에 하늘에서 나는 비행기의 엔진소리가 더해"지니 부락 사람들, 특히 손 영감의 신경이 날카로워지지 않을 수 없다. 시끄러운 소음 때문만은 아니다. 트럭과 비행기가 내는 이 소리들은 한국전쟁을 직접 겪을 수 없는 재일조선인들에게는 그 자체가 한국전쟁을 의미하는 것이었다. 한국전쟁 발발 후, 일본은 미군 군수물자의 수송 중개지이자 병사 주둔지, 그리고 심지어 생산기지로서의 역할을 맡는 '기지국가'가 되었다.[19] 운송업과 제조업 등 미군과 관련된 업체들이 다시 활기를 되찾으면서 그 덕분에 패전 후 위기 상황에 있던 일본 경제는 부흥의 기회를 맞이했지만, 그것은 한반도의 민중들이 겪고 있는 비극을 발판 삼은 것이었다. 그렇기 때문에 트럭과 비행기에 적재된 포탄이 어디로 향하고 있는지를 너무 잘 아는 재일조선인들에게 그 소리는 공적 기억이자 공통의 트라우마가 될 수밖에 없었다.[20]

그러나 매일같이 들리는 트럭의 조화음에 밤잠을 설치면서도 전쟁의 종식과 완전한 독립에 대한 희망을 놓지 않던 손 영감을 결정적으로 붕괴시킨 것은 아주 우연한 계기였다. 좌익계열의 재일조선인 집회에 참가했던 어느 날, 집회가 끝난 후 유나이티드 뉴스가 상영되었다. 잡다한 뉴스들이 흘러나오던 와중에 화면 가득히 비행기가 비추더니, "그것이 새똥 같은 것을 차례차례 무수히 떨어뜨리고는 날아 사라지고, 이어서 화면을 쫓아가자 눈이 아찔하게 부시는 듯한 물안개가 올라오더니 불타올랐다"387면. 하지만 그것은 물안개가 아니라 폭격 이후 피어오른 먼지구름이

19   남기정,『기지국가의 탄생-일본이 치른 한국전쟁』, 서울대 출판문화원, 2016 참고.
20   한정선,「한국전쟁기 재일조선인의 기억과 재현-『조선평론(朝鮮評論)』수록 전화황(全和凰) 작품을 중심으로」,『한일민족문제연구』제37호, 한일민족문제학회, 2019, 125면.

었고 폭격이 떨어진 곳은 시내의 번화가였다.

  그 이후였다. 그 이후, 손 영감의 머릿속에서는 저 히라쓰카에서 실제로 겪
었던 공격 폭격과 뉴스 영화에서 봤던 폭격, 그리고 화음을 울리며 집 뒤편 도
로를 달려오는 트럭에 실려 있는 것, 이 세 가지가 딱 맞아떨어져 버렸다.
  더구나 그 불길한 트럭 대열의 화음은 밤낮없이 매일같이 울려 퍼졌다.
  "부웅! —" 밤중에도 그 화음, 심장이 얼어붙어 쪼그라드는 듯한 그 소리가
울려오면 손 영감은 악몽에서 깨어난 듯이 침상에서 벌떡 일어났다. 그것은 악
몽이 아니고, 실제로 그 소리가 가까워져 와서는 "부웅—", "부웅! —"하고 한
대, 그리고 또다시 한 대가 통과해 지나간다. 거기에 더해 하늘에서는 제트기
의 분사음이 뒤섞인다.
  "아아! 저것을 막지 않으면 안 돼. 저것을 막지 않으면."
  사람이, 사람이 죽는다. 몇십, 몇백, 몇천, 몇만 명이! 까맣게 탄 아내의 몸뚱
이와 불에 문드러져 굴러다니던 손자의 한쪽 팔.[388면]

  처음에는 여느 영화가 그렇듯 가짜로 만들어진 영상이라고 생각하던
그는 그것이 바로 며칠 전 조선 땅 어딘가에서 실제로 벌어진 일임을 깨
닫고 순식간에 몰입한다. 이때 그가 떠올리는 참상의 이미지는 그가 보지
못한 한국전쟁의 실제 현장이 아닌 그가 직접 겪었던 바 있는 폭격의 기
억에서 빌려온 것이었다. 히라쓰카에서 겪은 폭격 당시 목격한 "까맣게
탄 아내의 몸뚱이와 불에 문드러져 굴러다니던 손자의 한쪽 팔"[388면]의 트
라우마적 기억이 그가 영화에서 본 폭격의 장면과 집 뒤편 도로를 달리
는 트럭에 실려 있는 폭탄과 모두 하나로 연결되자, 그가 겪어 보지 못한
한국전쟁의 상상적 이미지가 그에게 생생히 다가왔다.

손 영감을 붕괴시키고야 마는 이 두 가지 계기는 모두 한국전쟁과 직결되고 있지만, 동시에 아시아태평양전쟁의 기억과도 연결됨으로써 일본의 전후戰後가 결코 전전戰前과 완전히 분리될 수 없음을 보여준다. N부락을 지나치는 간선도로의 형성 경위, 그리고 한반도 출신인 손 영감이 히라쓰카를 거쳐 이곳에 다다른 경로는 일본의 제국주의 팽창과 식민지배의 역사, 그리고 아시아태평양전쟁의 전개와 궤를 같이하기 때문이다. 한국전쟁을 형상화하는 이러한 방식과 태도는 김달수가 관여하고 있던 재일조선문학회와 신일본문학회가 공통적으로 표방하던 제국주의 잔재 청산과 민주주의 확립이라는 목표와 관련이 있다. 조선문학가동맹의 강령을 거의 그대로 가져온 재일조선문학회의 첫 번째 강령은 일본 제국주의 잔재 소탕이었으며,[21] 신일본문학회는 애초에 일본의 제국주의 침략전쟁에 협조하지 않고 저항했던 문인들을 중심으로 꾸려져 프롤레타리아문학운동 정신의 계승, 천황제 타파, 그리고 일본의 민주주의 혁명을 추진하고자 등장한 단체였다.[22] 한편, 『민주조선』역시 그 창간사에서 알 수 있듯 조선인이 겪은 역사적 사실을 문제 삼아 바로 잡고 진보적 민주혁명을 이룩하고자 한다고 밝히고 있다.[23]

그러므로 김달수가 신일본문학회의 기관지 『신일본문학』에 발표한 「손영감」은 한국전쟁을 통해 제국주의 침략과 식민지배의 과거를 문제시하는 한편, 동아시아의 민주주의 혁명 연대를 지향하는 문학적 작업의 일환이라 할 수 있는데, 이 목표를 달성하기 위한 보다 전위적이고 실천

---

21 송혜원, 앞의 책, 167면.

22 박이진, 「미군점령 초기 문단의 주체론-『신일본문학』과 『근대문학』 속의 주체 논의를 중심으로」, 『일본학보』 제114호, 한국일본학회, 2018, 77~79면.

23 임경화, 「목소리로 쇄신되는 "조선"-1945~1955년의 일본 좌파운동과 조선 이미지」, 『한림일본학』 제22호, 한림대 일본학연구소, 2013, 94~95면.

적인 노력은 일본공산당을 매개로 하여 이루어졌다. 조련과 일본공산당은 해방 전부터 친연관계가 있었고 해방 이후에도 1946년 '8월 방침'을 계기로 해서 연대를 공고히 한다.[24] 이후 GHQ가 본격적으로 역코스에 돌입하자 일본 내 좌익계열 단체들을 탄압하는 여러 사건들을 함께 겪으며 유대를 이어오다가 그 경향이 극심해진 1949년경부터 재일조선인들이 일본공산당에 대량 입당하면서 두 집단 사이의 관계가 더 공고해진다. 집단 입당 이후 곧 조련이 해체되었기 때문에 조련 연맹원들은 자신의 아이덴티티를 일본공산당 내에서 찾고자 했다.[25]

한국전쟁에 당면해서 초기에는 두 집단의 온도 차가 있었으나 1951년 2월 제4회 전국협의회에서 반미투쟁노선으로의 전환이 결정됨에 따라 공동 투쟁, 즉 '공투'가 시작되었고, 같은 해 10월 제5회 전국협의회에서는 「51년 강령신강령」이 채택됨에 따라 공투의 움직임이 더욱 거세졌다.[26] 재일조선인들은 일본공산당 산하의 민족대책본부에 들어가 조국방위원회와 조국방위대를 결성, 일본 대중과 연대하여 일본이 미군의 기지국가로 전락하는 것을 막고 세계평화를 지키기 위한 전위대로 활약하게 된다. 투쟁의 가장 대표적인 방식이 무기 운송 저지 투쟁인데, 1952년 초에 있었던 스이타 사건이 그 대표적인 예다. 한국전쟁 발발 이후 약 일 년의 기간을 시간적 배경으로 하는 「손영감」에도 무기 운송 저지 투쟁이 일어났다는 언급이 있다. 그러나 그 주동자인 김상인과 이오인이 이 활동의 결과로 구속되어 징역형을 살게 되었다는 것으로 잠깐 등장할 뿐 투쟁의

---

24   위의 글, 93면.
25   남기정, 「한국전쟁과 재일한국, 조선인 민족운동」, 『민족연구』 제5호, 한국민족연구원, 2000, 121면.
26   위의 글, 122면.

구체적인 양상은 묘사되지 않는다.

대신 이 작품에서 부각되는 것은 아시아태평양전쟁 중 일본 본토에 가해진 공습의 기억으로, 손 영감이 당시 체험한 폭격의 트라우마적 기억이 한국전쟁의 비극을 환기하기 위한 주요한 요소로 활용된다. 일차적으로 이 기억은 작가 김달수가 직접 겪지 못했기에 본질적으로 재현의 한계가 있을 수밖에 없는 한국전쟁을 재현하는 우회로로 기능한다. 가장 근접한 기억으로 실제 경험의 부재를 보충한 것이다. 그리고 이것은 작가 김달수만이 아니라 이 소설을 읽는 독자들에게도 똑같이 작동한다. 「손영감」은 일본어로 발표되었다. 이 작품을 읽은 대부분의 독자들은 한국전쟁의 현장을 모르는 일본인 독자였을 것이다. 따라서 소설 속에 그려진 히라쓰카 대공습이 상기시키는 폭격의 이미지는 그들이 겪어 본 전쟁의 기억을 통해 그들이 겪지 못한 전쟁, 즉 한국전쟁의 이미지를 구체화하고 몰입할 수 있도록 하는 역할을 했다.

또 한편으로 이것은 일본인과 조선인이 겪은 전쟁이 다른 것 같아 보이지만 그 폭력의 구조와 희생자의 양상은 같다는 것을 알림으로써 일본인 독자들에게 한국전쟁에 대한 관심을 촉구하는 방법이 될 수 있었다. 당시 김달수를 비롯한 좌익계열의 재일조선인, 그리고 일본공산당은 한국전쟁을 내전이 아닌 제국주의적 열망을 가진 미국에 의해 일어난 민족 파괴적 침략전쟁이라고 인식했고, 미국이 동아시아에서 힘을 가지는 한 이러한 일은 다른 나라에서도 반복될 것이라 생각했다. 이와 완전히 같은 생각은 아니었더라도 전쟁이 끝난 직후 평화에 대한 열망이 높았던 일본 민중들에게 지척에서 일어나는 전쟁은 충분히 위협적으로 여겨졌을 테고 일본 본토가 또다시 전장이 될지도 모른다는 위기감이 있었는데, 「손영감」은 바로 히라쓰카 대공습의 기억을 통해 이런 심리를 자극하고자 한 것이다.

이런 방식으로 이 작품은 물리적 거리감에도 불구하고 심리적으로 완전히 일체화되어 한국전쟁에 대해 당사자 의식을 갖던 재일조선인은 물론이고, 이 작품을 읽을 수 있는 일본인에게까지 한국전쟁에 대한 관심을 촉구하며 그 책임을 나누어지길 요청하고 있었다. 즉, 공투를 전면에 내세우지 않음으로써 오히려 민족성과 당파성을 넘어 보다 확장된 '공투'를 꿈꿨던 것이다.[27]

3. 한국전쟁 번역하기

한국전쟁, 나아가 재일조선인의 문제를 그 당사자가 아닌 이들이 이해할 수 있는 방식으로 전달하려 한다는 점에서 김달수의 창작은 일종의 번역 행위로 볼 수 있다. 다만 그는 언어가 아닌 역사와 문화, 그리고 민족의식의 횡단을 시도한다.[28] 그런데 일반적으로 번역은 번역자가 해석의 욕망을 철회하고 자신의 존재를 투명하게 만들어야만 성공할 수 있는데, 번역자 역시 주체이기에 그것은 불가능한 일이어서 의미의 완전한 전달이라는 목표는 곧잘 실패하고 만다.[29] 이것은 김달수의 경우도 마찬가지인데, 재일조선인, 일본어로 소설을 쓰는 작가, 『민주조선』의 발행인,

---

27 조은애, 『디아스포라의 위도』, 소명출판, 2021, 150면.
28 재일조선인은 "번역하 / 되는 존재"로 번역이라는 행위를 통해 조선과 일본에 개입할
    수 있었다. "조선에 개입하고 일본에 개입한다는 것은 바꿔 말하면 조선과 일본을 번역
    하고 아울러 조선과 일본에 번역되어야 하는 것이 재일조선인의 본질적인 조건"이며
    "그들이 지닌 독특한 위치성이고 바로 이 지점에서 그들의 '세계성'이 특정지워"진다.
    이재봉, 앞의 글, 2016, 453~454면.
29 사카이 나오키, 『번역과 주체』, 이산, 2005, 59면.

그리고 신일본문학회의 회원이자 일본공산당의 당원이라는 그의 중층적인 정체성은 번역의 시도를 더욱 어렵게 만드는 요인이 된다.

「손영감」을 통해 한국전쟁을 번역하는 그의 목적은 두 단계를 통해 실현된다. 우선 인식적인 측면에서 한국전쟁의 실상을 올바르게 알리고, 다음으로 실천적인 측면에서는 반전 투쟁에의 참여를 촉구하는 것이다. 김달수는 한국전쟁의 본질을 미 제국주의의 침략에 대해 한반도를 수호하는 전쟁으로 파악하고 있었다. 그런 그가 한국전쟁을 아시아태평양전쟁 당시 일본 본토에 가해진 공습의 기억과 결부시킨 것은, 일본이 패망한 이후 냉전 체제가 성립하고 미국이 새로운 중심 세력으로 부상하는 동아시아 질서의 변화에도 불구하고 그 핵심에는 강대국의 제국주의적 욕망이 있다는 것을 간파하고, 일본과 미국 양쪽 모두에게 전쟁의 책임을 묻고자 함이다.

한국전쟁에 대한 김달수의 이러한 인식은 일본 대중에게 한국전쟁에의 관심을 촉구하고자 하는 목표와도 무리 없이 접합되는 듯 보인다. 전쟁을 일으킨 주체가 일본이든 미국이든, 아시아태평양전쟁 당시의 일본 국민과 한국전쟁 속의 남북한의 민중은 모두 무고한 피해자일 뿐이기에, 폭격에 대한 공포와 가족을 잃은 슬픔이라는 정서적 공감대 속에서 이들을 함께 묶는 것은 어렵지 않은 듯 보이기 때문이다. 하지만 실상은 그렇지 않았다. 한쪽은 전쟁의 책임이 있는 국가의 국민이고 다른 한쪽은 그 국가로부터 식민지배를 받다가 이제 막 해방된 국가의 국민이다. 그리고 아시아태평양전쟁 당시의 공습이라는 국면 안에서도 일본인과 조선인의 위치는 결코 같지 않았다.[30] 애초에 손 영감을 비롯한 조선인들이 그 전쟁

30　그 하나의 예로 도쿄 대공습의 전재(戰災) 피해자들은 일본 국민이라 하더라도 '국가를 위하여' 공무상의 이유로 목숨을 잃거나 부상을 당한 것이 아니라는 이유로 법적, 제도

에 휘말리게 된 근원에는 일본의 제국주의적 침략전쟁과 식민지배로 인한 이주와 이산의 역사가 있었다.

김달수에 의해 번역된 한국전쟁이 역사적 현실과의 사이에서 파열음을 내며 어쩌면 그 자신도 의도한 것이 아닐 결과를 만들어내기 시작하는 것은 이 지점이다. 일본 국민이 전쟁을 일으킨 주체는 아니었을지라도 일본의 제국주의전쟁과 식민지배의 역사에 가해자로 개입해 있었다. 나아가 현재는 미국의 기지국가로 전쟁특수의 혜택을 누리며 한국전쟁에 깊숙이 연루되어 있다. 반면에 조선은 식민주의의 연쇄인 냉전이라는 또 다른 굴레에 빠져 내전과 분단에 직면해 있었다. 일본 민중을 남북한의 민중을 함께 피해 대중으로 묶어 공투의 전선으로 불러낸 언설은 이러한 맥락을 지워버린 위에 성립해 있었다.

일본 국민이 과거 가해자의 위치에 있었음을 지우고, "아시아태평양전쟁시 일본인들이 행한 가해의 기억을, 비교적 가까운 한국전쟁 시 입은 피해의 기억으로 대치시킴으로써 '피해자 의식'을 통한 내셔널 아이덴티티 형성에 일정 부분 기여"[31]하는 것은 전후 발표된 일본 작가들의 작품에서는 하나의 전략으로 나타난다. 이때 전후 일본인이 축적한 피해의 기억은 점령 중이던 미군에게 당한 일들에 집중되어, 미군의 수소폭탄 시험으로 피폭되었다든가 미군병사에게 강간과 폭력을 당했다든가 하는 사건이 주로 문학으로 형상화된다. 그런 면에서 한국전쟁의 책임

적 보장 및 보상을 받지 못했다. 그러다 1977년 사단법인 일본전재유족회가 설립, 허가를 받으면서 그 존재가 드러나기 시작했으나 여전히 원호법의 적용을 받지 못했다. 1999년 도쿄공습희생자유족회가 정식 설립된 이후 피해 복권을 위한 노력을 지속하고 있는데, 재일조선인 피해자는 여기서도 여전히 배제되어 있다고 한다. 박광현, 앞의 글, 244~245면.

31 남상욱, 「전후 일본문학 속의 주일 미군기지 표상과 한국전쟁」, 『일본사상』 제41호, 한국일본사상사학회, 2015, 29면.

소재를 미국에게만 전가하는 논리 구조는 아시아태평양전쟁에 대한 전쟁 책임의 굴레를 벗고 싶은 일부 일본인들의 욕망과 묘하게 맞아 떨어져 그들이 패전 이후 한동안 피해왔던 미국의 대상화를 부추기고, 나아가 자신들을 피해자로 위치시키는 내셔널 아이덴티티를 형성하는 밑받침이 되어주었다.[32]

그런데 이 작업이 일부 우익 세력에 의해서만 이루어진 것은 아니었다. 봉건주의와 제국주의 잔재의 청산을 표방했던 신일본문학회는 자신을 민주주의혁명의 주체로 위치시키는 과정에서 "그들도 구체제를 지탱했던 구성원이라는 사실"을, 소수를 제외하고는 "'전선'에서든 '총후'에서든 전시체제가 기능하는데, 비록 비협조적이었다고 하더라도, 협력했던 수행원"이었다는 사실을 지워나갔다.[33] 한편, 일본공산당의 경우 김달수와 허남기의 작품 속에 드러나는 한국전쟁에서의 '미국' 대 '조선'의 대립 구도를 '미국' 대 '일본'의 구도로 치환하여 이를 샌프란시스코강화조약 반대 표상으로 읽어냄으로써 재일조선인 문학을 일본의 '국민문학'으로 포섭했다.[34] 적극적으로 피해자 의식을 강조하진 않더라도 일본의 가해자성을 쉽게 지워버리거나 재일조선인이 겪는 민족적 문제를 전유해버린 것만으로도 충분히 문제적이다. 이때 김달수는 적극적으로 일본의 가

---

32 남상욱은 「싸우는 오늘」이라는 작품을 예시로, 피해자 의식을 강화하는 것이 아니라 일본인들의 평화에 대한 책임의식의 부재를 비판적으로 지적하는 작품도 있었으나 이 역시 미국을 매개로 하여 그런 자각에 이른다는 점에서 한국전쟁을 내셔널 아이덴티티 형성의 계기로 이용한 것은 마찬가지라고 분석했다. 위의 글, 29~32면.

33 박이진, 앞의 글, 87면.

34 고영란, 「"조선 / 한국전쟁" 혹은 "분열 / 분단"—기억의 승인을 둘러싸고」, 『대동문화연구』 제79집, 성균관대 대동문화연구원, 2012, 84~85면. 한편 김달수와 허남기가 이 상황을 적극적으로 이용하여 일본의 '국민문학' 자장 속에 자리매김한 측면이 있다고도 한다. 고영란, 『전후라는 이데올로기—일본 전후를 둘러싼 기억의 노이즈』, 현실문화, 2013, 242면.

해성을 은폐하진 않았다 하더라도 '일본어 글쓰기의 연대' 속에서 이러한 움직임을 어느 정도는 방조하고 있었던 것으로 보인다.[35]

이런 상황을 염두에 두고 「손영감」을 다시 읽어보면, 민족주의적 성향을 강하게 드러내는 듯 보였던 텍스트의 다른 맥락이 보인다. 첫째로, 손영감은 한국전쟁의 전황을 담은 뉴스 영화를 본 후 조국의 동포들이 겪을 고난과 고통에 이입하여 힘든 나날을 보내다 결국 극단적인 일을 자행한다. 하지만 부락 사람들 누구도 손 영감만큼 고통스러워하지는 않는다. 물론 그들도 간선도로를 달리는 트럭을 불편한 마음으로 지켜보고, 뉴스 영화 속 한반도 영토에 대한 폭격 장면을 보며 손에 땀을 쥐지만 손영감만큼은 아니다. 그들이 손 영감보다 민족애가 덜하기 때문은 아니고, 경험의 차이가 있기 때문이다.

작품 초반부에 히라쓰카에서 가족을 잃은 후 N부락으로 온 손 영감을 "다행스럽게도 가족이 죽는다든가 집이 불타버린다든가 하는 전쟁의 참화를 경험해본 적 없는 부락 부인들"[376면]은 살뜰히 챙긴다. 이들은 아시아태평양전쟁을 같은 입장에서 겪었지만 어느 하늘 아래에 있었느냐에 따라 폭격과 전쟁에 대한 경험치가 달랐다. 그러므로 한국전쟁에 대한 손영감의 이상할 정도의 관심과 집착은 강렬한 민족의식이기보다는 직접적 체험에서 비롯된 높은 공감력에 더 가까워 보인다. 때문에 재일조선인이 아니더라도 전쟁 중 공습에 대해 강렬한 기억을 가진 일본인이라면

---

35 조은애는 "공투의 형태로 재일조선인과 연대하고자 한 문화세력이 주목한 것"은 한국전쟁의 서사보다는 "미국에 의한 일본의 신식민지화와 그에 대한 투쟁 서사로 치환 가능한 조선인의 반식민지 항쟁에 관한 기억 서사"였으며, 그러한 "일본문학자와 재일 문학자의 연대는 일본어 글쓰기를 매개"로 했다고 지적한다. 이 과정에서 동시대 한반도의 한국전쟁 상황은 배제되었다고 보았다. 조은애, 앞의 책, 146면. 「손영감」은 한국전쟁을 소재로 한 많지 않은 작품들조차 일본이 당면한 문제에 대한 언설로 전유되었고, 이때도 '일본어'가 이러한 건강하지 못한 연대의 매개가 되었음을 보여주는 예라 할 수 있다.

이 작품을 읽으며 손 영감의 심정에 깊이 공감할 수 있었을 것이다.

마찬가지로 작품 초반부에 공간적 배경이 되는 N부락을 설명하는 대목에도 눈길이 간다. 부락 안에 있는 덮밥이나 막걸리를 싸게 파는 허름한 가게는 패전 전이나 후나 비슷한 풍경인데 "변한 것이 하나 있다면 전후에는 뚜렷하게 일본인 손님이 늘어난 점"373면이다. 이어서 N부락의 가구 구성이 언급되며 해방을 전후로 몇몇 가구의 전출입이 있었는데 그중에서 전쟁이 끝난 이후 일본인이 두 가구나 새로이 들어온 사실이 특징적으로 언급되며 "이것이 전후 일본인의 생활 형편을 보여주는 것이었을까"373면라는 말이 덧붙는다. 둘 다 짧게 언급될 뿐이지만 전후의 혼란기는 일본인들에게도 버티기 힘든 시기였음을 보여주는 내용으로 재일조선인과 일본인은 그들이 처한 분명한 위치성의 차이에도 불구하고 이 대목에서는 이들은 같은 피해 민중의 자리에 놓이게 된다.

그런데 이처럼 재일조선인과 일본인 사이에 가로 놓인 분명한 민족적 장벽을 '전후'를 명분으로 가리는가 싶다가도 재일조선인사에서 중요한 사건들을 조명하기도 한다. 예를 들어 민족교육투쟁이 그러하다. 조련 해산에 뒤이어 민족학교에 대한 폐쇄 조치가 이루어지자[36] 손 영감을 비롯한 Y시 사람들이 모두 나서 학교를 점거하고 폐쇄를 반대하는 농성 시위를 한다. 밤이 되자 무장한 경찰들이 학교로 밀고 들어왔고, 늘 가지고 다니던 지팡이를 휘두르며 저항하던 그는 "총과 곤봉으로 무장한 경찰부대의 곤봉에 가슴을 맞아 쓰러졌고, 턱수염이 붙잡혀 억지로 끌어내졌다"382면. 이때의 일은 손 영감 개인에게 무척이나 치욕스러운 기억으로 남았으며 이후

---

36 한신교육투쟁 자체는 48년의 일로 조련 해산에 앞서지만 이로부터 파생된 다른 민족교육투쟁들이 조련 해산 이후로도 이어졌기 때문에 작품에서는 민족교육투쟁이 뒤에 오는 사건으로 서술되어 있다.

민족운동에 더욱 투신하는 계기가 되는데, 이 사건은 전후 일본 사회와 재일조선인 집단 전체에 있어서도 역사적으로 중요한 기점이었다.

　재일조선인 민족학교의 폐쇄 조치는 "소위 역逆 코스라 불리우는 GHQ의 정책 전환을 구체적으로 실감"케 한 사건으로 "일본 내 조선인들로 하여금 자신들이 더 이상 '해방된' 인민이 아니며, GHQ 역시 해방군이 아니라는 사실을 깨닫게 한 결정적인 계기"였다.[37] 패전 이후 일본에 진주하여 민주주의 체제를 확립하겠다던 미 점령군은 일본공산당을 비롯한 좌익 세력과 우호적이던 초기의 관계를 1948년 8월을 기점으로 반공정책의 방향으로 급선회하여 재일조선인을 비롯한 일본 내 좌익 세력들을 적대시하기 시작했다.[38] 특히 재일조선인에 대해서는 처음부터 대우가 좋지 않았는데 1948~49년을 전후로 이들을 점령에 방해가 되는 세력으로 규정했고, 민족학교 폐쇄 조치와 조련 해산은 그러한 인식 전환의 산물이었다.

　문제는 해방 전부터 좌익계열의 재일조선인 집단과 친연관계에 있던 일본공산당이 이 두 사건에 대해서 적극적으로 반응을 하지 않았던 점이다. 마찬가지로 GHQ와 일본 정부의 감시와 견제 아래 힘든 상황에 있었다고는 하나 일본공산당은 조선인 당원들에 대해서는 일본의 민주주의 혁명을 위한 '공투'에의 참여를 독려하면서 점령군과 정부에 대해서는 조선인 운동과의 거리를 강조하는 모순적인 모습을 보였고, 민족학교 폐쇄와 조련 해산 조치에 대해서도 적극적인 반응을 나타내지 않았다.[39] 심지

37　장세진, 「트랜스내셔널리즘, (불)가능 그리고 재일조선인이라는 예외상태 – 재일조선인의 한국전쟁 관련 텍스트를 중심으로」, 『동방학지』 제157호, 연세대 국학연구원, 49면.

38　이승희, 「해방직후 재일조선인에 대한 일본의 치안정책」, 『일본학』 제46집, 동국대 일본학연구소, 2018, 73면.

39　고영란, 앞의 글, 83면.

어 "'조선인의 문제는 조선인 자신이'라는 취지"의 입장을 표명함으로써[40] 이 당시 일련의 사건들은 재일조선인 집단의 민족적 문제로 한정되어버렸다. 작품 내에서는 손 영감과 함께 민족학교 폐쇄 반대 시위에 참가한 이들을 "Y시의 모든 사람들"로 명시함으로써 이 사건이 가진 민족주의적 색채를 지우고 있지만 실상은 재일조선인들이 온전히 감당해야 했던 민족적 사건이었던 것이다.

한국전쟁에 대한 일본인들의 관심을 촉구하기 위해 민족적 경계, 나아가 가해자와 피해자의 위치성의 차이를 지우려는 시도의 한편, 손 영감과 N부락 사람들이 처해 있는 삶의 조건 때문에 어쩔 수 없이 드러나 버리는 민족의식은 서로 상충하는 것처럼 보인다. 하지만 갑오전쟁, 을사조약, 한일합병, 3·1독립만세운동, 도일渡日, 그리고 두 차례의 전쟁으로 이어진 월경과 이산으로 굴곡진 손 영감의 삶의 궤적은 민족으로의 강렬한 귀속과 초월이라는 양가적 상황을 포괄할 수 있는 것처럼 보이게 한다. 그의 죽음이라는 사건이 일어나기 전까지 말이다.

1951년 6월 23일, 뉴욕에서 말리크 소비에트 대표의 휴전제안이 나온 지 나흘째 되는 아침 손 영감은 간선도로 위에서 부딪쳐 나가떨어진 채 머리가 깨어져 죽어 있었다.

(…중략…) 그리고 어떻게 된 일인지 손 영감은 턱수염을 가위로 깔끔하게 자른 채였다. 그것이 어찌된 일인지 아무도 설명할 수 없었다. 다만 사람들은 손 영감이 일전에 학교에서 경관에게 수염을 붙잡혀 끌려 나왔던 일에 몹시 마음을 쓰며 굴욕감을 느꼈던 것을 떠올렸다.

---

40 위의 글, 84면.

손 영감은 이번에도 또 그 수염을 붙잡힐 거라고 생각했던 걸까.[389면]

소설은 손 영감의 갑작스러운 죽음으로 끝맺는다. 말리크 소련 대표가 휴전을 제의한 나흘 뒤라는 구체적인 시간 지표와 사망한 모습에 대한 상세한 묘사에 반해, 그의 죽음의 이유는 명확하게 설명되지 않는다. 소설 전반에 걸쳐 손 영감의 내면이 구체적인 심리 서술을 통해 드러나 있었지만 그가 죽음에 이르는 결정적인 순간에 대해서는 아무런 설명도 덧붙지 않는다. 사회주의에 강하게 경도되어 있던 그는 죽음으로써 저항한 것일까. 하지만 당시 좌익계열 재일조선인들의 반전운동이 대체로 집단행동으로 나타났음을 고려하면 그의 선택은 조선인 부락 사람들 중에서도 유독 심하게 괴로워했던 한 개인이 절망 끝에 내린 극단적 선택인 듯도 보인다.

다만 그의 죽음이 단순한 사고는 아니었음을 항상 기르고 다니던 턱수염을 깔끔하게 자른 채였다는 그의 마지막 모습에 대한 묘사를 통해 짐작할 수 있다. 특히 "손 영감은 이번에도 또 그 수염을 붙잡힐 거라고 생각했던 걸까."[389면]라는 마지막 문장에 눈길이 간다. 길게 내려뜨린 흰 수염은 한때는 손 영감의 자긍심이었지만 공습 때 불에 타 반쯤 사라지고, 또 나머지 반은 민족학교 폐쇄 반대 시위 때 경찰관에게 붙잡혀 그에게 수모를 안긴 상처의 역사이기도 하다. 그렇기에 그가 그 수염을 말끔히 면도하고 죽음에 임했다면, 그의 죽음의 의미는 단순한 절망은 아니었을 것이다. 하지만 그가 왜 당시의 좌익 계열 재일조선인들과 마찬가지로 집단행동을 하지 않고 단독행동을 자행했는지, 무엇보다 종전의 희망이 보이기 시작한 때에 그와 같은 선택을 했는지에 대해서는 아무런 설명이 덧붙지 않아 그의 죽음을 적극적인 저항으로 의미화하기 힘들게 한다. 저항과 절망 사이를 헤맨 듯한 이 같은 손 영감의 죽음은 조선 민족의 고통에 대한 책임 추궁과 일본 대중과의 연대라는 두 가지 목표 사이에서 갈등하다 어느 쪽으로도 완전히 기울지 못한 소설의 주제의식과도 겹쳐진다.

4. 나오며 지속적인 '말걸기'로서의 가능성

번역하(되)는 것이 재일조선인의 독특한 위치성이자 실존의 조건이라면 김달수는 누구보다 그 역할을 성실하게 수행한 작가일 것이다. 그는 끊임없이 한국의 정치적 상황에 관심을 가지며 기민하게 그것을 글로 옮겼을 뿐만 아니라 일본어 글쓰기를 통해 일본인 독자까지 확보했다. 물론 그것은 더 많은 수의 독자를 확보한다는 차원에서만이 아니라 조선과 재일조선인의 사정을 일본 독자들에게 번역하고, 또 한편으로는 그 자신이 간접적인 방식으로나마 조선의 일에 개입하고자 하는 의도에서 비롯된 것이었다. 「손영감」은 한국전쟁이라는 사건에 직면하여 그의 그런 창작적 태도가 반영된 작품이다. 문제는 그가 가진 복잡한 정체성이 이 번역의 작업을 어렵게 만들었고, 그 결과 이야기의 결말은 어디로 향해야 할지 모른 채로 멈춰 있는 듯한 느낌을 준다는 것이다.

『신일본문학』 1951년 9월호에 일본어로 발표된 「손영감」은 재일조선인들이 모여 사는 N부락을 중심으로 재일조선인들의 삶의 터전과 생활 방식은 물론 당시 그들을 둘러싼 사회, 정치적 갈등 상황까지 세세하게 그려내고 있다. 덕분에 이 작품을 읽은 일본인 독자들은 해방 직후 재일조선인들이 처해 있었던 현실적 상황을 어느 정도는 이해할 수 있었을 것이다. 그리고 이 작품의 중심 사건인 한국전쟁에 대해서는 관심을 가지는 데서 나아가 공투에 참여하고, 전쟁 반대를 위해 힘쓰라는 행동의 촉구를 요청받고 있다고 느꼈을지 모를 일이다. 이 작품은 그들이 한국전쟁을 일본과 무관한 일이 아니라 일본과 연관된 폭력의 연쇄적 구조 속에 있는 사건임을 알고 느낄 수 있도록 김달수식으로 번역한 한국전쟁의 이야기이기 때문이다.[41]

하지만 문제는 그것을 위해 아시아태평양전쟁을 한국전쟁의 선행 사건으로 두는 과정에서, 그 전쟁에 휘말렸던 일본과 조선의 민중을 너무 쉽게 동일시했다는 점에 있다. 김달수 스스로가 일본의 가해의 책임에 적극적으로 면죄부를 주려던 의도는 아니었을지 모르나, 이것은 식민지배와 전쟁 책임을 방기하거나 더 심하게는 미군정 하의 일본을 피해자의 위치에 두고자 했던 일부 세력의 욕망에 쉽게 포섭될 위험이 있는 것이었다. 그리고 이런 위험성은 작품이 가지는 본래의 문제의식, 한국전쟁의 국면에서 재일조선인이 겪은 고난과 저항의 몸부림이라는 주제의 전달력을 약화하는 결과를 낳았다.

나아가 이런 위험을 감수하게 한 번역이 성공적으로 그 목표를 달성했는지도 의문이 든다. 작품이 발표되고 때마침 일본공산당 내부에서 무장투쟁으로의 노선전환이 이루어진 1951년 후반부터 재일조선인과 일본공산당 사이에서 공투의 움직임이 활발해졌던 것은 사실이다. 그러나 두 집단은 궁극적으로는 '조국방위'와 '일본혁명'이라는 상이한 목표를 가지고 있었고,[42] 1955년에 제6회 전국협의회에서 일본공산당이 기존의 무장투쟁 노선을 완전히 부정함으로써 일본공산당 내 조선인 당원들의 탈

---

41   김려실, 「'조선전쟁'의 기억과 마이너리티 연대의 (불)가능성－사키 류조의 「기적의
      시」(1967)를 중심으로」, 『비교한국학』 제29권 1호, 국제비교한국학회, 2021, 104면.
42   남기정, 앞의 글, 123면.

당이 결정되고, 재일조선인들과 연대했던 기억은 일본공산당의 공식 역사로부터 삭제되었다.[43] 심지어 이 이후 재일조선인을 폭도로 취급하는 인식이 확대 재생산되었다.[44] 공투는 실패했던 것이다.

그러므로 「손영감」의 의의를 새롭게 평가하기 위해서는 번역의 의의부터 달리 정의할 필요가 있을 것이다. 사카이 나오키는 번역 행위를 '전달to communicate'로 여길 때 그것이 가져올 필연적인 실패 때문에 번역을 전달이 아닌 '말걸기to address'로 보아야 한다고 주장한다. '말걸기'는 메시지의 성공적인 전달을 상정하지 않되, 그 행위 자체의 수행적인 성격에 의미를 부여하는 개념이기 때문이다. 그런 의미에서 보았을 때 「손영감」의 '전달'의 시도는 실패했다고 할 수 있다. 공투는 사라진 역사가 되었고, 일본은 아직도 식민지배와 침략전쟁에 대한 책임을 지지 않고 있다. 무엇보다 '전달'을 위해 취한 섣부른 동일화 전략은 절취되어 오용될 위험을 안고 있다. 하지만 '말걸기'의 차원에서 본다면, 「손영감」이라는 작품은 여전히 다른 목소리를 들려주는 작품이다. 바다 건너 조국으로 폭탄을 실어 나르는 트럭의 엔진 소리를 들으며 괴로워하고, 나름의 방식으로 전쟁에 개입하고자 했던 이들의 존재가 있었다는 사실이 잊히지 않도록 계속해서 말을 걸고 있기 때문이다. 즉 이 작품은 한국전쟁에 대해 잊고 있었던 또 하나의 기억으로서 우리에게 의미를 가진다.

---

43 장세진, 앞의 글, 59면.
44 조관자, 「재일조선인운동과 지식의 정치성, 1945~1960」, 『일본사상』 제22호, 한국일본사상사학회, 2012, 207면.

제3장

제국의 신민에서 난민으로, 일본인 아내들의 한국전쟁

1950년대 장혁주의 일본어 소설을 중심으로

장세진

이 글은 「마이너리티로의 변전과 그녀들의 한국전쟁 – 장혁주 소설에 나타난 '일본인 처(妻)'의 재현을 중심으로」, 『사이 / 間 / SAI』 vol. 33, 국제한국문학문화학회, 2022, 357~394면을 수정·보완한 것이다.

장혁주 張赫宙, 1905.10.13~1998

1905년 대구에서 태어났다. 한일합병 이후 일본어가 국어로 지정(1911)된 이래, 일본어로 공식 학교 교육을 받기 시작한 이중언어 첫 세대라 할 수 있다. 1932년 일본 잡지 『개조(改造)』에 일본어로 쓴 소설 「아귀도(餓鬼道)」가 2등으로 당선되면서 주목받기 시작했다. 조선 농촌의 빈궁하고 참담한 생활상을 그린 이 소설은 일본 문단의 내적 필요와도 부합하였는데, 식민지의 농촌 문제라는 새로운 주제를 제시한 작품으로 받아들여졌다. 한국과 일본을 오가며 작품 활동을 하던 그가 도쿄로 이주하게 된 것은 1936년의 일이었다. 기혼자였던 작가 백신애와의 연애 사건 및 장혁주 자신의 복잡한 가정사 등이 원인이 되었던 것으로 알려졌다.

1945년 조선의 해방 이후, 그는 과거 글쓰기 경력과 친일 활동으로 인해 조선에 돌아가기 어렵다고 판단, 일본에 남아 글쓰기를 계속하게 된다. 작가로서 고전하던 와중 한국전쟁은 그가 일본에서 성공적으로 재기하게 된 계기였다. 전쟁을 취재하는 특파원 자격으로 방한, 한국전의 참상을 남도 북도 아닌, 관찰자 특유의 중립적 입장에서 기록한 『아, 조선 嗚呼朝鮮』(1952)은 일본 평단의 호평을 받는다. 또한 바로 이 시기에 그는 귀화 신청을 거쳐 일본 국적을 취득하게 되는데, 이로써 장혁주는 예전부터 갈등이 심했던 재일조선인 사회와 완전히 거리를 두게 되고, 한국 문단과도 한층 적대적인 관계가 된다. 귀화 이후에는 노구치 가쿠추(野口赫宙)라는 이름으로 활동하게 된다. 장혁주는 1954년 자전적 소설 『편력의 조서(遍歷の調書)』를 출간하여, 자신이 조선을 버리고 일본을 선택할 수밖에 없었던 경위를 절절히 고백한다.

현재 한국문학사에서 장혁주는 결코 명예로운 이름이라고는 할 수 없다. 그러나 식민지 시기 조선인 작가들의 일본어 글쓰기는 실재하는 현상이었고, 최근 이중언어 세대의 글쓰기라는 관점이 도입되면서 장혁주에 관한 연구들이 새롭게 진행되는 중이다. 식민지 시기 일본어 글쓰기의 다양한 계보들이 존재하는 한, 일본어로 가장 많은 수의 작품을 남겼던 장혁주를 그대로 지나치기는 어려워 보인다.

1. 장혁주, 재한 일본인 처妻들을 만나다

한국전쟁 기간 중 남한 정부가 두 차례나 피란해 와 임시 수도가 되었던 항구 도시 부산의 신문에는 1951년 3월, 다음과 같은 짧막한 기사가 실린다. "귀국貴國의 전재가 큼에도 불구하고 재류在留 우리 일본인들에게까지 많은 원조를 주셔서 실로 고맙고… 감사의 말씀을 드리는 바입니다."[1] 이 기사문의 목소리는 당시 부산 시내 초량구에 위치한 소림사小林寺에 임시 거주하며 본국 귀환을 기다리고 있던 600여 명 가량의 전재 일본인 대표의 것이었다. 식량과 목탄, 의류, 침구 등 기본 생활 용품을 제공해준 한국 정부를 향해 감사를 표하는 반면, 늦어지는 본국 귀환 절차에 초조한 마음을 감추지 못하고 있다는 이 일본인들은 과연 누구였을까. 근과거 식민지시대 일본인들의 절이었던 소림사에 수용된 이들은 물론 동질적인 집단은 아니었다. 개중에는 이른바 '이승만 라인'에 의해 한국 영해領海를 '침범'하여 기소당한 일본 선박의 선원들, 나포된 작은 어선의 일본 어부들이 몇십 명 단위로 수용되어 있었다. 그러나 소림사의 일본인들 중 80% 이상을 차지한 것은 단연 부녀자와 아이들이었다. 이들은 다름 아닌 "한국인과 같이 결혼 생활을 하든 사람"들로서, 전쟁 중에 "남편이 납치된 사람"이거나 또는 한국인 "남편과 이혼한 것을 이유로 귀국"하려는 일본 여성과 그 자녀들이 대부분이었다.[2] 일본 선원이든 조선인과 한때 혼인 관계에 있었던 여성이든 소림사에 모여든 그들은 모두 일본열도와 한반도 사이를 이동했던 내력을 가졌으며, 현해탄 너머로 다시 돌아갈 수 있기를 간절히 희구하는 이들이었다.

---

1 「전재 일본인들 정부에 감사문」, 『부산일보』, 1951.3.21.
2 「일인 삼백 명 송환」, 『경향신문』, 1952.8.8.

돌이켜보면, '일본인 처日本人の妻'라는 다소 정확하지 않은 용어로 지칭되는 그녀들의 존재 양상은 구舊 일본 제국이 뻗어 나갔던 지역적 판도만큼이나 다양했던 것이 사실이다. 가장 포괄적으로 정의하자면, 그녀들은 "제국 일본의 패망 이전에 조선, 만주, 타이완 등과 같이 외지外地라 불리던 지역 출신의 남성과 혼인한 일본인 여성"들을 가리킨다. 그러므로 부산의 소림사에 수용되어 있던 부녀자들은 '일본인 처'라는 전체 모집단 가운데서도 이른바 '재한 일본인 처'에 해당되는 이들이었다. 식민지 시기 조선인과 결혼한 이래 이 땅에 쭉 살아왔거나 혹은 해방을 전후하여 남편의 고국행을 따라 일본에서 조선으로 함께 건너왔던 여성들이 바로 그들이다. 물론, 조선인과 혼인한 경우라도 일본어의 맥락에서라면 '日本人の妻'라는 이 단어는 조금 다른 의미를 덧붙여 갖게 된다. 1945년 패전 이후 '외국인' 커뮤니티로서는 가장 규모가 컸던 재일조선인 사회, 즉 일본에 거주하고 있으며 (주로 좌파계열의 재일) 조선인 남편을 둔 일본인 아내들을 가리키는 말로 이 단어가 자주 사용되었기 때문이다. 그러나 가장 최근에는 1950년대 말 대대적인 북송사업으로 조선인 남편을 따라 '귀국', 영영 일본으로 돌아오지 못하고 있는 북한 지역의 '일본인 처'들을 사회·정치적으로 이슈화할 때 자주 소환되는 단어이기도 하다.[3]

범위를 한정하여 이 글에서 주로 살펴볼 '재한 일본인 처'란 제국 일본이라는 식민주의적 질서의 갑작스러운 해체, 그 뒤를 곧장 잇는 한반도의 분단과 한국전쟁을 거쳐 이른바 '65년 체제'로 계속 이어지는 냉전 아시아의 거대서사에 깊숙이 연루되어 있는 존재들이다. 그러나 한국어로 된 미디어나 문학, 영화와 같은 재현의 장에서 그녀들에 관한 기록과 흔적

---

3   박광현·조은애, 「'일본인 처'라는 기호-남북일 국민서사에서의 비 / 가시화와 이동의 현재성」, 『동악어문학』 87집, 동악어문학회, 2022.6.

을 찾아내기란 결코 쉬운 일이 아니다.[4] 특히, 1945년 이후 한국문학에서 그녀들의 존재가 그나마 가시화된 것은 '해방 / 패전' 직후와 1965년 '한 일국교 정상화'와 같은 양국 사이의 결정적인 관계 조정 국면에서였다고 할 수 있다.

예컨대, 일본인 처가 등장하는 초기 사례인 염상섭과 안회남의 해방기 '귀환서사'의 경우를 떠올려 보자. 이 텍스트들은 주로 한반도를 벗어난 일본 제국 권역에서 활동하던 조선인 남편들의 이야기에 초점이 맞추어져 있다. 1945년 8월 이후 조선과 일본 중 어느 쪽을 향후 영구적 거주와 국민 적national 귀속의 장소로 택하느냐 하는 남편들의 정체성 이슈가 전면화되 어 있는 셈이었다. 이때 일본인 아내들은 결국 국민국가적 상상력으로 수 렴해가는 전체 서사의 외곽에서 조선인 남편의 귀환을 지지하고 격려하는 고마운 '조력자' 혹은 반대로 남편들의 신념에 위기와 갈등을 초래하는 '방 해자'라는 부차적인 역할을 배당받아온 것이 사실이다.[5] 그런가 하면, 시 간을 격해 한일국교 수립이라는 '65년 체제'의 초입 단계의 경우는 어떠할 까. 대중매체에 의해 호기심 어린 어조로 포착된 '일본인 처'의 존재가 이 시기에는 드물게도 문학적 상상력으로도 전환된 바 있다. 선행 연구에서 타당하게 지적되었듯이, 박연희의 단편 「피」[1966]는 한국 내 일본인 처의 존

---

4   이 글에서는 식민지 시기 특히 1930년대 후반, 이광수나 한설야, 채만식, 이효석 등의 내선결혼을 다루는 소설들이 아니라 1945년 이후의 일본인 처를 재현한 텍스트로 한 정한다.

5   '해방 / 패전' 직후 조선인들의 귀환서사에 잠깐 잠깐 얼굴을 비추는 일본인 처들의 존 재는 염상섭의 소설 「해방의 아들(첫걸음)」이나 장편소설 『효풍』에 등장한다. 특히 『효 풍』의 '가네코'의 경우 이 서사에서 적지 않은 비중으로 그려진다는 점에서 기억할 만 하다. 염상섭의 「해방의 아들」이 만주 지역에서의 조선인 귀환자들을 다루고 있다면, 안회남의 「섬」은 일본 규슈 지방의 탄광에서 일하던 "박서방"이 일본인 아내와 아이들 을 남겨두고 홀로 조선으로 귀환하는 사정을 관찰자인 작가=화자의 입장에서 그린 이 야기이다.

재를 그간의 서사적 보조 역할에만 그치지 않고 주인공으로 전면에 등장시킨 가운데 매우 예외적인 사례를 만들어내기도 했다.[6]

그럼에도 불구하고, 일본인 처에 대한 한국 측의 서사적 상상력은 전반적으로 매우 빈약하다고 볼 수밖에 없는 형편이다. 특히, 앞서 소림사 기사의 경우처럼 귀국을 원하는 이들의 적지 않은 숫자가 미디어에 의해 주기적으로 집계되고 그들의 목소리가 공론장의 수면 위로 직접 발화되었던 한국전쟁 시기의 경우에도, 일본인 처에 관한 서사는 전혀 등장하지 않았다. 어째서일까. 조선인 남성들이 주인공이었던 해방기의 귀환서사와는 또 다르게, 한국전쟁으로 야기된 조선인 남편의 부재가 오히려 그녀들을 서사의 주역으로 내세우는 동력이 될 수는 없었던 것일까. 그러나 사태는 그런 식으로 진행되지는 않았다. 이제 조선과 '끈이 떨어진' 그녀들은 그나마 희미한 흔적을 남겼던 해방기의 경우보다 더 철저하게 한국어 재현의 세계 바깥으로 밀려났다. 1·4 후퇴[1951]와 같은 한국인들의 민족적 대이동 속에 뒤섞여, 일본인 아내들의 존재 역시 집단적인 규모로 그 윤곽을 드러냈지만, '형제끼리의 살육同族相殘'으로 요약되는 한국전쟁의 비극적 서사 구도 속에서 '이異 민족'인 그녀들이 차지할 장소는 애초 마련되기 어려웠던 것으로 보인다. 아울러, 1950년대 내내 이승만 정권

---

6   해방 이후 20년 만에 한일관계가 '정상화'되어 비로소 일본을 왕래할 수 있는 합법적 자유를 획득했음에도 불구하고, 「피」의 주인공 "기요코"는 이제까지 그래왔듯이 일본인임을 더욱 철저히 숨기고 자녀들을 위해 여전히 한국인으로 살아갈 것을 다짐하는 결말로 끝이 난다. 한일 간 국가적 차원의 국제법적 관계 회복이라는 문제와는 별개로, 당시 한국 사회 전반에 널리 퍼져 있던 "일본이 다시 온다"는 재침략의 가능성과 신식민주의에 대한 공포, 그 속에서 여전히 일본인임을 드러내며 살 수 없는 불안을 묘사한 이 소설은 일본인 처의 심리를 엿볼 수 있는 이례적인 텍스트이다. 한일국교 정상화라는 역사적 컨텍스트를 배경으로 한 「피」에 대한 자세한 분석으로는 정창훈, 『한일관계의 '65년체제'와 한국문학―한일관계를 둘러싼 국가적 서사의 구성과 균열』, 소명출판, 2021.

이 국내 정치용으로 독려한 반일정서의 분위기도 이 서사적 공백에 한몫했다. 여론의 향방은 무엇을 드러내고 무엇을 누락할 것인가 하는 '재현의 정치'에 상당한 정도로 작용했을 가능성이 높기 때문이다.

'일본인 처'라는 존재를 둘러싼 한국어 재현의 거의 비어 있는 계보를 떠올려 본다면, 1950년대 장혁주[1905~1998]의 사례는 확실히 주목할 만하다. 알려진 대로, 해방 / 패전 당시 장혁주는 일본에 이미 10여 년가량 거주 중이었다. '재일조선인'으로 분류되었던 그가 유엔 종군기자의 신분으로 일본 국적을 소지한 채 현해탄을 넘어온 것, 그리하여 한국전쟁을 실시간으로 취재할 수 있었던 데는 당시 일본을 점령했던 연합군 사령부 GHQ의 후원이 결정적이었다.[7] 그 자신 '일본인 처'를 둔 처지로서, 장혁주는 한국 체재 중 시설에 수용되어 있는 일본인 아내들의 소식을 우연히 접했고, 부산의 소림사를 직접 방문한 이후인 1952년에는 그녀들을 주인공으로 내세운 세 편의 일본어 소설을 잇달아 발표하게 된다. 보통의 일본 기자들이 한국전쟁 취재를 위해 남한 입국 허가를 받을 수 있었던 시기는 일본이 주권을 획득한 1952년 샌프란시스코 조약 발효 이후였다. 그런 까닭에, 1951년 여름 이루어진 장혁주의 현장 취재나 인터뷰, 그리

---

7 점령당국이 장혁주에게 파격적인 방한 기회를 제공한 것은 연합군과 한국군 측의 전투 지역을 취재할 누군가가 필요했고, 한국어를 구사하고 한국 사정에 밝은 보고자가 필요한 까닭이었다. 이러한 기획은 1951년 이미 일본에서 출판된 소련 특파원이 북한 인민군의 전투 지역을 취재하여 쓴 『ああ朝鮮』에 대응하는 텍스트가 필요하다는 점령당국의 판단에 의한 것이었다. 『ああ朝鮮』과 장혁주의 『嗚呼朝鮮』은 일본어 상으로는 똑같은 발음이다. 고영란, 「"조선 / 한국전쟁" 혹은 "분열 / 분단"-기억의 승인을 둘러싸고」, 『대동문화연구』 79권, 성균관대 대동문화연구원, 2012, 장혁주는 1951년과 1952년 두 차례에 걸쳐 방한하고 한국전쟁을 취재한 다수의 르포르타쥬와 소설을 남겼다. 장혁주의 한국전쟁 관련 글쓰기 전반에 대해서는 장세진, 「기지의 평화와 전장의 글쓰기-장혁주 한국전쟁 관련 글쓰기(1951~1954)를 중심으로」, 『대동문화연구』 107, 성균관대 대동문화연구원, 2019.

고 이를 바탕으로 이루어진 즉각적인 소설화 작업이란 일본어로 된 재현 쪽에서도 실은 매우 희소한 사례라고 할 수 있다.

알려진 대로, 식민지 시기 이중언어 글쓰기 세대의 원조 격이라고도 할 수 있는 '장혁주 / 노구찌 가쿠츄野口赫宙 : 일본어 필명'는 이른바 '내지' 문단에서 먼저 인정받고 그 유명세가 거꾸로 조선문단에 알려진 케이스였다. 제국 일본의 출판 네트워크를 타고 아시아 권역에서 상당한 성공을 거둔 장혁주를 일종의 '롤모델'로 삼는 일군의 타이완 작가들이 존재할 정도로, 그는 식민지 출신 작가의 일본어 글쓰기와 그로 인한 '입신立身'을 대표하는, 요컨대 선망과 경멸 양자 모두의 아이콘이었다.[8] 해방 이후 거세진 청산과 심판의 분위기 가운데서, 장혁주가 누구의 눈에도 선명한 비판의 표적이 될 수밖에 없는 이유이기도 했다. 더욱이, 해방 이후 장혁주의 행적은 그의 평판에 보다 결정적으로 작용했다. 조국의 독립 이후에도 일본에 남아 일본어 글쓰기를 '일관되게' 선택했다는 점, 무엇보다 '노구찌野口'라는 일본인 처의 성으로 개명하여 일본으로 영구 귀화1952한 그의 행위는 당시 한일 양측에서 모두 격한 공분을 샀던 것으로 보인다. 장혁주 이외에도 일본어 글쓰기를 숙명처럼 짊어졌던 재일조선인 작가들이 분명 존재했지만, 유독 장혁주에게 쏟아진 분노는 예외적일 정도로 강렬했다. 어떤 의미에서는, 한국 문단 스스로도 결코 자유로울 수 없는 과거 친일 경력보다 오히려 해방 이후 장혁주가 보여주었던 일련의 행위들이 더 문제적으로 인식된 탓이었다. 일본의 패전으로 한껏 고양된 재일조선인들의 민족주의적 에토스를 일본 정부에 대한 '불온' 행위로만 여지없이 묘사했던 그의 글쓰기, 점점 커져만 가는 재일조선인들과의 불화와 갈

8　이동매·왕염려,「동아시아의 장혁주 현상」,『한국학연구』61권, 인하대 한국학연구소, 2021.

등 끝에 이루어진 그의 일본 국적 취득은 '배신'의 정점으로 받아들여지기 쉬웠다.

이러한 사정들로 인해, 장혁주가 한국전쟁을 취재하러 방한했을 때라든지 혹은 이를 소재로 한 장편소설 『아, 조선嗚呼朝鮮』1952이 일본에서 예상 밖의 큰 성공을 거두었을 때도, 당시 한국 문단은 그야말로 격앙된 분노의 반응을 보이게 된다. 실제로 '문총전국문화단체총연맹'의 경우, 장혁주가 "조국을 팔아 외국인의 안목을 현혹케" 했다며 규탄 결의를 내어 노골적인 불쾌감을 표시하는 사태까지 벌어질 정도였다. 한국의 미디어들 역시 그를 "수난의 조국을 배반하고 스스로 일본국에 귀화한 민족의 반역자"로 예외 없이 지칭했다.9 이후 다시 언급하겠지만, 몹시 아이러니하게도 장혁주의 이 '독특한' 삶의 행로와 작가적 포지션이 한국어 재현의 장 밖으로 밀려난 한국전쟁 당시 일본인 처라는 존재를 사건의 실시간대에 포착하도록 만든 요인이었던 셈이다.

이 글에서는 1952년 일본어로 발표된 「이국의 처異國の妻」, 「부산 항의 파란 꽃釜山港の青い花」, 「부산의 여간첩釜山の女間諜」 등 3편을 중심으로 이 시기 장혁주가 선보인 '일본인 처'의 재현이 어떠한 특징을 가지고 있는지 그 의의와 한계 모두를 종합적으로 살펴보고자 한다.10 본격적인 분석에

---

9 "문총에서는 지난 29일 긴급상임위원회를 개최하고 장혁주의 한국 취재 작품에 대하여 규탄하는 결의"를 하였다. 「나라 파는 행동」, 『조선일보』, 1952.11.4. "수난의 조국을 배반하고 스스로 일본국에 귀화한 민족의 반역자 장혁주가 지난 19일부터 28일까지 십일 동안 그 더러운 발자죽을 유엔 종군기자라는 복장에 감추어 극비밀리에 이 땅에 들여놓고 다시 돌아갔다는 사실이 일본의 신문 보도로서 이제 밝혀졌다." 「가소(可笑)! 일인 행세 하는 장혁주」, 『경향신문』, 1952.11.1.

10 「異國の妻」는 가장 먼저 발표되었으며 『警察文化』(1952.7)에 실렸다. 「釜山港の青い花」은 『面白倶樂部』(1952.9)에, 「釜山の女間諜」은 『文芸春秋』(1952.12)에 각각 발표되었다. 일본인 처를 다룬 장혁주의 세 작품의 존재를 가장 먼저 소개하고 일본인 아내들의 수난사로서 그 의의를 높이 평가한 최초의 연구로는 김학동, 「장혁주 문학과

앞서 밝혀두고 싶은 것은, 이 텍스트들을 정확히 파악하기 위해서는 다음의 세 가지 맥락을 함께 고려할 필요가 있다는 점이다. 첫째, '해방 / 패전'을 전후하여 이미 시작되었으며, 극히 소수이지만 현재까지도 지속되고 있는 '재한 일본인 처'들의 실제 삶이라는 사회사적 맥락이 그것이다. 비가시화된 그녀들의 존재는 1965년 한일 국교 정상화까지 특정 정치적 국면에서 드물게 불려 나왔지만, 경주에 모여살고 있는 그녀들의 삶을 기록한 가미사카 후유코上坂冬子의 『경주 나자레원慶州ナザレ園』1982이 일본에서 출간된 이래 상황은 조금씩 달라졌다.[11] 더욱이, 일본과의 관계가 눈에 띄게 호전된 1990년대 이후 미디어나 관련 학계의 구술사 및 생애사 연구자들에 의해 그녀들의 파란만장한 삶과 사연이 알려지기 시작했다.[12] 그렇다면, 그녀들의 실제 삶에서 이 글이 초점을 맞추고 있는 한국전쟁이란 과연 어떤 의미였을까. 남편의 부재라는 돌이킬 수 없는 낙담과 도저한 절망의 사건이었을까. 혹은 남편과 시댁을 넘어서서 한국 사회와 전면적으로 접촉하도록 만든, 그녀들 삶의 방향을 바꾼 중대한 전환의 계기였을까. 허구의 형식을 띠기는 했지만, 그녀들과의 생생한 인터뷰를 바탕으로

6·25에 직면한 일본인 처들의 수난-「이국의 아내」, 「부산항의 파란 꽃」, 「부산의 여간첩」을 중심으로」, 『인문학연구』 35집 3호, 충남대 인문과학연구소, 2008.

11 上坂冬子, 「慶州ナザレ園-忘れられた日本人妻たち」, 中央公論社, 1982.

12 가세타니 도모오, 「在韓日本人妻의 形成과 生活適應에 關한 研究-生活史研究를 中心으로」, 고려대 사회학과 석사논문, 1994; 김응렬, 「在韓 日本人妻의 生活史」, 『한국학연구』 8집, 고려대 한국학연구소, 1996; 니이야 도시유키, 「한국으로 '시집온' 일본인 부인-생애사 연구를 중심으로」, 서울대 석사논문, 2000; 김종욱, 「식민지 시기 조선으로 이주한 일본인 처들의 인물 사진 연구」, 경주대 산업경영 석사논문, 2008; 김수자, 「재한 일본인처의 경계인로서의 삶과 기억의 재구성」, 『이화사학연구』 46집, 이화여대 사학연구소, 2013.6; 이토 히로코, 「잊혀진 재한 일본인 처의 재현과 디아스포라적 삶의 특성 고찰-경주 나자레원 사례를 중심으로」, 『한국사회학회 사회학대회 논문집』, 한국사회학회, 2015.12 등이 있다.

집필된 장혁주의 소설은 일본인 처의 삶이라는, 매우 희소한 사회사적 아카이브에 새로운 참조의 대상으로 추가될 수 있을 것이다.

둘째, 당시 일본어로 발표된 만큼 일본어 재현의 계보에서 장혁주의 이 텍스트들이 어떤 위치에 놓이는지를 고려할 필요가 있다. 본문에서 다시 언급하겠지만, 일본 사회의 입장에서 보자면 이들 텍스트는 시기적으로나 내용적으로나 패전 직후 아시아 각지로부터 귀환하는 일본인들의 이른바 '인양서사引き上げ'의 하위범주이거나 혹은 일종의 변종이었다. 특히, 일본 남성들의 부재 속에서 거의 부녀자들끼리만 만주 신경에서 한반도를 종단했던 경험을 서사화한, 후지와라 데이의 유명한 『흐르는 별은 살아있다』1949는 장혁주의 이 소설들과 실은 거의 동시대의 텍스트였다고 보아도 무방하다. 인양서사의 계보 속에서 장혁주의 '일본인 처' 텍스트들이 가지는, 특유의 변별적 속성들을 유심히 살펴보아야 할 이유이기도 하다.

세 번째는 이 글의 가장 핵심적인 대목으로, '일본인 처'를 소재로 한 이 소설들이 장혁주의 한국전쟁 관련 글쓰기, 특히 『아, 조선』이나 『무궁화』와 같은 대표 서사들과 공유하는 일종의 '가족 유사성' 및 '차이' 모두에 각각 주목하려 한다. 이와 관련하여 이 글에서 제기하려는 질문은 다음과 같다. 즉, 한국전쟁을 바라보는 기존 장혁주의 시각이 일본인 처를 다룬 이 세 편의 텍스트들에서도 어김없이 관철되고 있을까. 아니, 그렇지 않다면, 일본인 처라는 문제적 존재들을 대면한 이후 그는 자신이 이미 선보인 한국전쟁 이야기와는 전혀 다른, 어떤 새로운 서사적 지평을 주조해냈을까. 그러나 어느 정도 예상 가능하듯이, 현실은 두 극 사이에 위치한 중간 지대 어디쯤으로 보인다. 일본인 처들의 수난이라는 새로운 이야기의 소재는 한국전쟁의 숨겨진 국면을 포착한 측면이 분명 있지만,

그럼에도 불구하고 장혁주의 기존 소설에서 목격된 특정 서사 관습으로 어느새 복귀하는 다소 낯익은 귀결을 보여주고 있기 때문이다. 그렇다면, 혹은 그럼에도 불구하고 질문은 계속되어야 하지 않을까. 당시 아무도 주목하지 않았던 일본인 처라는, 국민국가적 상상력으로부터 가장 멀리 '이탈된' 소재로 쓰인 이 원심적 서사를 재빨리 다시 회수해가는 힘의 정체는 과연 무엇일까. 그 힘으로 인해 가려진 현실의 구체적 면면이란 또한 어떤 것들이었을까. 무엇보다, 그녀들 삶의 한결 같이 공통된 신산辛酸과 고독, 긴 세월을 관통하는 불행을 온전히 서사화할 수 있는 새로운 프레임은 어떤 것이어야 할까.

2. 그녀들의 이동과 한국전쟁

1) 이동의 유형화

일본인 처를 다룬 세 소설 중 가장 먼저 발표된 「이국의 처異國の妻」1952.7는 다른 두 작품과는 달리 유독 현장 보고라는 르포르타쥬reportage와 자기 반영적 에세이의 성격을 강하게 드러내는 텍스트이다. 작품 속의 화자 또한 일본에서 취재를 나온 현실의 '종군기자 / 소설가'인 장혁주 자신 그대로 등장하는데, 그는 글의 첫머리에서 일본인 아내들을 만나게 된 경위와 소감을 밝히고 있다. 보기에 따라서, 이 텍스트는 잡지 등에 흔히 실리는 조금 긴 길이의 특집 인터뷰 기사와 같은 느낌조차 없지 않다.

부산에 일본인 수용소가 있다는 이야기를 들은 것은 내가 일본으로 돌아가기 직전이었다. 일본으로 '귀환해야 할' 일본인이 아직 이 나라에 남아 있었던가, 해서 상당히 놀랐다. 하지만 잘 생각해보니 '한국인의 아내'였던 일본 여성이 뭔가의 사정으로 일본으로 귀환하지 않으면 안 되게 되었으며 그런 사람들만을 수용하고 있을 것이라는 짐작을 했다. 나는 그 사람들의 신상을 동정했다. 전재戰災를 당한 이 나라 국토의 황폐와 이재민의 고통스러운 '생존'을 충분히 본 후이기 때문에 한국인 자신도 살아남을지 죽을지 하는 아슬아슬한 줄 위에 있는데, 그들 속에 섞여 그 여성들이 어떻게 '생존'하고 있는 것일까, 하고 보기 전부터 연민의 정에 휩싸였다.[13]

일단 눈길을 끄는 대목은 장혁주 역시도 그녀들의 소식을 우연히 전해 듣기 전까지는 '재한 일본인 처'라는 존재를 전혀 인지하지 못하고 있었다는 점이다. 그도 그럴 것이, 한반도의 식민자였던 일본인들의 귀환은 남한 지역의 경우 1946년 2월까지 집단 송환을 마친 상황이었다. 문제는 소련군이 진주한 북한 지역이었는데, 소련 당국은 일본인들의 이동을 통제하는 한편 청·장년 일본 남성들만을 따로 분류, 만주와 소련으로 이들을 차출하여 강제 노역에 종사시키며 상당 기간 억류시킨 바 있다. 여성과 노약자만 남은 다양한 일본인 집단들은 소련군의 만주 철수가 시작된 1946년 봄부터 대략 1947년에 걸쳐 당국의 묵인하에 한반도 북부에서부터 38선을 돌파, 결국 남하의 종착지인 부산항에서 고국 일본으로의 탈출을 완료하게 된다.[14] 앞서 언급한 인양서사의 대표 격인 『흐르는 별은 살아 있다』[1949]가 묘파하고 있는 서사적 시간대 역시 바로 이 시기에 해당된다. 그러므로 이 글의 취재가 이루어진 1951년 시점에서라면, 장혁주가 반도로부터 "귀환해야 할 일본인이 아직 이 나라에 남아 있었던

---

13 張赫宙, 「異國の妻」, 『警察文化』, 1952. 7.
14 이연식, 『조선을 떠나며-1945년 패전을 맞은 일본인들의 최후』, 역사비평사, 2012, 9면.

가" 놀라움을 표시한 것도 무리는 아니었다. 요컨대, 근 과거 일본인 동족들의 숨 가쁜 '엑소더스' 행렬에서 자발적으로 혹은 불가피하게 이탈했던 이들 중 가장 많은 수가 바로 남편과 아이들 곁을 떠날 수 없었던 일본인 아내들이었다.

주목할 것은 조선에 남아있기를 선택한 일본인 아내들 가운데서도 일종의 유형화가 가능하다는 점이다. 세 편의 장혁주 소설에 등장하는 여성들 역시 그러한데, 크게 보아 그녀들은 두 가지 유형으로 나뉜다. 첫 번째는,「이국의 처」의 '야스코'나「부산항의 파란 꽃」의 '교코'와 같이, 일본에서 '외지인'인 조선 남성과 결혼한 이래 쭉 그곳에서 생활하다 이후 남편과 함께 조선으로 이동한 유형이다. 예컨대, '야스코'는 패전 직전인 아시아태평양전쟁 시기 남편을 따라 시집인 대구로 소개疏開해 온 경우이다. 일본열도에 점점 더 쏟아지는 연합군의 공중 폭격을 피해, "세상에서 가장 안전한" 곳이라는 남편의 주장에 기대어 생면부지의 조선으로 두려운 마음을 가득 안은 채 피란을 온 셈이다. 반면, '교코'의 경우는 일본이 패전한 직후 조선으로 건너온 여성으로 설정되어 있다. 그녀는 한반도의 남쪽에 새롭게 탄생한 정부에 조력하고 싶어 하는 남편과 함께 "아무런 의혹도 망설임도 없이" 조선행을 선택한 것으로 묘사된다. 그녀는 많은 일본인 동족들이 해방 / 패전 직후, 부랴부랴 조선을 떠나온 동선과는 정반대의 노선을 감행한 셈이었다.

사회사적 맥락에서 보자면, '야스코'나 '교코'와 같은 여성들은 주로 전시체제기인 1937년 이후 일본에서 조선 출신 남성과 만나 연애결혼에 이른 경우였다. 말하자면, 이들의 남편인 조선인 남성들은 보다 많은 일자리와 배움의 기회가 있는 제국의 도시로 대거 유입된, 식민지 출신의 인적 자원이었다. 알려진 대로, 이 시기 부쩍 급증한 '내선결혼' 중 전체의 약 90%가량이 일본에서 이루어졌고, 그 절대다수가 '(재일) 조선인 남성-(일본 거주) 일본인 여성' 커플에 해당되었다.[15] 서구 식민 제국이 본국 남성과 식민지 여성의 결합에 관대했으면서도 그 반대는 종종 금지하기도 했던 분위기를 떠올려 본다면, 일본 제국의 경우 다소 의외였던 측면이 있다. 비록 선전의 차원에서나마 내선결혼을 전략적으로 장려하는 분위기였다는 점, 법적 성혼에 있어서도 지역이나 성별에 따른 제약을 별반 두지 않았던 사정 역시 참조할 필요가 있다.[16]

생활사 연구의 성과에 따르면, 이 유형의 여성들은 조선인과의 결혼을 애초 국제결혼으로 생각하지 않았고 결혼 이후에도 쭉 일본에서 생활해 온 터라, 조선을 처음 경험했을 때 그녀들이 치루어야 하는 적응 ─ 언어, 풍습/문화, 생활 수준 차이 등 ─ 의 과정은 혹독할 수밖에 없었다.[17] 소설 속에서도 이러한 현실이 고스란히 드러나는데, 예컨대「부산항의 파란 꽃」의 '교코'는 패전 이후인 1946년 조선으로 건너왔지만, 여전히 "조선어는 간단한 일상어밖에 할 수 없"으며, "어려운 말로 해오는 것이 무엇보다 질색"인 상태 그대로이다.[18] 반면, '야스코'의 경우는 일종의 '과적응' 상태를 보인다. 그녀는 한국어가 능숙하지도 않지만, 자신의 모국어조차도 온전치 못해 끊임없이 조선어가 개입해 들어오는 "이상한" 일본어를 구사하는 상태로 묘사된다. "마치 일본어를 배우기 시작한 조선인"의 모

---

15 이정선,『동화와 배제─일제의 동화정책과 내선결혼』, 역사비평사, 2017, 33면. 일본 남성과 조선 여성의 결혼이 주로 다수였던 조선에서도 1935년 이후가 되면 그 비율이 역전된다. 1940년이 되면 조선 남성과 일본 여성의 결합이 일본 남성과 조선 여성의 결합보다 세 배 이상 많아진다. 오오야 치히로,「잡지『內鮮一體』에 나타난 내선결혼의 양상 연구」, 연세대 국어국문학과 석사논문, 2006, 63~64면.

16 이정선, 위의 책, 23면.

17 가세타니 도모오, 앞의 글, 6면.

18 張赫宙,「釜山港の青い花」,『面白俱樂部』, 1952.9.

습이 되어버린 '야스코'를 안타까운 마음으로 관찰하면서, 종군기자 / 화자 장혁주는 그녀의 '깨진' 일본어로부터 "조선어를 쓰지 않으면 '신변이 위험'했던 이 나라의 특수한 사정"을 엿보았다고 쓴다.[19]

장혁주 소설에 등장하는 또 하나의 일본인 처 유형은 「부산의 여간첩」의 주인공 '도시코'의 경우이다. 이 소설의 배경 자체가 부산이기는 하지만, 그녀는 개항과 함께 재조일본인의 역사가 시작된 도시 부산에서 태어난 일본인 2세로 등장한다. 말하자면, 그녀는 1944년 시점에서 약 71만 명이 거주한 조선 내 일본인 식민자 그룹의 일원이었다.[20] 재조일본인을 어떻게 규정할 것인가에 관해서는 여러 시각이 가능하지만, 우치다 준內田じゅん이 제안한 "제국의 브로커"라는 개념에 따른다면, 이들은 식민 통치 권력과 조선인 엘리트 사이에서 일종의 매개 역할을 하는 존재였다. 분명 식민 권력의 '대리인'이나 '앞잡이' 역할을 수행하지만, 동시에 자신들의 이익을 관철하기 위해서는 사안에 따라 제국의 통치에 저항하거나 조선인들과의 협력과 연대가 가능한 '중간자'이며 경계선 상의 인물군인 셈이다.[21]

「부산의 여간첩」의 '도시코' 역시 '전형적인' 경계인으로, 조선의 풍속에 익숙하며 부산 사투리를 유창하게 구사하는 인물이다. 그녀의 조선인 남편은 유망한 총독부 관리였던 까닭에, 그와의 결혼은 오히려 그녀의 집

---

19 張赫宙, 「異國の妻」, 『警察文化』, 1952.7.

20 여기에는 종전 당시 조선에 주둔하던 일본군의 숫자는 포함되어 있지 않다. 약 23만 명에 달했던 병력까지 합산하면 1944년 당시 94만 명에 달하는 일본인들이 조선에 거주하거나 체류하고 있었다. 李淵植, 「朝鮮半島における日本人送還政策と實態-南北朝鮮の地域差を中心に」, 蘭信三編, 『帝國以後の人の移動-ポストコロニアリズムとグローバリズムの交錯点』, 勉誠出版, 166면; 이동훈, 「재조일본인 사회의 형성과 연구 논점에 관한 시론」, 『일본연구』 83집, 한국외대 일본연구소, 2020에서 재인용.

21 우치다 준, 한승동 역, 『제국의 브로커들-일제강점기의 일본 정착민 식민주의 1876~1945』, 길, 2020.

안 쪽에서 바라는 바였던 것으로 그려진다. 확실히, 세 편의 텍스트에 등 장하는 주인공 중 가장 능동적이고 활기찬 캐릭터인 '도시코'는 그녀 자 신 소림사에 수용되어 있기는 해도, 부산 지역을 잘 알고 있으며 조선어 에 능통해 수용소의 위원장으로 뽑혀 관청과의 연락을 담당하고 있는 인 물이다. 흥미로운 것은 그녀 또한 일본 정부의 입국 허가가 나오기를 기 다리고 있음에도, 한편으로는 조금 다른 생각을 품고 있다는 점이다. "일 본으로, 라고 해도 자신에게 친숙한 고장은 어디에도 없다. 골똘히 생각 하고 있으니 역시 이곳 부산이 자신의 고향"이라 여긴다는 점에서, 그녀 는 소설 속 다른 일본인 처들과는 뚜렷하게 구별된다.

이처럼 조선으로 건너오게 된 시기나 배경, 적응의 정도 차이는 다르지 만, 세 텍스트 모두 주인공들의 공통점은 일본에서나 조선에서나 한국전 쟁 발발 이전에는 중상층 이상의 풍족한 생활을 영위하다 갑자기 마이너 리티의 신분으로 전락했다는 점이다. 그러나 조선 각지로부터 소림사에 모여든 일본인 아내들의 계급적 성분이란 실제 현실에서는 중하층 이하 출신이 훨씬 더 많은 숫자였을 것으로 추정된다. 제국 내 노동력 시장 구 조에서 조선인 남성들이 대체로 하층부를 담당해왔다는 역사적 사실과 연동될 수밖에 없는 대목일 터이다. 장혁주 역시 이 상황을 의식했던 것 일까. 서사에서 주인공이 아니라 보조적 역할을 담당하는 일본인 아내 및 그 남편들에 대해서는 육체노동에 종사한 조선의 징용공 출신이라는 설 정을 더러 해놓고 있기도 하다. 그러나 이 대목에서 보다 중요한 사실은 적어도 세 텍스트 안에서 한국전쟁이란 그녀들의 계급적 차이를 거의 무 화시킨 결정적 계기로 그려진다는 점이다. 다양한 백그라운드를 가졌던 그녀들은 이제 "마치 지옥도"와 같은 소림사에 수용되어, 너나 할 것 없 이 "피로와 절망으로 마구 칠해진" 불행과 비참의 공동체가 되어 있다. 이러한 사태의 직접적 원인은 바로 한국전쟁 중 행방불명되거나 혹은 끝내 사망한 조선인 남편들의 부재였다.

2) 가로막힌 현해탄과 소림사의 시간

> "저기, 아주머니! 저는 문득 죽고 싶어져요. 그저 한 번만이라도 일본을 보고 싶어서 견디고 있는 거예요. 일본에 돌아가고 싶어서 미쳐버릴 것 같아요 ……", "그건 다들 그래요. 여기 있는 사람들 모두요."[22]

「부산항의 파란 꽃」에는 고국으로 돌아갈 날만을 손꼽아 기다리는 일본인 아내들 사이의 대화가 자주 등장한다. 멀지 않은 과거 현해탄을 자유롭게 건너왔던 그녀들, 민족적으로 일본인이 틀림없는 그녀들이 다시 이 바다를 건너지 못하고 소림사에 발이 묶이게 된 이유는 과연 무엇일까. 우선, 가장 손쉽게는 당시 연합군 사령부GHQ에 의한 점령 상태였던 일본과 새로 수립된 대한민국 사이에 정식 국교가 성립되지 않았던 정황을 하나의 요인으로 떠올릴 수 있다. 그러나 1945년부터 1947년 사이 한반도 남부를 거쳐 귀환해 간 다수의 일본인들을 떠올린다면 국교 수립 여부란 오히려 부차적인 요소였다. 실은, 이 사태의 보다 근본적인 배경에는 패전 이후 일본정부(와 연합군 사령부)가 재일조선인을 포함한 구舊 식민지인들에 대하여 일괄적인 국적 박탈의 방침을 적용했던 전후 소수민족 통치의 맥락이 있었다. 알려진 대로, 제2차 세계대전 이후 독일이나 프랑스와 같은 유럽의 식민 제국들이 자국 내 거주를 원하는 구 식민지인들

---

22 張赫宙, 「釜山港の靑い花」, 『面白俱樂部』, 1952.9.

에게 국적 선택권을 제공했던 것과는 달리 전후 일본은 천황을 정점으로 한 일국적 혹은 '순혈(주의)적' 국민국가를 기획했다.

실제로, 일본 정부는 샌프란시스코 조약 발효[1952.4]를 계기로 구식민지 출신자의 국적을 박탈하는 법무부 「民事局長通達」을 발표했는데, 주목할 대목은 이 조치로 인해 비단 재일조선인뿐만 아니라 평화 조약 발효 이전 결혼 등에 의해 "내지 호적"에서 이탈한 일본인 아내들 역시 일본 국적을 상실했다는 점이다.[23] 비㈠ 일본인과의 결혼을 사유로 자국민의 국적을 박탈한 이 조치는 일본인 아내들의 입장에서 보자면 사실상 기민정책에 다름 아니었다. 그렇다면, 장혁주가 소림사를 취재했던 1951년 여름, 아직 조약이 발효되기 이전 시점의 경우는 어떠했을까. 비록 국적 박탈 이전이기는 해도, 남편의 호적에 입적하여 한국 국적을 소지하게 된 아내들은 혼인 관계를 법적으로 정리하고, 자신의 예전 호적지로부터 일본인임을 증명할 수 있는 호적 등본을 송부받아야 비로소 일본으로 귀국할 수 있었다. 일본인 아내들이 겪는 이 번다한 호적 문제는 장혁주의 텍스트 속에도 잠깐 등장하는데, 「이국의 처」의 '야스코'는 자신의 호적을 증명하고 확인해 줄 일본의 가족들로부터 아무런 회신을 받지 못한 채 소림사에서 기약 없는 유예의 시간을 보내는 것으로 그려진다.

그런데 이 대목에서 텍스트 밖으로 시야를 확장해보면, 현실 속 재한 일본인 처들의 국적 문제는 이보다 한층 더 복잡한 것이었다. 그녀들의 국적은 한국 국적뿐만 아니라 일본 국적, 한일 이중국적, 심지어 무국적까지 그 유형과 경우의 수가 매우 다양했다. 가령, 한국 국적에 이어 두 번째로 많았던 일본 국적의 경우, 일본인 여성이 남편과 혼인한 뒤 조선

---

23   가세타니 도모오, 앞의 글, 30면.

땅을 밟고 나서야 비로소 본처와 자식들의 존재를 발견하게 된 사례가 대부분이었다. 본처로 인해 남편의 호적 입적 자체가 불가능했기에 자신의 일본 국적으로 그대로 남아있을 수밖에 없는 까닭이었다. 일본 국적 여성들의 경우, 고국행을 원한다면 '결격' 사유는 없었지만 만약 자신이 직접 낳은 아이들을 불가피하게 한국인 본처 소생으로 입적해 두었다면, 자녀들과 함께 귀국을 원할 시 난관에 부딪힐 수밖에 없을 터였다. 그렇다면, 무국적은 과연 어떤 경위였을까. 가장 심각해 보이는 이 유형은 애초 조선인과의 결혼을 부모가 극심하게 반대한 나머지 아예 일본 호적에서 딸을 말소시킨 경우였다. 남편에게 입적시킬 호적 자체가 사라졌기 때문에 한국에서의 혼인신고 또한 불가능했고, 결과적으로 한국 국적도, 일본 국적도 없는 무국적 상태에 놓인 여성들이었다.[24]

그런데 아이러니한 것은 한국전쟁이 특정 유형의 일본인 아내들에게는 한국 국적을 취득할 수 있는 법적 '기회'이기도 했다는 사실이다. 널리 알려져 있지는 않지만, 전란의 와중에 북쪽으로부터 남하해 온 많은 피난민들에게 남한 정부는 여러 차례에 걸쳐 가호적假戶籍을 부여하는 등록 기간을 설정한 바 있다.[25] 물론, 이 제도는 피난민들의 지위를 보장하는 일종의 사법적 조치임이 분명했다. 그러나 좀처럼 승부가 나지 않았던 군사

---

24 일본인 아내들의 다양한 국적 사례에 대해서는 김석란, 「재한일본인 아내의 국적에 관한 연구－해방 이전 결혼자를 중심으로」, 『일어일문학』 36집, 대한일어일문학회, 2007.11이 자세하다.

25 이 제도는 원래 남한 정부 수립 이전인 1948년 4월, 월남자들을 대상으로 한 미군정청령으로 시행되었다. "남북한이 통일될 때까지 북위 38도선 이북에 본적을 두고 이남에 거주하고 있는 자의 호적에 대한 임시 조치"로서 운영된 제도였던 셈이다. 시행 초기에는 가호적 등록자가 소수에 불과하였지만, 한국전쟁으로 월남자가 폭증하면서 이 제도가 널리 활용되었다. 이병욱, 「이산가족과 혼인에 관한 법률 문제」, 고려대 법학과 석사 논문, 2005, 91~92면.

적 전쟁의 양상 앞에서, 이 조치는 북측 인구를 대거 받아들인 남한이 적어도 민심 수합과 포괄적인 '인구정치'라는 차원에서 보다 우위에 있다는 체제 경쟁상의 상징적 효과를 거둘 수 있었다. 그리고 일본인 처들은 바로 이 제도를 활용했다. 그녀들은 북측 피난민을 가장해 가호적을 등록했고, 신분 안정과 자녀 문제, 생활상의 필요 등에 의해 드디어 '합법적인' 한국 국적을 취득하게 된다. 그녀들의 한일 이중국적이 생겨나는 경위이기도 했다. 이로써 일본인 처들은 남편의 호적에 정식으로 입적할 수 있었지만, 개중에는 이 기회를 활용해 남편과 헤어져 홀로 세대를 꾸리는 여성들도 존재했다.[26]

장혁주의 세 소설에서는 전혀 포착되지 않은 측면이지만, 일본인 아내들이 조선에 시집와서 겪은 불행의 양상이란 실은 놀랍도록 유사했다. 조선행 이후 성실하고 자상했던 남편들은 일본에서와는 전혀 판이한 모습이 되어, 도박과 실업, 외도, 상습 폭행 등을 보이게 된 경우가 적지 않았다. 과연 무슨 일이 일어났던 것일까. 자신만을 믿고 현해탄을 건너온 아내에게 애정으로 평생 헌신하겠다는 결혼 초기의 맹세는 조선에서의 생활고로 인해 오래지 않아 균열이 가기 시작했다. 더욱이, 언어와 풍습을 비롯한 조선의 모든 것에 서툰 일본인 아내와 자신의 가족 사이에서 상당한 부담을 느끼게 된 조선인 남편은 어느 시점에 이르면 외도를 선택하는 일이 다반사였다. 참다못해 항의하는 일본인 아내와 그녀를 향한 조선인 남편의 언어적 학대와 모욕, 그리고 폭력이라는 악순환은 주위의 반대를 무릅쓰고 열렬히 맺어졌던 '내선' 커플이 조선 땅에 와서 맞이한 불행의 전형적 패턴이었다. 장혁주의 소설에서처럼 어떤 일본인 아내들에

---

26 김응렬, 앞의 글.

게 전쟁은 남편을 잃고 삶이 송두리째 전락하는 계기였지만, 또 어떤 부류의 아내들에게 이 전쟁은 그래서 조금 다른 의미일 수 있었다. 그것은 남편과 시댁이라는 울타리 밖으로 나아가는 계기, '법적인' 한국인으로서의 삶을 이 땅에서 새롭게 시작하는, 힘겹지만 분명한 독립의 출발점이기도 했다.

이제 다시 장혁주 텍스트의 시간대로 되돌아가 보자. 이들 세 소설은 모두 계급적으로 중상층 이상의 삶을 영위해왔던 여주인공들을 설정하고 있으며, 그 결과 당시 많은 수의 일본인 처들이 실제로 경험했던 전형적 불행의 요인들로부터도 상당한 거리가 있는 편이다. 그러나 현격한 계급 차이에도 불구하고, 그녀들의 삶을 균질하게 만드는 것은 수용소에서의 집단적인 삶, 무엇보다 그녀들의 간절한 기다림이었다. 세 편의 소설 중 특히 「부산항의 파란 꽃」은 일본 정부의 입국 허가를 기다리고 있는 소림사의 시간 동안 일본인 처들이 어떤 마음을 안고, 어떤 구체적 일상을 영위했는지 짐작할 수 있게 하는 텍스트이다. 남편을 잃은 여주인공 '교코'는 일본에 돌아가기 위해 아이들 둘과 함께 소림사에 기거하고 있으면서도, 부산 시내에서 행상으로 살아가는 시어머니와 자주 왕래하며 지낸다. 촉망받는 물리학 교수의 부인으로 남부러울 것 없이 지냈던 '교코'였지만, 이제 그녀는 부산항에 정박해 있는 일본 선박의 청소와 선원들의 빨래 등을 해주면서 고향으로 돌아갈 날만을 손꼽아 기다리고 있다. 사실적인 개연성은 차치하고서라도, 이 텍스트가 상당히 흥미로운 것은 일본으로의 밀항과 밀수로 이름 높았던 항구 도시 부산에 수용된 그녀들이 당시 충분히 가졌을 법한, 일종의 '도항 환타지'를 그려내고 있기 때문이다. '교코'를 포함한 수용소의 일본인 여성들은 유엔의 한국 구호물자를 싣고 온 일본 국적의 선박을 그저 바라보는 것만으로도 가슴이 두근

거린다. 선박에 승선해 잡일을 하면서도 "'아아, 여기는 일본인데…' 하는 감개와 현기증을 느끼며" 그녀들은 마치 친정이 있는 일본 도시로 돌아간 듯한 느낌에 저마다 벅차오른다.[27]

그러나 이 텍스트가 포착해낸 일본인 아내들의 간절한 도항 욕구는 허구fiction 속에서도 결코 이루어지지 않는다. 이 소설은 매우 우연하고도 통속적인 설정을 제시하는데, 교코가 승선해 잡일을 하게 된 선박의 일본인 선장이 알고 보니 그녀의 첫사랑이었다는 식이다. 선장은 당시 부산에서 몹시 성행한, 일본 선박을 매개로 한 대대적인 밀무역 붐에도 휩쓸리지 않는 예외적으로 정직한 캐릭터로 묘사되어 있기도 하다. 이 모든 우연한 설정들은 결국 주인공 '교코'의 도항 욕구에 실현 가능성을 부여하려는 장치로 보인다. 변함없이 그녀를 사랑하고 있으며 자신의 배에 몰래 승선해 함께 일본으로 돌아가자는 선장의 밀항 제안에 '교코'는 당연히 흔들릴 수밖에 없다. 그러나 당국의 엄중한 감시 앞에서 그녀의 짧았던 환국還國의 기대와 모험은 결국 실패로 끝나고, 그녀는 다시 일본 정부의 허가를 하염없이 기다리는 애초의 상황으로 되돌아갈 수밖에 없다.

그렇다면, 텍스트 바깥의 현실 속 소림사의 그녀들은 어떠했을까. '교코'가 겪었던 것과 같은 긴 기다림의 시간 끝에 그들은 무사히 고국으로 돌아갈 수 있었을까. 샌프란시스코 조약이 발효된 지 이미 4개월이 지난 1952년 8월, 신문지상에서 이 질문에 대한 해답을 찾을 수 있다. 여전히 소림사에 수용되어 있는 일본인들이 대한민국 외무부 앞으로 자신들이 작성한 탄원서를 일본 정부에 전달해달라고 요청해온 사정이 실린다. "생사의 기로에 서 있는 우리들은 일본 국민이면서도 자유로이 입국 못한다는 것은

---

27 장혁주, 「釜山港の青い花」, 『面白倶樂部』, 1952.9.

그 의미가 어디에 있는지 이해키 곤란한 바입니다. (…중략…) 일본 정부 당국에서는 여러 가지 어려운 조건을 부쳐서 우리들의 입국을 지연시키고 있는 이유를 모르겠다고 전부가 실망하고 있습니다."[28]

　일본인 아내들의 발목을 잡았던 국적 문제가 공식적으로 해결된 것은 이 기사로부터 13년이 지난 1965년 한일 국교 수립 국면에 이르러서였다. 일본에 이전 호적이 남아 있는 재한 일본인이라면 누구에게나 국적 회복의 기회가 드디어 주어진 것이었다. 비록 호적이 남아 있지 않더라도 친인척이 일본임을 증명해줄 수 있을 경우에도 국적은 회복되었다.[29] 그렇다면, 한국전쟁 당시 소림사로 모여들었던 여성들뿐만 아니라 남한의 전국 각지에 흩어져 살고 있던 일본인 아내들은 이 시점을 계기로 그토록 그리던 고향으로 모두 돌아갈 수 있었을까. 물론 그렇지는 않았다. 자녀들의 양육 문제, 이미 오랜 세월이 지나 친인척의 행방을 알 수 없어 여전히 가로막힌 법적 절차상의 장애, 주위의 반대를 무릅쓰고 떠나온 일본 사회에 대한 두려움, 무엇보다 경제적 궁핍으로 인해 끝내 돌아갈 수 없었던 이 여성들의 이름이야말로 현재까지도 이 땅에 생존해 있는 재한 일본인 아내들이다.[30]

　한편, 다소 의아할 수밖에 없는 대목은 일본인 아내들의 사정을 직접 목격하고 작성된 장혁주의 세 편의 소설에서, 그녀들에 대한 일본 정부의

28　「본국 정부 냉대에 불만」, 『경향신문』, 1952.8.11.
29　김석란, 앞의 글.
30　한일 국교 수립 직전인 1964년 재한 일본인 처들은 일종의 친목 단체인 '부용회(芙蓉會)'를 만들었다. 부용회는 재한 일본인 여성 보호시설로 설립된 경주 나자레원(1972)과도 긴밀한 관계에 있다. 임회록, 「역사의 경계인들―재한 일본인 여성」, 오늘의 문예비평, 『오늘의 문예비평』 119호, 2020.12. 사진작가 김종욱은 나자레원에서 기거하고 있는 재한 일본인 처들의 인물 사진을 찍고, 이를 논문으로 정리했다. 「식민지 시기 조선으로 이주한 일본인 처들의 인물 사진 연구」, 『AURA』 18호, 한국사진학회, 2008.

노골적인 냉담과 무관심이 거의 부각되지 않는다는 점이다. 그녀들을 향한 안타까움과 연민의 정념이 텍스트 도처에 미만해 있기는 하지만, 자국민을 방기하는 일본의 정책 기조에 대하여 그는 실상 별다른 언급을 하지 않는다. 그 자신 1952년 샌프란시스코 조약 발효 국면에서 일본인 부인의 성姓으로 일본 국적을 획득한 경우임을 환기해본다면, 그는 소림사의 아내들과는 거울의 역상과 같은 묘하게 대조적인 위치에 놓여 있었을 터였다. 누구보다 국적의 무게를 실감하고 있었을 장혁주였기에 그의 침묵은 맥락상 오히려 어색하고 눈길을 끌 수밖에 없다. 추론컨대, 일본 정부나 연합군 사령부에 대한 비판을 허용하지 않았던 당시의 엄격한 검열 정책 때문이었을까. 점령 당국의 특혜로 그에게 한국전쟁 취재가 예외적으로 허용되었던 사정을 떠올려 본다면, 개연성을 완전히 배제할 수 없다.

그렇다면, 일본 국적의 취재원 장혁주의 눈에 비친 한국전쟁이란 과연 어떠한 사건이었을까. 1952년 귀화로 그가 영구 귀속된 일본은 또한 그의 글쓰기에서 이 전쟁과 어떤 관련 속에 배치되어 있을까. 「부산항의 파란 꽃」에 등장하는 인물의 입을 빌려 보자면, 일본은 그녀들의 삶을 급작스레 몰락하게 만든 한국전쟁이라는 환란과는 전혀 무관한 "바다 저편의 평화로운 나라"일 뿐이었다. 그러나 실상은 과연 그러했을까.

3. 원한, '중립' 그리고 복화술 속 그녀들

앞서 언급했듯이, 1951년 7월과 이듬해 10월 취재를 위해 한국을 두 차례 방문했던 장혁주는 비단 일본인 아내들에 관해서 뿐만 아니라 한국전의 참상을 전달하는 많은 수의 기사와 르포르타쥬를 작성한 것으로 알려져 있다. 시간이 조금 더 흐른 뒤, 그는 현장 취재 글쓰기를 토대로 몇 편의 단편과 두 편의 장편소설 『아, 조선』新潮社, 1952, 『무궁화』講談社, 1954를 일본 매체에 잇달아 발표했다.[31] 돌이켜 보면, 한국전쟁을 실시간으로 기록하며 중계했던 그의 다양한 글쓰기 내용을 요약할 수 있는 단어는 바로 '애도'와 '중립'이었다. 전자의 경우, 그로서는 줄곧 착잡한 애증의 대상이었던 조국에 대한 앙금이 일시에 사라져 버릴 정도로 그 밀도는 강렬한 것이었다. 폐허가 되어 버린 국토, 그 자신의 육친인 전처와의 자녀들을 포함하여 전란 속 조선인들의 비참한 삶을 관찰한 그의 글쓰기는 실제로 연민과 애도의 정념으로 가득 차 있다.

그런데 전자가 감정적 차원의 반응이라면, 후자의 '중립'은 눈앞에서 벌어지고 있는 한국전쟁에 대한 장혁주의 정치적, 이데올로기적 판단이었다. 예컨대, '친일파'라는 규정으로 패전 후 일본에서도 고전하던 그를 단숨에 재기하게 만든 화제작 『아, 조선嗚呼朝鮮』의 사례를 환기해보자. 이 텍스트는 '북'의 의용군과 '남'의 국민방위군에 차례로 소집되어 남과 북양 체제 모두의 모순을 온몸으로 겪어내는 주인공을 등장시킨 것으로 유명하다. 당시 일본의 문학평론가 나카노 요시오中野好夫는 『아, 조선』이 보여준 정치적 '균형'을 지지하여, "북조선 동정자도 아니고, 남조선 측 입장에서도 벗어나 서술하고 있는 점이 아주 좋다"고 호평한 바 있다.[32] 한국

---

31 대표적인 르포와 기사의 예는 다음과 같다. 「조선민족의 성격(朝鮮民族の性格)」, 『毎日情報』, 1950.9; 「한국의 유적 파괴를 염려하다(韓国遺蹟の破壊を憂う)」, 『毎日情報』, 1950.9; 「허덕이는 한국(喘ぐ韓国)」, 『明窓』, 1951.7; 「조국 조선으로 날아가다(祖國朝鮮に飛ぶ) 제1보」, 『毎日情報』, 1951.9; 「고국의 산하(故國の山河) 제2보」, 『毎日情報』, 1951.11; 「조국 조선의 고뇌(祖國朝鮮の苦惱)」, 『地上』, 1952.2; 「한국의 불안은 계속된다(韓国の不安はつづく)」, 『地上』, 1952.11. 단편으로는 「부락의 남북전(部落の南北戰)」(『文藝春秋』, 1952.4)과 「눈(眼)」(『文藝』, 1953.10) 등이 있다.
32 中野好夫, 『私の平和論』, 要書房, 1952, 128면.

전쟁을 바라보는 이러한 시선은 『아사히 신문』이나 『요미우리신문』을 비롯, 장혁주를 특파원으로 파견했던 『마이니치 신문』의 한국전쟁 관련 논조와도 정확히 일치하는 것이었다.[33] 한편, 한국전쟁을 다룬 장혁주의 두 번째 장편소설인 『무궁화』에서 이 입장은 흥미롭게도 역사적인 양태로 변주된다. 『아, 조선』의 대중적인 성공에도 불구하고 이 텍스트의 저널리즘적인 성격에 장혁주 스스로 만족하지 못했다는 것, 그래서 보다 '문학적인' 버전의 한국전쟁론으로 집필된 것이 바로 『무궁화』였다. 여기서 놓치지 말아야 할 대목은 이 텍스트가 한국전쟁이라는 거대한 비극의 내부적 요인으로 지목했던 것이 바로 좌와 우의 대립을 지양하려 했던 '중간파남북협상파' 정치 세력의 비극적 몰락이었다는 점이다. 어째서 '중간파'였을까. 추측컨대, '중간파' 세력에 대한 애정 어린 천착은 장혁주 자신이 전후 일본에서 처하게 된 곤경과도 깊은 관련이 있어 보인다. 재일조선인 내 좌와 우 양측 모두로부터 신랄하게 공격받아 비난의 표적이 되었던 장혁주로서는 국외의 관찰자로서, 실제 유사성 여부와는 별개로 그 자신 해방 이후 조선 내 중간파 세력이라는 존재에 상당 부분 공명했으며, 강하게 감정이입 했던 것으로 보이기 때문이다. 소설 『무궁화』는 구한말의 명문 정치가 집안이 해방 직후 '중간파'로서 서서히 몰락하다 한국전쟁을 맞이하여 끝내 붕괴되는 경위를 자세히 그리는데, 3대손인 십대의 어린 여성이 주인공으로 설정된 일종의 가족사 소설이라 할 수 있다. 좀 더 큰 규모로 확대·유추해보자면, '중간파' 집안의 쇠망을 낱낱이 목격하고 이를 오롯이 감당해야 하는 어린 소녀의 미래를 민족 전체의 운명이라는 메타포로 읽어내는 일도 가능하다.[34]

33   張允麿, 「朝鮮戦争をめぐる日本とアメリカ占領軍」, 『社会文学』, 2010.6.
34   장혁주, 장세진 역, 『장혁주 소설선집 2 무궁화』, 소명출판, 2018.

그렇다면, 일본인 아내들을 다룬 이 세 편 텍스트의 경우는 어떠할까. 미리 말하자면, 이 텍스트들 역시 장혁주의 여타 한국전쟁 관련 글쓰기와 마찬가지로 '애도'와 '중립'의 특징을 공유하고 있다. 물론 '애도'의 대상이 조선 민족이 아닌 일본인 아내들이라는 점은 감안해야 할 큰 차이겠지만, 이 땅에서 일어난 참화로 인해 고통받는 이들 모두에 대한 연민이라는 점에선 분명 공통적이라 할 수 있다. 그렇다면, 한국전쟁에 대한 정치적 판단인 '중립'의 태도는 이들 텍스트에서는 구체적으로 어떻게 나타나고 있을까. 우선, 단서가 될 만한 대목은 일본인 아내들의 텍스트에서 '중립'이란 이데올로기적 차원의 외양을 취하고 있지는 않다는 점이다. 그보다는 오히려 그녀들의 남편이 죽어간 경위와 긴밀히 연동되어, 강렬한 정념의 차원에서 중립의 감각이 획득되는 것으로 묘사된다. 예컨대, 세 편 중 허구적 성격이 가장 짙은 「부산의 여간첩」을 살펴보자. 이 소설에는 앞서 언급한 재조일본인 '도시코'가 주인공으로 등장하는데, 그녀는 '일본인 처'라는 신분으로 소림사에 기거하며 부산 일대를 암약하는 북측 여성 스파이의 존재를 귀환 사무 당국으로부터 통지받는다. 이때 흥미로운 것은 위원장으로서 스파이 색출의 임무를 떠맡게 된 '도시코'가 아이러니하게도 당국으로부터 스파이 혐의를 받고 그녀 자신 모진 고문을 당하는 상황에 처한다는 점이다. 그녀와 북측 스파이의 공통점은 한국어에 능통하다는 것, 무엇보다 남편들이 모두 북한이 아닌 한국 측으로부터 끔찍한 죽음을 당했기에 한국 정부와 한국군에 대하여 필경 깊은 원한의 정념을 간직하고 있으리라 추정된다는 데 있다.

니시무라도시코를 가리킴! 무슨 일이 일어났는지 아십니까? 패전에 눈이 뒤집힌 한국군이 패주하며 뒤에 남겨질 성가신 보도연맹원을 총살했습니다. 삼천 명의 선량한 전향자가 북한파北韓派라는 의심과 시기로. 저의 남편은 겨우 목숨을 부지하고 도망쳐 제 앞에 나타났습니다. 다쓰코, 다쓰코 하며 제 가슴에 매달린 순간 땅땅 총알이 날아왔습니다. 슉 하고 부젓가락을 쑤신 듯한 검은 구멍에서 피가 확 흘러나왔습니다. 저는 그 구멍을 손으로 막고 피를 멈추려고 미처 날뛰었습니다. 남편은 마지막 숨을 헐떡이며 제 이름을 불렀습니다.[35]

결국 남과 북 중 어느 체제가 그녀들의 남편을 살해했는가 하는 문제가 중요해지는데, 당국이 끝내 찾아내지 못한 '진짜 스파이'인 '다쓰코' 역시 주인공 '도시코'와 마찬가지로 남편이 한국군에게 잔인하게 죽임을 당한 일본 여성으로 그려진다. '일본=친북'이라는 1950년대 한국 사회의 통념적인 이미지를 활용하기는 했지만, 「부산의 여간첩」은 보도연맹 학살 사건[1950]과 같은 이승만 정권의 치명적인 흑역사를 활용하는 데 주저함이 없는 텍스트였다. 한국전쟁을 다룬 장혁주의 픽션[fiction]들에는 이처럼 자국민을 상대로 저질러진 대규모 제노사이드가 여지없이 폭로되는 일이 빈번했다. 장편 『아, 조선』 역시 한국군에 의해 자행된 '거창 양민 학살 사건'을 중요한 비중으로 재현하고 있으며, 군 수뇌부의 부패와 착복으로 군대 내 수만 명의 병사들이 아사했던 '국민방위군 사건'[1951] 역시 재현 금기의 성역은 될 수 없었다. 결국, 일련의 사건들을 통해 주인공의 정치적 신념은 북도 아니고, 남도 아닌 제3의 '중립'이라는 어떤 지점으로 수렴해나간다. 당대의 한국어 재현물에서는 좀처럼 보기 드문 이러한 재현의 정치는 물론 한국 정부의 미디어 검열로부터 완전히 자유로운 일본어 글쓰기와 출판이라는 여건에 힘입은 것이기도 했다.

---

35   張赫宙,「釜山の女間諜」,『文芸春秋』, 1952.12.

그러나 한일 양국 간 조건의 차이를 감안한다 하더라도, 장혁주 소설에 나타난 이 일관된 '중립'의 태도는 일본어 재현의 맥락에서 보아도 예외적인 편에 속했던 것으로 보인다. 특히, 앞서 언급한 바 있는 일종의 친족 유사성family resemblance을 공유한 일본인 여성 인양 서사들의 경우, 당시 이미 선명한 이데올로기적 경사를 보이고 있었던 것이 사실이다. 예컨대, 후지와라 데이의 『흐르는 별은 살아있다』1949에서라면, 38도선을 돌파한 그녀들이 마침내 조우한 미군이란 서사 내의 모든 갈등을 해소하는 결말부의 '신적 기계장치deus-ex-machina'를 이내 떠올리게 하는, 그야말로 구원의 존재로 그려져 있다. 흥미로운 것은 한국전쟁으로 인해 더욱 본격화된 동아시아 냉전／열전의 시간대 속을 통과하면서 여성 인양 서사들은 점점 더 뚜렷한 진영 논리의 색채를 띠며 과거의 기억을 윤색하게 된다는 점이다. 가령, 한국전쟁과 바로 동시간대에 쓰인 「38도선의 밤38度線の夜」1950과 같은 후지와라 데이藤原てい의 텍스트를 살펴보자. 적의로 가득해 보이는 이북 땅에 무방비 상태로 남겨진 구舊 식민자 여성에게 조선인 남성들이란 신변의 안전을 심각하게 위협하는 물리적, 성적 공포의 대상일 터였다. 그러나 주인공이 험난한 탈출의 여정을 뚫고 결국 귀환에 성공하는 것은 "선한 조선인"이자 북의 체제로부터 이탈한 반공주의자 조선인 '동지'의 조력 덕분으로 그려진다.[36] 많은 수의 판본과 수정 가필로 유명한 텍스트 『흐르는 별은 살아 있다』에서는 애초 거의 발견되지 않았던 '(반공) 이념적 동지'로서의 조선인 유형이 등장하는 순간이었다.

그렇다면, 장혁주의 텍스트들에서 발견되는 이 일관된 '중립'의 감각은

---

36 藤原てい, 「38度線の夜」, 『灰色の丘』, 寶文館, 1950. 「38度線の夜」에 대해서는 김예림, 「종단한 자, 횡단한 텍스트—후지와라 데이의 인양서사, 그 생산과 수용의 정신지(精神誌)」, 『상허학보』 34집, 상허학회, 2012 참조.

어떻게 해석되어야 할까. 그것은 깊어가는 동북아 냉전의 흐름을 거스른, 균형 잡힌 시각이 선취해낸 일종의 정치적 올바름이었을까. 혹은 자민족으로부터 거리를 두며 제3자적 시각을 확보해 낸, 내부이면서 동시에 외부인 관찰자의 공평무사한 감각이었을까. 그러나 장혁주의 '중립'에 대한 감각을 온전히 이해하고 평가하기 위해서는 한국전쟁 당시 일본 사회에 팽배해 있던 '평화' 노선과 연동된 '중립' 담론의 성격을 참조하지 않을 수 없다. 장혁주의 한국전쟁 글쓰기를 관통하는 남북 양 체제에 대한 엄정한 거리두기란 실은 "교전국 쌍방에 대한 공평, 무無 원조의 원칙"을 고수하는 국제정치상의 전시중립war neutrality 개념에 가장 가까웠던 것으로 보인다. 다시 말해, '조선=전장', '일본=평화'의 이분법적 분할, '강 건너 불'인 조선의 전쟁에 일본열도가 결코 휘말려서는 안 된다는 가장 대중적인 차원의 평화의식과 '전시중립'의 감각은 함께 작동하는 것일 터였다.[37]

그러나 보다 문제적인 대목은 이처럼 겉으로 표방하는 바 그대로 일본이 한국전쟁 당시 중립의 스탠스를 결코 취하지 않았다는 점이다. 최근 소상히 알려진 대로, 한국전쟁 당시 평화국가라는 일본의 자기 표상은 이루어야 할 가치 지향이 아니라 사실을 은폐하는 이데올로기로 이미 작동하고 있었다. 한국전쟁의 명백한 후방 군사기지였을 뿐만 아니라 비공식적이기는 해도 8000여 명을 파견한 엄연한 '참전국'으로서의 현실, 요컨대 군사적으로나 경제적으로나 깊숙이 "커밋コミット" 해버린 기지국가로서의 실상을 가리는 단어가 바로 '평화국가' 였다는 뜻이다.[38] 한국전의

---

37 장세진, 「기지의 평화와 전장의 글쓰기—장혁주의 한국전쟁 관련 텍스트(1951~1954)를 중심으로」, 『대동문화연구』 107권, 성균관대 대동문화연구원, 2019.
38 기지국가 일본의 탄생과 한국전쟁의 상관관계에 대해서는 남기정, 『기지국가의 탄생—일본이 치른 한국전쟁』, 서울대 출판문화원, 2016 참조.

발발을 기화로 그 효용이 일찌감치 시험대에 오른 '평화헌법'을 지켜내고자 했던 일본 내 반전평화론의 부정할 수 없는 의의에도 불구하고, 당시 일본 사회에서 통용되던 평화 개념의 한계란 여전히 다시 생각해보아야 할 대목이 아닐 수 없다.

그러므로 장혁주의 한국전쟁 글쓰기가 당시 일본 사회에서 커다란 반향을 일으켰던 것은 비단 국교가 단절되어 이제는 왕래 불가능한 구 식민지에서 벌어진 전쟁 소식에 대한 갈증 차원의 일만은 아니었던 것으로 보인다. 그것은 장혁주의 텍스트가 한국전쟁과 관련하여 그 시점에서 일본 사회가 가장 듣고 싶어했던 바를 '현장 탐방'이라는 검증 형식을 통해 가장 정확히 들려주었기 때문이 아닐까. 그들의 고통을 '애도'할 수 있는, 우리의 평화와 안전에 대한 거리 감각을 가장 효과적으로 만족시켜 주는 텍스트였기 때문이 아니었을까. 의미심장하게도 「부산의 여간첩」의 결말은 '진짜 스파이'인 '다쓰코'가 일본으로 돌아가며 '도시코'에게 전한 편지의 마지막 부탁이자 진심 어린 충고로 끝이 난다. "당신이 저나 홍 여의사 등을 고발하는 것은 자유이지만, **한국인 사이의 싸움에 당신도 굳이 개입할 일은 없겠지요. 저는 당신을 믿습니다.**"[39] 한국전쟁 중 남편을 잃고 소립사로 모여든 일본인 아내들의 고통스런 육성과 장혁주의 여전한 '중립' 스탠스가 작가author의 오랜 권능 중 하나인 복화술에 의해 서로 기묘하게 만난 지점이었다.

---

39 張赫宙, 「釜山の女間諜」, 『文芸春秋』, 1952.12.

4. 결론 떠난 그녀들과 남은 그녀들 혹은 '환대'의 시간을 위하여

글의 서두에서 제기했던 질문은 일본인 처들이 겪었던 삶을 온전히 서사화할 수 있는 프레임이란 과연 무엇일까 하는 것이었다. 이 물음에 답하기 위한 하나의 우회로로서 「이국의 처」의 주인공 '야스코'의 삶으로 잠시 되돌아가보자. 소림사의 일본인 처를 취재하던 중 옛 지인의 아내였던 야스코를 그곳에서 우연히 만나게 된 '화자-장혁주'는 완전히 변해버린 그녀의 초라한 행색에 그만 "견딜 수 없는" 심정이 된다. 성공한 사업가이기는 했지만, 조선인 청년과의 결혼을 여전히 주저하던 야스코의 부모를 중간에서 애써 설득한 것이 바로 그 자신이었기 때문이다. 일본인 여부를 증명해 줄 호적 등본이 친정으로부터 오기만을 애타게 기다리고 있다는 야스코의 말을 듣고, 곧 일본에 돌아가면 그녀의 집을 찾아가 사정을 자신이 직접 알아봐 주기로 그는 약속한다. 그러나 이후 '화자^{장혁주}'가 일본에서 알아낸 사실은 야스코의 친정집이 아시아태평양전쟁 말기 도쿄 공습 때 완전히 불탔다는 것, 그녀의 부모도 이 화재로 죽었으며 호적을 확인해 줄 그녀의 가족은 이제 아무도 남아 있지 않다는 사실이었다. 일본인임을 증명해줄 수 있는 가족이 생존해 있지 않은 상태에서, 국교가 맺어지지 않은 두 나라 간 확인 수속 절차는 몹시 까다로웠고, '화자^{장혁주}'는 그녀가 일본행을 결국 포기했으며 이후 소식이 완전히 두절되었음을 독자들에게 전하며 소설은 끝난다.

의지가지없이 불행한 야스코의 삶은 과연 어떻게 설명될 수 있을까. "조선에 와서 좋은 일은 하나도 없었습니다"라는 그녀의 한탄은 그러나 잘 새겨보면, 그녀의 삶이 처음부터 불행하지는 않았다는 뜻이기도 하다. 오히려 자수성가한 조선인 실업가 청년과의 결혼으로 그녀는 일본에서 남부럽지 않은 생활을 영위해왔지만, 그녀의 불행이 시작된 것은 제국 일본이 벌인 아시아태평양전쟁 말기부터였다. 실제로, 연합군의 공습 이래 그녀와 가족의 신변은 위태로워졌으며, 남편과 함께 조선으로 건너온 이후 그녀의 삶은 급변하게 된다. 두말할 것 없이, 또 한 번의 결정적인 계기는 해방 이후 벌어진 한국전쟁에서 남편이 처참하게 살해당한 사건이다. 남편의 죽음 이후 그녀는 자신의 삶이 거의 붕괴된 것으로 느끼는데, 특히 마지막 희망을 걸었던 일본행이 무산된 것은 그녀를 위해 나서 줄 어떤 친족도, 국가도 부재하다는 고립무원의 현실을 확인하는 일이었다. 그것은 단지 앞으로의 생계가 막막하다는 경제적 어려움 그 이상을 의미하는 사태로, 사회적 존재로서의 인간이라는 기본적 사실을 부정당하는 상황인 셈이었다. "사회적으로 죽어 있다'는 것이 자신을 위해 나서줄 제삼자를 갖지 못하는 것"이라면, 남편 없이 조선 땅에 남겨진 채 고향으로 돌아갈 길이 막혀버린 야스코의 경우는 바로 그러한 상태에 해당되었다.[40]

요컨대, 그녀의 불행은 아시아 전역을 대상으로 한 극성極盛의 팽창적 제국 / 식민주의와 이후 갑작스런 제국의 몰락, 곧이어 1945년 이후 냉전 / 열전의 분할이라는 근·현대 동아시아 역사의 거대한 바퀴가 그녀의 삶 한복판을 잇달아 지나가면서 벌어진 일이었다. 그러나 간과하지 말아야 할 것은, 이런 식의 서사화가 그녀의 삶이 단지 역사의 맹목적인 진행 가도 위, 그곳에 마침 우연히 놓여 있었기 때문이라는 식의 해석을 의미하지 않는다는 점이다. 그것은 대문자 '역사History' 혹은 '우연'이나 '운명' 따위의 이름으로 추상화될 그런 성질의 문제가 아니다. 명백하게도, 그것은 개별 인간이 모여 이룬 사회의 집단적 의지가 그대로 반영된, 식민

---

40   김현경, 『사람, 장소, 환대』, 문학과지성사, 2015.

지 시기 이래 뚜렷한 방향성을 가진 여러 정책들이 차곡차곡 쌓여 나타난 총합으로서의 결과였기 때문이다. 단적으로, 야스코의 일본행이 좌절된 것은 식민지 시기 내내 이등 국민이었으며 패전 후에는 이른바 '삼국인'으로 전락해버린 재일조선인과 결혼한 여성이라는, 말하자면 구舊 제국 식민자 그룹의 '가장 약한 고리' 중 하나에 그녀가 속하기 때문이었다. 조선인 여성과 결혼했던 재조 일본인 남성들이 1946년 시점에서 비교적 안전하게 가족들과 함께 무사히 귀환할 수 있었던 상황과 비교해보면, 상황은 실은 명백한 것이었다.

그렇다면, 모국인 일본에 의해 입국을 거부당하고 어쩔 수 없이 한국에 남아야 했던 그녀들은 이후 어떻게 되었을까. 1952년에 쓰인 장혁주의 세 편의 소설에는 가로막힌 현해탄에 절망했던 그녀들 삶에 관한 에필로그는 등장하지 않는다. 한국전쟁 이후 한국어로 된 서사 속에 그녀들이 모습을 나타내는 것은, 글의 서두에서 언급한 대로 1960년대 중반 한일국교 정상화 국면의 잠시 동안이었다. 따라서 문학 속에 묘사된 재현representation의 차원은 물론이거니와 일본인 아내들이 영위한 실제 삶의 양상에 관해서는 그간 알려진 바가 거의 없었다고 해도 과언은 아니다. 오히려 일본인 처라는 기호는 일본 사회에서 좀 더 활성화되었는데, 이러한 현상은 1959년 이후로 일본 정부와 북한 사이에 진행된 재일교포들의 북송 사업 과정에서 조선인 남편을 따라 북한으로 간 일본인 아내들을 좀 더 빈번히 가리키게 되면서부터였다. 가장 최근에는 일본 사회의 북한 혐오 정서와 결부되면서 강한 반공 이데올로기의 뉘앙스마저 수반하게 되었다.

한편, 그동안의 여러 경로들을 거쳐 남한에 남아 있는 일본인 처들의 근황과 생활이 미디어를 통해 한국어 재현의 장에 다시 등장하게 된 것은 한일국교 정상화 이후 약 17년의 시간이 지난 1982년의 일이었다. 일본과 한국 양국의 여성지들이 8·15를 맞아 정신대 출신 한국 여성들과 한국에 남아 있는 일본인 부인들의 집단 거주지 '나자레원'을 공동 취재하여 기사화한 것이었다.[41] 일본인 처들을 수용한 경주의 민간 복지 시설을 한국 미디어가 이처럼 공공연히 거론하기 시작한 것은 일종의 역수입 루트를 통해서였다. 서두에서 언급한 바 있는, 일본 문인 가미사카 후유코의 책『경주 나자레원―잊혀진 일본인 처들』이 1982년 일본에서 출간되면서, 나자레원의 여성들이 일본 미디어로부터 세간의 적지 않은 주목을 받게 된 직후였다. 일본인 처들은 한국의 정신대 출신 여성들과 묘한 대쌍을 이루면서 일본 측의 '피해자' 여성 집단으로 인식되기 시작했다.

그렇다면, 나자레원이란 누구에 의해, 어떤 동기에서 설립된 곳인가. 재한 일본인 처들의 보호 시설로서, 1972년 일본으로 돌아가려는 여성들의 '임시 귀국자 숙소'로 출발한 나자레원은 재판을 통해 그녀들의 호적 문제를 해결해주고 일본 대사관 등과의 연결을 통해 배편이나 여비를 마련해주는 등 귀국 관련 절차를 대신하고 편의를 제공해온 것으로 알려졌다. 실제로 나자레원의 도움으로, 1984년까지 총 147명의 일본인 처들이 고국으로 돌아갈 수 있었다.[42] 나자레원의 설립자 김용성[1918~2003]의 삶의 내력과 재한 일본인 처에 관한 그의 평소 지론은 눈길을 끌 수밖에 없는데, 함경북도 출신인 그의 부친이 항일 독립운동 끝에 결국 옥사한 인물인 까닭이다. "부모의 원수"의 나라 출신 여성들을 굳이 도와야 할 이유가 어디 있냐며 의아해하는 가미자카에 대하여 김용성이 답변한 내용은 상

---

41 「독점 정신대 수기 등 돋보여,『레이디경향』제9호 발매」,『경향신문』, 1982.8.10; 「한국인 남편 잃고 "외로운 삶" 비운의 日女人을 달래준다」,『조선일보』, 1983.2.23.

42 임회록, 앞의 글.

당히 의미심장하다. "그 시대에 일등국이라 불린 나라로부터 **피차별 측에 몸을 의탁해온 처妻들을 지금 여기서 적당히 취급하는 일이 있다면 우리의 체면이 떨어집니다. 저로서는 적어도 이 처들 한 세대만이라도 책임을 지고 후히 대접해야 한다고 생각합니다."**

흥미롭게도, 김용성의 이 발언에는 타자성의 철학적 개념 중 '환대hos-pitality'와 관련된 핵심적인 로직이 등장한다. 우선, 주목할 만한 대목은 조선인을 '피차별' 측으로 인식한 그가 '체면'이라는 단어를 사용했다는 점이다. 환대의 논리를 인류학적 접근으로 풀어낸 김현경의 사유를 참조해보자면, 차별되는 인간들 혹은 사회로부터 성원권을 제대로 인정받지 못하는 이들을 지칭하는 가장 원형적인 수준의 단어는 바로 '노예'이다. 노예는 아무런 사회적 권리가 없는 대신, 지켜야 할 체면face 또는 명예 또한 없다는 것이며, "타인을 대함에 있어서 '얼굴 유지face-work'를 하지 않아도 되는" 사람들이다.[43] 그러한 피차별 측 — 조선인의 자손인 김용성이 '체면'을 이야기한다는 것은 그가 더 이상 '얼굴 유지'라는 사회적 과업으로부터 면제된 노예와 같은 존재가 아니라는 것이고, 당당히 성원권을 주장할 수 있으며 거기서 한발 더 나아가 타인에 대해 환대를 적극적으로 수행할 수 있게 된 존재라는 의미이다.

김현경에 따르면, 노예가 되는 경로에는 크게 두 가지가 있다. "하나는 자기가 태어난 사회에서 처음부터 성원권을 얻지 못했거나 어떤 계기로 성원권을 상실하는 것이고, 다른 하나는 아웃사이더로서 다른 사회에 억류되는 것"이다. 일본인 처라는 존재들은 재일조선인과 결혼함으로써 일본 사회 내에서 전자의 경로를 밟은 경우였고, 또한 한국에 건너와서는

---

43 김현경, 『사람, 장소, 환대』, 문학과지성사, 2015, 36면.

후자의 경로에 속하는 존재가 되었다. 결국, 한국과 일본 양측 모두에서 차별받는 쪽에 서게 된 그들은 그 어디에도 자신의 자리 없음placelessnes 으로 인해, 무권리 상태가 된 셈이다. "자리 없는 자에게 자리를 만들어 주고 무권리인 자에게 권리를 회복시켜주는 적극적 행위"가 바로 환대라면, 불행했던 그녀들의 지난 삶을 완전히 돌이킬 수는 없다 하더라도 우리에게 여전히 가능한 환대는 아직 남아 있지 않을까. 무엇보다, 그녀들로부터 시작해 자리 없는 다른 이들에게로까지 유추, 확대되는 미래의 환대를 수행할 기회와 시간은 여전히 우리에게 남아 있다.

제4장

한국전쟁기 한·일 민간인의 신체 혹은 시체

다나카 고미마사의 「상륙」과
곽학송의 『자유의 궤도』를 중심으로

이희원

이 글은 졸고 「한국전쟁의 민간인 표상 비교 연구―다나카 고미마사의 「상륙(上陸)과 곽학송의 『철로』를 중심으로」, 『비교문화연구』 vol.62, 2021, 295~331면을 수정한 것이다.

다나카 고미마사 田中 小実昌, 1925.4.29~2000.2.26

다나카 고미마사는 1925년 도쿄 출생의 소설가이자 번역가다. 목사인 아버지를 따라 여러 도시를 오가며 유년기를 보냈다. 1944년 12월 구제 후쿠오카 고등학교 재학중 야마구치현 연대에 입대, 중국의 철도 경비부대에 편입된다. 고된 행군 탓에 아메바 이질에 걸려 병원에 이송된 상태로 패전을 맞이하고 귀향했다. 1946년에 고등학교를 조기 졸업하여 도쿄대학 문학부 철학과에 입학했으나, 거의 학교를 다니지 않고 일자리를 전전하다 1952년 제적된다. 대학 재학 중에는 스트립극장 '도쿄 포리즈(東京フォリーズ)'의 조연출로 일하다 개그맨으로 직접 출연하기도 한다. 뛰어난 영어 실력 덕분에 미군 기지에서 바텐더, 노동자 감독, 통역 등의 일을 전전하며 한국전쟁 휴전 이후까지 지낸 바 있다. 1957년이 되면 『신조(新潮)』에 「상륙(上陸)」이 우수 소설로 뽑혀 실리면서 소설가로 데뷔하게 된다. 1967년 이후에는 대중 소설을 발표했고 1971년에는 「미미의 것(ミミのこと)」과 「료쿄쿠군 아사히마루 이야기(浪曲師朝日丸の話)」로 나오키 상을 수상한다. 1979년에는 「뽀로뽀로(ポロポロ)」로 다니자키 준이치로 상을 수상하기도 했다. 토크쇼 진행자, 배우 등으로 활동했고 추리소설도 상당수 번역했다. 2000년 미국 로스앤젤레스에서 지병으로 사망했다.

곽학송 郭鶴松, 1927.7.2~1992.1.3

곽학송은 1927년 평안북도 정주 출생의 작가다. 식민지 말기에 서울의 용산철도학교를 다녔고 해방 정국과 한국전쟁기 및 전후를 거치는 시기에 철도국에서 10여 년 근무한다. 그동안 1950년에 서라벌학원 문예창작과를 수료했으며, 한국전쟁이 발발하자 자원입대하기도 한다. 1953년에는 『문예』에 단편소설 「안약」 및 「독목교」가 추천되어 본격적인 작가 이력을 쌓아간다. 등단작과 더불어 『철로』(후에 『자유의 궤도』로 제목이 변경됨), 「황혼 후」 등을 발표하며 이데올로기 대립으로 나와 적을 나누던 한국전쟁이 개인을 어떤 폭력 상황에 내몰았는지 감각적 문체로 보여주었다. 1960년대에 이르면 대중문학 창작에 힘을 쏟아, 연애소설(「공상일기」, 「구원의 연정」 등)이나 추리소설(『밀약의 선』, 『백색의 공포』 등)을 선보였다. 영화 시나리오 작업을 하면서 1965년에는 영화 제작에 손을 대지만 실패한다. 이후로 작품 활동이 뜸하다가 1969년에 접어들면 「제주도」, 「김과 리」 등의 순수문학을 집필한다. 한국 현대사의 질곡 한가운데에서 순수문학과 대중문학을 오가며 곽학송이 보여주었던 작품 세계는 한마디로 정의 내리기 어려운 한국 현대사의 질곡과 닮아있다. 1989년 뇌졸중으로 쓰러진 후 1992년에 눈을 감는다.

1. 한국전쟁이라는 기표

한국전쟁 발발 이후 70여 년이 지났다. 하지만 이 전쟁의 성격 규정은 여전히 간단치 않다. 해방기 한반도에는 새 국가 건설의 헤게모니 장악을 향한 이념 대립이 있었고 3·8선을 계기로 분단이 고착화된 것은 주지의 사실이다. 남한과 북한 각 정권 중심의 통일을 향한 의지가[1] 한국전쟁으로까지 이어졌다는 점에서 이 전쟁은 내전이다. 이로 인해 적이면 안 될 사람들 간에 빚어진 비극의 역사는 사회 곳곳에 여전히 새겨져 있다. 즉 한국전쟁은 한반도의 역사와 사람들의 기억 속에 동족상잔이라는 이름으로 새겨진 채 멈출 수 없는 상처로 오늘날까지 이어지고 있는 전쟁인 것이다.

한편 이 전쟁은 제2차 세계대전 종식 이후 벌어진 승전국 간의 세력 대결 및 세계 체제 개편 과정에서 추동된 면이 있기에 국제전이기도 하다. 미국은 일본을 중심으로 한 동아시아 미국 방위선 구상에서 한반도를 자유진영으로 지킬 필요가 있었고 소련은 중국 공산화의 연장으로 한반도 공산화를 기대했다. 한반도 내외의 이와 같은 역학 관계 속에서 한국전쟁이 발발했기에 이 전쟁은 미국과 소련의 체제 대결의 대리전으로 벌어진 국제적 열전이었다.[2] 한국전쟁에 연루된 여러 국가와 민족은 이처럼 복잡하고 모순적인 관계 속에서, 자국의 이익에 따라 기존의 이해관계를 벗

---

1   한규한, 「한국전쟁, 누구의 전쟁인가?」, 『마르크스21』, 책갈피, 2010, 308~309면; 손경호, 「최근 한국전쟁 연구동향 – 2005년 이후 연구를 중심으로」, 『한국근현대사연구』 56, 한국근현대사학회, 2011 참조.

2   영국의 처칠이 1946년 '철의 장막' 연설을 하고 미국의 트루먼이 1947년 세계 각국을 향해 공산진영과 자유진영 중에서 어느 편에 설 것인지 양자택일 해야 한다고 발언하면서 시작된 '냉전'(한규한, 앞의 글, 306면)은 1950년 한반도에서 한국전쟁이라는 강력한 '열전'으로 그 대결 구도를 표출했다. 그리고 이 전쟁은 아직도 종식되지 않았다.

어나 재빠르게 입장을 바꾼다. 한때 파시즘 세력에 대항해 힘을 합쳐 싸우던 미국과 소련이 적이 되고, 인도네시아 땅에서 일제 황군과 대치했던 오스트레일리아군·영국군이 이제는 일본 국민의 환대를 받으며 한국전쟁을 치르기 위해 일본 땅을 밟는 식이었다.[3] 무엇보다 식민지와 제국 사이였던 한국과 일본이 과거 문제를 제대로 청산할 기회도 갖지 못한 채, 미국의 우방이라는 범주에 묶이게 된다. 미국은 일본을 '기지국가'[4]로 삼아 동아시아 방어선을 구상했고, 이 노선을 토대로 남한 편에서 한국전쟁을 치렀다. 북한이 소련과 중국의 원조가 필요했던 것처럼 당시 남한은 미군의 힘이 절대적으로 필요했던 만큼 한국은 미국의 전쟁물자 창구였던 일본에 대한 비판 의식이나 적대성을 적극적으로 표면화할 수는 없는 노릇이었다. 이처럼 한국전쟁은 다양한 국가들이 임의로 아군과 적군으로 이합집산했던 부조리의 현장 자체였다.

이러한 조건에서 만들어진 한국전쟁의 또 하나의 특징은 이데올로기 전이라는 점이다. 전쟁에서 적에 대한 적대감을 유지하는 것은 전쟁의 필연성을 담보하는 필요충분조건이다. 한국전쟁에서 이 역할을 한 것이 공산진영과 자유진영의 '이데올로기'였다. 일제로부터 해방된 한반도는 새로운 독립 국가의 기틀을 잡는 과정에서 이데올로기 분쟁이 벌어지고 있었지만 그것이 분단으로 이어질 일은 아니었다. 특히 민족적 동질성과 유대감이 강했던 한반도 사람들이 서로를 적으로 규정하게 되는 상황은 단순하게 만들어질 수 있는 것이 아니었다. 한국전쟁에서 이데올로기는 이러한 이유로 그 선명성이 과하게 강조되었다. 아무 제약 없이 오가던 곳에 어느 날 갑자기 놓인 3·8선 철조망은 말 그대로 임의적이요 잠정적인

---

3   앤드루 새면, 이동훈 역, 『그을린 대지와 검은 눈』, 책미래, 2015, 248면.
4   남기정, 『기지국가의 탄생—일본이 치른 한국전쟁』, 서울대 출판문화원, 2016 참조.

것이었다. 하지만 이데올로기를 내세운 체제 경쟁이 뿜어내는 적대성이 강화되면서 이 철조망의 위력이 극단적으로 강화되어 갔다. 실상 이데올로기적 선명성을 판가름할 수 있는 정확한 기준은 존재하기 힘들다. 마음과 정신의 문제는 개별적인 것이기에 타자 간에 완전히 상통할 수 없고, 흑백으로 나뉠 수 없는 '정도'의 문제이자 하나로 고정되지 않는 유동적인 것이기 때문이다. 따라서 특정 이데올로기가 정체성 판단의 기준으로 작동하기 위해서는 그 내용이 단순화되고 과격해질 수밖에 없다. 이데올로기라는 추상의 영역에 대한 선명성을 확인하는 방법이 구체적 현실에 적용될 때 발생하는 많은 오해와 왜곡, 음모, 폭력 등은 이런 이유로 필연이 된다. 손에 잡히지 않는 관념으로 아군과 적군을 구분하고 이데올로기적 선명성을 절대시하는 과정은 적군은 물론 아군에 대해서도 한계 없는 적대감과 의심을 키우게 했던 것이다. 특히 국군과 인민군 그리고 민간인 간에 큰 구분 없이 공유하는 외양이나 언어, 문화 등은 이데올로기를 내세운 아군과 적군의 구별을 과열화하는 원인이었다. 이에 따라 불필요하고 불합리한 죽음이 양산되었다.[5] 그래서 아군의 정신무장을 철저히 하고 적군을 전향시켜 아군으로 만드는 것을 목적으로 한 심리전[6]이 치열

---

5   노영기, 「한국전쟁기 민간인 학살에 관한 자료 실태와 연구현황」, 『역사와현실』 54, 한국역사연구회, 2004; 이신철, 「6·25남북전쟁시기 이북지역에서의 민간인 학살」, 위의 책; 김학재, 「한국전쟁 전후 민간인학살과 20세기의 내전」, 『아세아연구』 142, 고려대 아세아문제연구소, 2010; 서중석, 「한국전쟁 전후 민간인집단학살의 연구 방향」, 『사림』 36, 수선사학회, 2010; 최호근, 『기념의 미래』, 고려대 출판문화원, 2019 등 참조.

6   정용욱, 「6·25전쟁기 미군의 삐라 심리전과 냉전이데올로기」, 『역사와현실』 51, 한국역사연구회, 2004; 김균, 「미국의 대외문화정책을 통해 본 미군정 문화정책」, 『한국언론학보』, 한국언론학회, 2007; 허은, 『미국의 헤게모니와 한국 민족주의─냉전시대 문화적 경계의 구축과 균열의 동반』, 고려대 출판부, 2008; 이윤규, 「6·25전쟁과 심리전」, 『한국근현대미술사학』 21, 한국근현대미술사학회, 2010; 이상호, 「한국전쟁기 맥아더사령부의 삐라 선전 정책」, 『한국근현대사연구』 58, 한국근현대사학회, 2011; 김일

하게 벌어지기도 했다.

조르조 아감벤은 미셸 푸코의 계보학적 역사관을 토대로 '장치dispositif' 개념을 도출한 바 있다. 이는 권력 관계가 구체화되는 역사적 요소인 여러 제도, 주체화 과정, 규칙 전체를 지칭한다. 아감벤은 이를 경제나 정치 등 행동적·실천적 활동으로 의미화한다. 이렇게 볼 때 '장치'에는 "생명체들의 몸짓, 행동, 의견, 담론을 포획, 지도, 규정, 차단, 주조, 제어, 보장하는 능력을 지닌 모든 것"[7]이 포함된다. '전쟁'은 생명을 담보로 하는 폭력 수행을 용인하는 예외적 통치 상태로, 강력한 '장치'가 강제적으로 운용되는 순간이다. 그리고 그 정당성은 우리의 영토를 침략해온 적으로부터 나라를 지키고 국민을 보호하는 국가 지도자와 군인들의 숭고한 희생 정신일 것이다.

아감벤이 '장치'에서 주목하는 점은 그것에 의해 제한되는 사회와 개인 정체성이라기보다는, '장치'에 놓여 있는 존재론과 실천의 분열 지점이다. 장치는 "존재 안에 어떤 토대도 두지 않는 순수 통치 활동이 그것으로, 그것에 의해 실현되는 것"[8]이다. 이 말은 구체적 존재와 무관하게 '장치'는 장치 그 자체로 구성되어 작동함을 의미하며, 관념적인 것과 현실적 실천 사이에 필연적 인과율이 없음을 강조한다. 이렇게 볼 때 한국전쟁이 아무리 정치적 올바름과 정의구현을 위한 이념적 기치를 내세웠다고 해도 그 구체적 실천으로 빚어진 무수한 폭력과 죽음, 부조리들이 합리적으로 연결될 이유는 없다. 이것이 전쟁'장치'의 본질이다.

환·정준영, 「냉전의 사회과학과 '실험장'으로서 한국전쟁」, 『역사비평』 118, 역사비평사, 2017 참조.

7   조르조 아감벤, 양창렬 역, 『장치란 무엇인가?』, 난장, 2010, 33면.

8   위의 책, 28면.

때문에 '장치'의 유지를 위해서는 이 분열 면을 강제로 결합할 절합의 '주체'를 필요로 한다고 아감벤은 지적한다. "모든 장치는 주체화 과정을 내포하며, 이 과정이 없다면 장치는 통치장치"가 아닌 단순한 "폭력 행사가 되어버"[9]리는 것이다. 한국전쟁에서 빚어진 부조리들은 결국 전쟁의 정당성을 내면화한 주체를 양산하는 '주체화' 과정의 부산물이다. 사람들은 목숨이 경각에 달린 전쟁터에서 자신의 가치관이나 경험을 배반하는 통치 논리를 다른 선택지 없이 흡수하고 이에 복종하게 된다. 전쟁 '장치'가 이 과정 속에서 영향력을 공고히 하는 것은 두말할 여지가 없다.

이 지점에서 우리는 한국전쟁에 맞닥뜨린 민간인들에 대해 생각해볼 필요가 있다. 전쟁이 발발하면 사람들은 전쟁을 겪을 수밖에 없다. 한국전쟁은 앞서 살펴봤듯 그전까지 사람들에게 통용되던 기억과 경험, 감성 구조, 가치 등을 일시에 와해시켜버린 계기로 작동했다. 민간의 사람들이 한국전쟁을 야기한 국제관계나 국내 정치 세력 간 다툼, 이데올로기 대결의 전개 양상을 감지하는 것은 쉽지 않다. 전쟁 앞에서 이들이 능동적으로 취할 수 있는 입장이라는 것도 거의 전무하다. 이들 민간인이 이 전쟁에 휩쓸려 무고하게 고통받아야 했던 상황은 전쟁 '장치'가 주창하는 '우리 편'과 '적대 세력'의 구성이 자연 발생적 필연에 의하지 않은 임의적인 것이며, 그것이 개개인에게 주입되는 과정도 극단적 폭력에 의한 것임을 드러낸다. 전쟁 당시는 물론이고 이후로도 민간의 사람들이 전쟁에서 겪은 충격적인 피해 사실들이 공식 역사의 장에서 제대로 논의되지 못하는 이유도 이러한 사정과 연동한다. 이들 민간인들의 비명은 전쟁에 공을 세운 자들을 중심으로 기록된 숭고한 전쟁 승리의 역사와 공존할 수는 없

---

9   위의 책, 41면.

는 것이다. 때문에 공식 문서나 역사 기록에서 지워진 사람과 이들의 기억에 남은 사건을 다루는 문학작품, 증언, 수기, 검열에서 누락된 기록 등의 중요성은 아무리 강조해도 지나치지 않다.

이 글에서는 이러한 관점을 토대로 한국과 일본에서 민간인들이 한국전쟁에 말려들고 이 '장치'에 의해 '부역자'로 규정되는 상황에 문제 제기하는 두 작품을 비교해 살펴보고자 한다. 다나카 고미마사田中小実昌의 「상륙上陸」『시그마(シグマ)』, 1957과 곽학송의 『자유의 궤도』노동문화사, 1956[10]가 그것이다. 두 작품 모두 한국전쟁이 휴전에 돌입한 뒤 비슷한 시기에 발표된 작품이다. 그리고 전쟁 상황을 직접 겪으며 전쟁을 거부하고자 했던 민간인들을 주요 인물로 설정하고 있다는 공통점을 갖는다. 한국과 일본은 청산해야 할 과제가 산적한 오욕의 역사를 상반된 입장에서 공유하고 있다. 한국전쟁기의 두 나라 간 역학 구도 역시 마찬가지다. 한국은 전장戰場이었다는 점 하나만으로도 민간인의 피해 상황에서 일본과 비할 바가 아니다. 하지만 전쟁에 참여하지 않을 자유를 구하는 민간인들이 전쟁에 휘말리고 잠재적 '부역자'로 호명되기까지 하는 과정이 양국 모두에서 보이고 있었으며, 이 상황을 문학화했다는 점에서 두 작품은 함께 논의할 의의를 갖는다. 이들 작품이 제기하는 전쟁의 실체와 국민국가 자체에 대한 의구심은 트랜스내셔널한 관점을 중심으로 동아시아 구상을 새로이 하는 과정이 절실히 필요한 오늘날 현실에서 한국전쟁을 새롭게 의미화하는 자리를 만드는 기회가 될 것이다. 작품을 구체적으로 살펴보도록 하자.

---

10 『자유의 궤도』는 곽학송이 '철로'라는 제목으로 1955년부터 1956년에 걸쳐 『교통』에 연재했던 작품을 수정 보완해 1956년에 노동문화사에서 묶어 낸 단행본이다. 곽학송, 문혜윤 편, 『곽학송 소설선집』, 현대문학, 2012, 10면 참조.

2. 제국과 자국 사이, 참전의 장치 다나카 고미마사의 「상륙」

일본에서 한국전쟁을 의미화하는 가장 기본적인 쟁점은 '전쟁 특수'다. 이는 비단 경제적 이익만이 아니라, 전범국으로서의 국가 정체를 정상국가로 탈바꿈하게 하는 기회로 이어졌다. 즉 일본은 자유진영의 수호자 미국의 기지국으로 역할하면서 미국의 '숭고'한 대의에 편승한 것이다. 그러나 당시 일본은 1947년 시행된 헌법의 9조 '전쟁 포기' 규정을 통해 전쟁을 일으키지도, 전쟁에 참가하지도 않겠다는 완전한 무장해제를 선언한 상태였다. 즉 한국전쟁에 일본이 참전하는 것은 헌법 위반이었다. 이러한 인식적 토대 위에 재일조선인과 일본 공산당 세력을 중심으로 해서 반전反戰운동이 일어난다.[11] 이 움직임은 일본 내 공산진영과 자유진영의 대결로 읽히는 면이 있지만, 반전 의식이 작동하고 있었기에 사람들도 호응했다. 이러한 상황 속에서 일본 정부는 한국전쟁 참전을 표면화하지 않고 암암리에 진행하게 된다.[12]

문제는 이 사실상의 참전 상황 속에서 동원된 민간인과 관련된다. 일본인의 한국전 참여는 전장戰場 바깥인 일본 영토에서만 이루어진 것이 아니라 한국영토에서도 이루어졌다. 비행장이나 부두에서 하역 노동을 하고, 바다에서 소해 작업을 하거나, 취사병·간호병 등으로 참전했던 일본

---

11 하라 유스케, 「식민자의 아들이 싸운 한국전쟁」, 오타 오사무·허은 편, 『동아시아 냉전의 문화』, 소명출판, 2017, 270~282면; 니시무라 히데키, 심아정 외역, 『'일본'에서 싸운 한국전쟁의 날들―재일조선인과 스이타사건』, 논형, 2020 참조.

12 한국전쟁 발발 이후 일본에서 나온 입장에 대해서 이종판, 「한국전쟁과 일본―한국전쟁당시 일본의 대응과 협력 내용을 중심으로」, 『한일군사문화연구』, 한일군사문화학회, 2003 확인. 한국전쟁 발발 2주 후 GHQ는 일본의 재군비를 논의하고 경찰예비대를 만들기도 했다.(니시무라 히데키, 앞의 책, 162면)

인에 대한 사항을 밝히는 자료 및 증언은 계속해서 존재했다.[13] 전장에서 물건을 나르고 종군했던 사람들이 권력이나 부를 가진 상류층 일본인일 리는 없다. 결국에는 사회적 혼란과 궁핍 속에서 살길을 찾아야 했던 서민들이 전장을 향했던 것이다. 이 과정에서 개개인은 자신의 의도와 무관하게 참전하게 되는 경우가 많았던 것으로 보인다.[14] 강제적이다시피 참전했어야 했던 일부 민간인들에게 이 상황은 자국이 미국의 속국과 다르지 않은 상황임을 확인하기에 충분한 사안이었다.

다나카 고미마사가 1957년에 동인지 『시그마』를 통해 발표한 「상륙上陸」은 일본의 민간인이 전쟁에 동원되었던 모습을 다룬다. 이 작품이 같은 해 『신조新調』의 전국 동인잡지 우수 소설에 뽑혀 수록되기도 한 것은 일본전쟁 특수의 이면에서 벌어진 이러한 현실 문제를 포착했기 때문일 것이다. 작가가 이 내용을 현실감 있게 작품화할 수 있었던 것은 그가 한국전쟁기를 전후로 한 10여 년 동안 미군 기지에서 운반, 통역, 노동자 감독 등의 일을 하면서 보고 들은 것들이 많았기 때문일 것이다.[15]

작품의 주요 인물은 마약중독자 '산코', 야쿠자 이력이 있는 것으로 보이는 '반장', 전쟁 참여가 싫은 '영감', 2차대전 참전 경험이 있는 전前육군

---

13   정병욱, 「일본인이 겪은 한국전쟁」, 『역사비평』 91, 역사비평사, 2010; 남기정, 앞의 책; 니시무라 히데키, 앞의 책; 양영조, 「주일미군기지 일본인노무자의 6·25전쟁 종군활동과 귀환」, 『군사』 111, 국방부군사편찬연구소, 2019; 오가타 요시히로, 「6·25전쟁과 재일동포 참전 의용병―이승만 정부의 인식과 대응을 중심으로」, 『아세아연구』 179, 고려대 아세아문제연구소, 2020 등 참조.

14   니시무라 히데키의 취재를 통한 증언에 따르면 한국전쟁 당시 동원된 민간인이 바다 밑에서 소해 작업을 하다 사고사하거나 원하지 않는데도 간호사로 차출되어야 했던 상황, 부두나 비행장에서 고된 노역을 했던 상황 등에 놓인 일본인들이 잘 나타난다. (니시무라 히데키, 앞의 책 참조)

15   이문호, 「다나카 고미마사와 한국전쟁―소설 「상륙(上陸)」의 고찰을 중심으로」, 『일본문화학보』 81, 일본문화학회, 2019, 229~235면 참조.

중사 '남방', 하트 문신을 한 소년 '똘'[16], 전쟁을 혐오하지만 피할 수는 없었던 '가슴팍이 왜소한 젊은이', 입으로 기생충이 나올 만큼 건강이 좋지 못한 '포어맨' 등이다. 이들은 직업안정소를 통해 도쿄에 있는 부두에서 하는 하역작업 일을 소개받고 승선했다.

"블라디보스토크일지도 몰라. 블라디보스토크 적전상륙敵前上陸일까……." 남방은 팔짱을 꼈다. / "만약 그렇다면, 나는 확실히 항의할 거야." / 방한복을 입은 채로 누워서 뒹굴던 가슴팍이 왜소한 젊은이가, 급히 일어나 말했다. / "우리들은, 도쿄만의 하역작업이라고 해서 일하러 왔어. 살인을 하기 위해 고용된 것이 아니야." / "도쿄만의 하역작업이라는 것은, 조선행이라는 거지" 산코는 충분히 알고 있는 것처럼 말했다. / 남방은, 찌릿 하고 산코를 쨰려보았으나 더 이상, 남방이라고는 말하지 않았다. / "그래서, 너는 처음부터 알고 있었냐?" 영감은 산코 쪽을 향해 앉았다. / "응, 그러니까, 다른 보잘 것 없는 일은 하지 않고 기다렸던 거야." / "그런데 어떻게 조선행인 것을 알았지?" / "미군으로부터 직안에 오는 서류가 다르다구. 극비 서류야." / "아!" / 영감은 멍하니 입을 벌렸다. 산코와 똘, 그리고 남방도 웃어댔다. 영감은 모두의 얼굴을 둘러보며, 조급하게 물었다. / "모두들……, 다들 배에 타기 전부터 알고 있었어?" / 똘은 웃으면서 말했다. / "나는 아무 것도 몰랐어. 그러나 동경만보다 조선 쪽이 재미있잖아." / 웃지 않는 반장 쪽으로 바짝 다가가듯 해서, 영감은 반복했다. / "반장, 당신도 알고 있었어?" / "……응, 그렇네." / 반장은 왼손으로 턱을 긁었다. 그 새끼손가락이 잘려있는 것에 산코는 신경이 쓰였다. 반장은 산코의 시선을 느꼈는지, 자연스러운 동작으로 왼손을 내렸다. / "나는 싫어. 전쟁이 싫어. 사람을

16　본문에서 이 소년은 'チンピラ' 즉 '똘마니'라고 불리기에도 모자란 녀석이라는 의미로 'ピラ'라고 불리는 인물이다. 이에 '똘'로 번역한다.

죽이는 것도, 살해당하는 것도 싫어." 가슴팍이 왜소한 젊은이는 입술을 물었다. / "그렇지만, 배에서 내려서 바다를 걸어 돌아갈 수도 없어." / 언제나처럼, 산코가 놀리면서 말하는 것이 아님을, 모두들 알고 있었다. 똘도 남방도 더 이상 웃지 않았다.[17]

인용문은 인물들이 배 안 선실에 둘러앉아 목적지에 대한 정확한 정보를 확인받지 못한 불안 속에서 서서히 한국행을 인지해가는 상황을 보여준다. 인물 중에는 배가 한국으로 들어가고 있음을 눈치챈 사람들도 있지만, 누군가는 도쿄만으로, 또 누군가는 남방[18]이나 블라디보스톡으로 향한다고 생각한다. 즉 이 배의 한국행은 비밀이었던 것이다. 그 이유는 앞서 살펴보았듯 일본의 전쟁 참여가 떳떳할 수 없었기 때문이다. 하지만 참전은 암암리에 이루어지고 있었고, 공공연한 비밀이었던 일본인의 참전을 표현하기 위해 다나카 고미마사는 이러한 설정을 보여준다. 의도치 않은 '참전'은 보통의 사람들에게 공포스럽고 혼란스러운 일이 아닐 수 없다. 참전은 목숨을 걸어야 하는 일인데, 게다가 참전을 헌법으로 금하는 나라 국민으로서 참전을 하는 노릇은 스스로 국가와 헌법의 바깥으로 나가는 일이기 때문이다. 인용문에서 인물들이 보여주는 한국행 및 참전에 대한 거부감은 이러한 이유에 의한다. 그러나 이들이 취할 수 있는 입장은 결국 "배에서 내려 바다를 걸어 돌아갈 수도 없"기에 '체념'하는 것이다. 이는 일본의 한국전쟁 참여가 일본의 민간인들에게 불러일으킨 복

---

17 田中小実昌, 「上陸」, 金石範 他 『コレクション1. 朝鮮と文学 朝鮮戦争』, 集英社, 2012, 437~439면. 이하 작품의 번역은 필자에 의함.

18 남방이란 동남아시아 쪽을 가리킨다. 당시에 인도차이나전쟁이 벌어지고 있었기 때문에 이쪽으로 갈지도 모른다는 의견이 있었던 것이다.

잡한 감정을 반영한다.

하지만 인물들은 비 내리는 밤, 배가 '모지항門司港[19]'에 잠시 정박한 것을 알고는 하선을 도모한다. 이곳을 떠나면 이제 영영 참전을 피할 수 없다는 것을 알게 되었기 때문이다. 그러나 역시 하선은 쉽지 않다.

일본인 경비원 앞뒤로 모두가 제각기 여러 가지를 말하고 있는 사이에, 똘이 줄사닥다리에 손을 걸었다. 그것을 발견한 경비는, 당황한 동작으로 똘의 옆구리와 줄사닥다리 사이에 총을 밀어 넣었다.

"어이 어이, 뭘 하는 거야. 조선행 일본인 노무자는 절대 배에서 내려서는 안 된다는 명령이다."[20]

어디로 가는지 제대로 알지도 못한 채 승선한 이들은 이제 하선할 자유가 없다. "조선행 일본인 노무자는 절대 배에서 내려서는 안 된다는 명령"이 있었다는 것이다. 비밀리에 수행되어야 했던 일본인의 한국행 정황을 숨기기 위해서는 승선자를 함부로 하선시킬 수가 없으며, 이를 위해 "일본인 경비원"은 "총"을 사용할 수도 있었음을 인용문에서 확인할 수 있다. 노무자들이 승선한 이후 배에서 내린 사람이 한 명 있긴 했다. 그는 배의 다른 방에 있던 사람으로, 사고가 나서 배에서 떨어진 자다. 경비원들이나 배 운행자들은 분명 그 사람이 배에서 떨어지는 것을 목격했음에도 불구하고 거친 물살에 휘말려 간 그를 구하기 위해 배를 멈추거나 구

---

19 모지항(門司港)은 일본 기타큐슈에 있는 항구. 규슈 철도 관문으로 시모노세키, 고쿠라 등과 이어진다. 한국전쟁 당시 기타큐슈의 고쿠라항, 모지항은 한반도와 인접해, 수송 효율이 아주 좋았다. 최민경, 「규슈 지역 재일한인의 노동세계—근대 모지항을 중심으로」, 『동북아시아문화학회 국제학술대회 발표자료집』, 동북아시아문화학회, 2019 참조.
20 田中小実昌, 앞의 책, 442~443면.

명의 노력을 하지 않는다. 비밀리에, 그리고 강제적으로 전쟁에 얽혀든 이들에게 배에서 내리는 길, 즉 참전을 거부하는 길은 실질적으로 죽음의 길밖에 없었던 것이다. '한국행'과 '보호되지 않는 목숨'을 비로소 연결시키게 된 이들은 하선을 시도하지만 결국 인용문에서 확인할 수 있듯 하선을 금지당한다.

「상륙」은 이처럼 참전을 거부할 수 없는 인물들의 상황을 통해 당시 일본에서 작동하고 있던 참전의 '장치'와, 이를 묵인하는 국가권력을 보여준다. 이들의 목숨은 죽어도 그만인 정도로 헐값이다. 인물들이 보여주는 무기력하고 불안한 모습은 일본의 한국전쟁 참여의 문제점들이 사회 내 약자들의 고통과 희생으로 위태롭게 은폐되고 있었음을 반영한다. 경제적 이익과 구체제의 복귀를 중심으로 셈한 전쟁 특수가 개인들에게 요구했던 구체적 행위는 이 헐벗은 신체를 통해 수행되었던 것이다. 어느 시대, 어느 나라를 막론하고 전쟁 장치는 이처럼 하층 민간인의 은폐된 희생을 자양분으로 해서 이루어져 왔다. 제국이었던 자국의 흔적이 새로운 제국의 힘을 등에 업고 재개되는 상황 속에서 민간인들은 속수무책이다. 강대국의 전쟁 수행 계획에 소모품처럼 놓여 있는 이들의 모습은, 2차 세계대전 즉 아시아태평양전쟁 이후 다시 참전하는 일본 정부의 움직임과 일본의 전쟁 수행을 종용하는 미국에 대해 제대로 인식할 수 없었던 민간인들의 입장을 보여준다. 이들은 결과적으로 전쟁 '장치' 속에 무력하게 말려들어 그것에 힘을 실어주고 만다. 이들은 한국전쟁의 당사자인 한국인과는 또 다른 맥락에 있었던 일본의 한국전쟁 당사자였다. 한국전쟁기 한국과 일본의 민간인 피해를 이야기할 때 그 물리적 격차는 너무나 크다. 그렇지만 죽음을 이야기할 때 한 사람의 죽음이 다수의 죽음보다 가벼울 이유는 없다. 누군가의 죽음을 불러온 국가 폭력을 이야기할 때 우리는 아무리 조심해도 지나치지 않다. 한국전쟁에 참전한 민간인의 피해에 대해서도 마찬가지이다.

3. 전쟁이 만든 부역자의 덫 곽학송의 『자유의 궤도』

 냉전기에 접어들면서 일본이 적국이었던 미국에 복속되는 분절적 접합의 과정을 겪었다면, 한반도는 하나의 공동체가 공산진영과 자유진영으로 강제 분리·단절되는 절단의 기이함 속에서 이 시기를 맞이했다. 2차 대전 이후 승전국들은 패전국 및 그 점령지 처리와 관련해 자국의 이익을 최대한 확보할 방법 찾기에 골몰한 상황이었다. 이들에게 한반도는 일본의 피해국이었지만 동시에 패전국의 연장이었기에 한반도 문제 처리에 정의를 구현할 필연적 이유는 사실상 없었다. 패전국이 아닌 패전국의 식민지가 미국과 소련에 의해 분할 통치되는 상황이 한반도에 발생한 것은 이러한 관점을 반영한다. 즉 한반도의 미·소 분할통치는 패전한 일본 및 일왕의 거취를 두고 일본과 승전국 간, 그리고 미국과 소련 간 이해관계의 입장 차에 의해 벌어진 상황이었던 것이다.[21]

 그런데 앞서 언급했듯 한반도에는 일제시대부터 이미 이데올로기 갈등이 있었다. 일제강점기에 공산주의 사상이 조선으로 유입된 것은 근대 지식체계의 일부로서였다. 즉 조선의 지식인들이 자본주의 및 식민주의, 사회 전반의 수탈 시스템, 그리고 그 총합으로서의 일제를 비판하고 이에 맞서기 위한 지적 체계 중 하나로 공산주의·사회주의 사상을 수용했던

---

21 최영호, 「일본의 항복과 한반도 분단」, 『역사문화연구』 62, 한국외대 역사문화연구소, 2017; 니시무라 히데키, 앞의 책, 130~133면.

것이다.[22] 게다가 한반도 내에서 일제의 탄압이 극심해지면서 독립운동가들이 만주·중국·러시아 쪽으로 활동 영역을 옮기게 되는데, 사회주의 성격이 강했던 이 지역에 근거지를 만들게 되면서 이들이 사회주의 사상과 친연성을 확대하게 되는 것은 전략상 자연스러운 결과였다. 일제강점기 사회주의 사상은 이처럼 조선의 '독립'을 선취하고 '민족'을 구하는 의식과 연결되는 면이 크다.

문제는 해방 정국에 미군이 남한 지역을 통치할 때 일제가 조선에 심어놓은 통치 시스템 및 인적 자원을 재활용했다는 점이다. 재가동되기 시작한 일제 통치 시스템에서 친일 부역자들은 다시 권력을 잡게 된다. 이들의 시각에서 귀환한 독립운동가들은 남한에 몇 개 안 되는 권력의 왕좌를 사이에 두고 '의자놀이'를 해야 하는 상대, 목숨을 걸고 배척해야 할 '적'이었다. 이후로 이 '적'의 범위는 독립운동가들은 물론, 이에 동조하는 사람들, 더불어 친일 세력을 비판하는 사람들 모두를 포함하는 쪽으로 확대된다. 미국과 반공주의의 기세를 등에 업은 친일반역자들에게 이데올로기는 바로 이 '적'을 옭아맬 유용한 방편이었다.[23]

북한 측은 해방 정국 초기에 적어도 남한에 비해 일제 청산이 적극적으로 진행된 것으로 보인다. 김일성이 정권을 잡을 수 있었던 것도 그가 독립운동에 공을 세웠다는 점에 힘입은 바 크다. 일제로부터 해방된 독립국을 세우는 데에 이보다 더 확고한 명분이 없었던 만큼 그는 북한 사회

---

22   최병구, 「사회주의 문화 담론과 프로문학」, 『민족문학사연구』 49, 민족문학사학회·민족문학사연구소, 2012; 이미림, 「1930년대 전반기 이효석 소설의 마르크시즘 차용 양상」, 『한민족어문학』 87, 한민족어문학회, 2020.

23   문학과사상연구회, 『해방기 문학의 재인식』, 소명출판, 2018; 이행선, 『해방기 문학과 주권인민의 정치성』, 소명출판, 2018.

의 핵심 세력이 되어간다.[24] 그러나 북한에서는 공산주의 체제를 사회 내에 안착시키는 과정에서 많은 부작용이 발생했다. 억압적 사회 분위기가 만들어지고 개인의 자유를 인정하지 않는 통치 논리에 의해 많은 이들이 신체적 사회적 학살의 대상이 되었던 것이다.[25] 가진 것을 잃고 월남한 자들이 남한에서 서북청년단 등 과격한 반공주의 활동을 하게 되는 것에는 이러한 사정도 작용했다. 결국 김일성은 이러한 여세를 몰아 한반도 전체를 공산국가로 만들고자 계획하고 전쟁을 준비했다. 이 과정에서 이데올로기는 나와 적을 구분하고 억압하는 절대적 기준선이 되었다.

3·8선과 분단이 남한과 북한에 공통적으로 적용되는 '장치'로 작동하게 되는 것은 이처럼 남과 북 모두에서 사회 지도층 세력들의 과잉된 권력 의지와 이데올로기 간의 강력한 화학작용이 발생했기 때문이다.[26] 남한과 북한 양측에서 동시에 발견되는 독재적 정치 체제는 폭압적 국가 장치 문제를 공산주의 혹은 자유주의라는 이데올로기 문제로 치환해버린다. 해방된 한반도가 적절한 가치 질서나 연대의식 확립의 장이 되지 못하고 관념과 수사로 가득한 이데올로기의 격전장이 된 것은 이러한 상황에 의한다.

---

24 신형기, 「인민의 국가, 망각의 언어 – 인민의 국가를 그린 해방직후의 기행문들」, 『상허학보』 43, 상허학회, 2015; 오성호, 「북한문학의 민족주의적 성격 연구」, 『배달말』 55, 배달말학회, 2014.

25 김재웅, 「38선 분쟁과 접경지역 위기에 대처한 북한의 민간인 동원정책」, 『한국학논총』 45, 국민대 한국학연구소, 2016; 전현수, 「해방 직후 북한의 토지개혁」, 『복현사림』 37, 경북사학회, 2019; 하신애, 「개혁의 맹점과 도덕적 공동체의 부재」, 『국제어문』 84, 국제어문학회, 2020 등 참조. 이영식의 『빨치산』(행림출판, 1988), 이인모의 『전 인민군 종군기자 수기, 이인모』(신준영 정리, 월간 말, 1992), 주영복의 『내가 겪은 조선전쟁』(고려원, 1991) 등의 수기들을 보면 해방기 및 한국전쟁기에 북한 체제가 억압적인 형태로 주민들을 통치했음을 확인할 수 있다.

26 목타르 루비스, 전태현 역, 『인도네시아인의 눈에 비친 6·25전쟁』, 어문학사, 2017 참조.

이에 우리 사회에는 이데올로기에 최적화된 개인 주체를 당연시하는 분위기가 조성되어간다. 남한 사람들은 반공이데올로기와 자유진영의 가치에 대한 복종을 내세우지 않는 이상 남한 사람이 될 수 없었고 북한 사람들은 공산주의에의 복종이 사회 구성원의 자격이었다. 과격한 흑백논리로 적용된 이데올로기를 따라 이 자격을 획득하지 못한 사람들은 손쉽게 호모 사케르로 전락했다. 이에 민간인의 위치는 위태로울 수밖에 없다.

한국전쟁 동안 남측과 북측 간에 밀고 밀리는 과정이 지난하게 계속되었음은 주지의 사실이다. 점령자가 누구든, 그들의 이데올로기가 무엇이든 민간인들은 이들에게 복종하지 않으면 목숨을 부지할 수 없는 상황이었다.[27] 보통의 일상을 사는 사람들이 특정 이데올로기의 가치나 의미에 대해 깊이 있게 생각하는 경우는 현실적으로 흔치 않다. 이들에게 국군이든 인민군이든 유엔군이든 모두가 거대한 총부리일 뿐이었다. 더 심각한 것은 그 폭력 앞에서 생존하기 위해 이웃은 물론 친인척 사이에서도 서로를 밀고하거나 학살하는 일이 빚어졌고 그것으로 인해 또다시 보복 살인을 하는 일이 비일비재했다는 점이다.[28] 피아彼我의 구분이 사상검증이라는 형태로 지속되어야 했던 상황 속에서 의심과 의혹이 불거지는 곳은 언제든지 바로 전선戰線이었다. 이와 같은 전반적 상황 속에서 사람들은 손쉽게 동조자 혹은 부역자로 치부되고, 각 개인이 자유롭게 추구하던 삶의 영역은 박탈되고 만다. 곽학송의 『자유의 궤도』는 한국전쟁 당시 민간인들이 처한 바로 이와 같은 상황을 핍진하게 들여다본다.

27　세르주 브롱베르제 편, 『한국전쟁통신』(정진국 역, 눈빛, 2012), 앤드루 새먼, 『그을린 대지와 검은 눈』(이동훈 역, 책미래, 2015), 목타르 루비스(앞의 책) 등의 수기를 보면 전쟁 당시 한반도의 민간인들은 군인을 보면 그 소속이 어디든 강한 공포를 느꼈음을 진술하는 부분이 자주 등장한다.

28　최호근, 앞의 책 참조.

평안북도 정주 출신인 곽학송은 1948년 북한의 혼란스러운 정국을 피해 월남했으며, 1953년에 등단한 이후 꾸준히 활동했다. 장편소설 『자유의 궤도』는 한국전쟁 발발 이후 인민군에 점령되었다가 국군에 의해 탈환되는 등 복잡한 상황에 놓였던 용산에서 철도국 현장 직원으로 일하는 '안현수'를 주인공으로 한 이야기를 펼치고 있다. 전쟁으로 인해 어느 날 갑자기 멈춰선 철도는 한국전쟁으로 멈춰선 국가, 그리고 일상이 이데올로기로 도포되어 버린 전장을 표상한다. 남달리 철도국 일을 사랑하는 '현수'는 이처럼 갑자기 덮쳐온 전쟁 앞에서도 철도를 정상적인 모습 그대로 유지하는 일을 멈추지 않는다. 실제로 작가는 용산철도학교에서 공부하고 1948년부터 평양 철도국의 현장직원으로 일했으며, 월남 이후에도 서울의 철도국에서 근무했다. 그런 점에서 이 작품에는 곽학송의 이력과 경험이 담겨 있다고 하겠다.[29]

'현수'는 사람들의 삶을 틀 짓는 질서나 체계로부터 벗어나 혼자 조용히 있는 것이 자연스러운 사람이다. 하지만 전쟁이 발발하고 '현수'를 둘러싼 상황은 그를 가만히 놔두지 않는다. 그저 철도국 시설과 레일을 관리하며 있는 듯 없는 듯 살아가는 '현수'지만 전쟁이 발발하고 철도국이 공산당에 점령되고 나자 그의 모든 행위는 이데올로기를 기준으로 규정당하기 시작한다. 그래서 인민군이 용산을 차지했을 때 '현수'가 이데올로기와 무관하게 그저 망가진 철도국을 정비하는 행위는 공산당의 시각

29　곽학송의 작품 세계에 대한 연구는 아직 학계에서 충분히 다루어지지 않은 면이 많다. 문학·문화에 대한 새로운 학문 풍토를 토대로 곽학송의 작품세계에 대한 재규정이 필요하다. 문혜윤, 「1950~60년대 전쟁과 젠더 – 전후 신세대 작가 곽학송 다시 읽기」, 『우리어문연구』 44, 우리어문학회, 2012; 김휘열, 「곽학송 소설에 나타난 간첩, 그 이중적 육체에 대하여」, 『우리문학연구』 44, 우리문학회, 2014; 장성규, 「혁명의 기록과 서발터니티의 흔적」, 『한국문학이론과 비평』 80, 한국문학이론과 비평학회, 2018 등 참조.

에서 당에 충성하는 행위, 당원으로서의 '자격'을 갖추어가 가는 행위가 '되어' 버린다. 철도국 책임자로 내려온 '강'은 선심 쓰듯 또는 격려하듯 '현수'에게 입당원서를 들이민다. 그러나 '현수'는 당이 자신을 어떻게 보는지, 또는 입당을 어떻게 하는지에 대해 아무 관심이 없다. 상황상 '현수'의 철도국 내 지위는 올라가지만 그는 그것에도 무관심하다. 하지만 '강'은 계속해서 '현수'에게 입당을 요구한다.

어느새 용산 복구대의 책임자 격이 되어버린 현수는 저녁이면 거기에 모여드는 통신수들을 데리고 용산으로 가게 되어 있는 것이다.

온통 무슨 주검처럼 자빠져 있는 전화기, 교환대, 동선 뭉치들, 그리고 책상으로 삼는 궤짝 위에 앉아 있는 강은 현수를 보자 오늘도 무슨 버릇처럼 입당을 권고하는 것이었다.

"좀 더 시간을 주십시오."

현수는 본능적으로 거절한다. 그러나 그건 거절이라기보다는 핑계인지도 모른다.

"난 동무의 마음을 알 수가 없소! 난 안 동무를 반동이라고 생각하고 싶지 않소. 또 안 동무를 반동으로 상부에 보고도 않을 것이오. 그러니까 동무는 나의 말을 듣는 것이 가장 옳을 것이오!" (…중략…)

"알았소! 동무의 진실을 알았소! 동무는 이기호와 마찬가지로 반동이오! 반동이기 때문에 입당을 거부하는 것이오. (…중략…) 그래서 나는 이 사실을 그대로 상부에 보고할 것이오!"[30]

30 곽학송, 문혜윤 편, 『곽학송 소설 선집』, 현대문학, 2012, 77~78면.

'강'의 머릿속에서 존재할 수 있는 사람은 '공산당' 아니면 '적'뿐이다. 그러나 '현수'는 입당의 필요성을 느끼지 않아 계속 거절하고, 이에 대해 '강'은 "알 수 없는" '현수'의 "마음"에 대해 '의심'까지 하게 되는 것이다. 이데올로기를 기준으로 세상을 둘로 나누어 보는 것 이외에 다른 존재 가능성이 원천적으로 봉쇄되어 있는 전쟁 '장치'가 '강'의 언행 속에 그대로 드러난다. 철도국 일에 열심인 '현수'가 적일 수는 없지만, 공산당이 되기를 거절하는 '현수'의 입장을 '강'은 이해할 수 없다. 이처럼 '현수'는 북한의 통치 '장치'에 부합하는 존재도 아니고 아닌 것도 아니다. '강'은 "상부에 보고도 않을 것"이니 자신의 "말을 듣"도록 요구하다가 이내 "입당을 거부하는" '현수'는 "반동"일 수밖에 없기 때문에 "상부에 보고할 것"이라고 협박을 하는 등 혼란스러워하는 모습을 보이는 것도 이 때문이다. 이는 비단 '강'의 입장만이 아니다. 인용문에 등장하는 '기호'는 공산당에 가입까지 하여 활동하고 있지만 사실은 남한 측 유격대 소속의 스파이이다. 그는 '현수'의 친구로서 '현수'의 사람됨을 잘 알고 있기에 그가 공산당일 수는 없음을 믿고 있다. 하지만 그는 이데올로기 앞에서 '현수'가 입장을 명확히 할 것을 지속적으로 요구한다. 그 명확함이란 '강'이 '현수'에게 강요했던 것과 마찬가지로 남쪽이냐 북쪽이냐의 양자택일이다.

"난 자네의 입대를 절대 바라네⋯⋯."

하면서 기호는 허리춤에서 언젠가 내놓았던 것과 똑같은 흰 손수건 하나를 꺼내 놓았다.

"역시 이게 대원의 증거품일세. 이제 가담하기는 좀 뭣하겠지만 자네 행동에 대해선 내가 책임을 질 수 있으니까⋯⋯."

그리고 나서 기호는 허리춤에 차고 있던 권총을 풀어놓았다.[31]

　'기호'는 이미 '현수'에게 유격대에 가입할 것을 권유한 바 있다. 인용문
에서 '기호'는 '현수' 앞에 "흰 손수건"을 꺼내 놓고 손가락을 깨물어 피로
태극기를 그리고 서명할 것을 요구한다. "이제 가담하"는 것이 늦었을지
모르지만 '현수'가 남측 편임을 자신이 "책임"질테니 가입하라는 것이다.
게다가 이번에는 '기호'가 먼젓번의 권유와 달리 "권총을 풀어" 옆에 둠으
로 해서 자신의 요청이 '명령'이자 '협박'임을 보여준다. 아무리 오랜 친구
라 하더라도 이 전쟁에서 남한과 북한 간의 양자택일을 하지 않을 때에
는 공존할 수 없음을 '기호'는 명확히 한 것이다. 그러나 '현수'는 '기호'의
이러한 요구에 응할 마음이 없다.

　결국 북측이나 남측 모두 '현수' 자체가 어떤 가치관을 가진 사람인지
에 대해서 생각할 의지는 없다. 오롯이 자신들의 규칙에 복종할 것을 맹
세하는지 여부가 중요할 뿐이다. 하지만 따라야 할 '필요'를 느끼지 않는
것들에 대해서는 반응하지 않는 '현수'이기에 특정 이데올로기에 복종하
는 행위는 하지 않는다. 자신의 행동에 대해 아무리 설명해도 이미 정답
을 정해놓은 체제 안에서 '현수'의 대답은 답이 될 수 없고, '현수'의 존재
방식은 파악되지 못한다. 이와 같이 당시 한반도는 이데올로기가 허락하
는 영역의 바깥에서는 아무것도 안전하게 존재할 수 없는 사회였다. 여기
에 당시 전쟁 '장치'의 실체와 그것이 요청하는 '주체'의 면모가 있다.

　한국전쟁 당시 한반도에서 사용된 포화의 양이 상당했음을 밝히는 통
계들이 많다.[32] 그만큼 한반도에는 무수한 폭격이 있었고 엄청난 사상자

31　위의 책, 95면.
32　한국역사연구회 현대사분과 편, 『역사학의 시선으로 읽는 한국전쟁』, 휴머니스트,

가 발생했다. 그 과정에서 민간인이 가져 마땅한 보호장치는 거의 작동하지 않았다. 그만큼 한국전쟁 당시에 왜 한국이 분단되어야 했던가, 왜 개인의 가치관과 존재 방식이 무조건 포기되어야 했는가에 대한 질문은 근본적으로 불가능한 상황이었다. 곽학송의 『자유의 궤도』는 특정 이데올로기를 표방하지 않는 존재들이 체제로부터 배제될 수밖에 없는 일련의 과정을 존재론적으로 보여주었다는 점에서 큰 의의를 갖는다.

4. 탈선하는 신체들의 최선

「상륙」은 일본에서 암암리에 알려져 있던 민간인들의 한국전쟁 참전 문제를 작품화했다. 『자유의 궤도』에서는 이데올로기를 초과하는 개개인의 자발적이고 자연스러운 존재 방식을 말살하는 전장의 폭력성을 다룬다. 전쟁에 휘말리는 민간인의 모습은 바로 이러한 통치 장치에 의해 개인에게 강제된 사회적 정체성의 면모를 반영한다. 아감벤이 언급했듯 '장치'는 "일련의 실천, 담론, 앎, 훈련을 통해 순종적이지만 자유로운 신체를 만들어"[33]내는 것에 성공해야 현실 위에 안착 가능하다. 두 작품에서 보여주는 인물들이 겪는 곤란은 이러한 상황 앞에서 만들어지고 있었다.

하지만 이 두 작품은 민간인들이 전쟁의 폭력에 희생되어 스러져가는 모습만을 포착하는 것이 아니라 이들이 전쟁 '장치' 앞에서 이탈에의 의지를 보여주고 있기도 하다. 앞서 언급했듯 애초에 '장치'에는 존재론과 실천 사이의 분열이 은폐되어 있다. 두 작품의 인물들은 그 분열을 주조

2010, 301면.

33   조르조 아감벤, 앞의 책, 41면.

하는 "통치될 수 없는 것"[34]으로서의 면모를 보여준다. 「상륙」의 인물들은 전쟁에 강제적으로 참여하게 된 현실에 순응하지 않고 그곳으로부터 벗어나기 위해 탈선脫船을 시도한다. 『자유의 궤도』의 '현수'는 인민군과 국군이 제각각 규정하는 열차 선로의 의미를 거부한다. 그리고 자신이 생각하는 선로의 의미를 포기하지 않는다. 그 의미는 이데올로기적 관점에서 부여된 의미로부터의 이탈이라는 점에서 탈선脫線이다. 이러한 '통치될 수 없는 것'들은 통치질서와 대결할 만큼 강할 수는 없지만, 통치의 폭력성을 공회전하게는 만든다.

알고 있었던 것이지만, 조선행이라고 확실히 들으니 쇼크였다.

"그렇지만, 우리들은 조선행이라는 계약은⋯⋯." 가슴팍이 왜소한 젊은이가 경비에게 대들었지만, 산코가 막았다.

"그런 것은 이 사람에게 말해도 소용없어."

모두는 입을 다물고 트랩을 떠나 해치까지 돌아왔으나, 거기서 자연히 발을 멈추고 쭈그리고 빙 둘러앉았다. 곧이어 산코가 말했다.

"경비의 눈이 닿지 않는 곳에서 내리자."

모두 같은 것을 생각하고 있었던 듯, 반대하는 사람은 없었다.

"내지 땅을 밟는 것도, 이것이 마지막일지도 모르니까."

그렇게 고리타분한 남방의 말에도, 아무도 놀리려 하지 않았다. 어쨌든, 모두 제정신이 아니었다.[35]

인용 부분은 인물들이 일본에서의 마지막 정박지인 모지항에서 배의

---

34   위의 책, 48면.
35   田中小実昌, 앞의 책, 443면.

조선행을 확실히 알게 된 뒤 하선을 감행하는 과정이다. 인용문에서 보듯 이들은 고민도 갈등도 없이 하선을 결정한다. 내심 전쟁터에 닿기를 기다리는 듯한 '남방'도 배가 "조선"으로 향하는 것을 명확히 확인한 이후에는 하선을 오히려 주도한다. 하지만 애초에 이 배에 올라타는 순간 이들은 각자의 의지나 입장과 상관없이 전쟁 수행 중인 미군의 물자 운용 체계 안에 깊숙이 예속된 상태다. 통치 권력의 결정 앞에서 하층민 몇 명의 자유의사는 아무런 힘이 없다. 이들의 탈출은 단순히 일터를 이탈하는 문제가 아니라 전쟁 중에 탈영하는 것과 유사한 이적행위가 되어버린다. 때문에 이들이 하선을 선택하는 것은 전쟁 참여에 대한 정치적 의사 표현이기도 하다. 인물들의 하선 시도는 이유도 모른 채 참전하는 공포와 불안의 요인을 해소하고자 하는 적극적 실천이며, 국가에 의해 아무런 기본적 인권 보장의 여지를 확인받지 못한 채 강제된 현실을 자각하고 거부하는 주체적 순간이다. 더불어 전쟁이라는 비인간적 상황에서부터 스스로 떨어져 나오려는 탈주 결정과 마주하는 현장이기도 하다. 적군이 아닌 '미군'과 '일본인 경비'의 '총알'을 피해 달아나야 하는 상황에 처한 이들의 탈주는 비극적 결말로 향한다. 이러한 서사 진행을 통해 작가는 전쟁 참여의 불합리함을 천명하는 것이다.

"멈춰, 멈춰! 멈추지 않으면 쏜다!" 트랩의 일본인 경비원은 총을 잡았다. 똘이 선두였다. 영감의 발도 빨라서 남방과 나란히 있었다. 그 다음이 산코, 가슴팍이 왜소한 젊은이가 조금 뒤에, 그리고 조금 떨어져서 포어맨이 맨 뒤에서 달리고 있었다. / "쏜다! 쏜다!" / 경비의 손가락은 총의 방아쇠에 걸려있었다. 다른 한 사람의 경비도 총을 어깨에서 내려, 뱃머리 쪽에서 달려왔다. / "스톱! 헤이, 스톱!" 전차부대의 마스터 서전이 뱃머리로 왔다. 손에는 군용 45구경 권총을 쥐여 있었다. / 그때 포어맨이 앞으로 고꾸라질 뻔하며 '엇'하는 소리를 냈다. 가슴팍이 왜소한 젊은이는 달리면서 뒤를 돌아봤다. 그리고 그대로 두 세 걸음 가다, 발을 멈추고 포어맨이 있는 곳으로 되돌아갔다. 똘의 모습이 서치라이트의 빛 밖으로 사라졌다. / "스톱!" / 전차부대 마스터 서전의 권총이 불을 뿜었다. 그 소리에 포어맨을 안아 일으키고 있던 가슴팍이 왜소한 젊은이가 양손을 놓고 뒤돌아봤다. / 그와 동시에 '텅'하는 것 같은 산탄 소리가 났다. 전차부대 마스터 서전의 권총이 소리를 내는 순간, 총의 방아쇠에 걸려있던 경비의 손가락이 반사적으로 움직인 것이었다. 가슴팍이 왜소한 젊은이가 뒤돌아 들어 올린 양손과 얼굴의 한쪽에서 피가 튀었다. 그는 포어맨의 몸 위로 하늘을 보며 쓰러져, 피가 흐르는 손으로, 역시 피가 흐르는 얼굴을 감쌌다. 반장은 뱃전에 뛰어 올라갔다. 그러나 그물망에서 발을 내리며, 경비와 전차부대의 마스터 서전 쪽을 돌아봤다. 창고 옆에서 총성이 일었다. 자동소총 같은, 연속적인 소리였다.[36]

인용문은 배에서 도망치는 인물들을 발견한 일본인 경비원과 미군이 이들을 향해 총을 발사하는 장면이다. 여기서 보는 바와 같이 이 작품에서는 전쟁에 참여하지 않고자 하는 합헌적 의지를 가진 일반인이, 자국민과 동맹국 군인의 총부리 앞에 노출되는 장면을 형상화해 전쟁이 가진 무차별적 폭력성을 보여준다. 일본 정부의 전쟁 참여 의지가 결과적으로 자국민을 공격하는 자멸의 방향임이 이 장면에서 드러난다. 게다가 그 총에 죽임을 당하는 자는 전쟁의 폭력성을 비판했던 '가슴팍이 왜소한 젊은이'다. 그는 전쟁터에서 병사 한 명의 목숨이 아무런 가치도 없이 희생

---

36   위의 책, 447~448면.

되는 것에 울분을 표하던 인물이다. 바로 그가 날아오는 총탄 사이로 넘어진 '포어맨'을 구하고자 달려가는 윤리적 선택을 하고 그 결과로 죽음에 이르게 되는 것이다. 그는 전쟁의 잔혹함을 자신의 죽음으로 증명한다. 인물들의 탈선脫船은 이처럼 비극으로 끝나고 만다. 이를 통해 작가는 일본 정부가 한국전쟁에 일본의 평범한 사람들을 보내는 정책을 취한 것에 대해 비판한다. 결과적으로 전장에 도달하지는 않지만 전쟁으로부터 안전하게 이탈하지도 못한 이들의 모습은 전쟁의 참혹함과 비인간성, 참전을 주도한 일본 정부와 미국을 비판적으로 조명한다.

『자유의 궤도』에서는 주인공 '현수' 자체가 탈선·탈주하는 의식을 표상하는 자다. 7일로 이루어지는 일주일 제도에 답답함을 느낄 만큼 그의 사고방식은 일반적이지 않다. 사람이 사람에게 기대하고 요구하는 통상적인 관념의 틀도 '현수'에게는 큰 의미가 없다. 전쟁 중에 아무리 긴박한 순간을 맞이하더라도 그는 누군가에 의존하는 삶을 원하지 않는다. 직업적 책임감, 철도국 운영과 관련해 진행하는 통신약어 연구, 그리고 자꾸 마음이 가는 '순이'만이 그에게는 중요할 뿐이다. '순이'의 말에 의하면 '현수'는 "개인주의"[37]자요, '현수' 자신의 말로는 "세상의 대부분의 사람들과 소일消日 방법이 좀 다른"[38] 자다. 전쟁 상황 속에서 생존을 영위할 수 있도록 도움을 주는 친구, 가족, 약혼자 등의 선의善意 앞에서도 '현수'는 자신이 추구하는 가치를 구현하고 지켜내는 것을 더 중요하게 여긴다. 말 그대로 그는 탈선脫線 즉 '기차의 바퀴가 선로를 벗어나는' 상황을 용납하지 않는다. 제대로 레일 위를 달리는 기차를 관리하고 지지하는 일이 '현수'의 일이기 때문이다. 그러나 '현수'가 처한 현실에는 특정 사회 체제

---

37   곽학송, 「자유의 궤도」, 앞의 책, 37면.
38   위의 책, 19면.

를 위해 잘 달리던 기차를 임의로 조작하고 파괴하려 하는 자들이 득세해 있다. 이러한 권력자들의 시선에서 보면 선로를 지키는 현수의 행위가 탈선脫線이며 탈-선脫-善이다. 결국 '현수'와 권력자들은 충돌할 수밖에 없다.

물론 나는 권리가 없소. 그러나 당신도 권리가 없소. 권리라는 건 누구에게나 없는 것이오. 그러나 나는 당신의 행동을 저지할 필요를 느끼고 있소. 당신이 당신의 상전의 명을 지키기 위해서든 어쨌든 이걸 파괴할 필요가 있는 것처럼 나는 나대로 당신의 행동을 저지할 필요를 느끼고 있을 뿐이오.[39]

북한군이 주둔하고 있을 때 '현수'의 일터인 철도국을 장악하고 있던 공산당들은 파괴된 선로를 고칠 것을 사람들에게 강제했다. 이는 철도를 정상화하고자 하는 '현수'의 의지와 일치했기에 그가 이 명령을 실행하는 것에 큰 문제는 없었다. 그러나 전세가 역전되고 공산당들이 도주하게 되었을 때 공산당 '강'은 상부로부터 연락을 받고 철도의 배전반을 파괴하려 한다. 고친 열차와 선로가 적군에 유리하게 사용될 여지가 있기 때문이다. 인용문은 이를 목격한 '현수'가 그 행위를 저지하면서 하는 말이다. '현수'가 자신의 원칙을 고수하는 것에는 타협의 여지가 없다. 하지만 그가 자신의 방식이 파괴적 행위로 이어지는 것은 인정하지 않는다. 그리고 그 논리를 타인에게 강요하지도, 그와 다른 논리를 손쉽게 평가절하하지도 않는다. 그렇게 할 "권리"가 자신에게 없다는 점을 분명히 하고 있기 때문이다. 그러나 외부에서 자신의 방식을 "파괴"하는 순간에는 그러한 "행동을 저지할 필요"를 인식하고, 자신의 여력이 닿는 한 자기 의지를 관

---

39   위의 책, 104면.

철하고자 애쓴다. 그런 점에서 '현수'가 말하는 "필요"라는 말속에는 '정의'와 '당위'의 의미가 담겨 있다. '현수'가 인민군이 쫓겨나는 마지막 날까지 출근하여 사람들에게 부역자라는 혐의를 받는 것에 대해 당당할 수 있는 것도 이런 관점에 의한다. 국군이 장악한 철도국에 여느 날처럼 출근해 사람들의 불편한 시선을 느끼며 현수는 마음속으로 "다만 나는 앞으로도 지난 석 달 동안처럼 그 이전의 이십여 년간처럼 나에게 마련된 영토 안에서 나에게 부여된 시간 위에서 가장 타당한 행동을 취하면 되는 것"[40]이라고 생각할 뿐이다. 이것이 '현수'의 탈주선, '장치'가 요구하는 모습을 거부하는 자기 의식이다. 「상륙」에서 인물들이 전장에 도달하는 것을 거부하는 탈주선을 그렸다면, '현수'는 전장으로 장악된 현실을 전장으로 인정하지 않고 자신의 영역으로 간주하는 의지를 버리지 않음으로써 전장에서 탈주하는 것이다. 이러한 양상은 그가 기차의 레일을 지키는 행위뿐 아니라 사랑하는 여인 '순이'와의 관계에서도 확인된다.

 "안 선생은 왜 저를 꾸짖지 않으셨어요? 전 오늘 하고 싶은 말을 모두 다 했어요. 다만 이 한 가지만 못하고 있었어요……. 제가 그 몹쓸 놈들과 휩쓸려 다닐 때 왜 안 선생은 잠자코 계셨어요……."
 현수는 번개같이 머리를 스치는 것이 있었다. 순이의 말대로 그때 내가 순이의 행동을 말렸던들 오늘 순이는 죽어가지 않을는지도 모르는 것이다. 그러나 현수는 역시 순이를 말릴 수가 없었던 것이다. 그건 순이를 사랑하지 않은 탓이거나 경혜가 있었던 탓이거나 한 것은 아니다. 형태야 어떻든 간에 진심에서 우러나온 것이라면 무슨 짓이라도 의의가 있다고 생각했고 지금도 역시 그

---

40   위의 책, 139면.

런 것이다. 그때도 순이가 나쁜 것이 아니다. 순이의 마음은 잠시도 잘못됨이 없었을는지도 모르는 것이다.[41]

전쟁 발발 전부터 공산주의 활동을 했던 열혈 공산주의자 '순이'는 이데올로기에 따르는 기계가 되기를 강요하는 공산당 활동에 염증을 느끼고 후회한다.[42] 그래서 그녀는 국군을 피해 도망하는 인민군 무리로부터 벗어나 사랑하는 '현수'를 찾아온다. 국군이 점령한 곳에서 공산당과 함께하는 것은 목숨을 내놓는 일이 아닐 수 없다. 그러나 '현수'식의 '필요'의 논리에서 볼 때 그에게는 '순이'를 배척할 이유가 없다. 그래서 그는 '순이'가 기거할 곳을 제공하고자 그녀를 집으로 데려가고, 다른 가족들은 이에 불만을 표시하며 안전한 서울로 피난길을 떠난다. 하지만 그는 그것 역시 '필요'치 않다고 느끼고 그녀와 단둘이 집에 남는다. 다음 날 '순이'는 포탄 파편을 맞고 죽게 되는데, 인용문은 죽기 전 '순이'의 말과 이에 대한 '현수'의 생각이다. 여기서 확인할 수 있듯 그는 그녀가 사람들을 공산당에 입당하도록 종용했던 행동이 많은 무리를 일으켰음이 사실이라고 생각한다.[43] 하지만 '현수'는 그녀가 지금껏 그가 목격했던 다른

---

41   위의 책, 124~125면.
42   『자유의 궤도』에서 작가는 '현수'라는 지극히 개인주의적인 캐릭터를 통해 이데올로기의 배타적인 작동방식을 비판한다. 하지만 다른 여러 인물들을 통해서는 자유주의와 국군의 승리를 긍정하고, 인민군과 공산세력에 대한 처벌과 응징을 지향하고 있다. '순이' 역시 그러한 서사 전개 속에서 형상화되고 있다.
43   "그녀가 가진 미모와 총명을 무기로 무지한 노동자들을 선동하여 파업이란 것을 일삼아 평화스럽던 직장 내를 소란케 한 일을 비롯하여 그녀가 몇 년 동안 하여온 일이란 모두 나와 그리고 나의 생존에 필요한 온갖 것의 말살을 위한 행동이었던 것은 틀림이 없다. 그러나 그건 벌써 지난 일이다. 그녀가 그런 마음을 온통 버리고 이렇게 있는 바에야 탓할 필요가 없는 것이다. 물론 그녀의 과거의 행동에 대한 적당한 인과는 닥칠 것이다. 그러나 나는 그녀를 처벌할 권한도 능력도 또 필요도 없는 사람이다."(위의 책, 119면)

기회주의적인 사람들, 즉 생존의 요령과 권세를 좇아 하루아침에 얼굴을 바꾸는 사람과는 다르다고 본다. 그녀의 행동에는 "진심"이 있었기에 "의의"도 있는 것이다. 게다가 그녀는 회심을 했으니 과거에 대해 더 이상 따질 바도 없다. 오직 과거에 그가 그녀의 행동에 "잠자코" 있지 않고 "꾸짖"었다면 지금 그녀가 죽음에 처하지 않아도 되지 않았을까 하는 것이 아쉬울 뿐이다. 결국 '순이'와 함께 한 이틀간은 뒷날 그가 공산당 사람이며 부역자라는 혐의로부터 놓여나지 못하게 되는 결정적 근거가 되고 만다.

특정 이데올로기가 정의가 되어버린 현실에서 '필요'에 따라 행동하는 '현수'의 독자적 의지는 이와 같이 '장치'로부터 이탈하는 탈선이었다. '현수'는 정의나 선을 주장하는 이데올로그들이 은폐하고 있는 위선과 위악, 거짓과 모순을 꿰뚫고 있다. 어제까지 남한을 지지하다가 이내 북한을 지지한다든지, 자신에게 권력이 주어지면 그 전에 권력 가진 자가 휘두르던 폭력에 고통받았던 과거를 잊고 마찬가지로 폭력적이 되는 사람들의 모습을 '현수'는 놓치지 않는다. 그 순간 사람들은 자신이 지지하는 이데올로기가 선한지, 혹은 정의로운지 여부는 중요하게 여기지 않는다. 다만 이데올로기가 준 권력을 선명하게 드러내어 그 영향력 안에서 자기 몫을 차지할 수 있느냐 없느냐가 관건일 뿐인 사람들의 모습을 '현수'는 계속 확인한다. 이를 통해 작가는 '장치'가 이데올로기 '바깥'에 있는 자를 기준에 '미달'하는 자로 치환하고 그 존재 자체를 원천적으로 부정하는 것에 문제 제기한다. 이데올로기가 절대시되는 현실에서 이데올로기 자체에 대한 의문과 비판을 전면화했다는 점은 『자유의 궤도』가 이룬 문학적 성과 중의 하나다.

전쟁은 국가 혹은 그에 준하는 단체 간에 벌어지는 무력을 통한 싸움이다. 이 싸움의 이유는 무엇보다 공동체를 유지 보호하여 사회 내부의 개개인과 이들이 구성한 작은 공동체가 영위되도록 하기 위함이다. 국가의 '기조'를 권력자들의 관점에 부합하는 방식으로 유지 팽창시키기 위해 전쟁이 벌어지는 순간에도 그 근본에는 국민을 구하고 보호하고자 하는 의지가 전제되어 있다. 그러나 전쟁 '장치'가 극단적으로 작동하고 우리 측의 생존 의식과 적에 대한 배타성이 극심해지면 다른 공동체에 속한 민간인을 포함한 사람들에 대한 적대감과 공격성을 조절하기 힘들게 된다. 게다가 같은 공동체 내부의 사람들이라 하더라도 전쟁을 수행하는 데에 방해되거나 전쟁 논리에 복종하지 않는 자들은 손쉽게 위험 분자로 대상화된다. 「상륙」과 『자유의 궤도』는 바로 이 순간에 '통치될 수 없는' 자들, 즉 통치의 '장치'로부터 이탈해 스스로의 최선最善을 지키려 하는 자들의 모습을 보여준다.

5. 나오며 신냉전시대의 평화 구상

한국전쟁은 2차 대전 종식 이후 만들어진 냉전 구도의 고착화를 알린 열전이었다. 이 과정에서 그동안 세계적으로 확산된 병력과 무기가 흡수되었고 파시즘 체제와 이에 대한 응전의 폭력이 공산진영과 자유진영 이데올로기로 치환되었다. 이 전쟁이 국제전이자 이데올로기전으로서의 면모를 가지게 된 것은 이러한 시대적 흐름에 의한다. 때문에 한국전쟁의 정체를 구체적이고 입체적으로 살펴보기 위해서는 일국적 관점에 고착된 시선이 아니라 트랜스내셔널한 관점에서 당시의 이면과 암면을 조망하는 시선이 필요하다. 특히 여전히 전쟁 종식을 선언하지 못한 오늘날 한반도 상황에서 한국전쟁의 실체를 다각적 구도에서 살펴보는 일은 우리 사회의 시급한 과제이다.

다나카 고미마사의 「상륙」과 곽학송의 『자유의 궤도』에서는 한국전쟁을 전후해 이웃한 두 나라의 민간인들이 전쟁에 휘말리는 과정의 일단을 보여준다. 전쟁에 참가하는 것을 용인한 적이 없는 인물들이 전장에 놓이는 이 상황은 민간인이 전쟁을 감당할 때 가지는 열악한 사회적 위상을 보여준다. 일본과 한국이 한국전쟁 당시 처해 있던 상황이 같을 수는 없다. 오히려 각국은 서로의 존재가 원인이 되어 전혀 다른 국가적 운명 속에 놓이게 되었다는 점에서 실존적 부조리를 보게 되기도 한다. 그럼에도 불구하고 이들 민간인들이 각자의 자리에서 감당해야 했던 참전의 '장치'가 있었음을 이 작품들은 공통적으로 보여준다. 부역자 혹은 반역자로 손쉽게 규정되어 버리는 민간인의 면모, 그래서 공식 역사 속에서 제대로 이야기되지 못하는 민간인들의 입장이 실재와 상상의 경계선에 존재하는 문학적 글을 통해 그 존재를 세계로 발신하고 있는 것이다.

한국전쟁을 국제전의 관점에서 일별하고 세계사적 시각에서 살펴보는 과정은 각국의 입장을 넘어 전쟁을 만들어낸 역사 맥락을 지속적으로 현재화하는 시각이다. 특정 이념의 틀로 한국전쟁을 박제화하면 이 전쟁에서 권력자들이 각각의 이해관계에 따라 무시하거나 은폐한 사실들이 세상에 드러날 가능성을 확보하기 어렵다. 이러한 관점들에 대한 일신 없이 자국의 입장만 내세우는 관점은 필연적으로 한계에 부딪힌다. 다나카 고미마사의 「상륙」만 하더라도 이 작품 속 인물들의 모습에는 일본/인의 전쟁 가해자로서의 면모와 피해자로서의 얼굴이 중첩되어 있고, 참전에 대한 능동성과 수동성의 경계에서 생기는 방황이 보인다. 그리고 아시아 태평양전쟁과 냉전 질서, 한국전쟁 발발을 단절적으로 보려는 면모 역시 드러낸다. 때문에 한국전쟁기를 문학화 할 때 한반도나 한국전쟁에 대한 가치 판단을 드러내지 않고 미국과 일본의 관계에 집중하는 현상이 벌어지는 것이다.[44] 곽학송의『자유의 궤도』역시 '호국'이라는 대의에 대한 신뢰를 토대로 참전한 '호국영령'들에 대한 입장을 드러내지 않는다는 점에서 비판의 여지를 갖는 면이 있다. 그럼에도 불구하고 오늘날 우리 현실을 '신냉전'시대로 여기는 것에서 그칠 것인가, 아니면 '포스트냉전'시대의 평화 질서를 구성해나갈 초국적 길을 탐색할 것인가의 문제 앞에서 이 작품들에 대한 적극적이고 새로운 읽기는 필요해 보인다.

한국전쟁에는 민족과 국가의 한계를 넘어서는 트랜스내셔널한 관점을 통할 때 비로소 드러날 수 있는 의미가 아직도 산재해 있다. 이 과정에서 각국의 입장들, 특히 한국과 일본의 입장에는 상충하는 부분이 많으며, 해소되지 않은 문제들이 오늘날에도 여전히 생생하게 살아있는 상태다. 과장되거나 축소된 역사적 기억을 펼쳐내고 가치와 입장의 불균질성을 감당할 수 있는 소통 방식의 정립이 무엇보다 필요한 지점이다. 이 과정의 진정성은 서로 간에 안고 있는 모순과 부조리를 전면화하는 불편한 상황 앞에서의 정치적·개인적 선택들 속에서 확인될 수 있을 것이다. 이제는 전쟁의 부재로서의 평화가 아니라, 그 자체로 평화라 부를 수 있는 새로운 '장치'의 고안이 무엇보다 필요하다. 이에 대해 다나카 고미마사의「상륙」과 곽학송의『자유의 궤도』에 대한 비교 고찰은 모종의 실마리를 제공한다.

---

44   남상욱,「전후 일본문학 속의 '한국전쟁' - 한국전쟁과 전후 일본의 내셔널 아이덴티티」,『비교한국학』, 국제비교한국학회, 2015 참조.

제5장

'조선전쟁'의 기억과 망각

사키 류조의 「기적의 시」(1967)를 중심으로

김려실

이 글은 「'조선전쟁'의 기억과 마이너리티 연대의 (불)가능성—사키 류조의 「기적의 시」(1967)를 중심으로」, 『비교한국학』 vol.29 no.1, 2021, 99~125면을 수정·보완하고 가필한 것이다.

사키 류조 佐木隆三. 1937.4.15~2015.10.31

함경북도 온성군 출생으로 본명은 고사키 료조(小先良三)이다. 온성 은광(銀鑛) 소장이었던 부친이 1941년 해군에 징집되자 일본으로 귀국했다. 히로시마현 다카타군에서 생활하다가 여덟 살 때 히로시마 원폭을 목격했다. 1950년 후쿠오카현 야하타시로 이주해 중학교에 진학했고 야하타중앙고교 졸업 후 1956년 야하타제철소에 취직했다. 1960년에 노조에 가입하고 일본 공산당에 입당했으며 『문학계(文学界)』에 첫 소설 「녹슨 기계(錆びた機械)」를 발표했다. 1963년에 「가위바위보 협정(ジャンケンポン協定)」으로 공산당계 문예지 『신일본문학(新日本文学)』의 신일본문학상을 수상했으나 노동자가 부재한 저급 소설로 비판받았다. 1964년 4월에 공산당에서 제명당한 뒤, 7월에는 제철소를 퇴사해 창작에 전념했다. 1971년 오키나와로 이주해 오키나와 본토복귀 투쟁 활동가들과 교류했고 1973년에는 치바현 이치카와시로 이주했다. 이후 다수의 논픽션과 실제 범죄사건을 취재하여 쓴 소설로 이른바 '사회파' 작가로 명성을 쌓았다. 세간을 떠들썩하게 한 실제 연쇄살인 사건을 모티프로 쓴 『복수는 나의 것(復讐するは我にあり)』(1975)으로 1976년 나오키상을, 1990년에는 『신분수첩(身分帳)』으로 이토세이 문학상을 수상했다. 몇 년에 걸친 옴진리교 재판을 취재하여 『옴법정 연속방청기(オウム法廷連続傍聴記)』(1996)를 발표하는 등 특히 범죄 논픽션에서 일가를 이루었다. 일조(日朝)문화교류협회 회원 자격으로 1985년 10월에 평양을 방문한 적이 있고 1992년에는 만주일일신문사(満洲日日新聞)가 간행한 『안중근 공판 속기록』을 토대로 논픽션 『광야의 열사, 안중근(伊藤博文と安重根)』을 발표했다. 1999년 기타큐슈시로 이주 후, 2006년에 기타큐슈시립문학관 관장에 취임했다. 2015년 후두암으로 사망했다.

1. 귀환자 프리케리아트의 전후와 한국전쟁

2006년 10월 9일 북한의 1차 핵실험 직후 일본의 동아시아 문화연구자이자 비평가 마루카와 데쓰시丸川哲史 교수는 「조선전쟁으로 돌아가라! ―제2차 조선전쟁과 '핵'을 회피할 힘朝鮮戦争に帰れ!―第二次朝鮮戦争と「核」を回避する力」이라는 논설로 북핵 문제를 둘러싼 일본 사회의 '북한 때리기'를 비판했다.[1] 동북아시아의 냉전문화를 오래 연구해온 그가 이 글에서 일본 사회에 호소한 바는 '조선전쟁'[2]을 '우리의 조선전쟁'으로 보자는 것이었다. 왜냐하면 그 전쟁으로 구성된 현재 동북아시아의 지정학 속에서 중국과 북한의 핵무장을 살펴보는 일은 필연적으로 전후 일본이 형성된 역사적 경위를 환기하는 일과 맞닿아있기 때문이다. 마루카와의 자기반성적 비판에 따르면 그것은 "'냉전'에 가담하고 한국전쟁의 병참기지와 무기고 역할을 맡아 그 거래 과정에서 '독립'을 감지덕지하며 받아먹은 전후 일본의 부끄러운 태생을 자각하는 과정"[3]이 되어야 한다.

북핵이라는 사태를 제대로 파악하려면 한국전쟁으로 돌아가 미국의 일본 점령과 독립 과정을 반추해보라는 십수 년 전 마루카와의 주장은 최근 일본 지성계에 나타난 변화의 조짐을 선취한 것으로 보인다. 한국전

---

1   마루카와의 이 긴박한 논설은 『現代思想』(35卷 2号, 青土社, 2007) 2007년 2월호에 실렸으므로 북한의 1차 핵실험 직후에 쓴 일본 지성계의 즉각적 반응 중 하나로 보아도 무방하다. 한글 번역문은 마루카와 데쓰시, 백지운·윤여일 역, 『리저널리즘』, 그린비, 2013 제3장 참조.

2   한국전쟁은 한국에서 '6·25', 영미권에서 'Korean War', 일본에서 '조선전쟁', 북한에서 '조국해방전쟁', 중국에서 '항미원조전쟁' 등 이해 당사국들의 입장에 따라 다양하게 불리고 있다. 이와 같은 명명법이 말해주듯 이 전쟁은 많은 국가가 참전했거나 관계한 초국적(transnational) 전쟁이다. 이 글에서는 통칭으로 '한국전쟁'을 쓰고, 일본어 텍스트에서 원문을 인용할 경우에는 '조선전쟁'으로 쓰기로 한다.

3   백지운·윤여일 역, 앞의 책, 191면.

쟁 당시 일본인을 전투에 동원한 미군 측 극비 문서가 근래 공개되어 일본의 '비군인 참전'이 드러났고,[4] 동아시아 냉전체제라는 더 큰 틀에서 볼때 일본도 한국전쟁의 당사자일 수 있다는 인식론적 이행이 뚜렷해지고 있다.[5] 이런 변화는 국내의 한국전쟁 연구가 일국사一國史를 벗어나 동아시아 지역 냉전(들)의 비교연구로 확장되어 가는 상황과도 맞물려 있다. 특히 한일 양국의 비판적 지식인들은 서구의 냉전은 종식되었으나 동아시아의 냉전은 계속 진행 중이며 그 근원에 한국전쟁이 자리하고 있다는 인식을 공유하고 있다. 다른 글에서 마루카와는 "'북한 때리기'가 멈추지 않고 확대되어 가는 오늘날 가장 필요한 물음"은 "한국전쟁이라는 운명의 불에 동아시아 사람들이 어떻게 농락당했는가"[6]라고 역설했다. 그 물음에 답하기 위해서는 냉전의 소용돌이 속에서 동아시아 사람들 각자가 겪은 한국전쟁을 관계사關係史적으로 연결하는 초국적 연구가 필요하다.

그와 같은 문제의식으로 한국문학 전공자인 내가 처음 착수한 일은 일본 작가들이 한국전쟁을 배경으로 쓴 소설을 한국의 전후문학[7]과 비교해

---

4   한국전쟁 70주년이던 지난 2020년 마이니치신문은 한국전쟁에 투입되었다가 사망한 일본인 노무자들에 대해 미군이 작성한 극비 문서를 미국의 국립문서관(NARA)에서 입수하여 보도한 바 있다. 「朝鮮戰爭 日本人が戰鬪 米軍極秘文書に記録, 基地從業員ら 18人」, 『毎日新聞』, 2020.6.28 참조.

5   西村秀樹, 『朝鮮戰爭に「參戰」した日本』, 三一書房, 2019; 和田春樹·孫崎享·小森陽一, 『朝鮮戰爭70年─「新アジア戰爭」を越えて』, かもがわ出版, 2020; 藤原和樹, 『朝鮮戰爭を戰った日本人』, NHK出版, 2020 등을 참조.

6   마루카와 데쓰시, 장세진 역, 『냉전문화론─1945년 이후 일본의 영화와 문학은 냉전을 어떻게 기억하는가』, 너머북스, 2010, 177면. 일본에서 발간된 순서는 『리저널리즘』이 2003년, 『냉전문화론』이 2005년이었지만 한국어 번역본의 발간 순서는 『냉전문화론』이 먼저이다.

7   한국에서 전후문학은 한국전쟁 직후부터 1960년대에 생산된 문학을 가리키고 1970년대 이후에는 분단문학이라는 용어가 사용되어 왔다. 한편, 일본에서 전후문학은 아시아태평양전쟁 이후에 생산된 문학을 가리킨다.

보는 것이었다. PNU 냉전문화연구팀 연구원들, 냉전문학연구회 회원들과 함께 작품을 선정해 1년에 걸쳐 번역 모임을 운영했다. 나를 포함하여 그 모임 연구자들 중 몇몇은 제1, 2회 '한국전쟁과 메타기억 포럼'을 통해 연구 결과를 발표했다.[8] 포럼에서도 논의된 바 있지만 1950, 60년대에 한국전쟁을 정면으로 다룬 일본문학이나 영화 텍스트의 수는 생각보다 많지 않았다. 1970년대 이후가 되면 더욱이 드물었다. 텍스트의 과소過少는 마루카와의 지적대로 한국전쟁의 "역사적 경위를 환기하기" 위한 노력이 부족하거나 지난했음을 시사한다. 『냉전문화론』에서 한국전쟁 관련 일본소설을 분석한 마루카와가 "한국전쟁을 당사자로서 살아낸 하나의 모델 케이스"[9]로 김사량을 언급하며 '당사자'의 범위를 다시 '민족'으로 환원할 수밖에 없었던 이유는 인식론적 당위성에도 불구하고 일본문학의 현상이 그것을 뒷받침하기에는 충분치 못했기 때문이다. 이와 같은 인식과 현상의 차이, 혹은 한국전쟁에 대한 일본사회의 오랜 망각은 그 자체로 동아시아 냉전체제의 지적 억압을 반영하는 것이 아닐까? 그렇다면 일본문학의 이 과소한 표상에서 어떻게 냉전체제의 지적 억압에 대한 대응을 읽어낼 수 있을까?

　우선 냉전기에 한국전쟁을 다룬 일본문학을 그 전쟁을 바라본 작가의 위치와 창작배경에 따라 분류해보면 크게 당사자, 동조자, 제3자의 세 갈래로 나눌 수 있다.[10] 첫째, 당사자는 일본에서 식민지와 분단을 경험했으

8　PNU 냉전문화연구팀 유튜브 채널 https://www.youtube.com/channel/UCRKdb0N-0lowSaMMyTJSCUGA의 〈냉전문화포럼〉 영상 참조.

9　마루카와 데쓰시, 장세진 역, 앞의 책, 177면.

10　내가 제2회 '한국전쟁과 메타기억 포럼'에서 이와 같은 분류를 발표했을 때 일본 근대문학 전공자인 남상욱 교수는 일본도 당사자에 포함되어야 한다는 의견을 피력했다. 그의 주장은 마루카와의 '우리 조선전쟁'의 당위성과 일맥상통한다. 나는 그런 당위성을 부정하는 것이 아니라 그것을 뒷받침할 수 없는 문학적 현상의 원인이 된 동아시아

나 물리적 거리에도 불구하고 둘로 나뉜 고국의 전쟁을 '우리의 전쟁'으로 인식한 재일조선인 작가군이다. 한국전쟁 초기부터 작품을 생산해온 이 갈래의 작가들은 주로 좌익계 문예지를 무대로 활동했다.[11] 그러나 모든 재일조선인 작가가 단일한 입장이었던 것은 아니다. 예를 들어 일제 말기에 중국으로 탈출하여 한국전쟁에 참전하고 『종군기』를 남긴 김사량은 재일의 위치에서 참전으로 나아간 작가이다.[12] 이에 비해 귀화하여 일본인 신분으로 한국전쟁을 취재해 르포와 소설을 발표한 장혁주는 당사자임을 부인하고 스스로를 중립의 위치에 놓으려 했다.[13]

둘째, 동조자는 재일조선인 작가들과 같은 노선에서 미국뿐만 아니라 한국전쟁에 공모한 일본에 대해서도 비판한 작가군이다. 주로 식민지 조선 출신이거나 공산당계 작가들로 그들 중 일부는 일본공산당이 주도한 한국전쟁 반대운동에 가담하기도 했다. 사키 류조나 고바야시 마사루小林勝처럼 식민지 조선에서 태어난 공산당계 작가들은 유년시절의 조선 체

냉전체제의 지적 억압을 드러내기 위해 이렇게 분류했다.

11 소명선, 「재일조선인 에스닉 잡지와 '한국전쟁'-1950년대 일본열도가 본 '한국전쟁'」, 『일본근대학연구』 제61집, 한국일본근대학회, 2018, 219면.

12 해방 이후 연안으로 탈출하여 북한의 문화정책을 담당하며 당사자로서 한국전쟁에서 싸웠던 김사량의 종군 문학작품에 대해서는 주춘홍, 「한국전쟁기 중국어로 번역된 김사량 작품 연구」, 『한국문학과예술』 제30호, 숭실대 한국문학과예술연구소, 2019; 김성화, 「'연안(延安)'으로 본 김사량의 『노마만리』」, 『한국문학논총』 제84호, 한국문학회, 2020 참조.

13 장혁주의 한국전쟁 관련 르포와 소설의 일관된 '중립적' 입장과 일본사회 주류담론의 내면화에 대해서는 장세진, 「기지(基地)의 '평화'와 전장의 글쓰기-장혁주의 한국전쟁 관련 텍스트(1951~1954)를 중심으로」, 『대동문화연구』 제107권, 성균관대 대동문화연구원, 2019; 이희원, 「장혁주 소설의 한국전쟁 형상화 논리 연구-「眼」을 중심으로」, 『한국문예비평연구』 제73호, 한국현대문예비평학회, 2022; 이 책 제3장에 실린 장세진, 「제국의 신민에서 난민으로, 일본인 아내들의 한국전쟁-1950년대 장혁주의 일본어 소설을 중심으로」 참조.

험을 통해 일본의 주류 지식인들과는 다르게 한국전쟁을 바라볼 수 있었고 일본의 제국주의전쟁과 동아시아 냉전을 비판적으로 묘파한 작품을 남겼다.

셋째, 제3자는 한국전쟁을 소재나 배경으로 삼았던 작가군이다. 일본 사회가 한국전쟁에 대해 취한 일반적인^{당사자성을 부인하는} 태도에서 크게 벗어나지 않았지만 때로 이 무리의 작가 중에는 미국의 일본 점령과 냉전 체제의 억압을 우회적으로 비판하기 위해 한국전쟁이라는 배경을 선택한 경우도 있었다.[14] 그러나 앞의 두 작가군과 달리 그들의 작품에서 일본의 제국주의전쟁과 미일이 공모한 동아시아 냉전의 연속성에 대한 비판, 혹은 식민과 점령의 유사성에 대한 인식은 찾아보기 힘들다.

이 글에서 살펴볼 「기적의 시奇跡の市」의 작가 사키 류조는 두 번째 작가군에 해당한다. 1937년 식민지 조선에서 태어난 사키 류조는 1941년 부친이 해군에 징집되자 일가족 모두가 어머니의 친정인 히로시마현 다카타군의 한촌으로 귀환했다. 부친은 1945년 7월 필리핀 민다나오섬에서 전사했고, 같은 해 8월 6일 그는 이모와 밭에서 풀을 뽑다가 원자폭탄의 섬광과 버섯구름을 목격했다. 그는 피폭 경험을 자전적 소설 『버섯구름きのこ雲』1982으로 한 차례 갈무리한 적이 있으나 말년에 동화책 『쇼와 20년 여덟 살의 일기昭和二十年八才の日記』2011를 통해 다시 반추했다. 작가가 전쟁의 기억을 후세에 "전해야겠다는 생각에 사로잡혀" 썼다는 그 동화책은 1

---

14 예를 들면 일본 언론이 생산한 한국전쟁 관련 르포나 기사를 중심으로 일본인의 참전을 상상적 차원에서 재구성한 기타 모리오(北杜夫)의 「부표(浮標)」(1958)와 비군인 참전한 식민지 출신 일본인 주인공의 전쟁 트라우마를 그린 노로 구니노부(野呂邦暢)의 「벽화(壁の絵)」(1966)가 그러하다. 장지영, 「기타 모리오의 부표를 통해 본 한국전쟁 문학」, 『한일군사문화연구』 제21집, 한일군사문화학회, 2016; 이 책의 제6장 「일본의 평화와 망각의 구조-노로 구니노부의 「벽화」를 중심으로」 참조.

인칭 주인공의 일기 형식으로 서술되어 있다. 1945년 4월 15일부터 10월 25일까지, 원폭, 패전, 점령이 어린 소년의 시각으로 묘사된다. 주인공은 병약한 형에게 비국민非國民이 아니냐고 따질 정도의 '군국소년'이었지만 막상 원폭으로 초토화된 거리를 마주하고 "형, 살아있어 줘서 고마워"라고 속삭인다.[15]

『신조新潮』, 『문학계文学界』, 『군상群像』, 『스바루すばる』와 더불어 일본 5대 문예지 중 하나인 『문예文藝』1967.12에 발표된 「기적의 시」 역시 자전적인 소설이다. 조선에서의 어린 시절과 소위 '대동아전쟁'에 관한 작가의 경험과 기억은 이 소설에서도 주요 모티프로 등장한다. 위에서 논한 원폭 텍스트와 비교해본다면 제2차 세계대전의 전쟁기억을 모티프로 한 자전적 서사라는 공통점이 있으나, 창작 시점은 1967년에 쓴 「기적의 시」가 가장 앞선다. 한국전쟁 발발 전후를 배경으로 한 이 소설에서 중학생 주인공의 회상이라는 형식으로 네 살 반까지 살았던 조선에 대한 단편적인 기억, 필리핀에서 전사한 아버지에 대한 기억, 히로시마 원폭에서 살아남은 중학생 형에 대한 기억이 환기된다. 작가는 '조선의 식민화-대동아전쟁-패전과 점령-한국전쟁'으로 이어지는 일본의 제국주의전쟁과 미국이 주도한 동아시아 냉전의 연쇄 속에서 한국전쟁에 대한 기억을 오버랩한다.

이와 같은 관전적transwar 기억구조는 일본과 미국에 동시에 전쟁 책임을 추궁한 재일조선인 작가 김달수의 「손영감」1951에도 나타난다. 그는 이 소설에서 한국전쟁 당시 재일조선인의 전쟁물자 수송 반대 투쟁을 묘사했다. 주인공 손 영감은 일제말기 히라쓰카平塚에서 공중폭격으로 아내와 손자를 잃었다. 한국전쟁 반전평화운동에 열성적으로 가담한 그는 청년

---

15 「きのこ雲の記憶絵本に, 直木賞作家の佐木さん」, 『中國新聞』(朝刊), 2011.6.28.

회가 주최한 모임에서 미국 뉴스릴의 공중폭격 장면을 목격한 뒤 실성한다. 그리고 1951년 6월 23일 소련 대표 말리크가 유엔에 휴전을 제의한 날로부터 나흘째, 집 앞 간선도로에서 조선으로 가는 군수물자 트럭을 막으려다 치여 죽는다.

「손영감」과 「기적의 시」에 나타난 전쟁기억의 구조적 상동성은 동조자로서 사키 류조의 위치를 확인시켜 준다. 두 작가는 일본공산당 당원으로서 좌파 문인단체인 신일본문학회新日本文学会에서 함께 활동했다.[16] 한국전쟁에 대한 이와 같은 '다른' 기억이 어디에서 비롯되었는가는 그들의 정치 노선과 문학적 내력을 통해 짐작할 수 있다. 김달수는 1949년에 공산당원이 되었고 1955년에 재일본조선인총연합회가 결성되자 가입했다. 그는 창작 방법론과 정치 노선의 차이로 공산당과 갈등을 빚다가 1972년에 제명당했다. 한편, 등단 전에 제철소 직공이었던 사키 류조는 노조에 가입했었고 1960년 안보투쟁 직전에 공산당에 입당해 활발히 활동했다. 그러나 공산당의 분열에 회의를 느끼고 공산당을 비판하는 소설을 쓴 뒤 1964년에 제명당했다.

두 소설은 조선을 식민화한 과거 일본의 제국주의전쟁과 한국전쟁을 중첩해서 보았기 때문에 자유진영과 공산진영의 대립이라는 서구 냉전 패러다임의 보편화로 망각된 일본의 식민주의를 문제시할 수 있었다. 그러나 두 소설의 시각과 입장이 완전히 일치하는 것은 아니다. 당사자로

---

16   김달수는 1946년 10월 신일본문학회 회원으로 가입하여 이 단체의 문예지 『신일본문학』에 초기의 대표작 『현해탄』을 연재했다. 사키 류조 역시 신일본문학회 회원이었고 1963년 「가위바위보 협정」으로 신일본문학상을 수상했다. 신일본문학회는 기본적으로 좌파 문인단체였지만 공산당계 문인들과 공산당의 영향력을 배제하려 했던 문인들 사이에 갈등이 깊어져 분열을 계속하다가 1964년 공산당계를 제명함으로써 이후 공산당을 비판하는 노선에 서게 되었다.

서 손 영감은 목숨을 던져서라도 '조국의 전쟁'을 막으려 했지만「기적의 시」의 1인칭 주인공은 재일조선인 친구의 반전운동에 우연히 연루되어 거드는 입장일 뿐 한국전쟁이 '우리의 전쟁'이라는 인식에는 도달하지 못한다. 또한 전자는 한국전쟁 중에 씌었고 후자는 그 전쟁에서 10여 년이 지난 뒤에 씌었다는 점도 인식의 차이를 만들었다.

「손영감」은 미국에 점령당한 일본이 한국전쟁 특수를 누린 시기에, 「기적의 시」는 미국의 개입으로 한국과 일본이 수교하고 베트남전쟁 특수를 누리던 중에 씌었다.[17] 후자는 1960년대 후반이라는, 제국주의전쟁과 냉전의 연결성을 파악하기에 전자보다 유리한 시점時點에서 식민지 조선인에 대한 착취를 일본의 한국전쟁 특수와 연결했다. 미소 냉전 중 동아시아의 열전(들), 혹은 지역 냉전(들)은 각각의 단일사건이 아니라 일본의 제국주의적 근대가 미국의 냉전 근대로 재편되어가면서 발생한 복합사건이다. 「기적의 시」는 주인공 가족의 내력을 통해 그런 복잡한 맥락을, 즉 동아시아 지역에서 일본과 한국이 미국의 전쟁(들)을 통해 얻게 된 전쟁 특수가 일본제국의 식민주의 시장경제가 제2차 세계대전 이후 미국제국이 주도한 냉전 자본주의 시장경제로 재편되는 과정이라는 점을 폭로한다.

식민지 조선, 혹은 만주로의 개척 이민과 한국전쟁 특수로 인한 경제부흥은 작가의 가족이 실제로 경험한 과정이기도 했다. 만주사변 이후 전답을 팔고 일본을 떠나 조선으로 이주해 잠깐 성공을 맛보았으나 미국의 참전으로 귀환하고, 패전 후에는 최빈곤층이 된 사키 류조의 가계는 일본의 '식민자-근대가족'의 한 전형을 보여준다. 가장의 전사, 원폭, 패전을 한

---

17 1960년대 한국의 한일협정 반대 담론의 궤적과 베트남전쟁 참전이 그것에 미친 영향에 대해서는 김려실, 「『사상계』 지식인의 한일협정 반대운동」, 김려실 편, 『사상계, 냉전 근대 한국의 지식장』, 역락, 2021 참조.

꺼번에 겪은 그의 가족은 전후 일본의 '귀환자-프리케리아트precariat'로서 불안정한 생계를 이어가다가 도시에서 기회를 찾기 위해 1950년 「기적의 시」의 공간적 배경이 된 후쿠오카현 야하타시八幡市[18]로 이주했다. 그곳은 과거 미국과의 전쟁 중에 증산에 앞장섰던 일본 최대의 제철소, 야하타제철현 일본제철[19]의 근거지로, 히로시마의 시골에서 이주한 작가의 가족처럼 한국전쟁 특수로 각지에서 일거리를 찾는 인구가 몰려든 인력 시장市場이었다.

사키 류조의 이력에 따르면 그가 1950년 6월에 히로시마에서 야하타시로 이사해 중학교 1학년에 편입하고 얼마 뒤 한국전쟁이 발발했다. 「기적의 시」는 한국전쟁이 발발한 1950년 6월부터 11월 하순까지를 시간적 배경으로 한다. 어머니가 부상으로 일을 쉬자 1인칭 주인공인 '나'가 신문배달을 하는 에피소드도 작가가 중학교 2학년 때부터 조·석간 신문배달을 한 경험에서 나왔다. 작가는 야하타중앙고교를 졸업한 1956년에 야하타제철소에 직공으로 취직했는데 이 소설에서 제철소의 직공이 되는 것은 주인공과 그의 두 형이 꿈꾸는 미래로 그려진다. 소설의 제목은 한국전쟁 특수로 전후 일본의 경제가 기적적인 부흥을 맞이한 시기여서 '기적의 시市'라고 붙였다고 한다.[20] 일본어에서 市는 시가市街를 의미할 때도,

18 후쿠오카현의 동북부에 위치했던 야하타시는 기타큐슈 공업지대의 중공업도시로 번영했으나 1963년 기타큐슈시에 병합되었다.

19 야하타제철의 후신인 일본제철은 GHQ의 재벌해체 정책에 따라 1950년 4월에 야하타제철과 후지제철로 해체되었다. 그 직후 야하타제철이 일본제철의 철강 부분을 이어받아 야하타제철주식회사가 발족했다. 1970년 야하타제철주식회사와 후지제철이 다시 합병하여 신일본제철이 설립되었다. 2012년 신일본제철은 스미토모(住友)금속공업과 합병하여 신일철주금으로 발족했고, 2019년 4월부터는 상호를 일본제철로 변경했다. 야하타제철소는 2020년 4월부터 일본제철의 제철소 재편성에 따라 오이타제철소와 함께 '규슈제철소 야하타지구'에 통합되었다.

20 佐木隆三, 『もう一つの青春』, 岩波書店, 1995, 236~239면.

시장市場을 의미할 때도 있다. 따라서 '기적의 시市'란 한국전쟁 특수로 기적의 도시가 된 야하타시와 미국이 주도하는 냉전 자본주의 시장경제를 동시에 가리키는 이중적인 제목이라고 할 수 있다.

2. '한국전쟁 특수'라는 망각의 경제와 재일조선인

「기적의 시」에서 야하타시는 "제철소가 하느님 이상이니까 말하자면 기업제企業祭는 천황탄생일 같은 거야"[21]라는 소설 속 비유대로 야하타제철소가 노동자와 그 가족뿐만 아니라 시민의 삶을 지배하는 공간이다. 히로시마에서 왔기 때문에 이름 대신 '히로시마'원폭과 그로 인한 폐허를 상기시키는라는 별명으로 불리는 주인공 소년의 삶에도 제철소의 영향력은 지대하다. 그는 재학생의 3분의 2가 제철소 사원을 부모로 둔 중학교에 다니고 있다. 제철소 설립일을 기리는 기업제가 다가오면 히로시마의 학교는 조례때 "천하의 장관 우리 제철소"606면라는 가사가 포함된 시가市歌를 제창한다. 기업제 날은 휴업일이고 학교도 휴교이지만 학생들은 축하행사로 기행렬旗行列에 동원된다. 야하타시에서는 제철소 기업제에 맞춰 다른 회사들도 임시휴업을 하므로 히로시마의 어머니는 제철소 노동자가 아닌데도 일을 쉬어야 해서 일당을 받지 못한다.

히로시마의 가족이 더부살이 중인 큰이모네는 이모부가 전쟁 중에 야하타제철소 직공이었다. 패전 후 이모부는 점령군이 제철소를 해체해 전부 필리핀으로 옮긴다는 소문에 희망퇴직을 하고 마부가 되었다. 히로시

---

21 佐木隆三, 「奇跡の市」, 『コレクション戦争×文学 1 朝鮮戦争』, 集英社, 2012, 593면. 앞으로 이 원문의 인용은 면수만 표기하도록 한다. 인용문의 번역은 모두 필자가 한 것이다.

마 가족의 몰락에 비해 큰이모 가족이 부를 쌓아 가는 과정은 일본의 패전과 전후 부흥 과정과 맞물려 있다. 전쟁으로 도로가 소이탄 구멍투성이라 트럭이 달릴 수 없게 되자 전근대적인 운송수단인 말과 마차가 다시 주요 운송수단이 되어 큰이모네는 큰돈을 벌게 되었다. 이후 한국전쟁으로 제철소가 다시 문을 열자 말과 마차를 팔고 제철소 사택 부근의 집을 사들여 잡화점으로 개조해 더욱 번성한다.

심지어 제철소는 고베에서 고용살이 중인 주인공의 큰형에게조차 영향을 미친다. 일용직 인부인 어머니, 자동차 수리공장에서 견습공으로 일하는 작은형, 늑막염에서 막 회복된 누나, 중학교 1학년인 주인공으로 구성된 가족은 야하타시에 왔을 때 가장이 과부라는 이유로 신용이 없어 아무도 집을 빌려주지 않아 큰이모네의 비어있던 마구간에 마루를 깔고 살게 되었다. 어머니의 불안정 노동과 온 가족이 부업에 매달려 근근이 생계를 이어가고 있는 히로시마의 가족에게 성공이란 전기, 수도, 변소가 있는 집으로 이사 가는 것과 아들이 야하타제철소의 직공이 되는 것이다. 그런데 그 기회는 뜻하지 않게 찾아온다. 한국전쟁 특수로 제철소가 전후 처음으로 대대적인 채용을 시작한 것이다. 큰형은 이모부로부터 그 소식을 듣고 당장 일을 그만두고 야하타시로 온다.

"엄마, 나도 수리공장을 그만두고 제철소 시험을 봐야 하는 게 아닐까?" 작은형이 신바람 난 목소리로 말했다.

"바보냐. 제철소는 18세 이상이 아니면 채용하지 않아." 큰형이 밝게 웃었다.

"괜찮아. 작은 선생님 말로는 조선전쟁은 앞으로도 계속된다니까 제철소는 네가 열여덟이 되기를 기다려줄 거야." 누나가 작은형을 위로했다.[642~643면]

위의 인용문처럼 히로시마의 가족에게 한국전쟁 특수는 제철소의 군수경제 회로에 편입되어 불안정 노동에서 해방될 수 있는 '기적'으로 그려진다. 야하타에 공습 경계경보가 내려진 날[22], "어차피 이번 전쟁은 원자폭탄으로 모두 죽을 게 뻔해"[625면]라고 낙담했던 어머니조차도 곧 한국전쟁을 반기게 된다. 그 전쟁 덕분에 더 높은 일당을 줄 수 있는 고용주가 나타났기 때문이다. 바로 미군이다. 어머니는 막노동으로 버는 일당의 열배인 4달러를 받고 한국전쟁에서 전사해 고쿠라小倉 미군 캠프로 운반되어온 미군의 시체에서 장기를 제거하는 일을 하게 된다. 한국전쟁에서 전사한 미군을 미국 본토의 가족에게 돌려보내기 전에 미국식 장례 관습에 따라 방부처리를 해야 해서 새로 생겨난 일자리였다.[23] 이처럼 한국전쟁 특수에서 프리케리아트의 몫으로 남은 것은 누구나 기피하는 최악의 일이지만 그래도 히로시마의 가족은 히로시마의 섬광을 망각하고 이웃 나라의 전쟁이 오래오래 계속되기를 바란다.

새로운 전쟁으로 인해 시작된 패전국 일본의 부흥을 미숙한 소년의 시점으로 풍자한 사키 류조는 두 명의 재일조선인 등장인물을 통해 한국전

---

22 한국전쟁 발발 직후인 6월 29일 한반도와 가까운 기타큐슈에 정체불명의 비행기 한 대가 접근해 야하타를 비롯해 고쿠라, 도바타, 모지 등에 공습 경계경보가 내려졌고 등화관제가 실시되었다.

23 사체를 방부처리(embalming)해서 장례를 치르는 미국의 장례문화는 남북전쟁에서 유래했다. 4년에 걸친 긴 전쟁 동안 전사한 군인의 시신을 멀리 떨어져 있는 유족에게 전달하기 위하여 엠바밍이 시작되었다. 특히 전사자의 엠바밍 및 유해 수거는 국립묘지와 같은 국가적 추모 사업과 분리될 수 없고 전사자 예우의 핵심으로서 미래의 병력 확보를 위해서도 필수적인 일이다. 그런 맥락에서 미국은 한국전쟁기 북한에서 사망한 전사자의 유해를 송환하기 위해 글로리 작전(operation glory)을 실시했다. 1953년 7월 정전협정에서 미국은 북한에게 유엔군 사상자의 송환을 요구하였고 1954년 9월과 10월에 걸쳐 4,000여 명의 유해를 받았다. 그중 신원불명으로 가족에게 돌아가지 못한 미군의 유해 1,868구는 하와이의 퍼시픽 국립묘지에 묻혔다.

쟁 특수가 과거의 제국주의전쟁을 잊은 '망각의 경제'라는 점을 비판한다. 그중 한 명은 히로시마의 어머니와 함께 토목청부회사에서 일하는 인부 박 씨이다. 어머니가 어설픈 조선말을 건네자 친밀감을 느낀 박 씨는 자신의 내력을 알려준다. 그는 조선에서 납치되어 후쿠오카현 북서부의 치쿠호 탄전으로 끌려와 광부로 일했고 전쟁이 끝난 뒤에는 야하타시로 흘러들어와 줄곧 인부로 일하고 있다. 야하타제철과 직접 관련은 없지만 박 씨라는 인물은 우회적으로 조선인 강제징용이라는 일본기업의 전쟁범죄를 상기시킨다. 야하타제철은 아시아태평양전쟁 당시 '조선인전시노무동원'으로 조선인들을 강제로 끌고 와 군수산업에 동원한 '전범기업'이다.[24] 일본의 식민주의와 침략전쟁을 기회로 삼아 아시아 각지로 진출한 일본 전범기업들은 식민지의 자원과 노동력을 착취해 번영했고, 패전 후에는 전쟁범죄에 대한 배상 없이 한국전쟁 특수를 통해 부흥했다. 미국의 점령이 끝나고 일본이 독립한 이후에 이들 기업은 과거의 식민지이자 신흥 독립국인 한국을 비롯한 아시아의 개도국으로 진출해 미국이 주도하는 글로벌 냉전 자본주의 시장경제의 한 축을 담당했다.

이 소설에서 흥미로운 점은 귀환자-프리케리아트와 재일조선인이 전후 부흥이라는 망각의 경제 가장 밑바닥에서 함께 생존을 도모하는 존재

---

24 야하타제철에서 강제노동을 했으나 일본 패전 후 임금을 전혀 받지 못한 채 귀국한 여운택, 신천수는 1997년 오사카지방재판소에 야하타제철의 후신인 신일본제철을 상대로 손해배상소송을 제기했다. 2003년 일본 최고재판소에서 상고가 기각되자 이들은 2005년부터 다른 두 명의 피해자 이춘식, 김규식과 함께 국내에서 소송을 시작했다. 2018년 한국 대법원에서 이들에게 1억 원 씩 배상하라는 판결이 내려졌으나 일본제철은 불복해 상고했다. 2023년 3월 6일 한국 정부는 2018년의 판결을 통해 일본 피고 기업들에 승소한 원고들에게 1965년 한일협정으로 수혜를 입은 한국 기업이 배상금을 지급한다는 내용을 담은 배상안을 발표했다. 일본제철에 소를 제기한 4명의 피해자 중 유일한 생존자인 이춘식은 3월 10일 제3자 변제에 의한 정부의 배상안을 거부했다.

로 그려진다는 것이다. 어머니와 박 씨는 미군의 '야하타 대공습' 당시 최악의 피해지였던 고이토 산을 깎아내어 공원화하는 공사에 투입되었다. 고이토 산의 대방공호 출입구에 폭탄이 명중해 피난민 천몇백여 명이 한꺼번에 쪄 죽었다는데, 불과 5년 만에 최악의 전재지戰災地는 공원으로 탈바꿈된다. 패전 직후의 '쿵쾅쿵쾅의 전후'가 귀환자와 강제징용된 재일조선인의 손을 빌려 건설된 것이다. 문예평론가 가와무라 미나토川村湊는 다자이 오사무太宰治의 자기 고백적 서간체 소설 「쿵쾅쿵쾅トカトントン」1947에서 일본의 전후 부흥에 대한 회의와 부적응을 살펴보았다. 가와무라는 미국의 역사학자 존 다우어John W. Dower의 비유를 빌려 일본이 좀 더 깊이 '패배를 껴안고' 원폭의 잿더미와 폐허 속에서 잠시 멈춰서 있을 수는 없을까라고 묻는다.[25] 침략전쟁에 대한 성찰을 방해한 재건의 망치 소리는 결국 전재지 — 평화공원의 '협상된 평화'의 종소리[26]와 중첩되어 천황제의 냉전적 부활상징천황제과 전쟁 책임의 망각으로 이어졌다.

---

[25] 太宰治, 「トカトントン」, 『群像』, 1947.1; 가와무라 미나토, 「쿵쾅쿵쾅과 번쩍 쾅 - '부흥'의 정신과 '점령'의 기억」; 나리타 류이치 외, 정실비 외역, 『근대 일본의 문화사 8 - 1935~1955년 2 감정·기억·전쟁』, 소명출판, 2014. 존 다우어의 저서는 최은석 역, 『패배를 껴안고』, 민음사, 2009 참조.

[26] 히로시마와 나가사키의 평화공원은 점령기이자 전후 부흥기에 설계되었고 점령이 끝나고 일본이 '전후'를 벗어난 1955년에 준공되었다. 히로시마평화기념공원은 1949년 8월 6일 공포된 '히로시마평화기념도시건축법'에 따라, 나가사키평화공원은 같은 해 8월 9일 공포된 '나가사키국제문화도시건설법'에 따라 설계가 시작되었다. 각각의 법안이 공포된 날은 두 도시에 원폭이 투하된 날인데, 이후의 건설 과정을 보면 경제 논리에 따라 원안이 축소되거나 변경되었다. 흥미로운 점은 전후 일본의 평화를 염원하는 '평화의 종'이 준공 당시가 아니라 두 공원이 다크 투어리즘의 성지가 된 고도경제성장기에 설치되었다는 사실이다. 도쿄올림픽이 개최된 1964년에 히로시마평화기념공원에 먼저 평화의 종이 설치되었고, 나가사키평화공원에는 1977년에 설치되었다. 원폭전재지에 세워진 두 공원이 표상하는 위령과 연결된 모호한 평화의 문제점은 여러 논자가 지적한 바 있다. 두 공원은 또한 지방정부의 관광경제와 밀접한 연관을 맺고 있어 '평화의 상품화'라는 비판을 받기도 한다.

「기적의 시」에서 징용공으로 일본에서 전후를 맞이한 재일조선인은 그와 같은 망각의 경제 속에 포섭되었으나, 한편으로는 그것을 내파할 가능성이 있는 존재로 묘사된다. 어느 날 다친 어머니에게 박 씨가 위로금을 보냈는데 어머니는 그 돈이 입막음이라고 생각한다. 어머니가 박 씨의 도시락을 씻어주려고 열어보니 공사장에서 훔친 게 분명한 다이너마이트가 들어있었다. 소설에서 박 씨가 훔친 다이너마이트로 무엇을 했는지에 대한 언급은 없다. 그런데 점령기 일본의 3대 소요사건^{피의 메이데이 사건, 스이타 사건, 오오스 사건}이 점령 중지, 한국전쟁 중지를 주장한 공산당과 재일조선인 단체의 연합으로 일어났다는 점을 상기하면 박 씨의 다이너마이트는 무장투쟁을 암시한다고 읽을 수 있다. 공산당 세포로 활동하는 또 다른 재일조선인 등장인물 가네무라에 의해 그런 맥락은 한층 강화된다.

히로시마와 같은 반 친구 가네무라는 제강공장이 문을 닫아 폐쇄된 철교 밑에 지어진 무허가 판잣집에서 사는 재일조선인 소년이다. 병약한 어머니를 대신해 동생들을 돌보고 신문배달에 고철을 주워 생계를 이어가던 그는 제철소의 부흥으로 기차역이 재개되자 판잣집을 떠나야 한다. 신문배달원 자리가 나기를 간절히 기다리는 히로시마에게 자기 자리를 물려주며 가네무라는 어려운 부탁을 꺼낸다. 신문판매점에 비밀로 하고 경찰에 들키지 않게 『평화와 독립을 위해서』라는 점령군이 금지한 공산당 신문을 배달해달라는 것이다. 히로시마는 공산당은 좋지도 싫지도 않고, 그냥 경찰이 좋게 생각하지 않는 것 같다는 점에서 편들어주고 싶은 정도의 존재라고 여긴다. 미성숙한 소년의 관점에서 한국전쟁, 재일조선인 차별, 제철소의 레드 퍼지가 희화화된다. 열차 전복 기도, 국철 고위직 암살, 제철소 폭탄 테러 등 공산당의 폭력 투쟁에 대해서도 소년은 "무엇에 대한 복수인지는 모르겠지만"^{636면} "내가 하는 일보다는 규모가 큰"^{636면} 복

수 정도로 생각한다. 히로시마는 재일조선인에 동조해서가 아니라 자신
이 겁먹었다고 가네무라가 오해할까 봐 부탁을 들어주기로 한다. 그러면
서도 내심 귀찮은 일이 생기면 공산당 신문을 배달하지 않고 도랑에 버
려야겠다고 마음먹는다.

　중학교 1학년 소년의 1인칭 시점과 위악적인 반어법은 한국전쟁 특수
에 취해 점령 하의 냉전적 평화에 재빨리 적응해버린 일본을 비판하기에
는 효과적이다. 그러나 한편으로 그런 장치는 고스란히 이 소설의 약점이
될 수밖에 없다. 미성숙한 소년의 시점은 한국전쟁 전후 공산당 지도부의
분열이나 일본 점령과 한국의 독립으로 인한 재일조선인의 복잡한 정체
성과 그들의 반전 / 참전 민족운동[27]을 그리기에는 역부족이기 때문이다.
식민지 조선의 독립과 미국의 일본 점령으로 인해 재일조선인들은 국민
도 외국인도 아닌 모호한 위치이른바 '제3국인'에서 미국이 주도한 냉전 자본

27　1949년 GHQ가 재일본조선인연맹(조련)을 강제 해산한 이후 소속 재일조선인들은
　　일본공산당에 대거 가입했다. 당시 일본공산당은 미군의 점령 아래서도 평화혁명이 가
　　능하다고 주장한 다수파(소감파)와 그와 같은 생각이 미국의 제국주의를 미화한다고
　　보는 소수파(국제파)로 분열되어 있었다. 중국혁명 성공 이후 소련은 일본공산당에 대
　　미 투쟁을 촉구했고 다수파는 노선을 변경하여 비합법적인 반미투쟁을 전개해나갔다.
　　1950년 1월 재일조선통일민주전선(민전)이 발족했고 민전은 공산당의 민족대책본부
　　의 지시에 따라 조국방위중앙위원회를 건설하고 각지에 조국방위위원회와 행동대로
　　서 조국방위대를 조직하여 공산당의 반전, 반미, 반기지 투쟁 등에 참여했다. 그러나 재
　　일조선인을 외국인이 아닌 일본 내 소수민족으로 간주한 공산당의 민족대책은 재일조
　　선인 문제 해결보다는 일본 혁명에 우선순위를 두었다. 따라서 민족학교 문제나 한반
　　도 평화 같은 재일조선인의 민족적 과제는 뒤로 미뤄졌고 재일조선인 활동가들 사이에
　　서도 내부 분열이 일어나게 되었다. 한편, 대한민국의 공인단체였던 재일본조선인거류
　　민단(민단)은 한국전쟁이 발발하자 자원군 모집 운동을 전개했다. 자원병들은 '재일의
　　용군'으로 한국군, 미군에 편입되어 인천상륙작전 등에 투입되었다. 남기정, 「한국전쟁
　　과 재일한국 / 조선인 민족운동」, 『민족연구』 제5호, 한국민족연구원, 2000; 니시무라
　　히데키, 심아정 외역, 『'일본'에서 싸운 한국전쟁의 날들－재일조선인과 스이타 사건』,
　　논형, 2020 참조.

주의 시장경제와 불안정한 관계를 맺어왔다. 한반도의 분단과 전쟁으로 인해 그들의 국적 문제, 정체성 문제는 한층 복잡해졌다. 그러나 이 소설에서 재일조선인의 정체성은 다음과 같이 인종적으로 차이가 없는 식민자를 불안하게 하고 그의 정체성을 위협하는 존재로 단순화되어 있다.

히로시마 사투리를 쓰는 주인공과 말을 더듬는 가네무라는 학급에서 가장 가난한 학생들이라 따돌림을 당한다. 외톨이였던 두 사람은 학교 근처 문구점에서 동시에 물건을 훔치다 서로 허용의 눈길을 교환한 뒤 친구가 되었다. 어느 날 히로시마가 가족조사표에 조선출생이라고 쓴 것을 본 제철소 계장의 아들 고지마는 그가 조선인이라는 소문을 퍼뜨린다. 자기 정체성을 증명하기 위해 히로시마가 택한 방법은 고지마가 겁에 질려 말릴 정도로 가네무라를 철저히 때려눕히는 것이었다. 그 방법은 식민지 조선에서 아버지가 조선인에게 행사한 폭력을 답습한 것이다. 히로시마는 요금을 받아가면서 감사하지 않았다는 이유로 아버지가 조선인 인력거꾼을 무자비하게 매질한 "우쭐했던 기억"595면을 떠올리며 조금도 저항하지 않는 가네무라를 때린다. 물론 식민적 폭력과 중첩된 소년의 폭력은 패전 이후에도 지속된 일본사회의 재일조선인 차별을 반어적으로 비판하는 데 유용하다. 그러나 미군의 점령으로 인해 난민으로 재구성되었고 남북한의 독립과 분단, 일본의 점령 종식에 따라 한층 복잡해진 재일조선인의 경계적 정체성과 그로 인한 곤경을 드러내는 데까지 나아가지는 못했다.

3. 오이디푸스 콤플렉스와 전치된 복수

「기적의 시」에서 주인공이 상실된 가부장의 권위를 보상하려는 시도
는 남근적 욕망의 형태를 취한다. 학교나 집에서 수시로 자위를 하는 사
춘기 소년 히로시마의 과장된 정력은 이 소설에서 웃음을 유발하는 중요
한 장치이지만 억압과 불안의 징후이기도 하다. 히로시마의 가정은 어머
니가 실질적 가장인 상태이다. 소설의 도입부에서 일터에서 돌아온 어머
니가 머리에 붕대를 감고 돌아오자 히로시마는 다짜고짜 도끼를 꺼내 든
다. 어머니가 누군가와 싸우다가 당했다고 생각해 복수에 나설 생각이었
기 때문이다. 어머니가 철교를 통과하다가 머리 숙이는 것을 깜빡해서 부
상을 입었다는 것을 알게 되자 소년은 철교에 복수하기 위해 레일에 돌
을 놓아둘까, 전철기轉轍器에 나무 조각을 박아 놓을까 고민한다. 결국 그
는 어머니가 걱정에 휩싸여 멍하니 트럭에 선 채로 철교를 들이박았다는
점을 인정하고 복수를 포기한다. 그런데 히로시마가 "어머니를 위해 복수
하려 한 것은 이번이 처음은 아니다."587면 어머니는 여자치고는 큰 키에
"삼태기 운반으로 남자 이상의 활약을 보였기 때문에 곧 상용직이 될"592면
정도의 억척스러운 여성이지만 소년은 어머니의 보호자를 자처한다. 어
머니의 부상으로 가족의 생계가 "당장 내일부터 어떻게 될지 모르는"599면
상황에서 다른 형제들은 못 미더우니 자신이 일거리를 찾아야겠다고 생
각한다.

어머니-가장을 인정하지 않는 부권주의와 아버지의 부재로 인한 성장
강박 속에서 히로시마는 여자를 취하는 남자가 그렇지 못한 남자보다 우
월하다는 남근적 상상에 빠지고 자신의 남성성을 확인하고 불안을 해소
하기 위해 성적인 보상을 추구한다. 어머니가 머리를 다쳐와 불안이 증폭

된 날 그는 병문안을 온 어머니의 동료 이키요 씨를 훔쳐보면서 몰래 자위한다. 마찬가지로 같은 반 여학생 에비타니 준코를 상대로 고지마와 경쟁하다가 패배하자 "손이 닿지 않는 에비타니 준코 대신 가게 진열장에서 날치기를 하는 요령으로 재빨리 주머니 속에 쑤셔 넣은"622면 준코의 속옷을 계속 지니고 다닌다.

히로시마의 경우 욕망의 좌절로 인한 페티시는 도벽의 형태로 나타난다. 가지고 싶은 것을 정당하게 가질 경제적 능력이 없는 그는 돈이 없을 때뿐만 아니라 좌절의 경험이 있을 때마다 물건을 훔친다. 에비타니 준코를 차지하지 못하는 대신 그녀의 속옷을 훔쳤듯이, 백화점에 갔다가 물정 모르는 어머니가 헐값에 넘긴 집값이 겨우 신식 라디오 한 대 가격이라는 것을 알게 되자 분노에 떨며 라디오 진공관을 훔쳐 변소에 버린다.

히로시마의 페티시를 사회적 의미로 확장해 보면 일본을 점령한 상징적 아버지 미국의 억압과 한국전쟁 개전 초기 유엔군이 수세에 몰림으로써 일본 내의 불안감이 고조된 상황과도 연관이 있다. 1950년 7월이 되자 히로시마의 학교에서는 신문에도 안 실리고 NHK 방송에도 안 나오는 확인할 수 없는 괴소문이 돈다. 예를 들면 한국전쟁에 투입 중인 미 육군 24사단이 주둔 중인 고쿠라시의 죠노 캠프에서 흑인 군인이 200명이나 탈주하여 카빈총으로 위협하여 주택가의 여성을 닥치는 대로 해치웠다는 소문이 그렇다. 실제로 7월 11일 고쿠라시에서는 흑인 군인들이 총과 수류탄을 소지하고 집단 탈출하여 민가를 습격하고 약탈, 파괴, 강간을 자행했다. 당시 미군기지는 미국 내의 인종분리정책의 영향으로 흑인 군인들은 심한 인종차별에 시달렸다. 집단탈출 사건을 일으킨 흑인 군인들은 하루 전 기후현에서 고쿠라시로 이동해 다음 날 한국 전선에 투입될 예정이었다.

이 사건을 모티프로 쓴 마쓰모토 세이초의 소설 「검은 피부의 문신」黑字

の繪, 1958은 미국의 인종주의를 문제시하는 동시에 일본의 피해자 의식을 드러낸다.[28] 이 소설의 주인공은 아내가 흑인 군인에게 강간당하는 모습을 목격하고 트라우마로 이혼한다. 그는 미군 캠프의 시체처리반AGRS, Army Grave Registration Service에서 일하면서 복수의 기회를 노리고 마침내 그 흑인 군인의 시체를 훼손함으로써 목적을 이룬다. 아래에서 살펴보겠지만 「기적의 시」에도 미군의 시체를 처리하는 일을 전사한 아버지에 대한 복수로 전치하는 에피소드가 있다. 물론 두 소설의 복수를 피해자 의식을 통해 일본의 내셔널리즘을 강화한 것으로 읽을 수 있다. 그런데 다르게 읽으면 일본남성의 피해자 내셔널리즘은 인종주의와 특정 역사에 대한 망각을 바탕으로 형성되었다고 볼 수도 있다. 그 자신을 피해자로 상상하는 일본남성은 점령군에 의한 거세 공포와 점령군을 향한 복수심을 일본여성을 강간한 흑인군인에게 전치한다. 그런데 그와 같은 전치는 멀지 않은 과거에 일본군인들이 저지른 아시아 여성에 대한 성폭력가령, 일본군'위안부'을 완전히 망각한 것이다.

2학기가 되어 가네무라가 전차 회수권을 주운 덕에 히로시마는 처음으로 "백인이든 흑인이든 군인이 덮어놓고 많은 데다 반드시 여자를 데리고 걸어 다니"602면는 고쿠라시에 가보게 된다. 두 소년은 여자를 동반한 미군을 발견하면 무슨 뜻인지도 모르면서 자전거택시 운전수가 가르쳐준 대로 "유, 껌딱지, 베리 나이스네"602면하고 "큰 미군의 몸에 부속품처럼 달라붙어 있는 팡팡"602면[29]을 모욕한다. 앞서 살펴본 것처럼 불안한 상태에서 주

---

28 「검은 피부의 문신」에서 미국의 인종차별에 대한 비판이 일본 내셔널리즘의 강화로 이어진다는 지적으로는 남상욱, 「전후 일본문학 속의 한국전쟁」, 『비교한국학』 제23권 1호, 국제비교한국학회, 2015, 28면; 「전후 일본문학 속의 주일 미군기지 표상과 한국전쟁」, 『日本思想』 41호, 한국일본사상사학회, 2021, 83면 참조.
29 어원에는 여러 설이 있으나 팡팡은 1945년 8월 패전 직후부터 생겨난 매춘부에 대한

인공의 방어기제는 가부장제로의 회귀^{어머니의 보호자를 자처하며 아버지의 자리를 욕망하}거나와 남성성의 위기를 회복하려는 시도^{과장된 정력}로 나타났다. 그런데 큰 몸집의 점령군과 마주했을 때 두 소년은 점령군이 아니라 그의 "몸에 부속품처럼 달라붙어 있는" 즉, 물상화된 일본여성에게 열등감과 적개심을 전치한다. 히로시마와 가네무라가 목이 쉴 정도로 팡팡 모욕하기를 멈추지 않는 것은 그녀들이 침을 뱉거나 하이힐로 발길질을 하면서도 추잉검과 십엔짜리 지폐를 주기 때문이다. 다시 말하면, 반미 오이디푸스 구조 속에서 좌절된 살부 욕망은 페티시로 전치되며, 점령지의 소년들은 미군이 아닌 팡팡을 상대로 보상을 받고 아버지-점령 질서에 타협하는 길을 택한다.

금지된 욕망을 원래의 대상보다 덜 위험한 대상으로 돌리는 전치는 주인공의 엇나간 복수의 기본 구조이기도 하다. 히로시마는 어머니가 암거래 쌀 운반으로 단속에 걸렸다고 멋대로 짐작하고는 주재소를 폭파하려한 전력이 있다. 고쿠라시에서 미군의 배가 접안한 부둣가로 들어가려다 경관에게 제지당하고 엉덩이를 얻어맞은 그는 빈 파출소에 들어가 오줌을 갈긴다. 이런 사고 회로를 거치면 아버지를 죽인 미국에 대한 복수는 아래의 인용문과 같이 죽은 미군의 시체에서 창자를 뽑는 일로 전치된다.

"아빠가 돌아왔을 때는 상자 속에 달랑 위패만 하나 들어있었는데." 누나가 히스테릭하게 말했다.

"왜 엄마가 미국인을 위해서 그런 일을 해야 되는 거람." 작은형이 누나에게 동조했다.

아무래도 누나도 작은형도 어머니의 이번 일에 불만이 있는 것 같다. 그러

별칭이다. 특히 미 주둔군 상대 매춘부를 '요우(洋)팡'이라고 불렀다. 한국전쟁 특수가 시작될 때까지 일본에서는 주둔군 상대 매춘사업이 주된 외화 획득 수단의 하나였다.

고 보니 어머니가 약한 소리를 하는 데는 단지 냄새 때문만이 아니라 다른 이유도 있는 것 같았다. 그러나 누나나 작은형의 말은 이상하다. 미국 군인에게 죽은 일본 군인의 유족이 미국 군인의 유족을 위해서 일하는 게 이상하다고 생각한다면 복수를 위해 그 미운 미국 군인의 창자를 뽑고 돈까지 받는다고 생각하면 아무것도 아닌 게 된다. 차라리 어머니 대신에 내가 가는 것은 인정이 안 될까?639~640면

머리를 다쳐 삼태기 운반을 나갈 수 없게 된 어머니는 이키요 씨와 함께 고쿠라 캠프의 시체처리장에서 일하기로 한다. 소문에 따르면 조선전쟁에서 사망한 미군의 시체가 캠프에 도착하면 방부 처리된 다음, 얼굴에 색을 입히고 이발과 수염까지 깎아 살아있을 때의 표정으로 되돌린 뒤, 호화로운 관에 넣어 모지門司항에서 미국으로 보내진다. 시체처리장의 일당은 삼태기 운반보다 10배가 많으나 문제는 지독한 악취였다. "작업을 끝내고 샤워라는 세련된 물건을 썼는데도"638면 없어지지 않는 냄새 때문에 어머니는 첫날 돌아오자마자 일을 그만두려 한다. 또한 히로시마의 형제들은 인용문처럼 지독한 악취뿐만 아니라 아버지를 죽인 미국을 위해 일한다는 사실 때문에 어머니의 새 일거리에 불만을 느낀다. 미국령이었던 필리핀에서 미군과 싸우다 전사한 아버지의 경우 시체도 없이 위패만 돌아왔는데, 미군 유족은 일본군 유족의 극한직업 덕분에 온전한 시체로 전사자를 제대로 애도하고 추모할 수 있다는 것이다.

사실 어머니에게까지 창자 빼는 일이 돌아온 까닭은 전임자인 마쓰모토 씨가 너무 기분이 불쾌해 일을 그만두었기 때문이었다. 그는 일을 대신할 사람을 구해오지 않으면 "조선행 배에 태운다고 협박을 당해"605면 필사적으로 후임자를 구했다. 이 협박은 미군의 일본인 노무자 임의 고용

과 일본인 노무자의 비공식적 한국전쟁 참전을 시사한다.[30] 즉, 유머스럽게 표현되어 있지만 히로시마의 복수란 실제로는 불쾌하고 위험한 일을 보상인양 전치한 것에 불과하다. 그런데 이 '전치된 복수'를 국가 간의 전쟁배상으로 확대해보면 패전국 일본은 승전국 미국에게 원폭이나 미군의 폭력에 대해서 배상을 요구할 수 없다는 문제에 봉착하게 된다. 더구나 일본이 미국으로부터 입은 폭력과 손해는 미국 점령 당국의 전후 부흥으로 인해 이미 지불된 것으로 간주된다.[31]

4. '냉전-평화경제'와 마이너리티 연대

「기적의 시」의 서사는 한국전쟁이 계속되어 아들들이 제철소에 취직할 수 있으리라는 밝은 전망 속에서 새집으로 이사 가기 위해 어머니가 미군의 창자 뽑는 일을 계속하기로 결정하는 데서 마무리된다. 아버지가 전사한 원인이 아시아태평양 지역에 대한 일본의 침략전쟁이었다는 사

---

30 한국전쟁 당시에 한일 양국 정부는 국민에게 일본의 한국전쟁 지원 및 참전에 대해 알리지 않았다. 일본은 공식적으로 참전하지는 않았으나 주한 미군 가족의 피난지, 유엔군의 기지로서 군수품 생산과 수송을 담당했으며 소해, 항만기술, 해상수송 및 하역을 위해 수만 명의 일본인이 한국에 파견되어 유엔군의 전투를 지원했다. 다시 말하면 일본인의 유엔군 지원은 미국에 의한 임의 고용이라는 형태의 비공식적 참전이었지만 거기에는 일본 정부가 깊이 관여했다. 예를 들어 미해군의 요청으로 일본 정부가 극비리에 편성하여 원산에 파견한 소해대는 군인이 아닌 공무원 신분으로 기뢰 제거 작업을 했다. 谷村文雄, 「朝鮮戰爭における対機雷戰(日本特別掃海隊の役割)」, 국방부 군사편찬연구소 편, 『한국전쟁사의 새로운 연구』 2, 2002 참조.

31 해방과 재건이라는 미 제국주의의 신화에서 미군의 폭력으로 인한 손해에 대한 배상이 미군의 해방으로 선지급되었다고 취급하는 '빛의 경제'에 대해서는 리사 요네야마, 김려실 역, 『냉전의 폐허—미국의 정의와 일본의 전쟁범죄에 대한 태평양횡단 비평』, 부산대 출판문화원, 2023, 51면 참조.

실을 자각하지 못하는 이 가족을 통해 작가는 일본인의 선택적 망각을 풍자한다. 그와 동시에 히로시마라는 이름의 주인공을 통해 미국의 전쟁 폭력을 상기시키며 그것이 한국전쟁 특수라는 '전치된 방식'으로 보상되었다고 비판한다. 사키 류조가 이 소설을 발표한 뒤 1971년에 미군의 점령지 오키나와로 이주해 오키나와 본토복귀 투쟁에 관여했다는 사실은 이 소설의 결말을 좀 더 주의 깊게 살펴보게 한다.

이차대전 이후 아시아태평양 지역의 탈식민화가 이어졌지만 실상 어떤 국가도 미국의 식민화필리핀과 하와이나 핵실험비키니 환초, 미군의 폭력한국, 일본, 대만, 베트남 등에 대해 제대로 된 사죄와 배상을 받지 못했다. 정확히 말하면 아시아태평양 국가들이 그것을 요구하기도 전에 미국이 주도하는 '냉전-평화경제'로 편입되면서 미군의 전쟁범죄는 면책되었다. 그뿐만 아니라 미국은 동아시아의 냉전질서를 유지하기 위해 일본의 전쟁범죄에 대한 면책도 강요했다. 제2차 세계대전 이후 일본의 식민지배와 침략전쟁에서 벗어난 신생독립국들이 일본에 대한 전후보상을 본격적으로 제기하기 시작한 것은 서구의 냉전이 종식된 1990년대 이후이다. 지금도 일본정부는 정당한 전후보상 대신 미국과 공동으로 진행한 냉전 근대화 프로젝트를 통해 개도국이 된 과거의 식민지와 점령지를 원조한 것으로 전쟁에 대한 책임을 끝냈다고 주장하고 있다.[32]

사키 류조가 1967년의 시점에 한국전쟁 특수로 인한 일본의 전후 부흥을 되짚어보고자 한 이유는 바로 이러한 냉전-평화경제 시스템 속에서 반복된 역사의 아이러니 때문일 것이다. 그 무렵 일본에서는 비약적인

---

32 미국의 아시아태평양 냉전 전략에 따라 동아시아 각국이 어떻게 일본에 대한 전쟁배상 청구를 포기하거나 축소하였고 결과적으로 일본이 경제 대국으로 성장하게 되었는가는 우쓰미 아이코, 김경남 역, 『전후보상으로 생각하는 일본과 아시아』, 논형, 2012 참조.

고도성장을 바탕으로 하야시 후사오林房雄의 『대동아전쟁긍정론』大東亞戰爭肯定論, 1963~1965과 같이 일본의 아시아 침략전쟁을 서양 제국주의에 대한 반격으로 보는 관점이 부활했다. 1964년 도쿄올림픽은 세계 경제를 장악한 일본의 국력을 가시화한 무대였으며 1965년 한일협정은 식민지 수탈에 대한 국가사죄와 국가배상 없이 한국을 수출시장으로 확보할 수 있는 프리패스フリー・パス가 되었다. 베트남전쟁으로 아시아태평양 지역에서 냉전 속 열전이 다시 반복된 시기에 작가는 과거의 한국전쟁 특수를, 이번에는 베트남전쟁 특수로 동아시아에 다시 열린 '기적의 시장'[33]을 비추어 보는 거울로 삼았던 것이다.

따라서 「기적의 시」의 결말은 베트남전쟁에서도 한국전쟁에서처럼 전쟁 특수와 마이너리티 연대의 (불)가능성이 반복되리라는 것을 암시한 것으로 읽을 수 있다. 미숙하고 속물적인 주인공 히로시마는 제철소가 재개되어 판잣집에서 쫓겨날 판인 가네무라에게는 안된 일이지만 친구 대신 신문배달을 하게 되어 기쁘고, 조선에 친척이 있는 가네무라에게는 거듭 안 됐지만 조선전쟁이 계속되어 작은형도 제철소에 들어가기를 바란다. 이렇게 열네 살 소년의 미숙한 시점이라는 소설적 장치를 통해 일본 사회의 망각과 속물성을 풍자한 소설은 한편으로 냉전-평화경제의 구조 속에서는 정당한 전후보상은 불가능하며 늘 다른 대상을 향해 전치된 복수만 반복될 뿐이라는 점을 다음과 같이 암시한다. "우리 일가를 원망하는 것은 사리에 어긋나니 그가 나처럼 복수를 한다면 제철소 구내에서 고철을 훔치는 방법이라도 생각해볼 일이다."643면

히로시마가 예상한 조선인의 전치된 복수는 이 소설이 발표되고 얼마

---

33   당시 일본, 한국, 태국, 필리핀, 대만 등의 동아시아 국가들이 파병과 미군 기지화의 대가로 베트남전쟁 특수를 누렸다.

되지 않아 현실화되었다. 1968년 포항제철이 일본정부의 자금협력과 야하타제철, 후지제철, 일본강관의 기술협력으로 건설되기 시작한 것이다. 일본 철강업의 입장에서 한국철강업은 기술공여의 대상인 동시에 수출시장이었고 이후 아시아시장의 안정적 확보와 확대를 위해 양국의 철강경제는 분업구조를 통해 역할을 분담해왔다.[34]

일본 점령기에 GHQ는 원폭에 대한 일본인의 복수 가능성을 점검하고 민심을 관리했고 일본은 전후 부흥과 한국전쟁 특수를 대가로 미군의 점령정책에 타협했다. 마찬가지로 한국은 국민의 반대에도 불구하고 미국이 배후에 있었던 한일협정을 통해 일본정부와 타협했고 베트남전쟁에 파병함으로써 전쟁 특수를 누렸다. 두 국가 모두에게 전쟁의 폐허를 껴안고 잠시 멈춰서는 일은 일어나지 않았다. 해방/점령, 패전/점령으로 미국의 새로운 전쟁에 가담한 두 국가는 원조와 전후 부흥, 전쟁 특수의 형태로 재빠르게 미국 주도의 냉전-평화경제에 가담했다.

한-미-일의 위계적 삼자 협력관계는 그동안 억압당해온 일본군'위안부' 문제가 1990년대 초에 수면 위로 부상한 것처럼 서구의 냉전 종식과 더불어 잠깐 흔들렸던 적이 있다. 그러나 미국의 승리로 끝난 냉전 이후 한국과 일본 모두가 전후보상의 가능성과 불가능성을 미국의 법정에서 관철하려는 사태가 발생했다. 한일 양자 간의 문제가 '미국의 정의American

---

34   포항제철(포스코)의 건설 과정과 철강업의 한일 분업체계에 대해서는 류상영, 「박정희 시대 한일 경제관계와 포항제철─단절의 계기에 대한 정치경제학적 재해석」, 『일본연구논총』 제33호, 현대일본학회, 2011 제4·5장 참조. 포스코는 2008년 1월 일본제철과 합작회사 PNR을 설립했다. 한국인 강제징용 피해자 배상을 위해 한국 내 일본제철의 자산을 압류한다는 결정을 내린 대구지방법원 포항지원은 2020년 6월 1일 PNR의 주식 압류 처분에 관한 서류를 공시송달한 바 있다. 일본제철은 즉각 항소했고 이 재판은 한일 간 무역분쟁의 계기가 되었다.

justice'에 의해 판가름 되는 상황이 도래하게 된 것이다.[35]

점령 종식 이후에 쓴 소설이지만 「기적의 시」의 주인공 히로시마는 미국에 대한 복수를 운운하면서도 직접적으로 히로시마 원폭에 대한 미국의 책임을 언급하지는 못했다. 그런데 사키 류조가 말년에 다시 쓴 원폭 동화는 미국이 동의하지 않더라도 이제 일본인들이 히로시마와 나가사키의 원폭을 '인류에 반ㅊ한 범죄'로 인식하게 되었다는 점을 반영했다.[36] 그와 같은 인식이 자가당착적 내셔널리즘이 아니라 역사적 정의가 되기 위해서는 어긋난 복수를 정당한 전후보상으로 바로 잡아야 할 것이다.

이는 일본만이 아니라 미국의 전쟁에 참전하여 베트남전쟁 특수를 누린 한국이 직면해야 할 문제이기도 하다. 1992년 외교 정상화 당시 한국 정부는 한국군에 의한 전쟁범죄의 진상 조사와 배상을 제안했으나 베트남정부는 그 대신 경제협력을 확대해줄 것을 요구했다. 그러나 우리는 이미 일본군'위안부' 피해자들과 강제징용 피해자들의 지난한 소송을 통해 그와 같은 국가 간의 합의가 배상을 바라는 개인의 권리를 억압할 수 없다는 것을 알게 되었다. 다시 말하면, 초국적 마이너리티 연대의 가능성은 국가 간의 합의로 청산될 수도, 해결될 수도 없는 다양한 피해자들

---

35 리사 요네야마, 「제4장 퍼져나가는 정의―아시아계 / 미국」, 앞의 책 참조.

36 전쟁과 같은 무력분쟁 수행 과정에서 한 국가의 군대나 국가 기관이 타국에 손해를 초래한 행위에 대한 법적 면책을 인정하는 국제법의 국가면제(state immunity) 조항에 따라 원폭에 대해서도 국가면제를 적용할 수 있다는 것이 미국의 입장이다. 2021년 1월 9일 서울중앙지법 민사합의34부는 일본군'위안부'였던 원고들이 강제로 연행되었을 당시 조선은 국가 대 국가로서 일본과 전쟁 상태였던 것이 아니라 식민지였고 반인도적 범죄에는 국가면제를 적용할 수 없다며 일본을 상대로 한 일본군'위안부' 피해자들의 손해배상 청구 소송에서 원고 승소 판결을 내렸다. 일본 정부는 이 판결에 대해 국제사회에서 상식으로 통하는 국가면제를 적용하지 않은 이상 사태라며 매우 유감을 표했다. 그런데 일본군'위안부' 문제에 대해서 국가면제를 적용하고 싶다면 논리적으로 일본은 미국의 원폭에 대해서도 국가면제를 인정해야 한다.

의 모순되지만 연결되어있는 절박한 호소를 인정하는 데서 시작할 수밖에 없는 것이다.

제6장

한국전쟁을 둘러싼 일본의 평화와 망각의 구조

노로 구니노부의 「벽화」를 중심으로

장수희

노로 구니노부 野呂邦暢, 1937.9.20.~1980.5.7

나가사키 출생. 토건업을 하는 부모님 슬하의 차남으로 태어났다. 1945년에 아버지가 군대에 소집되어 외가인 이사하야시로 피난을 갔다. 나가사키의 원폭투하를 목격하고, 이 피해로 가산을 모두 잃어 전후에도 이사하야에서 계속 살게 된다. 1956년 교토대학 문학부에 응시하지만 실패하고, 아버지가 사업 실패로 입원하게 되어 진학을 포기하고 귀향한다. 1956년 가을에 도쿄로 가 우에노 근처의 주유소 점원, 찻집과 라면집 등의 점원을 전전하다 1957년 6월, 사세보 육상 자위대에 입대하였다. 다음 해 6월 홋카이도에서 제대한다. 1962년 10월 『일본독서신문』의 '독자 논문' 코너에 「르포 병사의 보수 불안과 자유에의 두려움」이 입선하였고 1965년 11월 「어떤 남자의 고향」이 문학계 신인상 가작으로 『문학계』에 게재되었다. 1974년 「풀의 검」으로 아쿠타가와상을 수상하였다. 1978년 기타큐슈, 야마구치의 작가들과 한국 여행을 한 바 있다. 대표작으로 「11월 수정」, 「한 방울의 여름」, 「이사하야 창포일기」, 「두명의 여자」, 「엽총」, 「언덕의 불」, 에세이 『왕국 그리고 지도』, 『잃어버린 병사들 전쟁문학시론』, 『낡은 가죽 의자』, 시집 『밤배』 등이 있다. 매년 5월 마지막 일요일에 이사하야시의 우에야마 공원 문학비 앞에서 회고전이 열린다. 2001년부터는 신이사하야 도서관에 '노로 구니노부―삶과 문학'이라는 상설 코너가 설치되어 운영되고 있다.

일본의 전후문학은 '돌아오는' 데서 시작되었다.[1]

1. 전쟁 책임의 격돌과 평화로운 망각

가와무라 미나토의 『전후문학을 묻는다』에는 1960년대의 필화사건과 기묘한 잊힘에 대한 에피소드가 2개 나온다. 1960년 『중앙공론』 12월호에 실린 후카자와 시치로의 「풍류몽담」은 황태자와 미치코비妃의 목을 도끼로 내리쳐 처형하고, 이들의 잘려진 목이 굴러가는 장면이 그려진 소설이다. 이는 전후 계속해서 유지되고 있는 천황제도 안에서 이루어진 1959년 아키히토와 미치코의 결혼을 소설 속에 반영한 것이었다. 이 소설이 발표된 이후 17세의 우익 소년은 격분하여 중앙공론사 사장의 집을 습격해 살인을 저질렀다. 이후 『중앙공론』은 사죄문을 냈다.

다른 하나는 1961년 『문학계』에 발표된 오에 겐자부로의 「정치소년 죽다」와 관련된 사건이다. 이 소설은 천황주의자인 우익 소년이 '천황'과의 성적 결합을 희구하며 목을 매 자살하는 장면으로 끝난다. 이 내용 역시 1959년의 아키히토와 미치코의 결혼을 염두에 두고 쓰인 작품으로, 우익의 분노를 사게 되어 『문학계』는 '관계단체'에 사죄했다고 한다.[2]

전쟁 책임을 지지 않았던 '천황가'의 화려한 국민 이벤트였던 1959년 결혼식에 응전했던 소설들의 출현은 분노한 우익들의 뭇매와 출판사의 사죄로 마무리되었다. 이후 오랫동안 오에 겐자부로는 자신의 의지와 상관없이 「정치소년 죽다」를 출판하지 못했고, 「풍류몽담」 사건에서는 출

---

1   가와무라 미나토, 유숙자 역, 『전후문학을 묻는다』, 소화, 2005, 13면.
2   위의 책, 73면.

판사 사장의 집에서 일하던 여성만 애꿎게 살해되었다.

30년 뒤, 나루히토와 '평민' 마사코의 결혼에는 「풍류몽담」과 「정치소년 죽다」와 같은 전면적 대응은 더 이상 나오지 않았다. 가와무라 미나토는 "다들 잊어버린 척함으로써, 정말로 잊혀지고 말았던 것이다"[3]라고 쓴다. 천황제의 국민 이벤트는 세대를 바꾸어 다시 돌아왔지만, 천황제를 정면으로 비판했던 문학적 대응은 세대를 바꾸어 이어지지도 '돌아오지'도 못했다.

그렇게 보면 1960년대의 일본이라는 공간은 전쟁을 기억하고 있는 사람들, 전쟁 책임에 대한 강한 문제의식을 갖고 사회 전체를 바꾸어보려 했던 사람들, 천황제와 전쟁을 옹호하고 피해자성을 강하게 내세웠던 사람들이 격돌하고 있었던 곳이다. 이 부글부글 끓어오르는 공간 속에서 어떤 기억과 사건은 잊히고 어떤 사건과 기록은 세대를 바꾸어 다시 '돌아왔다'.

아시아태평양전쟁 중 대륙과 동남아로 '진출'했던 일본 제국 사람들이 종전 후 일본 본토로 귀환했고 곧 이어진 미군 점령이라는 상황은 조선반도를 더 이상 제국 내의 지역으로 인식하기 어렵게 했다. 전후 경제적 부흥을 위한 발판이 되었던 한국전쟁도 일본에서는 바다 건너 '이웃의 전쟁'이었다. '조선전쟁'이라는 일본의 명명도 역시 바다 건너 한반도의 전쟁임을 보여준다. 전후 갈 수 없었던 조선반도라는 공간이 일본인들에게 다시 '갈 수 있는 곳'이 되는 계기는 65년 한일협정이었다. 60년대 일본인들에게 이 공간은 전전 식민지였던 공간, 패전으로 일본인의 인식에서 사라졌던 공간이자 경제부흥으로 이끌었던 한국전쟁의 공간이었다. 패전 이후 일본인의 공간과 시간 인식에서 싹 사라져 버렸던 조선반도의 시간들이 한꺼

---

3   위의 책, 79면.

번에 일본으로 돌아오게 된 것이다. 이런 맥락에서 1960년대 일본소설 속 '조선전쟁'은 이전의 전쟁과 중첩되기도 하고 미국과의 관계 속에서 복잡한 망각과 기억의 소용돌이 속에 휩쓸려 있다.

이 글에서는 노로 구니노부의 「벽화」 속에서 드러나는 망각과 기억을 통해 한국과 일본 그리고 미국이라는 동아시아의 판도에서 문학이 한국전쟁 중의 삶들을 어떻게 파악하고, 기억하고, 망각했는지 그 지도를 그려보려고 한다. 이러한 작업은 지극히 제한적으로 논의되어 왔던[4] 일본에서의 한국전쟁 기억을 적극적으로 해석하여, 한국전쟁이 세계적인 냉전 속에서 어떻게 구조적으로 망각되어 왔는지를 살펴보는 것이라 할 수 있다. 나아가 동아시아 문학 속에 한국전쟁의 기억이 어떻게 기입되어 있는지를 살펴봄으로써 전후 '평화'에 대한 문학적 성찰을 하기 위한 시도이기도 하다.

2. '귀국'과 '귀환'의 낙차 사라진 제국과 돌아오지 못하는 신민

일본의 전후문학은 '돌아오는' 데서 시작되었다日本の戦後文学は、「帰る」ことから始まった[5] 가와무라 미나토는 이 문장의 '돌아오다'를 "가에루帰る"로 쓴다. '가에루'는 한국어로는 주로 돌아오다, 혹은 돌아가다로 해석된다. 전후 일본으로의 귀환을 얘기할 때 주로 사용되는 단어는 "히키아게루引き揚げる"이다. 이 단어는 떠났던 장소로 되돌아온다[6]는 의미나 퇴각하거나 귀국한다는

---

4   최범순, 「일본문학 속 한국전쟁-1950년대 일본의 한국전쟁소설을 중심으로」, 『일본학』 제58권, 2022, 379면.
5   위의 책, 13면.
6   https://www.weblio.jp/content/%E5%BC%95%E3%81%8D%E6%8F%9A%E3%81%92%E3%82%8B(검색일 : 2022.12.20)

의미이다. 생각해 보면, 일본을 중심에 두고 일본으로 돌아오고, 퇴각해 오고, 귀국해 온다는 의미이기 때문에 '가에루'의 (중심은 어디인지 모르겠지만) 돌아오다, 돌아가다의 의미와는 조금 다른 느낌이다. 즉 히키아게루에는 국가를 중심에 두고 귀환하고, 퇴각하고, 귀국한다는 뜻이 담겨 있다. 그러나 가에루에는 단지 돌아오거나 돌아가는 것뿐, 돌아오거나 가는 목적지와 그 중심이 분명하게 전제되어 있지 않다.

그렇다면, 가와무라 미나토가 의도하지는 않은 듯하지만 가에루라고 말한 것에서 좀 더 깊이 들어가서 일본 전후문학의 움직임을 읽어볼 수 있지 않을까. 가와무라 미나토가 썼던 저 문장 "일본의 전후문학은 '돌아오는가에루' 데서 시작되었다"에서 느껴지는 움직임은 일본으로 '돌아오다'는 움직임보다 조금 더 복잡한, 돌아오고, 돌아가는 복잡한 오고감의 감각이다. 그렇게 히키아게루에 당연하게 전제되어 있는 일본이라는 중심을 다르게 생각할 때, 우리는 이런 질문들을 할 수 있게 된다. 일본의 전후문학에서 '돌아오는' 것은 무엇이고, 어디에선가 혹은 어디론가 '돌아가는' 것은 무엇이었나? 이것은 '전후문학' 혹은 '일본인'으로 뭉뚱그려지지 않은 복잡한 주체들과 장소와 지역들, 그리고 그 움직임의 방향성에 대한 질문이기도 하다. 하여 이 글에서는 그 복잡한 움직임의 방향성들을 「벽화」라는 소설 속에 나타난 다양한 층위에 겹쳐놓고 읽어보고자 한다.

「벽화」의 작가 노로 구니노부는 1937년 중일전쟁이 시작되고 얼마 지나지 않아 나가사키에서 태어났다. 노로가 8살이 되었을 때, 아버지는 전쟁터로 가고 나머지 가족들은 나가사키현의 이사하야시로 피난을 간다. 나가사키현에 있었던 그는 원폭을 목격하고 전후에도 계속 이사하야시에 살게 된다. 태어났을 때부터 전쟁 중인 세계 속에서 살게 된 세대, 어린 시절 원폭을 목격한 노로에게 '전쟁'과 '군대'는 자신의 삶과 소설 속

세계를 구성하는 요소이기도 했다.

노로는 전후 57년부터 58년까지 육상 자위대에 있었다. 이후 노로는 자신의 자위대 경험을 기반으로 한 르포르타주와 소설을 쓰기 시작했고 1974년에는 군인의 경험을 섬세하게 쓴 「풀의 검草のつるぎ」으로 아쿠타카와상을 받았다. 이 글에서 다루는 노로의 소설 「벽화」는 1966년에 발표된 소설로 1965년 한일기본조약이 체결된 직후이다. 종전되면서 '일본'이라는 국가와 분리되어 국가 인식 상에서 사라졌던, 바다 건너의 조선 / 한반도가 일본에 재등장하는 시기였다.[7] 이 조약 체결로 일본인은 한국을 공식적으로 방문하고 여행할 수 있게 되었다.

종전이 되고 전쟁을 포기한다는 헌법이 공포된 이후, 공식적으로는 전쟁에 참여하지 않는 나라였던 일본은 '한국전쟁'을 어떻게 기억하고 인식하고 있을까? 전후 일본의 이른바 '평화헌법'이라고 불리는 헌법 체계가 구현하고 있는 사회 속에서 '한국전쟁'은 무엇이었던가, 한국전쟁과 일본의 관계는 어떤 식으로 구축되었던가를 사유할 수 있는 작품이 노로 구니노부의 「벽화」라고 할 수 있다.

「벽화」는 아쿠네의 조부와 아버지, 그리고 아쿠네가 겪는 3대에 걸친 전쟁을 배경으로 한다. 전쟁 중 아쿠네는 만주 철도 회사의 고위직 간부였던 아버지와 가족들과 함께 신징新京에서 살고 있었다. 아쿠네가 이사

---

7 〈KBS 인물현대사 : 배반의 역사를 고발하다—임종국〉(방영일 : 2003.8.22) 중에는 임헌영과의 대담 중 임종국의 1965년 한일회담에 대한 소회가 기록되어 있다. 1945년 해방 때 일본으로 귀환하는 군인으로부터 들었던 '20년 후에 만나자'라는 말이 실제로 20년 후에 한일회담으로 현실화 되었을 때의 분노와 두려움에 대한 것이다. 한국에서는 졸속적인 조약과 다시 돌아오는 일본에 대한 강력한 인식은 한일조약 반대투쟁으로 드러났다. 반대로 일본에서는 한국으로의 재진출을 도모하고 이웃국가로서의 한국이라는 타자인식이 서서히 생겨나게 되었다(윤건차, 박진우 외역, 『교착된 사상의 현대사』, 창비, 2009, 248~249면 참조).

사토시로 돌아온 것은 N시가 특수병기로 불타기 직전이었다. 아쿠네가 돌아온 곳은 일본군 장교 출신 할아버지가 살아계시는 제국 일본의 본토였다. 할아버지는 일생 동안 제국의 전쟁시기 — 청일전쟁, 러일전쟁, 중일전쟁, 아시아태평양전쟁 — 를 살아왔을 퇴역 장교였다. 제국 군인으로서 전쟁에 나가고 제국 군인으로서 돌아왔던 세대인 할아버지는 이미 수명이 다한 제국처럼 허약한 손자인 아쿠네가 식민지에서 일본으로 돌아왔을 때, 그를 단련시키려 가혹한 구보를 시킨다. 아쿠네는 제국 일본의 남아로서 건강해지기는커녕 말 뒤에 손을 묶어 달리게 하는 무지막지한 구보에 견디다 못해 실신하기까지 한다.

제국의 군인은 제국의 전쟁이 지속되는 한 돌아올 '본토'가 있는 존재들이었다. 그러나 패전 방송이 들려왔을 때 더 이상 제국의 '본토'가 아닌 일본에서, 제국의 퇴역 군인이었던 아쿠네의 할아버지는 유서를 남기고 할복한다. 종전과 함께 제국의 군인이 존재할 수 있는 장소도 사라져 버렸기 때문이다.

종전 후 신징에 있던 만주 철도 회사의 고위직 간부였던 아쿠네의 아버지는 시베리아에 억류되었다가 53년 즈음에 귀환한다. '돌아왔다'고 하지만 아버지가 만주로 갔을 때의 제국 일본은 어디에도 없었다. 아쿠네의 아버지는 종전 전의 일본 자료를 이용한 향토사를 편찬하는 일을 하게 된다. 아쿠네의 아버지가 돌아오려고 했던 제국 일본은 이제 향토사 편찬 사료에나 있는 장소였다. 그는 일본으로 돌아왔지만 그가 떠났던 전전의 일본과는 다른 공간이었다. 전전의 일본은 더 이상 그가 '돌아올' 수 있는 공간이 아니었다. '돌아온다'는 것은 떠났던 지점으로 다시 되돌아오는 것이기도 하기 때문이다. 때문에 그는 불가항력으로 돌아와야 했던 시기전후에 돌아올 수 없는 장소제국 일본를 편찬하며 살게 된다. 존재하지 않는 제국에 살고 있는 아쿠네의 아버지는 만주 철도 운행에 관한 중대한 '국가기밀'을 사람들에게 털어놓겠다고 할 때도 있고, 소련의 스파이에게 쫓기고 있다며 신변보호를 요청하기도 한다. 마을 사람들은 아쿠네의 아버지가 정신이 이상하다고 생각한다. 그러던 어느 날 아쿠네의 아버지는 푸조나무에 목을 매어 자살한다.

제국 일본의 팽창을 실현해왔던 할아버지와 아버지 2대로 이어지는 할복과 자살은 그들이 떠나갔던 장소, 즉 이제는 없는 제국 일본이라는 존재하지 않는 장소로 되돌아올 수 없음을 드러내는 것이기도 하다. 그 장소는 아쿠네의 집이 없어지는 것처럼 붕괴되고, 불타버린다.

어느 날 굵은 로프를 어깨에 걸고 트럭에서 내린 인부들이 큰 소리로 떠들면서 아무도 없는 빈집이 된 아쿠네의 집에 들어가는 것을 나는 창문 격자 사이로 바라보았다. 인부들은 음탕한 노랫소리에 맞추어 집 기둥에 로프를 휘감아 끌어당겼다. 먼저 낡은 지붕에서 기와가 한두 장씩 떨어져 디딤돌 위에 마른 소리를 내며 몇 조각의 파편으로 깨어졌다. 기와가 떨어져 깨지는 소리가 계속되면서 동시에 지붕이 흔들리고 먼지를 일으키며 붕괴되기까지 그다지 시간이 걸리지 않았다.

트럭이 고목재를 아무렇게나 싣고 가자 그곳에 쌓인 기와 조각, 뒤뜰의 우물, 어찌된 일인지 부서지지 않은 빈 마구간이 남게 되었다. 그러나 그것도 어느 겨울밤 그곳을 보금자리로 삼던 부랑자의 모닥불이 옮겨붙어 타버렸다.[8]

'귀국'해야 할 나라인 '일본 제국'이 사라진 상황 속에서, 새로운 '일본'

---

8   野呂邦暢, 「壁の絵」, 『コレクション 戦争×文学 1 朝鮮戦争』, 集英社, 2012, 539~540면. (이하 인용의 번역은 필자)

으로 돌아오지 못한 아쿠네 아버지의 집은 '일본 제국'이 사라지는 것처럼 붕괴된다. 사람들은 그 붕괴에 향수조차 느끼지 않고, "큰 소리로 떠들"거나 "음탕한 노랫소리에 맞추어" 과거의 흔적들을 빨리 치워버리고 싶어한다. 하여 한 때는 집안의 부를 보여주었을 고목재와 기와지붕, 뒤뜰의 우물과 마구간은 깨지고 파편이 되고 먼지를 일으키며 붕괴되었으며 마지막으로는 불에 타서 완전히 사라지게 된다. 이렇게 아쿠네의 할아버지와 아버지는 '제국 일본'으로 돌아오지 못한 채 집과 함께 사라져버렸지만, 남은 아쿠네는 계속해서 '새로운 일본'에서 살아가야 했다. 그렇게 식민지로도 제국으로도 새로운 일본으로도 '돌아가지 못한' 채로 살아남은 아쿠네가 돌아가고자 했던 곳은 엉뚱하게도 '미국'이었다. 할아버지와 아버지가 '제국'을 망각하지 못하여 죽을 수밖에 없었던 것처럼, 아쿠네가 간 적 없는 미국으로 '돌아가려고' 했던 것은 '전쟁 경험'을 망각하지 못했기 때문이었다.

3. 한국전쟁과 존재할 수 없는 경험을 기억하기

「벽화」는 '돌아온' 아쿠네 다케시阿久根猛로부터 시작한다. 이제는 안정적인 결혼생활 중인 '나'는 5년 전 아쿠네 다케시의 연인이었다. 어느 날 저녁 농기구 창고 앞을 지나갈 때 아쿠네가 살던 창고 2층 창문에서 누군가 날려 보내는 종이비행기들을 줍게 된다. 종이비행기로 접혀 있는 종잇조각들을 모아서 하나하나 펴 보았을 때, 종잇조각에는 의미를 알 수 없는 부호가 나열되어 있었다.

24D·Cal·50·LH5·155H×7·12GP·MG×15·2ndRL·3i'[9]

'나'는 아쿠네가 썼음이 분명한 종잇조각을 띄엄띄엄 있는 일련번호 순서대로 17장을 정리한다. 처음에는 암호처럼 무슨 뜻인지 알 수 없었던 부호들이었지만, '나'는 아쿠네가 미군 24보병사단 소속으로 조선에서 전투를 했다고 했던 것을 떠올리자, 어쩌면 이 부호들이 아쿠네의 전투기록일지도 모른다는 생각을 한다. 부호만 잔뜩 있는 종잇조각이 있는가 하면, 통과했던 조선 촌락을 단편적으로 묘사한 종잇조각도 있었다. 이타즈케 비행장에서 조선으로 가는 미 군용기를 탔을 때의 기록, 참혹한 장진호 전투 이후 후퇴할 때의 추위와 퇴각할 때 불태웠던 무인부락의 풍경에 대한 묘사 등등이었다.

소설을 읽는 독자도, 소설 속의 '나'도 아쿠네가 한국전쟁에 참전한 미군 소속 일본인이었구나 생각하게 된다. 그러나 이 소설이 주는 정보를 모두 조합해보면 아쿠네는 한국전쟁에 참전할 수 없는 인물이었음을 알게 된다. 왜냐하면, 아쿠네는 1956년에 고등학교를 졸업한 인물로, 1945년 일본이 패전하기 직전 원래 살던 만주에서 조부모가 사는 이사사토로 왔기 때문에 1953년 즈음에는 이제 겨우 중학교를 졸업했을 것이고, 한국전쟁이 시작된 1950년은 훨씬 어렸을 때였기 때문이다.[10] 또, '나'는 아

9   위의 책, 518면.

10   최근 미국 국립문서기록관리청(NARA)에 소장되어 있던 「한국에서 일본인 무허가 수송과 사용」이라는 제목의 미군 극비 문서 속에서 미성년 참전자가 있음이 밝혀졌다. 이 극비 문서에서는 일본 민간인들이 한국전쟁 개전 직후에 한반도로 건너왔고 그 중 일부는 실제로 무기를 지급받기도 하고 사용하기도 했다는 내용이 들어있다. 『연합뉴스』에는 일본 『마이니치신문(每日新聞)』(2020.6.22)의 보도 내용을 다음과 같이 전하고 있다. "(한반도로 건너간) 60명 중 10~20대가 46명으로 가장 많았다. 20세 미만 소년이 18명이었고, 심지어 9세 아이도 있었다. (…중략…) 심지어 도쿄도(東京都) 출신의 당시 12세 소년이

쿠네의 높은 중학교 시절 영어 성적을 기억하고 있고, 아쿠네가 사라진 것은 고등학교 졸업 이후로 서술된다. 그러니, 이 소설에는 기묘한 시간과 공간의 교차가 존재한다. '나'가 주운 아쿠네의 종잇조각은 전쟁에 참여할 수 없는 인물의 기묘한 참전 기록지인 것이다.

한국전쟁이 일어나자 맥아더는 한국전쟁에 일본인을 참전시키지 않았다고 공표[11]했고, 일본은 재무장을 금지하고 있는 헌법을 이미 1946년에 공포하고 있었다. 이른바 '평화헌법'으로 불리는 일본 헌법에서는 "전쟁과 무력에 의한 위협 또는 무력의 행사는 영구히 포기한다"[12]고 명시하고 있다. 즉 한국전쟁에의 일본인의 참전은 헌법을 위반한 행위이기도 했던 것이다.

그러나 한국전쟁이 끝난 지 20여 년 뒤 1976년 7월 잡지 『우시오潮』에 「조선전쟁에 "참전"했던 일본인」이라는 제목의 기사에 15명의 참전 군인의 증언이 실린다.[13] 이들은 한국전선 후방에서, 때로는 전방에서 미군의 엄격한 통제하에 전투근무지원을 수행했고, 상황에 따라 전투에도 가담

카빈총을 지급받았고 '4~5명은 죽였다고 기억한다'고 진술한 기록도 있다. (⋯중략⋯) 나고야(名古屋) 출신의 당시 9세 소년은 '잡혀갔다'고 진술했다. (⋯중략⋯) 실제 심문기록을 보면 한반도로 건너갔던 민간인 대부분이 '도항한 것을 외부에 발설하지 않는다'고 맹세하고 서명도 했다."(김호준, 「美극비문서 "한국전쟁 때 일본 민간인 18명 전투에 참가"」, 『연합뉴스』, 2020.6.20. https://www.yna.co.kr/view/AKR20200622067000073)

11   "유엔군사령관 맥아더는 일본과의 평화조약이 체결되기 전에는 일본인이 유엔군에 참여하는 것은 '법적으로 불가능하다'고 공개적으로 발표했다."(양영조, 「주일미군기지 일본인노무자의 6·25전쟁 종군활동과 귀환」, 『군사』 vol.111, 국방부군사편찬연구소, 2019, 53면)

12   「일본 헌법 번역본」, 세계법제정보센터. https://world.moleg.go.kr/web/wli/lgslInfoReadPage.do?CTS_SEQ=42403&AST_SEQ=2601(검색일 : 2022.12.20)

13   정병욱, 「일본인이 겪은 한국전쟁 – 참전에서 반전까지」, 『역사비평』, 역사문제연구소, 2010, 214면.

하여 사격전을 전개하기도 한 사람들이었다.[14]

평화헌법이 있기 때문에 한국전쟁에서 한 명의 전사자도 나오지 않게 하겠다고 맹세하고 있었던 일본에서, 실제 전투에서 사람을 죽이거나 죽임을 당했던 일본인은 존재해서는 안 되었다. 한국전쟁에 참전한 일본인들의 사례를 살펴보고 있으면, 일본에서 '평화'와 '평화헌법'이라는 말은 전장에서 실제 일어났던 일, 일본이 전쟁에 관여하고 있는 위치를 공공연하게 드러낼 수 없게 한다는 것을 알 수 있다. 그래서 한국전쟁에 참전한 일본인이 증언하는 '전쟁의 참상'에 대한 이야기는 진실인지 거짓인지 알 수 없는 상태에 있게 된다. 공식적으로 참전할 수 없는 전쟁에, 참전한 사람이 말하는 전쟁체험은 허공에 발을 딛고 서 있는 의심스러운 존재의 이야기일 뿐이다. 평화헌법 체제 속에서는 드러날 수 없는 전쟁의 이야기 ─ 이것이 한국전쟁에 참전한 일본인 증언의 위치였다.

이러한 한국전쟁 참전 일본인 증언의 위치처럼 소설 속에서 아쿠네가 하는 '한국전쟁에 다녀왔다'라는 말은 믿을 수 없는 얘기이거나 '정신 이상' 증세로 받아들여진다. 아쿠네가 하는 한국전쟁에 참전했다는 말은 거짓인지 진실인지 소설 속에서는 전혀 알 수 없다. 소설 속에서는 누구도 그의 말을 '신뢰할 수 있는 말'로 듣지 않고, 시간의 교묘한 교차로 아쿠네의 기록들은 '믿을 수 없는 참전 기록'으로 남게 되었다. 아마도 아쿠네 스스로도 그 참전 기록을 의심하고 있었을지도 모를 일이다.

한편 일본인이 한국을 공식 방문할 수 있게 된 1965년의 조약은 아시아태평양전쟁의 종결 이후로부터 한일기본조약 체결 사이의 시기 한국과 일본의 관계를 '공식적이지 않은' 혹은 '불투명한' 것으로 만들어버리

---

14   양영조, 앞의 글, 82면.

는 효과를 가져왔다. 즉 1965년 이전의 한일 사이에 있었던 구체적인 일들은 합법적이지 않거나 수교하지 않은 두 국가 간의 사건으로 남게 되었다. 그러나 한편으로 한일기본조약의 효과는 수교하지 않은 상태였던 시기에 어떤 일들이 있었는지를 떠오르게 하는 것이기도 했다. 「벽화」는 바로 이런 시기에 발표된 소설인 것이다. 종전 이후부터 1960년대 사이에 조선 반도에서 있었던 '한국전쟁'은 일본이 관여해서는 안 되는, 관여할 수 없어야 하는 전쟁이었다.

미국인이 되지 않는 한 기록되지 않고, 기록되어서도 안 되는 한국전쟁에서, 참전 일본인이라는 신분은 존재를 '지금-여기'에 발 딛지 못하게 한다. 아쿠네의 '정신 이상'은 참전자가 될 수 없는 참전자라는 상황을 아무도 이해하지 못하는 '평화' 체제 속에서, 주변 사람들이 내린 진단이었다. 한국전쟁 참전 일본인들이 증언을 시작하기 전, 그리고 미군의 기밀문서가 공개되기 전까지 참전 일본인들의 한국전쟁 경험은 '정신 이상'으로 덮여버린 망각의 다른 이름이었다.

4. 평화로운 나라의 '정신 이상'적 망각

일본의 식민지였던 조선은 일본의 패전 후 식민지 처리 과정에서 분단되었으며, 그 분단으로 인해 연쇄적으로 한국전쟁이 발발하게 되었다. 하여 분단과 한국전쟁의 배경에 일본의 식민주의가 있었음을 간과해서는 안 된다. 일왕의 전쟁 책임을 묻지 않는 상징천황제와 전쟁 책임으로서의 전쟁 방기를 동시에 가능하게 했던 것은 일본의 이른바 '평화헌법'이었다. 1947년 '평화헌법'으로의 개정 이후 아시아 곳곳에서 일어난 전쟁에 일본은 '파병'이 아닌 다른 방법으로 끊임없이 관여해왔다. 일본은 한국전쟁 '특수'를 통해서 패전 후 경제 회복을 했고, 오키나와에서 베트남전쟁으로 향하는 전투기를 출격시켰다. 일왕의 전쟁 책임을 묻지 않는 상징천황제와 전쟁 방기가 동시에 가능했던 것처럼, '평화헌법'과 '참전'은 동시에 이루어지고 있었다. 이는 또한 '평화헌법' 시행과 동시에 '역코스'가 끊임없이 진행되어왔음을 보여주는 것이기도 하다.

소설 「벽화」의 아쿠네가 기록한 쪽지 속의 서술자 존 스미스는 국적을 알 수 없다. 기록은 일본인인 아쿠네가 하지만, 쪽지 속의 서술자의 이름은 미국 군인인 존 스미스이고, 전쟁이 끝나고 돌아가고 싶은 곳도 일본이 아닌 미국이다. 「벽화」는 일본이 한국전쟁에서 어떻게 '일본'의 책임을 숨기고 있는지, 어떻게 거리를 두고 있는지 구조적으로 보여주고 있다. 바꿔 말하면, 식민주의의 책임을 잊은 일본이 한국전쟁에 어떤 모습으로 참전해 왔는지를 보여준다.

그리고 드러날 수 없었던 한국전쟁 참전 일본인들의 전쟁 경험은 '정신 이상'일 수밖에 없었다. 아쿠네의 첫 정신발작은 이사사토역 대합실에서 우연히 마주친 미국인 선교사의 가방에 달려들어 경관에게 체포되었던 사건이었다. 아쿠네는 전후 일본에 상륙한 미군들에게 일본 무사의 갑옷과 투구를 팔면서 미군과 친해진다. 어린 아쿠네에게 미군은 '조니'라는 이름을 지어주고, 군복을 수선하여 배지와 계급장도 달아준다. 일본군도 아니고, 미군도 아니지만 미군복을 입고 배지와 계급장을 달고 있는 아쿠네는 친구들에게 시샘과 경멸을 동시에 받는다. 이 시샘과 경멸은 비단 친구들에게뿐 아니라 학교의 영어 선생님들에게도 받는데, 패전한 일본어의 세계에서 능숙한 미국식 영어는 '패배'를 떠올리게 하는 언어였기 때문이다. 그래서 학교에서 아쿠네는 의도적으로 영어 점수를 잘 받지 않으려 했다. 아쿠네의 정신발작이 미국인 선교사와의 마주침과 유창한 영어로 드러난 것은 전후 일본의 기만적인 평화헌법과 미국의 관계를 떠올리게 한다.

아쿠네의 정신발작은 또 하나의 관계를 드러내는데, 그것은 한국전쟁을 둘러싼 미국과 일본, 북한의 관계이다. 정신이상자가 된 아쿠네는 동네 중학생들의 전쟁놀이에서 미군 역할을 맡아 '북선군' 역할의 중학생들에게 돌을 던져 부상을 입히는 사고를 일으킨다. 일본인 중학생들을 두 팀으로 나누어 이전의 전쟁이 아니라 일본과는 공식적으로 관계가 있어서는 안 되는 한국전쟁 놀이를 했는데, 이 전쟁에 일본인으로서 참가할 수 없기 때문에 한쪽 팀은 미군, 한쪽 팀은 '북선군'으로 나누었던 것이다.

아쿠네가 정신 이상으로 일으킨 마지막 사건은 자위대 훈련에 들어가 미군식 제식 훈련을 선보이고, 합동훈련에 몰래 참가하여 부상을 입은 일이었다. 그럴 때 아쿠네는 일본인 '아쿠네'가 아니라 미군 '조니'가 된 것처럼 행동했다. 아쿠네는 종전 후의 일본에 존재하고 있었지만, 그가 살고 있는 세계는 한국전쟁에 참전한 미국 군인의 세계이기도 했던 것이다.

그런 아쿠네가 한국전쟁의 기록을 '쪽지'에 적어서 허공에 비행기로 날리고 있을 때 '나'가 그 쪽지를 주웠다. 아쿠네의 기록이 책이나 노트가 아니라 비행기로 낱낱이 날려버릴 수 있는 쪽지인 것은 그 기록이 평화헌법을 가진 일본이라는 나라에서 제대로 기록될 수 없는 전쟁이기도 했기 때문이다. 그래서 어디에도 기록될 수 없는 경험과, 일본인이어서는 안 되는 전쟁 체험은 미군인 '조니'의 이름으로 쓰인다. 그리하여 미군인 '조니'이자 아쿠네가 전쟁이 끝난 후 '돌아갈' 곳은 일본이 아니라 미국이 된다.

'오산의 비극'이라는 제목이 붙은 6월호에 실린 T. 램비트의 기사를 과대 해석할 필요는 없을 것이다. 요약하면 T34 타입의 소비에트제 전차의 장갑이 우리 군의 2.7인치 바주카 포탄을 맞받아칠 정도로 두꺼웠을 뿐이다. 오늘 출동 명령을 받은 우리는 본국에서 대량으로 공수된 신형 3.5인치 바주카가 우리와 함께 전선으로 가는 것을 알고 있다.[15]

왜 전장의 석양은 아름다울까. 장진호 주변의 중국군으로부터 파리처럼 쫓겨, 밤낮을 가리지 않고 철수에 매진한 나날들이 떠오른다. 불과 32마일의 거리를 퇴각하는데 32일간의 피비린내 나는 참혹한 전투를 해야 했다. 쓰러진 군인을 가매장하기에는 얼어붙은 땅이 단단했고 쏟아지는 눈이 사체들을 덮어버렸다. 고지에 포진한 중국군의 정확한 포격을 두려워하며 우리는 서둘렀다. 눈 속에서 나무뿌리로 잘못 알 만큼 뒤틀린 사체의 팔이 경직된 채로 뻗쳐 있었다. 20발이 안 되는 탄알을 가지고 배고픔과 불면의 피로와 동상으로 괴로워하며 우리들은 먼저 지나간 부대가 난방을 위해 깡그리 태워버린 촌락을 통과했다.[16]

마을을 떠났던 아쿠네는 몇 번이고 돌아왔다고 소설 속에서 '나'는 쓰고 있다. 그러나 어디에서 돌아온 것인지는 '나'도 알 수가 없는데, 아쿠네는 미군 24보병사단 소속으로 조선에서 전투를 했다고 털어놓았다. 그러나 조선전쟁은 '나'와 아쿠네가 중학교를 다닐 때가 아닌가? 믿을 수 없는 말을 하며 몇 번이고 마을로 돌아오는 아쿠네는 늘 전쟁 기사를 찾고 있었다. 그가 손에 넣으려는 기사는 1950년부터 1953년까지의 신문, 잡

15　野呂邦暢, 앞의 책, 523면.
16　위의 책, 524면.

지였다. 도서관에 없는 미국 잡지나 신문은 N시 미국문화협회로 가서 보았다. 마을에서만 살아온 '나'는 아쿠네가 마을을 떠났다가 돌아온 그 '세계'가 복잡하고 다양하고 깊이를 알 수 없는 심연을 가진 곳이라고 상상한다.

아쿠네는 제대로 된 일을 구할 수 없거나 구하지 않았고 끊임없이 전쟁과 관련된 자료를 수집하고 신문과 잡지를 보며 두문불출했다. '나'는 아쿠네가 집중하고 있는 한국전쟁에 전혀 관심이 없었고, 그는 그의 말을 믿는 사람을 한 명도 만나지 못한다. 마을 사람들은 예전부터 아쿠네를 미치광이로 생각했고, '나'는 아쿠네가 몇 번이나 마을로 돌아왔다고 말하지만, 아쿠네는 돌아올 장소도 사람도 만날 수 없었다. 애초에 어디서 출발하여 어디로 돌아온 것인지 아쿠네는 알지 못하는 듯했다. 돌아오다, 돌아가다라는 의미의 '가에루'는 아쿠네가 계속 돌아가고 돌아오는 환원 속에 있음을 보여준다. 그 환원은 돌아올 수도 없고 돌아갈 수도 없는 아쿠네의 정신 이상을 보여주는 것이기도 하다.

5. '보는' 것의 가해성

이 소설이 나왔던 1966년에는 베트남전쟁이 한창이기도 했다. 일본의 많은 문필가들이 베트남으로 가 전장의 르포를 써내고 있을 때였다. 전장을 취재했던 작가들이 보았던 '폭력'에 대한 사유는 지금도 유효하다. 『아사히 신문』 해외특파원으로 베트남에 파견되어 있었던 가이코 다케시는 한 베트남 청년의 처형을 목격하는데 자신은 안전한 군용트럭 뒤에서

'보는' 것만을 강요받았다[17]고 쓴다. 그는 '본다'는 행위가 사람을 죽이는 데 가담하는 것과 마찬가지임[18]을 반성적으로 성찰하며 전쟁을 '본다'는 것의 폭력성에 대해 사유한다.

「벽화」라는 제목은 아쿠네가 도서관과 자료실을 찾아다니며 수없이 모았던 한국전쟁의 사진들을 의미하기도 한다. 1950년부터 1953년 사이의 『라이프』, 『타임』, 『콜리어스』, 『룩』, 『뉴스위크』, 『아틀랜틱 먼슬리』, 『리더스 다이제스트』, 『홀리데이』, 『베터홈스』, 『새터데이 이브닝 포스트』, 『뉴요커』 등에 실린 한국전쟁을 목격하고 촬영한 사진들을 아쿠네가 벽에 붙여둔 것이다.

그때 처음으로 알아차렸는데 주위의 판자벽은 헌 미국 잡지에서 오려낸 크고 작은 여러 개의 전쟁 사진으로 빈틈없이 채워져 있었다. 그것은 최근 압정으로 고정시킨 것이 아니라 오랜 시간이 경과했다는 증거로 모두 색이 바래서 누렇게 변해 있었다. 사진은 대부분 조선전쟁 당시에 미군이 찍은 것이었는데 곳곳에 뉴멕시코의 스페인풍 교회, 샌안토니오의 고적대, 루이지애나의 농장을 설명한 컬러 사진이 다른 음울한 전쟁 풍경과 어울리지 않는 산뜻함으로 뒤섞여 있었다.

사진은 전부 상단의 한 부분만 핀으로 고정했기 때문에 판자벽 틈에서 바람이 새어 들어올 때마다 뒤집혀 제각각 가볍게 흔들리고 있었다. 수류탄을 던진 자세로 정지해 있는 군인(공중에 수류탄 같은 까만 레몬 모양의 물체가 떠 있었다), 벙커의 가장자리로 상체를 내밀고 있는 군인, 파괴되어 연기를 내뿜고 있는 탱크, 도로에 북적거리는 군중을 좌우로 헤치며 가는 군대의 행렬, 화염에 휩싸인 부

---

17   가와무라 미나토, 앞의 책, 81면.
18   위의 책, 83면.

락과 불타는 나무, 언덕 기슭에 흩어져서 오르고 있는 군인들, 총을 떨어뜨리고 쓰러지기 직전인 남자, 그런 사진들이 틈새 바람에 흔들려, 사람이 중얼대는 듯한 희미한 소리를 내면서 잎 뒷면을 나부끼게 하는 얼룩조릿대가 우거진 것처럼 벽에서 흔들리고 있었다. 그 순간 빛과 같은 뭔가가 사진 속에서 밖으로 튀어나오는 듯했다. 나는 사진 속의 모든 그림자가 물에 떨어진 물감처럼 스며들어 윤곽이 희미해졌다가 다시 짙은 선명한 색으로 돌아와 흔들리는 것을 보았다.

어떤 군인은 벙커 밖으로 뛰어오르고, 어떤 군인은 땅에 엎드리고, 수류탄은 호를 그리며 날고, 불길은 더욱 더 높이 타오르고, 포탄은 작렬하며 타오르는 탱크 포탑에 천천히 뻗쳐오르고, 탱크를 타고 있던 군인이 불길에 휩싸여 밖으로 떨어지고, 고지를 오르던 군인들은 고통스런 비명도 없이 경사면을 굴러떨어지고 있었다.[19]

이로써 아쿠네의 '전쟁체험'이 전쟁을 목격한 시선과 다시 한번 겹쳐져 있음을 알게 된다. 아쿠네가 한국전쟁에 참전한 일본인인지, 미군의 시선을 내면화한 '조니'인지는 더 이상 중요하지 않다. 아쿠네의 방 속에서 한국전쟁의 세계가 이미 만들어져 아쿠네의 '시선'이 그 전쟁의 폭력에 가담하여 공격하거나 후퇴한다. 그 벽화의 세계에는 평화헌법 체제 속의 일본도, 일본인도 있을 수 없고, 돌아가야 할 뉴멕시코, 샌안토니오, 루이지애나의 전원풍경만이 그려져 있다. 전쟁은 한반도에서 일어나고 있고, 조선인이었던 남한과 북조선의 사람들이 당사자가 되어 죽어가고 있는데, 아쿠네의 벽화 속 미국 잡지가 그리는 한국전쟁의 '군인'은 전쟁의 일반

---

19 野呂邦暢, 앞의 책, 555~556면.

적인 구성원으로 그려진다. 구체적인 출신지를 갖고 있는, 개성이 있고, 삶의 역사를 가진 주체로서의 인간이 아닌, 전투부대 속의 병사 이미지로만 추상화된다. 이 추상화 과정에 아시아태평양전쟁의 책임도, 한국전쟁의 참전국가로서의 책임도 사라져버린다.

조선은 일본의 패전 이후 식민지 처리 과정에서 분단되었다. 「벽화壁の絵」가 실린 소설집 『콜렉션 전쟁×문학1 조선전쟁コレクション 戦争×文学1 朝鮮戦争』에 '북선'이라는 용어 해설에 '선'이 조선병합 후 차별적으로 사용되었으며 패전 후에도 일본 신문기사에는 '북선'이라는 표기가 많았다는 각주가 있다. 이 용어 설명에는 식민지 시기 조선과 냉전시기 한국전쟁 중 적국으로 상정된 공산국가라는 역사적 중첩이 드러난 용어로서 '북선'을 사용하는 일본의 입장이 드러난다. 이 책에는 '북선'이라는 용어 해설 끝에 "현재는 굴욕의 역사를 상기시키는 말로 사용을 삼가는 일이 많다"라고 되어 있다. 누구의 '굴욕'인지 드러나 있지 않은 이 문장에 역시 주체는 보이지 않는다. 아마도 이 문장의 주어가 '한반도'가 될 때와 '일본'이 되었을 때 전혀 다른 의미를 전달할 터이다.

분단과 한국전쟁의 원인에 일본의 식민주의가 그 바탕에 있었다. 지금까지 살펴본 「벽화」의 내용처럼 한반도의 분단 이후 발생한 한국전쟁에 참전했던 일본인 미군의 전쟁 묘사는 '일본 식민주의 이후'의 한국전쟁이 아니라 어느 일반적인 '전쟁'이 되어 있다. 일반화된 '전쟁'에서 일본인 미군은 참혹한 경험을 하고 전쟁 트라우마를 겪으며 전후를 살아간다. 그의 기록은 세밀한 고지 묘사와 고지전을 하고 있는 하루하루의 시간에 따른 치열함이 그대로 드러나지만, 이 전쟁을 하고 있는 땅인 조선과 그 조선에서 동족 간의 전쟁을 겪어야 했던 사람들에 대한 일본인으로서의 죄의식과 책임감 따위는 전혀 없다. 그의 기록은 미군병사들의 동료가 되어 단지 돌아가고 싶은 미국의 고향에 대한 향수로 끝나 버린다.

패전 후 일본인의 관심에서 멀어진 '조선'이라는 곳에서 일어난 전쟁은 미군 점령하에 있었던 일본인에게 그저 총성도, 함성도 들리지 않는 바다 건너의 일, 잡지의 화보로 재구성한 벽화와 같은 것이었음을 이 소설은 보여준다.

아쿠네의 쪽지 속에서 치열한 전쟁터의 모습을 영화처럼 묘사한 후 소설은 다시 서술자인 '나'에게로 돌아온다. '나'는 "여자에게 가장 먼 관심사는 전쟁"이고 "그의 '전쟁'을 읽을 때 총성도, 함성도 듣지 않았다"라며 패전한 해 아쿠네가 흥얼거리던 노랫소리를 기억해내며 소설은 끝난다.

여자에게 가장 먼 관심사는 전쟁일 것이다. 어떤 메모에서 아쿠네는 쓰고 있었다. "문제는 전쟁터를 어떤 각도에서 보는가이다." 정말 그렇다. 시점을 바꾸면 어떤 전쟁터의 단면도 교묘한 외과의처럼 봉합해서 재구성할 수 있다. 단지 내 경우, 그가 본 각도에서 전쟁터가 보이지 않을 뿐이다.[20]

여성이 가장 큰 수난을 겪는 전쟁의 소용돌이 속에서 일본인 여성 서술자인 '나'는 가장 멀게 느껴지는 관심사가 '전쟁'이라고 서술한다. 그러나 한편, 바다 건너에서는 그 '전쟁'을 바로 맞닥뜨리고 있었던 남북의 여성들이 있었다.

이른바 '전후'가 끝난 시기의 일본에서 누구에게나 '한국전쟁'은 그저 일반화되고 자신과 관계없는 전쟁, '벽에 붙어 있는 그림' 혹은 다른 먼 세상에서 일어나는 일일 뿐이었다. 일본이라는 '국가'를 드러내지 않고,

---

20   위의 책, 583면.

끊임없이 '미국의' 전쟁에 협력해 온 그들이 할 수 있는 일이란 쪽지에 '존 스미스'라는 미국 이름으로 그들이 참전한 전쟁을 기록하고, 더 이상 아무런 무기도 실을 수 없는 종이비행기를 허공에 날려버리는 일뿐이지 않았을까.

식민주의에 대한 아무런 반성도 직시도 없이 1965년 한일기본조약은 이루어져 버렸고, '평화'의 이름에 가려진 전쟁과 식민지 책임은 어느 순간 누구의 책임도 아닌 것처럼 사라져 버렸다. 전쟁의 기록을, 전쟁의 현장을 '벽화'로 만들어버리는 현실 인식 — 이것이 1965년 이후의 일본인의 한국에 대한 인식이었을지도 모르겠다. 샌프란시스코 강화조약을 기초로 한 한일의 1965년 체제는 냉전 논리가 심어진 식민주의 시스템[21]의 재생산이기도 했다. 요컨대, 박제된 '옛' 전쟁 그림에 대해 누구도 책임을 느끼지 않아도 괜찮은 구조 — 이것이야말로 전후 일본을 관통해온 무책임과 망각의 구조이다.

6. 망각의 구조와 일본의 평화

'전후민주주의'와 '평화헌법'은 전쟁 일으켰던 일본 제국주의와 제국주의 하에서 일어났던 가해의 역사와 단절된, 평화를 지향하는 일본이라는 아름다운 이미지를 불러일으킨다. 과거의 역사를 반추하고 사유하는 일은 단절적인 인식을 넘어 역사적이고 연속적인 존재로서의 주체를 정립하는 일과 관계된다.

---

21 요시자와 후미토시, 「샌프란시스코 강화조약과 '전후 한일관계'의 원점 – '1965년 체제'를 둘러싼 고찰」, 『영토해양연구』 no. 22, 동북아역사재단, 2021, 53면.

이 글에서는 노로 구니노부의「벽화」속, 단절적 역사 인식과 연속적 삶 사이에서 자신을 잃어버린 '아쿠네'를 통해 한국전쟁과 식민주의가 일본에서 어떻게 망각되었는지를 살펴보았다. 식민주의에 대한 역사적 인식과는 별개인 것처럼 논의되는 '평화헌법'과 일본의 평화는 식민주의 — 아시아태평양전쟁의 종결 — 한국전쟁으로 이어지는 역사적 책임과 과제에 대한 논의를 통할 필요가 있다. 이를 위해 일본 전후 문학과 한국전쟁, 그리고 한국전쟁 이후의 한국문학을 비교하고 분석하는 일은 한반도를 둘러싼 긴장이 극화되고 있는 지금이야말로 더욱 중요한 작업이다.

바다 건너의 '평화'와 그 맞은 편의 '분단 / 전쟁'이 각각의 장소에서 어떠한 삶과 역사를 만들어 냈는지는 따로 떼어서 이야기할 수 없을 것이다. 일본의 평화와 역사적 책임에 대한 망각의 구조를 구체적으로 논의할 수 있을 때 동아시아의 '평화'라는 공통 감각이 만들어질 수 있을 것이다.

제7장

일본 SF장르에 나타난 냉전 (무)의식과 분단의 상상력

고마쓰 사쿄小松左京의
『일본 아파치족日本アパッチ族』을 중심으로

김지영

이 글은 「일본 SF장르에 나타난 냉전 (무)의식과 분단의 상상력－고마쓰 사쿄(小松左京)의 『일본 아파치족(日本アパッチ族)』을 중심으로」, 『일본공간』 no.32, 국민대 일본학연구소, 2022, 129~163면을 수정한 것이다.

고마쓰 사쿄 小松左京, 1931.1.28～2011.7.26

고마쓰 사쿄는 1931년 오사카 출생의 소설가이다. 본명 고마쓰 미노루(小松實), 교토대학 입학 후 반전·평화를 주장한 일본공산당에 입당했다. 이 때문에 필명을 좌파 기가 있는 교토대 학생이라는 뜻으로 사쿄(左京)로 정했다고 한다. 호시 신이치(星新一), 쓰쓰이 야쓰타카(筒井康隆)와 함께 일본 3대 SF작가로 꼽히며 일본 SF를 견인해 온 작가라는 평가를 받고 있다. 하드SF부터 시간여행, 대체역사, 액션, 공포, 미스터리, 정치소설 등 다양한 장르에 걸쳐 많은 작품을 발표했으며, 영화로도 제작된 대표작 『일본침몰(日本沈没)』은 1973년 출판된 해에 상하권 합쳐 340만 부가 판매되는 등 일본에서 사회적 현상을 불러일으켰다. 작가로 데뷔하기 전에 만화를 발표한 적도 있으며, 1970년 오사카 박람회 주제관 서브 프로듀서, 국제SF 심포지엄 실행위원장, 1980년 일본SF작가클럽 회장, 1990년 국제 꽃박람회 종합프로듀서, 우주개발 진흥을 목적으로 한 우주작가클럽 고문 등 소설 집필 외에도 다양한 활동을 했다. 2011년 일본 오사카에서 폐렴으로 생을 마감했다.

1. 들어가며

일본의 문화연구자 마루카와 데쓰시丸川哲史는 2005년에 출간된 저서 『냉전문화론―잊혀진 모호한 전쟁의 현재성冷戦文化論―忘れられた曖昧な戦争の現在性』에서 전후 일본의 '냉전의 망각=무의식'을 지적하면서, "일본인들은 냉전이 무엇이었는지를 역사적 실감으로 알고 있는 것일까?"라고 자문한 바 있다.[1] 마루카와에 따르면, 일본인들은 동아시아에서 미국과 합작으로 냉전체제를 지탱했던 '냉전의 주재자'였음에도 불구하고 냉전과 마주하지 않은 채로 '전후'라는 시공간을 살아왔는데, 마루카와가 던진 물음이 동시대 일본인들에게 여전히 '새로운' 화두였다는 사실은 1990년대 이후 냉전체제가 해체되고 한참 시간이 흐른 후에도 냉전이 여전히 일본인들의 의식의 주변부에 머물고 있었음을 시사한다.

한국과 대조를 이루는 일본의 이러한 냉전 (무)감각은 무엇보다 한국전쟁이라는 지상전을 직접 치러낸 한국과는 달리 일본이 동아시아의 열전熱戦의 전선에서 가까스로 후방에 비껴있었다는 역사적 경험과 관계된다. 여기서 '가까스로'란 단순한 물리적 거리만이 아닌 역사적 가능성의 차원까지를 포함하는데, 많은 논자가 지적하듯이 한반도에서 '국제적 내전'이 치러진 것은 여러 우연적 요소가 복합적으로 작용한 결과였으며, "2차 세계대전 이후 찾아온 냉전질서에서 미국과 소련에 의해 패전국 일본이 분단된다는 것은 충분히 가능한 시나리오"였다.[2] 하지만 한반도에서 전쟁이 발발하면서 일본은 미국의 후방 기지 역할을 부여받았고, 전쟁

1 　丸川哲史,『冷戦文化論―忘れられた曖昧な戦争の現在性』, 双風舎, 7~8면.
2 　니시무라 히데키, 심아정 외역,『'일본'에서 싸운 한국전쟁의 날들―재일조선인과 스이타사건』, 논형, 2020, 5~7면.

특수를 발판으로 전후 부흥의 길로 들어섰다. 일본은 '기지국가'로서 이 전쟁의 폭력에 깊이 관여했지만,[3] 패전 이후 '평화국가'를 표방해온 일본의 '전후' 서사에서 한국전쟁은 경제적 특수로만 언급될 뿐, 중요한 역사적 기억으로 자리 잡지 못했다.

그렇다면 문학적 재현의 영역에서 한국전쟁은 어떻게 나타날까? 일본의 영화와 문학에 나타난 냉전의 흔적을 추적한 마루카와가 "한국전쟁을 다룬 것은 재일조선·한국인의 것을 제외하면 너무나 수가 적"고, 그조차도 "전후일본의 풍속의 일부"로서 그리는 데에 그치고 있으며, "풍속으로 처리되는 묘사 역시 근래에는 거의 찾아볼 수 없다"고 그 경향을 언급한 바 있듯이,[4] 일본문학에서 한국전쟁의 표상은 '부재'로 평가될 정도로 그 수가 적고, 한국전쟁을 중심적인 소재로 다루는 경우는 드물었다고 할 수 있다. 이러한 사정 때문에 종래의 일본문학 연구에서 한국전쟁은 크게 주목받지 못했다.

하지만 2000년대 이후 냉전문화 연구의 진전과 더불어 일본문학/문화 연구에서 1950년대가 재조명되면서, 한국전쟁 하 일본에서 펼쳐졌던 사회·문화사적 경관을 다층적으로 조명한 연구성과가 나오고 있다. 재일조선인 작가의 작품을 중심으로 이루어졌던 문학적 재현의 고찰은 일본인 작가들로 확대되었고,[5] 한국전쟁 시기에 전개된 문화서클 운동이

---

3   남기정, 『기지국가의 탄생-일본이 치른 한국전쟁』, 서울대 출판문화원, 2016.

4   丸川哲史, 앞의 책, 10면.

5   대표적 연구는 다음과 같다. 고바야시 코우키치, 「전쟁의 기억과 마주 보는 문학-일본과 재일동포의 문학을 아우르며」, 『한국학 논집』 vol.41, 한양대 한국학연구소, 2007, 87~109면; 나가네 다카유키, 「훗타 요시에 『광장의 고독』의 시선-한국전쟁과 동시대의 일본문학」, 『한국어와 문화』 vol.7, 숙명여대 한국어문학연구, 2010, 187~210면; 서동주, 「'전후'의 기원과 내부화하는 '냉전'-홋타 요시에의 『광장의 고독』을 중심으로」, 『일본사상』 28, 일본사상사학회, 2015, 51~73면; 남상욱, 「전후 일본문학 속의 '한국전

지녔던 반전저항운동의 성격에 주목하면서 재일조선인과 일본인 작가들의 연대를 조명한 연구성과도 출간되었다.[6] 이러한 흐름 속에서 2012년에는 한국전쟁을 테마로 한 일본문학작품 앤솔로지가 출판되기도 했다.[7] 이처럼 한국전쟁의 재현에 관한 소개와 연구는 일정 수준 진전을 보이고 있지만, 현재까지 다루어진 작품의 리스트는 대부분 대중적으로 많이 읽힌 작품에서는 비껴 있으며, 리얼리즘 소설의 계보에 편중되어 왔다. 하지만 냉전이 전후 일본에서 '망각=무의식화'된 것이라면, 리얼리즘적 재현 바깥으로 시야를 넓혀 냉전이 남긴 기억의 흔적을 읽어내는 작업이 필요한 것은 아닐까?

여기서 시야를 SF장르로 돌려보면, 한국전쟁과 냉전이 야기한 지정학적 상상력과 불안감이 반영된 것으로 보이는 작품이 적지 않다. 이를테면 일본 인민민주주의공화국이 동경東經 139도선의 동쪽에 건국된다는 설정의 야하기 도시히코矢作俊彦의 『아・쟈・팡あ・じゃ・ぱん』1997이나, 제2차 세

쟁'−한국전쟁과 전후 일본의 내셔널 아이덴티티, 『비교한국학』 23(1), 국제비교한국학회, 2015, 11~37면; 소명선, 「재일조선인 에스닉잡지와 '한국전쟁'−1950년대의 일본열도가 본 '한국전쟁'」, 『일본근대학연구』 61, 한국일본근대학회, 2018, 199~223면; 黒川伊織, 「〈まいおちるビラ〉と〈腐るビラ〉−朝鮮戦争勃発直後の反戦平和運動と峠三吉・井上光晴」, 『社会文学』 38, 『社会文学』編集委員会, 2013, 104~115면; 張允麾, 「朝鮮戦争をめぐる日本とアメリカ占領軍−張赫宙『嗚呼朝鮮』論」, 『社会文学』 32, 『社会文学』編集委員会, 2010, 157~171면; 松居りゅうじ, 「朝鮮戦争と抵抗雑誌「石ツブテ」を語る」, 『社会文学』 23, 2006, 『社会文学』編集委員会, 156~166면; 川口隆行, 「山代巴「或るとむらい」論−朝鮮戦争と原爆表現の生成」, 『社会文学』 43, 『社会文学』編集委員会, 2016, 119~130면.

6   宇野田尚哉 外編, 『「サークルの時代」を読む−戦後文化運動研究への招待』, 影書房, 2016; 道場親信, 『下丸子文化集団とその時代−一九五〇年代サークル文化運動の光芒』, みすず書房, 2016.

7   金石範 외, 『コレクション 戦争と文学1 朝鮮戦争』, 集英社, 2012. 표지는 '경계선에 의해 단절된 장소에서 살아가는 사람들'이라는 뜻을 담아 '단(斷)'의 이미지로 디자인되었다.

계대전 종결 후 연합국의 일본 분할통치계획에 따라 분단된 일본을 그린 무라카미 류村上龍의『오분 후의 세계五分後の世界』1999, 북한의 무장부대가 일본에 침입해 후쿠오카 일대를 점령하자 본토침입을 막기 위해 일본 정부가 이 지역을 봉쇄한다는 무라카미 류의『반도에서 나가라半島を出よ』2005 등에는 '분단'에 대한 상상이 한국의 그것과는 또 다른 형태로 나타난다. 또한 현재 일본 애니메이션을 대표하는 신카이 마코토新海誠 감독 역시 〈구름의 저편, 약속된 장소雲のむこう, 約束の場所〉2004에서 패전 후 홋카이도가 소련의 점령 아래 놓인 후 공산주의 국가로서 본토로부터 분단되는 상황을 상상했다.

이들 작품들이 공통적으로 SF의 하위 장르 가운데 하나인 대체역사 Alternate History적 설정을 빌려 일본을 둘러싼 지정학적 잠재태潛在態를 탐색하고 있다는 점은 흥미롭다. 그런데 앞에서 나열한 작품들이 모두 냉전체제가 해체된 1990년대 이후에 발표된 사실은 그 자체로서 주목을 요한다. 즉, 1990년대 이후 미소 대결 구도의 냉전 구조가 와해되면서 일본은 탈 냉전기 국제질서의 변동에 대응해야 할 필요에 직면했고, 이와 연동되면서 그때까지의 '전후' 인식이 도전받기 시작했다. 그러한 가운데 '전후 60년'을 맞이한 2005년을 전후해 "한국전쟁을 경제적 특수로만 보는 일국주의一國主義적인 일본의 전후사가 아닌 동아시아의 지정학 속에서 보고자 하는 움직임"도 나타났다.[8] 이러한 일련의 흐름에 비추어 본다면, 위에서 언급한 표상의 '지연'이야말로 일본의 냉전 (무)의식의 특징을 보여준다고도 할 수 있을 것이다.

이처럼 1990년대 이후 탈냉전을 계기로 수면 위로 부상한 냉전 의식

---

8   宇野田尚哉 외, 앞의 책, 10면.

과 '분단'의 상상력에 대해서는 향후 다각적인 고찰이 필요할 것이지만,[9] 이 글에서는 먼저 냉전 초기로 거슬러 올라가 1950~60년대 일본의 SF적 상상력에 나타난 냉전 (무)의식을 살펴보고자 한다. 일본에서 SF적 상상력과 냉전 의식의 교차는 '핵'의 표상을 중심으로 고찰되어 왔다고 할 수 있는데,[10] 이와는 달리 이 글에서는 1960년대에 일본의 '내전內戰'을 그린 고마쓰 사쿄小松左京, 1931~2011의 『일본 아파치족日本アパッチ族』1964에 주목하고자 한다.

쓰쓰이 야쓰타카筒井康隆, 호시 신이치星新一와 더불어 일본 SF를 대표하는 삼대 작가御三家 가운데 한 사람으로 꼽히는 고마쓰 사쿄는 일본의 SF 작가 제1세대에 해당한다. 소설 단행본만도 62권에 이르는 왕성한 집필 활동 외에도 만화가, 방송작가, 르포르타주 라이터, 만국박람회 코디네이터 등 다재다능한 활동을 펼친 고마쓰는 영화로도 제작된『일본 침몰日本沈没』1973의 저자로 잘 알려져 있는데, 그에 비해『일본 아파치족』은 국내에서는 잘 알려져 있지 않다. 하지만 이 작품은 고마쓰의 첫 장편소설이자 일본 최초의 본격 SF 장편소설로 평가되는 만큼 문학사적으로도 중요한 의미를 지닐 뿐만 아니라, 발표 당시 6만 부 이상이라는 "SF출판에서는 유례없는 부수"가 팔리면서 베스트셀러가 되었다는 점에서[11] 1960년대 일본의 대중적 감성에 부합했던 작품이었다고 볼 수 있을 것이다.

『일본 아파치족』을 다룬 선행연구는 재일조선인 표상과 관련지어 '아

---

9   이와 관련된 선행연구로는 남상욱, 「포스트냉전기의 '전쟁'에 대한 일본문학의 상상력 -무라카미 류의『반도에서 나가라』의 '폭력'을 중심으로」, 『일본학보』 108, 한국일본 학회, 2016, 121~142면.

10 냉전기 일본의 핵을 둘러싼 무의식을 드러내는 대표적 문화 표상으로는 '피폭 괴수' 고 질라를 들 수 있다.

11 福島正実, 『未踏の時代 - 日本SFを築いた男の回想録』, 早川書房, 2009, 178~179면; 巽孝之, 「解説」, 小松左京, 『日本アパッチ族』, 角川書店, 2012, 363면.

파치족ｱﾊﾟｯﾁ族'에 주목한 논고,[12] SF적 관점에서 포스트휴먼적 신인류의
출현 등을 논한 논고,[13] 전후론적 프레임에서 작품을 논한 논고[14] 등으로
대별해볼 수 있다. 이 글에서는 일본에서 내전이 발발해 사실상 국토가
본토와 오키나와로 분단되는 상황으로 치닫는다는『일본 아파치족』의
서사에 주목해 SF적 상상력에 기입된 냉전의 (무)의식을 추적해보고자
한다. 프레드릭 제임슨Frederic Jameson이 문화적 산출물로서의 서사는 "사회
적으로 상징적인 행위"이며, 현실의 모순을 이데올로기적으로 봉쇄하는
동시에 유토피아적으로 해결하려는 정치적 무의식이 투영된 것이라 정
의한 바 있듯이,[15]『일본 아파치족』에는 1960년대 일본의 정치적 무의식
이 투영되어 있으며, 이 작품은 냉전적 공간을 알레고리적으로 환기하는
메타포로 가득한 텍스트임이 드러날 것이다.

---

12   朴裕河,「共謀する表象－開高健・小松左京・梁石日の「アパッチ」小説をめぐって」,『日
      本文学』55(11), 2006, 35~47면; 李建志,「独立小説－戦後の「内地」」,『比較文學研
      究』91, 東大比較文學會, 2008, 64~85면. 이 외에 고마쓰 문학과 관련된 주요한 선행
      연구로, '고마쓰 사료 탄생 90주년 / 사후 10년 기념 특집호' 꾸려진 잡지『現代思想』
      49(11), 青土社, 2021에 수록된 논고들도 참조.
13   巽孝之,「解説」, 앞의 책, 362~372면; 巽孝之,「「鉄男」が時を飛ぶ－日本アパッチ族の
      文化史」,『ユリイカ』27(5), 青土社, 1995, 62~79면.
14   村上克尚,「戦後文学としての『日本アパッチ族』」,『現代思想』49(11), 青土社, 2021; 山
      本昭宏,「終わる日本と終わらない日本―聖戦・革命・核戦争」, 위의 책; 駒居幸,「日本の
      戦後復興は暴力をどのように位置づけたか―小松左京『日本アパッチ』論」,『文化交流
      研究』8, 筑波大学文化交流研究会, 2013, 1~15면.
15   프레드릭 제임슨,『정치적 무의식－사회적으로 상징적인 행위로서의 서사』, 민음사,
      2015.

2. '오사카포병공창', '아파치족', '철'을 둘러싼 역사적 지층

고마쓰 사쿄의 『일본 아파치족』은 1950년대 후반에 실제로 오사카에 출현했던 '아파치족'에서 영감을 받아 SF적 상상력을 구축한 작품이다. 여기서 '아파치족'이란 폐허가 된 오사카포병공창大阪砲兵工廠[16] 터에 잠입해 들어가 매몰된 고철을 팔아 생계를 유지했던 재일조선인 중심의 집단을 지칭하던 말로, 일본 '아파치족'은 고마쓰 외에도 가이코 다케시開高健의 『일본 삼문오페라日本三文オペラ』1959, 양석일梁石日의 『밤을 걸고夜を賭けて』1994에 의해 반복적으로 서사화된 바 있다. 1958년에 아쿠타가와상芥川賞을 수상한 가이코는 당대 순문학의 기수였으며, 고마쓰는 SF장르에서 대중문학을 대표하는 작가였고, 양석일은 1980년대에 등단하여 재일 2세 작가로서 입지를 구축해왔다고 할 수 있는데, 그렇다면 이처럼 문학적·실존적 입지를 달리하는 세 작가가 '아파치족'에 이끌린 것은 어떠한 연유에서였을까? 이 장에서는 먼저 '아파치' 서사의 핵심이 되는 오사카포병공창, 아파치족, 그리고 철의 문화사적 의미를 각각 확인하기로 한다.

오사카포병공창 터는 현재의 오사카성 공원 동쪽 일대에 해당하는 부지이다. 1868년 메이지 정부 성립 직후 오사카를 일본의 군사 시설의 중심지로 삼으려는 계획이 추진되었고, 그 일환으로 1870년에 무기를 공급하기 위한 오사카포병공창이 세워진다. 이후 잇따른 전쟁을 거치면서 오사카포병공창의 규모는 점점 확대되어 패전 시에는 6만 4천여 명이 종사

---

16 정식 명칭은 '오사카조병창(造兵廠)'. 건립시 명칭은 '조병사(造兵司)'였으며 '오사카 육군조병창' 등으로 불리기도 한다. 이 글에서는 가장 일반적 명칭이자 고마쓰가 『일본 아파치족』에서 쓰고 있는 명칭인 '오사카포병공창'을 차용한다.

하는 동양 최대의 무기 공장으로 성장해 있었다. 약 130만m² 규모의 공장부지에는 대포의 포신, 포탄, 전차 등을 만드는 공장이 빽빽이 들어서 있었는데, 이곳에서 생산된 무기는 조선과 만주 등지를 포함한 제국 일본의 침략과 식민지 지배에 사용되었다. 현재 야스쿠니신사의 입구에 서 있는 청동 도리이鳥居가 1887년 오사카포병공창에서 제조되었다는 사실이 보여주듯이, 이곳은 일본의 군사제국주의를 상징하는 장소이다.[17]

그런데 이처럼 일본 군수산업의 심장부였던 오사카포병공창은 패전을 하루 앞두고 미군의 대규모 공습으로 괴멸되어 폐허가 되고, GHQ 점령기에 미국에 의해 배상지정물건으로 지정되어 사용 가능한 병기와 자재가 반출되었다.[18] 그 후 1952년 강화조약이 발효되면서 포병공창 터는 일본 정부에 반환되어 국유재산으로 재무국의 관리하에 놓이게 되는데, 이곳에는 여전히 많은 양의 고철이 매몰되어 있었다. 이 오사카포병공창 터를 생존의 기반으로 삼았던 이들이 전후 불안정한 법적 지위와 차별로 인해 빈민층으로 내몰린 조선인들을 중심으로 한 '아파치족'이다. 패전 직후부터 현재의 오사카성공원역 북동쪽을 흐르는 네코마猫間川강의 북쪽 일대에 판잣집을 지어 정착했던 조선인들이 1956년경부터 오사카포병공창에서 고철을 줍기 시작했는데, 이윽고 경찰의 단속이 시작되었고 이 사실이 1958년경부터 매스컴을 타고 일본사회에 알려지게 되면서 이들은 '아파치족'이라 명명된다. '아파치족'이란 존 포드John Ford 감독의 서

---

17 이상의 오사카포병공창에 관한 기술은 쓰카자키 마사유키, 신주백 역, 「오사카성 부근에 남겨진 근대 한일 관계의 상흔」, 『역사비평』 83, 역사비평사, 2008, 373~384면을 참조하였다. 이 논문에 따르면, 아시아태평양전쟁 당시 1300여 명의 조선인들이 강제연행되어 오사카포병공창에 종사하고 있었다. 조선과 만주에서 이용된 증기기관차 역시 이곳에서 제조되었다.

18 巽孝之, 「解説」, 앞의 책, 363면.

부극 영화『아파치 요새*Fort Apache*』1948에서 따온 것으로, 당시 '아파치족'의 중심을 이루던 재일조선인과 오키나와沖縄 출신자들이 경찰을 피해 도주하면서 내는 소리가 인디언들의 함성소리와 흡사하다 하여 붙여진 명칭이다. 이들의 탈주극은 매스컴을 통해 연일 떠들썩하게 보도되었는데, 우에노 도시야上野俊哉는 당시 매스컴에 의해 일방적으로 명명된 '아파치족'이라는 호칭의 배후에는 "조선인에 대한 차별이라는 사실을 직접적으로 언급하고 싶지 않은" 전후 일본인들의 욕망이 있었다고 지적한다.[19]

1950년대 후반 재일조선인들이 고철을 팔아 수입을 얻을 수 있었던 배경에는 한국전쟁 특수가 있었다. 한국전쟁 당시 미국이 일본을 군사기지 삼아 일본에서 병기를 조달했기에 일본 경제는 빠른 속도로 재생할 수 있었고, 24억 달러에 이르는 특수와 건설경기에 힘입어 고철은 1톤 당 3만~10만 엔 사이의 가격으로 수매되는 호황기를 맞았다.[20] 즉, 제국일본의 군수산업이 냉전을 매개로 전후 일본의 경제성장과 접속되면서, 패전으로 고철이 된 강철이 재생되어 전후 일본의 부흥을 뒷받침하는 철의 순환 구조가 생겨난 것이다. 한국전쟁에서 활약한 미군 전차가 휴전을 맞은 후에 대량으로 일본으로 이송되었고, 그 가운데 양질의 강철은 재가공되어 1958년에 완공된 도쿄타워의 일부로 쓰였다는 일화는 한국전쟁과 일본의 전후 부흥의 관계를 단적으로 보여준다.[21]

전후 일본 / 일본인과 오사카포병공창廢墟 / 아파치족재일조선인 사이의 경계선은 냉전의 명암이 교차하는 분단선과도 포개어진다. 일본인들이 한

---

19   上野俊哉,「エクソダスの夜」,『ユリイカ』, 青土社, 2000, 128면.
20   巽孝之,「解説」, 68면.
21   生方幸夫,『解体屋の戦後史—繁栄は破壊の上にあり』, PHP研究所, 1994; 巽孝之,「解説」, 앞의 책, 66면에서 재인용.

국전쟁이라는 '열전'을 통해 패전으로 인한 빈곤과 혼란을 종식시키고 냉전의 수혜를 받으며 평화와 번영의 '전후'로 나아갔다면, 제국의 잔재를 떠안은 채 냉전의 부채를 다시금 짊어지게 된 이들이 재일조선인이었다. 제국일본의 패전 후 일방적으로 일본 국적을 박탈당한 조선인들은 GHQ 점령하에서 냉전의 격화와 한국전쟁을 거치며 관리대상으로 간주되었고, 치안을 명분 삼아 시민적·민족적 권리조차 보장받지 못했다.[22] '폐허'를 뒤로 하고 평화와 번영의 '전후'를 살아간 일본인들과는 달리 그러한 '전후'로부터 소외되어 '폐허'에 머무를 수밖에 없었던 재일조선인들은 말 그대로 '전후'의 균열과도 같은 존재이다.

이처럼 '아파치족'이 '전후'의 그늘이자 균열을 상징하는 신체라고 한다면, 그 특성은 1950년대 중반 일본의 풍속을 상징하는 '태양족太陽族'과의 대비를 통해 더욱 선명히 드러난다. 이시하라 신타로石原慎太郎의 1956년 아쿠타가와상 수상작 『태양의 계절太陽の季節』과 그의 동생 이시하라 유지로石原裕次郎가 주연한 동명 영화에 등장하는 자유분방한 십 대들을 모방한 젊은이들이 출현하면서 하나의 사회적 현상이 된 '태양족 붐'은 고도성장기로 진입한 일본의 풍요를 체현한다. 미군기지에 인접한 쇼난湘南 해변과 긴자銀座 거리에 등장한 미국적이며 세련된 '태양족'의 신체는, 이를테면 가이코 다케시의 『일본 삼문오페라』가 그려내는[23] '아파치족'의 동물적이며 야만적인 '자이니치在日'적 신체와는 뚜렷한 대비를 이룬다. 일본의 냉전문화를 고찰한 앤 셰리프Ann Sherif는 1950년대에 서구 자유진영 국가 곳곳에서 출현한 '반항하는 젊은이'들이 공산진영의 전체주의

---

22   大沼久夫, 『朝鮮戦争と日本』, 新幹社, 2006, 184면.
23   가이코 다케시는 실제로 재일조선인 시인인 김시종(金時鐘)의 안내로 아파치 부락을 방문하고 작품을 집필했다.

와 대비되는 자유민주주의의 해방과 자본주의적 풍요를 상징하는 문화적 아이콘이었으며, 이에 해당하는 일본 중산층의 형상이 '태양족'이었다고 그 냉전문화사적 의미를 읽어낸 바 있는데,[24] '태양족'은 '무법자outlaw'적 형상이라는 점에서 '아파치족'과 공통점을 갖지만, 전자와 달리 후자는 법의 보호망 바깥으로 내몰리게 된 이들이었다. 이러한 의미에서 '태양족'과 '아파치족'은 1950년대 냉전문화의 형성 과정에서 출현한 쌍생아와도 같은 존재이자, 1950년대 일본의 표상공간에서 서로 대척점에 위치하면서 '전후'의 명암을 각각 상징하는 신체라고 볼 수 있을 것이다.

이상에서 살펴본 바와 같이, '오사카포병공창'-'아파치족'-'철'이라는 기호군에는 제국에서 패전, 점령, 냉전, 고도성장기에 이르는 역사적 지층이 다층적으로 얽혀있다고 볼 수 있는데, 그렇다면 이러한 자장 위에서 『일본 아파치족』은 어떠한 서사를 시도하고 있을까? 프로이트가 개인의 억압된 무의식의 기억을 찾아내는 작업을 고고학이 오랜 지층으로부터 과거의 도시와 촌락을 발굴해 내는 것에 비유해 보였듯이, 우에노 도시야는 "일본이 총력전을 수행하기 위해 필요로 한 군수물자의 잔재"인 고철을 파내는 아파치는 일본의 억압된 사회적 기억 즉, 일본사회가 다른 이들에게 드러내고 싶어하지 않는 과거, 자신들만의 것으로 해둘 수 있다면 그러고 싶어하는 기억을 들추어내는 것과도 같은 의미를 지닌다고 해석한 바 있다.[25] 그렇다면 다음 장에서는 『일본 아파치족』 텍스트에 내재한 냉전의 지층을 파헤쳐 냉전 (무)의식을 드러내 보이고자 한다.

---

24 Ann Sherif, *Japan's Cold War : Media, Literature, and the Law*, New York : Columbia University Press, 2009, p.6. '태양족'에 관해서는 難波功士, 『族の系譜学ーユース・サブカルチャーズの戦後史』, 青弓社, 2007, 110~133면도 참조.

25 上野俊哉, 「エクソダスの夜」, 『ユリイカ』 32(15), 青土社, 2000, 127면.

3. 고마쓰 사쿄의『일본 아파치족』에 나타난
SF적 상상력과 냉전 (무)의식

1) '폐허'의 대체미래로 상상된 또 하나의 '전후'

일본 SF문학사상 기념비적인 작품으로 평가되는『일본 아파치족』은 라디오가 고장나서 심심해하는 아내를 위해 쓴 이야기를 원형으로 삼아 완성되었다고 전해진다.[26] 고마쓰는 구체적인 집필 경위와 관련하여, "1958년 즈음 오사카신문大阪新聞 사회면에 오사카에 「아파치족 나타나다」라는 제목이 나와 있는 것을 보고 곧바로 만화적인 이미지가 떠올랐"고, "아파치라는 캐릭터를 가져옴으로써, 일본 멸망도 무언가 크게 웃을 수 있는 이야기가 되지 않을까 하고 생각했던 것이 집필 동기였다"고 회상한 바 있다.[27]

이 소설의 대략의 플롯은 다음과 같다. 1960년대로 추정되는 일본에서, 오사카포병공창 터에 철을 먹는 신인류 집단인 '아파치족'이 출현한다. 일본정부는 이들을 박멸하고자 군사작전을 펼치지만, 철을 먹는 '식철食鉄 인종' 집단은 전국 각지에 출현하고 그 수가 점차 늘어나 일본의 정치·경제 구조까지 뒤흔들기에 이른다. 독립된 거류지를 요구하는 아파치족과 일본 정부 사이에 협상이 시도되지만 난항하는 사이, 정재계와 결탁한 군부가 쿠데타를 일으켜 정권을 장악하고 아파치에 대한 대대적인 군사공격을 감행하면서 일본군과 아파치 사이에 '대大아파치전쟁'이 발발한다. 아파치족은 추장 니게 지로二毛次郎의 지도하에 일본정부군에 맞서 '초토焦土 작전'을 전개한다. 이 전쟁에서 아파치족이 승리한 결과 일

---

26   小松左京,『SF魂』, 新潮社, 2006, 61면.
27   小松左京,『小松左京自伝－実存を求めて』, 日本経済新聞出版社, 2008, 125~126면.

본은 멸망하고 폐허 위에 '아파치 국'이 탄생한다. 결말에 삽입된 '에필로그'의 후일담에 따르면, 디아스포라가 된 일본국민들은 망명정부를 오키나와에 수립하고 유엔의 승인을 받아 오키나와 본도와 주변 섬들 일대를 영토로 하는 새로운 '일본'을 세운다. 일종의 분단국가가 성립하게 되는 결말이라고 볼 수 있다.

다쓰미 다카유키異孝之가 "『일본 아파치족』의 묘미는 민족투쟁으로부터 인류의 초진화超進化로 문제를 시프트시킨 점에 있다"[28]고 평한 바 있듯이, 고마쓰의 '아파치족' 형상화는 가이코-양석일로 이어지는 리얼리즘 소설의 계보와는 큰 차이점을 보인다. 재일조선인들을 중심으로 하는 인물군상을 통해 '아파치족'을 그려낸 가이코의 소설에서 '철을 웃는다 / 먹는다鉄を笑う/食う'라는 은어가 '철을 훔친다'는 의미로 쓰였다면, 고마쓰의 소설에서 '아파치족'은 문자 그대로 철을 먹는 '초인류적' 집단으로 재탄생하게 된다.[29] 이처럼 철을 먹는 초인류의 출현이라는 SF적 설정은 일견 현실 세계의 역사적 지층으로부터 거리를 두는 것처럼 보이기도 한다. 하지만 냉전시대에 SF가 풍부한 알레고리를 제공한 바 있듯이, 비非리얼리즘적 설정이 곧바로 현실 세계와의 단절을 의미하지는 않을 것이다. 그렇다면 고마쓰의 SF서사에는 어떠한 의도가 담겨 있는 것일까?

이 물음에 답하기 위해서는 먼저 이 소설의 첫머리에 삽입된 「서문まえがき」에 주목할 필요가 있다. 작가의 분신과도 같아 보이는 '저자'에 의한

---

28 異孝之, 「解説」, 앞의 책, 365면.
29 고마쓰는 실제로는 집필 당시 가이코의 소설을 알지 못했으며, 『일본 아파치족』 발표 후에 두 작가가 만나 의기투합했다고 회상한 바 있다. 고마쓰의 소설에서는 '제1차 아파치시대'에 포병공창 터 중심에서 밀려난 재일조선인들이 포병공창 터 건너편에 거주하면서 아파치족과 교역을 하고 있는 것으로 그려진다. 즉, 현재 포병공창 터에 서식하고 있는 아파치족은 재일조선인 집단과는 구별되는 존재로 설정되어 있다.

「서문」은 다음과 같이 시작된다.

어느 날 — 나는 오사카성 변두리에 서서 해가 저물어가는 히가시구東区 스기야마쵸杉山町의 풍경을 바라보고 있었다.

눈앞에는 공장 지붕들이 들어서고, 나의 오른편, 즉 남쪽으로는 몇 년 전에 완성된 아름다운 공원이 있었다 — 눈앞의 고가를 오사카 칸죠센環状線 — 예전에는 죠토센城東線으로 불리던 전차가 퇴근길 사람들을 가득 태우고 달리고 있었으며, 마을 위에는 네온사인이 반짝이기 시작하고, 이코마生駒의 산등성이는 벌써 동녘 밤하늘에 녹아들고 있었다 — 그것은 너무나도 평화로운 대도시 한 구역의 저녁 풍경이었다.7면30

이처럼 오사카성의 변두리에 서서 평화와 번영이 시민적 일상을 감싸고 있는 고도성장기 일본의 풍경을 바라보고 있던 저자는, 이윽고 이 구역이 과거에 오사카 최대의 '폐허'였다는 사실을 기억해내며 그곳에 살았던 고철 도둑 집단 '아파치족'을 떠올린다. 전후 '부흥'을 통해 '잿더미焼跡'는 흔적도 없이 자취를 감추고, 같은 자리에 고층 빌딩이 들어서고 새로운 도로가 깔리고 자동차가 범람하는, 즉 "더 이상 전후는 아니라고 사람들이 소리 높여 외치는" 일본의 도시공간에 서서, '나'는 "폐허의 아나키한 에너지를 흡수하고 폐허와 함께 살았던" 아파치족의 기억을 소환하고, "그들의 엄청난 에너지는 어디로 사라져 버렸을까?"8면라고 자문한다. 마치 하품이 날 것만 같은 고도성장기 일본의 안정된 질서와는 대조적으로 "손댈 수 없는 무질서와 뿜어져 나오는 에너지, 그리고 무한한 가능성"을

30　小松左京, 『日本アパッチ族』, 角川書店, 2012. 이하 7장의 해당 작품 인용은 쪽수 표기만 한다.

담고 있었던 '폐허'를 회상하던 '나'는, 이어서 다음과 같이 적는다.

그리하여 나는 '아파치' 이야기를 쓰고자 마음먹었다. 그것은 더 이상 고철 도둑이 아니라 무질서한 에너지로 가득 찬 '폐허' 그 자체에 관한 이야기이다. 동시에 그것은 이처럼 말끔히 정리된 오늘날의 폐허의 모습이 아닌, 폐허 자체의 또 하나의 미래, 또 하나의 가능성일지도 모른다 — 이 황당무계한 가공架空의 이야기는, 내 안에 여전히 완강하게 살아있는 '전후'인 것이다.[9면]

가와무라 미나토川村湊가 지적하듯이, 여기에는 "전쟁에 패배한 어른들이 망연자실해 있을 때, 잿더미가 된 폐허를 보면서 길들여지지 않은 에너지를 발견한" '잿더미·암시장파焼跡·闇市派' 세대의 공통감각[31]이 엿보인다. 그와 같은 감각에 입각해 「서문」의 '저자'는 '아파치'의 이야기를 통해 '폐허'의 대체미래, 즉 현재와 같은 모습이 아닐 수도 있었던 또 다른 일본의 모습을 그려 보이겠다고 선언하고 있는 것이다.

여기서 논의를 좀 더 명확히 하기 위해 부연하자면, 상기 인용문에서 언급된 '전후'란 1956년 『경제백서経済白書』가 "더 이상 전후는 아니다"라고 선언한 맥락에서의 '전후', 즉 전후부흥기를 지칭하는 것으로, 패전 이후 현재까지 이어지는 시공간을 지칭할 때 일반적으로 사용하는 '전후'와는 구분되는 것으로 보아야 한다. 오구마 에이지小熊英二는 이 두 가지 용법의 혼란을 피하기 위해 한국전쟁의 특수에 힘입어 전후 부흥이 완료된 1955년을 기점으로 하여 그 이전과 이후를 '제1차 전후'와 '제2차 전후'로 나누어 부를 것을 제안한 바 있다.[32] 이러한 오구마의 용법을 따르자

---

31   川村湊,「笑い,歌う朝鮮人—梁石日」,『生まれたらそこがふるさと』, 平凡社, 1999, 212면.
32   小熊英二,『民主と愛国—戰後日本のナショナリズムと公共性』, 新曜社, 2003, 11~13

면, 일본 정부와 아파치의 대결을 그려내는 『일본 아파치족』은 '폐허'와 '제2차 전후'가 격돌하는 이야기라고도 볼 수 있을 것이다.

이러한 설정의 이면에는 고마쓰가 동시대 일본에 대해 안고 있었던 강렬한 위화감이 깔려 있다. 그는 1958년 신문에서 아파치족에 관한 기사를 접하고 『일본 아파치족』을 집필하기 시작해 도쿄올림픽이 개최된 1964년에 작품을 완성했다.[33] 이 시기는 한국전쟁의 경제적 특수를 발판으로 고도성장에 돌입한 일본사회가 1960년의 안보투쟁을 거쳐 1964년 도쿄올림픽으로 향해가면서 사회적 안정기에 접어든 시기로, 고마쓰는 작품 발표 당시를 회상하며 다음과 같이 발언한 바 있다.

이런 일본 따위 괴물에게 줘버리자는 나의 절망감도 알아주었으면 한다. 그런 전쟁을 하고 지고서도 무엇 하나 바뀌지 않는 오만함. 좌익도 분열되어 아무짝에도 소용이 없다 — 이런 국가는 인간의 나라라고는 생각하기도 싫다는 통렬한 비꼼을 담았다. 그런 의미에서 『일본 아파치족』은 나의 실존주의 작품이라 할 수 있을지도 모른다.[34]

이 언급에서 『일본 아파치족』이 허구세계에 구축한 '대체미래'를 통해 동시대 일본을 비평하고자 하는 명백한 의도를 갖고 쓰였음을 확인할 수 있는데, 그렇다면 전후에 대한 이토록 통렬한 거부는 어떠한 시대 경험에 바탕을 두고 있는 것일까?

면. 이 글에서는 특별한 언급이 없는 한 '전후'는 패전 이후의 시공간을 지칭하는 일반적 용법으로 쓰기로 한다.

33 小松左京, 『SF魂』, 61~65면.

34 위의 책, 64면.

『일본 아파치족』이 발표된 해인 1964년 6월에 잡지『사상의 과학思想の科学』에 게재한「「종말관」의 종말終末観の終末」이라는 글에서, 고마쓰는 자신의 전중·전후 체험을 다음과 같이 요약한 바 있다.

전중·전후 체험의 유일한 패턴이라면, 배반당한 두 가지, 혹은 세 가지 '종말'의 표상으로 요약될 수 있다. 하나, 성전聖戰. 둘, 혁명. 셋, 핵전쟁 — 정확히 말하자면 두 번째와 세 번째는 아직 완전히 배반당했다고 말할 수는 없다. 하지만 한 때 — 1950년 당시 — 사람들이 예상했던 것과 같은 대변동cataclysm이라든지 종말전쟁Harmagedon이라든지 하는 이미지는 빛바랜 듯하다. (…중략…) 혁명이든 핵전쟁이든, 그것이 이미 완전히 있을 수 없는 일이라고 말하면 총공격을 받을 것 같다. 하지만 양쪽 모두가 '시리어스'한 종말 이미지를 배반하고, 어물쩍 '개량'되어 버릴 가능성도 충분히 있다.[35]

여기서 고마쓰가 배반당한 세 가지 '종말'로 꼽은 '성전', '혁명', '핵전쟁'은 각각 그가 경험한 아시아태평양전쟁, 좌익 활동, 냉전에 대응하는 것으로 볼 수 있다. 이어서 고마쓰의 이력을 간단히 확인하기로 한다.

1931년 오사카에서 태어난 고마쓰 사쿄는 전쟁이 지속되어 언젠가 자신도 징병되어 죽을 것이라 생각했지만, 15살에 살아서 패전을 맞이했다. 이때 마주한 '폐허'는 무질서와 혼돈 그 자체였지만 다른 한편으로 무엇이든 될 수 있는 가능성을 지닌 에너지를 품은 공간으로 각인되었고, 이는 고마쓰에게 있어 전후의 '원풍경原風景'을 이루게 된다. 그 후 1949년 교토대학京都大学에 진학한 고마쓰는 공산당 교토대학 조직에 입당하여

35　小松左京,「「終末観」の終末」,『小松左京全集完全版』第28巻, 城西国際大学出版会, 2006, 334~336면.

1951년 말까지 당원으로 활동했다.[36] 이는 마침 한국전쟁 기간에 해당하는 시기로, 작가는 당시를 다음과 같이 회상한 바 있다.

> 좌익 활동도 역시 반전운동으로 생각했던 부분이 있다. 당시 한반도의 긴장이 고조되어 규슈대학에서 시작된 반전학생동맹의 움직임에 응해 교토대학에서도 6월에 반전학생동맹反戰学生同盟 결성대회를 열었다. 나도 그 중심 멤버 중 한 사람으로, 반전학생동맹에서 낸 『반전평화시집反戰平和詩集』에 「너와 함께きみと共に」라는 시를 쓰기도 했다. 당연히 반전 데모도 했는데, 소감파所感派 지도부는 그런 데모로는 안 된다고 했다. 결국 교토대학 세포는 처분당하고 나도 당 활동 제한처분이라는 것을 받아서 논의에 참여할 수 없게 되었다.[37]

한국전쟁 당시 일본공산당은 '무력혁명' 노선을 채택하고 반전운동을 전개했다. 그러한 가운데 고마쓰는 일본의 패전 후 불과 5년 만에 발발한 한국전쟁에 위기감을 품고 반전운동에 참가했음을 위의 발언으로 알 수 있다.[38] 한편, 이 당시 공산주의 진영의 상황에 대해서는 다소 부연 설명이 필요한데, 고마쓰가 공산당 활동에 몸담고 있었던 1950년 1월 일본공산당은 코민테른으로부터 의회주의를 비판받으면서 국가 단위의 혁명을 주장하는 주류 '소감파'와 세계동시혁명을 추구하는 반주류 '국제파'로 당내가 분열되었다. 앞에서 인용한 글에서 고마쓰가 토로한 "좌익도 분열되어 아무짝에도 쓸모가 없다"는 전후에 대한 '절망감'은 이러한 상황을

---

36 小松左京, 『小松佐京自伝―実存を求めて』, 37면; 小松左京, 『SF魂』, 34~36면.

37 小松左京, 『SF魂』, 35면.

38 또한 고마쓰는 자신에게 좌익운동은 "'중도에 끝난 (태평양)전쟁의 연장'으로서의 의미를 지녔다"고 발언한 바 있다. 小松左京, 「廃虚の文明空間」, 『小松左京コレクション2 未来』, 河出書房新社, 2019, 33면.

염두에 두고 한 말로 해석된다.

고마쓰에게 좌익운동이 어느 정도의 무게를 지녔었는지에 관해서는 평가가 엇갈린다. 작가의 말에 따르자면, 당시 학생들 사이에 "공산당은 멋있다"는 감각이 만연해 있었고, 자신 또한 그 정도의 막연한 감각으로 공산주의에 공감했었다고 한다. 그러나 당원으로 활동하는 과정에서 점차 교조주의적 당 노선에 대한 환멸과 실망감, 당의 지령을 받아 농민을 조직하기 위해 투입된 산촌공작대山村工作隊 활동에서 절감한 공산주의 이념과 현실 사이의 괴리[39] 등을 겪으면서 "반전운동이나 학생조직 활동에는 열중했지만, 공산주의 그 자체에는 전혀 흥미를 갖지 못하게 되었"[40]다. 좌익 활동의 상세한 내력과 관련해 작가 자신은 더 이상의 말을 아꼈고, 종래의 고마쓰론은 좌익운동이 고마쓰에게 미친 영향을 크게 중시하지 않는 경향이 있다. 하지만 오히려 좌익운동의 좌절이 너무나 쓰라린 경험이었기 때문에 섣불리 말하기를 삼갔다고 해석한 야마모토 아키히로山本昭宏의 지적[41]처럼, 혁명운동으로부터의 이탈과 전향転向 경험이 갖는 의미를 무겁게 보는 입장도 제기된 바 있다.

다시 「「종말관」의 종말」로 돌아가자면, 이 글은 『일본 아파치족』이 발표된 1964년 당시 고마쓰가 갖고 있던 시대 감각을 잘 보여준다. "1950년대 당시 예상했었던 대변동이나 종말전쟁과 같은 이미지는 색이 바랬"으며, 양쪽 모두 '시리어스한' 종말 이미지를 배반하고 서서히 '개량'되어 버릴 가능성이 충분히 있다는 사쿄의 말은, 뒤집어 말하자면 1950년대까지는 '혁명'과 '핵전쟁'이 '시리어스한' 대상으로 경험되었다는 것을 의미

39　小松左京, 『SF魂』, 37면.
40　위의 책, 36면.
41　山本昭宏, 앞의 글, 72~73면.

하기도 하는데, 고마쓰는 1960년대에 이르러 그러한 대변동의 가능성이 이미 실효된 것으로 보고 있다. 즉, 혁명은 더 이상 진지한 목표가 될 수 없고 핵전쟁도 심각한 위협이 되지 않는 '김빠진' 냉전 상황이 도래한 것이다. 이는 일본이 미분화 상태의 다양한 가능성을 품고 있었던 '제1차 전후'를 지나 고도성장하 안정기로 접어든 사회 변화와도 궤를 같이한다.

정리하자면, 전후 일본은 폐허에서 출발해 한국전쟁의 특수를 통해 경제부흥을 이뤘고, 1950년대 중반 무렵 고도성장기로 돌입했다. 한국전쟁 초기에는 일본이 전쟁에 휘말리는 것이 아닌가라는 우려가 있었고 1950년대까지는 일본 내 좌익 활동 역시 활발했지만, 1960년대에는 그러한 현실이 퇴조하고 평화와 번영의 '전후'가 도래했다는 시대감각이 지배적으로 되었다. 그렇다면 이러한 시대적 흐름 속에서 쓰인 『일본 아파치족』이 그리는 일본은 어떠한 모습일까?

2) SF적 상상력으로 쓰인 '전후'의 우화와 냉전 (무)의식

SF적 장치를 빌어 쓰인 풍자 소설이라고 할 수 있는 『일본 아파치족』은 '전후'에 대한 어떠한 우화를 전개하고 있을까? 아파치 표상에 투사된 냉전적 메타포에도 주목하면서 그 묘사를 구체적으로 살펴보기로 한다.

『일본 아파치족』이 그리는 근미래 일본에서는 '혁신 세력'이 분열되어 정치적 기능을 잃고 '보수 세력'이 주도한 헌법 개정으로 재군비가 이루어졌으며, 국민에 대한 통제가 강화되어 인권이 크게 제한되어 있다. 이러한 상황에서 화자인 기다 후쿠이치木田福一는 '실업죄3개월 이상 실업상태가 지속되는 경우 유죄'를 선고받고 유형지로 추방된다. 오사카포병공창 터로 설정된 유형지는 고압 전류가 흐르는 철조망으로 둘러쳐진 사막과도 같은 폐허로 묘사되는데, 물도 식량도 없이 불모지인 유형지를 헤매던 기다는 포병공창 터에 서식하는 아파치 집단을 만나 그 일원이 된다. "무적자無籍者, 전과자, '쓰레기屑'와도 같은 인간"[109면]들의 집단인 이들은, 식량이 없는 폐허에 적응하기 위해 고철을 먹기 시작하면서 신체의 일부가 "강철화스틸라이제이션 / 금속화메탈라이제이션"한 사이보그 인류인 식철食鉄 인종으로 진화한다.

그러던 어느 날 일본 정부는 추방지에 작전부대를 투입하여 아파치족의 진압을 꾀한다. 하지만 전근대적 무기밖에 없는 아파치는 근대식 장비를 앞세운 일본군대에 맞서 육군 1개 부대를 전멸시킨다. 그 무렵 전국 각지에서 철을 먹는 집단이 출현하는데, 그중 오사카 아파치의 대표는 TV에 출연하여 자신들이 "사회로부터 내쫓기고 말살당하려 하고 있었던 피해자"라며 육군부대와의 전투는 '정당방위'였음을 주장하고, 다음과 같은 성명을 발표하기에 이른다.

1. 아파치는 향후 부당한 공격을 당하지 않는 한 사회의 안녕을 해칠 의사는 없다.

2. 아파치는 현재 거의가 무적자無籍者로 구성되어 있으며, 앞으로도 일본 국적을 요구할 의사는 없다. 단, 국적이탈자로서, 일본 국내에 거류지를 만들어 거류할 권리를 요구할 것임 ― 이 권리를 인정하지 않는다면, 아파치는 사회의 모든 뒷면으로 잠복해 들어가 독립운동을 펼칠 준비가 되어 있다.

3. 거류지 내 자치를 인정할 것 ― 거류지로서, 긴키近畿지구 추방지정지追放指定地, 효고현兵庫県 아마가사키시尼崎市 해안지대의 일부, 가나가와현 요코하마시의 해안지대 일부, 기타규슈시北九州市 야하타八幡 근방, 그 외 몇 군데를 요구한다. 과대한 요구는 하지 않는다. 거류지 내 자치를 인정한다면, 거주지 밖에서는 치안상 일본국의 모든 법률을 준수할 의향이 있다.

4. 아파치는 독립자치의 평화적 생활을 원하고 있다.

아파치와 일본국의 평화적 공존 만세!

아파치족 대수장 만세![188면]

"지금까지 사회 바깥에서 사람들에게 알려지지 않은 채 숨어 살고 있던 아파치족이 전국 삼천만 명의 사람들을 향해 당당하게 자신들의 목소리를 내기 시작"[189면]하면서, 일본은 일본의 법이 지배하는 일본국과, 그 법의 효력이 닿지 않는 거류지=비非일본국으로 국토가 양분될 위기에 봉착한다.

이처럼 "일본 국내에 별개의 주권을 지닌 국내 국가"가 성립될 위기에 놓인 초유의 국가적 비상사태 앞에서 일본 정부의 대응은 우유부단하기만 하다. 행정적 절차를 지나치게 중시하고 관계부처 간에 서로 책임을 떠넘기며 시종일관 무력한 대응을 보이는 일본정부를 보면서 "관료주의 만세! 법치국가 만세다"[142면]라고 환호하는 아파치의 대사는 일본적 관료주의 행정을 비꼬면서 '민주적' 법치국가 일본이 지닌 취약성을 고스란히 드러낸다. 일본 국민들 사이에 '식철' 습관이 확산되어 가는 가운데 정부의 대응은 다음과 같이 묘사된다.

우선 식철 현상을 그 전염성과 습관성으로 볼 때 일종의 전염병 내지는 마약중독 유사 현상으로 간주하고, 후생성厚生省 마약대책본부, 전염병연구소에 확대방지안을 검토하도록 지시했다. (…중략…) 여기서도 정부의 판단 착오가 대책을 늦췄다. '식철병'을 잠정적으로 신종 전염병으로 규정하고 서둘러 임시 방역태세를 취하거나, '식철 습관'을 마약습관과 마찬가지로 보고 습관적 감염자의 적발과 철저한 격리를 실시하거나, 그 둘 중 어느 쪽이든 어쨌거나 강력하게 추진했다면 좋았을 것이다.

하지만 정부가 취한 태도는, 사태수습에 관해 어느 정도 활발한 노력은 계속하면서도 본질적으로는 종래와 변함없는 ─ 즉, 소동이 진정되기를 '기다리자'는 태도였다.251~252면

주지하는 바와 같이, 감염과 바이러스는 냉전시대에 공산주의 침투에 대한 익숙한 메타포이기도 했는데, 정부가 무사안일주의적 태도로 일관하는 모습을 보이는 가운데 '식철인'은 '슬럼'과 '빈곤가정 밀집지대'를 중심으로 급격히 확산되어 나간다.

'아파치'를 마주한 국민들 역시 안일한 반응을 보인다. 처음에는 막연히 아파치를 두려워하던 일본인들은 이윽고 이들을 동정하기 시작하고, 오히려 이 '무법자'들이 경찰을 꼼짝 못 하게 만드는 사태를 통쾌하게 여기기까지 한다. 이윽고 아파치는 점차 하나의 '사회현상'처럼 인기를 끌게 되고, 일반 시민들은 이들이 철을 먹는 모습을 구경하고 스스로도 일종의 패션처럼 '식철'을 즐기기도 한다. 그중에서도 압권은 임시국회에서 여당의 기습전법으로 '아파치삼법안アパッチ三法案'이 성립되었을 때 국민들의 반응이다. 아파치등록법, 식철금지법과 더불어 전국민의 혈액검사를 강제하는 혈액등록법을 한 데 묶은 '아파치삼법'을 중의원이 통과시키자 '민주주의적 절차'를 밟지 않았다고 하여 대국민운동이 일어나고, 이는 내각 타도 운동으로까지 발전한다. 전국 각지에서 '아파치법 저지운동'이 전개되고 연일 데모가 이어진다. 하지만 이 국민적 정치운동의 내실은 다음과 같이 묘사된다.

어느 계층이나 아파치 문제를 정확하게 생각하려는 사고는 완전히 빠져있었다. 국민들에게는 사실 아파치 문제 따위는 아무래도 좋았던 것이다. 그들은

단지, 종래의 민주주의적인 — 이라기 보다는, 상대적으로 자유로운, 그들이 말하는 '인간적'인 생활이 위협받는 것은 아닌가 하는 점이 가장 큰 관심사였던 것이다.

하지만 이 국민운동은 바로 민주주의와 휴머니즘의 재확인이라는 점에서 의의가 있었으며, 실효적으로는 정부를 마침내 총사직 시키는 데 성공했다. 정부가 총사직하자, 대다수 국민은 그것으로 일단 만족하고, 법안이 총사직 전에 참의원을 통과하여 결국 성립해 버린 것도 별로 신경 쓰지 않았다 — 이것으로 보아도 국민들이 정말로 원한 것이 무엇이었는지를 잘 알 수 있다.[294면]

명백히 미일안보조약의 갱신을 둘러싸고 전개된 1960년 안보투쟁의 우화로 읽히는 이 장면은, 국회를 구경하던 아파치가 "민주주의의 운영은 느긋한 쇼와 닮았다"[202면]라고 논평하는 대사가 곁들여짐으로써, 주체적 정치 감각을 상실한 채 일종의 '놀이ごっこ'처럼 전락해 버린 허울뿐인 '전후민주주의'에 대한 통렬한 풍자가 된다.

한편, 일본 정부 및 국민과는 대조적으로 아파치 측은 계획적이고 조직적으로 대응책을 추진해 나간다. 일본 국가가 우왕좌왕하는 사이에 아파치족은 공업지역과 '저변사회'를 중심으로 "맹렬한 기세로" 증식하는 '식철인'들을 규합하여 지하조직을 결성하고, 전국적 연락조직을 통해 거류지와 자치권을 요구하며 시위활동을 전개한다. 흡사 공산당의 세포조직을 연상시키는 아파치의 묘사에는 이 밖에도 냉전적 수사가 다수 동원된다. 국수國粹파가 "아파치는 빨갱이アカ다"[300면]라고 선전활동을 벌이자 진보적 지식인들은 '아파치도 또한 인간'이며 자신들은 '아파치의 편'이라고 응수한다. 이러한 가운데 아파치족의 움직임은 중앙정부의 통제에 불만을 가지고 있었던 지방자치체를 자극하여 "간사이 방면을 공화국화 하

려는 운동"[296면]까지 대두되기에 이른다. 아파치들은 노동조직에 남아있었던 '공투共鬪 조직' 문화를 활용하기도 하며, 포로로 포획된 적군[일본군] 병사에게 '식철'을 강요하여 자신들에게 동화시킨다. 그리하여 일본열도를 잠식하면서 세력을 확장해 가던 아파치는, 끝내 후지산 아래에서 벌어진 일본군과의 대격돌 끝에 원폭포原爆砲와 핵탄두 미사일까지 동원한 상대군을 전멸시키고 초토화된 폐허 위에 새로운 국가를 수립한다. 그 후 망명정부를 거쳐 재건된 일본은 오키나와 본도와 주변 섬으로 밀려나게 된다.

이상에서 살펴본 바와 같이, 이 가공架空의 이야기는 현실의 전후 일본 사회에 대한 풍자로 가득하다. 일본 최초의 SF 전문지 『SF매거진SFマガジン』의 초대初代 편집장을 지낸 후쿠시마 마사미福島正実가 이 작품에 대해, "전쟁에 의해 뒤틀리고, 전후에 의해 상처입고 안보투쟁에 의해 분쇄된 고마쓰 사쿄라는 작가의 영혼의 단편"을 모아 만든 '모자이크'이며, "말 그대로 철을 먹는 것 같은 강렬한 현실現状 부정"이 담긴 "철저한 우화 SF"라고 평한 것처럼[42], 『일본 아파치족』에는 작가 고마쓰의 실존적 경험이 다층적으로 녹아 있다. 또한 비평가 아즈마 히로키東浩紀가 '아파치족'이 갖는 상징성을 "전후 일본이 부흥의 과정에서 망각하고 배제한 다양한 가능성의 우의寓意"[43]라고 해석한 것처럼, 고마쓰의 '아파치' 서사는 다양한 알레고리적 해석이 가능하다. 작가 자신이 "프롤레타리아 혁명의 패러디"[44] 라고도 명명

---

42 福島正実, 앞의 책, 180~181면.

43 東浩紀 編, 『小松左京セレクション 日本』, 河出書房新社, 2019, 150면.

44 小松左京, 『小松左京自伝－実存を求めて』, 125・129면; 小松左京, 『SF魂』, 63면. 고마쓰는 『일본 아파치족』에 대해, "아파치에 의한 해방은 프롤레타리아 혁명의 패러디이고, 덤으로 주인공은 혁명 후에 숙청된다는 이야기"이며, "'아파치'는 '룸펜 프롤레타리아'라고 발언한 바 있다. 또한 『일본 아파치족』에는 다음과 같은 장면이 있다. "저들은 인간이 아니야"라고만 그는 말했다. "이건 비유가 아니야. 알겠나?" / "괴물인가?"라고 나는 물었다. / "괴물 ― 그거에 가깝지. 아무튼 저들은 인간의 쓰레기(屑)야.

한 이 작품은 '혁명소설'로도 읽힐 수 있다. 다른 한편으로 '아파치'는 계급, 민족,[45] 이데올로기 등 다양한 의미와 내용을 환기하면서도 어느 하나로만 환원되지 않으며, 그렇기에 독자의 다양한 무의식을 투사 가능한 기표로 서 기능하면서 더욱 강력한 알레고리적 환기력을 발휘한다.

고마쓰의 '아파치족' 표상에 다층적으로 투영된 냉전적 수사는 일본이 명백히 냉전의 자장 안에 있었다는 사실을 보여준다고 할 수 있을 것이 다. 그렇다면 『일본 아파치족』을 통해 드러나는 일본인들의 냉전 감각은 어떻게 이해될 수 있을까? 고마쓰가 그린 내전과 분단의 서사를 한국전 쟁과 대비시켜볼 때 일본의 냉전 의식의 특징은 명확해진다.

첫째, 한국전쟁이 냉전시대 헤게모니 국가들의 대리전으로 치러진 것 과는 달리, 고마쓰가 그리는 '내전'은 일본열도라는 폐쇄된 공간에서 철 저히 내적인 힘들 간의 대립으로 전개된다. 그리고 그 내전의 대립축은 '폐허' 대 '제2차 전후' 사이에 설정되어 있다. 여기에서 엿볼 수 있는 것 은 일국주의적 '전후' 의식일 것이다. 이는 냉전의 자장 속에서 '전후' 안 정기를 구가했던 일본의 냉전 경험을 반영하는 것으로 볼 수 있다.

둘째, 『일본 아파치족』의 '아파치족' 묘사에는 냉전적 수사가 다수 투 사되지만, 이 작품의 분위기는 냉전시대 미국과 한국 등을 지배했던 편 집증적 불안감paranoia과는 달리 시종일관 유머러스한 기조를 유지한다.

쓰레기 그 자체지. 고철(스크랩)인 거지." / "일본인이지?" / "일본인이라든지, 그런 게 아니야. 룸펜(屑) ― 그것일 뿐이야"(56면).

45 이를테면 이누이 에이지로(乾英治郎)는 "이 작품에서 후경화되어 있는 문제를 군이 전 경화시켜 보자면, 일본의 제국주의에 의해 식민지화(혹은 준식민지화)된 '대한제국'과 '류큐왕국'의 후예들이 전후일본사회에서 버림받은 다른 '궁민(窮民)'들과 함께 일본에 '혁명'을 일으키고, 결과적으로 '일본인'을 절멸시킨다는 또 하나의 이야기를 읽어낼 수 도 있다"고 평한 바 있다. 乾英治郎, 「小松左京「日本アパッチ族」論 ― 〈進化〉の夢・〈革命〉の幻想」, 『立教大学日本文学』 115, 立教大学日本文学会, 2016, 220면.

이 소설에서 '아파치'는 인간성을 상실한 괴물과도 같은 존재로 그려지지만,[46] 그러한 묘사가 극단적 혐오나 공포를 불러일으키지는 않는다. 오히려 오사카 사투리로 경쾌한 입담을 구사하는 아파치는 해학적 이미지로 묘사된다. 이는 한반도에서 냉전의 적대적 대립 관계가 야기한 폭력과 학살의 트라우마적 기억과 정동과는 극명한 대조를 이루며, 냉전시대 미국인들이 지녔던 편집증적 두려움[47]과도 다른 질감을 지닌다. 일본 정부와 아파치와의 대결은 시종일관 긴장감이 결여된 느슨하고 '맥빠진' 내전으로 펼쳐지는데, 이는 이 소설이 이미 '혁명'과 '핵전쟁'의 가능성이 실효된 것으로 여겨졌던 시점에 쓰인 사실과도 무관하지 않을 것이다.

그리하여 『일본 아파치족』은 작가 스스로가 의도했던 것처럼, "오사카 사투리의 만담조로 일본의 멸망마저 크게 웃어버릴 수 있는 소설"[48]이자, "일본 국가와 대결하는 아파치의 폭력을 '웃을 수 있는 것'으로 사람들 앞에 가시화한 작품"[49]이 된다. 물론 이 글에서 확인한 바와 같이, 이러한 '웃음'에는 전후 일본 사회에 대한 통렬한 풍자가 깃들어 있다. 하지만 냉전이 '(준)전시' 상황으로 지속되면서 적대 세력에 의한 국가체제 전복이 현실적 위협으로 상존했던 한국에서는 서슬 퍼런 검열 아래에서 이와 같은 표현은 철저히 봉쇄되었다는 사실을 상기해볼 필요가 있다. 이 점에 비추어 본다면, 적대적 전복세력에 적절하게 대처하지 못하는 '안일함'조차도 자조적으로 패러디하며 일종의 '블랙 코미디'와 같은 유머로서 소비

---

46   냉전시대 미국의 대중문화에서 공산주의자들은 종종 감정이 없는 '비인간적' 형상으로 재현되었다.
47   이를테면 셰릴 빈트·마크 볼드, 송경아 역, 『SF연대기—시간 여행자를 위한 SF 랜드마크』, 허블, 2021, 244~247면 참조.
48   小松左京, 『SF魂』, 63면.
49   駒居幸, 앞의 글, 1~15면.

할 수 있었던 사실이야말로, 일본이 냉전이 야기한 날 것 그대로의 폭력으로부터 거리감이 확보된 안전지대에 있었다는 것을 증명하는 것은 아닐까?[50] '전후' 일본은 미국의 핵우산 아래 안전을 보장받으면서 그 보호막에 기대어 '냉전'과 유희하는 것조차 가능했던 것이다.

4. 나가며 '전후'의 실효와 '냉전'적 타자의 회귀

이 글에서는 고마쓰 사쿄의 『일본 아파치족』을 중심으로 SF적 상상력과 냉전 (무)의식의 교차를 살펴보았다. 평화와 번영을 구가하는 동시대인들을 겨냥한 풍자소설로 쓰인 『일본 아파치족』은, SF의 대표적 효과로 꼽히는 '인지적 소외'를 통해 '전후'를 낯설게 보도록 유도함으로써, '전후'의 일상에 안주하는 고도성장기 일본인들의 각성을 촉구하고자 했던 것으로 이해될 수 있다. 고마쓰는 이 소설에서 '아파치=폐허'와의 대결에서 패한 '일본=제2차 전후'가 다시금 초토로 돌아가는 서사를 펼쳐 보임으로써 '폐허'를 동시대 일본에 대한 안티테제로 삼고자 시도한다. 그런데 작가가 찾고자 했던 '전후'의 또 다른 가능성=대체미래란, '전후'에서 '폐허=기점'으로 시간축을 되돌리는 것이 아니라, '전후'에 의해 배제되어온 타자들을 마주하는 데에서부터 열릴 수 있는 것은 아니었을까?

1990년대에 진행된 냉전의 해체와 함께 그 냉전 체제에 의해 지탱되었던 일본의 '전후'가 실효되면서, 일본 사회는 전후=냉전의 타자의 회귀를 마주하게 된다. '아파치족' 역시 1990년대 들어 '아파치 부락' 출신의

---

50 이는 같은 자유진영에 속하면서도 한국과는 달리 일본에서는 공산당이 합법 조직이었
    다는 사실과도 무관하지 않다.

재일작가 양석일의 소설 『밤을 걸고』를 통해 새롭게 서사화된다. 양석일의 '아파치' 서사가 가이코-고마쓰와 다른 점은 무엇보다도 그것이 '아파치 부락'에서 끝나지 않고 오무라 수용소大村收容所로 이어진다는 점이다. 이와 같은 설정에 대해 양석일은, "아파치 문제는 재일조선인 문제이고, 그건 필연적으로 오무라 수용소와 연결되어 있다"[51]고 발언한 바 있다.

한국전쟁 중인 1950년 12월 나가사키현長崎県 오무라시大村市에 문을 연 오무라 수용소는 한국전쟁의 피난민과 외국인등록령을 위반한 조선인들을 남한으로 강제송환하기 위해 일시적으로 수용하기 위한 시설이었다. 『밤을 걸고』가 그려내는 오무라 수용소는 말 그대로 한반도 '분단'의 축소판이자, 냉전적 폭력이 작동하는 전쟁터와도 같은 공간이다. 소설 속 한 인물이 발하는 "여긴 일본열도의 똥구멍 같은 곳이라, 여기서 우릴 똥처럼 배설해버리려는 거지"[52]라는 대사 그대로, 일본은 냉전의 타자를 열도 바깥으로 배출함으로써 "냉전적 폭력의 외부화"[53]를 꾀한다. 이러한 묘사는 일본에서 냉전이 망각되어온 방식을 폭로한다. 그러한 의미에서, 1990년대 이후 회귀하는 냉전의 기억을 끌어안고 탈냉전 이후의 '대체미래'를 어떻게 구상할 것인가는 일본 사회에서 여전히 과제로 남아있다고 볼 수 있을 것이다.

---

51 梁石日, 『『闇』の想像力』, 解放出版, 1995.
52 梁石日, 『夜を賭けて』, 日本放送出版協会, 1994, 122면.
53 서동주, 「'전후-밖-존재'의 장소는 어디인가—양석일의 '밤을 걸고'를 중심으로」, 『한국학연구』 43, 인하대 한국학연구소, 2016, 336면.

제8장

'독특한 사랑의 형태'

기독교, 민족주의 그리고 김은국의 『순교자』

대니얼 김

번역 이시성 / 감수 김려실

이 글은 PNU 냉전문화연구팀 주최로 열린 2022 국제학술포럼 '한국전쟁의 트랜스내셔널한 기억'에서 발표되었던 "A Strange Form of Love : Christianity, Nationalism and Richard Kim's *The Martyred*"를 수정한 것이다.

김은국 Richard Eun-guk Kim, 1932.3.13~2009.6.23

김은국은 1964년에 출간된 소설 『순교자』로 가장 잘 알려져 있다. 한국계 미국인 작가가 한국 전쟁을 소재로 하여 미국에서 출간한 첫 번째 소설이었다. 이 작품은 1960년대에는 김은국에게 상당한 문학적 찬사를 안겨 주었다. 그러나 이후 수십 년 동안은 1970년대에 아시아계 미국인에 대한 연구를 시작한 활동가와 학자들이 불러일으킨 1920년대부터 1960년대까지의 아시아계 미국인 작가들에 대한 새로운 관심의 혜택을 받지는 못했다. 그렇게 이 소설은 2011년 펭귄 클래식 시리즈의 하나로 새로운 문고판이 나올 때까지 수년 동안 어느 정도는 잊혀 있었다. 그의 두 번째 소설 『죄 없는 사람(*The Innocent*)』은 1968년에 발표되었고, 세 번째 소설 『잃어버린 이름(*Lost Names : Scenes From a Korean Boyhood*)』은 1970년에 출간되었다. 두 작품 모두 『순교자』가 받았던 것과 같은 비평적 관심을 얻지는 못했다. 1970년대부터 김은국은 한국에서 글을 쓰고 작업하는 데 정력을 쏟기 시작했는데 거기에는 『순교자』를 스스로 번역하는 일과 아동서적 『파랑새(*A Blue Bird*)』를 1983년 한국어로 출판하는 일이 포함되어 있었다.

김은국은 1932년 현재 북한에 포함된 함흥에서 태어났으며 이곳은 번성하던 개신교 공동체의 본거지였다. 그는 인민군에 강제 징집됐지만 탈출해 한국군에 입대해서 미군 연락장교로 복무했다. 그는 1954년에 미국으로 이주하여 1960년대 초반에 아이오와대학교의 작가 워크숍에서 『순교자』를 쓰기 시작했다. 1960년 존스홉킨스대학교에서 문예 창작으로 석사학위를, 1962년 아이오와대학교에서 예술 석사학위를, 1963년 하버드대학교에서 극동어문학으로 석사학위를 받았다. 미국의 여러 대학에서 교수직을 역임했으며 1981년에서 1983년 동안 서울대학교에서 풀브라이트 교수로 재직했다.

김은국이 1964년에 발표한 『순교자The Martyred』는 재미 작가로서는 처음으로 미국에서 출간한 한국전쟁에 관한 소설이다. 미국에서는 점점 잊히고 있지만 이 작품이 처음 출간된 1964년에는 대중과 비평 모두에서 좋은 성과를 거두었고, 한국에서도 탁월한 지위를 누렸다. 김은국의 전기는 이 소설의 중심 주제인 기독교가 한국전쟁에서뿐만 아니라 한반도의 현대사에서 복잡한 역할을 맡았음을 보여준다. 김은국은 1932년에 현재는 북한 땅인 함흥에서 태어났는데 그곳은 당시 기독교 공동체가 번성한 곳이었다. 공산주의자들이 권력을 잡게 되자 그들은 김은국 일가처럼 기독교이면서 지주인 사람들을 주된 표적으로 삼았다. 목사였던 할아버지는 그 전쟁 중에 잡혀서 처형되었다. 김은국은 강제로 조선인민군에 징집되었으나 탈출하여 국군에 합류한 후 미군 연락장교로 복무했다. 그는 1954년 미국으로 이민하여 1960년대 초반에 아이오와대학교의 작가 워크숍에서 그의 첫 소설 『순교자』를 쓰기 시작했다.[1] 이러한 배경을 고려할 때, 독자들은 그의 작품이 결코 용공주의적인 성격을 가지지는 않았지만, 그의 가족의 신앙에 대한 깊이 있는 비판적인 관점을 제공한다는 사실을 발견하고 놀랄지도 모른다. 동시에 『순교자』는 평범한 기독교인들에 대해 깊은 연민의 감정을 표하는데, 이 소설의 계몽적인 힘은 남북한의 역사에서 기독교가 중심적인 역할을 차지해 왔다는 사실에 대한 강조로부터 나온다.

김은국은 적절하게도 그의 소설에서 기독교를 단순히 서구 제국주의의 도구로 축소하는 표현은 하지 않는다. 기독교가 19세기 말에서 20세

---

1   Montye P. Fuse, "Richard E. Kim", *Asian American Autobiographers : A Bio-Bibliographical Critical Sourcebook*, ed. Guiyou Huang, Westport, Conn : Greenwood Press, 2001, pp.159~64.

기 초에 한국에서 놀랍도록 빠른 속도로 성장할 수 있었던 것은 이 종교
가 500년을 넘게 한반도를 지배해 온 조선 왕조의 신유학주의, 그리고
일본의 식민체제로부터 벗어날 수 있는 진보적 대안으로 제시되었기 때
문이다. 역사학자 제임스 헌틀리 그레이슨^{James Huntley Grayson}이 주장하길,
청교도 선교사들은 의도적으로 한국인들이 "스스로 전파하고, 스스로 다
스리고, 스스로 존립"하게 함으로써 "기독교와 '진보적인' 서양과의 연관
성"을 홍보할 수 있는 교회를 만들고자 했고, 이렇게 해서 그들은 "현지
신자들에게 교회의 성장과 지원"의 책임을 부과했다.[2] 덕분에 한국 교회
는 무척이나 토착적 창작물이 되었을 뿐만 아니라 일제강점기 동안 반식
민 민족주의가 부상하는 데 핵심적 역할을 하게 되었다.[3] 하지만 기독교
에 대한 『순교자』의 복합적인 비판은 좀 더 이후의 형태, 즉 기독교가 한
국전쟁 전후로 남한에서 형성된 억압적인 정부와 긴밀하게 엮였던 시기
를 겨냥한다.

『순교자』는 열두 명의 목사가 처형당한 사건을 통해 북한 정권의 익히
알려진 잔혹함을 허구화한 사례에 초점을 맞춘다. 이 소설은 주인공이자
화자인 이 대위가 정보 장교로 이 학살을 둘러싼 정황에 대한 조사를 맡
게 되었기에 처음에는 일종의 탐정소설과 같이 전개된다. 소설은 유엔군
이 38선을 넘어 통일을 목전에 두고 있는 듯 보였던 1950년 마지막 한
달 동안의 평양을 주된 배경으로 한다. 그리고 소설은 인민군과 중공군이

2   James Huntley Grayson, "A Quarter-Millenium of Christianity in Korea", *Christianity in Korea*, ed. Robert E. Buswellr·Timothy S. Lee, Honolulu : University of Hawaii, 2006, pp.13~14.
3   Bruce Cumings, *Korea's Place in the Sun : A Modern History*, vol.1, New York : W. W. Norton, 1997; Timothy S. Lee, *Born Again : Evangelicalism in Korea*, Honolulu : University of Hawaii Press, 2010; Chung-shin Park, *Protestantism and Politics in Korea*, Seattle : University of Washington Press, 2003.

곧 한국전쟁의 교착상태를 가져올 대규모 반격을 감행하려 할 때 주인공이 도시를 떠나면서 끝맺는다.

『순교자』는 한국전쟁에 대한 소설이긴 하지만 이 작품에는 단 하나의 전투 장면도 나오지 않을뿐더러 전투 자체에 대한 직접적인 해설도 제공되지 않는다. 오히려 이 작품은 전투가 잠시 소강상태였던 시기 평양의 기독교 공동체와 관련된, 더 사적인 드라마에 주목한다. 앞으로 보게 되겠지만『순교자』는 본질적으로 전쟁의 맥락 안에서 종교적 신념에 대한 질문들과 씨름하는 신학적 또는 철학적인 소설이며, 언뜻 보기에는 수잔 최Susan Choi가 말한 것처럼 역사에 특별히 관심이 있는 것 같지 않다.

> 『안티고네』가 테베 내전에 "관한" 이야기가 아닌 것과 마찬가지로 김은국의 『순교자』도 한국전쟁에 "관한" 이야기가 아니다… 예술 작품은 어떤 것에 "관한" 것일 필요가 없다. 왜냐하면 예술은 모든 것에 "관한" 것일 수 있기 때문이다.『순교자』에서 김은국은 인식에 전율을 느끼게 하여 우리를 페이지에 묶어두는, 대단히 인상적인 보편성을 지닌 드라마를 구축한다.[4]

이 소설의 보편적인 문학적 포부는 다음의 헌사에서도 드러난다. "'독특한 사랑의 형태'에 대한 통찰로 내가 한국의 참호와 벙커의 허무주의를 극복할 수 있게 해준 알베르 카뮈Albert Camus에게."

이창래의 『생존자The Surrendered』와 유사하게 김은국의 소설은 처음에는 역사 중심적인 비판적 접근법에 저항하는 것처럼 보인다. 그럼에도 불구하고 우리가 작품의 배경을 제공하는 한국전쟁으로부터 숭고한 거리 두

---

4 Susan Choi, "Foreword", *The Martyred*, ed. Richard E. Kim, New York : Penguin Classics, 2011(repr. 1964), pp.xiv~xv.

기를 거부한다면 — 이 소설이 고무하다시피 우리가 작품이 다룬 기독교의 신학적 측면만이 아니라 그 전쟁 동안 남한에 나타난 억압적 국가를 강화한 종교의 역할을 더 중요하게 고려한다면 — 『순교자』가 어떻게 미묘하고 절제된 방식으로 역사에 관여하는지 알 수 있다.

『순교자』의 중심 사건은 공산군이 열두 명의 한국인 기독교 목사를 처형한 전쟁범죄이다. 『순교자』는 김일성 정권이 종교 공동체에 자행한 잔학행위인, 기독교인들에 대한 공산주의자들의 학살 사건에 중요한 위치를 부여함으로써 북한에 대해 남한이 가진 적대감의 근본 원천을 반복한다. 한반도 기독교의 근거지였던 38도선 이북의 기독교인들이 김일성이 권력을 잡은 직후부터 시작된 억압적인 운동의 목표였음은 부정할 수 없는 사실이다. 브루스 커밍스에 따르면 1945년에서 1950년 사이에 공산주의자들은 "모든 비-좌파의 정치적 반대파를 가혹한 치밀성으로 제거"했으며 "그중에서도 기독교인들은 정권의 특별한 목표대상"이었다.[5] 김일성이 시행한 토지 정책은 부유층의 재산을 압류했는데 그중 많은 수가 기독교인이었다. 또한 정부는 교회가 사유 재산을 가지는 것을 불법화하고 모든 기독교 계열 학교를 국유화했다.[6] 김일성에게 반대한 교회 지도자들은 수감되었고 기독교 집회와 부흥은 정부와 연결된 자경단에 의해 폭력적으로 해산되었다.

이 반기독교적 탄압의 유산이 남한에 잘 알려진 한 가지 이유는 그것이 유발한 남한으로의 진정한 대탈출exodus과 관계가 있다. 티모시 리Timothy Lee가 인용한 추산에 따르면 1945년부터 1953년 사이에 북에서 탈출

---

5   Cumings, *Korea's Place in the Sun : A Modern History,* 1st, pp. 231~230.
6   Lee, *Born Again,* p. 64.

한 조선인은 백만에서 백삼십만 명 정도였고, 그중 7만에서 8만 명이 기독교인이었다.[7] 리는 "북한의 개신교도 난민"은 남한 사회에서 "무시할 수 없는 존재"로 성장하여 1950년대에 설립된 "이천여 곳의 교회 중 9할"을 책임졌다고 주장한다.[8] 이 새로운 이주자들은 "남한 사람들 사이에 이미 터전을 마련하기 시작한 정서를 퍼트리고 심화함으로써 그들의 반공정서를 충실히 신봉했다."[9]

이 소설에서 누가 열두 명의 목사를 처형했는가에 대해서는 의문의 여지가 없다. 당연히 공산주의자의 소행이다. 그보다 소설의 주인공이자 서술자인 이 대위가 답을 찾고자 하는 것은 생존한 두 목사, 존경받는 원로인 신 목사와 그보다 훨씬 젊은 한 목사가 부역자였는지에 대한 것인데, 그 답이 이들이 왜 대학살로부터 살아남았는지 설명해 줄 것이기 때문이다. 신 목사는 자신이 다른 이들을 배신했다고 자백함으로써 시련의 결과로 미쳐버린 한 목사의 무죄를 밝히고, 수사를 빠르게 종결시키려고 하는 것으로 보인다. 신 목사의 증언은 초반에는 그를 추방자로 만들었는데, 한 장면에서는 분노한 군중이 그가 묵고 있는 곳으로 몰려와 "유다"라고 외치면서 그를 조롱한다. 겁에 질린 한 목사는 집에서 도망쳐 나왔다가 폭도들에게 제압당해 맞아 죽게 된다. 하지만 기독교 공동체는 신 목사가 열두 목사의 신앙심을 확고한 것으로 묘사하고, 그들 중 가장 연장자인 박 목사의 영적인 지도력에 대해 존경심을 표하는 방식으로 그 사건을 진술하자 다시 그를 받아들인다. 신 목사는 이레 동안 자행된 고문의 경험을 생생하게 그려내며 자신을 제외한 모두가 신앙심을 굳건하게

---

7   위의 책, p.65.
8   위의 책, p.65.
9   위의 책, pp.65~66.

지켰다고 주장한다. 신 목사는 자신을 향한 그들의 최후 발언이 용서의 기도와 그의 공동체가 자신들을 신실한 기독교인으로 기억해주길 바라는 간곡한 권고였다고 주장한다. 자신을 회개하는 죄인이라고 내세운 이후 신 목사는 박 목사가 가졌던 지도적 역할을 이어받는다. 신 목사는 열두 순교자들의 신화를 윤색하여 수많은 부흥을 쌓아가고 소설의 나머지 내내 평양의 기독교인들을 위해 헌신한다.

그러나 우리는 곧 신 목사가 순교에 대한 거짓된 이야기를 퍼트리고 있음을 알게 된다. 장 대령의 병사들이 북한 장교를 생포하고 심문하여 목사들의 마지막 순간이 실제로 어떠했는지를 밝혀낸 것이다.

당신네의 그 위대한 영웅들, 위대한 순교자들이 꼭 개처럼 죽어갔다는 사실을 말해줄 수 있게 되어 기쁘구먼. 꼭 개새끼들처럼 훌쩍거리고, 낑낑거리고, 엉엉 울었지. 그들이 자비를 구하고, 자기네의 신은 물론 서로를 비난하는 것을 듣는 건 무척 즐거웠어. 그들은 개처럼 죽었어. 개처럼 말이야, 듣고 있나! 아, 내가 모조리 다 쏴 죽여버렸어야 했는데![10]

북한 장교는 또한 신 목사가 살아남은 이유가 부역자여서가 아니었다고 밝힌다. "그는 유일하게 나에게 맞서 싸운 사람이었어. 난 멋진 싸움을 좋아하지. 그는 배짱이 있었어."'86~87면 또 다른 생존자인 한 목사는 단지 미쳤다는 이유로 살아남았다.

이 폭로를 통해 소설의 중심 미스터리는 왜 신 목사가 자신을 유다 역

10　Richard E. Kim, *The Martyred*(Penguin Classics Edition), New York : Penguin Classics, 2011(repr. 1964), p.86. 이 작품에 대한 추가적 언급이 필요할 때는 쪽수를 인용한 본문 끝에 작은 글씨로 표기하는 것으로 한다.

할에 놓고 다른 사람들의 반역과 배신을 감추면서 그 사건들의 조작된 버전을 전파하는지에 대한 의문으로 빠르게 이동한다. 이 대위와 신 목사 사이에 발전된, 격렬한 논쟁을 유발하는 관계가 어떤 단계에서는 일반적인 전쟁의 참상은 물론, 민간인에 대한 고문과 처형이 일상화된 세계 속에서 기독교의 사회적 관련성과 의미에 대한 철학적이고 신학적인 논쟁의 중심축이 된다. 이 대위는 합리주의자이자 무신론자였고 회의론적인 시각으로 세상을 바라본다. 한 장면에서 그는 "진실은 매수될 수 없다"50면고 주장한다. 신 목사는 이 대위와 대척점에 있는 것처럼 보이는 인물로, 그는 일찍이 그 자신이 표현한 바에 따르면 "내 믿음의 진실"30면을 표현하기 위해 사건에 대해 스스로 진실이 아님을 알고 있는 판본의 진술을 하는 기독교인이다.

몇몇 중요한 순간에, 이 대위는 "당신의 신은 그의 백성들의 고통을 알고 있소?"18면라는 질문을 던지며 신 목사에게 맞선다. 신 목사는 한 번도 제대로 대답하지 않지만, 그 질문이 그를 사로잡았던 것은 분명하다. 두 사람의 강렬한 유대감과 그 질문이 가지는 중요성에 주목한 이는 두 사람 모두와 친분이 있는 세 번째 등장인물 고 군목이다. 소설을 구성하는 41개의 장 대부분에서 이 대위와 독자들은 신 목사가 신에 대한 믿음과 전쟁 중 수많은 무고한 이들에게 닥친 엄청난 고통에 대한 정확한 인식을 조화시키고자 욥과 같은 기념비적 투쟁을 했다고 여긴다. 그리고 순교한 목사들이 죽음을 마주하고 그들의 신앙을 지키지 못했음을 알고 그의 부담이 더욱 컸으리라 생각하게 된다.

그러나 독자들은 결국 끝에 이르러 신 목사의 고뇌는 그 자신이 불신자이기 때문에 그가 다른 이들의 마음의 짐을 덜어주었던 그 종교적 믿음으로부터 위안을 얻을 수 없다는 사실에서 비롯되었다는 것을 알게 된다. 신 목사의 배교 사실은 소설의 후반부에 해당하는 31장에서, 인민군 과 중공군이 평양을 탈환하기 며칠 전인 12월의 어느 날 드러난다. 그 시 점에 이 대위와 신 목사의 유대는 기묘한 우정의 형태로 깊어진다. 이 대 위는 신 목사에게 군의 기밀 유지 명령을 어기면서까지 적의 공격이 임 박해왔으며, UN군은 도시를 지켜주지 않을 것이라고 경고하지만 신 목 사는 대피하지 않고 머무를 것을 고집한다. 얼마 후 신 목사가 독감에 걸 리자 이 대위는 그를 보살피고 이후 이 대위가 독감으로 쓰러지자 신 목 사는 같은 방식으로 보답한다. 이 대위가 회복하는 동안 신 목사는 뜻밖 의 놀라운 고백을 한다.

> "난 내 평생을 신을 찾아 헤매었소, 대위", 그가 속삭였다. "하지만 내가 찾은
> 것은 고통 속의 인간일 뿐이오… 그리고 죽음, 거부 수 없는 죽음!"
> "그리고 죽음 이후는?"
> "아무것도 없소!" 그가 속삭였다. "아무것도!"
> 그의 파리한 얼굴에는 엄청난 고뇌가 일고 있었다.[160면]

기독교를 향한 이 대위의 분노에 찬 회의주의에 대해 신 목사가 초반 에 보인 수수께끼 같은 반응은 두 남자가 실제로 공유하는 무신론에 대 한 암묵적인 표현, 전시의 잔학행위가 일상이 되어버린 세계에 대한 신의 무관심함에 대한 같은 종류의 믿음이었음이 밝혀진다.

신 목사로 하여금 그를 둘러싼 고통 받는 주민들을 위해 사역의 노력 을 계속하도록 부추긴 것은 하나님에 대한 그의 믿음이 아니라, 그 자신 은 더 이상 믿지 않지만 오직 종교만이 줄 수 있는 안식을 절박하게 갈구 하는 이들이 있다는 그의 깨달음이다. 신 목사는 그의 신도들이 절망에

굴복하지 않도록 "희망이라는 환상"을 주어야 한다고 주장한다. 그는 "우리는 절망과 싸워야 하고, 그것을 파괴해야 하며, 절망이라는 질병이 인간의 삶을 타락시키고 한낱 허수아비로 만들게 두어서는 안 됩니다."160면 라고 이 대위에게 말한다.

신 목사의 고백은 비록 이상한 방식이긴 하지만 그가 바로 소설의 제목이 가리키는 진정한 순교자라는 것을 보여준다. 신 목사는 신도 사후세계도 믿지 않고, 지상에서 인간이 겪는 고통에 더 큰 신성한 의미가 있다고 믿지 않으면서도 전쟁의 무차별적인 폭력으로 고통받는 이들을 위해 믿음을 설교한다. 주변의 고통받는 군중을 바라보며 그는 더 이상 스스로를 위해서는 가질 수 없는 위안을 그들에게 주려 하고, 그로서는 나눌 수 없는 믿음을 그들 안에 심어주려 한다. 공산당의 진격으로 평양이 점령당하자 신 목사는 남아서 너무 약하고, 병들고, 늙거나 어려서 피난을 갈 수 없는 이들을 보살피기로 함으로써 궁극적인 희생을 보여준다. 소설은 신 목사의 운명에 대한 명확한 설명은 제공하지 않지만, 가장 믿을만한 진술은 그가 결핵으로 죽었거나 공산당에 의해 처형되었다는 것이다. 신 목사의 무신론에 대한 진실이 밝혀지지 않은 가운데, 정확히 그의 이타적인 희생을 가리키는 이 소문들은 순교자로서 그의 지위를 확고하게 했다. 기독교가 주는 '희망의 환상'에서 벗어나면 절망의 나락으로 떨어질 타인을 위해 종교적 믿음이라는 허구를 유지하는 믿음 없는 자. 이것이 이 소설이 진정한 순교자란 무엇인가에 대해 표현한 바이다. 아이러니하게도 자비, 자선, 희생이라는 기독교가 소중히 여겨온 핵심적인 이념의 가장 좋은 예를 보여준 사람은 은밀한 배교자인 신 목사이다.

『순교자』가 명백하게 무신론적인 관점에서 문제를 제기하고 있음에도 불구하고, 이를 반기독교적 작품으로 묘사하는 것은 옳지 않아 보인다. 우선, 작품 속 몇몇 독실한 기독교인에 대해 소설은 동정 어린 시선으로 묘사하고 있다. 신 목사에게 도움을 구하는 고통 받는 양민들은 조롱이 아닌 비애의 대상으로, 군목인 고 목사는 결점이 있기는 하지만 피난민들의 고통을 덜어주려는 열망에 찬 기본적으로 성실하고 신앙심이 있는 목사로 묘사된다.

소설의 분노는 다른 곳으로 향하는데, 우리는 이 분노의 목표를 전쟁 초반의 어떤 순간에 대한 이 대위의 기억에서 찾을 수 있다. 그는 공산주의자들에 의해 동굴에 산 채로 매장된 수백 명의 정치범을 찾는 파견부대의 일원이었다. 몇 시간 동안 더러운 흙을 파낸 후에 그들은 뜻밖에 생존자를 발견했다.

> 나는 온몸에 오싹한 전율을 느끼며 시체와 배설물 썩는 악취가 속을 뒤집어 놓는 캄캄한 어둠 속에서 얼이 빠져 서 있다가 한순간 인간의 목소리 같지 않은 어떤 소리, 신음 같기도 하고 흐느낌 같기도 한 어떤 소리를 들었다. 무언가가 내 팔에 와 닿았다. 미친 듯이 붙잡고 보니 거의 뼈만 남은 인간의 손이었다. 나는 동굴 입구를 향해, 바깥 세계를 향해 잡아당기고 옮기며 한 인간을 끌어냈다.[17면]

이 대위는 이 남자의 모습에 충격을 받지만 곧 "사진기자, 마이크를 움켜쥔 한국과 외국의 라디오 아나운서들"[17면]에 둘러싸인다. 이 대위는 이렇게 회상한다. "어떤 기묘하고도 지독한 부끄러움에 휩싸였다. 나는 카메라 뒤의 무관심하고 차가운 눈초리들로부터 한 인간이 가진 고통의 말 없는 위엄을 내 온몸으로 지켜주기라도 할 듯이, 그 남자의 몸 위로 상체를 구부리고 연옥과도 같은 그의 탁한 눈 속을 들여다보았다."[17면] 한 사진

사가 사진이 더 잘 찍히도록 좀 비켜달라고 묻고 심지어 다른 사람이 그를 한쪽으로 밀치자 이 대위는 "분노로 눈이 멀었다"[17면] 그는 삽을 쥐고 "카메라들을 박살 내기 시작했고, 그 차가운 눈초리들을 남자로부터 쫓아냈다"[17면].

명백하게 이 대위의 분노의 대상은 남자와 그 동료들을 생매장한 공산당이 아니라 공산당의 잔혹 행위를 알리려는 사진 기자들의 무자비한 무관심이다. 이 대위의 수치심과 생존자를 보호하고자 하는 충동, 그리고 분노를 부채질한 것은 그 남자의 끔찍한 경험들이 반공 선전의 일부로 포함될 것이라는 사실이었다. 그 동굴에서 죽은 수백 명의 사람들은 마치 열두 명의 목사가 그러했던 것처럼 순교자가 될 것이다. 그들이 겪은 고통의 복잡함은 신화로 단순화되어 이승만 정부에 의해 선전용으로 활용될 것이다. 이는 말하자면 소설의 신학적 덫으로부터 남한 정부에 대한 날카로운 비판과 그 정부가 기독교를 도구로 이용했다는 점이 파헤쳐질 수 있는 그런 순간이다.

이 비판은 이 대위의 냉소적인 상관인 장 대령의 목소리로 더 직접적으로 이야기된다. "열두 명의 순교자들은 위대한 상징이야. 그들은 고난받는 교인들과 그들의 최종적인 종교적 승리의 상징이지. 우린 그 순교자들을 결코 실망시켜서는 안돼. 우린 빨갱이들에 대한 그 순교자들의 종교적 승리를 모든 사람이 목격하도록 해야 한단 말이야."[44면] 그는 또한 열두 목사들의 독실한 영웅적 행위에 대한 허구적 이야기를 지켜나가는 데 큰 관심을 가진 정치 세력들을 강조한다.

"근래에 이 나라의 기독교인들은 꽤 영향력이 있어"라고 옅은 미소를 띠며 말했다. 그러고는 잠시 멈췄다가, 그는 신랄함을 숨기지 않은 목소리로 말을 이어 나갔다. "요즘은 모두가 기독교인인 것 같군. 기독교의 일원이 되는 것이 유행 같아 보여. 대통령부터 각료, 장군, 대령, 사병까지 모두 말이야. 왤까, 미국인 고문관을 기쁘게 해주려면 심지어 군대에조차 군종이 있어야 한단 말이지."[7면]

소설이 장 대령의 발언을 더 완전하게 구체화하진 않지만 이 발언은 기독교가 남한 정부와 군대에서 지배적이게 되었다는 점을, 그들의 이익은 기독교가 북한 정권에 대항하는 남한 사람들을 통합한다는, 미국 고문관들을 만족시키는 데 이바지하는 어떤 이야기로 유지된다는 점을 명확히 한다.

장 대령의 심정은 박정신 교수의 역사연구인 『한국 개신교와 정치*Protestantism and Politics in Korea*』에서 확인되고 구체화된다. 박정신 교수는 대한민국의 초대 대통령이자 기독교인이었던 이승만이 어떻게 기독교를 영리하게 이용하여 "입법부와 사법부를 행정부에 예속시키고, 지역 정부를 중앙 집권적 권력 아래 두고, 경찰과 군대를 이용해 자유롭고 책임감 있는 언론을 탄압한" 명목상으로만 민주적인 국가를 건설했는지를 입증한다.[11] 특히 『순교자』에서 중요한 부분을 차지하고 있는 기독교인 대량학살 사건에 대한 박 교수의 분석은 다음과 같다.

북한에서 일어난 기독교인 박해는 이승만 정권에 유리하게 작용했고, 남한 내에서 반공주의가 대한민국에 충성하는 국민에게 걸맞은 애국 이데올로기로 굳건히 자리 잡도록 분위기를 조성했다. 이 분위기는 북에서 온 수많은 피난민에 의해 더욱 강화되었다.[12]

---

11   Park, *Protestantism and Politics in Korea*, p.174.
12   위의 책, pp.176~77.

박 교수는 이승만 정권 아래 대한민국 정부와 개신교 교회 사이의 관계는 단지 "우호적"이기만 한 것이 아니라 "공생적"인 것이 되었다고 표현한다.[13] 기독교 지도자들과 이승만은 함께 다음과 같은 영속적인 "정치 공식"을 만들어냈다. "공산주의는 반기독교적이기 때문에 기독교인들은 반공주의자다. 그러니 기독교와 반공주의적 정치적 입장은 실질적으로 일치한다."[14]

『순교자』 출간 2년 후인 1966년 『더 애틀랜틱 먼슬리*The Atlantic Monthly*』에 실린 작가의 수필 「오 마이 코리아!*O My Korea!*」에는 이승만 정권과 박정희 정권 모두에 대한 김은국의 매우 비관적인 견해가 명백히 드러난다. 이 수필에서 김은국은 그가 고국을 방문한 1965년의 여름, 박정희 소장이 전 정권을 무너뜨린 군사쿠데타를 일으킨 지 4년이 지난 때이자 그가 대한민국의 제3대 대통령으로 선출된 지 2년이 된 그때를 회상한다. 이 수필은 남한 정권의 반공주의를 "그 국가 자체의 다소 의심스러운 존재 이유로 인해 엄숙하게 격상된" 이데올로기로 통렬히 비판한다. 그 결과는 다음과 같다.

그 나라는 기본적으로 계속된 전시 상태에 있고 마녀사냥 작전과 언제든 재개될 싸움의 망령을 동반한 해제할 수 없는 반공주의적 태세는 한국 정권들이 국민 통합의 외관을 유지하면서 자기들의 정치권력을 공고히 하려고 조작한 국가적 긴장 상태를 만들어내는 것 같다.[15]

---

13   위의 책, pp.174~175.
14   위의 책, p.178.
15   Richard Kim, "O My Korea", *The Atlantic*, February 1966, p.107.

「오 마이 코리아!」를 『순교자』와 함께 읽으면 김은국이 두 글 모두에서 내세우고 있는 반공주의 비판이 더 눈에 띈다. 이 소설의 더 노골적인 정치적 차원은 실존주의적 함정과 철학적, 신학적 사색으로 쉽게 가려질 수 있다.

『순교자』는 급진적인 소설은 아니지만, 작가의 가족사를 고려할 때 우리의 예상보다는 덜 오른쪽으로 기운 소설이다. 작품의 중심에 자리한 학살 사건에도 불구하고, 이 소설은 반공주의에 대한 장광설로는 읽히지 않는다. 또한 김은국은 결코 북한을 위해 싸운 이들이 정당한 동기를 가졌을 거라는 가능성을 내포하지 않지만, 남한을 위해 싸운 이들이 더 낫다고도 하지 않는다. 남북한에 대한 궁극적인 구분 불가능성은 이 대위가 박 대위에게서 받은 편지를 통해 강렬히 전달된다. 편지는 박 대위가 참여한 첫 백병전을 언급한다. 박 대위의 상관이 죽고, 그는 적과의 백병전 속에서 부대를 지휘하게 된다. 그는 편지에 다음과 같이 썼다.

> 잠시 후부터는 쌍방이 온통 뒤섞여 난투가 벌어졌어. 문제는 칠흑같이 어두운 밤인데다 우리 모두가 한국말을 한다는 점이었어. 우리가 어느 쪽을 죽이고 있는 건지는 악마만이 알고 있었지. 모두 똑같은 언어로 "누구야, 너 누구야?"만 외쳐대고 있었으니 말이야. 처음엔 당황해서 멈칫거렸지만 그것도 잠시고 당혹감 혹은 두려움, 하여간 그게 뭐든지 간에 폭발했고, 그저 닥치는 대로 서로가 서로를 죽였어.[24면]

이것은 『순교자』에 나오는 것 중 가장 전투에 가까운 장면으로, 실제 전투에 관하여 이야기되어야 할 모든 것들을 보여준다. 그 전쟁은 본질적으로 서로를 구분할 수 없는 전투원들 간의 동족상잔이었고, 장 대령의 말을 빌리자면 "야만적인 국가, 부패한 정치인들과 같은 것들 사이에서 일어난 권력을 향한 눈먼 투쟁의 역겨운 결과"[107면]였다.

달리 말하면 이 소설에서 한국전쟁은 북한의 배신으로 인한 결과물도 스탈린 지휘 하의 김일성 '꼭두각시 정권'이 저지른 불법적인 침입 — 냉전 기간 내내 남한을 지배한 공식적인 반공주의 서사 — 도 아닌 한국 사람들에게 닥친 사악한 비극으로 그려진다. 이런 정도까지 이 소설은 셰일라 미요시 야거Sheila Miyoshi Jager와 김지율Jiyul Kim의 논문 「냉전 이후의 한국 전쟁 — 한국의 정전협정을 기념하다The Korean War After the Cold War : Commemorating the Armistice Agreement in South Korea」가 훌륭하게 분석한 군사독재시대의 종말 이후에 나타난 갈등에 대한 포스트냉전 서사의 한 측면을 예측한다.[16] 『순교자』가 이 모든 것을 뛰어넘어 단언하는 것은 주인공들과 전투의 십자포화에 휘말린 난민들 사이에서 형성된 "독특한 사랑의 형태"이다. 끝에 가서 김은국의 소설은 공산주의의 불법성을 단순하게 추정할 뿐만 아니라, 한국전쟁의 의미를 다룬 미국과 한국의 서사에서 암시적인 동시에 명시적으로 언급된, 남한을 통치한 억압적 정부에서 중심 역할을 한 기독교에 대한 통렬한 비판도 평준화한다. 이 소설이 궁극적으로 확언하는 것은 주요 등장인물 간에 나타나는 유대감이다. 그들은 모두 어떤 의미에서 공산주의와 기독교가 촉진한 정치적 신화와 각자가 고취한 민족주의적 전망의 허구적 본성을 인식한 이념적 고아들이다.

소설은 예상치 못하게 잠정적인 희망의 어조로 끝맺는다. 마지막 장에서 이 대위는 전직 군목으로 현재는 부산 주변의 한 섬에서 피난민들을

---

16   Sheila Miyoshi Jager · Jiyul Kim, "The Korean War After the Cold War : Commemorating the Armistice Agreement in South Korea", *Ruptured Histories : War, Memory, and the Post-Cold War in Asia*, ed. Sheila Miyoshi Jager · Rana Mitter, Cambridge, Mass. : Harvard University Press, 2007, pp.233~65.

위해 일하고 있는 고 목사를 찾아간다. 『순교자』의 마지막 장면에서 이 대위는 고 목사가 신도들에게 설교하는 것을 듣고, 그들의 감정에 마음이 움직이지만 그들의 신앙에 대해서는 여전히 이방인으로 남는다. 하지만 교회를 나와 걸어가던 중 다른 피난민 무리를 만난 그는 이 소설 속에서 처음으로 자신이 유대감 속에 빠질 수 있음을 깨닫는다.

> 나는 교회 밖으로 걸어 나와 줄지어 늘어선 난민 천막들, 고통이 소리 없이 사람들 — 내 동포my people — 의 심장을 갉아 먹는 그 천막들을 지나 탁 트인 바다를 마주한 해변으로 향했다. 거기에는 또 다른 한 무리의 피난민들이 별빛 반짝이는 밤하늘을 지붕 삼아 모여 앉아 조국에 경의를 표하는 노래a song of homage to their homeland를 콧노래로 합창하고 있었다. 그리고 나는 그때까지 한 번도 느껴보지 못했던 신기하리만큼 홀가분한 마음으로 그들 사이에 섞여들었다.200면

이 대위가 이런 부드러운 감정을 느낀 또 다른 유일한 순간은 신 목사가 자신이 무신론자라는 것을 고백했던 장면이다. 이 대위는 신 목사의 투쟁을 나누어 가짐으로써 그의 동포에게 닥친 운명에 대해 비통함과 비슷한 감정을 느꼈다. "나는 전쟁 이후 처음으로 스스로 주체할 수 없는 눈물, 나의 부모님과 동포들, 그리고 내가 파괴한 알지 못하는 영혼들을 위한 눈물과 회한 속에 나 자신을 맡겨버렸습니다."161면

비평가 조세핀 박Josephine Park은 소설의 결말 장면이 작가의 이민을 암시한다고 지적한다. 소설 속 이 대위가 바라보며 생각에 잠기는 넓은 바다는 김은국이 1954년 그가 결국은 소설가로 살아가게 될 미국으로 떠나오며 건넌 바로 그 바다라는 것이다. 박 교수와 동료 비평가 크리스틴 홍Christine Hong은 결국은 미국 시민이 된 작가의 삶의 궤적에 비추어보았

을 때 명백하게 드러날 수밖에 없는, 그의 첫 소설에서도 찾아볼 수 있는 미국에 대한 충성을 강조한다.[17] 이러한 해석은 확실히 타당하지만, 내가 마지막으로 강조하고 싶은 것은 이 결말의 다른 측면이다.

나의 관점에 따르면 이 장면에서 가장 중요한 순간은 넓은 바다로 향하는 주인공의 움직임이 아니라 그가 경험한 "신기하리만큼 홀가분한 마음"이다. 이 마음은 이민에 대한 전망이 아닌 그를 난민들과의 유대감 속으로 끌어당긴 그들의 이름 없는 노래가 불러일으킨 것으로 설명된다. 그들이 부르는 것은 가사 없는 "콧노래의 합창"이지만 "조국에 경의"를 표하는 것이었다. 그들이 부르는 노래는 남한의 국가이지만 이것은 별로 중요한 사실이 아니다.[18] 왜냐하면 그들이 부르는 것은 노래의 가사가 아니기 때문이다. 그것은 순전히 음악적이고 비표상적인 "콧노래의 합창"이다. 달리 말해 소설의 이 부분이 불러일으키는 것은 순수하게 형상적인 민족적 연대, 언어로는 표현될 수 없고 오로지 말없이 집단적으로 전달되는 선율을 통해서만 일어나는 '감정'이다. 이런 식의 결말은 이 소설이 근본적으로 유토피아적인 국가에 대한 '열망'을 높이 평가하고 있음을 시사한다. 그것은 어떠한 기성의 언어적 위치나 정치적 체제에 귀속되지 않는 다른 어딘가에만 존재할 수 있다.

이 유토피아적인 민족주의의 열망은 비정치적인 것으로 여겨지곤 하

---

17 Josephine Nock-Hee Park, *Cold War Friendships : Korea, Vietnam, and Asian American Literature*, New York : Oxford University Press, 2016; Christine Hong, "Pyongyang Lost : Counterintelligence and Other Fictions of the Forgotten War", *American Literature and Culture in an Age of Cold War : A Critical Reassessment*, ed. Steven Belletto·Daniel Grausam, Iowa City : University of Iowa Press, 2012.

18 『순교자』의 한국어 번역본 중 적어도 하나에서는 피난민들이 부르는 이 노래가 대한민국의 애국가로 확인된다는 점을 지적해 주신 김려실 교수님께 감사드립니다. 그러나 영어 원문에서는 그들이 흥얼거리는 멜로디가 비교적 모호하게 서술되어 있습니다.

지만, 나는 오히려 이것을 반정치적 관점에서 생각해 볼 것을 제안한다. 『순교자』가 허무주의를 넘어설 수 있다면, 이 작품은 민족을 궁극적인 목표로 하는 '독특한 사랑의 형태'의 표현으로 나아간다. 소설의 결말에 표현된 정서는 소설의 시작을 여는 프리드리히 휠덜린Friedrich Hölderin의 『엠페도클레스의 죽음』으로부터 인용한 구절을 반복한다.

그리고 저는 무덤과 고통받는 대지에 마음을 터놓고 맹세했습니다. 그리고 종종 신성한 밤에, 저는 죽을 때까지, 두려움 없이, 그녀의 무거운 숙명을 함께 짊어지고 절대 그녀의 수수께끼 중 어느 하나 경멸하지 않고 그녀를 신실하게 사랑할 것을 약속했습니다. 그리하여 저는 스스로를 필멸의 끈으로 그녀와 묶었습니다.

이 소설이 남북한이 내세우는 민족주의의 양쪽 모두의 버전에 반대하는 것이 그것이 정동과 욕망에 의해, 다른 사람들과의 윤리적 연결에 의해서만 묘사되는 감상적 민족주의이기 때문이다. 그것은 다른 이들의 신념을 자기네 신념 — 말하자면 기독교나 공산주의 — 에 따르도록 강압까진 않더라도, 그럼에도 자신들에 대한 충성을 확인하고자 한다.

『순교자』가 충성을 맹세하는 더 크고 집단적인 실체에 표면적으로 붙는 이름은 "민족" 또는 "코리아"이지만, 그 단어들을 대체하기 위해 이 소설이 사용하고 있는 몇 가지 관용구와 은유의 예시를 들어보자. 휠덜린에게서 가져온 제사題詞에서 화자가 "무덤과 고통받는 대지"를 향해 자신의 마음을 맹세한 것과 같이 무신론자라는 신 목사의 고백을 들은 이 대위가 경험한 정서적 각성은 이렇게 묘사된다. "나는 전쟁 이후 처음으로 스스로 주체할 수 없는 눈물, 나의 부모님과 동포들, 그리고 내가 파괴한 알지 못하는 영혼들을 위한 눈물과 회한 속에 나 자신을 맡겨버렸습니다."¹⁶¹ᵐᵉ 이 구절이 어느 정도는 한반도의 국가를 가리키고 있는 것이 사실이지만, 그들과 소설 전체가 표현하는 것은 대상을 '남한' 또는 '북한', 심지어 '한국'과 같은 구체적인 이름으로 식별하는 것을 거부하는 조국을 향한 사랑partia amor이다. 만약 여기서 민족주의가 '독특한 사랑의 형태'로 묘사된다면, 그것은 기성의 정치 체제가 구축해 온 버전의 민족주의에 대한 감상적인 애착으로부터 독자들을 떼어놓으려는 것이다. 이것이 『순교자』가 반정치적 소설로 기능하는 방식이다. 이 소설은 기존의 어떤 정치 체제에 의해서도 구현되지 않은 형태의 민족적 유대감을 불러일으키고 찬양한다. 따라서 그저 이 소설의 마지막 부분을 반복함으로써 이에 대한 분석을 마무리하는 것이 적절할 것이다.

거기에는 또 다른 한 무리의 피난민들이 별빛 반짝이는 밤하늘을 지붕 삼아 모여 앉아 조국에 경의를 표하는 노래를 콧노래로 합창하고 있었다. 그리고 나는 그때까지 한 번도 느껴보지 못했던 신기하리만큼 홀가분한 마음으로 그들 사이에 섞여들었다.²⁰⁰ᵐᵉ

제3부

한국전쟁의 포스트기억

제9장

전후 일본문학 속의 주일 미군기지 표상과 한국전쟁

남상욱

이 글은 「전후 일본문학 속의 주일 미군기지 표상과 한국전쟁」, 『일본사상』 no. 41, 한국 일본사상사학회, 2021, 67~94면을 수정한 것이다.

마쓰모토 세이초 松本清張, 1909.12.21~1992.8.4
1953년 「한 '고쿠라 일기' 전」으로 아쿠타가와상 수상. 50년대 중반 『점과 선』, 『눈의 벽』 등의 추리소설이 베스트셀러가 되면서 인기 작가로서 활동하게 됨. 단순히 추리의 재미를 구현하는 데 그치지 않고, 취재를 통해 모든 자료를 기반으로 일본 사회의 '어둠'을 조명하는 그의 스타일은 훗날 '사회파 추리소설'로 일컬어지며, 일본 추리소설 문단에 큰 영향을 미쳤음. 그의 주요 작품들은 현재에도 TV드라마나 영화로 리메이크되고 있음.

다쿠보 히데오 田久保英夫, 1928.1.25~2001.4.14
1950년대 중반 게이오대학 문학부 출신을 중심으로 하는 동인지 『미타분가쿠(三田文學)』의 동인으로 활동하며 작품 활동을 전개하다가, 1969년 「깊은 강」으로 아쿠타가와상을 수상함. 80년대 완성도 높은 단편으로 요미우리문학상, 노마문학상등을 수상했으며, 죽기 전까지 약 15년간 아쿠타가와상 선고위원으로 활동했음.

1. 들어가며

2020년 여름 계간지 『황해문화』는 '포스트냉전시대, 주한미군을 묻는다'라는 제목의 특집을 게재한다. 게재의 직접적인 원인이 된 것은 김명인 편집인이 밝히고 있듯이, 전前 미대통령 트럼프가 방위비분담금을 기존의 1조원 수준에서 500% 인상할 것을 요구하고, 이러한 요구가 받아들여지지 않을 경우 미군을 철수할 수 있다고 한 발언이 불러일으킨 파장 때문이다[1]. 이러한 파장에 대해 평화네트워크 대표인 정욱식은, 한국에서는 "주한미군 철수는 고사하고 감축만 입에 올려도 '반미·종북·친중'으로 매도되"고, 심지어 "북한의 김정은 위원장조차 주한미군 철수를 주장하지 않고" 있는 상황에서, 전前 미대통령 트럼프야말로 "주한미군의 미래와 관련해 표현의 자유를 마음껏 누려온 사람"이라고 지적한 바 있다[2]. 물론 그의 지적처럼 한국에서 주한 미군 혹은 미군기지에 대한 자유로운 표현이 전혀 없었던 것은 아니지만, 트럼프의 발언이 한국전쟁 이후 70년이 지난 한반도에서 미군기지가 어떻게 인식되고 있는지를 우리 스스로에게 돌아보도록 만든 것만은 사실이다.

돈을 내지 않으면 "미군기지를 철수하겠다"라는 트럼프의 말을 남북 모두 문자 그대로 받아들여 '미군기지' 철수로 기정사실화하고 쌍수를 들고 환영하지 못하고 모종의 불쾌감에 휩싸일 수밖에 없었던 이유는 무엇일까. 그건 트럼프의 말이 미군기지의 존재가 너무나 익숙해진 나머지 포스트 미군기지의 시대로 나아가길 망설이는 우리 자신의 무의식을 건드리고 있었기 때문은 아닐까. 미군기지 철수에 대한 주저는, 일차적으로는

---

1   김명인, 「변하고 있는 것과 변해야 할 것」, 『황해문화』 107, 2020, 7면.
2   정욱식, 「한미동맹과 주한미군의 딜레마, 어떻게 풀어야 할까?」, 위의 책, 37~38면.

남한은 남한대로 북한은 북한대로 미군기지를 대타자로 삼아 스스로의 아이덴티티를 구성해왔다는 것을, 이차적으로는 양쪽 모두 미군기지 없는 한반도라는 새로운 역사적 지평에 스스로를 내던질 준비가 되어 있지 않음을 의미하는 것이리라. 요컨대 한국에서 미군기지는 한국전쟁 이후 분단체제 지속을 보여주는 대표적인 상징이라 할 수 있다.

한편 동아시아적 관점에서 봤을 때 미군기지는 한국만이 아니라 동아시아 냉전체제의 지속을 보여준다. 패전과 강제 점령 이후에도 미군기지 주둔을 용인할 수밖에 없었던 일본 역시, 트럼프 정권하에서 미군기지와 관련해서 한국과 거의 비슷한 문제를 겪었다. 이는 전후 일본 역시 미군기지와의 관계 속에서 스스로의 내셔널 아이덴티티를 구성해왔음을 의미한다. 예컨대 요시미 슌야吉見俊哉는 일본 내 미군기지가 가진 폭력성이 일본인들에게 '반미'라는 감정을, 소비문화적 측면이 '친미'라는 감정을 불러일으켰음을 논증한 한편, 본토에서 미군기지의 상당수가 철수한 50년대 후반 이후에는 이러한 감정이 분리되어 '원래 다른 종류라고 하는 인식'이 성립해 갔다고 주장했다.[3] 요시미는 동아시아에서 미군기지의 역사가 반세기를 훌쩍 넘기면서 미군기지와 관련된 경험도 다양할 수밖에 없는데, 이에 대한 표상은 그 시대와 지역의 주요 관심사를 반영하는 형태로 제한적으로 표출되어 단순화될 수밖에 없음을 환기시켜 준다.

남기정은 한국전쟁을 거치면서 기존의 점령군으로서 주일 미군기지가 어떻게 병참기지로 바뀌고, 그러한 기능 변화가 일본에 어떠한 영향을 미쳤는지를 면밀하게 분석함으로써, 한국전쟁을 거치면서 형성된 '기지국가'의 성격이 정치적, 사회적 갈등을 불러일으키면서도, '평화국가'라

---

3   吉見俊哉,『親米と反米―戦後日本の政治的無意識』, 岩波書店, 2007, 151면.

는 이념과 상호보완 관계를 만들어갔음을 밝혔다. 특히 한국전쟁 이후의 미군기지를 중심에 놓고 전후 일본을 볼 때, "20세기를 살아가는 과정에서 다른 국가가 선택한 삶의 방식과는 구별되는, 일본만의 독특한 생존방식"[4]을 이해할 수 있다는 남기정의 주장은, 적어도 전후 일본문학을 비판적으로 이해하는 데 있어서도 여전히 유효하다고 판단된다.

주지하다시피 전후 일본문학은, 한편으로는 구일본제국을, 다른 한편으로는 점령군으로서 조우한 미군들을 각각 상대화 / 계승-동화해야 한다는 이중의 과제 속에 진동해왔다. 그중에서도 미군으로 대표되는 존재를 대타자로 자신의 아이덴티티를 구축하는 일련의 작품들은 일본의 군사기지화로 인해 만들어진, "다른 국가가 선택한 삶의 방식과는 구별되는, 일본만의 독특한 생존방식"을 드러낸다. 예컨대 가와무라 미나토川村 湊에 의해 사실상 전후문학의 출발의 알리는 작품으로 평가받는 홋타 요시에堀田善衞의 『광장의 고독広場の孤独』은[5], 한국전쟁 발발 이후 이미 후방기지로서 전쟁에 참여하고 있음을 알게 된 이후에도 여전히 전쟁의 참여를 의식적으로 회피하는 모습을 주인공 기가키를 통해 보여주고 있는데[6], 서동주는 이를 "일본도 한반도와 마찬가지로 냉전의 세계에 들어와 있음을 부인하지 않"지만, "냉전을 살아가는 방식에서 일본이 한반도와 다르다는 점을 발견"한 것으로 파악한다.[7] 다시 말해 『광장의 고독』은 한국전쟁으로 인해 일본 전체가 기지국가로 변모하는 상황 속에서도 "냉전 속

4   남기정, 『기지국가의 탄생』, 서울대 출판문화원, 2016, 13면.
5   川村湊, 『戦後文学を問う』, 岩波新書, 1995, 11~12면.
6   남상욱, 「전후 일본문학 속의 '한국전쟁'—한국전쟁과 전후 일본의 내셔널 아이덴티티」, 『비교한국학』 23(1), 국제비교한국학회, 2015, 15~22면.
7   서동주, 「'전후'의 기원과 내부화하는 '냉전'—홋타 요시에의 「광장의 고독」을 중심으로」, 『日本思想』 28, 한국일본사상사학회, 2015, 69면.

에서 '전후'로 산다"고 하는, 일본만의 독특한 생존방식이 어떻게 성립되었는지를 보여주는 작품으로 해석될 수 있는 것이다.[8]

물론 전후 일본문학에 있어 한국전쟁 표상은 홋다 요시에의 『광장의 고독』에 그치지 않는다. 한국전쟁은 종식 후에도 고바야시 마사루와 같은 재조일본인 작가나 나카노 시게하루와 같은 공산당계 작가들의 작품 속에서만 아니라, 미시마 유키오, 오에 겐자부로 같은 인기 작가들의 작품 속에서 중요하게 다뤄졌으며, 이는 장혁주나 김달수와 같은 재일조선인 작가들의 작품에 있어서도 마찬가지이다. 김려실은 이들 작가들을 "당사자재일조선인, 동조자재조일본인 작가 및 공산당계 작가, 기타한국전쟁을 소재나 배경으로 삼았던 작가"로 분류했는데, 이러한 분류는 일본 안에서 한국전쟁을 바라보는 작가들의 입장이 결코 단일하지 않음을 환기시킬 뿐만 아니라, 작품 해석에 있어 중요한 근거가 되기도 한다.[9]

그런데 한국전쟁을 다룬 작품들이 모두 한국전쟁으로 인한 일본 내 미군기지의 변모에 주목하고 이를 초점화하고 있지는 않다. 『광장의 고독』에서도 일본의 군사기지화는 가나가와현 가와사키시 근방의 공업지대를 통해서 드러나고 있지, 미군기지 그 자체의 변화를 자세하게 표상하고 있지는 않다. 한국전쟁을 통한 일본의 경제적 특수를 표상했던 미시마 유키오의 『교코의 집』에서도 미군기지는 그저 원경으로 등장할 뿐이다.

이에 이 글에서는 한국전쟁을 배경으로 하는 문학작품 속의 미군기지

---

8   고영란과 서동주는 각각 다른 방식으로 전후 일본은 늘 전쟁에 참여하면서도 더 이상 전쟁을 하지 않는 나라로서의 '전후'라는 이데올로기를 만들었음을 밝히고 있다. 서동주, 앞의 글, 70면; 고영란, 김미정 역, 『전후라는 이데올로기』, 현실문화, 2010, 292~293면.

9   김려실, 「'조선전쟁'의 기억과 마이너리티 연대의 (불)가능성」, 『비교한국학(Comparative Korean Studies)』 29(1), 국제비교한국학회, 2021, 102~103면.

표상에 초점에 맞춰 읽어보고자 한다. 약 10년의 간격을 두고 발표된 마쓰모토 세이초松本精張의 「검은 피부의 문신黒地の絵」1958과 다쿠보 히데오田久保英夫의 「깊은 강深い河」1969은, 한국전쟁을 배경으로 하여 규슈 지역의 미군기지를 그리고 있다는 점에서 공통점이 있는데, 한국전쟁을 통해 변모해가는 미군기지에 대한 성격과, 이를 바라보는 일본인들의 태도의 차이와 유사성을 드러낸다는 점에서 중요하다. 특히 1960년대 후반에 회상되는 한국전쟁은, 앞으로 수행될 베트남전쟁과 미군기지의 변동과 관련된다는 점에서, 한국전쟁이 일본에 미친 영향의 정도가 생각보다 크다는 점을 환기시켜줄 것으로 기대된다.

2. 점령기 '미군기지' 표상의 지연 「황금전설」과 미군기지

점령군으로 일본에 진주한 미군은 전전의 일본군의 군사시설을 접수하고, 이를 자신의 주둔지로 사용하기 시작했다. 그렇다면 점령기 미군기지에 대해, 동시대 일본문학은 과연 어떻게 표상하고 있을까.

실제로 일본을 점령했던 미군병사와 미군기지 표상은 동시기 문학작품 속에 발견하기 힘들다. 이는 주지하다시피 GHQ / SCAP의 프레스 코드와 관련된다. 미군병사 및 점령군 군대에 대한 비판적 표현의 금지를 포함하는 프레스 코드가 알려지게 됨으로써 이에 대한 표현은 직간접적으로 억압될 수밖에 없었다.

하지만 이러한 미군의 검열은 완벽하게 수행된 것만은 아니어서 간혹 허점을 노출하고 있는데, 예를 들면 1946년 3월에 잡지 『신쵸』에 발표된 이시카와 준石川淳의 「황금전설黄金伝説」 속의 다음과 같은 미군 표상은 그

대표적인 예이다.

　역 가까이 오자 지금까지 나에게 몸을 기대고 있었던 사람은 돌연 나를 휙 뿌리치고 바로 맞은편으로 달려갔다. 나는 비틀거리는 발을 내딛으며 맞은 편을 보니, 그곳에 인파 머리 위로 우뚝 솟은, 굉장히 키가 크고 믿을 수 없을 정도로 색이 까만, 일개 완고한 병사가 서 있었다. 그 검은 병사는 멋진 분홍색의 얇은 비단 머플러를 멋지게 목에 두르고 있었는데, 뭔가를 외치는 그 입 안에 새하얗고 딱딱한 치열이 광석처럼 빛났다. 그리고 병사의 두꺼운 가슴팍에 나비가 나무줄기에 내려앉듯 새빨간 의상을 한 사람의 몸이 딱 달라붙어 있었다. 그 사람의 등은 '아듀'라는 말도 없이 내 쪽을 향했는데, 그것은 이제 영원히 결코 이쪽은 돌아보지 않으리라는 광경이었다.번역은 인용자[10]

　일본 남성을 압도하는 건강한 신체성과 패션 감각을 부각시킨 흑인 병사와, 그의 가슴에 안기는 일본인 여성. 이러한 이미지는 오늘날에는 점령기 일본을 상징하는 일종의 클리셰이지만 당시에는 '점령군 장교와 일본인의 (남녀의) 친밀한 관계 묘사Fratemization'라고 검열 코드를 위반하고 있어, 이러한 언어표현이 검열을 통과할 수 있었던 것만으로도 당시로서는 매우 충격적이라고 할 수 있겠다. 실제로 이 작품은 같은 해 발표된 동명의 작가의 단편소설 작품집에는 수록되지 않았다.[11] 이렇게 미군 표상 자체가 작가로서의 창작활동에 영향을 미치는 상황 속에서 굳이 미군을 표상하지 않을 수 없었던 이유는 무엇일까.

　이에 대해 황익구는 "점령군은 '나'의 모순되는 전후 수용 문제를 극단

10　石川淳, 『黃金伝説・雪のイブ』, 講談社, 2013, 전자책, 1393 / 2994.
11　横手一彦, 「『黃金伝説』は二度つくられた」, 『近代文学論集』 二十三巻, 1997, 11~15면.

적인 형태이기는 하지만 정리해주는 존재"였기 때문으로 설명한다. 즉, 점령군의 신체적 우위성은 주인공 '나'로 하여금 과거에 진 신세 때문에 그토록 찾았던 여성(친구의 아내)을 단념하고, 현실의 시간을 살 수 있게 만들어 준다는 것이다. 이렇게 이시카와의 작품을 통해 드러나는 점령군 은, 황익구의 지적대로 "해방 / 파괴의 양의성을 가지고 표상된, 정 / 부의 양극단의 이미지"이자, "공 / 사의 문제를 각성시키는 궁극의 표현 기호" 라고 해석될 수 있다.[12]

그런데 「황금전설」에서 미군병사의 신체성이 비록 적은 언어이기는 해도 분명히 표상의 대상이 되고 있는 데 반해, 그가 있는 장소인 미군기 지는 '요코하마' 속의 '혼모쿠本牧의 일부 특별지대'라는 식으로밖에 표현 되고 있지 않다. '미군기지' 혹은 '미군부대'를 '혼모쿠'라는 지명으로 대 체하면서도, '일부 특별지대'라는 말을 추가함으로써 그곳이 일반인들이 접근하기 힘든 지역이라는 것만을 가까스로 암시하고 있는 셈이다. 실 제로 요코하마의 차이나타운 남동쪽에 위치한 경관지였던 혼모쿠는 전 시 대공습으로 파괴되었는데, 전후 미군에 접수되어 해군 주택지Yokohama Beach Dependent Housing 시설이 들어서 있었다.[13] 어쩌면 그곳으로부터 왔을 지도 모르는 흑인 병사를 바라보는 '나'의 시선은 흑인 병사의 건강한 신 체성에 초점을 맞출 뿐, 그 흑인 병사의 배후에 있는 미군기지까지 뻗어 나가지 못한다. 요컨대 일본인의 관점에서 본다면 먼저 이른바 '팡팡'이 나 '온니'들이 미군들과 접촉하는 지역이 있고, 그 배후에 미군기지가 있

---

12 黃益九, 「〈占領〉との遭遇―石川淳「黃金伝說」における戦後受容―」, 『文学研究論集』 26, 筑波大学比較·理論文学会, 2008, 131~132면.

13 가나가와현 홈페이지에 따르면 약 70,500 평방미터에 달하는 그 지역은 1982년이 돼서야 요코하마시에 반환되었다고 한다. 神奈川県, 「県内米軍基地の現状」. https:// www.pref.kanagawa.jp/docs/bz3/cnt/f4937/index.html(검색일 : 2020.3.19)

는 셈인데, 이 시기 일본의 문학작품은 이시카와의 작품이 보여주듯 이 접촉 지역의 풍경을 가까스로 표상하고 있을 뿐, 그 배후까지는 도달하지 못한다.

문학작품 속의 미군기지 표상 양상은 샌프란시스코 강화조약 체결로 인해 검열이 공식적으로 끝난 이후 조금씩 바뀌어 간다. 먼저 1953년 아쿠타가와상을 수상한 야스오카 쇼타로安岡章太郎의 「유리 구두ガラスの靴」, 「하우스 가드ハウス·ガード」, 「훈장勲章」 같은 초기 작품들에서는 그동안 표현의 대상이 되지 못했던 접수주택이나 GHQ 사령부 건물과 같은 장소가 작품의 공간적 배경을 이루고 있다.[14] 1954년에 아쿠타가와상을 수상한 고지마 노부오小島信夫의 「아메리칸 스쿨アメリカン·スクール」에서는 미군 캠프 속의 미국 학교가 직접적인 표현 대상이 된다. 이들 작품 속 미군기지 표상에는 미군기지가 가지고 있는 군사적 성격보다는 민사적 성격이 강조되고 있는데, 야스오카 작품들의 경우에는 작품의 배경이 도쿄라는 점과 관련된다.

즉 GHQ 사령부는 도쿄 안에는 중심지에 있는 사령부와 이를 보호하는 군사시설을 최소한만 남겨두고, 주요 군사시설은 도쿄 외곽이나 바깥에 위치시켰다. 초기 사령부로 출퇴근하는 장교들을 위한 숙박시설로 접수주택이 활용되었는데, 이에 따른 불편을 해소하기 위해 46년 8월부터 구 일본제국의 군부대가 있었던 요요기 부지에 점령군 가족주택Dependent Housing, DH을 착공, 이듬해 9월에 827채와 제반 시설인 학교, 극장, 교회 등이 준공된다. 일명 '도쿄 안의 미국'이라고 일컬어진 워싱턴 하이츠는, 도쿄 시민들에게 미군의 군사적 성격을 희석시키고 문화적 측면을 부각시

---

14 남상욱, 「야스오카 쇼타로의 초기 소설 속의 '점령'―'나'가 '점령'을 받아들이게 되기까지」, 『일어일문학연구』 79권 2호, 한국일어일문학회, 2011, 265~281면.

키는 데 일조하게 한다.[15] 점령기 도쿄를 배경으로 한 미군 서사 작품에 미군기지의 군사적 성격이 잘 보이지 않는 것은 이러한 미군기지 배치 전략에 근거한다. 야스오카의 작품 속에서의 미군이 주로 GHQ 사령부에 일하며 접수주택의 호스트인 백인 장교로 대표되고, 미시마 유키오의 작품 속의 미군이 신주쿠 2번가를 들락거리며 일본인 게이를 찾는 백인 장교로 대표되는 것은 이러한 맥락에서 이해할 필요가 있는 것이다.

물론 이 시기 도쿄 외곽의 미군 주둔지 근처에서 미군병사들에 의한 일본인 여성에 대한 피해가 없었던 것은 아니다. 야마모토 아키코에 따르면 맥아더가 일본에 처음 도착한 날 요코스카에서는 미군에 의한 일본인 여성 강간 사건이 일어났고 한 달 동안 약 600건의 피해가 점령군사령부에 보고되었다고 한다.[16] 물론 이러한 사실은 언론에서 거의 다뤄질 수 없었고, 문학에서 기지와 기지촌을 다루기까지는 더 많은 시간이 필요했다.

점령기 동안 일본문학 속의 미군기지 표상의 부재는, 검열과 점령군을 일종의 평화유지군으로 연출하고 싶은 미군의 전략이 성공했기 때문만은 아니었을 것이다. 일본인 작가들의 관점에서 본다면 이제까지 말할 수 없었던 구일본제국군의 폭력을 상대화하는 것이 시급한 과제였고, 일본 내 미군기지와 접수주택은 그것의 결과에 지나지 않았다. '팡팡'으로 불리는 여성의 출현 역시, 이시카와 준의 「황금전설」에서 보듯이 기지의 문제라기보다는 패전으로 인해 겪는 수모라는 형태로 인식되고 있었다.

---

15   吉見俊哉, 앞의 책, 127~128·151·162~163면.
16   山本章子, 『日米地位協定』, 中央公論社, 2019, 4면.

3. 한국전쟁을 통한 미군기지 표상의 변화
「검은 피부의 문신」 속의 미군기지

미군기지의 기지로서의 성격이 본격적으로 일본문학 텍스트 속에 가시화되기 시작한 것은 한국전쟁이 끝난 1950년대 중반 이후부터였다. 1957년에는 한국전쟁 이후 마이즈루항이 군사 기지화되는 장면이 언급되고 있는 미시마 유키오의 「금각사金閣寺」가, 1958년에는 1950년 7월 키타큐슈 고쿠라시의 미군 주둔지에서 이탈한 미군병사에 의한 폭력을 다룬 마쓰모토 세이초의 「검은 피부의 문신」과 한국전쟁시 미군의 탈영병을 숨겨주는 이야기를 다룬 오에 겐자부로의 「싸우는 오늘戰いの今日」이 각각 발표된다.

이렇게 미군을 다룬 문학작품이 대폭 늘어나게 된 데에는, 무엇보다도 샌프란시스코 강화 조약 체결로 인해 일단 일본의 '독립'이 달성됨으로써 미군의 검열을 의식하지 않고 점령기 동안의 미국을 재서사화할 수 있게 되었다고 하는 이유가 있다. 실제로 이 시기 발표된 대부분의 작품들은 동시대보다는 점령기의 미군을 다루는 경우가 대부분이었다. 거기에 1954년 비키니 환도에서 행해진 미군의 수폭 실험에 의한 일본 참치 어선 다이고후쿠류마루의 피폭을 계기로 시작된 반핵운동, 1955년 미군의 기지 활주로 확장 요구에 반발해서 지역시민들에 의한 기지확장반대운동 등과 같은 동시대적 상황도 문학장에서 미군 표상이 활성화되는 동력으로 작용했을 것이다. 그렇다면 이 시기 발표된 문학작품 속의 미군기지는 어떻게 표상되었을까. 이 장에서는 마쓰모토 세이초의 「검은 피부의 문신」을 중심으로 이 문제에 대해 생각해보고자 한다.

1950년 7월 11일 기타큐슈시 고쿠라에서 발생한 미군병사 집단탈영 사건의 피해를 다룬 이 작품에서, 마쓰모토는 한국전쟁 발발 이후 캠프의 변동을 섬세하게 재구성하고 하고 있는데, 먼저 미군병사 집단탈영 이전의 캠프의 모습은 다음과 같이 표상된다.

(A) 조노 캠프는 마을에서 딱 400미터 떨어진 장소에 있었다. 전쟁 중에는 육군 보급공장이었는데, 미군이 주둔한 후에도 그대로 보급소로 사용되었다. 2만 평이 넘었다. 회색 목조 건물은 하얀 콘크리트벽으로 재건되었고, 주위에는 철조망이 처졌으며, 탐조등을 단 감시탑이 세워졌다. 이 안에는 미군병사가 수백 명 있었고 주로 병사의 피복 수리나 식량 제조를 하고 있다고 했다. 아치형 정문으로부터는 코카콜라 병을 잔뜩 실은 트랙이 자주 역을 향해 달리곤 했다.[17]

(B) 병영 주위에는 제방이 설치되고, 그 위에 날카로운 가시가 달린 철조망이 처졌다. 감시탑으로부터 탐조등이 지상에 빛을 뿌렸다. 그러나 이것은 평소에도 병사의 탈출을 막지 못했다. 왜냐하면 제방 곳곳에는 배수구 토관이 설치되어 있었는데, 이것은 병영 정원에서 도로가 도랑을 통과하고 있었다. 토관은 커다란 몸집의 인간이 한 사람 기어가기에 충분한 직경이었다. 병사들은 저녁부터 이 토관을 통해 외출해 하룻밤을 여자가 있는 곳에서 보내고, 아침 일찍 토관을 통해 귀환했던 것이다. 다행히도 토관 출입구는 탐조등의 빛이 닿지 않는 어두운 곳에 있어서, 행동은 자유로웠다. 일본의 이전 군대의 가혹할 정도로 엄격한 금욕 규율을 경험한 자는 금방 납득할 수 없겠지만, 보초를 설 때에도 총을 어깨에 메고 담배를 입에 물고 앉아 있는 나태한 미군병사의 모습에 익숙해진 눈에는 그러한 월담도 이상하게 보이지 않게 되었다. 토관은 병사들의 밤의 패스 게이트였다.^{번역은 인용자에 의함}[18]

---

17 松本淸張, 『黑字の繪』, 新潮文庫, 1965, 87면.
18 위의 책, 91~92면.

마쓰모토는 먼저 고쿠라 외곽에 위치하고 있는 조노 캠프가 한국전쟁이 발발하기 전까지 구일본군의 육군 보급공장과 거의 비슷한 기능을 수행하고 있었음을 지적한다^A. 즉 보급 부대는 훈련을 거듭하는 전투부대가 상주하는 부대가 아닌 만큼, 물자 수송을 위해 역과 가까울 필요가 있었지만 그렇다고 민간인들이 상주하는 마을과 거리를 둘 필요는 없었던 것이다. 이는 마을 사람들이 가까운 거리에서 미군의 동향을 관찰할 수 있게 해준다.

다음으로 마쓰모토는, 한국전쟁 발발 이전까지 이 미군기지 안의 미군 병사는 물론이거니와 그들을 바라보는 일본인들에게 특별한 긴장감이 없었음을 환기시킨다^B. 당시 지역주민의 눈에는 미군기지 안의 미군병사들은 구 일본군과 비교해 군기가 매우 '나태'하게 보였고, 이는 미군기지에 대한 경계심이 없었던 이유로 작용하게 된다. 게다가 그들이 설사 철조망을 뚫고 나오더라도 갈 수 있는 곳은 대체로 예측 가능했다. 즉, 그들은 "'일억의 순혈을 보호'하기 위해 '여자 방파제'를 건설하자"고 하는 일본 정부의 구상 속에 만들어진 특수위안지구^Recreation and Amusement Association : 특수위안시설협회로 가곤 했던 것이다.[19] 점령 기간 동안에 만들어진 미군기지에 대한 이러한 이미지가 한국전쟁 발발에도 불구하고 마을 주민들이 고쿠라기온타이코 축제를 강행한 이유로 작용했을 것이라고 텍스트속의 전지적 화자인 마쓰모토는 추측한다.

물론 이러한 마쓰모토의 미군기지 표상은 일차적으로는 한국전쟁을 통해 극적으로 달라질 미군기지의 변화를 강조하기 위한 스토리텔링의 방법으로 이해할 수 있겠다. 하지만 이는 점령기 미군기지에 대한 지역주

---

19 マイク・モラスキー, 鈴木直子 訳, 『占領の記憶 / 記憶の占領』, 青土社, 2006, 207~212면.

민의 일반적인 이해에 근거하고 있는 것이기도 하다. 실제로 마쓰모토는 자신이 1952년까지 조노 캠프 근방인 쿠로바루黑原에 살고 있었고, 출퇴근시 조노 캠프 근방을 지나다녔음을 언급한 바 있다.[20]

그런데 한국전쟁이 발발한 이후부터 기존의 물자를 보급하던 군대는 전장으로 나가는 병사의 중계기지로 변모하게 된다.

> 그러나 7월 초부터 이 캠프 안 병사는 수가 부풀어 올랐다. 부풀어 올랐다가는 줄어들고, 또다시 금방 부풀어 올랐다. 병사는 어디서부터인지 기차로 운반되어 여기로 들어오고, 금방 어디론가 나갔는데, 또 같은 분량의 인수가 다른 곳에서 와서 충족되었다. 시민들은 그 행선지가 조선임을 알고 있었다. 하지만 어디로부터 그들이 운송되어 오는지는 몰랐다.
>
> 그 몇 번째 팽만膨滿을 완수하기 위해 7월 10일 아침 일군의 부대가 캠프에 들어왔다. 그들은 5, 6개의 열차운송을 요청할 정도의 인수였지만, 하나같이 새까만 피부를 하고 있었다. 불행은 그들이 조선 전선으로 보내지기 위해 이곳을 잠시 거쳐가는 곳으로 삼았던 것만은 아니었다. 불운은 이 부대가 검은 인간이었다는 것이며 그 숙박이 시작된 날이 마쓰리의 북이 시 전체에 울려퍼진 날과 일치했다는 점이었다.번역은 인용자에 의함[21]

위에서 볼 수 있듯이 마쓰모토는 미군병사의 집단탈영과 이로 인한 지역주민 피해의 근본적인 원인으로서 한국전쟁의 발발과 이로 인한 미군기지의 역할 변화를 제시하고 있다. 즉, 물자 수송의 중계기지였던 조노 캠프는, 전선으로 파견되는 병사 수송의 중계기지로 변모한 것이다.

---

20 松本淸張, 「半生の記」, 『松本淸張全集』 34, 文芸春愁, 1973, 80면.
21 위의 책, 87~88면.

실제로 고쿠라에는 미육군 제24보병사단 사령부가 주둔하고 있었는데, 한국전쟁이 발발하자 맥아더는 제24사단의 예하 부대를 한국 전선에 투입하도록 명령했고, 이에 따라 구마모토현에 주둔하고 있던 제21연대가 7월 1일, 사단장 윌리엄 딘 소장은 7월 2일 한국으로 출발한다.[22] 이후 일본에 주둔하는 제8군 산하의 전 사단이, 즉, 제25보병사단^{오사카}, 제1기병사단^{도쿄 아사카}, 제7보병사단^{센다이}의 예하 연대들이 국철이 운행한 군사임사열차를 타고 고쿠라, 사세보, 요코하마의 군항으로 이동한 후 한국전선으로 보내지게 되었다. 한국전쟁이 장기화됨에 따라, 51년에는 알래스카와 캘리포니아 주둔하고 있었던 주병사단 중 일부가 일본을 경유하여 한국 전선에 투입되기까지에 이른다.

마쓰모토는 텍스트에서 1950년 7월 11일 밤 일어난 고쿠라 집단탈영사건에 관한 기록이 "거의 파기되었"지만, 그들이 "기후에서 남하하여", "7월 10일 밤"에 도착한 "제25사단 24연대의 흑인 병사임은 확실하다"고 못을 박고 있는데. 가시마 다쿠미에 따르면 7월 9일 가가미하라의 캠프 기후를 떠나 고쿠라로 향한 제24보병연대는 전원이 흑인으로 구성된 부대로서, 군내 인종 불평등을 해소하기 위해 장래적으로 백인 병사와 병합될 계획이었다고 한다.[23] 이러한 '사실'을 기반으로 마쓰모토는, 미군기지 주변 지역주민의 피해를 미군 내의 흑인 차별의 연속선상에서 이해하려고 한다.

분명 한국전쟁 발발 초기에 전선에 투입된 미군병사들의 대부분은 전사하거나 실종되었다. 하지만 그 이유에 대해 웰스는 다음과 같이 말하고 있다.

---

22   남기정, 앞의 책, 89~91면.
23   加島巧, 「「黒地の絵」-松本清張のダイナミズム-評伝松本清張 : 昭和33年」, 『長崎外大論叢』16, 長崎大学, 2012, 10~14면.

일본에서 투입된 미군은 신체 조건이 불량했고, 군장을 제대로 갖추지 못했으며 전투 훈련을 받지 않았고, 탱크와 대포가 부족했다. 부상병의 빈자리를 메우고 부대 정원을 채우기 위해 충원된 대체 병력들은 전투 준비가 더 부족했다. 전선으로 파견된 부대들은 그 이전과 함께 근무해본 적이 없는 집단들로 구성되었다. 그래서 알란 밀렛은 일본 점령 임무를 수행하다 차출된 병력을 두고 이렇게 묘사했다. "미8군은 이방인들의 군대였다."[24]

이처럼 흑인이라는 인종적 차이보다는 주로 "점령 임무"를 수행해왔기 때문에 훈련과 장비를 포함해 "전투 준비"가 부족했다는 점이 한국전쟁 초기 미군병사의 패배의 가장 큰 원인으로 지적되고 있는 것이다. 남기정도 도널드 크녹스의 선행연구를 근거로 "그들은 한반도에 상륙한 후 트럭이나 열차 등의 이송수단을 이용해 북상하던 중 대량의 피난민을 보고 나서야 비로소 한국에서의 전세가 심각한 상황이며, 그곳에서 벌어지고 있는 것이 '진짜 전쟁a real war'이라는 사실을 알게 되었"으며, "북상하는 열차 안에서는 많은 병사가 집단 히스테리와 패닉 상태를 보여 혼란에 빠지는 일이 벌어지기도 했"[25]음을 지적하고 있는데, 이는 고쿠라의 미군병사 집단탈영 사건이, 마쓰모토가 주장하듯이 그들이 아프리카 원주민의 피가 흐르고 있는 흑인병사이었기 때문에 벌어진 것만은 아님을 보여준다. 요컨대 자신이 가게 되는 곳이 '진짜' 전쟁터임을 알게 될 때 벌어지는 심리적 패닉과 이탈은 인종적 차이를 넘어서는 것이었다.

바로 그런 이유로 인해 진짜 전쟁에 투입하기 이전에 실제 전투 상황을 상정한 훈련의 필요성이 중요해진다. 그리하여 이제까지 일본의 점령을 주

---

24   사무엘 F. 웰스, 박행웅 역, 『한국전쟁과 냉전의 시대』, 한울아카데미, 2020, 164~165면.
25   남기정, 앞의 책, 90~91면.

요 목적으로 삼았던 미군기지는, 전장으로 투입될 미군병사들을 훈련시키기 위한 각종 사격장과 이를 충분히 지원할 수 있는 물자를 비축할 수 있는 저장고, 부상병을 위한 병원과 위안 시설 등의 시설을 강화하는 후방기지로서 성격을 띠게 된다. 한반도와 가장 가까웠던 기타큐슈는 한국전쟁을 기점으로 이타즈케와 아시야의 공군기지, 해군 출격기지 사세보는 미군의 전진기지前進基地가 되면서, 주변 지역이 미군에 고용된 노동자와 환락가에서 일하는 여성으로 넘쳐나는 이른바 '기지촌'으로 발달하게 된다.

제24보병사단 사령부가 위치한 고쿠라는 한국전쟁 동안 주로 전선에 나갈 병력과 물자의 수송의 거점 역할을 수행하는 병참기지 역할을 충실히 수행하게 되는데, 전쟁이 장기화됨에 따라 조노 캠프는 다음과 같은 역할을 맡게 된다.

한국 전선에서는 중공군에게 밀려 미군이 계속해서 철수하고 있었다. 노동자를 필요로 하는 전사자 수가 줄 리가 없다. 즉, 노무자의 임시 모집 공지를 라디오가 하지 않게 된 것은 주류군의 시체처리 시설이 항구화된 것이었다.

사실 그 시체처리소는 조노 캠프의 넓은 부지 일부에 있는 건물에 배당되었다. 구육군시대도 보급창이었는데, 2층 건물로 된 3동과 20동의 낡은 창고가 시체 처리를 위해 사용되었다.

건물 입구에는 "Army Grave Registration Service시체처리반"의 표식이 있었다. 이 약호인 A.G.R.S를 일본노무자는 "에쟈레스"로 줄여 불렀다.

건물 주위 공터에는 시체를 담아온 관이 군데군데 산처럼 쌓였고, 냄새는 바람 있는 날에는 근처 민가까지 흘러가 떠돌았고, 비가 오는 날에는 지면을 찌꺼기처럼 기어갔다.[26]

시체처리라는 새로운 임무가 배당됨으로써, 조노 캠프는 이제껏 그곳에 들어갈 수 없었던 일본인들에게 접근가능한 공간으로 열린다. 비록 그 안에서 일본인 노무자들이 보는 것이 주로 냉동처리된 미군의 사체이기는 하지만, 그런 식으로라도 그들이 미군기지 안으로 들어갈 수 있게 된 계기가 한국전쟁임은 두말할 나위도 없다. 중국공산당의 개입과 이로 인한 전쟁의 장기화가 없었다면 막대한 미군 사상자가 발생하지 않았을 것이기 때문이다.

한국전쟁을 계기로 조노 캠프에서 노무자로 일하게 된 일본인들은 가까운 거리에서 미군 군의관이나 일본의 치과의사 같은 전문인력이 죽은 미군병사의 신원을 파악하거나, 신원파악이 끝난 시체들을 일본의 전문가들의 솜씨로 고국의 가족들이 볼 수 있도록 정형과 방부처리, 화장 등을 하는 과정을 목격하게 된다. 그들의 목격담은 1957년에 이 글을 쓰기 위해 고쿠라를 찾아온 마쓰모토와의 인터뷰를 통해 전달되어 문자화되는데, 텍스트에서 사자를 본국의 가족들과 대면시키기 위해 미군이 들이는 막대한 비용과 노력에 대한 치밀한 묘사 후에 마쓰모토는 "사자死者는 '무無'가 아니라, 아직 존재를 주장하고 있다"[27]라고 덧붙인다.

이렇게 미군기지는 자국의 군인들이 생에서만이 아니라 죽음에 있어서도 다른 지역의 사람들보다 우월함을 보여주는 곳으로 의미화되는 동시에, 아시아태평양전쟁 때의 일본인 전사자와 한국전쟁 때의 한국인 전사자의 죽음을 우회적으로 의미화한다. 요컨대 미군 전사자에 대한 예우는, 자신의 존재조차 주장하지 못하는 '무無'에 지나지 않는 사자가 있음을 일본인들에게 환기시킨 것이다.

---

26   松本清張, 앞의 책, 130~131면.
27   위의 책, 134면.

그런데 한편으로 마쓰모토는 시체의 신원을 판별하는 치의사 고사카의 말을 통해 "한국전쟁 때의 미군은 흑인보다도 백인이 압도적으로 많을 게 뻔"한데, "전사체는 반대의 비율로 되어 있는 것은 전선 배치에 의한 것"[28]이라고 말하며, 미군 전사자 안에 인종 차별 문제를 끌어들인다. 이를 통해 한국전쟁의 의미는, 인종적 차이를 이념의 차이로 환치시키는 냉전을 촉발시킨 전쟁이 아니라, 백인 대 아시아인이라는 아시아태평양전쟁의 연속선에 불과한 것으로 축소되고 만다.

물론 몰라스키나 사토 이즈미가 지적했듯이, 이 작품이 미국 내 인종차별이 어떻게 국외의 전장까지 이어지는지를 밝힘으로써, 아프리카계 미국인에 대한 사회적 편견에 대해 재고토록 만든 점은 평가할 만하다.[29] 하지만 그 과정에서 한국전쟁이 갖는 세계사적인 의미, 즉 일본 내 미군기지의 군사적 성격 강화의 의미를 축소시킴으로써, 일본인들로 하여금 냉전 안에 있으면서도 냉전으로부터 거리를 두고자 하는, 내셔널리즘 강화에 일조하는 것은 분명하다.

---

28   위의 책, 149면.
29   マイク・モラスキー, 앞의 책, 180~185면; 佐藤泉, 『戦後批評のメタヒストリー』, 岩波書店, 2005, 34면.

4. 본토 미군기지 철수와 베트남전쟁 이후의 미군기지 표상

1960년 이후 일본의 주류 문학작품 속의 미군기지 표상은 차츰 줄어드는데, 이는 본토 미군기지 감축과 관련된다. 1957년 1월에 발생한 제러드 사건 이후 일본 정부는 미육군과 해병대의 철수를 강하게 요청했고, 6월에 열린 미일정상회담 이후의 공동성명에서 미육군전투병력과 해병대의 일본 본토 철수가 발표된다. 이에 따라 한국전쟁이 끝난 53년에 18만 5,829명이나 있었던 미군은 60년에는 약 4분의 1인 4만 6,295명으로, 1,341평방킬로미터나 되었던 미군 제공 시설 및 구역도 60년에는 335평방킬로미터로 축소된다.[30] 반면, 오키나와의 미군기지는 전혀 줄어들지 않았을 뿐만 아니라 기지적 성격이 강화되게 된다.

이러한 상황에서 일본의 주류 작가들은 미군기지 철수로 인해 반환된 땅에 대한 의미화를 시도하는 한편, 다른 한편으로는 미군의 자리를 대신하게 된 일본 자위대의 증강에 대해 비판적 태도를 취했다.[31] 어느 쪽이든

---

30   山本章子, 『日米地位協定―在日米軍と「同盟」の70年』, 中央公論社, 2019, 38면.

31   예를 들면 62년에 발표된 미시마 유키오의 『아름다운 별(美しい星)』에서 UFO가 출몰하는 곳들은 모두 한때 미군기지가 있었던 곳인데, 그중 일부는 자위대의 주둔지 및 연습장으로, 일부는 기념공원 등으로 바뀌었음을 확인할 수 있다. 일부러 그러한 장소에 초점을 맞춤으로써 미시마는 미군기지라는 관점에서 60년대 본토의 상황을 조망하고자 한 것이다. 그중에서도 한국전쟁시 미군의 사격장으로 쓰였던 동후지연습장을 둘러싼 자위대와 지역주민의 대립은 본토에 있어 반기지투쟁의 성격이 반미에서 반국가폭력 시위로 전환되고 있음을 보여준다. 南相旭, 『三島由紀夫における「アメリカ」』, 彩流社, 2014, pp.193~194. 한편, 1950년대까지 미군의 폭력성을 비판적으로 표상했던 오에 겐자부로는 안보투쟁을 거친 이후인 1964년 〈헌법에 대한 개인적인 체험〉이라는 제목의 강연에서 일본의 자위대가 버젓이 퍼레이드를 하는 모습을 보면서 "헌법에 전쟁방기라는 조항이 있는 나라의 인간으로서 누구라도 자신의 모럴이 상처받는 기분이 들"었다고 말하며, 자위대를 비판한다. 大江健三郎, 『嚴肅な綱渡り』, 講談社, 1991, 194면.

본토 미군기지에 대한 언급은 줄어들게 되는데, 이것이 다시 조명되기 시작한 것은 베트남전쟁이 본격화되고, 미일안보조약의 자동갱신을 앞둔 1960년대 후반이었다.

1967년 오시로 다쓰히로大城立裕의 「칵테일 파티カクテル・パーティ」가 제57회 아쿠타가와상을 받게 되면서 오카나와 미군기지의 문제가 문학적 관심사로 부상했고, 2년 후인 1969년에는 한국전쟁기 미군기지를 배경으로 한 다쿠보 히데오의 「깊은 강」이 제61회 아쿠타가와상을 수상하게 된다.

미군 캠프 내에서 '문화교류' 행사의 일환으로 '칵테일 파티'가 벌어지는 동안에 참석자 오가와의 딸이 강간당하는 사건을 다루고 있는 「칵테일 파티」는 문화교류의 장에 가려진 미군에 대한 불평등한 법적 대응을 다시금 환기시켰을 뿐만 아니라, 중국인 등장인물을 통해 피해자인 일본인의 가해자성도 동시에 드러내고 있다는 점에서 전후 일본문학에서 매우 중요한 위치를 점하고 있다.[32] 나아가 한국전쟁 이후 오키나와의 미군기지의 모습을 드러내고 있다는 점에서도 중요하다.

「칵테일 파티」 속의 미군 캠프는 앞서 본 마쓰모토 세이초의 「검은 피부의 문신」 속의 군수 기지와 시체처리소와도, 고지마 노부오의 「아메리칸 스쿨」의 선전용 학교 시설과도 달리, 미군 가족들의 주택으로 이루어져 있는 것이 특징이다. 이러한 기지주택은 1950년대 초 미군의 오키나와 장기보유 방침에 따라 '주둔 부대와 가족을 위한 거주 공간의 개선'을 목적으로 건설된 것으로, 도쿄 요요기 일대의 워싱턴 하이츠처럼, 주택 이외에도 점포, 극장, 학교, 도서관, 교회 등이 포함되어 있었다고 한다.[33]

미군 가족들이 외지에서도 편안하게 미국적 생활양식을 누릴 수 있도

---

32   조정민, 『오키나와를 읽다-전후 오키나와 문학과 사상』, 소명출판, 2017, 262면.
33   남기정, 앞의 책, 96면.

록 만들어진 기지주택은, 이질적토착적인 것을 배제하는 공간이기도 하기에 사전에 허락을 받고 이곳을 방문한 일본인인 '나'는 방향 감각을 잃게 된다. 중요한 것은 그곳에서 길을 잃었음을 알게 되었을 때 밀려든 공포감은, 나중에 아내가 지적한 "도둑으로 오인받"을 수 있었다고 하는 가정으로 인해 더욱 증폭되고 있다는 점이다. 이는 일본인에게 있어 미군 캠프가, 도미야마 이치로가 지적한 "문답무용의 폭력에 노출되어 있는"[34] 대표적인 신문訊問 공간임을 환기시켜준다. 도미야마는 이러한 심문공간을 미군 캠프에 한정하지 않고 오키나와 전역으로 상정하고 있는데, 이는 「칵테일 파티」속의 딸이 "M 골짜기에서 로버트에게 강간당한 뒤, 그를 벼랑으로 밀어 떨어뜨려 큰 부상을 입힌"것으로 판명되자, 오히려 CID미군범죄정정부수사대에 의해 "미군요인에게 상해를 입힌 용의자"로 '오인'되는 형태로 나타난다.

이렇게 오시로는 기지주택의 친선적 문화 교류 이면에 존재하는 법적 불평등을 근거로, 오키나와 주민들에게 자행되는 "문답무용의 폭력"을 드러내고 있는데, 한편으로는 이러한 기지주택의 이면에 존재하는 거대한 군사시설들에 대해 언급하는 데까지는 나가지 못한다. 실은 한국전쟁 발발 이후 오키나와에는 한반도로 향하는 군용기를 위한 활주로 및 정비시설 등의 군사시설이 대폭 확장되게 되었고, 이 과정에서 신규 토지마저 접수되게 된다.[35] 주력 전투기와 전략기들이 이착륙하는 오키나와의 군사시설은 50년대 반기지투쟁을 계기로 60년대 본토의 미군기지가 대폭 축소되는 상황 속에서도 거의 축소되지 않은 채로, 베트남전쟁을 맞이하게 된 것이다. 「칵테일 파티」의 미군 캠프가 이러한 현실적 상황을 드

---

34   도미야마 이치로, 심정명 역, 『시작의 앎』, 문학과지성사, 2020, 19~25면.
35   남기정, 앞의 책, 96~97면.

러내지 못한 것은, 아직 오키나와가 일본에 반환되지 않고 있다는 현실과 무관하지 않을 것이다.

따라서 「칵테일 파티」가 발표된 지 2년 후에 발표된 다쿠보 히데오의 「깊은 강」 속의 미군기지 표상은 더욱 중요하다. 특히 당시 일본에서 거의 망각되고 있었던 한국전쟁 기간 동안의 미군기지를 소설의 주요 배경으로 삼고 있다는 점에서 그러하다.

이 소설은 한국전쟁이 한창이던 1951년 여름부터 나가사키현 운젠고원에 위치한 미군주둔지에서, 파상풍이나 티푸스, 홍역 등 인간용 혈청을 채취하는 미군 소유의 말馬들을 관리하는 아르바이트를 하는 대학생이, 말이 전염병이 걸리게 되자 이를 방기하는 미군을 대신해, 스스로 살처분하러 나선다고 하는 그로테스크한 이야기이다. 이야기 속에서 운젠고원의 미군 캠프는 "5thFRC^{Far-east Radar Corps}라고 하는 레이더 지원 부대"와 "산기슭의 아리아케해를 거쳐 다른 현에서 집결하는 특수물자를 사세보로 옮기는" 군수지원 부대가 동거하고 있는 형태를 취하고 있으며, 여름 방학 동안 일본인 학생들이 그곳에서 기숙하면서 미군들의 작업을 돕는 아르바이트를 하는 곳으로 설명되고 있다.

실제로 한국전쟁 이후 사세보는 해군 함선의 출격기지이자 물자 수송의 최전선 기지로 변모하는데, 특히 전국일본선원조합 중앙위원회에서 한국전쟁에 대한 유엔군의 행동에 전면적으로 협력하자고 할 것이라는 결정이 내려진 이후 전국 각지의 선원이 집결함으로써, 물자 수송의 최전선 기지로서의 인적 조건을 충족하게 되었다고 한다.[36] 한때 다치가와 미군 캠프에서 일한 적이 있는 '나' 역시 사세보를 통해서 운젠고지의 미군

36　위의 책, 117면.

캠프로 흘러들어와, 마쓰오카라고 하는 미군고용 수의사 밑에서 "미군의 징집미徵集馬를 관리하는 "마정馬丁"으로서 지내면서, 그 말 중의 일부를 사세보로 보낸다.

「검은 피부의 문신」 속의 조노 캠프가 미군 병력 / 전사자 이동을 보여줌으로써, 한국전쟁과 주일미군부대의 관계를 아주 직접적으로 보여준 것에 비하면, 「깊은 강」 속의 운젠고지에 위치한 미군 캠프는 일견 한국전쟁과 일정 부분 거리가 있는 것처럼 보일 수도 있다. 실제로 이 소설에서는 주인공 '나'는 미군 캠프에서 일하는 일본인 학생들이 한국전쟁 전황 소식에 관심을 보이지 않는 것은 아니지만, 밤이면 묵묵히 도박을 즐기는 모습을 예로 들면서 "전쟁에서는 전선에서 죽음의 위험에 자신을 노출하는 사람도 있지만, 나 같은 자도 있다"[37]고 말하는 장면이 등장하는데, 이는 당시 일본인들의 한국전쟁에 대한 거리감을 대표한다. 하지만 미군의 경우는 다르다.

나는 많은 미국인이 완전히 다른 나라인 조선의 남북전쟁에 목숨을 잃는다는 것에 — 저 제8군사령관 워커 중장이나 모국에서 평화로운 가정을 가진 무수의 시민까지 죽어가는 것에 어떤 저항도 느끼지 않는지를 물었다. 그러자 크레이븐은 주근깨가 난 하얀 볼이 굳어지며, 한동안 입을 다물었다. 그 후에 입안에서 Deep river, Deep river하고 중얼거렸다. 그는 말했다. 솔직히 나는 싸우고 있지 않아. 나는 이 일본의 안전한 병참에 있고, 지금 전장에서 시시각각 피를 흘리고 있는 동료 사이에는 대한해협보다 넓은, Deep river가 있지. 따라서, 나는 솔직히 말하면 싸우는 것이 무섭고, 그 의미를 의심하며, 여러 가지 생각

---

37 田久保英夫,『深い河·辻火』, 講談社文芸文庫, 2004, 전자책, No. 46 / 2886.

을 하게 돼…….

"Oh, cross oever! when depart'ou here?^{그래, 드디어. 출발은 언제?}"라고 나는 말했다.

"Tomorrow, tomorrow morning^{내일, 내일 아침이다}."

크레이븐 소위는 큰 목소리로 대원들에게 픽업을 지시하고는 갑자기 발정한 짐승처럼 충혈된 얼굴로 돌아봤다. "사세보의 인양 작업 상황을 알고 있나? 인양되는 사상자는 회담 전의 두 배야. 제길. 나는 싸울 거야. 그래, 드디어 깊은 강을 건넌다. 아니, 그런 건 처음부터 존재하지 않았어. 나는 지금 어떤 인간도 죽일 수 있어. 얼마든지 피를 흘릴 거야. 나만이 아니야. 저기 있는 부하들도 그렇지. 누구나 그렇게 될 거야. 자네도 그렇게 될 거야."^{번역은 인용자}38

캠프에서 친밀해진 크레이븐 소위에 대해 '나'가 던진 왜 미국인들이 다른 나라 전쟁에 참여해 목숨을 잃는가라는 질문은, 오에 겐자부로의 「싸우는 오늘」에서도 등장하는 대표적인 반전 메시지이자, 한국전쟁 참여에 대한 일본인들의 거리감을 나타내는 말이다. 이러한 질문에 대해, 한때 크레이븐은 일단 자신이 있는 "일본의 안전한 병참"과 한반도의 전장 사이에는 대한해협보다 넓은 "깊은 강"이 흐르고 있으니, 자신은 싸우고 있는 것이 아니라고 부인한다. 하지만 출격 명령은 받은 후 크레이븐은 "그런 건 처음부터 존재하지 않는다"고 말한다. 이러한 크레이븐의 말은 한국전쟁에서 병참기지와 전선 사이의 구별은 애초부터 존재하지 않았음을 환기시킨다.

남기정은 현대전에 있어 병참기지의 역할의 중요성에 대해 논한 후 "일본이 한국전쟁을 위한 '기지'였으며 이와 동시에 '요새'였다고 한다면,

---

38   위의 책, No. 380~399 / 2886.

일본이 수행한 역할은 단순히 전쟁터에서의 전투행위를 뒤에서 지원하는 '후방지원'이라는 단순한 형태가 아니라 이보다 훨씬 다양하고 복합적인 것이었다고 해야"[39] 한다고 말하고 있다. 그리고 이는 이미 홋타 요시에의 『광장의 고독』에서 미군인 기자 헌트가 가와사키 근처의 공업지대를 보여주면서 일본인에게 전달한 메시지이기도 하다.[40] 그렇다면 왜 이런 자명한 사실에 대한 환기가 1969년의 시점에서 왜 또 반복될 수밖에 없을까.

이는 직접적으로는 베트남전쟁이 격화되기 시작한 1960년대 중반 이후 일본 내의 미군기지의 위험성이 다시금 불거져 나왔기 때문이다. 가장 대표적인 사건으로 1968년 1월 사세보에 입항한 세계 최대 원자력 항공모함인 엔터프라이즈호가 핵을 탑재하고 있다는 의혹이 보도된 것을 들 수 있는데, 이를 계기로 항모의 기항 반대 항의 데모가 전국 규모로 전개되게 된다.[41] 이렇게 베트남전쟁을 통해 또다시 일본 내 미군기지의 군사적 기능이 강화될 조짐을 보이자, 일본 전역이 일종의 기지국가로 변모했던 한국전쟁의 기억이 소환되더라도 크게 이상한 일은 아닐 것이다. 특히 미군만이 아니라 한국군이 대규모로 파병되기 시작한 베트남전쟁은, 한국전쟁에서 자신들의 손에 피를 묻히지 않았다고 하는 인식이 과연 맞는 것인지, 만약 맞다면 베트남전쟁에서도 자신들의 손에 피를 묻히지 않는 것은 과연 가능한지를 일본인들이 자문하지 않을 수 없게 만든 것이다.

「깊은 강」 속의 주인공 '나'는, 한국전쟁 동안 미군 관련 일을 한 자신만이 아니라, 경제적으로 활기를 띤 사세보나 시바우라, 나아가 일본 전체

---

39 남기정, 앞의 책, 135면.
40 堀田善衛, 『広場の孤独』, 新潮社, 1953, 53~54면.
41 山本章子, 『日米地位協定—在日米軍と「同盟」の70年』, 中央公論社, 2019, 85면.

가 일종의 "전쟁 기생자"임을 인정한다. 인간만이 아니라 말까지 "미군의 두터운 조직, 전쟁 메카니즘"에 말려들어 가 있었음을 깨달은 '나'는 "더 이상 그것에 의존하지 않는 다른 수단을 강구하겠다"[42]고 마음먹는다. 하지만 전염병에 감염된 말들을 자신의 힘으로 죽이지 않고서는, 미군기지로부터 떠나 마을로 돌아가는 것도 불가능함을 깨닫게 된다. 그리하여 전염된 말을 직접 죽이고, 매장하는 행동에 나선다.

이것은 전쟁이라고 나는 자신에게 말했다. 이 나도 일종의 무형無形이라는 형태의 전쟁에 말려든 거다. 나나 마쓰오카 같은 전쟁 기생자도 언젠가 손을 피로 더럽히며 싸워야 할 때가 온다. 그것이 지금이다. 도망갈 길은 없고, 살아있는 것끼리 죽이던가 살해당하던가이다. 전쟁 중에는 자신의 자유를 피로 속죄한다. '깊은 강'을 건너는 거다. 피비린내 나는 미지의 심연을. 이 정도의 살육을 하지 않고서는 언젠가 자신의 조국을 지킬 전쟁에도 싸울 힘은 없을 거다.번역은 인용자[43]

한국전쟁을 계기로 구축된 동아시아의 미군기지 네트워크 바깥으로 나가기 위해서는, 그 나름대로의 대가를 치러야 함을, 작가는 '피비린내 나는 미지의 심연'의 '깊은 강을 건너'는 행위로 표현하고 있는데, 그것은 이 행위가 전선에 나서는 행위와 같은 무게를 갖는다는 것을 뜻한다. 피를 흘릴 각오 없이 미군기지로부터 '자유'를 획득하는 것은 불가능함을, 다쿠보는 말을 죽인다고 하는 허구적 행위를 통해서 말하려고 하는 것이다.

물론 60년대 후반에는 오다 마코나나 홋타 요시에처럼 '베트남에게 평화를! 시민운동' 같은 비폭력 평화주의 활동이 전개되기도 했다. 미군의

---

42 田久保英夫, 앞의 책, No. 3740 / 2886.
43 위의 책, No. 978 / 2886.

탈영을 유도하고, 숨겨주기까지 하는 이 운동 역시 전쟁을 치를 각오 없이는 가능하지는 않았을 것이 분명하다. 다쿠보의 「깊은 강」은 그러한 시대적 정념 속에서 일본의 본격적인 군사기지화의 원인이 된 한국전쟁을 추체험하고 있다고 할 수 있을지도 모르겠다.

5. 나가며

이 글에서는 1950년대에서 1960년대에 걸쳐, 본토의 이른바 '주류' 문단에 속하는 작가의 작품들 속에서 미군기지가 어떻게 표상되었는지를, 한국전쟁과의 관련성 속에서 살펴봤다. 점령기 검열로 인해 베일에 가려졌던 미군기지는 샌프란시스코 강화 조약 이후 일본문학작품 속에서 본격적으로 표상되지만, 그것은 주로 '풍요로움'이라는 형용사로 대표되는 물질적 풍요로움이었다.

반면 「검은 피부의 문신」[1958] 과 「깊은 강」[1969] 속의 한국전쟁과 관련된 미군기지 표상은 군사적 성격을 고스란히 노출한다. 특히 각 캠프에서 목격되는 군인들과 전사자의 이동은, 일본열도의 미군기지들이 군사적 목적을 실현하기 위해 유기적으로 네트워크화되어있음을 구체적으로 보여준다. 하지만 그러한 미군기지의 군사적 성격 강화에 대한 태도는 반드시 일치하지 않는다.

「검은 피부의 문신」은 한국전쟁으로 인한 미군기지의 군사적 성격 강화를 면밀하게 서사하면서 냉전체제의 도래를 보여주지만, 흑인병사 전사자 수에 지나치게 초점을 맞춘 나머지 인종적 차이를 이념적 차이로 바꿔치기하고자 한 냉전체제의 의미를 반대로 읽어내게 되고 만다. 이는 어떤 의미에서는 일본이 냉전을 소화하는 방식으로 볼 수도 있는데, 이러한 방식은 압도적 군사력의 미군을 대타자로 한 민족 공동체의 호출이라는, 50년대 중후반의 내셔널리즘의 역동과 무관하지는 않을 것이다. 그리고 이러한 내셔널리즘은 본토의 미군기지가 축소되는 데 큰 역할을 하게 된다.

반면 그로부터 10년이 지난 뒤 발표된 「깊은 강」은, 한국전쟁이 결코 일본열도와 무관한 전쟁이 아니었음을 환기시키는 데 그치지 않고, 일본 내에 미군기지가 존재하는 한 일본 외부에서 벌어지는 전쟁으로부터 빠져나가 전통적인 마을 공동체로 귀환하는 것이 얼마나 힘든 일인지를 인식시켰다는 점에서 중요한 작품으로 평가할 수 있다. 특히 미군기지가 잠재적 핵의 보유 장소로서 인식되었던 당시의 상황에서, 미군에 귀속된 말의 전염병 감염이 갖는 의미는 매우 무거울 수밖에 없다. 그런 의미에서 봤을 때 이 작품은 「검은 피부의 문신」의 한국전쟁과 미군기지 표상에 비한다면, 좀 더 냉전적 분위기가 잘 녹아들어 있다고 판단된다.

물론 냉전이 초래한 내전의 경험을 일본에서 겪은 재일조선인 작가들, 혹은 냉전의 피해를 외부화하고자 한 본토를 대신하여 미군기지 철수의 피해를 고스란히 받은 오키나와 작가들의 그것과 비교해본다면, 여전히 이들 작품 속의 미군기지 표상은 여전히 무엇인가 부족한 감이 있는 것도 사실이다. 하지만 이들 텍스트가 한국전쟁이 일본 내 미군기지의 성격을 어떻게 바꾸었는지를 보여줌으로써 본토 반기지투쟁과 미군기지 철수가 어떠한 정서 속에서 이루어지게 되었는지를 이해하는 데는 도움이 된다.

제10장

한·중 학계의 항미원조抗美援朝 문학
연구 현황 및 제언

쑨하이룽

라오셔 老舍, 1899~1966
「이름이 없는 고지가 유명해졌다(無名高地有了名)」

이름은 슈칭춘(舒慶春)이며 자는 셔위(舍予)이다. 중국 저명한 현대 소설가이자 신중국 수립 후 최초로 '인민예술가(人民藝術家)'라는 칭호를 수상받았다. 대표작으로는 『낙타상자(駱駝祥子)』, 『사세동당(四世同堂)』 등이 전해진다. 「이름이 없는 고지가 유명해졌다(無名高地有了名)」 등이 전해진다. 「이름이 없는 고지가 유명해졌다(無名高地有了名)」는 1954년 라오셔(老舍)에 의해서 창작된 항미원조(抗美援朝) 소설이다. 1953년 10월 라오셔(老舍)는 제3차 방북 방문단에 참여해 북한에 가서 5개월 동안 머물렀다. 그는 지원군 부대의 전선 생활을 체험하면서 「이름이 없는 고지가 유명해졌다(無名高地有了名)」를 창작해 냈다. 이 소설은 1953년 불모고지인 Old Baldy Hill을 둘러싼 중국 인민지원군과 미군 간의 전투를 다루었다.

빠진 巴金, 1904~2005
「단원(團圓)」,「후앙원위앤 동무(黃文元同志)」,「우리는 펑더화이 사령관을 만났다(我們會見了彭德懷司令員)」

본명이 리야오탕(李堯棠), 자는 페이간(芾甘), 필명은 빠진(巴金) 외에 왕 원훼이(王文惠), 어우양징롱(歐陽鏡蓉), 후앙슈훼이(黃樹輝), 위이(餘一) 등이 있다. 빠진(巴金)은 1929년 처음으로 『소설월보(小說月報)』에 장편소설 『멸망(滅亡)』을 발표하여 문단의 주목을 받았다. 그 후 잇달아 장편소설 『안개(霧)』, 『비(雨)』, 『가(家)』, 『춘(春)』, 『추(秋)』, 『애정삼부곡(愛情三部曲)』을 발표했다. 1960년 4월 『찬가집(贊歌集)』을 출간했으며, 또 같은 해에 전국 문련 부주석에 당선되었다. 1990년 소련 인민 우의 훈장(蘇聯人民友誼勳章)을 받았고 같은 해 제1회 후쿠오카 아시아 문화상 특별상을 수상하였다. 그리고 2003년 11월 '인민 작가(人民作家)'의 칭호를 받았다.

「단원(團圓)」은 1952년 빠진(巴金)이 북한 방문 위문단에 따라 북한 개성 전선에서 지원군 65군 582연대를 전지 취재하여 2연대 6중대 부지도원 자오시앤요우(趙先友)와 그 전우들이 전지를 지키며 장렬하게 전사한 실화를 다룬 중편소설이다. 이 소설은 1961년에 「상해문학(上海文學)」에 발표되었으며, 후에 영화 「영웅아녀(英雄兒女)」로 각색되어 중국 사회에서 열렬한 반향을 불러일으켰다.

「후앙원위앤 동무(黃文元同志)」는 1953년에 『인민문학(人民文學)』에 발표된 단편소설로서 후앙원위앤(黃文元)이라는 18~19살 정도 된 쓰추안(四川)출신의 젊은 지원군 병사를 다룸으로써 중국 인민지원군의 영웅주의와 애국주의를 노래했다.

「우리는 펑더화이 사령관을 만났다(我們見了彭德懷司令員)」는 1952년 빠진(巴金)이 북한 방문 위문단에 따라 전선을 방문하는 과정 중에 펑더화이 사령관을 만난 경험을 바탕으로 창작된 보고문학 작품이다.

루링 路翎, 1923~1994

「저지대에서의 전역(窪地上的戰役)」·「첫눈(初雪)」·『전쟁, 평화를 위하여(戰爭, 爲了和平)』

중국 저명한 현대 작가이다. 본명은 쉬쓰싱(徐嗣興)이며 필명은 삥링(冰菱)·쉬링(徐靈)·쉬닝(徐寧) 등이다. 1937년 『탄화(彈花)』에 데뷔작 산문 「고성 위에서(古城上)」를 발표하였다. 1939년 후펑(胡風)을 알게 되어 후펑(胡風)의 영향과 도움을 받아 『칠월(七月)』, 『희망(希望)』 등에 소설 창작을 발표하였다. 또 아롱(阿壟) 등과 친분이 있어 칠월파(七月派) 소설 창작의 주요 대표 주자가 되었다. 대표작으로는 부잣집 자식들(財主底兒女們)」, 「굶주리는 궈쑤어(饑餓的郭素娥)」, 『불타오른 황무지(燃燒的荒地)』 등이다. 그의 창작은 사회의 복잡한 함의와 인물의 심리의 다층성을 잘 묘사하는 것으로 현대문학사에서 보기 드문 작가로 평가된다. 「저지대에서의 전역(窪地上的戰役)」, 「첫눈(初雪)」과 『전쟁, 평화를 위하여(戰爭, 爲了和平)』는 루링(路翎)이 1952년 북한의 전쟁터에서의 생활과 취재의 경험을 바탕으로 창작한 작품들이다.

「저지대에서의 전역(窪地上的戰役)」은 주로 두 가지 복선을 통해 전개되었는데 지원군 전사 왕잉홍(王應洪)이 반장의 도움 아래 저지대에서 벌어진 전역 중 죽음으로써 영웅의 꿈을 실현하는 것과 왕응홍에 대한 북한 아가씨 김성희(金成姬)의 이룰 수 없는 슬픈 사랑이 그것이다. 이 소설은 『인민문학(人民文學)』 1954년 3월호에 게재되자 독자들에게 폭발적인 인기를 끌었다. 십여 년 만에 나온 가장 뛰어난 소설 가운데 한 편으로 평가되었으며, 부대에서도 많은 인기를 끌어 꼭 읽어야 할 걸작으로 인식되기도 했다. 그런데 이와 동시에 이 소설은 지원군과 북한 아가씨 간의 사랑을 다루었기 때문에 지원군의 영웅적인 이미지를 손상시켰다는 이유로 비판의 대상이 되기도 했다.

「첫눈(初雪)」은 작가 루링(路翎)이 가장 마음에 들어 하는 작품이었다. 이 소설은 주로 눈이 펑펑 내린 어느 날 밤에 지원군 운전수 리우치앙(劉强)과 그의 조수 왕더꿰이(王德貴) 두 사람이 안전한 곳으로 이사하려는 북한 여성과 그녀의 아이들을 태우고 적군의 봉쇄선을 성공적으로 돌파한 이야기를 다루었다. 소설에서 운전수 리우치앙(劉强)은 자신의 차에 탄 북한 여성들이 추운 겨울에 여전히 얇은 홑겹의 옷을 입고 추위 속에서 떠는 모습을 목격하고 아내와 자식의 생각이 났다는 내용을 다룸으로써 지원군과 전쟁 때문에 고생하는 북한 민중들 간에 정서적 공감대를 형성시켰다.

『전쟁, 평화를 위하여(戰爭, 爲了和平)』는 항미원조(抗美援朝)전쟁 가운데 3차 전투부터 전쟁이 끝날 때까지의 기간을 배경으로 한 장편 소설이다. 이 소설은 주로 지원군 모 부대 지원군 병사들의 전투 경력을 다루었다. 소설에서 사단장 리헝(李恒), 연대장 왕정깡(王正剛), 대대장 자오칭퀘이(趙慶奎), 중대장 웨이치앙(魏强), 리펑 린(李鳳林), 소대장 주홍차이(朱洪財), 쉬꾸어종(徐國忠), 반장 마싱(馬興), 리파(李發) 및 전사 왕언(王恩), 리우푸하이(劉福海) 등 영웅 군상을 다루는 동시에 김정영(金貞永), 이 씨 아주머니와 최 씨 아주머니 등 여성 인물을 묘사함으로써 전쟁 당시 북한 민중들의 애국주의를 부각시켰다.

웨이웨이 魏巍, 1920~2008

『삼천리 강산(三千裏江山)』, 『동방(東方)』, 「누가 가장 사랑스러운 사람인가(誰是最可愛的人)」, 「젊은이여, 청춘을 더 아름답게 하라(年輕人, 讓你的青春更美麗吧)」

본명은 웨이홍지에(魏鴻傑), 필명은 웨이웨이(魏巍), 홍양슈(紅楊樹)이며 중국 당대의 작가이자 시인이다. 대표작으로 「누가 가장 사랑스러운 사람인가(誰是最可愛的人)」, 『삼천리 강산(三千裏江山)』, 『동방(東方)』 등이 있다.

「누가 가장 사랑스러운 사람인가(誰是最可愛的人)」는 웨이웨이(魏巍)가 전쟁터에서 돌아온 후 지은 보고문학으로 1951년 4월 11일 『인민일보(人民日報)』에 처음 실렸으며, 이후 중학교 국어 교과서에 선정되어 여러 세대에 걸쳐 중국인들에게 깊은 영향을 주었다. 이 보고문학에서 웨이웨이는 주로 항미원조(抗美援朝)전쟁 가운데 가장 힘이 들었던 1950~51년의 기간 동안 미국 침략군에 용감하게 반격했던 지원군 전사의 영웅적 사적을 노래했다.

『삼천리 강산(三千裏江山)』은 1953년 웨이웨이에 의해서 창작된 소설로서 항미원조(抗美援朝)시기 철도 노동자들이 물자 수송을 위한 철도를 지키면서 겪는 어려움을 주요 내용으로 하고 있다. 소설에서 지원군의 조국, 인민, 정의, 평화에 대한 사랑을 이야기하는 동시에 중국과 북한 인민들이 손을 잡고 적에 대항하는 형제애를 다루었다.

『동방(東方)』은 꾸어샹(郭祥)을 주인공으로 항미원조(抗美援朝)전쟁의 진행 과정을 중국 국내 토지개혁 및 협동화 과정과 결합시켜 교차적·입체적으로 묘사함으로써 항미원조(抗美援朝) 시기 전선과 후방의 상황을 역동적으로 드러냈다. 이 소설은 1982년에 제1차 마오둔문학상(茅盾文學獎)을 수상했으며, 2019년 9월 23일 '신중국 70년 70부 장편소설 전장(新中國70年70部長篇小說典藏)'에 선정됐다.

「젊은이여, 청춘을 더 아름답게 하라(年輕人, 讓你的青春更美麗吧)」는 웨이웨이에 의해서 쓰인 수필인데 주로 전쟁터에 만났던 젊은 지원군들의 영웅적인 행동이나 마음을 노래했다.

루주꾸어 陸柱國, 1928~

「상감령(上甘嶺)」

하남(河南) 의양(宜陽) 출신으로 1928년생이다. 1948년 낙양고급사범학교(洛陽高級師範學校)를 졸업하고 인민해방군 중원야전군 제4종대 전선 기자, 총정 문화부 창작원, 『해방군 문예』 편집자, 8·1영화제작소 부공장장, 1급 영화작가 등을 역임했다. 또 중국문련전위원회 위원, 중국영화인협회 이사로 지냈다. 1950년부터 작품을 발표했으며, 장편소설 『동해 바다를 평정하다(踏平東海萬頃浪)』, 중편소설 「결전(決戰)」, 「상감령(上甘嶺)」, 「일대의 신인(一代新人)」 등이 있다.

상감령 전투는 1952년 10월 14일부터 11월 25일까지 중국 인민지원군이 미국을 비롯한 유엔군과 남한군의 금화 지구 전투에 대항하기 위해 상감령 지역에서 갱도공사를 진행한 방어 작전이었다. 「상감령(上甘嶺)」은 바로 이러한 방어 작전의 과정을 그렸다.

왕슈쩡 王樹增, 1952~

『원동조선전쟁(遠東朝鮮戰爭)』

군인 작가로서 1983년부터 작품활동을 시작하였으며 대표작으로는 중편소설 「홍어(紅魚)」, 「흑협(黑峽)」, 「비둘기 피리(鴿哨)」, 장편소설 「원동조선전쟁(遠東朝鮮戰爭)」, 「1901년」, 「장정(長征)」 등이 있다. 그 가운데 「극동조선전쟁(遠東朝鮮戰爭)」은 한국전쟁의 발발 및 항미원조(抗美援朝)전쟁을 사실적으로 다루었다.

멍웨이짜이 孟偉哉, 1933~2015

『지난날의 전쟁(昨日的戰爭)』

1948년 6월 중국 인민해방군 태악구 제8종대 군정간교에서 혁명사업에 참여했다가 1953년 4월 중국공산당에 입당했다. 또 1973년 7월 인민문학출판사에 취직하여 부주임, 부편집장, 『시간(时间)』 잡지부주임, 『당대(当代)』 잡지부 부주임, 부편집장 등을 지냈다. 대표적인 작품으로는 장편소설 『지난날의 전쟁(昨日的戰爭)』, 『실종자를 방문하기(訪問失蹤者)』, 중편소설 「부부(夫婦)」 등이 있다. 그 가운데 『지난날의 전쟁(昨日的戰爭)』은 항미원조(抗美援朝)전쟁시기 작가 자신의 경험을 바탕으로 창작한 소설이다.

허꾸얜 和穀岩, 1924~2011

「단풍(楓)」

1937년 팔로군 진찰기군구(晉察冀軍區) 제3군구 선전대에 참가하여 선전원, 충봉(沖鋒)국단 무용단장, 극단 부지도원, 전위(前卫)극단 분대장, 『전위보(前衛報)』 편집자, 해방군 신문사 기자 등을 역임하였다. 1955년 작품을 발표하기 시작했고 1956년 중국작가협회에 가입했다. 작품으로는 장편소설 『삼팔선에서의 개가(三八線上的凱歌)』, 단편집 『단풍(楓)』 등이 있다. 그 가운데 「단풍(楓)」은 1955년에 창작된 단편소설로 주로 항미원조(抗美援朝)전쟁에서 지원군 병사이자 자동차 운전사인 후원파(胡文發)과 그의 조수 마즈시우(馬志秀)가 적의 포화와 비행기의 폭격을 무릅쓰고 전방에 진지를 따라 탄약을 운반하는 이야기를 다루었다.

웨이양 未央, 1930~2021

「총을 주오(槍給我吧)」, 「조국이여, 내가 돌아왔다(祖國, 我回來了)」

본명은 장카이밍(章開明)이다. 1950년 항미원조 창작조(抗美援朝創作組)에 참가하여 문예창작원으로서 전쟁터로 나가 전선 생활을 체험했다. 1957년 우한(武汉)작가 협회로 전업하여 전문 작가로 활동하였다. 대표 작품으로는 시집 『조국, 내가 돌아왔다(祖國, 我回來了)』, 『만약 다시 산다면(假如我重活一次)』 등이 있다.

「총을 주오(槍給我吧)」은 시인에 의해서 창작된 신체시였다. 이 시는 1953년 『장강문예(長江文藝)』에 게재되었는데 격렬한 전투 가운데 희생된 지원군 전사는 두 눈을 부릅뜬 채 이를 악물고 자신의 손에 든 총을 놓지 않는 모습에 대한 묘사를 통해 중국인민지원군의 영웅주의를 노래했다.

「조국이여, 내가 돌아왔다(祖國, 我回來了)」는 1953년에 창작된 항미원조(抗美援朝)를 시작으로 시인이 북한 전선에서 차를 타고 압록강 다리를 건너 고국으로 돌아오는 과정 및 심정을 그림으로써 조국에 대한 그리움과 평화에 대한 갈망을 드러냈다.

1. 머리말

항미원조抗美援朝문학이란 한국전쟁 발발 후 미국을 가상의 적으로 상
정하여 결정된 '항미원조·보가위국保家衛國'을 형상화한 문학을 가리킨
다. '항미원조·보가위국' 또는 일명 항미원조라도 한다. 주로 1950년 10
월 25일의 항미원조전쟁과 그다음 날부터 전개된 항미원조운동을 통틀
어 지칭한다. 이 글은 한·중 학계에서 이루어진 항미원조문학 연구의 현
주소를 파악하기 위해 마련되었다. 이는 관련 연구의 우열을 가리기보다
한·중 학계에서 공통적으로 안고 있는 문제점과 향후의 발전 방향을 제
시하고자 한다. 그리고 한·중 학계를 논할 때 국적보다 그러한 성과가 나
올 수 있는 연구 풍토나 전통에 더 큰 비중을 둔다. 나아가 연구자의 국적
을 기준으로 관련 연구성과를 분류하지 않았음을 미리 밝히고자 한다.

제2차 세계대전의 종전과 함께 미국과 소련 사이에 이념적·이익적 충
돌이 갈수록 치열해졌다. 제2차 세계대전 때 맺어졌던 동맹 관계가 종식
되면서 미소 간의 냉전이 사회주의 진영과 자본주의 진영 간의 첨예한
대치로 확대되었다. 이런 와중에 동아시아 전역도 이 영향하에서 냉전에
휩싸이게 되었다. 수많은 크고 작은 충돌 끝에 1950년 6월 25일 새벽에
한국전쟁[1]이 발발하게 되었다.

한국전쟁 발발 당시 신중국은 수립된 지 채 1년도 되지 않았다. 또 국

---

1   그동안 1950년 6월 25일에 한반도에서 일어난 전쟁을 둘러싸고 많은 용어들이 사용되
    어 왔다. 예를 들어, 한국에서 6·25사변, 6·25동란, 6·25전란, 한국전쟁, 6·25전쟁이라
    고 하는 데 반해 중국과 일본에서는 이를 습관적으로 조선전쟁이라 부른다. 그리고 국제
    사회에서는 흔히 이것을 "The Korean War"라고 한다. 이 글에서는 국제사회의 관습에 따
    라 1950년 6월 25일에 발발하고 1953년 7월 27일에 휴전된 전쟁을 말할 때 '한국전쟁'을
    사용하고 1950년 10월 25일부터 1953년 7월 27일까지 중국 인민지원군이 참전한 전쟁
    을 언급할 때 항미원조전쟁이라 할 것을 미리 밝히도록 한다.

내에서는 '백폐대흥百廢待興'의 심각한 상황에 놓여 있는 한편 국제적으로
도 미국의 봉쇄정책containment으로 인해 중국은 '안팎으로 곤경內外交困'에
빠져 있었다. 때문에 전쟁 초기에 중국공산당 중앙위원회中國共産黨中央委員
會는 한국전쟁에 개입할 생각이 없었다. 그런데 1950년 6월 27일부터 상
황이 달라지기 시작했다. 그날 미국 공군과 해군의 한국전쟁 개입, 제7
함대의 대만해협 진출 및 필리핀과 베트남에서의 반공세력 지원 등의 내
용이 담긴 미국 대통령 트루먼의 성명이 발표되었기 때문이다. 트루먼의
성명은 중국의 주권과 영토를 침범함으로써 신중국의 안보를 위협하는
것으로 받아들여졌다. 이에 따라 내전으로 인식되었던 한국전쟁은 곧 사
회주의 진영에 속한 북한[2]에 대한 미국의 침략전쟁으로 간주되기 시작했
다. 또 미국의 군사 개입이 한국전쟁에 한정되는 것이 아니라 일본의 대
륙 침략 사상을 계승한 것으로 판단되었다.[3]

　1950년 9월 15일이 되면 유엔군의 인천상륙작전이 성공적으로 이루
어졌다. 그 후 10월 7일에 미군을 비롯한 유엔군은 38도선을 넘었다. 이
에 따라 10월 8일에 중국은 지원군의 형식으로 한국전쟁의 참여를 결정
했다. 또 10월 25일에 한반도에서 첫 전투를 벌임으로써 항미원조전쟁의
막을 올렸다. 그다음 날인 10월 26일에 북경에서 '중국인민세계평화보위
및 미국침략반대위원회中國人民世界和平防衛及美國侵略反對委員會'가 창립되어 대
중을 동원하기 위한 항미원조 운동도 더불어 전개되었다.[4]

2　중국에서 한반도 양쪽을 칭할 때 흔히 한국과 조선이라 부르지만 이 글에서는 한국어
　의 언어 습관에 따라 조선을 북한으로 지칭함을 밝힌다.
3　外交部·中央文獻研究室 編, 『周恩來外交文選』, 中央文獻出版社, 1990, 31면.
4　항미원조가 결정될 무렵 중국 국내 민중들의 심리는 매우 복잡한 양상을 보였다. 비록
　항미원조를 적극적으로 지지하고 지원하고자 하는 사람들도 있었지만 긍정적인 태도
　보다 불안한 정서가 훨씬 보편적이었다. 이런 실정에 착안하여 대중 동원에 대해 풍부
　한 실전 경험을 가진 모택동은 대중에 대한 정치 동원을 하기로 결정했다. 따라서 항미

1950년 10월 19일에 압록강을 건넌 중국인민지원군 (중국 단동 항미원조 기념관 소장)

한국전쟁이 이데올로기전쟁이었던 만큼 전쟁 발발 후 전개된 항미원조
도 역시 강한 이데올로기적 성격을 지녔다. 탈냉전시대라 불리는 오늘날
에 항미원조문학에 관심을 가지는 것은 역사를 존중하는 동시에 그 역사
에 대한 반성이기도 하다. 이런 작업은 탈냉전 시기에도 불구하고 여전히
살아 숨 쉬는 냉전 문화의 잔재를 극복하고 1950년대 초반의 유쾌하지 못
했던 해후邂逅가 각 참전국에 끼친 영향을 해소하는 노력이 될 것이다.

항미원조문학에 대한 한·중 학계의 관심은 2000년대 초반부터 시작

원조전쟁의 시작과 더불어 애국주의를 강조하는 항미원조운동도 시작되었다. 이에 관
한 구체적인 내용은 다음의 연구를 참고할 수 있다. 侯松濤,『全能政治』, 北京 : 中央文
獻出版社, 2012; 손해룡,『항미원조문학에 나타난 중국의 한반도 인식』, 성균관대 일반
박사논문, 2012;「1950년대 "항미원조운동" 중 나타난 한반도 인식」,『중국현대문학』
제 59집, 중국현대문학학회, 2011.

항미원조 보가위국 운동에 나선 인파들 (중국 단동 항미원조 기념관 소장)

되었다. 지금까지 일정한 성과를 거두었으나 적지 않은 문제점도 노출하고 있다. 따라서 이해를 돕기 위해 항미원조문학의 창작 양상을 간략하게 살핀 후에 한·중 학계의 연구 현황을 분석하고 제언을 제시할 것이다. 이로써 향후 항미원조문학 연구에 조금이나마 도움이 되고자 한다.

2. 항미원조문학의 창작 양상

한국전쟁이 발발한 지 4개월 후인 1950년 10월 19일에 중국인민지원군이 압록강을 건넜다. 이로써 항미원조전쟁이 시작되었다. 항미원조전쟁은 중국에게 이전의 어떤 전쟁과도 달랐다. 이는 생존 공간이 크게 도전받는 상황에서 어쩔 수 없는 대응이자 사회주의 진영의 일원으로서 동맹국에 대한 국제적 도의를 떠맡아야 하는 부득이한 선택이었다.[5] 그때

---

5   沈志華, 「無奈的選擇」, 『近代史硏究』 第6期, 社會科學文獻出版社, 2010, 51면.

항미원조 시사선전 만화
「항미원조를 진일보로 관철시키자(更進一步, 貫徹抗美援朝)」(张文元, 『亦报』, 1951.6.8)

수립된 지 채 1년도 안 된 신중국은 이 전쟁에 개입할 여력이나 준비가 완전히 되지 않았다. 또 전쟁에 패하면 중국은 언제든지 전복될 수 있었다. 이에 지원군을 전선에 파견한 뒤 최선을 다해 전쟁의 승리를 확보하는 것은 중공 중앙이 직면해야 할 어려운 현실이었다. 그런데 당시에 파병 원조派兵援朝의 결정에 대해 소극적·부정적 입장을 가진 사람들이 많았다. 이런 부정적 상황을 타파하기 위해 항미원조의 전개와 함께 1950년 10월 26일에 중국 공산당 중아위원회中國共產黨中央委員會에서 「전국적으로 시사선전을 실시함에 관한 지시關於在全國範圍內進行時事宣傳的指示」를 내렸다.

「지시」에는 시사선전의 내용을 규정하고 선전의 방법으로 각종 신문·문예·출판사와의 제휴를 강조했다.[6] 이어 같은 해 11월 4일에 전국문예

6　한국전략문제연구소 역, 「中共中央關於在全國進行時事宣傳的指示」, 군사과학원 군사

인연합회줄여서 전국문련는 「문예계의 항미원조 선전공작 전개에 대한 호소关于文艺界开展抗美援朝宣传工作的号召」를 발표하여 문예계 인사들을 대상으로 '시가, 활보活报, 잡문, 희극, 영화, 보고, 소설, 그림, 가요 등의 형식'을 통해 항미원조 운동에 동참해 달라고 호소했다. 이로부터 항미원조문학의 창작과 생산이 대대적으로 전개되었다.

항미원조문학의 창작은 1950년 10월 26일부터 신시기新时期[7]까지 지속되었다. 이런 항미원조문학의 창작은 1950년대에는 장관을 이뤘고 1960~70년대에는 '암지'에서 드문드문 자랐다가 신시기에 접어들어서 잠시 환생하였으나 도저히 회복되지 못한 채 쇠퇴의 길을 걷게 되었다. 전반적으로 말하면 항미원조문학의 창작은 대략 1950년 10월부터 1954년까지 몇 년 사이에 창작의 정점에 달했다.[8] 뿐만 아니라 1950년대의 항미원조문학 창작 양상은 그 이후의 어느 시기보다도 더 복잡했다.

1950년대 문예계의 항미원조운동은 대략 두 측면에서 이루어졌다. 하나는 항미원조문예선전작품을 창작하는 것이었다. 1951년 5월 『문예보文藝報』에 실린 「항미원조 문예선전에 대한 초보적 총결문抗美援朝文藝宣傳的初步總結——九五一年三月底以前的情況和問題」에 따르면 1950년 11월부터 1952년 2월 중순까지 선양沈陽, 따리앤大連, 뤼순旅順 등 도시에서 약 7,469건의 문예 작품이 창작되었다. 또 상하이上海의 경우 1950년 11월 3일에서 12월 5일까지 한 달밖에 안 된 기간 동안 항미원조 관련 작품 819편을 발표하거

   역사연구소 편, 『中共軍의 韓國戰爭史』, 세경사, 1991년, 285면.

7   일반적으로 1978년 11차 3중전회의 개최를 시작으로 해서 중국은 사회주의현대화 건설의 신시기(사회주의현대화건설신시기)에 들어섰다고 한다.

8   常彬, 「抗美援朝文學敍事中的政治與人性」, 『文學評論』 第2期, 社會科學文獻出版社, 2007, 60면.

나 상연했다고 한다.[9] 뿐만 아니라 문예계 인사 외에 문예를 좋아하는 젊은 노동자, 학생들도 문학, 연극, 미술, 영화, 음악 등 다양한 예술 형식을 통해 문예 선전에 뛰어들었다고 한다.[10]

허룽(賀龍)을 비롯한 제3차 북한 방문 위문단 (중국 단동 항미원조 기념관 소장)

다른 하나는 작가들을 전선에 보내 전지문학戰地文學을 산출하는 것이었다. 항미원조시기에 적지 않은 작가들이 전국 문련과 다른 정부 기관의 합동 파견으로 전쟁의 일선에 갔었다. 그때 작가들은 주로 세 가지 통로를 통해 전선에 갈 수 있었다. 첫째는 웨이웨이魏巍, 안어安娥, 위앤징袁靜 및 슈췬舒群의 경우처럼 전지 기자의 신분으로 전선에 가 취재하는 것이었다. 둘째는 후앙야오미앤黃藥眠, 후앙꾸리우黃谷柳, 라오셔老舍와 같이 항미

---

9   全國文聯研究室 整理, 「抗美援朝文藝宣傳的初步總結」, 『文藝報』 第四卷 第二期, 1951.5.10, 3면.
10   위의 글, 3면.

원조총회에서 조직한 북한 방문단을 따라 전선에 가는 것이었다. 마지막 셋째는 창작조Writing team의 형식으로 북한 전선에 가서 생활을 체험하는 것이었는데 그 대표적인 인물로 빠진巴金, 루링路翎과 한쯔菡子 등을 거론할 수 있다. 작가들의 방북 활동은 항미원조 시기에 걸쳐 이어졌으며 1953 년 7월 27일에 휴전협정이 체결된 후에도 지속되었다. 바로 이와 같은 배경 아래 「이름이 없는 고지가 유명해졌다無名高地有了名」, 「저지대에서의 전역窪地上的戰役」 등 항미원조문학 작품들이 속출했다.

3. 한·중 항미원조문학 연구의 현주소

항미원조는 신중국 수립 후 맞게 된 최초의 안보 위기였을 뿐만 아니라 한국전쟁의 전개에도 지대한 영향을 미쳤다. 이러한 역사적 사건을 형상화한 문학으로서 항미원조문학은 중요한 의미를 가졌다. 그런데 그 중요성에 비해 이에 대한 학자들의 관심이 쏠린 것은 한참 뒤의 일이었다.

이데올로기적 상이성과 전쟁 당시 적대국 문학이라는 원인으로 인해 항미원조문학에 대한 한국의 관심은 1998년에야 비로소 나타났다. 게다가 항미원조문학을 하나의 문학 현상으로 연구하는 것은 더 늦은 2003 년부터였다. 2003년은 한국전쟁 발발 53주년, 정전 50주년을 맞은 해였다. 이때 냉전 기간 동안 적대 관계에 있었던 중국, 미국, 한국, 소련 및 일본 등 국가들은 모두 수교를 맺었으며 외교, 경제, 문화, 학술 교류 등 다방면에서도 눈부신 성과를 이뤄 냈다. 바로 이 해 한·중 학자들의 노력 아래 제1회 한·중 한국전쟁 학술대회가 성황리에 개최됐다. 또 이데올로기적 대립에 대한 극복으로 평가된 『한국전쟁과 세계문학』이라는 저서도 한국 학자들의 꾸준한 노력으로 출간됐다.[11] 국제정세가 크게 변한 상황에서 박재우의 「중국 당대 작가의 한국전쟁 제재 소설 연구」가 발표되어 항미원조문학에 대한 한국학계의 관심을 환기시켰다. 이 글에서 박재우는 '한국전쟁 소재'문학의 개념을 처음 사용했다. 그런 뒤에 '한국전쟁문학', '한국전쟁 참전문학'은 물론 '항미원조문학' 등 개념을 사용하면서 항미원조문학을 조명하려는 노력들이 출현하게 되었다.

항미원조문학에 대한 중국 학자의 관심은 한국학계와 마찬가지로 비교적 늦었다. 정치적 색채가 짙은 데 반해 문학적 심미 수준이 낮았기 때문에 항미원조문학은 늘 연구자들의 관심 밖이었다. 또 항미원조문학은 시기적으로 17년 문학十七年文學[12]에 귀속되고 소재상으로 전쟁문학에 포함될 수 있다. 그러나 어디에 귀속되든 항미원조문학은 독립된 지위와 주목을 얻지 못하였다. 17년 문학과 전쟁문학 연구가 부진한 상황에서 항미원조문학은 무시 받는 운명을 면치 못했을 것이다.

이런 난국은 1999년에 띵샤오위앤丁曉原이 빠진巴金의 항미원조문학을 언급할 때까지 지속되었다.[13] 그 후 2006년을 전후해서 창삔常斌은 신문이나 잡지에 흩어져 있는 항미원조문학작품을 수집·정리한 기초 위에서 관련 연구 논문을 잇달아 발표했다. 창삔常斌의 논문들은 중국 내 항미원조문학에 대한 관심을 불러일으켰다. 물론, 항미원조문학에 대한 중국학계의 관심은 당대 문학 연구 환경의 변화와도 밀접한 관련이 있었다. 17

---

11 박재우, 「중국당대작가의 한국전쟁 제재 소설 연구」, 『중국연구』 제32집, 한국외대 외국학종합연구센터 중국연구소, 2003, 159면.

12 17년 문학이란 1949년 중화인민공화국이 건립된 후로부터 1966년 문화대혁명이 종료될 때까지의 문학을 뜻한다.

13 丁曉原, 「別樣的史志－巴金報告文學論」, 『文藝理論與批評』 第1期, 中国艺术研究院, 1999.

년 문학의 가치가 인정되고 재평가됨에 따라 항미원조문학 연구도 전에 없던 활기를 띠게 되었다.

1) 항미원조문학의 개념 구분

앞서 말했듯이 국적이나 입장이 다른 연구자들 사이에 항미원조문학은 다양한 이름으로 불려왔다. 즉, '한국전쟁 소재' 문학, '한국전쟁 문학', '한국전쟁참전문학', 항미원조문학 등이 혼용되고 있다. 그 중 한국학계의 경우 2004년에 김명희가 항미원조문학의 개념을 처음으로 사용했지만 여전히 드문 경우에 속한다.[14]

항미원조문학에 대한 호칭 차이는 기존 항미원조전쟁의 연구 전통과 일맥상통해 보인다. 문학 연구자들이 항미원조문학에 관심을 갖기 전까지는 항미원조에 대한 관심은 주로 정치학과 역사학에 집중되었다. 연구자들 사이에 국적, 입장 및 관점에 따라 항미원조전쟁에 대한 연구 시각과 인식도 달랐다. 한국 학자를 비롯한 대다수의 연구자들은 한국전쟁의 기원과 그 발발이라는 큰 틀 속에서 중국의 입장을 이해하고 살펴보려는 경향이 있다. 하지만 중국 학계의 입장은 이와 구별된다. 물론, 미소 냉전사의 관점에서 한국전쟁 발발과 중국의 항미원조 결정을 조명한 연구도 없지 않다.[15] 그런데 이런 연구들도 한국전쟁보다 미국의 참전과 트루먼 성명의 발표로 인한 항미원조의 결정 과정이나 중국의 항미원조 결정이 한국전쟁에 대한 영향에 더욱 많은 관심을 두었다.

이같은 차이는 항미원조전쟁과 한국전쟁에 대한 한·중 학자의 인식 차

---

14 김명희, 「전쟁터에 핀 예술의 꽃」, 『중국인문과학』 제32집, 중국인문학회, 2006.

15 華慶昭, 『從雅爾塔到板門店』, 北京市 : 中國社會科學出版社, 1992; 沈志華, 『毛澤東, 斯大林與朝鮮戰爭』, 廣東人民出版社, 2007; 沈志華, 『冷戰在亞洲』, 九州出版社, 2012.

이와 관련된다. 한국전쟁은 1950년 6월 25일 새벽에 일어나 1953년 7월 27일 휴전협정이 체결된 전쟁으로 알려져 있다. 그러나 1950년 6월 25일부터 같은 해 10월 25일까지 벌어진 전쟁에는 중국이 개입하지 않았다. 때문에 이 단계의 전쟁은 중국인에게는 한반도의 내전과 거기에 개입한 미국의 침략전쟁으로 인식되었다. 따라서 전쟁 당시 및 지금의 중국 학자들은 한국전쟁문학보다 항미원조문학의 개념을 더욱 많이 사용한다.

그뿐만이 아니다. 학자 내부에도 항미원조문학의 개념 정립에 좁은 의미와 넓은 의미의 구분이 있다. 한국의 경우 양슈어楊朔의『삼천리 강산三千里江山』을 논하면서 조대호는 '한국전 참전문학'이라는 개념을 채택했다.[16] 전시에 만들어진 문학을 가리키는 개념으로서 '한국전 참전문학'은 항미원조문학의 좁은 개념에 해당된다. 이와 달리 박재우와 이영구는 항미원조문학을 가리키는 보다 넓은 개념을 취했다. 박재우는 '한국전쟁 소재 창작'을 1949~1987년 사이 중국 당대 문학 중 한국 관련 서사의 핵심으로 꼽았다.[17] 이영구는 항미원조문학이 1950년대 신중국문학사에 "기발하고 웅장한 영웅 악장"[18]을 이루었다고 평가했다. 그러면서 웨이웨이魏巍의 항미원조문학을 논한 글에서 그는『동방东方』이 사실 중국 항미원조문학의 마지막 편이었음을 강조했다.[19] 시기 규정에 다소 차이가 있지만 박재우와 이영구는 모두 중국 내 정치 상황의 변화가 문학 창작에 미친 영향에 주목했다. 박재우는 중국에서 '한국전쟁 소재 창작'과 한·중 수교 이후 생긴 '한

---

16   조대호,「楊朔의 韓國戰 參戰文學 硏究」,『중국소설논총』제15집, 한국중국소설학회, 2002.

17   박재우,「중국 당대 작가의 한국전쟁 제재 소설 연구」,『중국연구』제32집, 한국외대 외국학종합연구센터 중국연구소, 2003, 163면.

18   이영구,「劉白羽與韓國戰爭文學」,『중국연구』제45집, 한국외대 외국학종합연구센터 중국연구소, 2009, 204면.

19   위의 글, 204면.

국-한인 소재 창작' 사이에 한국에 대한 인식이나 형상화 등의 면에서 차이가 있다는 것을 전제로 하고 있다. 그런데 이영구의 경우는 중국 정치 생태계에서 웨이웨이魏巍 등에 의해 '평화적 변천'이라 인식된 새 변화가 생겨났으므로『동방东方』이 중국의 항미원조문학에 종지부를 찍었다고 본 것이다.[20]『동방东方』은 1978년에 완성된 작품이었다. 그 이후 1980년대에 접어들어 미국은 오랜 계획, 논증 및 부분적 실천을 거쳐 중국에 대한 '화평연변 정책'을 본격화했다. 이 '총성 없는 전투'에서 동유럽이 급변하는 가운데 중국 내에서도 '부르주아 자유화' 사조가 일었다.[21]

중국에서 항미원조문학에 대한 개념 규정을 처음 시도한 학자는 쩡전난曾鎮南이다. 그는 "항미원조문학은 항미원조라는 위대한 역사적 사건을 소재로 중국 인민과 중국 인민지원군의 애국주의, 국제주의, 영웅주의 사상을 표현한 문학작품"[22]이라 정의했다. 즉, 항미원조문학을 전쟁 당시나 휴전 이후 일정 기간 동안 창작된 문학작품으로 간주했다. 또 리쭝깡李宗剛은 웨이웨이魏巍, 빠진巴金, 루링路翎이 1950년대에 지은 글들을 고찰하면서 "항미원조전쟁 문학"[23]이라는 개념을 조심스럽게 붙였다. 여기서 쩡전난曾鎮南이나 리쭝깡李宗剛이 말한 항미원조문학은 모두 좁은 의미에서의 항미원조문학이라 할 수 있다. 또 중국 내 항미원조문학 연구의 일인자로 평가된 연구자 창삔常彬은 항미원조문학을 오랫동안 연구해 왔지만 항미원조문학에 대한 명확한 개념 정립을 하지 않고 있다. 그런데 관련

---

20   위의 글, 261면.
21   楊柄 等,『魏巍评传』, 北京：当代中国出版社, 2000, 299면.
22   曾鎮南,「新中國文學的英雄樂章－論抗美援朝文學的歷史地位和現實啟示」,『抗美援朝研究』, 2019.5.4. http://www.cass.net.cn/zhuanti/y_kmyc/zhuanjia/012.htm.
23   李宗剛,「抗美援朝戰爭文學中的英雄敘事分析」,『商丘師範學院學報』第11期, 商丘師範學院, 2007.

연구를 보면 창삔常斌은 항미원조문학을 항미원조라는 역사적 사건을 다룬 "애국주의 정신, 영웅주의적 격정"[24]이 반영된 문학으로 간주하고 있다. 그 연구 대상에는 1950~60년대에 나타난 항미원조문학뿐만 아니라 2000년경 완성된 왕슈쩡王樹增의『원동조선전쟁遠東朝鮮戰爭』도 포함돼 있다. 또 창삔常斌은『원동조선전쟁遠東朝鮮戰爭』과 그 이전의 항미원조문학을 구분하고 있는 것이 확인된다. 예컨대 그는『원동조선전쟁遠東朝鮮戰爭』을 두고 "1950~60년대의 전쟁문학은 뚜렷한 정치 색채와 공리심을 가지고 문학사적 시야에 들어왔다"며 "50년이 흐른 오늘날 전쟁의 총성이 이미 꺼지고 국제 정치의 지형도 크게 바뀌었기" 때문에 "역사가 새로운 단면으로 전환된 시점에 문학은 반성과 심도 있게 탐색할 수 있는 기회를 얻었다"[25] 고 평가한 바 있다. 이처럼 그는『원동조선전쟁遠東朝鮮戰爭』이 이전 문학과 달라진 점을 인정하면서도 냉전 문학으로서 항미원조문학의 특성에 대해 모호하게 처리했다. 때문에 냉전문학으로서 항미원조문학의 성격을 정확히 파악하지 못한 아쉬움을 남겼다.

2) 항미원조문학 연구의 현황

(1) 한국의 연구

항미원조문학에 대한 한국학계의 관심은 최초로 1998년에 김인철이 빠진巴金의 항미원조문학을 고찰하면서부터 시작되었다.[26] 그 후 항미원조문학 연구가 점차 풍부해져 많은 성과들이 축적되었다. 그 구체적인 양

---

24 常彬, 「抗美援朝文學敍事中的政治與人性」, 『文學評論』第2期, 社会科学文献出版社, 2007, 59면.

25 위의 글, 2007.

26 김인철, 「巴金과 한국전쟁」, 『중국소설논총』제7집, 한국중국소설학회, 1998.

상은 다음 〈표 1〉과 같다.

〈표 1〉 한국의 항미원조문학 연구성과 일람표

	저자	논문 제목	학술지	출판일
1	김인철	파금과 한국전쟁	중국소설논총	1998
2	조대호	양삭의 한국전 참전문학 연구	중국소설논총	2002
3	박재우	중국 당대작가의 한국전쟁 제재 소설 연구	중국연구	2003
4	조홍선	한국전쟁소설속의 파금	중국어문논역총간	2004
5	조홍선	파금과 한국전쟁소설 소고	중국어문논역총간	2004
6	김명희	전쟁터에 핀 예술의 꽃	중국인문과학	2006
7	이윤희	루링의 문학적 주장과 고수에 관한 시론	인문과학연구	2007
8	이영구	파금(巴金)과 한국전쟁문학	외국문학연구	2007
9	조대호	위외의 한국전 기록문학 연구	중국학논총	2007
10	이영구	위외와한국전쟁문학	중국연구	2008
11	김순옥	항미원조시기정령연구	한중언어문화연구	2008
12	박난영	바진(巴金)과 한국전쟁	중국어문논총	2009
13	이영구	류백우여한국전쟁문학	중국연구	2009
15	김소현	중국현대시 속의 한국전쟁	중국어문논총	2009
16	이영구	로령여한국전쟁문학	중국연구	2010
17	복정은	파금의 한국전쟁에 관한 작품연구	수원대 석사논문	2010
18	쑨하이룽	1950년대 '항미원조운동' 중 나타난 한반도 인식	중국현대문학	2011
19	쑨하이룽	항미원조문학에 나타난 중국의 한반도 인식	성균관대 박사논문	2012
20	니우린지에(牛林傑)와 왕빠오시아(王寶霞)	한국전쟁을 주제로 한 중한(中韓) 전쟁문학 비교연구	현대소설연구	2012
21	왕천(王晨)	『동방』에 투영된 항미원조 영웅의 이미지 연구	연세대 석사논문	2012
22	백정숙	한국전쟁 시기 중국의 '항미원조운동'과시	중국학	2013
23	정찬영	한국과 중국문학에 나타난 한국전쟁 반영 양상 연구	한중인문학회 국제학술대회 논문집	2014
24	티엔즈윈(田志芸)	한·중 6·25전쟁 전선소설에 드러난 "애정(愛情)의 정치적 서사	어문론총	2015
25	티엔즈윈(田志芸)	6·25전쟁기 한,중 전시소설에 드러난 포로형상에 대한 비교 연구	어문론총	2016
26	신정호	중국문학 속의 한국전쟁	중국인문과학	2017
27	한담	신중국초기랭전세계관고찰 —이년대항미원조문학위중심	중국현대문학	2017
28	조영추	집단 언어와 실어 상태－중국 문인들의 한국전쟁 참전 일기를 중심으로	현대문학의 연구	2018

	저자	논문 제목	학술지	출판일
29	쉬통(徐童)	한·중 소설에 나타난 한국전쟁의 형상화 양상과 의미 연구	광운대 박사논문	2019
30	티엔즈윈 (田志芸)	6·25전쟁기 한·중 종군소설에서 드러난 국가의식 비교 연구	한국학연구	2019
31	쉬통(徐童)	한·중 소설에 나타난 한국전쟁과 미군의 형상화	한민족문화연구	2018
32	장리쥐안	1950년대 한중소설에 나타난 한국전쟁 재현 양상 연구	부산대 석사논문	2020
33	김일산·정순희	한국전쟁기 중국 작가들의 방북활동과 작품세계	아시아연구	2021

〈표 1〉에서 볼 수 있듯이 지금까지 한국학계의 항미원조문학 연구성과는 모두 33편의 논문이 있다. 이 연구들을 대략 ① 1998~2008년의 초창기와 ② 2009~현재까지의 심화 발전 시기로 구분할 수 있다.

① 초창기|1998~2008년

1998~2008년까지 한국의 항미원조문학 연구는 주로 빠진巴金, 양슈어杨朔, 루링路翎, 웨이웨이魏巍, 띵링丁玲 등 소수 작가의 항미원조 경험이나 작품에 치중되어 있었다. 이런 연구들은 항미원조문학을 통해 사상개조의 양상 및 한국전쟁 인식을 살펴봤다. 그 중에 빠진巴金에 대한 연구가 가장 큰 비중을 차지한 것으로 보인다.

빠진巴金에 대한 관심은 김인철의 연구부터 시작되었다. 관련 연구들은 1950년대 초반 지식인의 사상개조에 관심을 두고 빠진巴金의 북한 방문 동기, 원인 및 그 목적에 대해 서로 다른 견해를 펼쳤다. 그 중 조홍선은 빠진巴金의 항미원조 소설의 1인칭 서술 특성에 주목했다. 그에 의하면 이 같은 특성의 발생은 당시 문학-미학적 환경이 조성되지 못했던 탓이 크고 이는 빠진巴金이 1958년 비판을 받은 이후 사상개조를 가속화시킨 결과물이자 비판에 대한 대응이었다.[27] 조홍선의 연구와 달리 빠진巴金에 대한 김인철과 이영구의 연구는 주로 한국전쟁에 대한 빠진巴金의 인식과 형상화에 많은 지면을 할애했다. 그중 김인철은 미국의 세균전에 대한 빠진巴金의 오해를 규명한 후에 빠진巴金의 방문 동기, 북한에서의 행적 및 관련 작품에 드러난 한국어의 음역 양상을 소개하였다.[28] 이영구는 항미원조문학이 빠진巴金 문학에서 차지하는 위상, 한국전쟁 당시 빠진巴金의 행적과 문학 창작을 살펴보고 빠진巴金의 한국전쟁에 대한 인식을 분석했다.[29] 그런데 문장의 길이로 인해서 이러한 연구들은 항미원조 전후 한국에 대한 빠진巴金의 인식 변화 및 한반도의 남과 북에 대한 인식의 상이함을 드러내지 못하였다.

웨이웨이魏巍의 경우 「누가 가장 사랑스러운 사람인가誰是最可愛的人」는 이 시기의 연구 초점이었다. 조대호는 작품 탄생의 배경과 그 내용을 심도 있게 분석한 후에 작품의 진정성과 보고문학으로서의 특성에 의문을 제기하고 웨이웨이魏巍의 보고문학이 갖는 한계를 드러냈다.[30] 이영구는 "중국의 한국전쟁 문학이 아직 역사가 되지 않았다"[31]는 전제 아래 「누가 가장 사랑스러운 사람인가誰是最可愛的人」 등 웨이웨이魏巍의 항미원조통신문학의 창작 배경, 『동방东方』의 내용과 서사 구조를 고찰했다.

노령에 대한 연구도 진척을 보였다. 김명희는 인간미와 인정의 관점에서 전쟁과 전쟁에 처한 사람들에 대한 루링路翎의 인식을 고찰했다. 그에

---

27 조홍선, 「파금의 한국전쟁소설 소고」, 『중국어문논역총간』 제13집, 중국어문논역학회, 2004, 225~241면.

28 김인철, 앞의 글 214면.

29 조홍선, 「파금의 한국전쟁소설 소고」, 236면.

30 조대호, 「위외의 한국전 기록문학 연구」, 『중국학논총』 제23집, 한국중국문화학회, 2007.

31 이영구, 「魏巍與韓國戰爭文學」, 『중국연구』 제42집, 한국외대 외국학종합연구센터, 중국연구소, 2008, 251~263면.

의하면 루링路翎의 항미원조문학은 "전쟁에 대한 저항의 문학이며, 저항의 실천으로서의 기록"이자 "전쟁이 가져온 파괴, 비인간적 상황을 폭로·고발하는 저항의 문학이었다"[32]고 한다. 이윤희는 중국 문단에서 루링路翎이 가지는 특수한 문학적·정신적 면모에 착안하여 루링路翎의 정신적 여정과 일생을 살핀 기초 위에서 그의 항미원조문학 창작 양상 및 이에 대한 비판을 간략하게 분석했다.[33]

이밖에 양슈어楊朔와 띵링丁玲의 항미원조문학에 대한 연구도 있었다. 조대호는 『삼천리 강산三千里江山』 속 등장인물의 성격과 줄거리, 작가의 창작 의도를 서사학 관점에서 자세하게 분석하였다.[34] 김순옥은 정령의 편지 「지원군에게 바치며致志愿军」, 「인민군에 바치며致人民军」 등에 주목해 항미원조 시기 정령의 행적을 살펴봤다.[35]

위의 연구들은 항미원조문학에 대한 이해를 넓히는 데 큰 역할을 했다. 그런데 초창기의 성과인 만큼 대부분 표면적인 소개와 상황 설명에 그쳤으며 체계적인 분석이 부족하였다.

---

32 김명희, 「전쟁터에 핀 예술의 꽃」, 『중국인문과학』 제32집, 중국인문학회, 2006, 336면.
33 이윤희, 「루링의 문학적 주장과 고수에 관한 시론」, 『인문과학연구』 제12집, 가톨릭대 인문과학연구소, 2007, 91~110면.
34 조대호, 「양삭의 한국전 참전문학 연구」, 『중국소설논총』 제15집, 한국중국소설학회, 2002, 203~221면.
35 김순옥, 「"항미원조"시기 정령연구」, 『한중언어문화연구』 제17집, 한국중국언어문화연구회, 2008, 367~384면.

② 심화 발전기|2009~현재까지

2009년에 접어들어 새로운 작가, 작품에 대한 발굴이 추진되면서 연구 대상이나 연구 방법 및 시각 등 여러 면에서 초창기와 구별되는 새로운 양상이 보이기 시작했다.

개별 작가 작품 연구에서 이영구는 「저지대에서의 전역」의 내용, 작품의 발표로 일으킨 루링路翎 독서열과 이에 대한 비판 등 다양한 내용들을 다루었다. 이로써 그는 기존의 연구를 심화시키는 동시에[36] 처음으로 리우빠이위劉白羽 및 그의 항미원조문학의 내용과 의미를 소개했다.[37]

또 항미원조문학을 통한 사상개조 연구도 빠진巴金의 항미원조소설에 대한 관심에서 빠진巴金의 일기·편지, 『인민일보』에 게재된 항미원조 시가, 라오셔老舍의 「이름이 없는 고지가 유명해졌다無名高地有了名」, 시훙西虹과 쉬꾸앙야오徐光耀 및 허콩더何孔德 등의 한국전쟁 참전 일기, 루링路翎의 『전쟁, 평화를 위하여戰爭, 爲了和平』, 왕슈쩡王樹增의 『원동조선전쟁远东朝鮮战争』2000, 멍웨이짜이孟偉哉의 『지난날의 전쟁昨日的戰爭』1976 등으로 연구 대상이 확대되었다.

박난영은 빠진巴金의 방북 경험, 작품, 일기와 편지에 착안하여 국가의 이데올로기와 작가의식 사이에서 갈등하는 빠진巴金의 모습을 통해 당시 중국 지식인들의 면모를 포착하려고 노력했다.[38] 백정숙은 1950년에서 1953년까지 『인민일보乀民日報』에 게재된 항미원조 시가를 수집·분석함

---

36   이영구, 「路翎與韓國戰爭文學」, 『中國研究』 제50집, 한국외대 중국연구소, 2010, 243~256면.

37   위의 글, 201~213면.

38   박난영, 「바진(巴金)과 한국전쟁」, 『중국어문논총』 제40집, 중국어문연구회, 2009, 275~300면.

으로써 항미원조 시기의 시가 창작과 정치 사이의 관계를 규명하였다.[39] 김의진은 1950년대 초반 라오셔老舍의 처지 및 한국전쟁 시기의 실화를 소재로 창작된 「이름이 없는 고지가 유명해졌다无名高地有了名」에 대한 고찰을 통해 작가와 신중국 문예 정책 사이의 간극이 존재했음을 확인했다.[40] 신정호는 루링路翎의 『전쟁, 평화를 위하여』, 왕슈쩡王树增의 『원동조선전쟁远东朝鲜战争』, 멍웨이짜이孟偉哉의 『지난날의 전쟁昨日的戰爭』 등과의 비교를 통해 빠진巴金 문학의 단면과 「후앙원위앤 동무黄文元同志」를 생산해 낸 과정을 살펴봤다. 이로써 그는 항미원조시기 국가 이데올로기가 어떻게 작가의식을 억압했는지를 밝혀냈다.[41] 왕천王晨도 『동방东方』의 전쟁문학으로서의 특성에 착안하여 소설에 투영된 영웅 형상을 통해 항미원조문학의 시대적 한계를 갈파했다.[42] 소설에 대한 관심과 달리 조영추는 시훙西虹과 쉬꾸앙야오徐光耀 및 허콩더何孔德 등 문인들의 한국전쟁 참전 일기를 연구하고 국가 이데올로기의 기대와 현실 간의 괴리로 말미암아 고민한 작가들의 모습을 드러냈다.[43]

이처럼 개별 작가의 경험, 작품 및 사상개조에 관한 연구들이 진전을 보이였다. 동시에 항미원조문학의 다양한 모습과 특성에 주목한 연구도 잇달아 나왔다. 예컨대 항미원조문학에 대한 비교문학적 연구나 냉전문

39　백정숙, 「한국전쟁 시기 중국의 '항미원조운동'과 시」, 『중국학』 제46집, 대한중국학회, 2013, 223~248면.

40　김의진, 「50년대 노사(老舍)문학의 변신」, 『中國語文學誌』 제42집, 중국어문학회, 2013, 308면.

41　신정호, 「중국문학 속의 한국전쟁」, 『중국인문과학』 제66집, 중국인문학회, 2017, 347~386면.

42　왕천(王晨), 「『동방』에 투영된 항미원조 영웅의 이미지 연구」, 연세대 석사논문, 2012.

43　조영추, 「집단 언어와 실어 상태」, 『현대문학의 연구』 제64집, 한국문학연구학회, 2018, 359~403면.

학으로서의 특성에 주목한 연구들이 그것이다.

항미원조문학의 전쟁문학적 특성에 주목한 비교문학 연구는 2012
년부터 시작되었다. 니우린지에牛林傑와 왕빠오시아王寶霞는 한국전쟁
을 주제로 한 항미원조전쟁 문학을 비교하는 것이 역사적 진실을 밝
히고 양국의 역사와 관계를 이해하는 데 도움이 된다는 문제의식을
가지고 항미원조문학과 한국의 전후문학에 주목하였다. 관련 문학
의 형성과 전개를 분석한 후에 이데올로기 서사, 영웅주의 서사, 휴머
니즘 서사 등 측면에서 항미원조문학과 한국의 전후문학을 비교하였
다. 이를 통해 주제의 넓이와 깊이에서 커다란 차이가 존재하고 중국
보다 한국의 전쟁문학이 진정한 전쟁문학에 가깝다는 결론을 도출했
다.[44] 한국 전후문학에 주목한 니우린지에牛林傑와 왕빠오시아王寶霞의 연
구와 달리 티엔즈윈田志芸은 전시소설을 대상으로 한중 종군소설의 국
가의식, 애정 서사와 포로 형상을 비교·분석했다.[45] 그 외에 쉬통徐童
은 한국전쟁 경험을 바탕으로 한 소설들의 전쟁 인식, 미군 형상화 양
상 및 양자 간의 시각 차이를 살펴봤는가 하면 장리쥐안은 1950년
대 한중 문학의 한국전쟁과 항미원조전쟁의 재현 양상을 분석했다.[46]

---

44   니우린지에(牛林傑)·왕빠오시아(王寶霞), 「한국전쟁을 주제로 한 중한 전쟁문학 비교
      연구」, 『현대소설연구』 제550집, 한국현대소설학회, 2012.

45   티엔즈윈(田志芸), 「한·중 6·25전쟁 전선소설에 드러난 "애정의 정치적 서사" 비교
      연구」, 『어문론총』 제66집, 한국문학언어학회, 2015; 「6·25전쟁기 한·중 종군소설에
      서 드러난 국가의식 비교 연구」, 『한국학연구』 제 55집, 인하대 한국학연구소, 2019;
      「6·25전쟁기 한,중 전시소설에 드러난 포로형상에 대한 비교 연구」, 『어문론총』 제68
      집, 한국문학언어학회, 2016.

46   쉬통(徐童), 『한·중 소설에 나타난 한국전쟁의 형상화 양상과 의미 연구』, 광운대 박사
      논문, 2019; 「한·중 소설에 나타난 한국전쟁과 미군의 형상화」, 『한민족문화연구』 제
      64집, 한민족문화학회, 2018; 장리쥐안, 「1950년대 한중소설에 나타난 한국전쟁 재현
      양상 연구」, 부산대 석사논문, 2020.

2009년에 접어들어 임우경, 백원담을 비롯한 몇몇 연구자들이 아시아 냉전 구축에 항미원조가 갖는 의미를 탐구하기 시작했다.[47] 이에 힘입어 항미원조운동과 시작을 함께한 항미원조문학의 냉전문학으로서의 특성을 부각시킨 일련의 연구들이 쏟아져 나왔다. 예컨대, 김소현은 항미원조운동에 가담한 펑즈馮至, 티앤지앤田間, 앤밍臞明, 뤄위앤綠原, 루어羅洛, 까오란高蘭, 삐앤즈린卞之琳, 니우한牛漢, 앤천嚴辰, 리잉李瑛, 후평胡風, 빠이런白刃 등의 항미원조 시가 창작 양상과 시인들의 한국전쟁 인식을 살펴보고 전시 동원 체제 아래 문학의 정치화 문제를 고찰했다.[48] 또 필자는 빠진巴金, 라오셔老舍, 웨이웨이魏巍, 양슈어杨朔, 루링路翎, 삐예碧野, 후앙야오미앤黃药眠 및 리우빠이위刘白羽 등 종군작가나 기자의 항미원조문학과 국내 문예 선전 작품을 광범위하게 수집·분석함으로써 항미원조 시기 중국의 한반도 인식의 변화 및 그 구축 과정을 사실적으로 분석하였다.[49] 한담은 웨이웨이魏巍의 「누가 가장 사랑스러운 사람인가誰是最可爱的人」, 양슈어杨朔의 『삼천리 강산三千里江山』과 루링路翎의 『전쟁, 평화를 위하여战争,为了和平』 등의 전쟁 서사에 대한 고찰을 통해 항미원조문학이 중국인의 냉전의식 및 계급 연대 형성에 중요한 역학을 수행했음을 밝혔다.[50]

최근에 와서 김일산·정순희는 항미원조 시기 문학창작조의 방북 활동

---

47 임우경, 「한국전쟁 시기 중국의 애국공약운동과 여성의 국민 되기」, 『중국현대문학』 제 48집, 중국현대문학학회, 2009; 임우경, 「한국전쟁 시기 중국의 반미대중운동과 아시아 냉전」, 『사이 / 間 / SAI』 제10집, 국제한국문학문화학회, 2011, 131~162면; 백원담· 임우경 편, 『냉전 아시아의 탄생』, 문화과학사, 2013.

48 김소현, 「중국현대시 속의 한국전쟁」, 『중국어문논총』 제41집, 중국어문연구회, 2009.

49 쏜하이롱(孫海龍), 「항미원조문학에 나타난 중국의 한반도 인식」, 성균관대 박사논문, 2012; 「1950년대 "항미원조운동" 중 나타난 한반도 인식」, 『중국현대문학』 제59집, 현 대문학학회, 2011.

50 한담, 「新中國初期冷戰世界觀考察」, 『中國現代文學』 제83집, 현대문학학회, 2017.

에 관심을 보이면서 전선을 바탕으로 한 문학 창작을 정리한 바 있다.[51]

(2) 중국의 연구

앞에서 언급했듯이 중국의 항미원조문학 연구는 1999년 띵샤오위앤丁
曉原이 빠진巴金의 항미원조 보고문학을 논하면서 시작되었다. 물론, 띵샤
오위앤丁曉原의 연구가 나오기 전에 방북 작가들과 그들의 작품에 대한 언
급이 완전히 없던 것은 아니었다. 그런데 이런 연구들은 문제의식이 결여
된 경우가 많았고, 개별 작가와 작품을 항미원조문학이라는 큰 틀에서 파
악하지 못하였다. 지금까지 중국학계의 연구성과들을 나열하면 다음 〈표
2〉와 같다.

〈표 2〉 중국학계의 항미원조문학 연구 일람표

	작자	논문 제목	학술지	출판일
1	丁曉原	別樣的史志-巴金報告文學論	文藝理論研究	1999
2	常彬	抗美援朝文學敘事中的政治與人性	文學評論	2007
3	惠雁氷	複合視角·女性鏡像·道德偏向-論抗美援朝文學中的"朝鮮敘事"	人文雜志	2007
4	李宗剛	抗美援朝戰爭文學中的英雄敘事分析	商丘師範學院學報	2007
5	薑豔秀	論魏巍抗美援朝作品中的朝鮮形象	延邊大學	2009
6	李偉光	論楊朔抗美援朝文學作品中的朝鮮形象	延邊大學	2009
7	姜豔秀	論魏巍抗美援朝作品中的朝鮮形象	延邊大學	2009
8	常彬	抗美援朝文學中的域外風情敘事	文學評論	2009
9	閆麗娜	抗美援朝文學中的"朝鮮戰地快板詩"	大衆文藝	2010
10	崔銀姬	中美朝鮮戰爭小說中的英雄形象比較研究	延邊大學	2010
11	常彬	異國錦繡河山與人文之美的故園情結-抗美援朝文學論	河北大學學報	2010
12	薛玉琪	抗美援朝文學英雄敘事研究	河北大學	2012
13	劉宇	論路翎抗美援朝文學作品中的朝鮮形象	延邊大學	2012
14	姚康康	"組織寫作"與當代文學的"一體化"進程	西北師範大學	2012
15	常彬	面影模糊的"老戰友"-抗美援朝文學的"友軍"敘事	華夏文化論壇	2012

---

51 김일산·정순희, 「한국전쟁기 중국 작가들의 방북활동과 작품세계」, 『아시아연구』 제24
    집 제4호, 2021, 237~251면.

	작자	논문 제목	학술지	출판일
16	常彬	敍事同構的中朝軍民關系－抗美援朝文學論	河北學刊	2013
17	雷岩嶺黃蕾	溫柔的光影－抗美援朝文學中的女性形象解析－以魏巍, 路翎的創作爲例	名作欣賞	2013
18	劉雲	抗美援朝文學的歷史功績	軍事歷史研究	2013
19	郭隨俊	人性深處的探索	周口師範學院學報	2013
20	郭隨俊	抗美援朝小說研究	貴州師範大學	2014
21	孫海龍	域外戰爭中的"她者"－50年代中國抗美援朝文學中的朝鮮半島女性敍事	東疆學刊	2014
22	常彬	戰爭中的女人與女人的戰爭－抗美援朝文學論	河北大學學報 (哲學社會科學版)	2014
23	牛林傑;劉霞	中韓當代文學中的朝鮮戰爭記憶	第十五屆中國韓國學國際硏討會論文集·現代卷	2014
24	賈玉民	應該公正地評價巴金的抗美援朝創作	四川文理學院學報	2015
25	賈玉民	巴金抗美援朝創作的崇高美(一)	美與時代(下旬)	2015
26	賈玉民	巴金抗美援朝創作的崇高美(二)	美與時代(下)	2015
27	賈玉民	巴金抗美援朝創作論(上)	黎明職業大學學報	2015
28	賈玉民	巴金抗美援朝創作論(下)	黎明職業大學學報	2016
29	馬釗	政治, 宣傳與文藝－冷戰時期中朝同盟關系的建構	文化研究	2016
30	侯松濤	抗美援朝運動中的詩歌－歷史視角下的品評與考察	文化研究	2016
31	張自春	"革命英雄主義"與時代寫真－重評魏巍《東方》兼及作品獲"茅獎"後的修改問題	文藝理論與批評	2016
32	張金	同場戰爭的"異質"書寫－中國抗美援朝小說與韓國"戰後"小說創作比較研究	河北大學	2017
33	賈玉民	《巴金全集》有關抗美援朝部分勘誤	黎明職業大學學報	2018
34	常彬;王雅坤	朝鮮戰爭文學1950年代《光明日報》文獻考辨	河北大學學報	2018
35	常彬;邵海倫	共和國文學範式的建立－以《人民日報》朝鮮戰爭文學文獻爲樣本	吉林大學社會科學學報	2019
36	曹前	牛漢抗美援朝詩歌研究	山東大學	2019
37	肖振宇;張哲望	東北抗美援朝戲劇的預制與生産	戲劇文學	2020
38	張豔庭	基於身份·民族與國家的認同－關於20世紀五六十年代抗美援朝文藝創作	傳記文學	2020
39	郭末若	郭末若頌揚志願軍詩歌集錦	郭末若學刊	2020
40	曹前	20世紀50年代初期的詩路探尋－牛漢對蘇聯衛國戰爭詩作的挪用和改寫	現代中國文化與文學	2021

1999년부터 지금까지 중국 학계에서 산출한 항미원조문학 연구 논문을 계산하면 모두 40편이다. 관련 연구들도 대략 ① 1999~2013년까지의 초창기와 ② 2014~현재까지의 심화 발전기로 나눌 수 있다.

① 초창기 | 1999~2013년

초창기에 항미원조문학에 대한 중국학계의 관심은 주로 항미원조문학 연구 자료의 발굴 및 항미원조문학 전반에 대한 연구에 집중되어 있었다.

항미원조문학 자료의 수집 및 정리에서 창삔常斌이 가장 많은 심혈을 기울인 것으로 판단된다. 항미원조문학의 중요성에 비해 그에 대한 자료 발굴 및 정리 적업은 비교적 늦었다. 중국당대문학사를 다룬 기존의 저서에는 항미원조문학을 논의할 때 주로 양슈어楊朔의 『삼천리 강산三千裏江山』, 웨이웨이魏巍의 「누가 가장 사랑스러운 사람인가誰是最可愛的人」, 루링路翎의 「저지대에서의 전역窪地上的戰役」, 루주꾸어陸柱國의 「상감령上甘嶺」, 빠진의 「단원團圓」, 허꾸앤和穀岩의 「단풍楓」, 웨이양未央의 「총을 주오槍給我吧」와 「조국이여, 내가 돌아왔다祖國, 我回來了」 등에 한정되어 있다.[52] 그 외에 다수의 항미원조문학작품 및 그 작가들은 수놓은 듯이 각 신문과 잡지 지면에 흩어져 있기 때문에 시간의 흐름에 따라 역사의 뒷면에 가려지게 된 경향이 짙었다. 따라서 항미원조문학을 연구할 때 '물을 말려 고기를 잡竭澤而漁'는 식으로 관련 자료에 대한 수집 작업이 요청된다.

창삔常斌이 항미원조문학에 주목한 것은 2006년에 한·중·일 삼국 학자의 협력 프로젝트 '만청 이래 중국 작가의 한반도 서사 변천에 대한 연구晚淸以來中國作家的對韓敍事變遷研究'에 가담하면서부터였다. 이를 계기로 그는

---

52   張恒春, 『中國當代文學史綱』, 吉林師範學院中文系, 1980; 吉林省五院校 編, 『中國當代文學史』, 吉林人民出版社, 1984 등.

항미원조문학의 정리 및 수집에 관심을 가지게 되었다. 또 꾸준한 노력 끝에 2014년에『포화 속에서 피어난 꽃硝煙中的鮮花』이라는 저서를 출간하여 향후 항미원조문학 연구에 귀중한 자료적 토대를 마련해 주었다. 이 책에서 창삔常斌은 "중국 조선전쟁문학 사료 색인"을 통해『인민일보人民日報』,『인민문학人民文學』,『해방군문예解放軍文藝』,『광명일보光明日報』,『문회보文彙報』,『문예보文藝報』,『중국청년中國靑年』,『신화월보新華月報』 등에 게재된 항미원조 작품은 물론, 중국 대륙 출판사에서 낸 작품들과 항미원조 관련 영화까지 총망라하였다.[53] 창삔常斌의 제자 앤리나閆麗娜도 항미원조문학 자료 수집에 가담하고 1951년에서 1953년까지『해방군문예解放軍文艺』에 게재된 "조선 전지 쾌판시朝鮮戰地快板詩"[54]를 수집·정리한 바탕 위에서 그 문학적 특색과 가치를 고찰했다.

항미원조문학 자료에 대한 정리·수집 작업이 진행되는 동시에 그 속의 이국异国서사, 영웅서사 및 정치성을 조명하는 연구도 진척을 보였다. 창삔常斌은 항미원조문학에 나타난 조선 인민군, 유엔군, 지원군 및 조선 여성 관련 서사뿐만 아니라 항미원조문학의 이국异国서사가 보여준 "고향 콤플렉스故園情結"[55]와 "중·조 군민 관계中朝軍民關系"[56] 서사를 다양한 각도에서 해독해 봤다. 특히, 중국 문화에서 이국서사가 갖는 "고향 콤플렉

---

53 常彬,『硝煙中的鮮花-抗美援朝文學敘事及史料整理』, 北京 : 人民出版社, 2018.

54 閆麗娜,「抗美援朝文學中的"朝鮮戰地快板詩"」,『大衆文藝』第4期, 大众文艺出版社, 2010; 閆麗娜,「抗美援朝文學硏究-以1950年代『解放軍文藝』爲個案」, 河北大學 碩士 學位論文, 2010.

55 常彬,「抗美援朝文學中的域外風情敘事」,『文學評論』第4期, 社会科学文献出版社, 2009; 常彬,「異國錦繡河山與人文之美的故園情結-抗美援朝文學論」,『河北大學學報』第6期, 河北大學, 2010.

56 常彬,「面影模糊的"老戰友"」,『華夏文化論壇』第2期, 吉林大学中国文化研究所, 2012;「敘事同構的中朝軍民關系」,『河北學刊』第1期, 河北省社会科学院, 2013.

스 故園情結"의 뿌리를, "중·조 군민 관계中朝軍民關系"서사의 근원을 중국 혁명전쟁 문학 내부에서 찾으려는 그의 노력은 항미원조문학 서사의 특징을 이해하는 데 많은 시사점을 제공해 주었다.[57] 이국서사에 대한 창삔常斌의 연구 외에는 훼이앤삥惠雁冰도 항미원조문학의 한반도 서사를 고찰했다. 훼이앤삥惠雁冰은 서사학에 입각해 항미원조문학에서 보여준 북한 서사의 특징을 서사 시점, 여성과 도덕 서사의 측면에서 파헤쳤다.[58] 창삔常斌과 훼이앤삥惠雁冰의 연구 외에 리우위劉宇, 지앙앤시우姜豔秀, 리웨이李偉등도 그들의 석사학위 논문에서 루링路翎, 양슈어杨朔, 웨이웨이魏巍 등의 항미원조문학에 나타난 북한 서사를 고찰했다.[59]

그 밖에 항미원조문학 속 영웅서사의 특징에 주목한 노력도 있다. 예컨대 리쫑깡李宗剛은 빠진巴金의 「우리는 펑더화이 사령관을 만났다我們會見了彭德懷司令員」, 웨이웨이魏巍의 「누가 가장 사랑스러운 사람인가誰是最可爱的人」, 루링路翎의 「첫눈初雪」, 「저지대에서의 전투洼地的战役」 등에 대한 비교를 통해 작가별 영웅서사의 특징을 드러내는 동시에 빠진巴金과 양슈어杨朔의 영웅서사의 특징 및 가치를 부각시켰다.[60] 또 다른 연구에서 그는 빠진巴金

---

57   常彬,「抗美援朝文學中的域外風情敘事」,『文學評論』第4期, 社会科学文献出版社, 2009; 常彬,「異國錦繡河山與人文之美的故園情結-抗美援朝文學論」,『河北大學學報』第6期, 河北大學, 2010; 常彬,「面影模糊的'老戰友'」,『華夏文化論壇』第2期, 吉林大学中国文化研究所, 2012;「敘事同構的中朝軍民關系」,『河北學刊』第1期, 河北省社会科学院, 2013.

58   惠雁冰,「複合視角·女性鏡像·道德偏向-論抗美援朝文學中的'朝鮮敘事'」,『人文雜志』第4期, 陝西省社会科学院, 2007.

59   李偉光,「論楊朔抗美援朝文學作品中的朝鮮形象」, 延邊大學 碩士논문, 2009; 姜豔秀,「論魏巍抗美援朝作品中的朝鮮形象」, 延邊大學 碩士논문, 2009; 劉宇,「論路翎抗美援朝文學作品中的朝鮮形象」, 延邊大學 碩士논문, 2012 등.

60   李宗剛,「抗美援朝戰爭文學中的英雄敘事分析」,『商丘師範學院學報』第11期, 商丘師範學院, 2007.

의 항미원조 영웅서사에 대한 고찰을 통해 빠진巴金으로 대표되는 5·4 신문학 작가들이 국가 이데올로기에 적응하는 모습을 살펴봤다.[61]

또 「항미원조문학 서사 중의 정치성과 인간성抗美援朝文學敍事中的政治與人性」에서 창삥常斌은 항미원조문학의 정치성과 작가들의 인간성을 파고들어 항미원조문학의 성격을 분석했다. 그에 의하면 한국전쟁 발발 초기 중국 안보에 대한 미국의 위험과 장개석의 대륙 역동 시도 등 일련의 사건들이 작가들에게 미국이 장제스蔣介石를 편들어 중국 내전을 격화시킨 역사적 기억을 환기시키는 한편 항미원조문학에 "민족의 영욕榮辱과 존망의 아픔을 불어넣음으로써 전쟁 환경에 특화된 문학정치학을 형성했다"[62]고 지적했다. 항미원조문학의 정치성에 적극적인 의미를 부여한 면에서 창삥常斌의 연구는 중요한 의미를 가졌다고 할 수 있다. 그런데 항미원조문학이 냉전문화의 구축에 한 역할을 간과함으로써 창삥常斌은 항미원조문학이 갖는 사회문화 심리 구축 기능을 파고들어 논의하지 못한 아쉬움을 남겼다.

② 심화 발전기2014~현재까지

초창기를 지나 2014년에 들어 항미원조문학 관련 자료에 대한 발굴[63]이 추진되는 한편 관련 연구에 새로운 변화의 조짐이 보이기 시작했다.

첫째, 빠진巴金, 루링路翎과 니우한牛汉 등 개별 작가의 항미원조문학에

---

61 李宗剛, 「巴金五十年代英雄敍事再解讀」, 『東方論壇』 第1期, 青島大学, 2005.

62 常彬, 「抗美援朝文學敍事中的政治與人性」, 『文學評論』 第2期, 社会科学文献出版社, 2007, 60면.

63 郭沫若, 「郭沫若頌揚志願軍詩歌集錦」, 『郭沫若學刊』 第4期, 四川省郭沫若研究学会, 2020; 郭沫若, 「郭沫若頌中國人民志願軍」書法手跡」, 『郭沫若學刊』 第4期, 四川省郭沫若研究学会, 2020.

대한 심도 있는 연구가 이루어졌다. 예컨대 지아위민賈玉民은 그 동안의 비판에 맞서 빠진巴金의 항미원조문학이 지닌 가치를 부각시켰다.[64] 지아위민賈玉民의 관심과 달리 장쯔춘張自春은 웨이웨이魏巍의 『동방东方』에 반영된 혁명 영웅주의와 시대상을 드러낸 기초 위에서 1982년 제1차 마오뚠 문학상第一屆茅盾文学奖을 받은 후 『동방东方』의 수정 양상을 분석함으로써 시대 상황과 작가의 창작 태도 간의 관계를 고찰했다.[65] 레이앤링雷岩嶺과 후앙레이黃蕾는 웨이웨이魏巍의 「젊은이여, 청춘을 더 아름답게 하라年輕人, 讓你的青春更美麗吧」와 루링路翎의 「첫눈」의 여성 서사를 고찰함으로써 소설의 여성관과 전쟁 인식을 살펴봤다.[66] 꾸어롱쥔郭龍俊은 「저지대에서의 전투洼地上的战役」에 대한 사회인류학적 연구를 통해 인간미에 대한 루링路翎의 탐구 노력을 높이 평가했다.[67] 차오치앤曹前은 니우한牛汉의 항미원조 시가를 수집한 기초 위에서 시인이 1940년대에 창작한 시가 작품과의 비교를 통해 신중국 초기 창작 방향 전환이 시인의 창작과 그 내면에 미친 영향 및 그의 항미원조 시가와 소련위국전쟁 시작 간의 연관 관계를 검토했다.[68]

64 賈玉民, 「應該公正地評價巴金的抗美援朝創作」, 『四川文理學院學報』 第4期, 四川文理學院, 2015; 「巴金新中國創作的寫實品格(之一)」, 『美與時代(美學)(下)』 第1期, 河南省美學学会・郑州大学美学研究所, 2020; 「巴金在朝鮮戰地的衣, 食, 住, 行」, 『黨史博覽』 第10期, 中共河南省委党史研究室, 2016; 「『巴金全集』有關抗美援朝部分勘誤」, 『黎明職業大學學報』 第2期, 黎明職業大學, 2018; 「巴金 "我們會見了彭德懷司令員" 兩個版本的差異及對刻畫彭總形象的影響」, 『美與時代(下旬刊)』 第1期, 河南省美学学会・郑州大学美学研究所, 2014 등.
65 張自春, 「"革命英雄主義"與時代寫真」, 『文藝理論與批評』 第4期, 中国艺术研究院, 2016.
66 雷岩嶺・黃蕾, 「溫柔的光影」, 『名作欣賞』 第26期, 山西出版传媒集团, 2013.
67 郭龍俊, 「人性深處的探索」, 『周口師範學院學報』 第6期, 周口師範學院, 2013.
68 曹前, 「牛漢抗美援朝詩歌研究」, 山東大學 碩士學位論文, 2019; 「20世紀50年代初期的詩路探尋」, 『現代中國文化與文學』 第3期, 巴蜀书社, 2021.

개별 작가·작품에 대한 연구나 발굴 외에도 특정 지역이나 시기의 항미원조문학 창작을 살펴보는 연구도 나왔다. 샤오전위肖振宇·장저왕張哲望은 동북 지역의 항미원조 희극을 대상으로 그 주제, 내용 및 표현 기법을 분석한 기초 위에서 그것이 해방구 지역의 희극운동과 긴밀한 연관 관계를 가졌음을 밝혔다.[69] 또 관련 연구들이 주로 저명한 작가들의 유명한 작품에 편중된 실정에 입각하여 장앤팅張豔庭은 항미원조문학 외에도 1950~1960년대에 창작된 음악, 미술, 희극, 영화 등 예술 장르의 창작 양상을 총괄함으로써 관련 연구의 부족함을 보완했다.[70]

항미원조문학의 전쟁문학적 특성에 주목한 비교 연구도 진일보 심화되었다. 니우린지에牛林傑와 리우시아劉霞는 문화기억의 이론을 이용하여 한국전쟁에 대한 중국과 한국의 문학적 기억의 특징을 분석했다.[71] 장 진張金은 한국전쟁의 발발과 연결하여 전쟁문학의 창작 배경, 항미원조문학 및 전후문학의 군인, 여성 및 어린이 서사를 살펴봄으로써 항미원조전쟁과 한국전쟁의 서로 다른 재현 양상 및 그 원인을 분석했다.[72] 최은희는 「이름이 없는 고지가 유명해졌다」와 *Pork Chop Hill*에 나타난 영웅 이미지의 공통점과 차이점을 밝혔다.[73]

항미원조문학의 냉전문학적 특성에 주목한 일련 연구들도 있다. 필자는 1950년대 초반 항미원조문학 속에 북한 여성과 지원군의 관계 설정,

69   肖振宇·張哲望, 「東北抗美援朝戲劇的預制與生產」, 『戲劇文學』 第5期, 吉林省芸術研究院, 2020.
70   張豔庭, 「基於身份·民族與國家的認同」, 『傳記文學』 第10期, 中国芸术研究院, 2020.
71   牛林傑·劉霞, 「中韓當代文學中的朝鮮戰爭記憶」, 第十五屆中國韓國學國際研討會, 2014.
72   張金, 「同場戰爭的"異質"書寫－中國抗美援朝小說與韓國"戰後"小說創作比較研究」, 河北大學 碩士學位論文, 2017.
73   崔銀姬, 「中美朝鮮戰爭小說中的英雄形象比較研究」, 延邊大學 碩士學位論文, 2012.

영웅 및 피해자로서의 북한 여성에 대한 이원적 재현 양상을 고찰함으로써 중국의 주체의식 및 냉전문화 형성에 북한 여성 서사가 갖는 의미를 밝혔다.[74] 마자오馬釗는 항미원조문학에 나타난 북한 노인, 여성, 아동 이미지, 지원군과 북한 민중 간의 관계에 착안하여 그것이 중조동맹관계와 냉전시기 사회주의 중국의 세계 상상을 구축하는 데 중요한 의미를 가졌음을 강조하였다.[75] 또 필자 및 마자오馬釗의 연구와 달리 허우쑹타오侯松濤는 역사 연구자로서 항미원조운동과 지식인 사상개조 운동이 겹쳐진 역사적 맥락에 대한 전반적 파악을 바탕으로 항미원조 시가의 내용과 그 특징을 고찰했다. 이를 통해 그는 사회주의 중국의 사회·문화 구축에 항미원조 운동 및 항미원조문학이 갖는 의미를 검토했다.[76]

항미원조문학은 중국 당대문학사當代文學史의 첫 장을 장식한 만큼 중국 당대문학 연구에도 중요한 의미를 갖는다. 최근에 항미원조문학의 이러한 특성에 주목해 창삔常斌은 『인민일보人民日報』, 『광명일보光明日報』 등 매체에 항미원조문학의 게재 양상과 그 특징에 대한 공동 연구를 통해 공화국문학의 구축 과정을 살펴보기도 했다.[77]

---

74 孫海龍,「域外戰爭中的'她者'」,『東疆學刊』第3期, 2014.

75 馬釗,「政治, 宣傳與文藝─冷戰時期中朝同盟關系的建構」, 陶東風·周憲 主編,『文化研究』第24輯, 南京大学人文社会科学高級研究院与广州大学人文学院, 2016, 104~124면.

76 侯松濤,「抗美援朝運動中的詩歌」, 陶東風·周憲 主編,『文化研究』第24輯, 南京大学人文社会科学高級研究院与广州大学人文学院, 2016, 125~146면.

77 常彬·邵雨倫,「共和國文學範式的建立」,『吉林大學社會科學學報』第3期, 吉林大學, 2019; 常彬·王雅坤,「朝鮮戰爭文學1950年代『光明日報』文獻考辨」,『河北大學學報』第6期, 河北大學, 2018.

3) 항미원조문학 연구의 문제점

전술한 바와 같이 학자의 노력 아래 항미원조문학 연구는 어느 정도의 성과를 거두었다. 그 구체적인 양상을 정리하면 〈표 3〉과 같다.

〈표 3〉 한 · 중 학계의 항미원조문학 연구 양상

국가	시기	연구 대상	연구 주제
한국	1998~2008년 (초창기)	개별 작가 및 작품	① 항미원조문학을 통한 사상개조 연구 ② 한국전쟁에 대한 중국 작가의 인식 규명
	2009~현재 (심화발전기)	① 개별 작가·작품 ② 항미원조 시가 ③ 항미원조문학 전반 ④ 참전 작가의 일기	① 항미원조문학을 통한 사상개조 연구 ② 냉전문학적 특성에 주목한 의미 탐구 ③ 항미원조문학과 한국 전후문학의 비교문학 연구
중국	1999~2013년 (초창기)	항미원조문학 전반	① 연구 자료 수집 ② 항미원조문학의 이국 서사 / 영웅서사 연구 및 정치성의 발견 ③ 개별 작가 / 작품 연구
	2014~현재 (심화발전기)	① 개별 작가·작품 ② 항미원조 시가 ③ 항미원조문학 전반 ④ 매체별 항미원조문학 게재 양상	① 자료 수집 ② 개별 작가 / 작품 연구 ③ 전쟁문학으로서의 특성에 주목한 비교문학적 연구 ④ 냉전문학으로서의 특성에 주목한 연구 ⑤ 항미원조문학의 창작이 공화국문학의 구축에 미친 영향

〈표 3〉에서 확인되듯이 지금까지 한·중 학계의 항미원조문학 연구가 모두 초창기를 거쳐 심화 발전기에 접어들었다. 또 서로 다른 양상과 특징을 드러냈다. ① 연구 경향으로 볼 때 한국 연구의 경우 초창기의 개별 작가·작품 연구에 경도되다가 최근에 와서 항미원조문학 전반에 대한 연구로 이동하는 연구 흐름이 보인다. 이와 달리 중국 학계의 연구는 전반적 연구에서 개별 작가와 작품, 매체 연구로 옮겨지는 것으로 파악된다. ② 연구 대상의 경우 한국에서 참전한 작가의 일기에 주목한 연구도 있지만 중국에서는 아직 이에 대한 연구가 이루어지지 않고 있다. ③ 연구 자료로 보면

중국에서 항미원조문학 자료에 대한 수집·정리 작업이 많이 추진되었으나 한국의 경우 아직은 자료에 대한 확보가 많이 부족해 보인다. ④ 한국에서 항미원조문학을 통한 사상개조 연구가 이루어졌지만 이에 대한 중국학계의 관심이 여전히 결여되어 있다. 또 ⑤ 중국에서 각 매체별 항미원조문학의 게재 양상에 대한 분석을 통한 공화국문학 구축 연구도 시도되지만 한국의 경우 아직은 이런 문제에 주목하지 못하고 있다.

위와 같은 다른 양상을 드러내는 동시에 한·중 연구 사이에 또한 몇 가지 공통적인 문제점이 노출되고 있다. 예컨대, ① 항미원조 문예 작품에 대한 발굴과 연구가 여전히 부족한 점, ② 냉전문학으로서 항미원조문학의 특성 및 그 문화적·역사적 의미에 대한 심도 있는 고찰이 부진한 점과 ③ 항미원조문학의 세계문학적 특성에 주목한 비교문학적 연구가 미미하다는 점 등이 그것이다.

4. 결론을 대신하여

앞에서 밝혔듯이 이 글은 항미원조문학 연구를 두고 한·중 학계의 우열을 가리는 것이 아니다. 그보다는 항미원조문학 연구 현황에 대한 검토를 통해 향후의 연구 방향을 제시하는 데 주된 목적을 두었다. 때문에 아래에서 주로 항미원조문학 연구의 문제점을 중심으로 몇 가지의 제언을 제출함으로써 결론을 대신하고자 한다.

1) 항미원조 문예 작품의 발굴

항미원조문학의 창작은 항미원조운동의 시작과 함께했지만 운동이 끝난 후에도 오랫동안 지속되었다. 그 가운데 1950년대의 창작 상황이 특히 복잡했다. 1951년 5월에 발표한 「항미원조문예선전에 대한 초보적 총결문」에 따르면 「문예계의 항미원조 선전공작 전개에 대한 호소關於文藝界開展抗美援朝宣傳工作的號召」가 발표되자마자 전국 문예계 인사들로부터 열렬한 지지를 받았다. 그들은 항미원조운동에 가담하여 상당히 큰 규모의 문예 선전을 전개했다. 이 과정 중에 문학, 희곡, 미술, 영화, 음악 등 다양한 예술장르가 동원되었고, 민간 연예인을 비롯한 문예계 인사들이 총동원되어 많은 작품들을 산출했다. 이와 동시에 일부 작가들은 북한 전선을 직접 방문하고 항미원조문학을 창출하기도 했다.

그런데 여태까지 항미원조문학 연구는 주로 두 번째 경우, 즉 유명한 작가들이 전선에 가서 창작한 전지문학戰地文學에 편중되어 있다. 그 외에 나머지 문예 작품들에 대한 언급은 많이 부족하다. 물론, 따져 보면 그 외의 문학작품들의 미적 가치가 그리 높지 않을 수도 있다. 그러나 이 작품들은 항미원조문학에서 커다란 비중을 차지할 뿐만 아니라 또 무시할 수 없는 선전 역할을 수행하였다. 따라서 이를 항미원조문학이라는 큰 범주에 넣어 고찰할 필요가 있다. 그러나 이에 대한 발굴이든 연구든 아직은 많이 부진한 실정이다.

2) 냉전문학적 특성과 그 의미 탐구

냉전문학으로서 항미원조문학은 중국 당대문학사의 한 획을 그었음은 물론 오랫동안 중국인의 사상과 감정을 통제하기도 하였다.[78] 그만큼 그 속에 담긴 풍부한 이데올로기적 자원을 발굴하고 해독할 필요가 많다.

---

78   常彬, 「抗美援朝文學敍事中的政治與人性」, 『文學評論』 第2期, 社会科学文献出版社, 2007, 60면.

거듭 언급했듯이 항미원조문학이 태동한 것은 1950년대 초반이었다. 그때 신생 정권의 사활이 걸린 선택 앞에서 국제 투쟁의 정치적 배경이 문학 발전의 방향과 내용에 지대한 영향을 미치게 되었다. 총성이 보이지 않는 냉전 속에서 정치 이데올로기의 선택과 귀속은 모든 것을 가늠하는 유일한 기준이 되었다. 이로 말미암아 문학은 이데올로기의 전차에 묶여 이데올로기의 도구로 전락하여 냉전문화 구축에 가담할 수밖에 없었다.

『문학의 바벨탑에 대한 재건설再造文學巴別塔, 1949~1966』에서 장닝張檸도 "냉전시대 중·외 관계 관련 전략은 '일변도一邊倒'에서 '일조선一條線'을 거쳐 '제3세계'로 이어졌다. 이와 같은 냉전 구도에 근거한 국제 정치 투쟁 정책과 전략이 문예 분야를 포함한 중국 사회 실천의 모든 영역을 제약했다"[79]고 지적한 바 있다. 냉전은 한국전쟁과 항미원조전쟁을 낳았을 뿐만 아니라 냉전 시기 발발한 열전을 형상화한 문학으로서의 항미원조문학 창작에도 절대적 영향을 미쳤다.

또 항미원조 시기는 그야말로 낡은 것을 타파하고 새로운 것을 세운 시기였다. 그 극복과 수립 과정 중에 냉전적 사고에 젖어 있던 항미원조문학은 보이지 않는 사이에 이데올로기의 도구 역할을 했다. 1950년대 항미원조문학에 대한 심미적 과정을 통해 냉전적 사고가 사람들의 의식과 일상에 유령처럼 스며들었다. 또한 그 후에 발표된 항미원조문학에 의해 더욱 공고해졌다. 이것은 항미원조문학이 수행했던 사회적 역할이다. 그런데 여태까지의 연구에서 비록 항미원조문학의 정치적 색채가 주목받았지만 사회 및 문화심리 구축 차원에서 항미원조문학이 갖는 사회적 역할을 충분히 살펴보지 못하고 있다.

---

[79] 張檸, 『再造文學巴別塔, 1949~1966』, 廣東教育出版社, 2009, 312면.

1990년대에 접어들면서 세계적인 냉전이 와해되었다. 이에 따라 사람들은 습관적으로 탈脫냉전시대로 접어들었다고 생각하게 되었다. 그런데 냉전이 하나의 제도로는 사라진 지 오래지만, 무의식 속에 냉전에 대한 기억과 느낌, 그리고 냉전 기간에 형성된 다른 나라와 그 국민에 대한 인식은 이미 뼛속까지 파고들었다. 그 기억과 느낌은 우리의 삶에도 지속적으로 영향을 끼친다. 때문에 냉전적 사고가 비롯된 역사 속으로 다시 돌아가 그 특수한 전쟁이 초래한 문학적 형태를 고찰하고, 그 발생과 형성 및 사회에 미치는 영향을 탐구할 필요가 있다.

3) 세계문학으로서의 특성 파악

한국전쟁은 세계적으로 문학 창작열을 불러일으켰다. 남북한은 물론 한국전쟁에 직접 참전하지 않았던 소련과 일본, 직접 참전했던 미국과 터키 등에도 적지 않은 문학 창작이 나왔다. 때문에 항미원조문학을 세계문학의 구도 속에 집어넣을 때 그것이 결코 중국 당대문학사에만 있는 독특한 풍경이 아님을 알게 될 것이다. 남북한뿐만 아니라 미국, 일본, 소련 등 여러 나라의 문학에서도 그와 비슷한 유전자를 공유한 문학을 찾을 수 있다. 이런 것들은 모두 항미원조문학을 연구할 때 '이역의 눈異域之眼'이 될 수 있는 소중한 참조 대상이다.[80] 때문에 항미원조문학이 생겨나는 것은 고립된 현상이 아니라 세계적인 문학 현상임을 발견할 수 있다. 또 냉전문학인 항미원조문학을 보다 총체적이고 객관적으로 파악할 수 있도록 세계문학 속에서 이 문학 현상의 특수성을 고려해야 한다.

80　이기윤 외, 『한국전쟁과 세계문학』, 국학자료원, 2003.

제11장

한국 속의 남부연합
수잔 최의 『외국인 학생』에서
'남부연합의 딸들'을 아카이빙하기

김주옥
번역 김려실

"Confederacy in Korea: Archiving the United Daughters in Susan Choi's The Foreign Student", from Warring *Genealogies: Race, Kinship, and the Korean War* by Joo Ok Kim, pages 101~125. Used by permission of Temple University Press. ©2022 by Temple University. All Rights Reserved.

Korean translation copyright © 2023 by Somyong Publishing This Korean edition published by arrangement with Temple University Press.

이 글의 한국어 판권은 저작권자와 독점 계약한 소명출판에 있습니다.

이 장에서는 편의상 Korea를 한국, Korean을 한국인으로 번역했으나 원문에서 Korea는 남북한 모두, Korean은 한반도의 한인과 해외 한인 모두를 지시한다.
이 글은 김주옥 교수의 저서 *Warring Genealogies : Race, Kinship, And the Korean War*(Philadelphia : Temple University Press, 2022)의 제4장 "Confederacy in Korea : Archiving the United Daughters in Susan Choi's *The Foreign Student*"를 번역한 것이다.

수잔 최 Susan Choi, 1969~

수잔 최는 1998년에 발표한 소설 『외국인 학생(*The Foreign Student*)』으로 아시아계 미국인 문학상 (소설)을 수상했고 『미국 여자(*American Woman*)』로 2004년 퓰리처상 최종 후보에 올랐다. 『용의 자(*A Person of Interest*)』로 2009년 팬/포크너 상 최종 후보에 올랐고, 『나의 교육(*My Education*)은』 2014년 래미상을, 『신뢰연습(*Trust Exercise*)』은 2019년 전미 도서상(소설)을 수상했다. 수잔 최는 1969년 인디애나에서 태어났고 1990년 예일대학교에서 문학사 학위를 받았고 코넬대학교에서 문예창작 석사학위를 받았다. 수잔 최의 할아버지는 영문학자이자 문학평론가인 최재서이고, 아버지는 최창 교수(인디애나주립대학교 수학과), 어머니는 러시아 유대계 미국인 1세대이다. 그녀의 첫 소설 『외국인 학생』은 아버지의 한국전쟁 경험과 학생 신분으로 미국에 온 그의 이민에서 비롯된 이야기이다. 수잔 최의 아버지는 한국전쟁에서의 교전에 대해 많은 것을 드러내지는 않았으나 그녀는 아버지가 "나를 깨우곤 하는 악몽을 꾸곤 했다 (…중략…) 그 악몽들은 거의 밤중의 테러 같았다"고 말한 바 있다(https://www.negativespaceyale.org/susan-choi 참조), 아버지의 역사에 대해 더 알게 된 것이 이 소설의 촉매 역할을 했다.

한국전쟁 이후 테네시주 스와니의 한 대학교에서 피난처를 찾은 『외국인 학생_The Foreign Student_』1998의 이른바 한국인 주인공 창안_Chang Ahn_은 1955년 미국에서의 첫 추수감사절 저녁에 백인 우월주의의 논리에 대해 교육받는다. 창이 다니는 대학의 룸메이트인 크레인은 "그들은 동양인을 처형하지 않아"라고 장담하며 창을 애틀랜타의 본가로 초대하고는 창이 흑인으로 오인되어 린치를 당할지 어떨지 생각을 거듭한다.[1] 백인 우월주의 비밀결사 쿠 클럭스 클랜_the Ku Klux Klan_ 혹은 the Klan은 『외국인 학생』의 배경인 테네시주에서 설립되었다-역자의 그랜드 드래곤클랜의 고위 간부-역자인 크레인의 아버지는 미국의 인종적 이분법 중 하나를 추수감사절에 먹는 칠면조에 비유하며 창이 실제로 흰 고기와 검은 고기 중에서 선택하도록 연출한다. "미스터 안, 당신이 미국에서의 첫해를, 미국적인 것에 대한 첫 교훈을 돌이켜볼 때, 당신은 크레인 가족을 생각하게 될 거요. 내가 흰 고기와 검은 고기를 주겠소. 시간이 지나면 당신은 더 좋은 선택을 하도록 발전하게 될 거요. 지금 바로 더 좋게 발전할 수도 있지. 그렇다면, 연습해보시오."[2]

백인 우월주의를 대표하는 고위 간부로서 그랜드 드래곤은 자기 가족을 창의 "미국에서의 첫해"를 규정할 보편적이고 합리적이면서 문명화된 원형, 즉 "미국적인 것"으로 설정한다. 끊임없이 갱신되는 정착민의 식민화 과정에 확고히 자리 잡은 명절인 추수감사절 행사를 통해 그랜드 드래곤은 그 외국인 학생에게 백인 우월주의는 정복, 테러, 제국주의적 침략을 통해 통치한다는 "미국적인 것에 대한 첫 교훈"을 강요한다. 이 이야기는 "어떤 숭고한 목적클랜에 대해 이해시키려는 목적-역자"의 부조리한 각본을 따라가는 대신, 냉전 지정학에 장악당한 한반도의 내전에서 벗어난 창을

---

1 Susan Choi, *Foreign Student*, 1st ed, New York : Modern Library, 2010, p.56.
2 위의 책, p.60.

1955년 미국 남부의 폭력적인 인종차별 지역에 가둔다.[3] 창은 크레인이 "어떤 숭고한 목적" 때문에 자기를 저녁에 초대한 것이 아니라는 점을 알고 안심하지만 "클랜의 그랜드 드래곤과 동양인 청년 사이에서 평화와 이해를 조성한다는" 바로 그런 사고가 미국의 반흑인성이라는 완고한 스펙트럼 속에서 창의 처지를 말해준다.

백인 우월주의의 명백히 모순된 포용성과 반흑인성의 치명적인 경직성을 변조하는 창의 경계적 상태 때문에, 그리고 어느 정도는 이 외국인 학생을 배출한 지속적인 정착민 논리와 아시아에서 미국의 제국주의전쟁 때문에, 상상 불가능한 것이 가능하게 된다. 애틀랜타 그랜드 드래곤의 집에서의 저녁 식사에서 창의 예외적인 존재는 조디 김이 "정착민 근대성" 혹은 "미국 군국주의, 제국주의, 정착민 식민주의의 결합 (…중략…) 공간적 예외를 통해 두드러지게 구조화되고 지속적으로 재생산되는 관계의 집합체"[4]라고 부른 것 속에서 장소의 경계를 표시한다. 아시아계 미국문학 연구와 미국학에서 『외국인 학생』의 한층 예외적인 위상을 고려하며 이 소설을 리사 요네야마가 제기한 "태평양횡단적transpacific 구상이 지사학地史學적으로 명확히 연관되는 방식, 권력의 불균일하지만 교차하는 동시 작용을 드러낼 수 있는 방식에 대한 지속적인 비판적 관여"[5] 속에서 살펴본다는 것은 무슨 의미일까? 더욱이 이런 비평적 구상 속에서 이 소설은 어떻게 규율의 역사적 구속력을 넘어서서 생각하도록, 한국전쟁의 미래사를 구성

---

3   위의 책, p.57.

4   Jodi Kim, "Settler Modernity's Spatial Exceptions : The US POW Camp, Metapolitical Authority, and Ha Jin's *War Trash*", *American Quarterly* 69, no.3, 2017, p.570. https://doi.org/10.1353/aq.2017.0051.

5   Lisa Yoneyama, "Toward a Decolonial Genealogy of the Transpacific", *American Quarterly* 69, no.3, 2017, p.477.

하도록 우리를 조금이나마 나아가게 하는가?

크레인은 다음과 같이 말하며 한층 더 백인 우월주의적 인종차별 행위의 확장을 보여준다. "그들은 동양인을 처형하지 않아 (…중략…) 그 아래에 매달만한 것은 아무것도 없어. 그들이 그를 봐도 동양인이라고 알아볼 것 같지는 않은데. 그들이 그를 교수형에 처할지 궁금하군. 그들이 그를 깜둥이로 오해하고 매달 수도 있지만 그가 깜둥이가 아니라는 걸 알아볼 지각이 있고 바로 그 때문에 그를 매달지 않을 수도 있어."[6] 크레인의 인종차별적 계산법으로는 창에 대한 잠재적 린치는 단지 반흑인성의 오랜 역사 속에서만 가능하다. 린치를 가할 폭도들은 창을 흑인으로 볼 그들의 "오해" 때문에 창을 교수형에 처하거나, 배타적으로 흑인만을 향한 이 특이한 백인 우월주의 테러를 재조정할 "지각이 있"다는 것이다. 어느 쪽이든 크레인의 어림짐작 속에서 "그 아래에 매달 만한 것이 아무것도 없"는 한, 창은 단지 "동양인 청년"이라서 린치를 당하지는 않을 것이다. "그들이 그를 봐도 동양인이라고 알아볼 것 같지는 않은데"라는 크레인의 관찰은 특히 중요하다. 인종적으로 양극화된 1950년대 미국 남부의 영향력 속에서 창은 "오해"되거나, 백인도 흑인도 아닌 나머지로, 그러나 19세기에 자리 잡은 "동양인"의 표지를 지닌 어디에도 속하지 않는 존재로 읽히기 쉽다.

이 글은 재건시대^{미국 남북전쟁 이후 남부의 주들이 미연방으로 재통합된 1865년부터 1877년까지의} 시기-역자, 즉 클랜이 구성된 그 순간부터 미국 남부에 한국전쟁의 여파가 미치던 시기까지 한국인에 대한 판독 불가능성의 계보를 추적한다. 그 여정에서 19세기 동양학자들과 '남부연합의 딸들'the United Daughters of the Confedera-

---

6   Susan Choi, 앞의 책, pp.56~57.

cy, 미국 남북전쟁에서 싸운 남부연합 군인들의 여성 후손들이 1894년에 설립한 백인 우월주의 단체로, 쿠 클럭스 클랜을 지지했다. 이하 UDC로 줄임-역자)을 포함한 서로 전혀 다른 선도자들과 지역학 계승자들이 이용한 인종화의 변수를 조사할 것이다. 나는 윌리엄 엘리엇 그리피스William Elliot Griffis와 같은 19세기 동양학자들, 한국전쟁 아카이브의 출현, UDC가 백인 국가주의의 폐쇄된 틀 속에 한국전쟁 서사를 고정하려 했음을 보여줄 것이다. 대조적으로 수잔 최의 소설은 그런 시도에 이의를 제기하고 한국전쟁에 대한 냉전 지식의 생산을 구성하는, 이동하면서도 밀접히 연계된 권력의 지형도에 우리가 주의를 기울이도록 촉구한다. 이 이질적 입장들은 19세기 오리엔탈리즘과 백인 우월주의의 망령을 되살리는 냉전 이데올로기를 코드화하고 기록한다. 그러나『외국인 유학생』은 냉전 이데올로기에 대응해 백인 우월주의, 자본주의 국가, 제국 만들기라는 지배적 원형에 선명하게 이의를 제기하는 엇갈리는 역사를 구성하고, 오리엔탈리즘적 원형의 조판을 방해할 가능성을 밝힐 주변적 목소리들을 상상한다. 이 소설은 또한 시공간적 영향, 순간, 기억, 역사를 포함하고 연결할 것을 약속하는 아카이브의 유혹적 자질을 능가하는 서사를 제공하여 아카이브의 오도된 밀도가 포착하지 못한 것을 포착한다.

1. "동아시아 미래 역사의 중심축은 한국이다"
19세기 오리엔탈리즘의 백 투 더 퓨처

한국전쟁 이전에 한국에 관한 미국의 지식 생산의 역사는 미국과 한반도 사이에서 지금도 진행 중인 신식민적, 군사화된 관계를 특징짓는 불가지不可知의 정도에 정확히 달려 있다. 1882년에 목사인 저자 윌리엄 엘리엇 그리피스는 한국에 대한 지식이 부족했음에도 완전한 권위를 가지고 썬 일반 역사서『은자의 나라, 한국*Corea, the Hermit Nation*』을 출판했다. 그 책은 성실하고 열렬한 독자들의 이국적 환상과 박애적 충동을 자극하고 확인시켜 주는 그리피스와 같은 동양학자들이 꽤 인기였음을 말해준다. "은자의 왕국"이라 불리는 "봉인된 신비한"[7] 나라를 잠깐 살펴본 초기 시도 중 하나인 이런 역사조차 처음에는 다음과 같이 알 수 없을뿐더러 알 가치가 거의 없다고 여겨졌다. "많은 이가 '한국에 뭐가 있는가?' 그리고 '세계사에서 한국이 중요한가?'라고 묻는다."[8] 이야기 대부분에서 그리피스는 자기가 이 권위 있는 텍스트를 한국과의 실질적 접촉에서 쓴 것이 아니라고 인정한다. "개인의 경험이라는 매혹적 요소를 벗어나긴 해도 어떤 면에서는 편찬자가 그런 주제를 제시하는 것이 어떤 나라를 여행한 사람이 화자가 되는 것보다 유리하다. 편찬자는 자기보다 앞선, 많은 시간과 장소에 대한 여러 목격자의 다양한 보고를 통해 전체 주체를 바라보고 하나씩 수정해가며 많은 세부적 인상을 하나로 통합하기 위해 축약한다."[9] 그리피스는 연대기 작성자들이 한국전쟁과 그 전후에 약간의 수정만 가한 원형인 한국 알기의 기존 패러다임을 보여준다. 자유주의적 근대성을 지닌 미국인 주체의 유리한 시점視點에서 한국 문제란 복잡한 역사를 정리하고 불협화음을 내는 서사들을 하나의 성실한 선형적 역사로 바로잡기 위해 거리를 두고 표면적으로 객관적인 "편찬자"만을 필요로 할 뿐이다.

그와 같이 세속적으로 성실한 한국 구성하기는 인종화된 비주체의 인

---

7   그리피스에게서 비롯된 구절.

8   William Eliot Griffis, *Corea, the Hermit Nation*, New York : Charles Scribner's Son, 1894, p.xiii.

9   위의 책, p.xv.

간성을 부정하는 동시에 이해하려 한, 19세기 후반 서구가 시도한 계보안에 자리 잡고 있다. 그리피스는 회고에서 『은자의 나라, 한국』이 동아시아에서 미국의 제국적 행위를 위한 지침서로 확립된 듯 하다고 주장하며 한국의 미래에 투기投機한다. "현 단계에서 한국이 '은자의 나라'가 되기를 그만두고 세계의 이목을 끌며 빛 속에서 나타날 때, 우리의 불완전한 이야기는 끝날 것이다. 동아시아 미래 역사의 중심축은 한국이다. 한국 땅에서 질투심 많은 경쟁자인 중국, 일본, 러시아의 패권 문제가 결정될 것이다."[10] 분단 가능성의 조건을 설정한 미국의 긴 역사는 비록 이 빛으로부터 불온하게 빠져 있으나 그리피스 그 자신은 길고 불완전한 그림자—"세계의 이목을 끌며 빛 속에서 나타날" 암묵적 분열의 명백한 위협—를 드리웠다. 이렇게 한반도의 분단은 시대에 뒤처지고 격세지감을 느끼게 하는 북에 비해, 미국의 군사적이고 경제적인 권위가 뒷받침하는 초현대적인 남이라는 동시적이고 모순적인 구조를 만든다. "동아시아 미래 역사의 중심축"이라는 그리피스의 문구는 "질투심 많은 경쟁자인 중국, 일본, 러시아"라는 목록에서 주요 참가자미국을 의미-역자, 그의 "아시아로의 중심축"에서 지정학적, 신식민적 필요성으로 방향을 전환한 그 주요 참가자가 빠져 있는 역사를 제시하기 때문에 도발적이다.

그리피스는 주로 일본에 관해 쓰고 강연하면서 미국제국의 특정한 기념적 순간 속에서 미국 예외주의의 다양한 신조를 보여주는 주요 역사를 문서화하는 작업을 했다. 1871년 재건시대 미군의 한국 탐험을 묘사하며 그리피스는 미국-멕시코전쟁에서 사망한 미군 한 명을 회상한다. 1846년부터 1848년에 걸친 그 전쟁은 "비제국 국가인 미국에 대한 예외주의

---

10 위의 책, p.441.

적 이해를 촉진[하며] 인접한 땅들은 외국의 영토라기보다 대륙 '국내' 공간의 일부였다"[11]는 주장을 가능하게 했다. 그리피스 그 자신은 한국에 대한 그의 오리엔탈리즘적 원형을 지니고 미국 남북전쟁에 군인으로 참전했는데[12] 미국 남북전쟁의 유산인 그 원형은 수잔 최의『외국인 학생』과 UDC의 기록 활동 모두에서 나타났다. 『은자의 나라, 한국』은 1882년, 미국 최초로 인종적으로 특정된 이민법인 '중국인 배척법Chinese Exclusion Act'과 같은 해에 처음 출판되었다. 그 법은 부분적으로 그리피스의 책을 고무한 바로 그 오리엔탈리즘적 상상으로 촉진되었다. 중국인 배척법^{아시}

^{아를 벗어난 미국의 초기 중심축 중 하나} 그 자체는 자유 흑인 주와 노예 흑인 주 사이의 이주를 제한하려 했으나 노예제도 폐지 운동을 억제하는 데 실패하여 궁극적으로 19세기의 법적 테두리 안에서 상대적으로 인종차별적인 조치들을 노출해버린 도망 노예법의 유산을 반복한 것이다. 그리피스의 책은 미국이 필리핀, 괌, 쿠바, 푸에르토리코, 1898년 하와이 합병과 같이 그 지역들로부터 사업적 이익을 얻기 위해 스페인의 태평양 점령지와 영토를 획득하는 방향으로 움직였던 것처럼 아시아의 알려지지 않은, 이교도적이고 개화되지 않은 지역에 대한 권리를 반복하고 합리화하며 20세기까지 9판의 재판을 찍었다.

미국의 확장적 역사에서 이런 순간들은 확실히 포괄적이지는 않지만 그럼에도 "하나가 아니었던 제국"[13]이라는 셸리 스트리비의 말처럼 미국

---

11 Shelley Streeby, *American Sensations : Class, Empire, and the Production of Popular Culture*, American Crossroad 9, Berkeley : University of California Press, 2002, p.10.

12 "1863년 리(남부연합군 총사령관 로버트 E. 리-역자)가 침공한 시기에 그는 제44 펜실베이니아 민병대 A 중대에서 부사관으로 3개월을 복무했다."R. Johnson ·J. H. Brown, *Twentieth Century Biographical Dictionary of Notable Americans*, Gale Research, 1968, p.2303.

13 Shelley Streeby, 앞의 책, p.107.

의 전제였던 미국 예외주의를 주도하는 이데올로기들을 강화하고 구체화하기 위해 작동한다. 더 많은 땅을 획득하도록 19세기 내내 미국을 자극하면서 미국 원주민과 노예의 역사와 존재를 지속적으로 삭제하여 제국주의적 발전을 위한 정당성을 한층 확고히 한 이런 이데올로기들은 뿌리가 깊다. 진정 "미국 예외주의의 주장은 항상 액면 그대로 받아들여질 수 있는 것이 아니라 오히려 종종 미국의 제국 만들기의 이데올로기적 모순을 관리하려는 신경질적인 시도로 여겨져야 한다".[14] 특히 유럽과 비교해 미국이 자유롭고 더 민주적인 독특한 위치를 점하고 있다는 관념은 그러므로 미국은 자유, 진보, 민주주의를 전지구적으로 전파할 의무가 있다는 사고와 연결된다. 이제 미국 예외주의의 관념은 다루기 힘들다는 의미에서 북한에 선택적으로 적용되는 "은자의 왕국"이라는 문구만큼이나 진정 끈질기게 계속되고 두 관념은 집요한 방식으로 서로를 구체화한다. 즉, 대담하고 현대적이면서도 문명화된 미국[과 그것의 아제국subempire, 아류 제국주의 혹은 하위 제국주의-역자인 한국]은 합리적 능력을 상실한 것으로 알려진 은둔적이고 후진적이며 야만적인 국가와 가장 대조적으로 작동한다는 것이다. 미국은 세계 패권과 국내 봉쇄를 향한 움직임 속에 공격적인 반공주의를 포함하기 위해 미국 예외주의 이데올로기를 냉전의 가능성의 개념적 조건으로 재조합했다. 19세기 내내 미국의 자본주의적 확장을 이끌었던 계보를 지닌 미국 예외주의 이데올로기는 제2차 세계대전 이후 표면적으로 새롭게 해방된 한반도 남부를 소련으로부터 보호한 미국의 한국점령에서 나타났다. 미국 예외주의의 이 시기는 제2차 세계대전 이후 인종 구성의 시대에 미국의 제국주의 전쟁 뒤에 남은 사람들을 냉전 자유

---

14 위의 책, p.57.

주의의 적극적 전략에 긴밀히 동화시키며 그때까지 "국gooks, 동아시아인을 의미하는 비속어-역자"으로 알려진 이들을 불균일하게 포함한다. 미국 예외주의의 교정 작업은 끈질기게 계속될 뿐만 아니라 자본주의에 적대적인 이데올로기와 싸우는 미국 및 미군과 연결되어 이 국가가 지속적으로 존재하기 위한 가능성의 조건을 구성한다.

미국 예외주의의 이러한 부분적 계보는 오리엔탈리즘과 인종차별적 폭력의 잔인한 역사를 추적하여 그런 예외주의가 친족 관계의 은유를 주장함으로써 어떻게 그 자신을 백인 우월주의에 접붙이는가를 무심코 드러낸다. 다시 말하면 계보와 친족 관계의 종잡을 수 없고 감정적인 특성은 영구적인 백인 우월주의를 위해 긴요하게 이용된다. 그리하여 미국 측 한국전쟁의 계보 속에서 그 전쟁은 훗날 지역학의 형성을 예고한 그리피스 같은 백인 우월주의 서술자가 쓴 끔찍한 가족의 역사로 징집된다. 예외주의의 인식론적 요소들은 특히 성별화되고 인종화된 환경 설정—아카이브 안에서의 한국전쟁에 관한 지식 생산의 장소들 및 냉전의 틀 안에서의 지역학—속에서 미국사에 대한 해석을 구성한다. 나는 그와 같은 요소의 하나로 1989년 미주리주의 인디펜던스에 설립된 사립 아카이브 '한국전쟁연구센터the Center for Study of Korean War'를 추적한다. 트루먼 도서관한국전쟁 발발 당시 미국 대통령이었던 트루먼의 이름을 딴 미주리주의 공립도서관-역자에 합병되기 전에 그 센터는 정치적으로 중립적인 비영리 단체로 운영되었으나 그럼에도 미국혁명여성회the Daughters of the American Revolution, 미국의 독립운동을 지원한 군인이나 독립운동가의 여성 후손들이 1890년에 설립한 애국 단체-역자와 UDC의 지원을 받았다. 이들 여성단체는 미국의 국가주의 프로젝트와 관련된 그 회원들의 성별화된 동류의식에 대한 충성과 영속성을 분명히 보여준다. 명시적으로 백인 우월주의 담론을 보여주는 UDC는 클랜의 가정화家庭化된 꼭두각시이자 남부연합의 지속적 생존자로 기능하는데, 그것은 정확히 딸, 상속자, 보존자, 문화 전달자로서 젠더화된 그들의 지위 때문이다. 그들의 역사와 한국전쟁연구센터에 대한 그들의 지원을 추적하는 일은 한국전쟁에 관한 이 센터의 지식 생산과 관련된 불온한 질문을 낳는다. 더구나 이 아카이브 자체의 근거는 계속 진행 중인 한국전쟁 서사를 공산주의자 적에게서 한국을 해방하는 박애주의적 개입으로 합법화한다.

뒤늦음belatedness의 개념으로 가득 찬 수잔 최의 소설은 완고한 19세기 오리엔탈리즘 담론으로 구성된 선형적 시간성의 도입을 전복한다. 지역학의 긴 계보에서 나온 완전하고 근본적인 지식을 소유하기 위한 인종화된 책무는 한국전쟁을 미국 역사의 소유물로 구성한다. 그러므로 그리피스의 『은자의 나라, 한국』에서부터 한국전쟁을 연구하는 이 센터의 임무에 이르기까지 "동양인"에 대한 인식론의 형성은 국가가 주도한 미국의 지역학과 UDC의 활동이 지닌 규율 메커니즘을 강조한다. 한국전쟁에 관한 그러한 지식 생산을 고려한다면 『외국인 학생』과 같은 문학은 어떤 종류의 기억들을 소환하는 것일까? 그렇지 않으면 규율상의 삭제에 종속될 그런 기억들은 어떻게 그 전쟁에 관한 지배적 지식 생산에 문제를 일으키는가? 이 연구는 한국전쟁의 대항 서사를 요청하기 위해 문화 생산물을 끌어들이는 것을 넘어 권위 있는 역사, 아카이브, 기록물 등의 역사적 유물을 문화 텍스트로 읽을 것이다. 그레이스 조는 아메리칸드림에 대한 동화同和는 역사적 이해의 불가능을 그 대가로 지불하는데 방법론상 잊히지 않은 것은 이전에 없던 — 선형적이고 같은 종류의 설명 속에서 이전에는 존재하지 않았던 다른 어떤 것 — 긴장감을 생산한다고 논해왔다. 따라서 이 글은 문학과 기타 문화적 산물이 지배적 지식 생산 속에서 건설적인 긴장과 균열을 만든다고 주장한다.

더 나아가 어떤 실천이 백인 우월주의가 고무하지 않는 더 복합적이고 구체적인 대안을 제공하고, 어떤 방법이 추상적으로 보일 수 있는 역사의 특수성을 배우게 하는가? 이 글은 잊히지 않는 긴장의 생성 능력을 진지하게 고려하는 한편, 매우 광범위한 대항기억이 내포한 무능력과 한계에도 주의를 기울인다. 나는 문화적 산물이 생성한 긴장과 균열이 물질적 특수성과 사회적 조건을 거침없이 포착한다고 주장하려는 것이 아니다. 마찬가지로 이데올로기적 모순을 노출하는 권위 있는 역사의 닳은 가장자리가 집단적 종속의 실체적 특성을 바꾼다고 제안하려는 것도 아니다. 그렇다기보다 대항기억은 손실 — 특히 『외국인 학생』에서 한국전쟁에 대한 절대적인 설명을 완벽히 복구하는 것에 대한 창의 무능력과 거리낌 — 을 통해 이론적 실천을 공들여 만들어낸다. 손실을 통한 이론화는 순수한 복구에 대한 완고한 추구와 경험적 데이터의 흐트러지지 않은 축적을 노출하라고 권력의 위치 — 이 경우 지역학의 오리엔탈리즘적 충동, 아카이브의 부자연스러운 형성, UDC의 작업 — 에 압력을 가한다. 이러한 이론화를 통해 우리는 겉보기에 권위 있고 우세하며 객관적인 한국의 역사를 뛰어넘는 시각을 상상할 수 있을지도 모른다.

　　『외국인 학생』은 창의 서술을 통해 한국전쟁에 관한 지배적 지식 생산을 풀어낸다. 이 소설은 전후 지역학이 형성되던 비공식적인 초기 국면을 포착하고 한국전쟁을 주제로 교육하는 시간제 강사인 창의 삐딱한 공모共謀를 기록한다. 다음 절에서는 냉전 지식 생산의 중요성과 그런 지식 체제를 뛰어넘은 기억들 사이의 긴장을 밝히기 위해 한국 지역학의 초기 국면에 대한 비평을 『외국인 학생』 자세히 읽기에 견주어 본다. 한국전쟁연구센터 및 UDC와 함께 분석된 『외국인 학생』은 한국전쟁을 미국의 국가주의적 역사와 연결하는 백인 우월주의의 친족 담론이 건전화되는 것을 방해한다. 내가 이 글의 첫머리에서 제시했듯 이 소설은 UDC의 남성주의적 대응물과 백인 우월주의 국가 건설의 조직적 노력을 포함함으로써 쿠 클럭스 클랜의 존재를 한국전쟁의 기억 속에 삽입한다. 소설을 읽어 나가며 이러한 각각의 비평을 보충하는 것은 논란 없이 순응해온 한국전쟁의 선형적 서술을 방해한다. 백인 우월주의 여성단체가 떠받쳐온 전후 지역학에 대한 중시와 부자연스러운 아카이브는 냉전과 포스트냉전 지식 생산을 수행하고 구성한다. 그런 이질적이고 예상 밖의 지식 생산의 장소들을 분석하는 일은 아시아와 태평양지역에서 현재 진행 중인 군사화를 방해한다. 그리고 문화적 산물에 더해, 문화적 산물로서 아카이브를 읽는 행위는 권력에 대한 비판에 맞춰 조정된 지식 구성을 다르게 재구성하기 위한 미묘한 공간을 식별함으로써 한국전쟁을 둘러싼 기억과 역사에 관한 동질적인 역사적 동화를 불안정하게 만드는 데 작용한다.[15]

2. 이중적 구원, 지역학, 그리고 "설명 불가능한" 전쟁

국가주의적 냉전 텍스트들은 끊임없이 권위적으로 한국을 뒤처지고 원시적이며 근대성이 없어 근대성, 진보, 문명화를 향한 지시와 안내가

---

15 나는 제니 에드킨스의 트라우마 둘러싸기(encircling trauma) 개념을 사용한다. 에드킨스는 저항적 시간성으로서 "트라우마 시간"이라는 개념을 제안한다. "트라우마 시간은 선형성의 생성에 내재되어 있으면서 그것을 불안정하게 만든다." Jenny Edkins, *Trauma and the Memory of Politics*, Cambridge : Cambridge University Press, 2003, p.16. 목격과 증언(나는 이들이 역사 지식의 생산에 대단히 중요한 두 행위라고 본다)이 지배 역사에 대한 정치화된 저항의 한 부분이 되기 위해서는 그것들이 선형적 서사 속에서 쓰여 탈정치화나 고급화(gentrification)를 감행해서는 안 되고 트라우마의 순간을 표시하거나 둘러싸야 한다(p.15).

필요한 곳으로 틀 지운다. 한국에 대한 그런 후퇴한 앎은 한반도를 처음에는 일본의 식민화로부터 그리고 다시 공산주의의 망령으로부터 해방했다고 서술하는 미군의 군사행동에 대한 이데올로기적 정당화를 생산한다. 그로 인해 한반도는 미국을 위해 갱신된 예외주의를 보여주고 자유주의의 핵심 개념의 승리를 보장하기 위해 나타난 미국의 군사력과 폭력으로 가득 찬 지형에 광범위하게 속박되어 있다.[16] 이 이중적 구원과 근대성에 대한 수상쩍은 환영은 한국의 독립을 부인하고 대신에 지연된 탈식민화 속에 한국을 가두었다. 한국의 근대화 과정이 거의 틀림없이 일본에 의한 식민화와 밀접한 관련을 맺었어도, 지금도 계속되는 미군의 한국 주둔은 한반도의 군사화된 징병에 또 다른 층위를 부여한다. 이제 미국의 군사 영역 내에서 그러한 지형의 필수적 통로 대부분은 미국이 한국전쟁에 참전할 필요가 있었다는 주장을 조장한다.[17]

비판적 페미니즘 연구자들은 이 자기충족적 논리, 식민화와 공산주의로부터의 이중적 구원, 새로운 정치적 경계와 한국전쟁 이후의 주둔을 합리화하는 세력 형성으로 이어지는 과정에 대해 가장 예리한 비판을 해왔

---

16 닉힐 팔 싱(Nikhil Pal Singh)이 언급했다시피 개인과 시장의 "자유" — 뿐만 아니라 "귀속에 관한 사회적으로 결정되고 집단적으로 정의된 형태에 대한 반감" — 모두 자유주의 개념의 중추를 형성한다. Nikhil Pal Singh, "Liberalism", *Keywords for American Cultural Studies,* Bruce Burgett·Glenn Hendler eds., New York : NYU Press, 2020, p.140. 자유주의에 대한 비판적 이해는 "인종적 노예주의와 식민지 확장을 근간으로 세워진 자유민주주의 국민국가 역사의 정치적 지배, 배제, 자유주의 속의 불평등 (…중략…) 문제들"(p.141)을 설명해야 한다.

17 여기서 걸프전쟁, 이라크전쟁, 미국-아프가니스탄전쟁에서의 미국의 군사행동과 점령을 정당화하며, '억압적'이고 '광신적인' 이데올로기로 통치되는 장소들에 자유와 근대성을 전달하는 미국의 담론 또한 언급해 둔다. Huibin Amelia Chew, "What's Life? After 'Imperial Feminist' Hijackings", *Feminism and War : Confronting US Imperialism,* Chandra Talpade Mohanty·Robin L. Riley·Minnie Bruce Pratt eds., London : Zed Books, 2008.

다. 그레이스 조는 "'피난민 문제'를 다루기 위한 군사적 노력은 저절로 계속되는 파괴와 이주의 순환을 초래했다. 한국 민간인의 대규모 이동은 전선이 종종 출신을 알 수 없는 이동하는 피난민 무리로 인해 막혔음을 의미했다"[18]고 말한다. 그 후 군대는 더 많은 파괴를 감행해 결국 더 많은 피난민을 발생시켰고, 그로 인한 "혼잡을 해소하려는 수단으로 민간인에 대한 훨씬 더 치명적인 무력 사용"[19]을 합리화했다. 기밀 해제된 1950년 7월 27일의 군사 메모는 소급으로 정당화된 민간인에 대한 폭력의 한 예를 제시한다. "전투 지역에서 이동하는 모든 민간인은 비우호적이어서 총살된 것으로 간주될 것이다."[20] 미국제국주의의 해방과 재건 신화는 미국 국가주의의 버팀목 — 미래의 폭력을 미리 승인하는 자유라는 선물에 수반된 빚의 개념 — 에 지나지 않는다. 자유라는 선물이 미국의 냉전 표상을 관대한 해방자로 그리는 동안, 이 제국주의의 신화는 진보와 민주화에 관한 미국의 지배 서사를 강화하고 또 그 서사로 다시 강화될 어떤 종류의 군사적 제스처도 미리 정당화한다. 한국전쟁에 관한 미국의 해방 서사에 스며든 자기 정당화 논리에 더해 심지어 자유라는 선물조차도 필연적으로 한국인에 대한 냉전 지식을 특징짓는, 늦게 계몽된 동질적인 비인간이라는 조건 아래 작동한다. 『외국인 학생』은 국가주의적 지식 형성의 급소를 노출하고 박애적 자유의 수혜자들을 위한 중립적 결정자이자 매개자로 그 자신을 내세우는 냉전의 지식 생산을 해체한다.

지식 생산이 정치적 특수성에 위치한다고 보는 지역학의 형성에 내재

18   Grace M. Cho, *Haunting the Korean Diaspora : Shame, Secrecy, and the Forgotten War*, Minneapolis : University of Minnesota Press, 2008, pp.67~68.

19   위의 책, p.69.

20   Maj. Gen. William Kean, Memo to commanding officers, July 27, 1950, Twenty-Fifth Infantry Division, Record Group 407, College Park, MD, U.S. National Archives.

된 모순에 주의하면서 나는 지역학의 재정적 원천을 간단히 추적하고 한국전쟁에 관한 지식 생산의 계보를 작성할 필요성을 다룬 다음, 냉전 지식의 출현을 거스른 『외국인 학생』의 전복을 읽어낼 것이다. 브루스 커밍스는 미국에서 한국전쟁 연구의 권위자로 알려져 있으나 그의 저서 『시차 시각*Parallax Visions*』1999은 지역학의 형성을 고찰함으로써 한국사와 한국전쟁을 넘어 선다. 미국과 동아시아의 관계를 연구한 『시차 시각』은 포드 재단을 포함한 지역학의 형성을 가능하게 한 특별 자금 지원을 조사했다. 커밍스는 컬럼비아대학교 러시아연구소의 지도자이자 한국전쟁 당시 미국 외교정책의 영향력 있는 설계자였던 필립 모즐리Philip Mosely가 "포드가 2억 7천만 달러를 지원한 미국 지역학 센터의 형성기 동안 계속 포드 재단의 중심인물이었다"[21]라고 썼다. 소련 전문가인 모즐리는 소련 지역학을 발전시키기 위해 포드 재단과 긴밀하게 협력했는데 외교정책과 국무부 문제에 대한 그의 권한은 냉전기 동안 다양한 분쟁 지역으로 확장된 비밀 정보에 그가 접근할 수 있도록 승인했다. 제도사制度史 중에서도 모즐리의 기밀 해제된 파일은 "(매카시 파벌의 맹공격 뒤에 중국학을 소생시키며 새로운 중국 연구자를 창출하기 위해) 중국학 분야에 적어도 3억 달러를 쏟아붓기로 한 1950년대 말 포드 재단의 결정이 위에서 검토된 러시아 프로그램들과 같은 근거에 기초했다는 점"[22]을 드러낸다. 엄격한 반공주의 속에서 미국 중국학의 "소생"을 통한 새로운 "중국학 연구자"의 창출이라는 아이디어는 명백한 공산주의자인 적에 관한 문제 없는 지식을 얻고 감시

---

21 Bruce Cumings, *Parallax Visions : Making Sense of American-East Asia Relations at the End of the Century*, Durham, NC : Duke University Press, 1999, p.184.
22 위의 책, p.185.

를 수행하는, 지정학적 필요에 따른 방식의 출현을 보여준다.[23]

필립 모즐리와 포드 재단 문서에 대한 조사는 한국전쟁 시기에 대한 미국의 냉전 지식 생산이 어떻게 국가가 승인한 지식 습득과, 그 지식 생산을 폐기할 것이라고 지속적으로 위협하는 대안적 설명 사이에서 긴장된 균형을 구성하는가를 보여준다. 한국전쟁에 관한 지식 생산의 영향으로 한국전쟁사는 제도권 연구와 그것을 넘어서기 때문에 문제를 일으키는 기억으로부터 출현한 긴장의 지속을 포함하게 된다. "모즐리 문서의 불완전하지만 중요한 증거들"이 보여준 이 특정한 제도권 연구의 출현은 "포드 재단이 CIA와 긴밀히 협의하여 전후 지역학의 형성과 포드가 자금을 댄 것으로 알려진 사회과학연구위원회Social Science Research Council 프로젝트를 통해 조정된 근대화 연구 및 비교 정치학의 협력 연구의 형성을 도왔다고 시사한다."[24] 한국전쟁에 관한 미국의 연구는 군사화된 지식 생산의 외형을 만든 것에 대한 책임을 촉구하기 위해 이 우려스러운 계보를 고려하고 연구에 내재된 담론적 폭력을 인식해야만 한다. 더구나 기밀 해제된 문서는 "재단, 대학, 국가 기관주로 정보 및 군사 기관의 이런 뒤얽힘은 사회과학 전체로 확장되었다 (…중략…) 1952년의 공식 자료는 "당시 사회과학에 대한 모든 보고된 (정부)지원금의 96%는 미군에서 나왔다"고 보고

---

23 "1950년대 초에 미국을 괴롭혔던 미국식 삶의 방식에 대한 전복, 불충성, 공산주의, 더 온화한 위협에 대한 국민의 열광적 관심은 포드 재단에 영향을 미쳤지만 그렇다고 그 재단이 국제 활동을 줄이지는 않았다. 실제로는 그 재단이 국제 활동을 늘리는 모순적 효과가 있었다." Francis X Sutton, "The Ford Foundation and Columbia", 1999년 11월 16일 뉴욕주 콜롬비아대학교 세미나에서의 발표문, p.84. 동시에 "미국식 삶의 방식"에 대한 서턴의 관심은 미국학과 같은 분야의 추정된 객관성과, 미국학 자체를 지역학에 밀접하게 연관되어 있고 지역학 연구의 하나로 간주하는 경우를 시사한다.

24 Bruce Cumings, 앞의 책, p.186.

했다."[25] 이러한 학문적 기원에 관심을 기울이는 것은 문제없는 불가해성이라는 논리와 냉전 이데올로기의 반복을 넘어서는 한국전쟁 서사의 분석을 가능하게 한다.

사설 전문가 집단인 '외교위원회The Council on Foreign Relation'의 기밀 해제된 1951년 6월 1일 — 한국전쟁 발발 거의 1년 이후 — 의 문서 「개발 프로그램Development Program」은 특별히 세계 무대에서 미국의 역할에 수반되는 지역학 프로그램이 객관적으로 필요하다고 주장한다. 그 문서는 특히 동질적이고 가부장적으로 묘사된 미국 대중을 지휘하고 달래기 위해 국가주의적 남성성 규범에 따르는 학자 계파의 생성과 지속에 관련하여 증대된 불안감을 반영한 논쟁을 보여준다.

미국인들은 국제 문제에 있어 몇 년 동안 계속될 수도 있는 매우 긴장된 상황에 직면해 있다. 우리 국가의 존재는 완고한 사람들이나 전쟁광들에게 항복하지 않고 미국인들이 긴장을 견딜 수 있는 능력에 달려 있을지도 모른다. 압력 단체의 선전과 칼럼니스트 및 라디오 논평가들의 독단적 주장은 인위적으로 의견을 양극화해 압박감을 증가시키는 경향이 있다. 그들의 그럴듯한 해결책과 준비된 대답은 거리의 사람들men에게, 심지어 많은 지적인 비전문가들laymen에게도 독립적 판단의 고통스러운 과정을 대신해주는 환영받는 대용품이다.

이 문서에 따르면 "우리 국가의 존재"에 대한 이 프로그램의 우려는 최근 강화된 군수산업 단지에 대한 미국 정부의 과시가 아니라 "인위적으로 의견을 양극화해" 유포하는 데 이바지하는 "압력 단체와 칼럼니스트

---

25   위의 책, p.186.

및 라디오 논평가들의 독단적 주장"이 미국 대중에 초래한 "압박감"에 있다. 이 프로그램은 견해 표명이라는 명백히 비미국적 행동의 문제를 수정하면서 그들이 모집한 학자들이 모호하게 알려진 "국제 문제에 있어 매우 긴장된 상황"에 대해 진실하고 비"인공적인" 지식을 생산할 것이라는 가정하에 운영된다. 위의 문서는 "독립적 판단의 고통스러운 과정"과 싸우는 것처럼 보이는 남성으로만 상상할 수 있는 미국 대중, "거리의 사람들men, 심지어 많은 지적인 비전문가들laymen"에 대한 우려를 다루고 있다.

위의 문서는 미국인과 국제 문제의 실상을 이해하는 그들의 능력에 대한 가부장적 재현을 계속하며 다음과 같이 언급한다. "대부분의 미국인은 이제 자기 나라가 국제 협력에 전적으로 헌신하고 있다는 점을 인식하고 있다. 그들은 더 나아가 미국의 막강한 힘과 부유함 때문에 미국이 국제 문제의 지도자 역할을 가정해야 한다는 점을 이해하고 있다 (…중략…) 미국인들, 특히 여론 주도층은 국제 문제를 이해하고 그들이 무슨 정책을 따라야 할지 결정하도록 도움을 받아야 한다." 미국이 반드시 "가정해야" 하는 미국의 공권력의 역할을 세계 무대에 도입하는 일뿐만 아니라, 이 프로그램은 정책 입안자들이 자기네 기관이 만들어낸 의심할 바 없이 "따라야 할" 정책에 대해 "결정하도록 도움"으로써 명백히 그들에게 영향을 미치려고 했다. 연구와 출판의 확장을 시행하기 위해 이 프로그램이 추천한 일은 "정치학과 현대사에 특히 유능한 30, 40대 조교나 조교수급 청년 3명을 직원으로 추가하는 것"이다. 이 문서는 냉전 지역학에 합류할 유능한 지식 생산자를 권위 있는 사회과학 분야의 청년으로 특정한다. 이와 같은 선별 기준은 미국의 지식 생산자를 형성한 냉전 자유주의를 뒷받침한 이데올로기를 드러낸다.

냉전 지식 생산의 형성은 교육, 정치, 문화 영역의 지식을 만드는 이러한 시도를 통해 지속되어 왔다. "정치학과 현대사에 특히 유능한 청년들"을 대학에 임용하라는 기밀 해제된 외교위원회 문서의 주장은 한국전쟁 시기에 미국 예외주의에 관한 지식 건설이 강화되었음을 의미한다. 국가적 관심사인 국제지역에 대한 지식을 도태시키고 창조하는 책임을 진 그런 "청년들"이 암묵적으로 백인이라는 점은 자명할지라도 지식 생산자들이 어떻게 위치하고 순응하는지 의문을 제기하는 것은 마찬가지로 중요하다. 커밍스의 『시차 시각』에 포함된 보고서들 속의 자금 지원에 초점을 맞추는 것도 중요하지만 냉전 정책과 대학의 지식 생산자들이 어떤 위치에 있었는가에 대한 조사 역시 필수적이다. 지식 생산을 뒷받침하는 문맥들은 "인종화와 인종화된 시민권 박탈의 역사를 억압하는 학문 분과"[26]의 형성에 참여한 구조와 사람들을 조사하기보다는 지식 생산이라는 보편적 주제에 순응하게 만든다.

한국전쟁 시기는 냉전 이후 미국 예외주의와 지배적 지식 생산의 계보를 고립시킨다. 한국전쟁이 어떻게 지속적으로 전개되고 있는지에 관한 잘 닦인 길과 그보다 알려지지 않은 길 모두에 대한 고려가 중요하다. 한국전쟁은 미국에게 전쟁이 아니라 국지적 군사행동이었고 아직 끝나지 않은 현재의 전쟁으로 지금도 계속되고 있다. 한국전쟁에 대한 매우 비판적인 연구들은 "현재"의 당연한 고정성을 불안정하게 만들고 "서로 다른 시기에 만들어진 다양한 주장을 가능케 하고 제기된 주장들이 어떻게 유지되고, 그것들의 정치적 결과가 무엇인가라는 가능성의 조건에 더 초점을 맞춘 계보"[27]에 몰두한다. 지리학적으로 구획된, 동아시아를 구성하는

---

26   Lisa Lowe, "The International within National : American Studies and Asian American Critique", *Cultural Critique*, no. 40, 1998, p. 39.

27   Jenny Edkins, *Trauma and the Memory*, p. 46.

모든 지역과 마찬가지로 한반도는 19세기 오리엔탈리즘과 예외주의의 냉전적 맥락 속에서 미국에 의미 있는 곳이 되어왔다. 두 맥락 모두 서구 주체의 자유주의적 겉모습을 정의하기 위한 시도로 복잡한 주관성이라는 장식에 불과한 거처를 실험한다. 한국전쟁에 대한 지배적 설명과 주변적 설명 모두 공식 문서에 대한 접근을 차단하려는 국가의 시도를 포함한 균열을 드러낸다.

수잔 최의『외국인 학생』은 그리피스의『은자의 나라, 한국』과 같은 19세기 텍스트에 뿌리를 두고 지속된 학문 분야인 지역학이 형성한 한국전쟁 서사에 도전하며 대규모 사립재단과 미군이 지지해온 지역학을 거꾸로 뒤집는다. 소설에서 창 안Chan Ahn은 1955년에 한국을 벗어나 테네시주 스와니에 있는 사우스대학교University of the South의 유학생이 된다. 그는 거기서 끊임없이 문제를 제기하고 그 작은 마을의 엄격한 사회질서를 위협하는 백인 여성 캐서린 먼로Catherine Monroe를 만난다. 이 소설은 창의 미국 생활, 그의 한국전쟁 기억과 경험, 캐서린의 사춘기, 그들이 서로 발전시킨 관계를 삭제한다. 이 소설의 중요한 장면은 창의 기억과 전쟁중에 그가 당한 참혹한 고문으로 연결되는 사건에 관한 악몽, 캐서린과 아버지의 동료와의 성관계그녀가 14세이고 그가 40세였을 때 시작된, 창이 미국 여러 지역에서 다양하게 인종화된 집단을 만났을 때 그의 변화된 인종화 양식을 포함한다.

한국전쟁 서사를 번역하고 다시 읽으며 창은 독자들이 역사적 진실이라고 알고 있는 것과 그가 스와니에서 받는 교육의 대가로 해주어야 하는 불편하고 잘 맞지 않는 교훈적 강연 사이에서 비판적 긴장을 만들어낸다. 창이 테네시주 잭슨에 위치한 세인트 폴 성공회 교회 교인들에게 한국에 관한 슬라이드를 보여주는 장면은 남부 백인 청중이 한국전쟁을 구미에 맞게 이해하도록 만든 창의 시도 때문에 특히 미국의 문화연구자들에게 생산적이다. 이 장면은 내가 위에서 논한 새로운 지역학의 경로를 통해 확산된 한국전쟁에 대한 이해를 방해한다. 강연에서 창은 "그 전쟁에 대해 명백히 설명해달라는 요청받는다. 그것은 설명 불가능했다. 그는 때로 원인을 건너뛰고 시작했다. "한국은 플로리다와 똑같이 생겼죠, 그렇죠? 윗부분 반쪽은 공산주의 국가이고 아래 반쪽은 민주주의를 위해 싸우고 있습니다!" 그는 근거 없이 38선을 메이슨-딕슨 선^{메릴랜드주와 펜실베이니아주를 가르는 미국 남부와 북부의 경계선-역자}에 비교하고 모두가 흥미로워하며 고개를 끄덕이는 것을 본다."[28] 내가 논했다시피 청중에게 설명 불가능한 만큼이나 창이 그 전쟁에 관한 잔인한 기억과 경험으로 소설을 여러 번 중단한 것처럼 한국전쟁은 "설명 불가능하다".[29]

"근거 없이 38선을 메이슨-딕슨 선에 비교"함으로써 한국전쟁을 미국 남북전쟁의 역사 속에 놓으려는 창의 시도는 남부의 백인 청중이 이해할

---

28 Susan Choi, 앞의 책, p.51.

29 『외국인 학생』은 미국의 문화연구자들 사이에서 거의 정전의 위치를 차지하고 있다. 문학연구자 대니얼 김은 이 소설이 선형적 역사에 문제를 일으키고 독자들 자체를 낯선 한국사에 대한 "외국인 학생"의 위치에 둠으로써 "점차로 초국적 방향을 채택해 온 미국학을 위한 맞춤 텍스트" 역할을 한다고 보았다. Daniel Y. Kim, "'Bled In, Letter by Letter' : Translation, Postmemory, and the Subject of Korean War; History in Susan Choi's *The Foreign Student*", *American Literary History* 21, no.3, September 1, 2009, p.551. https://doi.org/10.1093/alh/ajp021. 대니얼 김, 조디 김, 크리스털 파리크(Christal Parikh), 로더릭 퍼거슨(Roderick Ferguson)을 포함한 몇몇 학자들은 미군 통역사이자, 사우스대학교의 학비 대신 교회 청중에게 한국과 한국전쟁을 소개하는 강연자로서 창의 역할을 지적하며 이 소설에서 번역의 중요성을 언급했다. 조디 김은 그녀의 중요한 저서 『제국의 종말(*Ends of Empire*)』에서 한국전쟁은 '잊힌' 전쟁이라는 격하만 아니라 알 수 없거나 읽을 수 없게 만들어진 전쟁이기도 하며, 따라서 번역이 필요한 기획이라고 언급한다. 수잔 최의 소설에 대한 그녀의 분석은 번역자로서 창의 다양한 역할을 다루면서 이 등장인물과 소설이 한국전쟁의 '복잡한 문제'에 대해 주의를 끌고 한국전쟁의 지배 서사에 대한 충실성을 심각하게 결여한 해석의 계기가 되는 한국전쟁의 '나쁜 번역자'로서 중요한 기능을 한다고 주장한다.

수 있는 역사 속에 그 전쟁을 위치시킬 필요성 때문에 비롯되었으나 더 중요한 것은 그것이 한국전쟁의 범위를 북부 공산주의의 침략으로 도발된 것에서 내전으로 재구성한다는 점이다. 이 구절은 오리엔탈리즘적 지식의 반복적 주장—그리피스의 1882년 진술 속의 "많은 이"를 구성했을 창의 남부 백인 청중—속에서 두드러진 비대칭성을 보여준다. "많은 이가 '한국에 뭐가 있는가?' 그리고 '세계사에서 한국이 중요한가?'라고 묻는다."[30] 그런데 창은 미국의 남북전쟁에 한국전쟁을 새로 끼워 넣을 뿐만 아니라 자본주의의 팽창에 자극받은, 그리고 해방에 의한 구원으로 이데올로기적으로 정당화된, 거리가 먼 두 전쟁을 병치한다. 북부 공산주의자들이 남부를 침략한 분쟁이라는 의심할 바 없는 기원보다 한국전쟁을 내전으로 보는 창의 미묘한 재구성은 은밀히 급진적인 움직임으로 인식된다. 인종적으로 양분된 남부에서 창의 존재 자체가 백인 우월주의자의 이분법을 방해하는 가운데, 두 전쟁에 대한 그의 비교는 요네야마가 "남시濫時, catachrony, 혹은 시간 혼동"으로 부른 것과 "그것이 지식에 미치는 영향"에 대해 숙고하도록 한다.[31]

난민이자 새로 무국적자가 된 사람인 창의 불안과 백인 우월주의적인 미국 남부의 강요된 관계는 그에게 감사를 강요하지만, 그런 공간에서도 그는 "그들의 입장에서 소련은 30년대 내내 일본인들과 싸워온 혁명가이자 위대한 인민 영웅의 귀환을 가능하게 했다"[32]고 강연함으로써 공산주의나 북한을 악마화하는 것에 저항한다. "이 남자가 공산주의 북한의 지

---

30 William Eliot Griffis, 앞의 책, p.xiii.

31 Lisa Yoneyama, *Cold War Ruins : Transpacific Critique of American Justice and Japanese War Crime*, Durham, NC : Duke University Press, 2016, p.49.

32 위의 책, p.51.

도자가 된다"고 김일성을 언급하며 창은 북한의 지도자로서 "위대한 인민 영웅"이자 일본과 미국의 제국주의에 도전하고 저항한 혁명가라고 주장한다. 그런 재현은 한국전쟁 시기의 지배적 지식 생산의 본질에 반하는 것이며 반공의 의무를 총체화하는 서사에 대해 다르게 사고할 기회를 만든다. 창과 그의 청중은 그리피스가 『은자의 나라, 한국』을 처음으로 출판한 지 50년 뒤에 존재하지만 그는 "그런 한국이 그의 청중에게 조금 알려져 있다 해도, 주로 인종화되고 원시적인 비유를 통해 존재한다는 것을 깨닫는다."[33] 청중의 긴장을 누그러뜨리기를 기대하며 슬라이드와 스냅사진을 동반한 그의 강연은 정적인 역사와 시간에 갇힌 나라를 고립시키는 역할을 한다. 한국에 관한 1882년 그리피스의 설명으로부터 창이 한국전쟁에 대한 지배 서사의 반복을 거부한 것까지의 순환을 추적하기 위해 다음과 같이 소설에서 길게 인용한다.

그가 슬라이드 교체기를 누르자 1945년 이후의 한국은 곧 서울역에서 나오는 미군 보병대, 비누질한 말쑥한 얼굴로 미소 짓는 소대가 깨끗하고 평탄한 거리를 행진하는 모습으로 바뀌었다 (…중략…) 사람들은 서울역의 아치형 돔

---

33 Jodi Kim, *Ends of Empire : Asian American Critique and the Cold War*, Minneapolis : University of Minnesota Press, 2010, p.152. 에른스트 오페르트는 『금단의 나라―한국으로의 여행』에서 그러한 비유를 든다. "한반도에 사는 서로 다른 인종들의 기원과 혈통에 대해 의견을 표현하는 것은 다소 어려운 일이다… 어떤 질문에도 한국의 답은 그들 자신이 그 점에 대해 아무것도 모르고 그들 모두가 자신들이 어디에서 왔는지 잊었다는 것이다. 이러한 무지는 그들의 역사와 마찬가지로 매우 불완전한 그들의 문학이 지닌 결함으로 쉽게 설명된다 (…중략…) 중국과 일본의 원주민들보다 키가 크고 힘이 세며, 용모가 뛰어나며, 강인하고 정력적 성격을 지닌 그들은 몽골의 반(半) 야만적 무리와 유목민 부족을 훨씬 더 강하게 떠올리게 한다. Ernst Oppert, *A Forbidden Land : Voyages to the Corea; with an Account of Its Geography, History, Production, and Commercial Capabilities &c., &c.*, London : S. Low, Marston, Searle, and Rivington, 1880, p.7.

과 유럽풍의 가로수 거리를 보고 종종 놀란다. "저게 서울이라고요?" 한 여자가
약간 실망해서 물었다. 종대는 자신감에 차 있고 행복해 보이는데 그것은 그
사진이 아예 한국 분쟁Korean conflict, 한국전쟁을 남북 사이의 국지적인 분쟁으로 축소한 명명법-역자 때
가 아니라 1945년 9월 일본이 패망한 뒤에 찍힌 것이기 때문이다. 그 사진의
원래 캡션은 "해방은 기분 좋은 일이다! 그리고 그들의 동맹 소련이 집 안 정리
clean house, 불필요한 요소를 제거한다는 의미-역자를 위해 한국에 도착한다"였다. 아무도 내전
이 일어날 거라고는 꿈도 꾸지 않았다. 그는 미군 보병대의 슬라이드를 서울역
에 대해 질문한 여성의 의심을 해소할, 논 속의 물소로, 쪼그려 앉아서 담배 피
우는 농부로 계속해서 바꾸었다. 사시사철 파자마를 입고 불가해한 에스키모
의 얼굴을 한 농부들의 이미지를 보고 모든 이가 즐거움으로 웅성거렸다.[34]

창은 "그 사진이 아예 한국전쟁 때가 아니라 1945년 9월 일본이 패망
한 뒤에 찍힌 것이기 때문에", "자신감에 차 있고 행복해 보이는", "비누질
한 말쑥한 얼굴로 미소 짓는 소대"의 이미지를 투사하며 그의 슬라이드
에서 한국전쟁 연대기의 순서를 고의적으로 바꾼다. 역사 속의 이 순간들
을 문자 그대로 재배열하면서 창은 그의 한국전쟁 서사를 도발적인 방식
으로 조작할 수 있다. 창은 이 서사의 연대기 속에, "한국 분쟁 때 찍은" 사
진의 자리에, 한국의 해방에 뒤이은 미국의 점령, 단지 "집 안 정리를 위해
한국에" 도착한 미국에게는 나중 일에 지나지 않았던 점령의 시작을 대신
끼워 넣는다. 집 안 정리라는 어쩔 수 없이 가정적이고 가부장적인 함축
은 점령과 한국전쟁기에 미군이 하우스 보이를 사용했던 것과 소설 말미
에서 창이 대학식당의 홀에서 하인 역할을 한 것을 동시에 상기시키며 미

---

34   Susan Choi, 앞의 책, p.52.

국을 질서를 확립하는 위치에 올려둔다. 한국전쟁으로 이어지는 한국과 관련된 미군의 지배 서사 중 하나는 이중적 구원인데, 처음에는 일본의 식민화로부터의 구원, 그다음으로는 북한, 중국, 그리고 아이러니하게 미국과 "그들의 동맹 소련" 이미지 중 하나의 캡션으로 포착된, 소련 공산주의 세력으로부터의 구원이다. 그러나 창의 슬라이드는 일본과 미국을 점령자로 연결 지음으로써 미국이 해방자로 봉사했다는 서사를 대체한다.[35]

창의 슬라이드에서 뚜렷이 부재한 것은 한국전쟁 중과 휴전 후의 완전히 파괴된 한반도의 이미지이다. 그 대신 "그의 사진 대부분은 국립문서관에서 가져온 한국 사진 세트로, 그 속에서 한국은 어둡고, 빈곤하고, 구제할 수 없어 보인다 (…중략…) 그는 사람들이 보고 싶어하는 것을 이해했고, 심지어 가장 덜 노련한 청중조차도 그를 보는 것에 흥미를 잃었음을 이해했다."[36] 그런데 창의 청중은 슬라이드의 기원에 접근하는 대신 문화적 진정성의 투명한 원천인 창에게 의존하여 한국에 관한 정보를 얻는다. 물론 그것은 창이 청중의 기대에 부응함으로써, "의심"으로 "약간 실망한" "서울역의 아치형 돔과 유럽풍의 가로수 거리를 보고 종종 놀란" 청중을 "사시사철 파자마를 입고 불가해한 에스키모의 얼굴을 한 농부들의 이미지를 보고 모든 이가 즐거움으로 웅성거리"게 하는 한 가능하다.[37]

35　한국전쟁 연구자 김동춘은 「진실과 화해를 향한 머나먼 길」에서 한국에 대한 식민적 그리고 신식민적 점령에 관한 끝없는 계보와 일본 식민주의에 대한 한국의 반식민적 저항을 제시한다. "한국의 어두운 과거를 마주하려는 그들의 노력은 일본의 점령으로부터 해방된 1945년 8월 15일에 시작된" 반면에 "남한에서 일제의 통치 구조를 부활시킨 미국의 정책은 냉전시대에 나타난 이데올로기적 대립을 반영했다." Dong-Choon Kim, "Long Road to Truth and Reconciliation : Unwavering Attempt to Achives Justice in South Korea", *Critical Asian Studies* 42, no.4, 2010, p.525・530. https://doi.org/10.1080/14672715.2010.515387.

36　Susan Choi, 앞의 책, p.39.

37　아시아인의 알래스카로의 이민과 비교하여 알래스카 원주민에 대한 미국의 모순적

국립문서관의 사진이 "볼 만한 것"으로 창을 대체했다는 것은 청중의 눈 앞에서 그 자신을 객체화할 뿐만 아니라 그를 국가적 응시 안에 놓으려는 그들의 시도를 암시한다. 미국 남부에서 창의 "이국적으로" 인종화된 존재는 그런 시도를 보장하나, "심지어 가장 덜 노련한 청중조차도 그를 보는 것에 흥미를 잃어" 아이러니하게도 그가 대리 이미지, 즉 "불가해한 에스키모의 얼굴을 한" 농부들의 사진을 포함하도록 만든다.

창은 한국전쟁에서 미국의 역할이라는 지배 서사를 전복하기 위한 목적으로 미국이라는 국가가 "어둡고, 빈곤하고, 구제할 수 없어 보이는" 한국의 초상을 새기기 위해 수집한 이미지를 재가공하여 국립문서관의 사진을 짓궂게 사용한다. 그 전쟁의 폐허와 잔해를 포착한 슬라이드를 투사하는 것은 창에게 "설명 불가능한" 전쟁을 자세히 설명하도록 요구하는데, "그들 앞의 그의 존재는 맥아더의 인천 상륙의 직접적 결과이다. '이 일이 일어나지 않았다면 저는 여기에 없었을 겁니다'"[38]라는 그의 언급을 보충하여 왜 그가 테네시에 있는가를 더 철저히 검증하기를 요구한다. 일반적이며 놀랍지도, 불쾌하지도 않은 것을 추구하는 그의 강연과 대조되는, 미국 남부에서 그의 경험에 관한 서술과 이어지는 창이 고문당하는 장면의 엄청난 폭력은 미국의 제국주의적 행동이 만들어낸 모순된 공간 속의 특정 역사는 번역 불가능하다는 점을 암시한다.[39]

전쟁 중에 그 자신이 당한 참혹한 고문의 생생한 꿈같은 광경과 대조적으로, 그 분쟁의 폭력적 이미지를 전시하는 것에 대한 창의 거절은 한

삭제를 비판한 분석으로는 Juliana Hu Pegues, "Settler Orientalism", *Verge : Studies in Global Asia,* vol. 5 no. 1, spring, 2019 참조.

38   Susan Choi, 앞의 책, p. 50.

39   위의 책, p. 39.

국전쟁의 시간적 경계를 모호하게 만드는 기능을 한다. 창은 그 전쟁 중에 "반란군에 가담한 친구 김을 만나러 제주도에 갔다가" 미군의 지원을 받아 새로 생긴 한국군 "헌병에 의해 스파이 혐의로 체포된다".[40] 공산주의자 친구의 안내로 전쟁 중에 창이 그 섬에 나타난 것은 그 이전에 있었던 제주도 주민들에 대한 남한과 미국의 반공주의적 탄압 때문에 중요하다. 그레이스 조가 언급했듯 "1948년 4월 3일 제주도의 농민봉기와 뒤이어 이승만 정부가 승인하고 미군이 지원한 봉기 진압은 한국에서 제2차 세계대전 이후 가장 폭력적 분쟁 중 하나를 구성했다".[41] 더구나 한국전쟁 중에 창이 그 섬에서 체포된 것은 "반공주의의 이름으로 행해진 제주 도민에 대한 집단 학살이 1950년 6월 25일 사건의 전조"라는 점을 상기시키고, "그의 가시성은 한국전쟁이 언제 어떻게 시작되었는지에 대한 일반적으로 용인된 서술에 의문을 제기한다".[42] 창이 교회 청중을 위해 국립문서관의 슬라이드를 일시적으로 재구성하는 것을 함께 읽어 나가면 그의 존재와 한국전쟁 중 제주도에서의 체포는 반공주의가 행한 폭력적 억압의 초기 단계를 향한 박애와 해방 신화의 기원을 다시 쓴 한국전쟁의 대체된 연대기를 생성한다.

헌병이 창을 투옥하고 제주도의 공산주의자들에 대한 정보를 캐내기

---

40   위의 책, p.304. "제주도는 한반도 남쪽에 위치한 섬이다. 1948년 제주도의 산간 지대에서 활동한 수백 명의 농민군이 분단을 합법화할 것으로 예정된 총선거에 반대해 반란을 일으켰다. 미군의 지원을 받은 남한 군경이 반란 게릴라를 진압하기 위해 배치되었다. 게릴라를 도운 15만 명의 주민 중 3만이 살해되었다고 알려졌다. 이 사건은 한국전쟁 학살의 서곡으로 표현되었다." D.-C. Kim, "The Long Road", p.534. 창이 제주도에서 피난민이 된 것은 한국전쟁 중이었지만 수잔 최는 미국의 지원을 받는 통치에 저항하는 사람들에 대해 승인된 그 이전의 폭력을 상기시킨다.

41   Grace M. Cho, 앞의 책, p.55.

42   위의 책, p.55.

위해 그를 고문하는 동안 그의 인간다움은 단지 일시적 중계를 통해서만 읽을 수 있게 된다. 여러 형벌 가운데 창은 잔인하게 얻어맞고, 그의 머리는 "머리카락이 잡힌 채 목이 부러질 것이라는 생각이 들 때까지 뒤로 당겨졌고" "썩어 가는 고기를 주고서 그가 토하면 토사물을 삼키게 만들었다."[43] 경찰의 쇠고랑이 그의 오른 손목을 부러뜨린 뒤에 "이제 그의 왼손에 족쇄가 채워졌다. 그는 그것으로 혼자 일어서는 법을 배웠고, 나사의 날카로운 끝으로 오른쪽 팔뚝 안쪽에 자상을 내는 법을 배웠다. 그는 매일 밤 새로운 자상을 만들었다. 흉터는 그의 팔 주변으로 퍼졌고 때때로 교차했지만 그의 손바닥의 손금처럼 여전히 읽을 만했다. 그는 이것 외에는 시간을 기록할 방법을 알지 못했고 그는 최소한 시간을 통해서라도 자기 몸의 통로를 통제하기로 결심하게 되었다. 그 밖에 그가 통제할 수 있는 것은 아무것도 없었다."[44] 창의 몸은 봉기에 대한 반공주의적 진압의 울림을, 그 자체로는 "설명 불가능한" 그 전쟁과 같은 고문의 울림을 품고 있다.[45] 창이 투옥된 동안 족쇄와 고통에 사로잡혀 다른 통로는 불가능했기에 "시간을 통한 자기 몸의 통로"는 움직임의 유일한 원천으로 보인다. 그러나 그의 몸 자체는 또한 "여전히 읽을 수 있는" 폭력의 잔재를 기록하려 한 창의 의도적인 고통의 행위가 새겨진 유기체적인 팔림프세스트palimpsest, 씌어 있던 글자를 지우고 거듭 쓴 고대의 양피지-역자, 즉 일종의 통로가 되는데, 나중에 그는 "흥미롭고 단순하며 도덕적으로 모호하지 않은 이야기"에만 관심이 있는 남부의 백인 청중에게 그 통로를 읽어 주기를 거부한다.[46]

---

43 Susan Choi, 앞의 책, p.308.

44 위의 책, p.308.

45 위의 책, p.51.

46 위의 책, p.52.

창 그 자신의 이주가 지금도 계속되는 미국 남부의 인종적 구성을 방해하는 것과 마찬가지로 태평양에서의 제국의 행동으로서 한국에서의 미군의 공격은 이주의 순환을 위한 계기를 만든다. 학비를 목적으로 한 창의 임무 ─ 한국이라 불리는 장소에 관해 그들이 듣기 원할 만한 것을 들려주는 ─ 는 교수법에 숨겨진 팔림프세스트를 통해 반식민적 재서술로 부상한 미국에 새겨진 인종화와 인종 폭력의 유산 모두를 반영한다. 그러나 이질적이고 동화될 수 없는 것으로만 번역될 수 있는 그의 존재 그 자체는 동시에 그가 미국의 문화적 기반으로 편입되는 것을 방해하고 미국 남부에서의 그의 존재를 설명하는 데 필요한 인종화의 새로운 과정을 눈에 띄게 만든다. 다음 절은 미국 남부에 관한 것으로, 남부연합에 헌정된 기념물 건립과 한국전쟁연구센터에 대한 지원으로 예기치 않은 관계를 만드는 데 영향을 미친 백인 우월주의 단체, UDC의 역할을 검토한다.

3. 사악한 거짓말과 내부의 악역을 수용하기
남부연합의 딸들과 한국전쟁연구센터

한국전쟁연구센터는 한국전쟁에 참전한 재향군인이자 역사학자인 폴 에드워즈Paul Edwards가 만든 사설 아카이브이다. 이 센터는 그 당시 나이가 들어 죽어가기 시작한 한국전쟁 참전 군인들의 자료 보관소 역할을 하기 위해 1989년 미주리주의 인디펜던스에 설립되었다. 2015년에 이 센터의 수집품은 국가의 지식 생산 능력과의 관계를 더욱 공고히 하며 국립문서관이 관리하는 트루먼도서관에 기부되었다. 한때 사설 아카이브였던 이 센터는 기능적으로 두 가지 목표를 가지고 있다. 아카이브이자 도서관으로서 수집품을 확장하는 것과 미래에 그와 같은 분쟁을 피하기 위해 한국전쟁 연구를 발전시키는 것이다. 그러나 한국전쟁에 대한 지배적이고 국가주의적인 역사의 투자로 운영되는 이 센터는 아카이브는 정적이지도 완벽히 권위적이지도 않고 오히려 역동적이고 이동적이며 역사를 밝히는 만큼 그것을 적극적으로 억제하기 위해 기능한다는 생각에 익숙하다. 이 절에서는 폴 에드워즈의 책『어떤 전쟁을 인정하기─미국인의 기억 속 한국전쟁*To Acknowledge a War : The Korean War in American Memory*』2000을 분석하고, (이 센터를 지원한) UDC의 역사 속에서 아카이브를 해석하여 이 센터와 같은 아카이브들과 문학의 관계, 특히『외국인 학생』과의 복잡한 관계를 파악하고자 한다.

의미심장하게도 역사학자로서 에드워즈 그 자신은 "그 잊힌 전쟁"을 기억하거나 인정조차 하지 않는 역사학 분야를 비판했으나 그의 매우 반동적인 비평은 그가 암시적으로 다문화적이고 주관적인 역사로 틀 지운 것을 지향한다. 그는 다음과 같이 썼다.

> 지난 반세기 혹은 그 이상 동안 과거의 사건들은 종종 '의미'보다 '기억'을 대표하는 것으로 일축되어왔다. 그 때문에 우리는 종종 일어난 일이 아니라 별개의 환경, 특별한 강조, 문화적 설명의 우연 속에서 의미를 찾게 되었다 (…중략…) 국민적 죄책감 ─ 성공적이고 합리적으로 행복한 것에 대한 죄책감 ─ 에서 벗어나 우리는 "악역을 수용하기"로 선택했고 분리되었으되 평등한 역사 개념으로 나아갔다… 역사 분야는 제한적이고 관련 없는 영역의 탐구가 지배적이었[던 적이 결코 없]다.[47][ ]는 저자

---

47 Paul M. Edwards, *To Acknowledge a War : The Korean War in American Memory*, Contributions in Military Studies, no.193, Westport, CT : Greenwood, 2000.

에드워즈는 의미는 "일어난 일"의 목적론적 확실성에 존재하고 기억은 인종적으로 코드화된 "**별개의 환경, 특별한 강조, 문화적 설명**"강조는 저자의 영역으로 밀려난 기억과 의미의 이분법을 구성한다. 별개의, 특별한, 문화적인 모든 것이 전통적으로 1950년대부터 백인 역사가들이 쓴 한국전쟁의 지배 서사를 넘어서는 역사에 대한 설명을 기록한다.

분리되었으되 평등한, 희석된 역사라고 그 자신이 생각하는 것을 기술하기로 한 에드워즈의 결정은 미국 인종사의 중요한 법적 순간을 상기시킨다. "분리되었으되 평등한"이란 '플레시 대 퍼거슨Plessy v. Ferguson', '브라운 대 교육위원회Brown v. Board of Education' 사건, 즉 미국에서 짐 크로우 법Jim Crow laws, 남부연합의 모든 공공기관에서의 인종 분리를 합법화한 1876년부터 1965년까지 시행됐던 미국의 주법-역자과 반흑인적 태도의 전환을 의무화하고 그 가능성을 법제화한 두 사건의 대법원 판례의 언어이다. 미국사에서 한국전쟁의 빈틈을 기술하며 에드워즈가 사용한, 처음에는 기묘해 보이는 이들 단어의 선택은 1954년 '브라운 대 교육위원회' 판결분리하되 평등하다는 남부의 인종차별적 주법을 불법으로 판정한 미국 연방 대법원의 역사적 판결-역자 이후 "지난 반세기 혹은 그 이상 동안" 일어난 그가 비판한 역사적 변화를 고려하면 더 명확해진다. 모호하지 않고 정치적으로 권위적이며 미국 예외주의적인 역사내가 앞 절에서 논한 외교위원회가 채용한 "청년들"과 같은 학자들이 빚어낸의 이해란 에드워즈가 정당한 의미를 지니고 있다고 주장하는 역사이다. 에드워즈는 또한 한국전쟁기 이후 역사에 대한 접근은 "국민적 죄책감 — 성공적이고 합리적으로 행복했던 것에 대한 죄책감" — [과] "우리가 악역을 수용하기로 선택했"기 때문에 고통받아 왔다고 주장한다. 그가 이 선언에서 불러온 분석되지 않은 통일된 국민이란 절대적으로 동질적이며 아메리칸드림에 접근할 수 있는 사람들, "성공적이고 합리적으로 행복한" 사람들, 암묵적으로 백인이자 부유한 것이 분명한 국민을 가리킨다. 하나의 해석에서 백인의 "국민적 죄책감"의 매개자인 내부의 악역은 "제한적이고 관련 없는 영역에서" 탐구하라고 양보함으로써 역사 분야의 이러한 불안을 완화하려고 시도한다. 그러나 또 다른 해석에서 "내부의 악역"은 끈질기게 미국 백인 우월주의를 폭로하는 주변부 사람들 가리킬 수 있다.

에드워즈는 완전하고 절대적인 역사의 가르침은 "정치적 올바름을 위해 그리고 국가의 자신감 부족을 유화하기 위해 다시 쓰이고, 재해석되거나, 선택적으로 기억되고 있다"[48]고 주장하며 정치적 올바름의 서사 안에서 작업한다. 사실 에드워즈는 한국전쟁에 대한 교육이 "정치적으로 올바른 어떤 표현이 필요한 이들에게는 악몽이 될 수 있다"[49]고 주장한다. "국가적 자신감 부족"에 대한 그의 서술로부터 드러나는 것은 역사의 권위 있고 포괄적인 버전, "정치적으로 올바른 어떤 표현"에 굴복하지 않는 보편적 버전에 대한 욕망이다. 게다가 "한국전쟁에 관한 시, 단편소설, 장편소설, 학술적 연구, 심지어 영화의 수가 실제로 적다"는 증거로 에드워즈는 "한국전쟁이 '사실상 문학을 생성하지 못했다'고 보는"[50] 문학자 폴 퍼셀Paul Fussell을 인용한다. 그런 주장은 에드워즈의 연구가 출판된 2000년에 나온 비백인 작가들이 영어로 쓴 한국전쟁 문학의 중요성에 대해 얼버무리고 넘어간다. "정치적 올바름"에 대한 불안과 한국전쟁의 가부장적 역사뿐만 아니라 에드워즈가 맥시코계 미국인 작가들과 코리안 디아스포라 작가들이 쓴 문학을 무시하며 그 전쟁이 "사실상 문학을 생성하지 못했다"고 여기는 것은 문학의 의미와 그 생산자들에 대한 그의 좁은

---

48 위의 책, p. 20.
49 위의 책, p. 21.
50 위의 책, p. 23 · 24.

식견을 시사한다. 한국전쟁연구센터를 추동한 이데올로기적 의무 또한 중립적이거나 객관적이지 않고 오히려 국가주의적 담론, 여전히 백인과 남성 위주의 담론에 봉합되어 있다.

한국전쟁연구센터와 기타 미군 단체 및 재향군인 단체를 지원하는 UDC는 자기네 임무에서 유사한 국가주의적 담론을 주장한다. 여기서 나는 19세기 후반의 출현부터 한국전쟁연구센터를 지원한 최근 활동까지 UDC의 유산을 간단히 추적할 것이다. 나는 이 백인 우월주의의 징후를 간단히 두 가지 맥락과 관련지어 살펴보고 남부연합의 인식론에 대한 선점으로 체계화할 것이다. 첫째로 남부연합의 사업이 냉전 초기에 열정적으로 재개된 것은 인종적 자유주의가 미국 남북전쟁 100주년과 맞물린 시기였다. 인종 간 학교 분리에 이의를 제기한 시민권 운동이 미국 전역에서 다양한 맥락에서 나타나자 남부연합은 자기네 대의를 위해 학교 이름을 연합에 가담한 주의 지도자들의 이름을 따서 짓도록 압력을 가했다. 두 번째는 정통 남부인 주체는 혈통에 근거하므로 남부인은 지리에 의해서 규정되지 않는다는, 인종과 혈통에 대한 세기 전환기적 우생학 개념에 기반을 둔 사고이다.[51] 1894년 테네시주 내슈빌에 설립된 UDC의 백인 우월주의적 목표는 "아메리카연합국the Confederate States of America, 노예제에 반대해온 링컨이 당선되자 1861년 노예제 연방을 탈퇴한 미국 남부 주들이 설립한 정부. 남북전쟁이 북부의 승리로 끝나자 1865년에 해체되었다-역자에 복무한 이들과 복무 중에 쓰러진 이들을 기리고 (…중략…) 주들 간에 벌어진 전쟁의 진실한 역사를 위한 자료를 수집하고 보존하기 위함"이었다.[52] 이 단체의 회원 자격은 아메리카연합국을 지지하기 위해 참전한 군

---

51 Micki McElya, *Clinging to Mammy : The Faithful Slave in Twentieth-Century America*, Cambridge, MA : Harvard University Press, 2009, p.51.

52 *Handbook of the United Daughters of the Confederacy*, Richmond, VA : Memorial Build-

인이나 UDC 회원의 직계 혈통의 증명에 달려 있다. 이 단체의 여성들을 구별하는 친족 관계의 젠더화된 언어는 진정한 딸이자 아메리카연합국의 합법적 상속자의 지위에 대한 그들의 투자를 긍정한다.

UDC는 여성화와 유아 취급infantilization만이 아니라 남부연합의 후예이자 재생산자출산을 통한 인구 재생산을 의미-역자로서, 그들이 "너무나 순수하고 하얀 나라의 영광스러운 유산"[53]으로 또렷이 표현한 남부연합의 전통을 보존하고 생생한 족보를 확보하기 위해 귀속 담론을 들이댄다. 재건시대 이후 짐 크로우 법이 있던 남부에서 UDC 회원의 인종화된 젠더 형성 과정은 특히 남부연합의 인종적 그리고 성적 '순수성'에 위협이 된 흑인의 남성성과 관련해서 이해되어야 한다. 따라서 UDC의 인종화된 젠더의 형성은 흑인들이 "짐 크로우 법이 있는 남부에서 공개적으로 백인 여성을 비난하는 것"을 위험하게 했다. "그들은 그런 메시지를 비판할 수는 있어도 그것의 전달자를 비판할 수는 없었다."[54] 남부연합의 합법적인 '딸들'로서 UDC의 젠더화된 친족 관계의 위상은 백인 우월주의의 재생산, 전달, 수호와 관련해 그들에게 결정적인 면책을 제공했다. UDC를 추동한 젠더화된 이데올로기는 물론 백인 우월주의와 엘리트 계층의 지위를 보존하려는 이상주의와 교차한다.[55] UDC 회원들은 재향군인의 집과 단체를 위

---

ing Headquarters, 1959, p.9.

53 위의 책, p.32.

54 Karen L. Cox, *Dixie's Daughters : The United Daughters of Confederacy and the Preservation of Confederate Culture,* New Perspectives on the History of the South, Gainesville : University Press of Florida, 2003, p.6.

55 UDC에 관한 연구서인 『딕시의 딸들』에서 캐런 콕스는 "이 단체의 회원 중 많은 이들이 적어도 사회적 엘리트들이다. 이 단체 관계자들의 판단에 따르면 UDC 회원들은 상인, 변호사, 판사, 주 의회 의원들과 결혼을 잘 했다. 또한 많은 회원의 아버지가 남부연합의 관리이며 농장주 가족의 후손이었고 (…중략…) 대부분이 사립 신학교와 여자대학에서 정규교육을 받았다"라고 언급했다. 위의 책, p.5.

한 공사를 감독하고, 도서관과 아카이브를 만들며, 기념관을 위한 모금행사에서 힘을 발휘할 뿐만 아니라 법을 만들고 시행하는 데 엄청난 권력을 행사하는 사람들의 친척이기도 하다. 남부연합의 유산을 확실히 계승할 뿐만 아니라 연합의 패배 이후 미군을 지지하는 역할을 하면서 UDC 회원들은 미군의 역사를 지키고 보존하며 자유를 해외로 확대하는 미군의 실천을 기록하고 있다.

오늘날 UDC는 특히 재향군인 프로젝트에 자금을 댐으로써 백인 우월주의자, 남부 태생의 조직들, 해외에서의 군사적 개입 사이의 직접적 회로를 만든다. UDC의 부상을 알리는 담론은 사실 아메리카연합국을 옹호하는 군사화된 것이다. UDC는 한국전쟁에 참전한 남부연합 재향군인의 직계 혈족에게 '한국분쟁 십자무공훈장'을 수여한다. 남북전쟁에서의 남부연합의 유산 속에 한국전쟁에 대한 백인 우월주의자들의 공헌을 끼워 넣은 이 훈장에는 "한국 복무"라는 단어가 남군의 깃발을 표현한 별들이 들어가 있는 십자가 안에 둘러싸여 있고 배경에는 미국 남북전쟁 연도1861~1865가 부조되어 있다. "한국The Korean Nation을 의미하는 청, 백, 청의 수綬"도 유엔기의 색을 모방한 것으로 이 특별한 남부연합의 명예를 유엔에 부여하는데, 아이러니하게도 그 색은 보편적 인권에 대한 유엔의 자유주의적 주장을 구성한다.[56] 1959년 『남부연합의 딸들 편람*Handbook of the United Daughters of Confederacy*』에 따르면 "남부 십자 훈장 — 모든 "상징이 현재와 과거를 이어주고 우리 남부연합 조상들과 그들의 직계 후손들의 영웅적 행위를 기념하는" — 은 1898년 UDC가 디자인했다."[57] "현재와 과거를 이어주는" 그 십자 훈장의 시간적 포부는 '한국분쟁 십자무공훈장'에

56 *Handbook of the United Daughters of the Confederacy*, p.30.

57 위의 책, p.24.

더해 '미국-스페인전쟁 십자무공훈장', '필리핀 반란 십자무공훈장', '테러와의 전쟁 십자훈장'을 포함하는 해외에서 미국의 제국주의적인 개입과 이어져 있다. 남부연합은 지리적으로 무한하므로 UDC는 우주를 여행한 남부연합 후손의 직계 혈통 남녀에게 수여되는 '우주 개척자 상'도 발행한다. 이 모든 십자훈장은 "남부인과 그들의 후손에게 신성시되는"[58] 남군의 깃발 이미지로 만들어졌다.

남부연합의 인식론 선점과 지리적으로 무한한 백인 우월주의의 범위라는 맥락 안에서 UDC는 '아카이브와 역사, 미시시피 지부'[59]의 지부장 윌리엄 D. 매케인William D. McCain이 1952년 미시시피 UDC에 다음과 같이 찬사를 보낸 것으로 증명되듯 한국전쟁 동안 활발하게 아카이빙을 하고 남부연합의 프로젝트를 지지했다. "우리 남부의 유산에 대한 대단히 귀중한 기록을 보존하고 유지하며 그 유산을 우리 시민들의 마음속에 생생히 간직하고자 하는 당신들의 헌신적인 노력은 이 나라의 공산주의자들과 그 동조자들이 우리를 혼란과 노예제에 빠지게 하는 것을 막는 데 많은 것을 해왔다."[60] 미시시피 UDC를 지지하며 공산주의자에 대한 반감을 불러일으키기 위해 매케인이 사용한 노예제라는 단어는 매케인의 마음속에서 남부연합의 대의에 따르는 이들을, 공산주의자들이 파괴하려는 일차 목표임이 분명한 남부의 유산을 보호하기 위해 일하는 결백한 희생자이자 저항 운동가로 이상하게 변형한다. 물론 매케인의 언급에서 진짜

58　위의 책, p.32.
59　콕스에 따르면 매케인은 "결과적으로 미시시피 사우스컬리지(미시시피 사우스대학교가 아님)의 총장이 되었다. 그는 또한 '남부연합 재향군인의 아들(sons of confederate veterans, UDC와 짝을 이루는 남부연합의 남성 후손들이 만든 백인 우월주의 단체-역자)'의 국가 관리자 중 하나였다. Karen L. Cox, 앞의 책, pp.193~194.
60　위의 책, p.159.

위협은 남부연합을 찬양하는 기념비와 건물의 형태로 백인 우월주의를 물질적으로 상기시키는 것으로 나타나는 "그 유산을 우리 시민들의 마음 속에 생생히 간직하"는 것에 헌신한 UDC의 작업이다.[61]

1989년 미주리주 인디펜던스에 한국전쟁연구센터가 설립된 뒤 UDC 는 그 센터를 직접적으로 지원했는데, UDC와 미주리주의 연관성은 이 단체의 기원과 관련이 있다. "아이러니하게도 자신들을 처음으로 '남부연 합의 딸들'이라고 부른 여자들의 모임은 1890년에 남부연합의 주가 아 닌 미주리주에서 결성되었다."[62] UDC의 미주리 인디펜던스 지부는 지 배적 지식 구조를 뒷받침하는 뿌리 깊은 백인 우월주의의 통렬한 상기물 로서 한국전쟁연구센터에 대한 지원을 조직화했다. 한국전쟁연구센터에 대한 UDC의 지원 그 자체는 사실 남부연합 아카이브 건설의 긴 역사를 확장한 것이다. "1894년에 설립되자마자 UDC는 텍사스 지부가 '사악한 거짓말'로 부른 것과 싸우는 데 가장 활발히 헌신한 남부연합 단체가 되 었다. 많은 UDC 지도자들이 공정한 역사의 중요성에 대해 말하기도 했 지만 역사 보존을 위한 그들 단체의 노력은 구체적이고 체계적이었다. UDC는 박물관을 위한 자료를 모았고 그들과 같은 취지의 남성들이 국 립 아카이브와 역사 부서를 설립하는 것을 지지했다."[63]

남부연합에 대한 "사악한 거짓말"과 남부연합의 "공정한 역사"는 "박물 관을 위한 자료"를 수집하고 "그들과 같은 취지의 남성들이 국립 아카이 브와 역사 부서를 설립하는 것을 지지"함으로써 수정될 수 있었다. 이 경

---

61 미국에서 남부연합의 기념물과 세계에서 백인 우월주의의 기념물이 계속 해체되고 있 는 가운데 백인 우월주의와 공산주의의 얽히고설킨 불안은 일촉즉발의 폭발점이 된다.

62 위의 책, p.16.

63 위의 책, p.95.

우 특히 UDC가 지지하는 역사란 확실하고 객관적인 남성적 권위를 지니고 있어야만 한다. 더욱이 UDC가 주 아카이브 창립에 참여할 수 있다는 아이디어는 그 자체로 다른 이들, 특히 남부 흑인 주민들에게 저당잡힌 합법성을 확립하는 그들의 접근법을 보여준다. 남부연합의 단일하고 보편적인 역사를 확립하려는 UDC의 시도는 자유민주주의라는 의문의 여지 없는 담론을 미국의 국가주의적 서사에 고정하는 냉전의 이데올로기적 책무를 떠올리게 한다. 남부연합을 비난하는 "사악한 거짓말"에 대응하기 위한 남부연합의 이미지 만들기는 아카이브 설립에 깊숙이 침투한 백인 우월주의적 태도를 자제하는 것이다. 그러나 한국전쟁연구센터 센터에 대한 UDC의 자금 지원이 무해하게 보일지라도, 그런 행위는 인종주의로 가득한 이데올로기 속에 깊이 박혀 특정한 방식으로 지식 생산을 전달하는 새로운 권력관계를 만든다.

UDC는 국내적으로 백인 우월주의 보존을 해외에서의 국가주의적 전쟁^{자유, 박애, 민주주의의 언어로 코드화된}, 특히 한국전쟁과 관련된 그들의 지원과 연결한다. 『외국인 학생』과 같은 문화 텍스트는 제국의 영향력과 폭력을 지표화하는 창과 같은 이들이 제국의 중심, 즉 억제되어 있으면서 노골적인 백인 우월주의의 표현에 젖어있는 테네시주의 스와니의 한 장소로 이동했을 때 무슨 일이 일어나는가를 보여준다. 이 절에서 세인트 폴 성공회 교회 교인들에게 한국에 관한 강연을 하기 위해 테네시주의 잭슨으로 향하는 창과 캐서린의 여행 장면으로 돌아가 보자. 위에서 논한 한국에 대한 지배 지식의 주장을 반복한 삐딱한 공모와, 같은 지식의 주장에 대한 확고한 비판 모두에 관계된 창의 강연으로 돌아가기보다는, 교회에 도착한 그들을 맞아준 목사와 캐서린 사이의 대화를 살펴보자. 나는 이 장면이 남부에서의 창의 존재로 야기된 인종화되고 젠더화된 불안을 결정적으로 포착하고 UDC의 내재된 영향력을 절묘하게 기록했다고 본다.

이 소설에서 백인의 인종적 순수성의 친숙한 경계를 지키려는 백인우월주의 주州의 노력과 백인의 혼혈 출산을 반대하는 사회적, 법적 감시는 백인에 대한 창의 추정된 욕망을 더 복잡하게 만든다. 남부연합의 계보를 유지하기 위해 내면화된 성에 대한 감시는 대개 백인 여성 노인인 창의 청중에게서도 나타나는데, 그녀들은 "공손함으로 위장한 교묘하고 부단한 조사"[64]로 캐서린 — 그를 태워주고 교회까지 동반해준 — 에 대한 그의 친밀감을 심문한다. 스와니에서 창이 처한 가능성의 제약을 설명하기 위해 미국 남부에서 요구되는 인종적 재교정을 조사하는 과정에서 오히려 더 풍부한 비평적 가능성이 나타난다. 백인 여성집단의 구성과 잠재적 혼혈 출산의 전조는 창이 강연을 시작하기 직전에 일어나는 장면을 특징 짓는다. 그들이 교회에 도착한 뒤에 "그들은 마당을 가로질러 신부가 눈살을 찌푸리면서 환영의 뜻으로 고개를 끄덕이며 다가오는 것을 보았다. 그녀는 그가 가까이 다가왔을 때 악수를 청하며 '저는 캐서린 먼로입니다'라고 밝혔다. 그는 손을 잡으며 창을 바라보았다. '나는 미스터 안에게 동행이 있을 줄 몰랐습니다'."[65] 신부는 한국과 한국전쟁에 대해 강연해 줄 외국인 유학생의 도착을 기대했으나 캐서린의 기대하지 않은 등장은 신부가 그들 관계의 가능성을 평가하고 감시하게끔 신경을 거스른다. 이 장면에서 캐서린은 그녀의 존재가 창을 긴장하게 할 뿐이라고 생각하고 그의 강연을 듣기 위해 교회에 머물지 않기로 결심하고 신부에게 "제가 봐야 할 무언가가 있다고 생각하셨나요, 신부님Father?"[66]하고 묻는다. 가

---

64   Susan Choi, 앞의 책, p.54.
65   위의 책, p.48.
66   위의 책, p.48.

벼운 농담을 주고받은 뒤에 신부는 대답한다. "당신이 만약 남부인이라면 우리의 기념비 광장에 흥미가 있으리라 생각했겠죠. 어쨌든 당신은 그게 흥미롭다는 것을 알게 될 수도 있어요." 캐서린은 다시 웃으며 "저는 남부인입니다, 신부님"[67]하고 대답한다.

이 소설에서는 비교적 사소한 장면이지만 그럼에도 이 장면은 독자들을 창의 존재가 생성한 인종화되고 성별화된 불안의 중심으로 이끌어 UDC의 유산에 집중하게 만든다. 신부가 캐서린이 남부인일 리 없다고 생각했다는 사실은 존경할 만한 백인 여성집단, 즉 '신부-아버지Father'로서 그의 위상에 걸맞은 남부연합의 '딸'을 대표하는 데 한계가 있는 그녀의 존립 가능성을 보여준다. 더구나 "우리의 기념비 광장에 흥미가 있으리라"는 신부의 제안은 "UDC는 이전에 남부연합이었던 거의 모든 도시, 마을, 주에 기념비를 건설하기 위해 성공적으로 캠페인을 벌였다 (…중략…) 기념비는 백인 남부인들이 여전히 숭배하는 가치를 보존하기 위한 총체적 노력의 한 부분으로서 남부연합 남자들의 정당성을 입증하려는 UDC 캠페인의 중심이 되었다. 중요한 것은 남부 흑인들은 남부연합을 찬양하는 데 아무런 이해관계가 없었지만, 그렇게 만들어진 문화적 풍경을 공유해야 했다"[68]는 점을 암시한다. 백인 우월주의의 성별화된 주체의 노력이 형성한 백인 우월주의적 풍경의 물질적 흔적은 창, 캐서린, 신부가 기존의 흑백 인종체제를 변화시킬 새로운 인종의 도가니에 대해 협상하는 이 순간과 한데 묶인다.

이 소설은 미국이라는 국민국가의 형성에 내재된 모순과 그 국가의 본질적 바탕을 구성하는 오랜 폭력을 은폐하기 위해 경합하는 역사들을 기

---

67   위의 책, p.48.
68   Karen L. Cox, 앞의 책, p.49.

록하며 UDC와 쿠 클럭스 클랜의 존재를 한국전쟁의 기억 속에 삽입한다. 아마도 창은 UDC나 클랜과 같은 단체가 건설한 남부연합 기념물들을 물질적 징후로 읽을 수 없겠지만 그는 『피츠버그 쿠리어*Pittsburgh Courier*』_{1966년까지 피츠버그에서 발행된 흑인 주간지-역자}의 A. M. 리버라 주니어_{A. M. Rivera Jr.}가 「한국에서 보이는 반역자의 깃발들—남부연합의 깃발은 어디서나 휘날린다!!!」라고 보도한 남부연합 깃발들을 테네시주에서 인식의 섬광과 함께 마주칠지도 모른다. 조지아를 지나가며 창의 응시는 또한 남군 제복의 희미한 익숙함 위에서 머뭇거릴지도 모른다. 백인 우월주의의 문화적 자료들을 목격하려고 창이 테네시주에 있을 필요는 없다. 흑인, 라틴계 미국인, 토착민, 아시아계 미군과 마찬가지로 창은 이미 한국에서 그것들에 대해 알고 있었을 수도 있다. 자유를 향해 나아가는 국가들을 민주화할 수 있는 세계적 강대국으로서의 미국의 새로운 역할을 정당화하기 위해 필요한 통합과 평등에 대한 환상은 수잔 최의 소설로 인해 완전히 산산조각이 난다. 그렇게 『외국인 학생』은 미국제국의 경합하는 역사들을 망각하기를 거부하고, 한국전쟁에 대한 그 소설의 기억들 속에 응축된 미국의 인종화의 짙은 그림자와의 단절과 연속성을 드러내는 독해를 실천할 수 있게 한다.

참고문헌

제1장_'사라진' 김사량과 남겨진 종군기 | 김성화

1. 자료

『중앙신문』,『문화전선』,『조선문학』,『천리마』,『로동신문』,『조선시보』(일본),『光明日報』(중국).

金史良 著, 李烈 譯,『同志們, 看見海了』, 문예번역출판사, 1951 초판, 1953.4 3판, 1953.8 수
　　　정 1판.

김사량 · 이기영 等, 朝鮮 金波 譯,『英勇戰鬪的朝鮮人民』, 新華書店華東總分店, 1951.

金史良 著, 李烈 譯述,『隊伍向着太陽』, 青年出版社, 1952.

2. 논문

김명희,「김사량과 그의 종군기」,『조선어문』, 1991.1.

유임하,「사회주의적 근대 기획과 조국해방의 담론」,『한국근대문학연구』1(2), 한국근대문
　　　학회, 2000.12

＿＿＿「해방 이후 김사량의 문학적 삶과 「칠현금」 읽기」,『한국문학연구』32, 동국대 한국
　　　문학연구소, 2007.6

＿＿＿「기억의 호명과 전유-김사량과 북한문학의 기억 정치」,『동악어문학』53, 동악어문
　　　학회, 2009.8.

＿＿＿「김사량의『노마만리』재론-서발턴의 탐색에서 제국주의와의 길항으로」,『일본학』
　　　제40집, 동국대 일본학연구소, 2015.5.

유하(劉霞),「해방 후 김사량 문학에 관한 연구」, 산동대(山東大學) 석사논문, 2011.

주춘홍,「한국전쟁기 중국어로 번역된 김사량 작품 연구」,『한국문학과 예술』30, 숭실대 한
　　　국문학과예술연구소, 2019.6.

호테이 토시히로(布袋敏博),「초기 북한문단 성립 과정에 대한 연구-김사량을 중심으로」,
　　　서울대 박사논문, 2007.

장형준,「작가 김사량과 그의 문학」, 김사량, 김재남 편,『종군기』, 살림터, 1992.4.

3. 단행본

김사량 · 김재남 편,『종군기』, 살림터, 1992.

김선려 · 리근실 · 정명옥,『조선문학사 11-해방후 편(조국해방전쟁시기)』, 사회과학출판사,
　　　1994.

류희정, 『현대조선문학선집53-1940년대 문학작품집(해방전편)』, 문학예술출판사, 2011.

리인모, 『장편회상록-신념과 나의 한생』, 문학예술출판사, 2003.

박남수(현수), 우대식 편저, 『적치 6년의 북한문단』, 보고사, 1999.

신영덕, 『한국전쟁기 종군작가 연구』, 국학자료원, 1998.

이선영·김병민·김재용 편, 『현대문학 비평 자료집』(이북편 / 1950~1953), 태학사, 1993.

정상진, 『아무르만에서 부르는 백조의 노래-북한과 소련의 문학 예술인들 회상기』, 지식산
　　　업사, 2005.

한영수·윤강철, 『빛과 생』, 평양출판사, 2021.

제2장_ 한국전쟁에 대한 또 하나의 기억 | 이시성

1. 자료

金石範 他, 『朝鮮戰爭』, 集英社, 2012.

『復刻『民主朝鮮』前編『民主朝鮮』本誌』別卷, 明日書店, 1993.

2. 논문

고영란, 「"조선 / 한국전쟁" 혹은 "분열 / 분단"-기억의 승인을 둘러싸고」, 『대동문화연구』
　　　제79집, 성균관대 대동문화연구원, 2012.

곽형덕, 「김달수 문학의 "해방" 전후-「족보」의 개작과정을 중심으로」, 『한민족문화연구』
　　　제54집, 한민족문화연구, 2016.

김려실, 「'조선전쟁'의 기억과 마이너리티 연대의 (불)가능성-사키 류조의 「기적의 시」
　　　(1967)를 중심으로」, 『비교한국학』 제29권 1호, 국제비교한국학회, 2021.

남상욱, 「전후 일본문학 속의 주일 미군기지 표상과 한국전쟁」, 『일본사상』 제41호, 한국일
　　　본사상사학회, 2015.

민동엽, 「김달수의 '일본어 창작론'을 통해서 보는 재일조선인 사회의 〈민족〉과 〈언어〉」, 『한
　　　일민족문제연구』, 제31호, 한일민족문제학회, 2016.

박광현, 「김달수의 자전적 글쓰기의 정치 '귀국사업'과 '한일회담'을 사이에 두고」, 『역사문
　　　제연구』 제19권 2호, 역사문제연구소, 2015.

박이진, 「미군점령 초기 문단의 주체론-『신일본문학』과 『근대문학』 속의 주체 논의를 중심
　　　으로」, 『일본학보』 제114호, 한국일본학회, 2018.

박정이, 「韓國併合과 在日朝鮮人 移住 樣相」, 『한일민족문제연구』 제18호, 한일민족문제학
　　　회, 2010.

이승희,「해방직후 재일조선인에 대한 일본의 치안정책」,『일본학』제46집, 동국대 일본학
 연구소, 2018.

이재봉,「해방 직후 재일한인 문단과 "일본어" 창작문제 — 『朝鮮文藝』를 중심으로」,『한국문
 학논총』, 제42집, 한국문학회, 2006.

_____,「해방직후 재일조선인 문학의 자리 만들기」,『한국문학논총』제74집, 한국문학회,
 2016.

임경화,「목소리로 쇄신되는 "조선" — 1945~1955년의 일본 좌파운동과 조선 이미지」,『한림
 일본학』제22호, 한림대 일본학연구소, 2013.

장세진,「트랜스내셔널리즘, (불)가능 그리고 재일조선인이라는 예외상태 — 재일조선인의
 한국전쟁 관련 텍스트를 중심으로」,『동방학지』제157호, 연세대 국학연구원, 2012.

한정선,「한국전쟁기 재일조선인의 기억과 재현 — 『조선평론(朝鮮評論)』수록 전화황(全和
 凰) 작품을 중심으로」,『한일민족문제연구』제37호, 한일민족문제학회, 2019.

3. 단행본

고영란,『전후라는 이데올로기 — 일본 전후를 둘러싼 기억의 노이즈』, 현실문화, 2013.

남기정,『기지국가의 탄생 — 일본이 치른 한국전쟁』, 서울대 출판문화원, 2016.

사카이 나오키,『번역과 주체』, 이산, 2005.

송혜원,『'재일조선인 문학사'를 위하여 — 소리 없는 목소리들의 폴라포니』, 소명출판, 2019.

조은애,『디아스포라의 위도』, 소명출판, 2021.

최효선,『재일 동포 문학 연구 — 1세작가 김달수의 문학과 생애』, 문예림, 2002.

제3장_ 제국의 신민에서 난민으로, 일본인 아내들의 한국전쟁 | 장세진

1. 자료

張赫宙,「異國の妻」,『警察文化』, 1952.7.

_____,「釜山港の青い花」,『面白倶樂部』, 1952.9.

_____,「釜山の女間諜」,『文芸春秋』, 1952.12.

_____,「韓国遺蹟の破壊を憂う」,『毎日情報』, 1950.9.

_____,「喘ぐ韓国」,『明窓』, 1951.7.

_____,「祖國朝鮮に飛ぶ第一報」『毎日情報』, 1951.9.

_____,「故國の山河 第二報」,『毎日情報』, 1951.11.

_____,「祖國朝鮮の苦惱」,『地上』, 1952.2.

_____, 「韓国の不安はつづく」, 『地上』, 1952.11.

_____, 「部落の南北戦」, 『文藝春秋』, 1952.4.

_____, 「眼」, 『文藝』, 1953.1.

_____, 「朝鮮民族の性格」, 『毎日情報』, 1950.9.

장혁주, 장세진 편역, 『장혁주 소설선집 1 – 아, 조선』, 소명출판, 2018.

_____, 『장혁주 소설선집 2 – 무궁화』, 소명출판, 2018.

「전재 일본인들 정부에 감사문」, 『부산일보』, 1951.3.21.

「일인 삼백 명 송환」, 『경향신문』, 1952.8.8

「나라 파는 행동」, 『조선일보』, 1952.11.4.

「가소(可笑)! 일인 행세 하는 장혁주」, 『경향신문』, 1952.11.1

「독점 정신대 수기 등 돋보여, 『레이디경향』 제9호 발매」, 『경향신문』, 1982.8.10.

「한국인 남편 잃고 "외로운 삶" 비운의 日女人을 달래준다」, 『조선일보』, 1983.2.23.

2. 논문

고영란, 「"조선 / 한국전쟁" 혹은 "분열 / 분단" – 기억의 승인을 둘러싸고」, 『대동문화연구』
    79권, 성균관대 대동문화연구원, 2012.

김석란, 「재한일본인 아내의 국적에 관한 연구 – 해방 이전 결혼자를 중심으로」, 『일어일문
    학』 36집, 대한일어일문학회, 2007.11.

김수자, 「재한 일본인처의 경계인로서의 삶과 기억의 재구성」, 『이화사학연구』 46집, 이화여
    대 사학연구소, 2013.6.

김예림, 「종단한 자, 횡단한 텍스트 – 후지와아 테이의 인양서사, 그 생산과 수용의 정신지
    (精神誌)」, 『상허학보』 34집, 상허학회, 2012.

김웅렬, 「재한 일본인 처의 생활사」, 『한국학연구』 8집, 고려대 한국학연구소, 1996.

김종욱, 「식민지 시기 조선으로 이주한 일본인 처들의 인물 사진 연구」, 『AURA』 18호, 한국
    사진학회, 2008.

_____, 「식민지 시기 조선으로 이주한 일본인 처들의 인물 사진 연구」, 경주대 산업경영대
    학원 석사논문, 2008.

김학동, 「장혁주 문학과 6·25에 직면한 일본인 처들의 수난 – 「이국의 아내」, 「부산항의 파
    란 꽃」, 「부산의 여간첩」을 중심으로」, 『인문학연구』 35집 3호, 충남대 인문과학연
    구소, 2008.

박광현·조은애, 「'일본인 처'라는 기호 – 남북일 국민 서사에서의 비 / 가시화와 이동의 현재
    성」, 『동악어문학』 87집, 동악어문학회, 2022.

이동매·왕염려, 「동아시아의 장혁주 현상」, 『한국학연구』 61권, 인하대 한국학연구소, 2021.

이동훈, 「재조일본인 사회의 형성과 연구 논점에 관한 시론」, 『일본연구』 83집, 한국외대 일본연구소, 2020.

이병욱, 「이산가족과 혼인에 관한 법률 문제」, 고려대 석사논문, 2005.

임회록, 「역사의 경계인들—재한 일본인 여성」, 오늘의 문예비평, 『오늘의 문예비평』, 119호, 2020.

장세진, 「기지의 평화와 전장의 글쓰기—장혁주의 한국전쟁 관련 글쓰기(1951~1954)를 중심으로」, 『대동문화연구』 107, 성균관대 대동문화연구원, 2019.

가세타니 도모오, 「재한일본인 처의 형성과 생활적응에 관한 연구—생활사 연구를 중심으로」, 고려대대학원 사회학과 석사논문, 1994.

니이야 도시유키, 「한국으로 '시집온' 일본인 부인—생애사 연구를 중심으로」, 서울대 석사논문, 2000.

오오야 치히로, 「잡지 『內鮮一體』에 나타난 내선결혼의 양상 연구」, 연세대 국어국문학과, 2006.

이토 히로코, 「잊혀진 재한 일본인 처의 재현과 디아스포라적 삶의 특성 고찰—경주 나자레원 사례를 중심으로」, 『한국사회학회 사회학대회 논문집』, 한국사회학회, 2015.12.

張允麿, 「朝鮮戦争をめぐる日本とアメリカ占領軍」, 『社会文学』, 社会文学 2010.6.

3. 단행본

김현경, 『사람, 장소, 환대』, 문학과지성사, 2015.

남기정, 『기지국가의 탄생—일본이 치른 한국전쟁』, 서울대 출판문화원, 2016.

이연식, 『조선을 떠나며—1945년 패전을 맞은 일본인들의 최후』, 역사비평사, 2012.

이정선, 『동화와 배제—일제의 동화정책과 내선결혼』, 역사비평사, 2017.

정창훈, 『한일관계의 '65년체제'와 한국문학—한일관계를 둘러싼 국가적 서사의 구성과 균열』, 소명출판, 2021.

우치다 쥰, 한승동 역, 『제국의 브로커들—일제강점기의 일본 정착민 식민주의 1876~1945』, 길, 2020.

蘭信三編, 『帝國以後の人の移動—ポストコロニアリズムとグローバリズムの交錯点』勉誠出版, 2013.

藤原てい, 「38度線の夜」, 『灰色の丘』, 寶文館, 1950.

中野好夫, 『私の平和論』, 要書房, 1952.

제4장_ 한국전쟁기 한·일 민간인의 신체 혹은 시체 | 이희원

1. 자료

田中小実昌,「上陸」, 金石範 他 『コレクション1. 朝鮮と文学 朝鮮戦争』, 集英社, 2012.

곽학송, 「자유의 궤도」, 문혜윤 편, 『곽학송 소설 선집』, 현대문학, 2012.

2. 논문

김균, 「미국의 대외문화정책을 통해 본 미군정 문화정책」, 『한국언론학보』, 한국언론학회, 2007.

김일환·정준영, 「냉전의 사회과학과 '실험장'으로서 한국전쟁」, 『역사비평』 118, 역사비평사, 2017.

김재웅, 「38선 분쟁과 접경지역 위기에 대처한 북한의 민간인 동원정책」, 『한국학논총』 45, 국민대 한국학연구소, 2016.

김학재, 「한국전쟁 전후 민간인학살과 20세기의 내전」, 『아세아연구』 142, 고려대 아세아문제연구소, 2010.

김휘열, 「곽학송 소설에 나타난 간첩, 그 이중적 육체에 대하여」, 『우리문학연구』 44, 우리문학회, 2014

남상욱, 「전후 일본문학 속의 '한국전쟁' – 한국전쟁과 전후 일본의 내셔널 아이덴티티」, 『비교한국학』, 국제비교한국학회, 2015.

노영기, 「한국전쟁기 민간인 학살에 관한 자료 실태와 연구현황」, 『역사와현실』 54, 한국역사연구회, 2004.

문혜윤, 「1950~60년대 전쟁과 젠더 – 전후 신세대 작가 곽학송 다시 읽기」, 『우리어문연구』 44, 우리어문학회, 2012

서중석, 「한국전쟁 전후 민간인집단학살의 연구 방향」, 『사림』 36, 수선사학회, 2010.

손경호, 「최근 한국전쟁 연구동향 – 2005년 이후 연구를 중심으로」, 『한국근현대사연구』 56, 한국근현대사학회, 2011.

신형기, 「인민의 국가, 망각의 언어 – 인민의 국가를 그린 해방직후의 기행문들」, 『상허학보』 43, 상허학회, 2015.

양영조, 「주일미군기지 일본인노무자의 6·25전쟁 종군활동과 귀환」, 『군사』 111, 국방부군사편찬연구소, 2019.

오가타 요시히로, 「6·25전쟁과 재일동포 참전 의용병 – 이승만 정부의 인식과 대응을 중심으로」, 『아세아연구』 179, 고려대 아세아문제연구소, 2020.

오성호, 「북한문학의 민족주의적 성격 연구」, 『배달말』 55, 배달말학회, 2014.

이문호, 「다나카 고미마사와 한국전쟁 – 소설 「상륙(上陸)」의 고찰을 중심으로」, 『일본문화 학보』 81, 일본문화학회, 2019.

이미림, 「1930년대 전반기 이효석 소설의 마르크시즘 차용 양상」, 『한민족어문학』 87, 한민 족어문학회, 2020.

이상호, 「한국전쟁기 맥아더사령부의 삐라 선전 정책」, 『한국근현대사연구』 58, 한국근현대 사학회, 2011.

이신철, 「6·25남북전쟁시기 이북지역에서의 민간인 학살」, 『역사와현실』 54, 한국역사연구 회, 2004.

이윤규, 「6·25전쟁과 심리전」, 『한국근현대미술사학』 21, 한국근현대미술사학회, 2010.

이종판, 「한국전쟁과 일본 – 한국전쟁당시 일본의 대응과 협력 내용을 중심으로」, 『한일군사 문화연구』, 한일군사문화학회, 2003.

장성규, 「혁명의 기록과 서발터니티의 흔적」, 『한국문학이론과 비평』 80, 한국문학이론과 비 평학회, 2018

전현수, 「해방 직후 북한의 토지개혁」, 『복현사림』 37, 경북사학회, 2019.

정병욱, 「일본인이 겪은 한국전쟁」, 『역사비평』 91, 역사비평사, 2010.

정용욱, 「6·25전쟁기 미군의 삐라 심리전과 냉전이데올로기」, 『역사와현실』 51, 한국역사 연구회, 2004.

최민경, 「규슈 지역 재일한인의 노동세계 – 근대 모지항을 중심으로」, 『동북아시아문화학회 국제학술대회 발표자료집』, 동북아시아문화학회, 2019.

최병구, 「사회주의 문화 담론과 프로문학」, 『민족문학사연구』 49, 민족문학사학회·민족문 학사연구소, 2012.

최영호, 「일본의 항복과 한반도 분단」, 『역사문화연구』 62, 한국외대 역사문화연구소, 2017.

하신애, 「개혁의 맹점과 도덕적 공동체의 부재」, 『국제어문』 84, 국제어문학회, 2020.

한규한, 「한국전쟁, 누구의 전쟁인가?」, 『마르크스21』, 책갈피, 2010.

3. 단행본

남기정, 『기지국가의 탄생 – 일본이 치른 한국전쟁』, 서울대 출판문화원, 2016.

문학과사상연구회, 『해방기 문학의 재인식』, 소명출판, 2018.

오타 오사무·허은 편, 『동아시아 냉전의 문화』, 소명출판, 2017.

이행선, 『해방기 문학과 주권인민의 정치성』, 소명출판, 2018.

최호근, 『기념의 미래』, 고려대 출판문화원, 2019.

한국역사연구회 현대사분과 편, 『역사학의 시선으로 읽는 한국전쟁』, 휴머니스트, 2010.

허 은, 『미국의 헤게모니와 한국 민족주의-냉전시대 문화적 경계의 구축과 균열의 동반』, 고려대 출판부, 2008.

니시무라 히데키, 심아정 외역, 『'일본'에서 싸운 한국전쟁의 날들-재일조선인과 스이타사건』, 논형, 2020.

세르주 브롱베르제 편, 정진국 역, 『한국전쟁통신』, 눈빛, 2012.

앤드루 새먼, 이동훈 역, 『그을린 대지와 검은 눈』, 책미래, 2015.

조르조 아감벤, 양창렬 역, 『장치란 무엇인가?』, 난장, 2010.

제5장_ '조선전쟁'의 기억과 망각 | 김려실

1. 자료

金達寿, 「孫令監」, 『コレクション戦争×文学 1 朝鮮戦争』, 集英社, 2012.

佐木隆三, 「奇跡の市」, 『コレクション戦争×文学 1 朝鮮戦争』, 集英社, 2012.

太宰治, 「トカトントン」, 『群像』, 19471.

「朝鮮戦争 日本人が戦闘 米軍極秘文書に記録, 基地従業員ら18人」, 『毎日新聞』, 2020.6.28.

「きのこ雲の記憶絵本に, 直木賞作家の佐木さん」, 『中國新聞』(朝刊), 2011.6.28.

2. 논문

김성화, 「'연안(延安)'으로 본 김사량의 『노마만리』」, 『한국문학논총』 제84호, 한국문학회, 2020.

남기정, 「한국전쟁과 재일한국 / 조선인 민족운동」, 『민족연구』 제5호, 한국민족연구원, 2000.

남상욱, 「전후 일본문학 속의 한국전쟁」, 『비교한국학』 제23권 1호, 국제비교한국학회, 2015.

_____, 「전후 일본문학 속의 주일 미군기지 표상과 한국전쟁」, 『日本思想』 제41호, 한국일본사상사학회, 2021.

류상영, 「박정희시대 한일 경제관계와 포항제철-단절의 계기에 대한 정치경제학적 재해석」, 『일본연구논총』 제33호, 현대일본학회, 2011.

소명선, 「재일조선인 에스닉 잡지와 '한국전쟁'-1950년대 일본열도가 본 '한국전쟁'」, 『일본근대학연구』 제61집, 한국일본근대학회, 2018.

이희원, 「장혁주 소설의 한국전쟁 형상화 논리 연구-「眼」을 중심으로」, 『한국문예비평연구』 73호, 한국현대문예비평학회, 2022.

장세진, 「기지(基地)의 '평화'와 전장의 글쓰기 – 장혁주의 한국전쟁 관련 텍스트(1951~1954) 를 중심으로」, 『대동문화연구』107권, 성균관대 대동문화연구원, 2019.

장지영, 「기타 모리오의 부표를 통해 본 한국전쟁문학」, 『한일군사문화연구』 제21집, 한일군 사문화학회, 2016.

주춘홍, 「한국전쟁기 중국어로 번역된 김사량 작품 연구」, 『한국문학과예술』 30호, 숭실대 한국문학과예술연구소, 2019.

谷村文雄, 「朝鮮戦争における対機雷戦(日本特別掃海隊の役割)」, 국방부 군사편찬연구소 편, 『한국전쟁사의 새로운 연구』 2, 2002.

3. 단행본

나리타 류이치 외, 정실비 외역, 『근대 일본의 문화사 8 – 1935~1955년 2 감정 · 기억 · 전 쟁』, 소명출판, 2014.

니시무라 히데키, 심아정 외역, 『'일본'에서 싸운 한국전쟁의 날들 – 재일조선인과 스이타 사 건』, 논형, 2020.

리사 요네야마, 김려실 역, 『냉전의 폐허 – 미국의 정의와 일본의 전쟁범죄에 대한 태평양횡 단 비평』, 부산대 출판문화원, 2023.

우쓰미 아이코, 김경남 역, 『전후보상으로 생각하는 일본과 아시아』, 논형, 2010.

존 다우어, 최은석 역, 『패배를 껴안고』, 민음사, 2009.

佐木隆三, 『もう一つの青春』, 岩波書店, 1995.

西村秀樹, 『朝鮮戦争に「参戦」した日本』, 三一書房, 2019.

藤原和樹, 『朝鮮戦争を戦った日本人』, NHK出版, 2020.

和田春樹 · 孫崎享 · 小森陽一, 『朝鮮戦争70年 – 「新アジア戦争」を越えて』, かもがわ出版, 2020.

제6장_ 한국전쟁을 둘러싼 일본의 평화와 망각의 구조 | 장수희

1. 자료

野呂邦暢, 「壁の絵」, 『コレクション 戦争×文学1 朝鮮戦争』, 集英社, 2012.

2. 논문

요시자와 후미토시, 「샌프란시스코 강화조약과 '전후 한일관계'의 원점 – '1965년 체제'를 둘 러싼 고찰」, 『영토해양연구』 no.22, 동북아역사재단, 2021.

양영조, 「주일미군기지 일본인노무자의 6 · 25전쟁 종군활동과 귀환」, 『군사』 vol.111, 국방부군사편찬연구소, 2019.

정병욱, 「일본인이 겪은 한국전쟁 – 참전에서 반전까지」, 『역사비평』, 역사문제연구소, 2010.

최범순, 「일본문학 속 한국전쟁 – 1950년대 일본의 한국전쟁소설을 중심으로」, 『일본학』 제58권, 2022.

3.단행본

가와무라 미나토, 유숙자 역, 『전후문학을 묻는다』, 소화, 2005.

윤건차, 박진우 외역, 『교착된 사상의 현대사』, 창비, 2009.

4.기타

「일본 헌법 번역본」, 세계법제정보센터

(https://world.moleg.go.kr/web/wli/lgslInfoReadPage.do?CTS_SEQ=42403&AST_SEQ=2601&)(검색일 : 2022.12.20)

「Weblio辞書国語辞典」

(https://www.weblio.jp/content/%E5%BC%95%E3%81%8D%E6%8F%9A%E3%81%92%E3%82%8B)(검색일 : 2022.12.20)

김호준, 「美극비문서 "한국전쟁 때 일본 민간인 18명 전투에 참가"」, 『연합뉴스』, 2020.6.20.

(https://www.yna.co.kr/view/AKR20200622067000073)

〈KBS 인물·현대사 : 배반의 역사를 고발하다 – 임종국〉(방영일 : 2003.8.22)

제7장_ 일본 SF장르에 나타난 냉전 (무)의식과 분단의 상상력 | 김지영

1. 논문

고바야시 코우키치, 「전쟁의 기억과 마주 보는 문학 – 일본과 재일동포의 문학을 아우르며」, 『한국학 논집』 vol.41, 한양대 한국학연구소, 2007.

나가네 다카유키, 「홋타 요시에 『광장의 고독』의 시선 – 한국전쟁과 동시대의 일본문학」, 『한국어와 문화』 vol.7, 숙명여대 한국어문학연구, 2010.

남상욱, 「전후 일본문학 속의 '한국전쟁' – 한국전쟁과 전후 일본의 내셔널 아이덴티티」, 『비교한국학』 23(1), 국제비교한국학회, 2015.

_____, 「포스트냉전기의 '전쟁'에 대한 일본문학의 상상력-무라카미 류의『반도에서 나가라』의 '폭력'을 중심으로」, 『일본학보』 108, 한국일본학회, 2016.

서동주, 「'전후'의 기원과 내부화하는 '냉전'-홋타 요시에의 「광장의 고독」을 중심으로」, 『일본사상』 28, 일본사상사학회, 2015.

_____, 「'전후-밖-존재'의 장소는 어디인가?-양석일의 〈밤을 걸고〉를 중심으로」, 『한국학연구』, 제43집, 인하대 한국학연구소, 2016.

소명선, 「재일조선인 에스닉잡지와 '한국전쟁'-1950년대의 일본열도가 본 '한국전쟁'」, 『일본근대학연구』 61, 한국일본근대학회, 2018.

신주백, 「오사카성 부근에 남겨진 근대 한일 관계의 상흔」, 『역사비평』 83, 2008.

乾英治郎, 「小松左京「日本アパッチ族」論-〈進化〉の夢・〈革命〉の幻想」, 『立教大学日本文学』 115, 2016.

上野俊哉, 「エクソダスの夜」, 『ユリイカ』, 青土社, 2000.

小田実・古井由吉・井上ひさし・小森陽一, 「座談会昭和文学史(24) 戦後の日米関係と日本文学-朝鮮戦争から九・一一まで」, 『すばる』 25(1), 集英社, 2003.

川口隆行, 「「山代巴「或るとむらい」論-朝鮮戦争と原爆表現の生成」, 『社会文学』 43, 『社会文学』編集委員会, 2016.

黒川伊織, 「〈まいおちるビラ〉と〈腐るビラ〉-朝鮮戦争勃発直後の反戦平和運動と峠三吉・井上光晴」, 『社会文学』 38, 『社会文学』編集委員会, 2013.

駒居幸, 「日本の戦後復興は暴力をどのように位置づけたか-小松左京『日本アパッチ』論」, 『文化交流研究』 8, 筑波大学文化交流研究会, 2013.

小松左京, 「廃虚の文明空間」, 『小松左京コレクション2 未来』, 河出書房新社, 2019.

巽孝之, 「「鉄男」が時を飛ぶ-日本アパッチ族の文化史」, 『ユリイカ』 27(5), 青土社, 1995.

張允麐, 「朝鮮戦争をめぐる日本とアメリカ占領軍-張赫宙「嗚呼朝鮮」論」, 『社会文学』 32, 『社会文学』編集委員会, 2010.

松居りゅうじ, 「朝鮮戦争と抵抗雑誌「石ツブテ」を語る」, 『社会文学』 23, 『社会文学』編集委員会, 2006.

村上克尚, 「戦後文学としての『日本アパッチ族』」, 『現代思想』 vol.49-11, 青土社, 2021

朴裕河, 「共謀する表象-開高健・小松左京・梁石日の「アパッチ」小説をめぐって」, 『日本文学』 55(11), 日本文学協会, 2006.

山本昭宏, 「終わる日本と終わらない日本-聖戦・革命・核戦争」, 『現代思想』 vol.49-11, 青土社, 2021.

李建志, 「独立小説-戦後の「内地」」, 『比較文學研究』 91, 東大比較文學會, 2008.

2. 단행본

남기정, 『기지국가의 탄생-일본이 치른 한국전쟁』, 서울대 출판문화원, 2016.

니시무라 히데키, 심아정 외역, 『'일본'에서 싸운 한국전쟁의 날들-재일조선인과 스이타사건』, 논형, 2020.

셰릴 빈트·마크 볼드, 『SF연대기-시간 여행자를 위한 SF 랜드마크』, 허블, 2021.

프레드릭 제임슨, 이경덕·서강목 역, 『정치적 무의식-사회적으로 상징적인 행위로서의 서사』, 민음사, 2015.

東浩紀 編, 『小松左京セレクション 日本』, 河出書房新社, 2019.

生方幸夫, 『解体屋の戦後史-繁栄は破壊の上にあり』, PHP研究所, 1994.

宇野田尚哉 外編, 『『サークルの時代』を読む-戦後文化運動研究への招待』, 影書房, 2016.

小熊英二, 『民主と愛国-戦後日本のナショナリズムと公共性』, 新曜社, 2003.

大沼久夫, 『朝鮮戦争と日本』, 新幹社, 2006.

川村湊, 『生まれたらそこがふるさと』, 平凡社, 1999.

金石範 外, 『コレクション 戦争と文学1 朝鮮戦争』, 集英社, 2012.

小松左京, 『SF魂』, 新潮社, 2006.

_____, 『小松左京自伝-実存を求めて』, 日本経済新聞出版社, 2008.

_____, 『日本アパッチ族』, 角川書店, 2012.

_____, 『やぶれかぶれ青春期・大阪万博奮闘記』, 新潮社, 2018.

福島正実, 『未踏の時代』, 早川書房, 1971.

丸川哲史, 『冷戦文化論-忘れられた曖昧な戦争の現在性』, 双風舎, 2005.

道場親信, 『下丸子文化集団とその時代-一九五〇年代サークル文化運動の光芒』, みすず書房, 2016.

梁石日, 『夜を賭けて』, 日本放送出版協会, 1994.

Ann Sherif, *Japan's Cold War : Media, Literature, and the Law*, New York : Columbia University Press, 2009.

제8장_ '독특한 사랑의 형태' | 대니얼 김

Choi, Susan, "Foreword", *The Martyred*, ed. Richard E. Kim, New York : Penguin Classics, 2011(repr. 1964).

Cumings, Bruce, *Korea's Place in the Sun : A Modern History* 1, New York : W.W.Norton, 1997.

Fuse, Montye P, "Richard E. Kim", *Asian American Autobiographers : A Bio-Bibliographical Critical Sourcebook* 159(64), ed. Guiyou Huang, Westport, Conn : Greenwood Press, 2001.

Grayson, James Huntley, "A Quarter-Millenium of Christianity in Korea", *Christianity in Korea*, ed. Robert E. Buswell · Timothy S. Lee, Honolulu : University of Hawaii, 2007. (https://doi.org/10.1515/9780824861896-003)

Hong, Christine, "Pyongyang Lost : Counterintelligence and Other Fictions of the Forgotten War", *American Literature and Culture in an Age of Cold War : A Critical Reassessment*, ed. Steven Belletto and Daniel Grausam, Iowa City : University of Iowa Press, 2012. https://doi.org/10.2307/j.ctt20q20q2.10

Kim, Richard E, "O My Korea", *The Atlantic*, February 1966.

_____, *The Martyred*(Penguin Classics Edition), New York : Penguin Classics, 2011(repr. 1964).

Lee, Timothy S, *Born Again : Evangelicalism in Korea*, Honolulu : University of Hawaii Press, 2010.

Park, Chung-shin, *Protestantism and Politics in Korea(Korean Studies of the Henry M. Jackson School of International Studies)*, Seattle : University of Washington Press, 2003.

Park, Josephine Nock-Hee, *Cold War Friendships : Korea, Vietnam, and Asian American Literature*, New York : Oxford University Press, 2016.

제9장_ 전후 일본문학 속의 주일 미군기지 표상과 한국전쟁 | 남상욱

1. 자료

石川淳, 『黃金伝説·雪のイブ』, 講談社, 2013.

田久保英夫, 『深い河·辻火』, 講談社文芸文庫, 2004.

堀田善衛, 『広場の孤独』, 新潮社, 1953.

松本清張, 『黑字の絵』, 新潮文庫, 1965.

2. 논문

김려실, 「'조선전쟁'의 기억과 마이너리티 연대의 (불)가능성 — 사키 류조의 「기적의 시」를 중심으로」, 『비교한국학(*Comparative Korean Studies*)』 29(1), 국제비교한국학회, 2021.

김명인, 「변하고 있는 것과 변해야 할 것」, 『황해문화』 107, 2020.

남상욱, 「전후 일본문학 속의 '한국전쟁' – 한국전쟁과 전후 일본의 내셔널 아이덴티티」, 『비교한국학(Comparative Korean Studies)』 23(1), 국제비교한국학회, 2015.

_____, 「야스오카 쇼타로의 초기 소설 속의 '점령' – '나'가 '점령'을 받아들이게 되기까지」, 『일어일문학연구』 79권 2호, 한국일어일문학회 2011.

서동주, 「'전후'의 기원과 내부화하는 '냉전' – 홋타 요시에의 「광장의 고독」을 중심으로」, 『日本思想』 28, 한국일본사상사학회, 2015.

정욱식, 「한미동맹과 주한미군의 딜레마, 어떻게 풀어야 할까?」, 『황해문화』 107, 2020.

加島巧, 「「黒地の絵」 – 松本清張のダイナミズム – 評伝松本清張 : 昭和33年」, 『長崎外大論叢』 16, 長崎大学, 2012.

黄益九, 「〈占領〉との遭遇 – 石川淳 「黄金伝説」 における戦後受容 – 」, 『文学研究論集』 26, 筑波大学比較・理論文学会, 2008.

横手一彦, 「『黄金伝説』は二度つくられた」, 『近代文学論集』, 二十三巻, 1997.

3. 단행본

고영란・김미정 역, 『전후라는 이데올로기』, 현실문화, 2010.

남기정, 『기지국가의 탄생』, 서울대 출판문화원, 2016.

도미야마 이치로, 심정명 역, 『시작의 앎』, 문학과지성사, 2020.

웰스, 사무엘 F., 박행웅 역, 『한국전쟁과 냉전의 시대』, 한울아카데미, 2020.

조정민, 『오키나와를 읽다 – 전후 오키나와 문학과 사상』, 소명출판, 2017.

佐藤泉, 『戦後批評のメタヒストリー』, 岩波書店, 2005.

南相旭, 『三島由紀夫における「アメリカ」』, 彩流社, 2014.

マイク・モラスキー, 鈴木直子訳, 『占領の記憶/記憶の占領』, 青土社, 2006.

山本章子, 『日米地位協定』, 中央公論社, 2019.

吉見俊哉, 『親米と反米 – 戦後日本の政治的無意識』, 岩波書店, 2007.

堀田善衛, 『広場の孤独』, 新潮社, 1953.

マイク・モラスキー, 『占領の記憶/記憶の占領』, 青土社, 2006.

山本章子, 『日米地位協定』, 中央公論社, 2019.

吉見俊哉, 『親米と反米 – 戦後日本の政治的無意識』, 岩波書店, 2007.

1. 논문

한국전략문제연구소 역, 「中共中央關於在全國進行時事宣傳的指示」, 군사과학원 군사역사
　　　연구소 편, 『中共軍의 韓國戰爭史』, 세경사, 1991.

김명희, 「전쟁터에 핀 예술의 꽃」, 『중국인문과학』 제32집, 중국인문학, 2006.

김소현, 「중국현대시 속의 한국전쟁」, 『중국어문논총』 제41집, 중국어문연구회, 2009.

김순옥, 「"항미원조"시기 정령연구」, 『한중언어문화연구』 제17집, 한국중국언어문화연구회,
　　　2008.

김인철, 「파금과 한국전쟁」, 『중국소설논총』 제7집, 한국중국소설학회, 1998.

김의진, 「50년대 노사(老舍)문학의 변신」, 『中國語文學誌』 제42집, 중국어문학회, 2013.

니우린지에(牛林傑)·왕빠오시아(王寶霞), 「한국전쟁을 주제로 한 중한 전 쟁문학 비교연
　　　구」, 『현대소설연구』 제550집, 한국현대소설학회, 2012.

박난영, 「바진(巴金)과 한국전쟁」, 『중국어문논총』 제40집, 중국어문연구회, 2009.

박재우, 「중국 당대 작가의 한국전쟁 제재 소설 연구」, 『중국연구』 제32집, 한국외대 외국학
　　　종합연구센터 중국연구소, 2003.

서동, 「한·중 소설에 나타난 한국전쟁과 미군의 형상화」, 『한민족문화연구』 제 64집, 한민족
　　　문화학회, 2018.

백정숙, 「한국전쟁 시기 중국의 '항미원조운동'과 시」, 『중국학』 제46집, 대한중국학회,
　　　2013.

신정호, 「중국문학 속의 한국전쟁」, 『중국인문과학』 제66집, 중국인문학회, 2017.

쑨하이룽, 「항미원조문학에 나타난 중국의 한반도 인식」, 성균관대 박사논문, 2012.

_____, 「1950년대"항미원조운동"중 나타난 한반도 인식」, 『중국현대문학』 제59집, 중국
　　　현대문학학회, 2011.

왕천(王晨), 「『동방』에 투영된 항미원조 영웅의 이미지 연구」, 연세대 석사논문, 2012.

이영구, 「魏巍與韓國戰爭文學」, 『중국연구』 제42집, 한국외대 외국학종합연구센터, 중국연
　　　구소 2008.

_____, 「劉白羽與韓國戰爭文學」, 『중국연구』 제45집, 한국외대 외국학종합연구센터 중국
　　　연구소, 2009.

_____, 「路翎與韓國戰爭文學」, 『中國研究』 제50집, 한국외대 외국학종합연구센터 중국연
　　　구소, 2010.

이윤희, 「루쉰의 문학적 주장과 고수에 관한 시론」, 『인문과학연구』 제12집, 가톨릭대 인문 과학연구소, 2007.

임우경, 「한국전쟁 시기 중국의 애국공약운동과 여성의 국민 되기」, 『중국현대문학』 제48집, 중국현대문학학회, 2009.

_____, 「한국전쟁 시기 중국의 반미대중운동과 아시아 냉전」, 『사이 / 間 / SAI』 제10집, 국 제한국문학문화학회, 2011.

장리쥐안, 「1950년대 한중소설에 나타난 한국전쟁 재현 양상 연구」, 부산대 석사논문, 2020.

조대호, 「양삭의 한국전 참전문학 연구」, 『중국소설논총』 제15집, 한국중국소설학회, 2002.

_____, 「楊朔의 韓國戰 參戰文學 硏究」, 『중국소설논총』 제15집, 한국중국소설학회, 2002.

_____, 「위외의 한국전 기록문학 연구」, 『중국학논총』 제23집, 한국중국문화학회, 2007.

조영추, 「집단 언어와 실어 상태」, 『현대문학의 연구』 제64집, 한국문학연구학회, 2018.

조홍선, 「파금의 한국전쟁소설 소고」, 『중국어문논역총간』 제13집, 중국어문논역학회, 2004.

티엔즈원, 「한・중 6・25전쟁 전선소설에 드러난 "애정의 정치적 서사" 비교연구」, 『어문론 총』 제66집, 한국문학언어학회, 2015.

_____, 「6・25전쟁기 한・중 전시소설에 드러난 포로형상에 대한 비교 연구」, 『어문론총』 제68집, 한국문학언어학회, 2016.

_____, 「6・25전쟁기 한・중 종군소설에서 드러난 국가의식 비교 연구」, 『한국학연구』 제 55집, 인하대 한국학연구소, 2019.

한담, 「新中國初期冷戰世界觀考察」, 『中國現代文學』 제83집, 한국중국현대문학학회, 2017.

曹前, 「牛漢抗美援朝詩歌硏究」, 山東大學 석사논문, 2019.

_____, 「20世紀50年代初期的詩路探尋」, 『現代中國文化與文學』 第3期, 巴蜀書社, 2021

常彬, 「抗美援朝文學中的域外風情敘事」, 『文學評論』 第4期, 社會科學文獻出版社, 2009.

_____, 「抗美援朝文學敘事中的政治與人性」, 『文學評論』 第2期, 社會科學文獻出版社, 2007.

_____, 「異國錦繡河山與人文之美的故園情結－抗美援朝文學論」, 『河北大學 學報』 第6期, 河 北大學, 2010.

_____, 「面影模糊的"老戰友"」, 『華夏文化論壇』 第2期, 吉林大學中國文化硏究所, 2012.

_____, 「敘事同構的中朝軍民關系」, 『河北學刊』 第1期, 河北省社會科學院, 2013.

_____, 「戰爭中的女人與女人的戰爭」, 『河北大學學報』 第4期, 河北大學, 2014.

_____ ・邵海倫, 「共和國文學範式的建立」, 『吉林大學社會科學學報』 第3期, 吉林大學, 2019.

　　　　·王雅坤,「朝鮮戰爭文學1950年代『光明日報』文獻考辨」,『河北大學學報』第6期, 河北大學, 2018.

崔銀姬,「中美朝鮮戰爭小說中的英雄形象比較研究」, 延邊大學 碩士學位論文, 2010.

丁曉原,「別樣的史志－巴金報告文學論」,『文藝理論與批評』第1期, 中國藝術研究院, 1999.

郭龍俊,「人性深處的探索」,『周口師範學院學報』第6期, 周口師範學院, 2013.

郭沫若,「郭沫若頌揚志願軍詩歌集錦」,『郭沫若學刊』第4期, 四川省郭沫若研究學會, 2020 .

　　　　,「郭沫若『頌中國人民志願軍』書法手跡」,『郭沫若學刊』第4期, 四川省郭沫若研究學會. 2020.

侯松濤,「抗美援朝運動中的詩歌－曆史視角下的品評與考察」, 陶東風·周憲 主編,『文化研究』第24輯, 南京大學人文社會科學高級研究院與廣州大學人文學院, 2016.

華慶昭,『從雅爾塔到板門店』, 北京市 : 中國社會科學出版社, 1992.

惠雁冰,「複合視角·女性鏡像·道德偏向－論抗美援朝文學中的"朝鮮敘事"」,『人文雜志』第4期, 陝西省社會科學院, 2007.

李偉光,「論楊朔抗美援朝文學作品中的朝鮮形象」, 延邊大學 碩士논문, 2009.

李宗剛,「巴金五十年代英雄敘事再解讀」『東方論壇』第1期, 青島大學, 2005.

　　　　,「抗美援朝戰爭文學中的英雄敘事分析」,『商丘師範學院學報』第11期, 商丘師範學院, 2007.

劉宇,「論路翎抗美援朝文學作品中的朝鮮形象」, 延邊大學碩士學位論文, 2012.

賈玉民,「應該公正地評價巴金的抗美援朝創作」,『四川文理學院學報』第4期, 四川文理學院, 2015.

　　　　,「巴金新中國創作的寫實品格(之一)」,『美與時代(美學)(下)』第1期, 河南省美學學會·鄭州大學美學研究所, 2020.

　　　　,「巴金在朝鮮戰地的衣·食·住·行」,『黨史博覽』第10期, 中共河南省委黨史研究室, 2016.

　　　　,「『巴金全集』有關抗美援朝部分勘誤」,『黎明職業大學學報』第2期, 黎明職業大學, 2018.

　　　　,「巴金『我們會見了彭德懷司令員』兩個版本的差異及對刻畫彭總形象的影響」,『美與時代(下旬刊)』第1期, 河南省美學學會·鄭州大學美學研究所, 2014.

薑臨秀,「論魏巍抗美援朝作品中的朝鮮形象」, 延邊大學 碩士學位論文, 2009.

雷岩嶺·黃蕾,「溫柔的光影」,『名作欣賞』第26期, 山西出版傳媒集團, 2013.

馬釗,「政治, 宣傳與文藝－冷戰時期中朝同盟關系的建構」, 陶東風·周憲 主編,『文化研究』第24輯, 南京大學人文社會科學高級研究院與廣州大學人文學院, 2016.

牛林傑·劉霞, 「中韓當代文學中的朝鮮戰爭記憶」, 第十五届中國韓國學國際研討會, 2014.

全國文聯研究室 整理, 「抗美援朝文藝宣傳的初步總結」, 『文藝報』第四卷 第二期, 1951.5.10.

沈志華, 「無奈的選擇-中蘇同盟建立的曲折曆程(1944~1950)」, 『近代史研究』第6期, 社會科學文獻出版社, 2010.

外交部·中央文獻研究室 編, 『周恩來外交文選』, 中央文獻出版社, 1990.

孫海龍, 「域外戰爭中的"她者"」, 『東疆學刊』第3期, 2014.

肖振宇·張哲望, 「東北抗美援朝戲劇的預制與生產」, 『戲劇文學』第5期, 吉林省藝術研究院, 2020.

閆麗娜, 「抗美援朝文學中的"朝鮮戰地快板詩"」, 『大衆文藝』第4期, 大衆文藝出版社, 2010.

_____, 「抗美援朝文學研究-以1950年代『解放軍文藝』爲個案」, 河北大學 碩士學位논문, 2010.

張金, 「同場戰爭的"異質"書寫-中國抗美援朝小說與韓國"戰後"小說創作比較研究」, 河北大學 碩士學位論文, 2017.

張豔庭, 「基於身份·民族與國家的認同」, 『傳記文學』第10期, 中國藝術研究院, 2020.

張自春, 「"革命英雄主義"與時代寫真」, 『文藝理論與批評』第4期, 中國藝術研究院, 2016.

2. 단행본

백원담·임우경 편, 『냉전 아시아의 탄생』, 문화과학사, 2013.

이기윤 외, 『한국전쟁과 세계문학』, 국학자료원

常彬, 『硝煙中的鮮花-抗美援朝文學敘事及史料整理』, 北京 : 人民出版社, 2018.

侯松濤, 『全能政治』, 北京 : 中央文獻出版社, 2012.

吉林省五院校 編, 『中國當代文學史』, 吉林人民出版社1984.

沈志華, 『毛澤東, 斯大林與朝鮮戰爭』, 廣東人民出版社, 2007.

_____, 『冷戰在亞洲』, 九州出版社, 2012.

楊柄 等, 『魏巍评传』, 北京 : 当代中国出版社, 2000.

張檸, 『再造文學巴別塔, 1949~1966』, 廣東教育出版社, 2009.

張恒春, 『中國當代文學史綱』, 吉林師範學院中文系, 1980.

3. 기타 자료

曾鎭南, 「新中國文學的英雄樂」, 『抗美援朝硏究』, 2019.5.4.

　　　http://www.cass.net.cn/zhuanti/y_kmyc/zhuanjia/012.htm.

1950년 10월 19일에 압록강을 건넌 중국인민지원군(중국 단동 항미원조 기념관 소장)

항미원조 보가위국 운동에 나선 인파들(중국 단동 항미원조 기념관 소장)

항미원조 시사선전 만화 「항미원조 를 진일보로 관철시키자(更進一步, 貫徹抗美援朝)」, 『亦報』, 张文元, 1951.6.8.

제11장_ 한국 속의 남부연합 | 김주옥

Chew, Huibin Amelia, "What's Life? After 'Imperial Feminist' Hijackings", *Feminism and War : Confronting US Imperialism*, Chandra Talpade Mohanty · Robin L. Riley · Minnie Bruce Pratt eds., London : Zed Books, 2008.

Cho, Grace M, *Haunting the Korean Diaspora : Shame, Secrecy, and the Forgotten War*, Minneapolis : University of Minnesota Press, 2008.

Choi, Susan, *Foreign Student*, 1st ed., New York : HarperFlamingo, 1998.

Cox, Karen L, *Dixie's Daughters : The United Daughters of Confederacy and the Preservation of Confederate Culture*, New Perspectives on the History of the South, Gainesville : University Press of Florida, 2003.

Cumings, Bruce, *Parallax Visions : Making Sense of American-East Asia Relations at the End of the Century*, Durham, NC : Duke University Press, 1999.

Edkins, Jenny, *Trauma and the Memory of Politics*, Cambridge : Cambridge University Press, 2003.

Edwards, Paul M, *To Acknowledge a War : The Korean War in American Memory*, Contributions in Military Studies, no.193, Westport, CT : Greenwood, 2000.

Griffis, William Eliot, *Corea, the Hermit Nation*, New York : Charles Scribner's Son, 1894.

Handbook of the United Daughters of the Confederacy, Richmond, VA : Memorial Building Headquarters, 1959.

Johnson, R. · J. H. Brown, *Twentieth Century Biographical Dictionary of Notable Americans*, Gale Research, 1968.

Kean, William, "Memo to commanding officers 27 July", Twenty-Fifth Infantry Division, 1950, Record Group 407, College Park, MD, U.S. National Archives.

Kim, Daniel Y, "'Bled In, Letter by Letter': Translation, Postmemory, and the Subject of Korean War: History in Susan Choi's *The Foreign Student*", *American Literary History* 21, no.3, September 1, 2009. https://doi.org/10.1093/alh/ajp021.

Kim, Dong-Choon, "Long Road to Truth and Reconciliation: Unwavering Attempt to Achives Justice in South Korea", *Critical Asian Studies* 42, no.4, 2010. https://doi.org/10.108 0/14672715.2010.515387.

Kim, Jodi, *Ends of Empire : Asian American Critique and the Cold War*, Minneapolis : University of Minnesota Press, 2010.

_____, "Settler Modernity's Spatial Exceptions : The US POW Camp, Metapolitical Authority, and Ha Jin's *War Trash*", *American Quarterly* 69, no.3, 2017. https://doi.org/10.1353/aq.2017.0051.

Lowe, Lisa, "The International within National : American Studies and Asian American Critique", *Cultural Critique*, no.40, 1998. https://doi.org/10.2307/1354466.

McElya, Micki, *Clinging to Mammy : The Faithful Slave in Twentieth-Century America*, Cambridge, MA : Harvard University Press, 2009.

Oppert, Ernst, *A Forbidden Land : Voyages to the Corea; with an Account of Its Geography, History, Production, and Commercial Capabilities &c., &c*, London : S. Low, Marston, Searle, and Rivington, 1880.

Pegues, Juliana Hu, "Settler Orientalism", *Verge : Studies in Global Asia.* vol.5, no.1, spring, 2019.

Singh, Nikhil Pal, "Liberalism", *Keywords for American Cultural Studies*, Bruce Burgett and Glenn Hendler, eds., New York : NYU Press, 2020.

Streeby, Shelley, *American Sensations : Class, Empire, and the Production of Popular Culture*, American Crossroad 9, Berkeley : University of California Press, 2002.

Sutton, Francis. X, "The Ford Foundation and Columbia", Presented at the University Seminar on Columbia University, Columbia University, New York, November 16, 1999.

Yoneyama, Lisa, *Cold War Ruins : Transpacific Critique of American Justice and Japanese War Crime*, Durham, NC : Duke University Press, 2016.

_____, "Toward a Decolonial Genealogy of the Transpacific", *American Quarterly* 69, no.3, 2017. https://doi.org/10.1353/aq.2017.0041.

찾아보기

김려실 金麗實, Ryeosil Kim　　　　　　　　　　　　　　rskim@pusan.ac.kr

부산대학교 국어국문학과 교수. 연세대학교 국어국문학과에서 학사, 석사학위를, 일본 교토대학에서 박사학위를 받았다. 교토대학 인문학연구소, 호주 UNSW 한국연구소(KRI), 미국 UC 샌디에이고(UCSD) 역사학부에서 방문학자로 연구했다. 부산대학교 국어국문학과에서 '문학과 매체연구', '대중서사론', '영상문학의 이해', '시나리오론', '문학과 영상예술', '동아시아평화인문학', '동아시아평화문화론' 등을 가르치고 있다. 동아시아 냉전문화에 관한 대표 연구 업적으로는 저서『문화냉전 – 미국의 공보선전과 주한미공보원 영화』(현실문화연구, 2019), 공저『사상계, 냉전 근대 한국의 지식장』(역락, 2020), 역서『문화냉전과 아시아 – 냉전연구를 탈중심화하기』(소명출판, 2012), 『냉전의 폐허 – 미국의 정의와 일본의 전쟁범죄에 대한 태평양횡단 비평』(부산대 출판부, 2023) 등이 있다. 동아시아의 전쟁과 영화 미디어의 관계를 비판적으로 연구한 저서로『일본 영화와 내셔널리즘』(책세상, 2005), 『투사하는 제국 투영하는 식민지』(삼인, 2006), 『만주영화협회와 조선영화』(한국영상자료원, 2011) 등이 있다.

김성화 金星花, Jin Xinghua　　　　　　　　　　　　　　jinxinghua916@naver.com

中國 南通大學校 전임강사. 중국 베이징 중앙민족대학교를 졸업한 후 중국사회과학원(CASS) 민족문학연구소에서 박계주의 이민소설 연구로 석사학위를 받았고 2022년『김사량 '연안행(延安行)' 연구』로 부산대학교에서 박사학위를 받았다. 발표논문으로는 「『서화』 – '부글거리는 자들'의 일상과 힘의 정치학」(『우리문학연구』, 2018), 「'연안(延安)'으로 본 김사량의『노마만리』연구」(『한국문학논총』, 2020) 등이 있으며 2022년에는 한국학중앙연구원의 해외한국학 학술 연구 지원을 받아 김사량에 대한 연구를 계속하고 있다.

김주옥 Joo Ok Kim　　　　　　　　　　　　　　　　　jok023@ucsd.edu

시카고 일리노이대학교에서 영문학으로 석사학위를, UC 샌디에이고(UCSD)에서 박사학위를 받았고 캔자스대학교에서 라틴계 미국인 연구 및 미국학을 가르쳤다. 현재 UCSD 문학부의 문화연구 및 문학 전공 부교수로 아시아계 미국인 문학, 미국 다인종 문학, 태평양횡단 비평을 가르치고 있다. 『아시아계 미국학 저널(*the Journal of Asian American Studies*)』, 『학술잡지 사우스(*south : a scholarly journal*)』, 『경계 – 글로벌 아시아 연구(*Verge : Studies in Global Asias*)』, 『미국 다민족 문학(*MELUS : Multi-Ethnic Literature of the United States*)』, 『만화학 키워드(*Keywords for Comics Studies*)』, 『미국학(*American Studies*)』에 여러 논문을 발표했고 학술지 공동편집을 했다. 저서로는『싸우는 계보들 – 인종, 친족 관계, 한국전쟁(*Warring Genealogies : Race, Kinship, and the Korean War*)』이 있다.

김지영 金志暎, Jiyoung Kim　　　　　　　　　　　　　jykim22@sookmyung.ac.kr

숙명여자대학교 인문학연구소 HK교수. 도쿄대학대학원 총합문화연구과 초역문화과학전공 박사학위 취득. 일본근현대문학, 비교문학 전공. 일본 전후문학과 GHQ점령 및 문화냉전을 중심적 주제로 고찰해 왔으며, 여성서사와 문화번역, 혐오 현상에도 관심을 두고 연구를 진행하고 있다. 『日本文学の〈戦後〉と変奏される〈アメリカ〉-占領から文化冷戦の時代へ』(ミネルヴァ書房, 2019)으로 호세이대학 국제일본학상 수상. 참여한 책으로 *Multiple Translation Communities in Contemporary Japan*(Routledge, 2015), 『反米-共生の代償か, 闘争の胎動か』(東京大学出版会, 2021), 『냉전 아시아와 오키나와라는 물음』(소명출판, 2022), 『동북아 냉전 체제의 고착과 문화적 재현』(경인문화사, 2022) 등이 있다.

남상욱 南相旭, Nam, Sang-wook　　　　　　　　　　　　indimina@inu.ac.kr

경희대학교 일어일문학과를 졸업하고 도쿄대학교 대학원 총합문화연구과 비교문학비교문화 코스에서 공부했다. 2011년 『三島由紀夫における「アメリカ」』로 도쿄대학에서 박사학위를 받은 후, 성균관대학교 비교문화연구소, 서울대학교 일본연구소를 거쳐, 현재 인천대학교 일본지역문화학과 부교수로 재직중이다. 전후 일본의 문화, 사회적 변동을 아메리카니즘과 냉전이라는 관점에서 공부해오고 있다. 주요 논문으로는 「전후 일본문학 속의 한국전쟁-한국전쟁과 전후 일본의 내셔널 아이덴티티」(Comparative Korean Studies, 2015), 「미시마 유키오와 '전후민주주의'-1968년의 '미국' 표상을 중심으로」(『日本思想』, 2015), 「냉전과 '원숭이' 표상」(『사이 / 間 / SAI』, 2018) 등이, 저서로서는 『탈 전후 일본의 사상과 감성』(공저, 박문사, 2017), 『한국문학과 일본문학의 '전후'』(공저, 서울대 출판문화원, 2021) 등이 있다.

대니얼 김 Daniel Y. Kim　　　　　　　　　　　　Daniel_Kim@brown.edu

브라운대학교에서 미국학 및 영어 교수로 아시아계 미국문학, 미국문학과 인종 및 민족연구(Ethnic Studies)를 가르치고 있다. 미시간대학교 인문학 연구소에서 노먼 프렐링(Norman Freehling) 방문 교수로, 예일대학교에서 미국학 연구 방문 조교수로 있었다. UC 버클리에서 박사학위를, 미시간대학교에서 학사 학위를 취득했다. 저서로는 *The Intimacies of Conflict : Cultural Memory and the Korean War*(NYU Press, 2020)와 *Writing Manhood in Black and Yellow : Ralph Ellison, Frank Chin, and the Literary Politics of Identity*(Stanford University Press, 2006)가 있고, 공저로는 크리스탈 파리크(Crystal Parikh)와 공동편집한 *The Cambridge Companion to Asian American Literature*(Cambridge University Press, 2015)가 있다. 이외에 *American Literary History, American Quarterly, Criticism, Cross-Currents, Journal of Asian American Studies, Novel, position*을 비롯한 여러 저널에 논문을 게재했다.

쑨하이롱 孫海龍, Sun Hailong   15957189929@163.com

2008년 성균관대학교 동아시아학과에서 석사논문을 받았으며, 2012년 동 대학원에서 박사학위
논문을 취득했다. 2012년 4월부터 2015년 10월까지 중국 절강대학교 한국연구소에서 박사후연구
원으로 지냈으며, 현재 중국 항주사범대학교 외국어대학 한국어학과 부교수로 재직 중이다.
저서로는 『1950년대 항미원조문학을 통해 본 중국의 한반도 인식』(신성출판사, 2015), 『朝鮮壬辰戰
爭時期折兵援朝及其文學書寫硏究』(新星出版社 , 2021) 등이 있다.

이시성 李市成, Lee, Siseong   yisisung@naver.com

부산대학교 국어국문학과에서 박사과정을 수료하고 현재 박사논문을 준비하고 있다. 논문으로
는 「4 · 19 소설의 주체 구성과 젠더 양상」(석사논문), 「혁명의 거리, 정동하는 신체들－4월혁명 재
현 서사를 중심으로」(한국문예비평연구, 2021) 등이 있고, 공저로는 『사상계, 냉전 근대 한국의 지식
장』(역락, 2020), 『문학과 영상예술의 이해』(부산대 출판부, 2021), 『교차하는 페미니즘』(보고사, 2023)
가 있다. 해방 이후부터 이어진 냉전기의 한국 문학과 문화에 관심을 이어가며 연구를 진행하고
있다.

이희원 李熙媛, Hee-won Lee   bigcrow3636@gmail.com

부산대학교 교양교육원 강사. 부산대학교 국어국문학과에서 학사, 석사를 마치고 2018년에 동
대학원에서 박사를 마쳤다. 박사논문은 『일제 말기 소설의 공간-주체 연구』이다. 이후로 식민지
말기에서 해방기와 한국전쟁으로 이어지는 시기의 문학을 동아시아 맥락에서 살펴보는 연구를
지속하고 있다. 주요 연구성과로 「장혁주 소설의 한국전쟁 형상화 논리 연구－「眼」을 중심으로」
(『한국문예비평연구』 73, 2022), 「한국전쟁의 민간인 표상 비교 연구－다나카 고미마사의 「上陸」과
곽학송의 『철로』를 중심으로」(『비교문화연구』 62, 2021), 「일제 말기 김사량 소설의 공간 형상화 전
략 연구」(『한국민족문화』 77, 2020), 「1960년대 냉전기 소년SF괴수영화의 괴수 표상 연구」(『한국문학
논총』 83, 2019)가 있다. 그밖에 근대 초 딱지본 소설을 현대어로 풀어쓴 『비행녀사』(두두, 2021), 공
저 『동아시아의 어제와 오늘』(부산대 출판문화원, 2021) 등이 있다.

장세진 張世眞, Chang Seijin   sesame@hallym.ac.kr

한림대학교 한림과학원 부교수. 연세대학교 국문과 대학원에서 공부했다. 1945년 이후 미국이 개입해서 형성된 동아시아의 냉전 문화에 관해 논문과 책을 써왔다. 저서로는 『상상된 아메리카-1945년 이후 한국의 네이션 서사는 어떻게 만들어졌는가』(푸른역사, 2012), 『슬픈 아시아-한국 지식인들의 아시아 기행 1945~1966』(푸른역사, 2012), 『숨겨진 미래-탈냉전 상상의 계보 1945~1972』(푸른역사, 2018) 등이 있다. 역서로는 『냉전문화론-1945년 이후 일본의 문학과 영화는 냉전을 어떻게 기억하는가』(마루카와 데츠시, 너머북스, 2010), 『아, 조선』(장혁주, 소명출판, 2018), 『무궁화』(장혁주, 소명출판, 2018) 등이 있다.

장수희 張秀熙, Jang, Soo-Hee   wings240@daum.net

동아대학교 한국어문학과를 졸업하고(「일본군'위안부' 서사자료 연구」) 일본국제교류기금 전문일본어 연수(문화·예술전문가)를 수료하였다. 현재 동아대학교 비정규 교수이다. 참여한 책으로는 『부산지역 일본군'위안부'운동 역사자료집』(공저), 『소녀들』, 『1980년대를 읽다』, 『유토피아라는 물음』 등이 있고, 번역한 글로는 「오키나와전의 희생자를 둘러싼 공감공고(共感共苦, compassion)의 경계선」, 「'위안부', 그리고 중국 항전문학」, 「대학 비정규직의 '제노사이드'를 눈앞에 두고」, 「오키나와현 평화기념자료관 전시 조작 사건 재고-공범화 개념으로 보는 식민지주의와 섹슈얼리티」, 「포드 1927년(フォード·1927年)」, 「퀴어가 여기 살고 있다」, 「우리의 대학은 스트라이크와 함께」 등이 있다.